百里云声 ◎ 著

九天星云传（上）

JIUTIAN XINGYUN ZHUAN(SHANG)

时代出版传媒股份有限公司
安徽文艺出版社

图书在版编目（CIP）数据

九天星云传：上、下/百里云声著. —合肥：安徽文艺出版社,2023.7
ISBN 978-7-5396-7537-4

Ⅰ．①九… Ⅱ．①百… Ⅲ．①长篇小说－中国－当代
Ⅳ．①I247.5

中国版本图书馆CIP数据核字(2022)第161593号

出 版 人：姚 巍	
责任编辑：胡 莉	装帧设计：徐 睿

出版发行：安徽文艺出版社　　www.awpub.com
地　　址：合肥市翡翠路1118号　邮政编码：230071
营 销 部：(0551)63533889
印　　制：安徽联众印刷有限公司　(0551)65661327

开本：880×1230　1/32　印张：19.375　字数：502千字
版次：2023年7月第1版
印次：2023年7月第1次印刷
定价：68.00元(全二册)

（如发现印装质量问题，影响阅读，请与出版社联系调换）

版权所有，侵权必究

目 录
CONTENTS

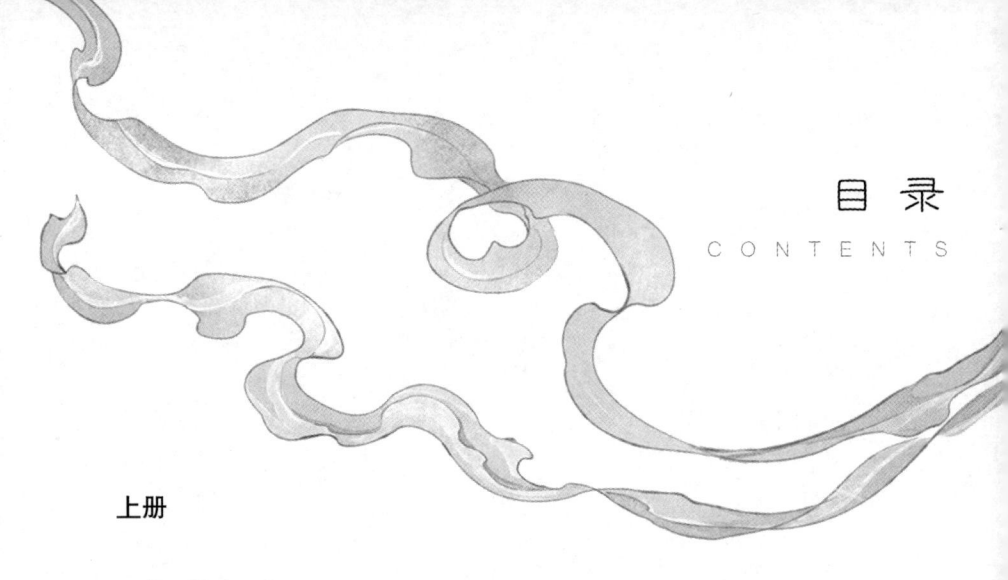

上册

　序　章 / 001

卷一　天罡
　第一章　师　门 / 009
　第二章　流　云 / 044
　第三章　离　别 / 063

卷二　四境
　第一章　西　北 / 075
　第二章　西　南 / 121
　第三章　东　北 / 151
　第四章　西　南 / 237

下册

卷三　诸国
　第一章　庆　汤 / 347
　第二章　大　漠 / 381
　第三章　遗　玉 / 404
　第四章　靖　凉 / 439

卷四　昆仑
　第一章　身　世 / 465
　第二章　登　基 / 494
　第三章　雪　帝 / 522
　第四章　决　战 / 558

　尾　章　九　天 / 603
　番　外 / 609

序　章

滔滔寒水

泱泱清兮

思我怀人

遥遥忧兮

万籁俱静中,飘忽的歌声远远传来。

寒水河的摆渡人又在唱歌了。

这是我第一百次听到百里崖下有船过来的声音了。

百里崖孤峰独立于九天门后山的寒水河畔,苍凉高耸,寒冷至极,向来无人居住,而峭壁上却生有可治绝症的圣药冰莲,因此每年夏至,九天门会派人攀崖取药。

一百次取药了,我竟在这荒无人烟的百里崖上被封禁了一百年。

一百年前。

天罡断,四境崩,诸国乱,昆仑空。

这是预言,也是正在发生的血淋淋的事实。

当时的我想,众生在世道无常面前,是那样的渺小而又无奈。

"师父！我不去！我不要去！"我大声哭喊挣扎着，生平第一次拼了命地想要违逆师命。

"连为师的话都不听了？"师父正颜厉色，一手拎起我，穿云破雾直飞百里崖顶。

身后，诡异的安静中隐隐透着狰狞，阴森逼人的杀气穷追不舍。

刚上崖顶，师父便移形换影，带我到了太虚洞口，一把将我扔了进去。

我落在洞内深处，浑身筋骨酸痛，无法站立，但我顾不上这些，只是咬着牙向洞口爬去，却见师父已朝着山洞运气捏诀，我只得一边拼命爬向他，一边哭着求他停止，可眨眼间，禁制已成，师父将我封禁在了太虚洞内。

这时，洞外天光忽暗，周遭寂静得令人胆寒，穷追不舍的杀气愈加逼近。我正急得手足无措，师父忽然开口道："云声，今日之难，如若为师不能全身而退，你便依照驱毒法门，安心在此洞中疗伤，切记为师传授于你的封天咒，务必日日参悟，万不可忘！直到为师亲自前来破除禁制，你方可离开此处，否则便等一百年后，这禁制消失之日，你再下山回九天门吧。"

师父话音刚落，十几个人影从他身后一跃而出，我慌忙示意师父小心身后，那些人却仿佛看不见我，只向四周仔细搜索一番后，在师父身后围了半圈，其中一人道："玄叶道长，如今诸国天下之难，均与一人有着莫大关联，今日血洗九天，也非我等想见，只是……"

另一人不耐烦地打断他道："玄叶道长，贫道不愿浪费口舌扯那些大道理，就想问你那孽徒百里云声在哪儿呢？别以为将她藏了起来，我们便会就此作罢。"

看来师父设的不是普通的禁制，而是将山洞障目于人的结界。师父平静地看我一眼,转过身去对那些人说道:"我已说过,不可能将小徒交于尔等。"

一位白胡子老道闻言怒道:"既然玄叶道长一意孤行,看来我等只好将你擒去伐魔大会了!"

"事已至此,多说无益,不如速战速决,诸位便一起上吧。"

那十几人闻言大怒,周遭瞬间充满冰冷的肃杀之气。我虽在禁制之内,仍能感到那威压如同闷雷,令人不寒而栗。

师父背在身后的袖口一动,闪身迎了上去,我的心猛地揪了起来,因为我发现师父刚才背着的袖口正流下丝丝鲜血。他已经受伤了,如何抵挡得住众多当世高手的围攻?

我趴在师父设下的结界上,用尽全身力气拍打,却无法令其发出一丝响动。外面杀红了眼的那些人完全察觉不到我的存在,只是一齐围攻师父,招招致命,一番真气大动引得飞沙走石,四下迸裂,却始终未能将师父擒住。

一位黑衣白眉的瘦高个后退几步道:"九天门不愧为名门大宗,玄叶道长身为仙界领袖果然名不虚传,我等还是一齐拿出看家本领吧!否则怕是再战上几天几夜也不是他的对手!"

余者纷纷点头,霎时间风起树动,寒芒大盛,那些人手中同时多出各自法宝,争相嗡鸣震颤,迫不及待地想要争锋。

师父静立不动,一众杀手屏气凝神,无一人敢轻易上前。忽然间响起一声金属震鸣,师父右手之中乍现一柄青灰宝剑,剑柄无任何华纹丽饰,剑身泻着暗银流光,古朴而又深沉,群雄一见均是面色大变。

"昆仑剑!"

师父手中剑锋猛然一转,昆仑剑上暗芒迸出,掀动师父的长衫翻飞如舞,四周杀手手中之器抵不住这一波冲击,所有人俱退出好几步外。

白眉黑衣人托起手中一把纯黑铁扇,那铁扇立在他掌心之上,忽而

序章　003

随他身形一动,猛地展开,在空中咔咔作响,朝师父直飞而去。

师父举剑挡住,哗啦一声,刺耳的撞击声中,铁扇紧紧贴在昆仑剑上不住震动。白眉黑衣人额上青筋暴起,内力全部灌注于铁扇之上,道道精光如疾风暴雨般由扇叶间爆出,重重砸在昆仑剑上。

师父反手一挥,一道暗芒由剑锋而出,划破天光云气,划上铁扇时发出一阵尖锐的破碎声,那扇子在半空裂为两半,掉在地上。

众杀手面露惊骇之色。那可是号称九州第一扇的铁扇门镇门法宝,竟这么两下就被昆仑剑划坏了?

昏暗中,忽有一道蓝光凌空而至,哐当一声撞上师父手中之剑,竟是把蓝莹莹的斧头。斧头的主人是个黑须蓝衣人,他的斧头被昆仑剑弹到空中旋了几圈,被他收回手中,握在身前,空中似乌云滚滚而至,斧头与那乌云遥相呼应一般,引动一记惊雷般巨响,他手中之斧顿似携了千钧之气,向师父直劈了过去。

师父步法忽变,斧头千钧之气刚至,昆仑剑已从侧旁刺出,古剑寒芒一闪而过,利斧之气呼啸着向一旁翻滚而去,瞬间劈到他几个同伙身上,将那些人打翻在地,纷纷骂娘。

蓝衣人恼羞成怒,再度持斧而来,师父提剑迎上,昆仑剑身暗芒流转,当当刺上那斧。在师父几番催动之下,蓝衣人终于抵挡不住,握斧那手臂再抬不起,半跪在地上大口大口地喘着粗气,嘴角流下丝丝殷红。

其余人等见状,纷纷面露惊愤交加之色,他们相视一番之后,同时驭使法器围攻过来,霎时间,五颜六色光芒大盛,将师父淹没其间。一番搅天动地的拼斗之后,师父身中一击,却并未理会,忽而身形一顿,内力猛然间由昆仑剑锋爆出,震得周遭轰然作响,几欲山崩,一瞬间将那十几人震开,尽数跌下崖去。

师父的身体这时方才松了下来,脚下一晃,吐出一口鲜血。我看着他略显苍老的背影,泣不成声。

就在这时,一条细长铁索忽从崖下抛出,索端紧紧缠上师父脖颈,将他猛地带下崖去。

那时,我二十岁。

一百年过去了,师父仍没有来。

"凝心,静绪,气沉,神收……"

"无欲之念,无念之意,清顿彤明,漱丹入虚,一息停,一息起,清四极,封天地!"

我静静闭目端坐,心中默念着封天咒,忽然,只觉丝丝微不可察的爆破之声传入耳中,我猛然惊觉,莫非……

起身来到洞口,我伸手一探,禁制果然如抽丝般渐渐散去了,洞外属于三界的气息刹那间扑面而来,那种错综复杂的气息和柔软的温度竟让我有种重生的错觉。

颈上挂着的白玉扳指似也有感应,在我胸前轻轻震颤起来,我抬手抚住它,心中叹息。当初它的主人白隽将它赠予我时,一定未曾想到,他的爱物竟会跟着我来到太虚洞,在这儿清清冷冷地过了一百年。

我一直以为,等到可以下山的那天,我定会激动得无以复加,可是没想到当这天真的到来时,自己会如此心无波澜。

寒水河上吹来阵阵凉风,灌进封闭已久的山洞,令人精神大爽。我向外走去,天光渐渐洒落在我周身,我的眼睛有一瞬间不太适应这样的光亮,便索性闭上双眼缓缓前行。走了不多远便觉已到崖边,我睁开眼睛,眼前远远近近一片朦胧烟雾,被烟雾缭绕着的九天门隐隐现于大小峰峦之间,耳边传来不急不缓的哗哗水声。我低头看去,笔直的峭壁之下,灰蓝色的河水拍打着青黑的山石,一条瘦长小船泊在岸边,峭壁的中间,有两个年轻人正在采摘冰莲。

我脚下的小石子掉落在其中一人身上,他向上看过来,发现我的时候,眼中流露出万分的惊讶。

我默默转身回到太虚洞,这是百里崖上一处天然洞府,据说曾供本门先祖修炼之用,后荒废于此。

此洞内部宽敞却无甚摆设,除却一棵果树之外,只有石榻一张,桌椅全无,当然像镜子这样的物件更不会有,我对自己这个已经一百二十岁的老太太是副什么模样,全然想象不出。

但我现在最想知道的,只有两件事:

师父在哪?

白隽是生是死?

卷一 天罡

第二天，
我挥泪拜别了教我养我八年的师父，
告别了朝夕相处的师兄弟师姐妹们，
坐上迎亲的轿子，
走向我以为就是结局的幸福。

第一章　师门

"二月榆落，魁临于卯。八月麦生，天罡据酉。"

欲观天罡上昆仑。

昆仑之巅，是为九天。

千百年来，世间修道派别林林总总，却始终以九天门为修仙之首，这还要追溯到多年以前的一场浩劫。

传说早在那场浩劫之前，天罡便已起异，当年世间异象横生，天下大乱，各种奇门异法纵横杂乱，层出不穷。邪法修习不择手段，虽然腐蚀身心，却能令功力提升更快，因此，许多人深陷阴毒修行之道不能自拔。

最终某日，正邪两道爆发大战。那时的邪道势力已颇为庞大，信徒远远多于正道弟子，是以在大战之中，正道各派死伤惨重，眼看将要全军覆没之时，忽有仙者现身昆仑，手持仙笛，以撼天动地之威斩杀千万邪众，正道各派这才留下血脉，得以传承。

那位仙者便是九天门的创派师祖——如月真人。自此战之后，九天门便被正道奉为修仙之首。而我师父玄叶道长，正是九天门第六代掌门，德高望重的当世高人。我自幼跟随师父修行，他将我养育成人，悉心教导，于我恩同再造，犹如慈父。

至于白隽,我如今仍清楚地记得他气宇轩昂、一身战甲的模样。那年他二十二岁,刚结束一场血战,便马不停蹄地赶到九天门来。他在山门前跳下战马,二话不说将我举起,不知转了多少圈。我扯着他头盔上的红缨,笑问他有没有想我,他眸光闪闪,一言不发地将我拥住,良久之后在我耳畔轻笑:"心心不停,念念不住。"

然而,这两个我最亲近的人,却因我受到牵累,生死未卜,不知所终。

斗转星移、沧海桑田之间,这一百个孤寂彷徨的年头,恍如一场望不到头的噩梦。

若想弄清师父和白隽的下落,我须尽快回到九天门。

然而这一百年来,我谨遵师命潜心修炼,尽量不去回忆过往,很多往事已觉陌生。因此,在回九天门之前,我决定静坐片刻,把尘封多年的旧事先理出个头绪。

一切,要从一百零五年前,我十五岁时的一节史修课开始回忆较为妥当。

"庆汤三十六年,汤国先王白川正值盛年,国强兵壮,百姓安平,可是,已过而立之年的他,膝下却只有五位公主,并无一子,这成了他的一大憾事。在他三十三岁那年,王后终于诞下王长子,取名白谦。

"传说王子白谦自小聪颖可爱,得先王悉心亲教,享无上隆宠。转眼间六年过去,凉国诞下一位小公主,汤国先王白川遂与凉王定下了姻亲。

"然而没过多久,白川突然间身染重疾,一病不起。两个月后,到了王子生辰,兴许是因逢喜事,先王当日一早病情好转,精神大振,不但亲临早朝,并且当朝宣立白谦为太子,当晚,携王后、公主和所有妃嫔参加了王子的六岁生辰宴。

"可是无人料到,就在宴席进行之时,后宫突发滔天大火,起势之猛，令宫内之人猝不及防，火情之大，令守城之军相救不得。这场不明缘由的大火一直烧了三天三夜，不仅将当时的汤国王宫毁于一旦，更令太子生辰宴中之人无一生还。这便是著名的'镬汤之变'。"

"镬汤，本为佛经中一个地狱的名号，世人引用此名来记此难，乃是为了形容其惨烈之至。自那场变故之后，天罡异变，星象呈现前所未见之态……"

这场发生在十五年前的汤国王族变故，最令先生津津乐道，每每上史修课时，总能从一些天南地北的课业又扯回这个话题上。

对于史修课，我一直学得稀里糊涂，唯独对这"镬汤之变"印象颇深，那还是因为有一回，先生连问三人，皆答不出这场祸事的年份，把先生气得掷了书本，指着我来了一句："这镬汤之变，正是发生在云声出生那一年，你们这些不上进的顽劣小儿，今后若再忘记，便把'百里云声'这四个字写上三百遍！"

自此之后，九天门随处可见密密麻麻书写着"百里云声"的纸张，日久之后，被一些外来宾客当作九天门特产争相购买，这项出纳之职遂落到了大师兄头上，以至于他每日奔波操劳于修行与卖纸之间，成了九天门第一大忙人。

说起来，我的名字"百里云声"被人当作九天门特产，要完全归功于史修先生的影响力。为何史修先生如此一呼百应呢？在我们这天下修仙最大门派——九天门中，史修是所有门徒必修之课，为何如此重视它呢？

一来，凡入九天门的弟子，拜师之时均需立誓：

九天弟子

修仙炼道

不求长生

> 但度苍生
> 上无愧于天地
> 下无愧于万民
> 传浩然正气于世
> 存天地大道于心

再者,掌门,也就是我的师父说了,修仙者必先修心,修心者必先修德,修德者必先知晓天下。

由此可见,九天门师训正是以安定天下、救助苍生为己任,故而历代掌门都十分重视史修教育,以期弟子们通过史修学习,更好地知天下、救苦难。因此,若有弟子无故旷课,或是扰乱课堂秩序,轻则罚梅花桩上金鸡独立一天,重则接受各自师父发明的五花八门之惩戒。

窗外的香樟树枝头忽地一颤,一只尾带绿毛的画眉鸟落了上去,看来大师兄的酒又酿好了。我这个大师兄在酿酒方面颇有一手,深得先生喜爱,时不时地便会给先生送来两坛。每次他都是将酒坛子放在学堂外的香樟树下,等先生下了课好顺便取走,而这后来成了画眉鸟的小福利,每当有酒送到时,这鸟就会循香而来。

当然了,循香而来的不只是画眉鸟,还有我。

有几次实在馋上了大师兄孝敬先生的酒,于是我就在先生去往香樟树的途中,招个小小旋风吹走先生的冠帽。当然,这一吹必须在时间和空间上把握好尺度,我方可趁着先生追帽之机去树下偷喝几口,再掺些井水进去,神不知鬼不觉,谁也看不出来,只是可怜了先生,时常跟大师兄提意见道:"云远啊,你这酿酒功夫怎么总是发挥得不稳定啊?"

这次的酒看来酿得甚好,我坐在学堂里都闻得陶醉,伴随着先生高谈阔论的沙哑嗓音,我眼皮愈加沉重,昏昏欲睡,便打了哈欠,躲在书本后面打起盹来。

在这个盹中,我又做了那个与本姑娘现实经历完全吻合的梦。

梦里的事发生在三年前的某一天,那时,十二岁的我独自站在山门旁,向路上张望着,好像在等什么人。

过了一会儿,来了个身着桃色锦服的姐姐,身姿曼妙轻盈,后面还跟着个浅绿素衣的丫鬟。

我一见到她的身影,便飞快地迎了上去,奔到她面前时,开心地唤了声:"岚姐姐!"

那锦绣华服的人儿粉面朱唇,眉清目秀,云鬓里插着浅桃色的花饰,衬得她格外水灵动人。她示意丫鬟退到一旁,然后对我嫣然一笑,说道:"云声,姐姐今日是来向你道别的,我被许配了人家,下个月便要出嫁。"

虽然这个梦做过好多回了,可每当发展到这一步时,我还是不自觉地开始难过,愣在当场不知该说什么。

我自小就没有什么记忆,能记起的事情都是十岁之后的,从十岁到十二岁这两年间,只有一个人时常来九天门看我,这个人便是大我四岁的表姐若岚,听她说我也没有别的家人了,她是我唯一的亲人。因此,她在我心中的分量可想而知,如今连她也要离我而去,我感到伤心极了。

岚姐姐唤丫鬟呈上一个巴掌大的翠色锦盒。

"这个,是你母亲的东西,现在你长大了,可以交给你了,当作个纪念吧。云声,我就你这么一个小表妹,今后我不能来看你了,你不要挂念我,好好修行,多加保重。"

我打开那个精致的锦盒,里面是一块叠得方正的小丝帕,其上一角绣着"百里"二字,是我母亲的姓氏。

"岚姐姐,你要嫁到什么地方去?很远吗?为何不能来看我了?"我红着眼睛追问。

"我……倒不是嫁得很远,而是要嫁入王族,所以今后不能随心出入了,你别怪姐姐啊。"

王族……原来那些王子把家眷管得这么严……我满心怨愤起来。

我忍不住蹲在地上哭起来。哭了好一会儿,我想起该在岚姐姐走前把我的身世问个清楚,抬头却见她已袅袅婷婷地走远了。

正当我无限伤感之时,忽然只觉当头一棒,砸得我猛地一个激灵醒了过来。原来是又一次被先生掷出的惊堂木击中。

先生虽不是青天大老爷,却也随身常备惊堂木一块,一来讲课讲到兴起之时,可击打出清脆节奏,犹如说书;二来便是当作砸醒瞌睡虫之法宝,先生曾抚须慨叹:"这惊堂木也是为百里云声专备的喽。"

我摸摸被砸的地方,先生掷得可真准,又是上次被击中的位置,老包未消,新包又起。我正在心中郁闷,先生突然发问:"云声,这九天门中,就数你最贪玩偷懒,你常常在我课上打盹,想必你对这尘世之事已有了计较,那么你来答我一问,我今日所说那位三王子之事,你有何想法?"

方才一梦正酣,压根没听见先生说了什么,但一听说什么王子,我马上想到了那些限制家眷自由的王子!岚姐姐自从嫁了人,到如今已过去三年,我都十五岁了,她却再也没来看过我,就是因为那不给她出门的王子!

一想到这,我气不打一处来,啪地一拍桌子,掷地有声地说道:"管他几王子,若然连妻子的人身自由都不给,我定然要给他点颜色瞧瞧!"

先生闻言,震惊地瞪大双眼,也啪地一拍桌子,吹着胡子训斥道:"大胆!你你你,怎的如此口出狂言、浑言?今日老夫非要叫你师父罚你不可!"

满堂师兄师姐都在哄笑,突然间有人推门而入,一个年轻的男声传来:"先生莫要生气,我倒想问问这位小姑娘,王子怎么就不给妻子人身自由了？你因何会有此一说？"

说话这人，看着不过年长我四五岁而已，一身青灰长衫中规中矩无甚特别，长相却着实不凡，可以用带着英武之气的小白脸来概括，那感觉就是此人的出现，衬得其身后正在香樟树下捯饬酒坛子、号称九天门第一美男的大师兄忽然暗淡了下去。

此人当下正目光炯炯地等我回答，这么个来历不明的陌生人，又提了两个摆明了跟我抬杠的问题，我自然不会因他的皮相而影响思路，于是给了个简洁而又坦诚的答复："我不认识你，不想告诉你。"

先生似要打圆场，迎上前去想与那人说些什么，就在这时，下课钟声响起，先生便先行领了众人散去，可那人却不离开，仍旧面不改色地站在那儿，一双乌黑的眼里似含着挑衅之意，毫不避讳地直视着我。

一个年轻男子用如此眼神盯着我看，实在很是无礼，按照我的作风，早该出手教训他了，即便不插他双目，至少也要送其一对熊猫眼方能作罢。然而先生此刻就在门外，我不便发作，只得抱起书本跟在大伙后面往外走。

可那人却不依不饶，等在原地将我拦住："王族之人行事，自有其礼制和分寸，姑娘如此评价，未免冤枉别人。"

他这番话说得言辞凿凿，满是教训人的口气，看着年纪不大，却一副傲气逼人的模样，话说完了嘴角还微微上扬，也不知是无端发笑还是向我挑衅。岚姐姐自从嫁了王子，就再没来看过我，这是千真万确的事实，我倒是冤枉谁了，竟要平白受他这没来由的气！

于是我也傲气逼人地开口道："我九天门人行事，也自有其道理和缘由，你我素不相识，凭什么说我冤枉别人？"

他愣住，大约没想到我会学着他的口吻**撑**回去，片刻后轻笑道："好个伶牙俐齿的小姑娘。"

我只觉他越发放肆，不禁气血上涌，怒斥了句："好个不懂礼数的

第一章 师门　015

家伙!"言罢猛然间出手,想要出其不意地将他掀翻在地。

不料此人倒不是绣花枕头,我这个出其不意被他略一侧身避过,我手上扑了个空,脚下还被他左腿绊住,于是忽然重心不稳,向一旁栽去。

那人见状,敏捷地拉住我,另一只手顺便接了被我慌乱掷出的书本。

我借他力道站稳,这厮却还握着我的手不放,我心中怒意更盛,当下抽出手来,向他脸上扇去。

没想到他不闪不避,却用两指将我手腕凭空拦住,彼时还差半寸,我就扇到他的脸了。

"小姑娘,火气怎么这么大?"他仍是眼中含笑,令我更加恼火。

我嗤之以鼻,双手换擒拿式向他攻去,在学堂这巴掌大的地方,与他拼斗于桌椅之间,尽管周遭很是拥挤,却完全不会影响我的斗志。

今日莫名遭此挑衅,我岂能咽下这口气!

然而数十个回合下来,那人仍是一手拿着我的书,仅凭单手便与我周旋了许久,且不落下风。

我心中焦灼起来,想我乃大名鼎鼎玄叶道长的关门弟子,竟在本门之中不敌无名浪子单手之战,这要是传出去还了得?今后叫我师父颜面何存?一瞬间,我脑海中浮现出悲凉立于山巅捶胸顿足的师父,以及梅花桩上被罚金鸡独立的我。

我越想越觉得此战非同小可,决心哪怕用尽毕生绝学,也定要制服此人。

那人似是觉察出我攻势愈厉,边招架边来了句:"小姑娘,你来真的?"

"少说废话!"我咬牙切齿道。

他又是一笑:"那我可不客气了。"

我不理他,用尽我能比画出的最为眼花缭乱的拳掌招式,吸引他的注意,同时以牙还牙地,也偷偷伸了只脚出去。

这招声东击西果然奏效,他的全部注意力被吸引到我手上,脚下猝不及防被我绊了一跤。

我得意地仰天大笑,不料他竟向我摔了过来,整个人将我压倒。

身后硬邦邦的书桌硌得我后背好痛,这时,一团温热之气喷在我的面颊,那人的脸已在我眼前不过一寸。

那脸,实在是俊俏得很。

我呆住,眼睛使劲眨了眨。

那人倏地一下从脸红到了耳朵尖,一副茫然不知所措的羞怯表情,好像被人压在身下的是他。

这时忽然有许多躁动气息传入我耳中,我猛地警醒,一把将那人推开。

只见窗外十几个脑袋悄无声息地缩了下去。

事已至此,我的一世英名怕是要毁于一旦,我决绝地闭了闭眼,终于发狠使出最后的绝招,将一柄小小的桃木剑从怀中祭了出来。这是师父给我练习御剑之术用的,虽然我尚未使得顺手,但如今遭受此等奇耻大辱,我的拳脚功夫又不敌那人,也只能试一试了。

我将浑身真气逼出,巴掌长的小木剑腾空而起,气势汹汹地朝那人飞刺过去,他连忙左闪右躲,在学堂的桌椅间跑得飞快,小木剑追得十分艰难,虽然一直紧随其后,却始终未能将他刺中。

转眼间追到学堂门口,还差几寸便要刺中那人肩头了,我急发猛力,小木剑嗡鸣疾出,那人忙俯身避过。正在此时,忽见史修先生风风火火地跑了回来,我收力不及,眼睁睁看着小木剑抖了抖,随后啪的一声拍在先生的脑门上,那一声脆响令在场所有人都抖了个激灵。

先生张了张嘴,还没来得及发出声音,便晕倒在学堂门口。

那一排蹲在窗下偷听的师兄弟惊恐万状,连忙七手八脚地帮我一同将先生抬起来送去医治。

　　这事后来也不知为何,竟被先生放了一马,左右师父并未责罚于我,而那个陌生男子倒是出了风头,事后众多师姐但凡三三两两凑在一起,总要面泛桃花地热烈讨论一番。

　　令我厌恶的是,在这种讨论之中,时常有一个不和谐的声音对我进行不和谐的评论。

　　这个不和谐的声音来自云卉,她是与我同年拜入师门的师姐。说是师姐,其实只比我早入门半个月而已,但她总觉得自己本当被收入掌门座下,却没料到师父最终收的关门弟子是我,于是对此耿耿于怀,找尽机会对我进行诸多挑剔。

　　我跟她本不是同一个师父教的,平日里她能挑剔我的机会不多,我便没有放在心上,可是自从我与那男子在学堂搏斗之后,她不知又搭错了哪根筋,经常寻找机会对此事大发评论。

　　"上课睡觉,还敢同先生顶嘴!"

　　"男女纠缠不清,成何体统?"

　　"打不过人家,真给掌门师伯丢脸!"

　　"胆大包天,竟然打晕史修先生!"

　　……

　　终于有一天,她同其他师姐高谈阔论之时,让我撞了个正着,彼时她正在说着:"人家丰神俊朗,岂是轻浮之人? 只是云声那小丫头片子竟然同他拉拉扯扯,当真好不要脸!"

　　旁边一位师姐笑道:"瞧你说得这般难听,莫不是吃了醋啦?"

　　云卉丝毫不觉羞愧,还继续与她们打趣。我忍无可忍地冲上前去,质问她道:"云卉,你说谁不要脸?"

　　她斜眼瞥我:"难道九天门还有第二个叫云声的? 又难道,还有第二个与男人拉扯不清的?"

我怒道:"谁跟男人拉扯不清了?当日明明是那人无礼在先,我这才出手教训于他,你莫要胡说八道!"

她笑道:"教训?那么多人看见你躺在书桌上同他纠缠,这叫哪门子教训?"

我心中焦急,想要辩解,却不如她牙尖嘴利,只能更加羞愤道:"你……你这话说得太过分了!"

她嗤笑道:"过分?我还有更过分的形容呢!你要不要听?"

这等尖酸侮辱和嚣张蛮横实在令人忍无可忍,我抬手便打了过去,一旁的师姐们慌忙上前想要劝阻,云卉却已是一个起落,向不远处的梨林跑去,我忙拔腿疾追,很快在一块无人之处追上了她。她平日修习比我勤奋,功夫丝毫不在我之下。这一番打斗中,我渐落下风,一不小心被她一掌击中胸口,闷痛不已,她却趁势越打越猛,丝毫也不手软。我咬牙忍着胸口伤痛,胡乱向她挥出几拳,不料她却忽然停下,故意让我打中她的左肩,软软歪倒在地。

就在此时,刚才的几位师姐跑了过来,一见云卉跌坐在地上,纷纷上前将她扶起。云卉适时地换上一副可怜巴巴的委屈模样,哭诉道:"我不过说了几句真话,你竟如此不念同门之情,枉我对你一再忍让,全不还手,你却还要违反门规对我拳脚相向,真是太霸道了!"

我觉得她简直可以改行去当个江湖骗子了,这眼泪真是说来就来,谎话也是编得一套一套的,于是怒道:"我霸道?就许你满口胡言诬蔑于我,还不准我为自己讨个公道了?"

一位年纪大些的师姐叹道:"云声,要讨公道也该去找师父们评理,哪能私下出手打伤同门呢?"

云卉委屈地抽泣着:"她可是掌门师伯的弟子,又有哪位师父敢为难于她?"

师姐们听了很是不悦:"哪有这样的道理?不管是谁的弟子,只要违反门规,一律当接受处罚。"

我点头道:"这是自然,若真是我的错,师父也会责罚于我的,师姐们无须顾虑。"

云卉扬起下巴:"你明知道我不敢去找掌门师伯告状,所以故意这么说的吧!"

还没等我张口,一位师姐不乐意了:"你不敢,还有我们呢!我就不信掌门师伯会罔顾门规,包庇自己的弟子!"

这时二师姐云裳忍不住开口道:"师妹,你怎能说出对掌门师伯如此大不敬的话来?还不快住口!"转而又拍了拍云卉,"云卉你也少说两句吧,云声说得没错,今天毕竟是你失礼在先,至于你二人的争执打斗,等到六法大典结束之后,我自会禀明你们的师父,一切由他们来定夺。"

那场闹剧之后,又过了两日,正是修仙界六年一度的六法大典。

所谓六法大典,简而言之,就是各路修仙人士齐聚九天门,进行仙法切磋比试,一方面相互促进提高功法,另一方面交流各方消息,以期道济天下。

不过民间还有一种不太入流的说法,说是有些小门小派的道行本不足以参会切磋,却也不远千里、风尘仆仆地前来,实乃为了一睹九天仙女之风采。

所谓九天仙女,顾名思义,便是九天门中的各位修仙女弟子。因我派功法纯正,习之年久,令人体内浊垢之气渐少,清明之气日盛,因而我派女弟子大都容颜秀丽脱俗,为世人称赞。

每次大典之前,九天门会从女弟子中选出九九八十一名,在大典之初表演仙剑之舞。在经过多年的野蛮生长之后,我终于个子够高,也被选入剑舞之列。九九八十一人移形列阵,满目白袂飘飘,道道剑光如电,犹如漫天飞仙,轻灵而又洒脱,绝美而又恢宏。

剑舞之后便是四方论会,会场设在露天法坛,法坛位于大殿前庭的广场正中,为半人高的圆形平台,台面铺以房山白玉,坎震兑离四方位上立着四根矮柱,柱上盘了四条精致的玉雕蟠龙。举行大会时,辈分高的都坐在法坛当中,各派弟子则在广场席地而坐。

每到大会之时,各门派仿佛都有说不完的消息、论不完的话题,每位代表都是滔滔不绝,舌战群儒,台下的弟子们则大都迷迷糊糊,神游四方。

不知从何时开始,这论会内容被先生看中,当作了史修课的好教材,每当代表们激烈辩论之时,先生就神出鬼没地出现在我们周围,右手摆好架势,但凡发现有人神游或是打盹,便毫不留情地弹出一个兰花指。

可先生哪里知道,此种长篇大论实是太有催眠之效,我只要听上半刻钟,必定进入梦乡。果然不一会儿,我被先生的兰花指击中,一睁眼就见法坛上一位白胡子老道长正在慷慨陈词,大概说的是许多年前,靖凉和庆汤本是一衣带水的友好邻邦,然而在镔汤之变后,新汤王和新凉王先后即位,从此双方关系日渐紧张,本已剑拔弩张颇有开战之虞,然而就在近两年,听说两国关系突然缓和了许多。

于是就为了揣测他们之前到底为何关系紧张,后来又为何化干戈为玉帛,这些老道长你一言我一语,像炸锅一样讨论得非常热烈。

我听得好生无聊,可师叔师伯们目光如炬,时不时地便扫视过来,我不得不装出求知若渴的模样,到最后实在装不下去了,索性溜到最后一排落个自在。

不料刚刚坐下,就有人紧跟着坐到我的身后,同时一个悦耳的男音传入我的耳朵:"百里云声?"

一听到这声音,我只觉气血噌地一下蹿上脑中,回头果然就见那日在学堂挑衅于我的家伙,正面含笑意地看着我。

"原来是你！你如何知道我的名字？"

"这个。"他从怀中取出本书。我一看，那不正是我与他搏斗之时，落入他手中的书本吗？那日打到最后，为了救治被小木剑拍晕的先生，我一时奔走得匆忙，竟把书本给忘了。

"快还给我！"我急忙伸手去抢，却被他轻巧地躲开。

他悠悠然翻开书本，轻声念道："问：九天之大，何为最也？答：若论武功，当数师父也；若论佳肴，当数糖糕也；若论美女，当数云芽也；若论美男，当数大师兄也；若论酿酒，还数大师兄也……"

我脸上发烫，这一番乱七八糟之词，乃是不久前先生命了题之后，我绞尽脑汁的作答。只因还在字斟句酌的酝酿之中，故而尚未交给先生，不想却被这厮先读了去。

我使出一招龙爪手去夺书，他伸手一擒，将我的"龙爪"握了个稳当。

"文采一般，内容倒很丰富，我都记下了。"他双眼含笑。

"你偷看别人课业，还好意思评头论足？快还给我！"

也不知这厮从哪跑来，在九天门晃了几天竟还没走，且在这几日之内，三番五次对我无礼，我打不过他，但今日若再不能拿回书本，我百里云声也未免太过孬种。

我被握住的手使劲挣扎着，他幡然惊觉，松手的同时呆了一呆，我忙趁机将书本夺回，从他手中挣脱出来。

"你……"

"浑蛋！"我骂了一句，恼火地起身跑开，只听见他在后面不解道："我好心将书本送还给你，你怎么……"

待我再回到法场，已是大会结束后的休息间隙，师兄弟们在法场四周摆起了长条木桌，其上茶点水果一应俱全，供宾客们享用。木桌的尽头是大师兄的独家摊位，其间顶立横幅一条，上书"九天门特产专卖"，桌上满是堆得整整齐齐的纸卷,吸引了来来往往无数宾客。

这写满我大名的九天门特产,价格极低。本来师父意欲拿来白送,但无奈各路同行捧场,都不肯白拿,所以只得以所耗笔墨纸砚之成本价出售,再将卖得的银两用于救济苦难,因此大家更加争相购买,以体现扶危救难之情。

不一会儿,来了几个年轻宾客,他们站在卖纸摊前,却并未去看那些纸卷,而是将大师兄仔细打量一番,问道:"敢问这位兄弟可是号称'九天一哥'的云远师兄?"

大师兄正拨着算盘统计进账,见有客上门,当即起身拱手道:"不敢当,在下正是云远。几位是需要购买特产吗?"

那几人摆手笑笑:"我们不是来买东西的,素闻九天一哥大名,敬仰已久,今日终于有幸得见,不过是想与你切磋切磋。"

大师兄踌躇道:"可我正在卖纸……"

对方为首之人朝身旁一人使了个眼色,那人马上会意地来到大师兄身边道:"无妨无妨,我来替你卖,你们只管去切磋便是。"言罢,他们也不管大师兄情愿与否,几个人拉拉扯扯地把他拽到了一边。

为首的年轻人轻笑一声,道了个请,便向大师兄打了过去,他动作极快,攻击迅速,引来周围一群宾客围观,纷纷为那人喝彩叫好。大师兄只是不紧不慢地后退拆招,时不时还抽空望望他的摊位,估计还在惦记卖纸的生意,见有客到访,替他卖纸那人又不尽心,大师兄当机立断,立刻化守为攻,一身白衣如同一道白色光影,直将对手逼退几丈开外。我看得连连摇头,大师兄若是早些变招,何至于错失刚才好几单上门生意。

果然,大师兄身影一停,那年轻人的手腿均已被他制住,那人激烈地反抗着,好心的大师兄待他展示完这番挣扎之后才将他松开,笑眯眯地对他道了句承让,便转身往卖纸摊走去。

谁料那人愤恨难平,给他两位同伴递了个眼色,三人竟一起向大师兄扑来。大师兄忙俯身避过,转身凌空飞起,白色身影如云般落下时,那几人倒的倒、摔的摔,最后大师兄脚踩一人,两手又分别掐住一个,好不威风。

围观众人不禁热烈鼓掌叫好,齐声高呼:"九天一哥!九天一哥!"

大师兄面露羞涩,忙将那几人松开,又朝他们拱了拱手道:"今日切磋便到此结束吧,各位请便!"那几人显然并不甘心,然而他们一哄而上也未能打胜,只得灰溜溜地走了。

等大师兄回到摊位的时候,帮他卖纸的那人早已跑了,摊位前被刚才围观打斗的人挤得水泄不通。

"一哥好身手!必须来捧个场!给我来一沓九天门特产!"

"一哥,我也买一沓!"

"一哥,我要两沓!"

"现货售罄了吗?有预售吗?"

"一哥快补货呀!"

在一旁凑热闹的四师兄和我闻言,当即施展轻功找史修先生补货去了。但最终还是供不应求,最后一张纸被众人哄抢,又怕撕破了,于是纷纷使出内力,把纸击到空中飘来荡去,个子高的被矮子的掌风打乱了发型也全然不顾,一群人披头散发地跟在那张纸下面,绕场跑了一周又一周。

未时,到了练道的时辰。练道,以道为本,以练相较,点到为止,见胜即收。然而话虽如此,各派之间难免暗中较劲,一旦动起手来还是毫不客气。

各派入场之时,浩浩荡荡的阵仗中最大的总是金、木、水、火、土五大派。这五派分别是金音阁、木空山、水川岛、火莲洞和土行宗。当世除却被奉为修仙之首的九天门外,便是这五大派道法最强、弟子最多。

九天门平日里行侠仗义、救民救难，也少不了这五大派诸多帮助。

另有些闲杂门派虽然功法不济，却也斗法斗得不亦乐乎，只是不时有人被打得鼻青脸肿，满脸挂彩，相互叫骂连连。

小门小派的比试很快告一段落，这时，一位身着浅茶色道袍的白须长者从座上凭空而起，悄无声息地飞向法坛，最后轻轻地落在台上，众人纷纷赞其轻功，他则向四方拱一拱手道："土行宗宗主何通，向各位道长讨教。"

他话音刚落，又一个声音响起："火莲洞玉天龙来领教领教宗主高招。"紧接着一团赤红从火莲洞那方倏地腾到空中，犹如一团旋转的熊熊火焰，骨碌碌地朝着台上滚去，顷刻间停在土行宗宗主身前的，是一位通身赤色长衫、红脸棕发的魁梧男子。

土行宗宗主何通向来人道："六年前，贫道因要事缺席六法大典，未能与洞主切磋，实属憾事，今日还望洞主不吝赐教。"

二人凝神聚气，片刻之后，土行宗宗主身侧真气爆出，他身形移动极快，转眼间已在对方身前左右腾挪数招，我全然看不出他的路数，只觉眼花缭乱，防不胜防。

火莲洞洞主玉天龙似乎对何通的招式了然于心，只虚晃一下，便闪到何通近前，左手看似攻向其胸，实则趁其注意力转移之时，右手突然掐住何通左腕，何通面色忽变，原来他左掌才是真招，却被玉天龙一眼看穿，上来便破，他慌忙回撤左手，却令己方同侧中庭失守，玉天龙的掌风趁势而至，将何通推到仰面翻了下去。

最喜钻研他派功法的三师兄在一旁轻声喝彩道："好一招火烛抱日！"

我不解道："什么火烛抱日啊？"

"这是火莲洞的独门绝技，进攻之时看似式微，实则预备了后招，只待敌手稍有疏漏，便以如日当天般的后招，令对手猝不及防。"

他一通颇有心得的解说，我却听得云里雾里。这时，何通虽中一掌，身子仰在半空，却忽然变作一个下腰打挺，纵身翻了几圈在一旁落定，随之聚气于身前，片刻后一把灰色石尺现于他双手之间，我忙问三师兄那是个什么宝物，三师兄道："这叫戒魂尺，是土行宗传代之法器。"

这时，戒魂尺正嗡嗡而震，渐现荧光，何通猛然间爆出真气，向玉天龙发力而去。

那团真气虽离我们两三丈，却依然来势汹汹，周遭沙石俱起，顺气而动，玉天龙却不慌不忙运气于手，静待何通攻到近前，双手推出一面四叶罗盘，那四叶细看之下实则非叶非花，而是四簇火苗之状，应是火莲洞秘宝了。

两派法器在空中相峙，双方步伐均是微微摇动。僵持一阵之后，最终何通不敌对手，身体一个猛晃之下向后跟跄栽开，险些跌下台去。

土行宗宗主发束微乱，一阵风吹过，那灰色发丝在风中飘飘荡荡，他也不介意，只淡然将发丝一甩，拂袖飘然而去。火莲洞众弟子碍于礼数不好鼓掌欢呼，但个个脸上神色分明透露着得意之情。他们的洞主玉天龙在台上更是满面春风，喜形于色，正在他笑眯眯地向四方众人拱手之时，一名身着浅蓝色道衣、白胖丰圆的道长从人群中飞到台上，道："洞主可还记得我水川岛苍河？"

玉天龙转身笑道："原来是下川岛岛主苍河道长，你家苍海道长呢？"

"师兄在上川岛有要事缠身不能前来，便由贫道来陪洞主过两手。"

我疑惑道："这水川岛怎么又是上川又是下川的？都是什么意思？"

三师兄摇头道："你啊，平日不是睡觉就是闯祸，也不好好研学，竟连五大派的门号都拎不清楚。这水川岛，位于东海之滨，分上川和下川两岛，两岛各有一位岛主，上川岛岛主法号苍海，下川岛岛主就是台上这位苍河道长了。"

三师兄说得没错，我确是太过懒惰了，只知金、木、水、火、土五大派名号，却不知水川岛如此与众不同，一个门派之内又一分为二，相当稀奇。

火莲洞玉天龙大约是修习烈性功法之故，招式之间尽是狠辣，拳掌交叠之间，仿若烈火迎风，愈趋愈猛。而那位下川岛苍河道长，却是招招软绵，一副矮胖身躯左圆右滑，将玉天龙的拳掌化解得招招落空，等到玉天龙心浮气躁强攻之时，苍河忽而腾空而起，凌空而下，内力如瀑布般，直灌向玉天龙顶门。玉天龙见抵挡不及，仓皇之间唯恐头顶遭击，只得慌乱地着地一滚，却忘了自己已在法坛边缘，哎呀一声骨碌碌地自行滚到了台下。

我见苍河道长的打法很是奇趣，又问三师兄道："苍河道长这一招可有什么说法？"

他点头道："此招当是他的绝学——银河碧落了，只不过刚才他们二人只是切磋，并未拼上全力，否则此招之下，对手即便滚了下去，也难免受伤。"

这时台下众人见玉天龙滚得好不狼狈，纷纷忍俊不禁道："烈火果然还需水来克啊！"玉天龙满脸愠色，在众目睽睽之下失于人手，也不好发作，只得恨恨地哼了声，愤然回到席间。

苍河道长不失风度，对着玉天龙的背影行礼道："洞主道法过人，承让了。"

这时一个瘦瘦长长，如同展翅苍鹰般的人影从上空飞来，犹如一面巨大的纸鸢，直扑到法坛上方，又忽然斜向下去，在空中展开一双利爪，一边沙沙作响地打向苍河，一边开启干哑的嗓音道："苍河，接招！"

苍河连忙抬手相迎,二人内力撞击之下各退一步。苍河看清来人,笑道:"原来是久未谋面的木空山凌乙道长,怎么这些年不见,您这身子骨愈见消瘦了?"

也难怪苍河有此一问,那凌乙道长一出场,确实显得太过瘦弱了,我不由得叹道:"这位道长瘦成这般,莫非是营养不良?这怎么看也不像是位掌门呀!"

三师兄轻声言道:"凌乙道长虽然不是木空山掌门,却是掌门的师兄,道行不在掌门之下。"

我看向那瘦同枯木的老道,只见他面色焦黄,身形枯干,面上却不见一丝皱褶,很是精神。

他回应苍河:"我这功法练的本就是一个清虚,若是越练越肥,岂非着了旁门左道?"

可苍河本就是丰腴之貌,凌乙道长这话显然是在讽刺他练了不入流的旁门之功,才落得如此肥胖。苍河闻言果然气血上冲,原本雪白的肥面腾地变红,一提气便向凌乙呼啦啦扑了过去,凌乙道长反应格外敏捷,在苍河四周如鬼魅般闪避旋转,细瘦双臂频频长出,在苍河上中二庭处抓了又抓,幸而苍河反应不慢,每遇枯指抓来,便立时化攻为守,才不至于见血,然而即便如此,他的外袍已裂开了一道道的口子。

他二人如此周旋一圈之后,凌乙道长突然向后疾退几步,随即两片大袖一甩,呼呼聚气于周身,将那两片袖子撑得鼓鼓而动。苍河见状喝问了声:"玉树临风?"

正在喝水的我被惊得一大口水喷出,溅了三师兄一身。

凌乙干笑道:"正是正是,还不看招!"

这时,苍河身前亦现光影,光影中忽现一只琉璃盏,周遭聚起之气如平地起风,将他衣角衣袖吹得向上翻飞不停,此时凌乙的劲风已然袭来,琉璃盏受到压制,在光影之中剧烈震颤,苍河有些力不从心地退了半步，凌乙见状又加一股内力，大袖鼓动愈甚，片刻即闻一阵沙沙声响，只见苍河身前光影渐淡，终是哇的一声，连人带盏向后摔倒在地，嘴角似是流下一丝殷红。

"失手失手，老弟莫要见怪。"凌乙见状连忙点头哈腰地上前欲要搀扶，苍河却道他假仁假义，一把推开那枯木老手，兀自下了台回到座中。

大家的注意力都在苍河身上，却没注意凌乙道长身后忽然出现的道人，那人身着暗绿色长袍，也不知何时上了台去，此刻正悄无声息地靠近凌乙，而凌乙因沉浸在力破苍河的得意之中，光顾着招呼台下观众，全然不知身后强敌已至。

长袍道人全无声响地瞬间贴近凌乙枯瘦的后背，凌乙仍不自知，直到那人抬起一手向他袭去，他才幡然惊觉已有险招在侧，立时矮下身去躲让，却仍是避之不及被后面那人一个指头弹到肩上，干巴巴地发出一声吃痛的怪叫。

后面那人轻飘飘移开两步，音色清亮地笑道："凌乙老道，既然年岁大了，莫要光顾着修炼清虚，倒将耳根子功夫给落下了。"

凌乙揉揉肩头，不满地道："金音阁弹珠妙指果然名不虚传，但刚才你啰音趁人不备，未免太不光明磊落，不能作数。"

"原来这个长袍道人就是金音阁的啰音道长啊。"我脱口而出，久闻此人功法独到，是个修行年深的老道人了，不想其人看不出半分老相，只似常人四五十岁的模样。

三师兄擦着身上的水渍，啧啧道："总算还有个你云声知道的名号。"

我惭愧地吐了吐舌头，这时啰音道人站在凌乙两步开外，又退一步，道："便依你重新来过，怕是照样要叫你老树茎断叶落。"

凌乙面上不屑，实则未有半分懈怠，逗舌斗嘴之际，已然运化真气于胸，不待啰音道人有半分动作，便先声夺人地晃晃身形打了出去。

啰音道人与之前几人颇有不同，见到凌乙一招迎面而来，却是不闪不避，身不动而气动，道袍陡然间蓬起，他只将肩头一沉，故意让对手掌落于肩。我本以为他受这一掌之下，即便不伤也要被打得后退几步，不料他却纹丝未动，反倒是凌乙道长如同手脚全然踏空一般，从他肩头滑到一旁歪了两步。

啰音笑道："老树丫子打得累了，我也不占你便宜，你拿出看家的招式来吧，我不避你便是。"

凌乙怒道："好你个啰音，几年不见，从哪里学来这么多叽叽歪歪？"言罢真气瞬间迸出，双手是掌是拳已快到不能辨识，只见他双臂挥舞间，突现拳掌点点，正如梨树枝头百花齐放之姿，只是百花中间嵌了张枯黄老脸，显得好不相称。

我目瞪口呆道："他这招该不是叫作老树开花吧？"

正专注观战的三师兄忍俊不禁道："那是分花拂柳，看似花开，关键却在拂柳上。"

"怎么个拂法？"

"你看看便知。"

是时凌乙道长进身之间臂如长竿，掌若纷飞，看得我眼花缭乱，想来他这一招若是用来对付我，必能把我打成个筛子。而啰音道人飞快地与其拳掌周旋片刻之后，果然不避也不让，看来又是打算生生挨上一招。

三师兄叹道："你看他这招，分花乃是先破坏对方招式，拂柳则是再趁势袭击对手胸腹要害，常人想要挡住他分花已是很难，再加上不知他什么时候会突然变招，常常令人防不胜防。"

果然，片刻之间，凌乙道长的枯长双手突然抓上啰音前胸，枯瘦双爪由胸向腹拂下，眼看着似是要将人开膛破腹一般，想来拂柳便是此意了。

然而,啰音略一欠身,一股劲风便向其四周乍然散开,将凌乙的力道化开了去,凌乙惊骇不已的一瞬,啰音双手推出,隐约带着金石震颤之音,直将凌乙道长推出一丈多外,跌在台下,当场吐出一口鲜血。

木空山众弟子慌忙上前去扶,台上的啰音道人悠悠然向台下四座道:"还有哪位意欲示下?"

一时间台下无人相应,大家踌躇一阵后,大典的主持玄影师叔上台宣布本届练道的胜出者为金音阁啰音道长。

彼时一位身着月白长袍的仙者身姿飘然地从天而降,他墨发披肩,面容清俊,如古泉般深邃的双眸神采奕奕,透着清冷卓然之光,腰间束着一袭闪着晶莹光泽的银丝带,拖下银白色的流苏,随来人的飘逸步伐而摇曳轻摆,他头顶的玉冠上镶嵌着一块微泛蓝光的灵石,彰显着其主人的尊贵身份——九天门掌门,也就是我百里云声的师父——玄叶道长。

在众人的注目中,师父向所有宾客致意,并取出了本届六法大典的结缘法器——昆仑圈。

依照惯例,每六年我派会炼就小法器一枚,在六法大典上供仙友结缘。通常说来,比试胜出者的道行总是足以驾驭法器的,可这一次有些出乎大家意料,金音阁的啰音道长拿着那巴掌大的古铜色环子,摆弄半天也是毫无动静,他有些无奈地将环子归还到师父手中。

师父莞尔向台下众人道:"此圈并非寻常之物,而是一件有灵性的法器,须寻得有缘之人,并随其心念而动,与功法高低并无多大关联。"

众人听罢都跃跃欲试,又陆续有各派人士上台尝试,却都是无功而返,最后上来一位道姑,自称对环子真心喜爱,欲要拿去当手镯佩戴,师父对此等荒唐请求一时语塞。

就在大家哄笑之时,那三番五次对我大不敬的小白脸飘飘然跃上台前,对师父作揖道:"玄叶道长,可否让白隽一试?"

姓白?嗯,倒与此人的小白脸形象很是相配。

大概师父正愁如何回绝那位道姑,闻言欣然将昆仑圈放入白隽手中。

令所有人目瞪口呆的是,这小小金环到他手中片刻,即由暗黑的青铜色变为炫目的纯金色,同时发出耀眼的七彩光芒。

这下满场都沸腾了起来。师父示意他尝试动一动那法器,他还真的将那环子祭得滴溜溜地打转,随后腾空而起,绕场飞行起来,所过之处,总引得下方人们一阵欢呼骚动,尤其是一些对白隽颇有好感的师姐,当昆仑圈经过她们头上时,纷纷对着那环子羞怯地招手,仿佛头上飞来的并不是一个环子,而是某位风流倜傥的大仙。

然后,那小环子兜了一圈后,居然停在我的头顶上方不再走了,而彼时的我,刚与前后师姐妹分了把瓜子,正嗑了个最大的在齿间,万没料到那环子突然跟我较上了劲。

于是,正噘嘴喷着瓜子壳的我,就这么连人带壳一起被牢牢定住,一点也不得动弹。

我暗自后悔,千不该万不该,委实不该在此时嗑瓜子嗑得这么欢,然而更令我后悔的还在后头,昆仑圈居然在众目睽睽之下将我吸了起来。没错,我就是被一股巨大的力量吸住,只能眼睁睁瞧着几片瓜子壳飘浮在我面前,随着我一起慢慢上升,并停在了半空。

我清楚地看到所有人脸上难以置信的表情,我还清楚地听到了云卉发出的窃笑声。

这太丢脸了,好在吸力突然松动了点,我忙聚力于嘴,艰难地大叫起来:"你要干什么?快放我下来!"

他毕竟对法器不熟,一通比画也无济于事,而后还是师父出手,大手一招便把我连人带圈一起招到台上。环子在半空中突然失去吸力,在漫天飘落的瓜子壳中，我华丽丽地掉在白隼怀里。

我本要骂他一句，谁知抬头一望，却见那厮今日容光焕发，较之以前更加清爽俊美了些，虽然其头上落了几片瓜子壳，但丝毫未能影响他俊俏的面容，以至于我明明已经被接住了，却反而产生了更大的失重感。

他低头盯着我看，那眼神似是欲说些什么，我一时只顾着在心中胡乱揣测，全然忘了此刻身在何处，最后师父终于看不下去，在旁意味深长地咳嗽一声，我们这才回过神来，慌忙分开各自站好。

而后，令一众老前辈没想到的是，昆仑圈被赠予了白隼这个毛头小子。

而大典结束后，令一众弟子唏嘘不已的是，掌门下令此后凡六法大典中，一律严禁携瓜子小食进入会场，违者罚写九天门特产一千遍。

之后不过两日，师姐们果然将我同云卉动手的事禀报了师父，师父听完我一番慷慨陈词后，大袖一挥道："且不论你有理没理，既然有这么多力气来打闹，不如去后山砍柴七日吧！"

就这样，次日一早，在云卉幸灾乐祸的目光中，我抱着斧头独自来到后山，开始了为期七日的砍柴生涯。

后山的小树林子可不是给人砍着玩的，那儿种的乃是一片铁皮树，树干没有多粗，却棵棵坚硬如铁，斧头都难劈出伤痕，想要砍下当柴，更是难上加难，之前被罚砍柴的师兄们为了砍这铁树，无一不是发功过度，到最后都是连人带柴一起被抬回去的。因此这一片小林子便成了惩戒弟子的终极宝地，可谓师父们的天堂，徒弟们的地狱。

毫无所获地砍了大半日后，始作俑者白隼竟然来了，说是听闻我受罚乃是因他而起，心中过意不去，故而前来帮忙。

于是，接下来的日子我过得很是清闲，每日里白天逗逗鸟儿，追追蝴蝶，采采野花，晒晒太阳，晚上便在后山小木屋里呼呼大睡，至于砍柴的任务,自然是被始作俑者承包了。

七日之后的一天早上,本姑娘刚刚睡醒便被吓了一跳。

那日一睁开眼,首先只觉眼前一片暗色,我警觉地用眼角余光一扫,只见身旁有一人形暗影,我当机立断,以迅雷不及掩耳之势挺身跃起,并一拳打到那人鼻梁之上。

那蓬头垢面的人啊呜一声惨叫,当即痛得捂着脸弯下腰去,我一边大喝着何人胆敢擅闯我派云云,一边准备继续同他搏斗,那人却颇为委屈地呜咽道:"我都这样了,你还打我?"

我疑惑道:"你?"

那人又道:"你什么你!这树也太难砍了,你自娱自乐地耍了几天,便忘了来给你帮忙的人吗?"

他言罢将怀中抱的一大团东西扔给了我,是一捆干柴,扔完他便瘫倒在地一动不动。我惊讶地上前拨开那人脸上的乱发一看,原来真是那位始作俑者,他果真信守承诺,帮我砍好了柴,替我受了这传说中的九天门终极惩戒。

替人受罚也属于违规操作,为了不被师父发现,我飞快地偷偷潜入威仪院,叫来大师兄帮我一道把白隽抬了回去。大师兄见白隽如此仗义相帮于我,一路上边抬边夸,从点到面、从里到外地夸,只可惜被夸者一路晕厥,一个字也没能听见。

自那以后,我对白隽的印象大为改观,他也一改之前的唐突无礼,凡事有礼有节有风度,因此,即便后来他天天围着我转,也没太让我烦心,反倒同他日渐亲密,很快发展到了一日不见如隔三秋的地步。

只是偶尔被云卉撞见,总免不了招来几个白眼。不过听说上次不仅是我被师父惩罚,她也被自己的师父罚了抄写经卷,以助她修养心性,而且要她抄写的遍数甚多,据说抄了整整一月有余才算完成。自那以后,她那张刻薄的嘴巴总算是收敛了些。

又过了几日,有个身穿官服的人来九天门给白隽送信,从头到尾毕恭毕敬,一口一个三王子地叫着,我这才知道白隽竟是镬汤之变后新汤国的三王子。那日史修课上,先生砸醒我提问时,说的那个三王子就是他,此番是微服来九天门中学习仙术的。

他说自己在那日的史修课上对我一见倾心。

原来那天在我打盹的时候,先生讲的正是白隽这位三王子的生平,说他年纪轻轻便征战四方,大获全胜后,并未急着回朝邀功,而是一心想学仙术提高修为,然而九天门此前并未有过收王子为徒的先例,所以我师父有些犹豫。

说到这时,先生发现睡得正酣的我,便顺手将我砸醒了来提问,白隽早就在窗外看见我打盹打得哈喇子都流下来了,心想我一定是哑口无言,却万没料到我一拍桌子,义愤填膺地说了一段没头没脑的话,虽然惹恼了先生,却震惊了白隽。而那日课后,我之所以没被师父责罚,也是他在先生面前为我求情的结果。

说来他倒有些仙缘,能在未入仙门的情况下自行驭起昆仑圈,这才让师父决定收下他这名王族子弟。但和我们正规入室弟子不同,他将由九天门里的几位师父共同指点,并且因为他终将回宫协助他父王处理政务,所以也不会在此待得长久。

因白隽入门日短,他修习到的那点法术在我看来其实并不怎么高明,但他创意颇多,无时无刻不想着好好发挥,以期在我跟前制造些欢乐的氛围。

比如,自打师父传授他吸纳之功后,这厮就盯上了九天门里大大小小各处水法,但凡与我一同经过,必定要将吸纳功夫展示一番。

他最喜将水法喷出的水柱变幻成各种人形,再让我来猜,其实大多数时候,我委实看不出个头绪,但想着人家毕竟入行不久,能如此已是不易,便不忍打击他学艺不精,只得硬着头皮拍手叫好。

但这些违心的喝彩却被二师兄云近看在眼里，还记在了心里。

我二师兄也有个心仪之人，便是九天门女弟子中仙法最高的师姐云芽。云芽师姐不仅仙法造诣高，人也长得端庄秀美，恍若仙女。

二师兄对她倾慕已久，但苦于自小在九天门长大，对风月之事毫不开窍，不懂如何相告。自从无意中瞧见白隽对着我折腾那些水法，我还总是惊喜地欢呼喝彩，二师兄便深以为这即是博取佳人芳心之道。

而后不久，当白隽又一次邀我前往后院时，却见二师兄已引着云芽师姐向那儿走去，我们于是藏到一旁的大树后静观其变。

接下来发生的事，可算是二师兄入九天门以来最后悔的一桩。

云芽师姐问他因何事相邀，二师兄紧张地踌躇良久，这才鼓起勇气答道："云芽师妹，我有东西给你看。"言罢学着白隽的样儿，将水法纳到半空幻了个人形出来，而这造型，正是白隽最喜欢模仿的史修先生。

本来白隽变的只能算个四不像，每次都是靠着那水人掷出惊堂木一块，我方能猜出这是哪位，可是以二师兄的道行，毫不费力就变出了个惟妙惟肖的先生来，云芽师姐面对此情此景一脸不解，二师兄连忙趁热打铁地说道："云芽师妹，今日这个戏法，是我专门为你准备的。"

言罢，他幻出的史修先生形象地掷出一块惊堂木，大约二师兄之前见我被砸得一身是水还笑得欢快，他便也瞄准了云芽师姐，怎奈云芽师姐哪里知道他这是在作甚，尚未反应过来，那水幻的惊堂木已不偏不倚砸得她一脸水花。

躲在大树后的白隽和我都傻了眼，气红了脸的云芽师姐一跺脚愤然离去，他俩的事也就此黄了。为此，我和白隽对不明所以的二师兄充满了深深的愧疚。

经过二师兄事件之后，白隽终于不再将目光盯在水法上，又玩出了新花样。

九天门中各处就数星辰花最多,到处蓝莹莹的,虽是清爽,但在白隽眼里不够妖娆。

好不容易他发现了一个新去处,三月之时,有一处嫣红桃花开得很是娇美,于是他欣然领我前往,并把御剑之气用在花上,弄个花瓣组成的剑气,绕我周身舞动几圈后,再令花瓣如雨倾泻而下,好不唯美。

只可惜他发挥得不是地方,偏偏选在玄影师叔修炼新法术的小花园里。表演过后,枝上无花,地上狼藉,我为免受罚,便同白隽把花瓣一股脑全扫到了花园中的一汪小池子里。谁知那池子里泡的是玄影师叔练法用的草药水,也不知花瓣在里面发生了何种变化,只知玄影师叔练法之后,头顶终日缭绕着粉桃色的仙气,颜色煞是娇艳。

之后东窗事发,我们二人被玄影师叔叫到威仪殿中一顿痛骂。白隽挺身而出,一人担下所有罪责,玄影师叔罚他在花园里跪了一天一夜,其间我每次溜去看他,他总是对着我笑,叫我自己去玩,不要担心。

尽管如此,玄影师叔头上发散的桃粉之色仍是挥之不散,后来师父终于看不下去,便给玄影师叔提了意见,说是师叔阳刚之躯,还是莫练柔媚之术为妙,而玄影师叔恰巧此次成功练得了高深新法,因而毫不介怀,指着头上冒出的粉色烟气,坦然直言大丈夫修行,理当不拘小节,只要能修得正法,度得苍生,纵使柔媚些又有何妨?

我眼见师叔连人生观都发生了变化,觉得白隽行事着实影响太大,便向他提意见说,抒发情意其实未必都要折腾那么大的动静,不妨文雅含蓄一些。

不料自此以后,虽然他的行动不再那么高调,但风月情怀更加升级了,因为他牢牢记住了我说的"抒发"和"文雅"二词,并理所当然地认为这少不了一些肉麻话的配合。

于是某日,他邀我下晚课后到膳堂外的莲池边一叙。

那日下雨,我下课后匆匆赶往,却发现大师兄为了酿出好酒,正蹲在莲池边摆几个小酒坛子接无根之水，于是我赶紧掉头去找白髯，想跟他说换个地方再叙，没想到跟他跑岔了道，他从另一条路来到莲池，将身披蓑衣背对他的大师兄误当成了我，二话不说便用法术将池里的莲花耍得缤纷飞舞，舞完又对着目瞪口呆的大师兄背影吟赋酸诗一首，大师兄红着脸起身婉拒，惊得白髯差点当场晕倒，后来这二人一碰面就心照不宣地尴尬散去。

细心的大师兄眼见我为了与白髯相会而终日奔忙，一日，特地将我拉到香樟树下，悄悄问我同白髯是何情况。我坦言同他正是你侬我侬，两小无猜之中。大师兄叹道："这三王子上回替你去砍铁树，我便觉他为人十分仗义，只是不知何故，前日雨夜，他竟在我身后对我吟诗作赋，也不知是否将我错认作了谁。今日大师兄跟你说的你记住了，若他敢对你三心二意，欺负了你，你便来告诉大师兄，我替你将他打下昆仑山！"

我闻言大为感动，忙向大师兄解释了白髯并无二心，雨夜正是将大师兄错认成了我，这才会吟赋那酸诗，还顺带把之前偷喝大师兄好酒的事也如实交代了。

大师兄颔首道："如此甚好，他那诗固然是酸了些，倒也情真意切。若他真能善待于你，那几坛子酒不打紧，便当大师兄送你们的贺礼也罢。"

那时的我过于单纯，加之又得到了大师兄的祝福，便全然忘了白髯那令我耿耿于怀的王子身份，每日沉浸在与他的打闹嬉笑之中，也忽略了对身世一无所知的自己，与他一个王族子弟实不相配的现实，对于将来如何，更加没有多想。

记得白髯在九天门过了快三年的时候，来了一队汤国的卫兵，为首的是个将军，名叫郭叙，专程来接他们三王子回宫。

那日，白髯临行前拉着我去拜见了师父，他向师父说，等他回宫后就禀明父王,要迎娶我当他的王妃,而我也在一旁推波助澜地表示非他不嫁。

师父沉吟了一阵,面带忧虑地说:"我九天门倒不是非要断去弟子姻缘,只是云声与三王子你,并不见得能有什么好的结果,还望你三思。另外,毕竟你从十四岁起便离家征战四方,如今已六年没有回朝,家国之事并非你现在想得这么简单,况且王室婚配也非你自己可以做主。云声只是我九天门一名修行弟子,并非官家千金,此事更是难上加难。还是待你回宫处理好一切,过一阵子之后,若你确实可以迎娶云声,那我也不会阻拦。"

白隽临走前给了我一个白玉扳指,我当时笑说给什么扳指啊,搞得跟掌门继位一样,他却严肃地说,这扳指是他从小最喜欢的饰物,谁也不让碰的,如今交给我,就代表把自己的心放在我这儿了。还说最多百日就会回来找我,让我务必安心,等他的好消息。

他走了以后我就天天掐算日子,眼看着快百日了,他却还是没来。我以前活得自在逍遥无甚烦恼,自从他丢了扳指给我就落得个心病,以至于平日里多了许多焦躁,有时还会做一些与白隽有关的梦。只是美梦甚少,噩梦却多,每回梦醒时分都惊得一身冷汗。

好不容易熬到了百日那天,我早早地就完成了文修武修各类课业,然后怀着无比期待的心情,在山门前的大石头上坐着等他。

然而一直等到太阳落山他也没来,我很是失落。又等了不知多久,当值的师弟在后面喊道:"云声师姐,宵禁时间到了。"我这才颓然地一步三回头地回了门中。

那夜,我把白玉扳指攥在手心睡去,不一会儿又梦到了白隽,这一次的梦却很温馨,我梦见自己坐在学堂外的香樟树下,突然有人从身后拍我,我回头看到是白隽,正要开口问他为什么现在才来,他却微笑着一言不发,抬手轻抚着我的头发。

梦到这里我觉得越来越真实了,不知不觉间睁开了眼睛,面前竟然真的是他,他眉头深锁,右手正抚在我的头上。

见我醒了,他的眉头舒展开来,转而对我微笑,我开心得一跃而起,却忽然发现他不似平日装束,而是穿着一身黑衣坐在床边。

他面色看着很是憔悴,我见他整个人都瘦了一圈,嘟囔道:"我还以为你不来了呢!你看你,来得晚也就罢了,怎么这副打扮?又为何这么瘦了?"

他轻轻拥抱我,声音低沉:"对不起,是不是等得着急了?"

"当然啊,我都想了,你今日若当真不来,我明日就下山找你去。"

他拥着我的手臂更紧了些。

"你还没回答我呢,为什么穿成这副模样?还有为何瘦了这么多?"

他顿了一顿:"我是瞒着父王偷偷溜出来的,所以只好穿了夜行衣。至于瘦了,大概是因为对你思念太甚。"

"瞒着你父王?难道,他不让你来见我?你和他说了我们的事吗?"

"云声,我可能没办法那么快和你成亲,但是我保证,最多两年,我一定能办得到,你可以等我吗?"

"为什么?你父王反对我们了吗?"

"倒也没有反对,但有些事,我需要先处理妥了,才能把你接到我身边。"

"什么事啊?很严重吗?"

"没什么,只不过牵涉到了凉国……不过你不用担心,我会想办法。"他扶住我的肩膀,目光坚定地看着我,"云声,如果不能娶你,我宁愿孤独终老。可是,要说服我父王,我们也必须做出一些让步,我想过了,如果我们退让一步,他还是不答应的话,大不了我带兵扫平凉国之军,以我手中的剑来解决。"

听他这么说,我却更加担忧了。之前他在九天门修习的时候,曾在后山的小池塘里泡野澡,恰逢我带小师弟去捞野鱼,捞着捞着把白隽从水里给捞了出来,于是清楚地看到了他光溜溜的身上有多处伤疤,都是打仗时留下的。

所以,一听他说又要上战场,我心一软:"我不想你去打仗,两年就两年吧,我等你。"

其后两年间,他起初是每个月来两三次,后来渐渐一个月一次,再后来两三个月才来一次,每次都是心事重重。而我虽然很期待能早日和他成亲,又怕给他压力太大把他逼上战场,所以也不多问。

他最后一次来的时候受了重伤,是被郭叙背进来的。那时他刚结束一场大战,却没有立刻回宫。

我红着眼睛给他的伤口换药,他却笑盈盈的,心情大好,说这次一定可以让父王首肯我俩的事了。

他说不久前南蛮来犯,在汤国边境占领数座城池,烧杀淫掠,无恶不作,可汤国正逢瘟疫横行,许多兵将病倒,能上战场的人数大大减少,这令满朝文武惶惶不安。他的父王在朝堂上发话,谁能退敌,回来必有重赏,于是他当即请战,亲率两万汤兵迎战八万南蛮铁骑,为的就是回去能跟他父王要求娶我。

他笑着说:"其实这个胜仗,我得感谢一个人,要不是他,我可能真的回不来了。"

我惊道:"发生了什么事?"

他面色凝重地说道:"自古南蛮之人身强体壮,凶残好战,而我们中土之人本就体质文弱,战斗力有很大悬殊,加之他们此次蓄谋已久,拥兵八万,来势汹汹,我虽带了两万兵将,心中却知道根本没有胜算,只能乞求上苍保佑。为我大汤太平,也为了你,我只能拼死一搏。"

听他这么说,我不由得眼眶微湿,一时忘了他身上有伤,顺手就给了他一拳:"没有胜算你还要去?这不是平白送死吗?"

他吃痛地叫唤一声,笑道:"也许是我的诚心感动了老天吧,在我军苦战到只剩最后几十人的时候,我本已做好自刎的准备了,没想到天不亡我,就在那时,竟然天降神兵,来了一位武功高不可测的人,只带了一小队兵马,便将我从绝境中救了出来,还取了南蛮大将军的首级交给我。"

我惊讶道:"他是什么人?你的部下吗?还是朋友?"

他摇头道:"都不是,我并不认得他,当时他戴着头盔,我并未看清他的容貌,但据其外形与声音来看,我感觉与他并不相识。"

"那他为什么要来救你?"

"那人走前,我也曾这样问他,他却说我无须知道,他只是不愿生灵涂炭,看在苍生的分上才救我的。"

"可是多么惊险,若非恩人相救,你这次岂不是凶多吉少?"

他笑道:"只要能让父王同意我们的婚事,就算是凶多吉少,我也在所不惜。"

这两年来,我不知他究竟遇到了多大的阻力,但他这一次来,虽然满身伤痕,却是笑得最灿烂的一次。

过了不多时日,白隼果然带着宫里的人来九天门提亲了,师父却仍是不放心,让我再好好考虑清楚。这一次,大概是我跟随师父以来最不听话的一回,一想到白隼为了我俩之事那般拼尽全力,我当场便指天指地坚持着一定要嫁,师父最终也没有为难我,勉强同意了。

几天后便是大喜之日,临别前,要好的师姐们与我相拥而泣,关系疏远些的则说了些酸话,至于云卉,听说在一众师姐妹中间奔走传话,说了我诸多坏处,但是想到马上就要离开九天门了,我心中满是不舍,也没有心情去理会。

到了出嫁前一天,师父找我谈话,面色仍是凝重,他告诫我务必牢记王家森严,诸事水深,要我时时处处小心,以免惹下祸端。

第二天,我挥泪拜别了教我养我八年的师父,告别了朝夕相处的师兄弟师姐妹们,坐上迎亲的轿子,走向我以为就是结局的幸福。那时的我十八岁,白隽二十二岁。

第二章　流云

那场迎亲同我想象中的很是不同。虽然白隽带来的人将我打扮成了一个华丽的新娘子模样,但是车马并无喜庆装饰,更没有敲锣打鼓的喜乐奏鸣,这种过分的安静令我感觉到一丝不安。

九天门与汤都相距约一天的路程,次日我刚下轿子,便见到一位公公等候在侧,对白隽传达着他父王的旨意,要他马上回宫处理紧急国事。这虽有点意外,我却没有放在心上,只是老实待着等他回来。

等了大半日,仍是我独自一人坐在房中,直到门口经过两个丫鬟,我才从她们的交谈中得知,白隽已是当朝太子,而我并未得到正式册封,并且因为身份卑微,只能被安排住在这个名叫"流云苑"的偏门小宅里,与太子府的奢华寝宫相距甚远。两个小丫鬟猜测太子一定很不看重我这个无名无分的妾室,这才迟迟未归。

等了许久,我肚子很饿,于是唤了个丫鬟过来,请她拿些吃的给我,她虽然嘴上叫着娘娘,但看得出对我并非真心尊重。果然,我干等了好半天,她才端来一小盘点心,我一边吃着一边郁闷,这所谓的成亲算怎么一回事?怎么感觉自己像被诓了一般呢?

就这样孤零零地待了一整天,我心里七上八下的,充满了莫名的担忧。

直到天已擦黑,白隽才风尘仆仆地回来,他穿着一身官服,说今日被父王叫去协助处理朝政,虽然耽误了时间,但是得到了父王的赞许,总算没浪费这一日的工夫,又怕我等得着急,所以从王宫一出来,也顾不上换掉官服,便直接过来了。

他很快换了一身新郎官的服饰,还要拉着我拜堂成亲。我望着空荡荡只有我们二人的房间问他:"这儿什么人都没有,你让我们拜什么呢?"

他连忙拉着我双手说道:"我父王朝政缠身,无暇过来,我母妃身体不好,也不能外出,我们俩暂且先拜了天地,高堂等以后有机会再拜。"

其实我倒不计较这些俗礼,但他所说的这种拜法着实是闻所未闻,我觉得这一切很是怪异,便又问道:"你说是成亲,父母却不能前来,那亲朋呢?你堂堂一个王子成婚,为何一个人都没有?你说实话,这到底是怎么一回事?"

他愣了一愣没有说话,我又问:"难道你父王根本没有同意我们的事?"

"不是的,我此次退兵南蛮,战功赫赫,父王他确实允了赏赐,同意我将你接来,只是……"

我见他支支吾吾似有难言之隐,便对他说如果不将实情相告的话,这亲不成也罢,我便先回九天门去了。

他闻言终于有些急了,踌躇了片刻后开口道:"你可知十八年前的镬汤之变?"

我点头。白隽说道:"在镬汤之变发生前不久,凉国刚诞下一位小公主,我朝先王,也就是我的伯父膝下有一名王子,便是我的王兄白谦,那凉王与我朝先王私交甚好,于是便将那小公主指予我王兄白谦,定下了一门姻亲。"

第二章　流云　　045

我不解道："为什么突然和我说起这个？"

"后来发生了镬汤之变，先王和我王兄都不在世了，又过了几年，凉国那位小公主也不幸夭折，本来此事该当就此揭过了，可凉王对结亲的事却不依不饶，执意要将另一位公主嫁过来。"

"可是那和我们有什么关系？"

"我父王即位后，为了稳定先王留下的江山，本就各方周旋很不容易，更是不能在此时得罪凉国。因此，在当我带兵出征之时，父王便应了凉王，只待我从战场凯旋，便要履行婚约。"

他这番话令我心中一沉。白隽又接着说道："我刚回宫时原本不知此事，一回去便把我们的事禀明了父王，谁料父王严厉否决，令我同你一刀两断；我不从，请求降为庶民与你浪迹天涯，父王不允；我又以死相逼，绝食直到奄奄一息之时，父王对我说，如果不娶那凉国公主，便要派杀手取你首级，只有我与凉国公主完婚，他才会放你一条生路，我最终不得已只好妥协。"

他满面愧色地说："是我无用，没能解决好这件事情，但是，我别无他法，不能眼睁睁看着父王派人去刺杀你。"

我如遭晴天霹雳："这么说，你早已与凉国公主成婚了？"

他点头："一年半前，我被逼无奈，为保你平安，只得出此下策。"

我只觉脑中一炸，这算什么？原来他早已有了妻子，如今还把我接到这里，难道我成了他见不得光的小妾？

我强压住自己几近崩溃的情绪："既然如此，为何瞒我？为何不早告诉我？"

他眸光闪闪："我怕你从此不再见我……"

我转过身："你就不怕我现在知道了，也是不再见你？"

他从后抱住我："我怕！所以才会隐瞒至今。"

一头一身的珠饰已被我扯下扔了一地，我站在门口，拉着门欲要离去。

"放开我,让我走!"我愤怒地吼道,没料想等了两年的出嫁,原来竟是个天大的笑话。我被骗了,而且是我最信任的人骗了我。

他无言片刻,忽然将我转向他,俯下身来便要凑近我,我愤愤地将他推开,扇了他一个响亮的耳光。

他满面泪水地在我面前半跪下来:"云声,对不起,你怎样惩罚我都可以,只求你不要离开我。"

我咬了咬牙:"我们逃走吧!逃到你父王找不到的地方去!"

"这我早就想过,可父王说了,若是我俩私奔,他会出兵拿九天门是问。"

我呆住,生平第一次感到王权的威压,竟是这般让人无奈。可是又能怎么办呢?我们对抗不了他父王,对抗不了命运对他的安排,也对抗不了命运对我的捉弄。

我无力地靠在门上,听见他说:"我若不娶那公主,你就只有死路一条。我对她毫无感情,虽然将她安置在太子府中,与她却并无夫妻之实,但娶她是让父王放过你的唯一条件。云声,如果你是我,你会怎么做?"

我看着面前的白隽,他本是一身傲气的大汤王子,如今却满面泪水,消瘦苍白,跪在地上乞求我的原谅,我突然明白,为何这两年来的见面他一次比一次清瘦,一次比一次憔悴,我突然觉得自己也许太难为他了,如果把我换成他,可能也别无他法吧。

我定了定神,事已至此,他已尽力,而我虽然想离开这里,却并不想离开他。

我在床边坐了下来,他说让我先住在流云苑等待一段时日,他会想办法正式迎娶我成为侧妃,随他入住东宫,并保证在那之前,一定尊重我的意愿,不会提前与我行周公之礼。

我没说话，心里却是拔凉拔凉的。虽说我九天门人，行事向来不拘小节，随性洒脱，但我此番抛下自己原本的人生，离开家一样的九天门，放下此生大愿的修行之路，只为能与他相敬相偕，没想到却要过起老鼠一样见不得光的日子。

同他相对无言地坐了许久后，我打破沉默："我的脾气不是很好，就算留下，也不知能否同那位公主和谐相处。"

他愣了一愣，而后扶住我的肩膀："你愿意留下了？你愿意留下了？"

我叹道："我不知道该不该留下，只怕那位公主也容不下我。"

"不会的！她若敢动你分毫，我绝不放过她！"

"可是，她毕竟已是你的妻子，而我只是个不能见光的人，不管什么时候、什么地方，能正大光明站在你身边的，都不是我……"我说着说着哽咽起来。

他看了看我，什么也没说，起身去一旁取了把匕首，然后脱去外衣，在一个凳子上坐了下来。我窝在床上看着，因那角度他是背对着我，我不知道他低头拿那匕首在弄什么，只看到他身体微微战栗起来。我跑到他面前去看，他竟拿那把匕首在自己心口处划了一团血淋淋的伤。

我惊得呆住，一时都想不到帮他处理伤口，只是结结巴巴地问他这是在做什么，当时他抬起头，长长的黑发散落身后，原本洁白的衣衫上滴了些血渍，懒懒地披在身体两侧，现出精壮裸露的上半身，还不紧不慢地流着鲜血，而他眉目如画的脸上却是无限温柔的表情。

他对着我拍了拍自己的腿，示意我坐过去。

我被这场面惊得手足无措，杵在那里不知如何是好。他把手中的匕首放到桌上，又对我张开手臂柔声道："过来。"

我犹犹豫豫地半坐到他右膝上，他右臂环着我的腰，左臂在桌上支着头，眼里含笑地看着我："云声，你吃醋了。"

我都不明白这又是哪一出,反问道:"我吃不吃醋跟你划伤自己有什么关系?"

"帮我把血擦了。"

我这才想到应该赶快处理他的伤口,刚起身想去找药箱,却被他一把拉了回去,将之前我放在桌上的手帕塞到我手里:"就用这个。"

我擦的时候手有些抖,虽然不是第一次帮他处理伤口,但这是第一次见他自残,只觉得他简直莫名其妙,正张嘴想要说一说他,却突然愣住。

因为,血迹被擦去以后,我看到他的胸口上,是一个鲜红的"云"字。

"你这是做什么?"我当时觉得他简直疯了,赶紧用手帕捂上去。

他伸手抬起我的脸,乌黑的眸子微含笑意,我听见他说:"我把你刻在了我的心口,刻得很深,你的名字会永远在这里,你也会永远在我心里,没有人可以取代你的位置。"

那夜,我背对着他和衣而卧,几乎没怎么睡,我听到白隽也是彻夜未眠。

何去何从?是去是留?我迷迷糊糊想了一夜。

第二天一早,一阵嘈杂声将我从梦中惊醒,门外有女人的声音在呵斥那些丫鬟,我还没回过神来,白隽已披了外衣迅速走出门去。

外面霎时安静下来,我隐约感到来者不善的气息,于是也赶紧起来整理仪容。果然不一会儿,门被推开,一个衣着华丽、艳光袭人的年轻女子在四个丫鬟的簇拥下走了进来,一个丫鬟还大声报着她的名号:"太子妃驾到!还不快行大礼!"

我半垂着眼睛犹豫了一瞬,白隽站在一旁没有发话,看来也是默认我该行这礼的,我的双手已捏成拳头,很想就此抬腿走人,但为了不让他为难,我还是生涩地伏地行了一个所谓的汤国大礼。

第二章 流云 049

那女子婉转的声音响起:"起来吧,抬起头来,让本宫好好瞧瞧,令太子殿下大费周章金屋藏娇的,到底是何方佳人?"

我起身抬头向她看去,那一身华服的人儿粉面朱唇,眉清目秀,云鬓里斜插着珠光宝气的花饰,衬得她格外水灵动人。我猛地心头一热,惊喜地唤她:"岚姐姐!"

她闻言顿住:"你、你是……"

"我是云声啊!岚姐姐!"

我的突然相认令她非常意外,她定了定神,仔细将我打量半天,喜道:"真的是你啊云声!几年不见,你长高了许多,变化很大,姐姐差点没认出你来。"

我热泪盈眶道:"是啊岚姐姐,时间过得真快,一眨眼这么多年都过去了,我每日都在牵挂着你。"

姐妹久别重逢,我们忙着叙旧,白隽却突然打断我俩,兴冲冲地向岚姐姐问道:"等等,你和云声是姐妹?这么说来,云声也是凉国的公主吗?"

还没等岚姐姐开口,他又自顾自地笑了起来:"太好了太好了,如果云声也是凉国公主的话,我便去禀明父王,正式迎娶你入住东宫。"说罢转身就要往外走。

岚姐姐连忙拉住他道:"殿下,恐怕要让你失望了,云声并非凉国公主,而是我的一个远房表妹。"

我问道:"岚姐姐,有关我的身世,以前一直没来得及问你,如今你可以告诉我吗?"

她轻轻叹了口气:"我同云声,其实都是苦命的孩子。在我四岁的时候,母妃生下我的小王妹,当时父王将我的小王妹指予了汤国先王子白谦,与汤国定下了姻亲,可是父王体弱多病,很快便撒手人寰离开了我们,母妃悲伤之下不久也香消玉殒,之后即位的凉王把我和小王妹一起赶出宫,送到了母妃家族在乡下的远房亲戚那儿。亲戚家有个小表妹,就是云声,与我小王妹同岁,我们三个自小便在一起玩得很好。可是几年之后,乡下爆发瘟疫,我王妹和那些远房亲戚都病死了,只剩下我和云声相依为命地长大。到我十四岁时,新凉王需要一名公主与汤国王子成亲,这才将我接回宫去,而我担心你一个人在乡下无法生活,便托人将十岁的你送到了九天门中。"

听完这些,我总算明白了自己的身世,原来是这么凄惨。白隽听完很是失落,安慰了我几句后,便陪岚姐姐先行回宫了。临别前,岚姐姐表示既然太子喜欢我,那便不如把我接到东宫和她住在一起,一来免去太子思念之情,二来也方便她照顾我。白隽为岚姐姐的大度感动不已,我心中也十分高兴,没想到岚姐姐是凉国公主,更没想到太子妃竟然就是我的岚姐姐,前一晚还萦绕心头的烦闷此刻统统烟消云散,我心中再无一点不快,只有同岚姐姐团聚的喜悦。

我来到东宫之后才知道,白隽和岚姐姐虽一直分居两屋,却已经有一个一岁多的儿子了,名叫白喜。白隽怕我介怀,跟我解释说这是有一次他借酒浇愁喝醉后,意外让岚姐姐怀上的孩子,至于当晚发生了什么,他自己一点都不记得。但我并不介意,既然喜儿是岚姐姐生的,那就是我的小侄子,所以我非常疼爱他,经常陪他玩耍,他也天天跟在我后面云姨云姨地叫着,与我很是亲熟。

本以为可以就此安乐地生活下去,但我怎么也没有想到,入住东宫,才是我厄运的开始。

东宫毗邻王宫,白隽说应尽快带我去给他母妃请个安。于是有一天,他寻到个机会,说他的母妃刚受了风寒,正由他的王妹白秀陪伴照料,如果这个时候我也前去帮忙的话,说不定会让他的母妃开心。

于是第二天,我跟着白隽来到镶汤之变以后汤国新建的王宫——玺华宫,那儿的宫殿顶盖琉璃,廊环玉翠,墙披鎏金,地嵌宝珠。我跟在他后边进了宫门,走了百十米尚见不到尽头,却被四面八方涌入视线的华丽景致闪花了眼。

走了好一会儿才到达他母妃的寝宫。他母妃不是王后,但因为王后已不在世,白隽又当了太子,因此住的寝宫很是豪华,在那里,我见到了他活泼伶俐的妹妹白秀,还有看着很严肃的母妃。

我行罢一番庄重大礼后,半卧在榻上的白隽母妃貌似很不待见我,屡屡告诫我虽然搬进了东宫,但要时时记得自己的身份,不要有任何不切实际的想法或举动。

白隽赶紧在旁夸我性格温顺,又同太子妃相处和谐,他母妃的面色终于和气了些。他们母子又随便聊了些闲话后,他的母妃说入冬以来天天阴沉沉的,好不容易今天出了太阳,让我和白秀一起陪她去御花园里透透气。

白隽凑过来轻声说:"你好好陪母妃转转,我去父王那里一趟,一会儿回来接你。"

御花园里景致甚好,我却顾不上欣赏,只是小心地陪着白隽母妃。然而自小在九天门长大的我,面对她这样的深宫贵妇,实在不懂如何周旋,好在白秀性格活泼,与我相谈甚欢,她对外面的世界很感兴趣,尤其是修仙炼道之事,令她颇为神往,我们又年岁相近,聊得十分投机,白隽母妃因风寒咳嗽不能多言,但也没有为难于我,我总算松了口气。

走着走着,白秀领着我们上了一座石桥,桥下一条碧绿的小河,漂着些粉红的花瓣。

这时,不知从哪儿飞来一只黑鸟,扑腾着一双宽大的翅膀直冲向白秀肩头,在白秀惊慌失措的一阵惊叫中,她手中的丝帕掉进了河里,她跺脚道:"这可是前不久西域进献的丝帕呀!上面光宝石就镶嵌了十八颗呢!"

随行的宫女全被白秀打发下去捞手帕,她们在河岸边折了些树枝去够，我便和白秀母女一起在桥上等候。

这时，怪事发生了，一股奇异的强大气流忽然从我身后袭来，猛地推上我的后背，我猝不及防向前跌去，而背后那诡异的力道却丝毫不减，直推得我撞上白秀和她母妃，眼睁睁地看着她们二人惊叫着掉进了冰冷的河里，而我自己，却在将从桥上摔下去的一刹那，又被身后的力量吸了一把，没有掉下桥去。

事发突然，我被吓得手足无措，本来我自小怕水，是个旱鸭子，但眼看白隽的母妃和妹妹在冰凉的河水中挣扎，我心中焦急，干脆眼睛一闭也跳了下去。

溺水给我带来一种莫名而又痛苦的熟悉感，呛了一阵水之后，我听不见周围的声音，眼前隐约看到的一切都是那么的虚幻而不真实，有些模糊的景象出现在水面上的天光之中，像是幻觉，又像是梦境。

最后，虽然我差点被水呛死，总算还是和其他人一起把她们救上了岸，可白隽母妃本就得了风寒，又被大冬天的河水一泡，受了很大惊吓，病情又加重许多，被人抬回寝宫便卧床不起了。白秀喷嚏连连地对匆忙赶来的白隽说道："小王兄啊，阿嚏！我这个小王嫂好生不小心啊，一跤摔得我和母妃都被撞到河里了呢。"

其实白秀并无恶意，但白隽的母妃想的就多了，她恼怒地对白隽说道："虽然本宫今日侥幸捡回这条老命，但像她这样心思歹毒的女人，绝对不能留！"

白隽闻言，连忙安抚他的母妃，解释说我绝非心思歹毒之人，一定是不小心才引发了意外。但他的母妃摇着头道："最毒妇人心，如今她敢对我下手，今后就敢做出更狠毒的事来！你若留着她，他日必会祸患无穷！"

白秀见状，忙阻止道："行了行了，母妃您别这样嘛，小王嫂都说了，当时她背后有……那什么来着？哦对了，有气推她，反正，她也是被推的,不是故意的啊!其实我觉得小王嫂不像坏人,要我说吧,还是得请些仙人道长来驱驱邪,我觉得这一定是些邪乎的东西在作祟。"

白秀这番话惹得她母妃更加恼火,一边咳嗽一边斥责道:"你懂什么?不许在这胡言乱语!"

白秀被训得噘着小嘴出去了,白隽没多说什么,只跟他母妃保证一定会好好处理此事,并且拜托母妃顾及他的立场,不要让这事传到他父王那里,然后便拽着我一言不发地回了太子府。

一到府中,白隽便拉着我进了卧房,一进房中,便砰的一声摔上了门,又阴沉着脸在我面前坐下。我见他这一套不甚友善的动作做得如此行云流水,便问他这是何意。

他说今天在场的人都看得清清楚楚,是我亲手把母妃和白秀推下了河,问我做何解释,我忙说当时真的有股力量在背后推了我一把,可他却觉得好笑,问我是谁推的,人在何处?堂堂王家花园,怎么可能有人在背后推我?

其实连我自己都想不通,这是我头一回到玺华宫去,那儿的人都不认识我,又有谁会来害我呢?白隽说,要不是看在我跳河去救她们母女的分上,所有人都会认定我想害死她们。但即便我跳下水去救了她们,也无法洗脱致使王妃和公主落水的罪名。

我虽不明所以,但着实冤枉,便着急地同他辩解,也顾不得换掉身上的湿衣服,不一会儿,我开始喷嚏连天,白隽见状,从旁拿起几件干净衣服,将我连人带衣一起塞到屏风后面。

他在屏风外面道:"云声,我知道母妃对你确有偏见,可礼制在上,我也无可奈何。一直以来,只要在太子府中,我没让你受过半点委屈,这次的事,并非我不信你,只是推母妃和公主落水,绝非小事,我希望你能长点心,不要再惹出事端。"

我讷讷地应着,但刚刚离开九天门,丝毫不懂人情世故的我,完全不知该如何应付,发生这样离奇古怪的事情,又不被白隽理解,我受寒连带着伤神,更加头昏脑涨,当夜便发起了高烧。

如此一来,给白隽平添了不少麻烦,因为他母妃风寒病重,我这边又高烧不退,他每日早间上朝,下午与岚姐姐一同探望母妃,晚上再来照顾我,等我睡了还要批阅公文,几日下来,他又憔悴了不少。

然而当太子的并没有多少闲暇可以休息。

因为再过几日便是冬至,汤国又很久没下过雨,汤王特地请了金音阁以及其他几大门派的道长,在冬至那天前来为汤国求雨祈福,白隽被要求负责此事。岚姐姐忧心他积劳太甚,操持这么大的国事未免有些力不从心,便提议待到祈福当日,不如让她和我也去帮忙,好为白隽分忧。

于是冬至当日天刚破晓,岚姐姐就带我进了玺华宫。

法事将要开始之时,我随岚姐姐去后房做最后的准备,途中与五个谈笑风生的老道长迎面相遇,那五位道长恭敬地同岚姐姐打着招呼,岚姐姐也停下脚步与他们叙话,我便站在岚姐姐身后一步开外等着。

这五位道长中,有几个我曾在六法大典上见过,分别是木空山的凌乙道长、下川岛岛主苍河道长、火莲洞洞主玉天龙以及土行宗宗主何通,只有一个金音阁的道长未曾见过。他们纷纷称赞太子妃不辞辛劳、平易近人,是太子的贤内助,岚姐姐谦虚了几句之后,微笑着把我拉了过去介绍给他们,还夸我乖巧懂事,今日也帮了很多忙,可没想到那些道长一听说我是太子的新欢,纷纷皱起了眉头。

"太子妃可真是宽宏大量啊!"

"是啊,这太子妃刚刚过门一年多,太子又纳妃嫔,就不怕开罪了凉国吗?"

"可不是吗?听说前不久王妃落水也跟这位娘娘有关。"

"这样的女人怎么还留在太子身边哪?不怕将来再生祸患吗?"

第二章 流云

"……"

"哎,各位莫要胡言,这位娘娘毕竟也是太子心尖上的人,我等贫道还是不要妄加议论的好。"

他们对我一通评头论足之后便各自入席去了,跟着他们的那些弟子闻言,也纷纷对我投来鄙夷的眼神。若是依着我以前在九天门的性子,岂能忍受这般非议?但想到临行前师父叮嘱我的话,还有白隼因我而承受的压力,我只好努力克制自己。岚姐姐见我面色不好看,安慰我说:"都是些局外人,不了解情况,妹妹别把他们的话放在心上。"

我点点头,但实在不想继续待在这里被人指指点点了,便索性躲去了后房。因为人手不够,宫女们都被叫出去帮着搬东西了,我便去茶房喊人上茶,然而茶房里的人也都不在,桌上排着十五个杯子,十个白玉雕龙茶盏为王族专用,另五个青花茶盏是给五位道长准备的,我见每个杯子里都已放好了茶叶,一旁烧着的水也刚好煮沸了,于是顺手沏了开水,又唤两个宫女进来端了出去。

待我回到法场时,众人都已落座,白隼的父王请道长们先喝茶休息。不一会儿,法场内一切准备就绪,道长们纷纷起身,跟着金音阁的道人向祭坛走去。

法事开始。

彼时的我,无论如何也未料到,这竟是一场天大的祸事。

上了祭坛的几个道长刚拉开架势,还没来得及把阵法布好,突然间,便一个接一个地捂着肚子倒地不起,众门派弟子惊慌地拥上前去,只见那些老道长指着方才喝过的茶水道:"茶……茶里有毒!"说完,顷刻间,几位道长齐齐七窍流血而亡,其状惨烈。

一时间,各门派近百名弟子的哭喊之状触目惊心。

白隼父王震怒,他下令白隼立刻严查此事,并且好好安抚受害的各门派。

在天子眼皮底下发生这样的惨案,可谓闻所未闻,此次德高望重的五大派道长一齐惨死,震惊了修仙界,求雨祈福的法事也泡汤了,于江山社稷很不吉利。

由于求雨法事是由白隽一手操办,他的两个哥哥白安、白康当场就幸灾乐祸起来,你一言我一语地说起了风凉话,句句含沙射影,批评白隽这个太子当得不称职。他们的父王闻言火气更盛,一怒之下摔了杯子发话说,若是后事处理不妥,让白隽小心东宫不保。

我那时才有些明白为何下山前师父如此不放心,王族之中果真是尔虞我诈,连兄弟手足之间都如此钩心斗角,可想在宫中行事若稍有不慎,便会惹下大祸,像我这样粗心马虎又不谙世事的人,难怪会让师父那样忧心。

当晚,白隽一回来就阴沉着脸进了我的房间。

"我仔细查问了一遍,几个宫女一致指认道长们的茶是你沏的。"他一开口便是这样的结论。

我万没料到这么大的祸事又摊到了我的头上,无奈之下,只好跟他解释茶水本不由我负责,只因那些道长对我出言不逊,令我颇为尴尬,为了避开他们,我才去茶房帮忙,而且我进茶房的时候,茶盏和茶叶都已经放好了,我只是加了热水而已。

这时岚姐姐也赶了过来,帮我证明当时那几位道长确实对我说了些很难听的话,对我很不友善,她也觉得他们过分了,还对白隽说茶房进出人等繁杂,请白隽详加查问,无论如何要宽恕我。

白隽令岚姐姐和其他人退下,然后关了门,一步步向我走来。他目光逼人的样子令我不禁步步后退,最后被逼到墙角退无可退时,他捏起我的下巴,一脸失望地说:"就因为别人议论你几句,你就不能容人性命吗?我真的不愿相信这些事情跟你有关,可是为什么每次都是跟你扯上关系?上一次是母妃和秀儿,我好不容易才把事情压下来,可是这一次,你闹到了父王眼皮底下,你要我怎么做?"

他这么说就像笃定了是我干的一样,我叫起来:"我没有闹!我什么也没做!你为什么不相信我?"

"你要我怎么相信你?"

"我们可以去查啊,总会有人知道真相吧?"

"查?今天所有相关人等我全都审问过了,所有人都指证是你沏的茶,而且茶水中的毒也验出来了,正是典型的道家所炼之毒,并非宫中毒药,人证物证俱在,你让我还怎么查?"

"我……"我实在想不到别的办法,见他对我一副不信任的模样,情急之下,脱口而出道,"我可以以死证明清白!"

他苦笑两声,转身向门外走去,关门之前,他丢下一句话:"你明知道,你死了,我还怎么活?"

从那天起,我便被他圈禁在太子府中,后来听说他处决了当日所有经手茶房事宜的茶商和奴婢,以及指认我沏茶的几名宫女,又在他父王寝宫前跪了一天一夜,这才把事情勉强应付过去。

经历了此事,我开始后悔和他在一起,好像自我来到他身边以后,便给他还有他的国家带来接连不断的祸事。

于是自那以后,我尽可能不外出、不见人,也不再参与任何事务,只是平日里陪陪岚姐姐和喜儿,闲时再练练功什么的,日子平静不少。

岚姐姐为了容颜永驻,也在修习仙法,每个月她会安排七天,去往离东宫不远的金音阁修习仙术,我住过来之后,她每回出门便将喜儿托付给我照看。

那日又到了岚姐姐的练法之期,她早早便去了金音阁,白隼也照常早朝去了,我便带着喜儿在院中玩耍。午时过后,竟有一个蒙面人忽然蹿上院墙,我忙叫奶娘带喜儿进屋躲避,又让丫鬟们去喊侍卫过来,随后便跃上墙头,向蒙面人追去。

追到偏僻的北面墙头时,我看准机会抢上一步拦在了蒙面人前面,喝问他是什么人,为何偷偷潜入太子府,那人并不回答,而是从腰间抽出一把半条臂长的细长砍刀。

那人身材高大粗壮,显然是个男的,却突然拿出这么秀气的兵器,委实很不相配,不过看他的轻功和舞弄砍刀的架势,打斗功夫明显在我之上,这时我手无寸铁,不禁暗自后悔在九天门的时候没有好好修习武功。

然而此时悔之晚矣。大约因为北墙偏僻,侍卫们一个都没有找过来,我想到此刻喜儿就在下面,于是把心一横,今天就是拼了我这条命,也不能让刺客伤害到喜儿。

蒙面人动作极为敏捷,手上砍刀在我身前身侧呼呼划出一道道晃眼的银光,我不善打斗,只得尽可能拆招躲闪,想着若能多拖延一会儿,等侍卫来了便可将他一举拿下。但十几个回合之后,仍是一个侍卫也没过来,蒙面人杀气愈甚,很快转为更加凌厉的攻势,招招毙命地向我刺来。

我赤手空拳慌乱接招,忽见刀锋从左侧直逼我咽喉而来,于是慌忙向右下俯身躲避,他却一反手将刀刃划在我左肩上,然后趁我受伤吃痛时闪身溜走了。

好在刀伤不深,我忍着痛,继续搜寻蒙面人的踪迹,却突然听到喜儿房间传来一声奶娘的惨叫,我心里一惊,以最快速度赶到喜儿房外时,只见门上横插着那把秀气砍刀,却不见蒙面人的踪影。

我颤抖着上前拔下刀,推开门,看到了我最不愿看到的场景——喜儿和奶娘双双倒在血泊中一动不动。

我双腿一软,差点站立不住,很想过去看看他们,却迈不动步子。这时候白隽突然在后面喊道:"云声,你在干什么?"

我转身看着他,他刚下朝回来,还穿着官服,他见我手上拿着把滴

第二章 流云　059

血的刀子,眸子瞬间收紧:"怎么回事?"

"喜儿……刚才……"我语无伦次,不知道该从何说起。

白隽面色大变,飞快地跑进喜儿房里,我听见他在里面大声喊着喜儿。不一会儿,他抱着浑身是血的喜儿出来时,我才发现喜儿的左臂已经没有了,白隽愤恨地瞪着我,我心中一片惊惶和心痛,只是不停地说对不起,他不理我,急切地喊他的贴身侍卫:"郭叙!牵马!快!"

看到喜儿伤成那样,我非常担心,扔下刀跌跌撞撞地跟着他们跑出去,但是白隽已抱着喜儿纵身上马,一眨眼就跑得不见了踪影。

我坐立不安地等到晚上,才见岚姐姐跟着他们一起回来,她哭得几乎喘不过气。我很想知道喜儿怎么样了,于是悄悄来到了岚姐姐的窗边。

起初,只听到岚姐姐撕心裂肺的哭声,她边哭边质问白隽到底怎么回事。他对岚姐姐说:"具体情况我明天再与你详谈,现在我要去看看云声,她今天也受伤了。"

"喜儿都伤成那样了!你不跟我说清楚我是不会让你走的!"我第一次听到温柔的岚姐姐大发雷霆,发生这样惨痛的事,换了谁都会大受刺激。

"你以为我不担心喜儿吗?事情已经发生了,你总要给我点时间查明原委,与其跟我闹,你还不如多为喜儿念念经。"白隽丢下这句话就出来了。

岚姐姐房里传来一阵摔瓶砸盏的声音,我其实很想去看看喜儿,也很想去安慰安慰岚姐姐,但眼见白隽径直朝着我的房间去了,我连忙从后窗悄悄翻回房中。

我刚翻进屋里,白隽就进来了,他黑着脸关上门,站在那里一动不动。我看他官服上沾满了喜儿的血迹,又想到喜儿受伤断臂的样子,心里很痛,便问他:"喜儿怎么样了?"

"命保住了,但少了条胳膊。"他的声音是我从未听过的冰冷。

"今天的事你不打算跟我说一说?"他的眼神也无比冷峻。

我脑子里一团乱麻,但还是尽可能有序地把事情经过说了一遍。他沉默思索了片刻,又冷冷开口:"除了你,丫鬟、侍卫都说没看见有什么蒙面人,他们都是听你说有,就到处找,但是没有找到。"

"奶娘也看到蒙面人了。"

"奶娘已经死了,死人又如何能做证?"

我想了想,只好给他看我左肩上的刀伤:"真的有蒙面人,而且功夫在我之上,这就是被他砍伤的。我知道我对不起喜儿,是我不好,没有保护好他,我对不起你和岚姐姐。"

他叹了口气,见我的伤口还在渗血,于是走过来帮我包扎:"我很想相信你,但是,整个院子里没有一点蒙面人的痕迹,我们看到的只有你拿着刀站在喜儿门口,整个府里没有一个人能证明你的话。成亲的事,我知道,是我委屈了你,但是你要明白,我虽然对若岚没有感情,但喜儿毕竟还是个孩子……"

他的话刺得我心更痛,那意思摆明了仍然怀疑坏事是我做的,每一次都是这样,不管我怎么解释都没用。

可是这一次,我那么爱喜儿,那么竭尽全力想保护他,白隽却还是不信任我,我激动地站起来同他争辩,他也怒了,说本不该怀疑我的,但之前发生的那些事让他不得不起疑心,还将手里的纱布摔到地上,凶巴巴地斥责我太骄纵蛮横、不可理喻。

这次我感到绝望,不知道为什么,自从我来到白隽身边,就接二连三地出现怪事,还连累了越来越多的人,现在连喜儿也不明缘由地受此重伤,我留在这里还有什么意义?于是我转身开始收拾东西,他问我在干什么,我说自己不适合留在这里,你身边太复杂太危险了,我什么都不懂,跟个傻子一样,闯了这么多祸都不知道问题出在哪里,我不想再这样下去了,我也不想连累更多的人,所以我要离开,回九天门去。

他没有说话,就那么静静地坐着看我收拾。直到收得差不多了,他忽然冲过来,抢过我手中的东西扔了一地,乌黑的眼睛死死盯着我,看不出是愤怒还是威胁,愤愤地说了句:"我不允许,你哪儿也别想去!"

最后,我被他送回流云苑,彻底关了起来,不许出门一步。我曾几番尝试逃跑,有时是逃不出去,还有两回好不容易得到机会翻出墙头,又被他捉了回来,后来我便也认命了。之后被关在流云苑中,我时不时想到自己以前说的王子不许家眷出门的那个偏见,没想到在我自己身上应验了。

第三章　离别

本以为在流云苑老老实实待着便能落个清静,结果又被白隽的两个哥哥——白安和白康折腾的一场狩猎给搅了。

据说他俩是听了一位算命先生的掐算,说是某月某日,西方森林中会有七彩神鸟出现,他们认为这是捕鸟献圣的大好机会,便决定举行一场狩猎,以获神鸟。

听闻此事的公主白秀兴奋异常,也吵着要去,还非要叫上白隽、岚姐姐和我一同前往,她是汤国唯一的公主,一向最受父王宠溺,白安、白康也不敢惹她,只得应允。

西方森林中,各种杀人机关重重,这是为了防止西域异族来犯,特意设下的障碍,但也成了在此狩猎的不安全因素。

岚姐姐平日里淑雅惯了,虽换了身便服,却仍然行动缓慢,不一会儿便落在我和白隽后面,白隽干脆差了郭叙带着两名侍从保护岚姐姐,他自己则带着我快马先行,以期尽早寻得神鸟。

那时我已有好一阵子没和白隽单独相处了,加上之前发生的那些事情,难免令我们之间生出嫌隙,于是这一路上,我俩虽是策马并肩,却双双沉默无语,好不沉闷。

行着行着,前方雾气愈来愈重,方向越发不明朗,我随着他渐渐走入光线昏暗的一片小林子里。

照着之前在九天门学到的野外生存训条,进入此等幽暗之处大多不是什么好兆头,果然走了没多远,我的马蹄子不知触动了什么机关,突然间数十支利箭从四面八方向我射来,还没等我回过神,已有一个高大身影倏地飞过来,将我扑在了地上。

多亏了这一扑,我躲掉了那些要命的暗器,可我抬头一看,趴在我身上的白隽却肩上中了一箭。

我忙扶他起来,问他怎么样了,他一把拔掉肩上的箭,皱着眉对我说了句:"箭上有毒,我们赶紧离开这里。"

我俩的马都已中箭倒地,我只好扶着他步行往外走,没走多远他的身体就越来越沉,显然是开始毒发了。这时,我想起以前在九天门时曾听师兄们说过,野外有种黄色花草可以解毒,于是一边撑着他走,一边眼观四处搜寻草药。走了不知多远,我的脚大约磨破了,钻心地疼,但我也顾不上了,必须尽快处理白隽的伤口,然后快些带他回宫。

又艰难地撑着他走了好一段路,前方终于出现一片黄澄澄的小花,我赶紧扶他在一旁大树下靠着,起身想要去查看那些花草。

他拉住我,有气无力地道:"怎么?你要去哪?"

我看他中毒颇深,很是着急,也顾不得多做解释:"我很快便回来。"

他却不信:"你是不是又想走?别忘了我说过,我不允许,你……哪也别想……"他说着说着竟然晕了过去,我心下焦急,扯开他肩头的衣服一看,那里流出的血已成黑色,我也顾不上自己会不会中毒,忙俯身在他伤口上吸起毒血来。

吸了数十下,我估摸着差不多了,但那些毒血虽被我吐了去,残留在嘴上的还是腐蚀得我双唇生疼。我抹抹嘴巴,起身去寻草药,那些黄色小花果然很像师兄们说的那种,于是我采了一些回来,捏碎了敷在他肩头。

我起身看了看四周,却完全不能辨明方位,心想得尽快带白隼离开这里。我正要弯腰扶他,却忽觉后心一阵刺痛,之后便什么也不知道了。

再恢复意识的时候,我只觉周身冰凉刺骨,睁眼一看,竟是置身于一个冰制的笼子里,笼子被吊在悬崖峭壁上,只有一根细细的树枝挑着,晃晃悠悠地挂在半空。

我挣扎着爬了起来,不动不要紧,这一动之下,笼子便飘忽着左摇右晃,失重的感觉令我不敢再妄动分毫。

我大声呼救,然而除了听到自己的回音之外,四周只是静悄悄的,一点声音也没有,更糟糕的是,笼子已经融化了许多,不论是上面挂着的冰钩,还是我脚下的冰面,都快要消融殆尽。

我想要跃上去抓住那根枝干,却提不起一丁点力气,笼子上方不停地滴下冰凉的水来,我拼命向上跃起,想去够那枝干,却看到挂在枝干上的冰化成细细的一根,终于,砰地碎裂开来。

霎时间,我在笼子里迅速下落,那根枝干瞬间消失在眼前,笼子下落的速度极快,眨眼间已从我身旁坠落下去,我听到下方传来扑通一声入水的声响,紧接着,后背剧痛,我周身溅起高高的水花,冰凉的水瞬间灌满我的口鼻。

在水中挣扎时,我出现了幻觉,仿佛有无数呐喊声传入我的耳中,我恍若透过水面看到了刀光剑影、火光飞花,似乎有许多人接二连三地跃入水中,向我游来,却没有一个人能抓得住我,我在水中明明听不到声音,却很确定地知道有很多人在叫我……

再醒来时,我只觉得头痛欲裂,挣扎着坐起来四处打量,这分明是九天门的一处后房,位置偏僻少有人迹,平时空置无人居住,只是在来访宾客较多、客房不够住时,以供临时歇脚之用。

第三章 离别

我努力回忆了一番,想起自己之前明明和白隼在林中遇险,后又由一个冰制的笼子里落入水中,何以醒来竟身在九天门中呢?

我想起身找人问问,突然间门被推开,进来一人竟是端着药碗的师父。

我连忙下床给师父行礼,却双腿一软跌坐在地上。

师父把我扶到床上躺好,让我把药喝了,然后他给我把了把脉,叹口气道:"云声,发生了什么事?"

我愕然:"我不知道啊师父,之前我由山崖坠落水中,后来便什么都不知道了。"

师父沉吟道:"三天前,你被寒水河上的一位渔夫送到山门前,那渔夫见你漂在河中,便将你救起,然后听你嘴里念叨着九天门,便将你送了回来。可是,你为何会落入寒水河中,又怎会中了如此剧毒呢?"

我大惊,没想到自己竟已晕了三天,况且在西方森林中的时候,我并没有中毒啊,只是背后突然一阵刺痛便什么也不知道了,难道……

师父点头:"你背后中了一枚毒针,还是你云芽师姐帮你仔细检查才找出来的。"

我愕然,那时只知道白隼中了毒箭,以为被马触动的暗器都已经攻击完了,怎么也想不到已走出那么远了,竟又飞来一根毒针刺我。

师父让我先好生休养,再慢慢回忆,还欲言又止地叮嘱我最近就安生在此房中休息,切莫到处走动。

师父走后,我总觉下半张脸又疼又麻,手一摸上去竟触到一条条凸起的痕迹,我心中一惊,赶紧到处寻找镜子,却翻遍整个房间也没有。我琢磨了一会儿,想起客房后面有一口井,门外四下里刚好没人,我便快步跑到井边。

井中倒影着实把我吓得魂飞天外。

我从没见过那样狰狞的容貌,井中倒映出的面孔上,下半张脸弯弯曲曲地暴着数十条蓝紫蓝紫的青筋,看着阴森而又可怖。我吓得失声尖叫,飞也似的逃离了那口井,跑回房里把门紧紧关了起来。

我瑟缩在门背后的角落里,浑身发抖,怎么也想不通为何会变成这样,也不知道该怎么办,只是一直哭一直哭,体内剧毒不时发作,折磨得我痛不欲生。那一晚,我彻夜未眠,强迫自己接受了这个可怕而又诡异的现实,虽然身边并没有人,我还是在房间里找了块白纱,扯下一块当作面纱,遮住了下半张脸。

就这样熬到第二天天亮,我昏昏沉沉中,突然有人敲门,我受了一夜折磨,疲乏得实在起不来床,便哑然道:"师父,徒儿还想再睡一会儿。"

"是我。"

居然是白隼低沉的声音。

"你、你怎么来了?"我吃了一惊,挣扎着从床上起来。

"刚才我去找掌门师父,想问问你的下落,他不在,我便四下寻找,见这门口晾着你的衣服……果然,你果然还是回九天门来了。"

我其实很想打开门看看他的伤势,也很想得到他的安慰,可我实在不愿让他看到我现在这个可怕的样子,我更不愿再回到他身边,成为继续给他带来祸事的灾星。

于是我故作冷漠地说:"对,我是回来了,你走吧。"

"你把门打开,我们谈谈。"

"你有什么话就在外面说吧。"

他沉默了好一会儿,最后说了许多,大意是那天他在西方森林中毒晕倒,再醒来时,就不见了我的踪影,只看到岚姐姐正趴在他的肩头,为他吸尽了毒血,而后,本就柔弱的岚姐姐独自一人背着他走出那片毒林,找到郭叙他们的时候,岚姐姐的鞋子都磨破了,他说他很伤心很失望,没有想到在他生命危在旦夕的时刻,抛下他不管的人是我,而留在他身边冒死搭救他的却是若岚。

我听完心里很难受,其实我被暗器所伤,又被困在冰笼继而落水,还中了剧毒昏迷数日,后来的事完全身不由己,但我不敢告诉他这些,因为依他的性子,若是知道了真相,他一定会破门而入,再次把我带走。而且他误以为是岚姐姐救了他,这样也好,本来我也希望岚姐姐能得到幸福,这样他今后应该会对岚姐姐更好些吧。

于是我只好胡乱地说了句:"我不是抛下你不管,我只是必须回到九天门了。"

他苦笑道:"你不是一直都想回九天门吗?在流云苑的时候,要不是我天天盯着,你怕是早就溜回来了。这次可好,我中了毒,说不定马上就死了,你却一点也不在乎,反倒庆幸终于得到机会逃走了对吧?"

这些话让我更加委屈,我并不是不在乎,我当时是那么想要救他,可是他不相信我。

沉默许久,他又开口说,自从把我接去之后,发生了那么多事,他早就该看清楚,只是自己太蠢,一直看错了人,还说现在他什么都明白了,知道自己到底该做什么不该做什么,最后又说他不会再来叨扰我,同我就此别过。

我在房间里泪流满面,却说不出一句挽留的话,只隐约从窗户的缝隙中,看到站在外面的白隼好似也是两眼通红,他转身离去之前捂了一把脸,我不知他在擦脸上的什么东西,只觉得天旋地转,又晕了过去。

"离别时兮回首盼,心千语兮却难言。"

当时我们都没有料到,这一别就是一百年。

后来不知为何,求雨法事上道长们遇害的事又被人翻了出来,而且这次据说是一位金音阁弟子出面指证,说那天无意中看到我在茶房里沏茶,于是现在五大门派的矛头全指向了我,纷纷指责我因当日几位道长的批评而怀恨在心,于是痛下杀手。

还有王妃和公主落水的事也东窗事发,被白隼父王知晓。

并且有传言说我因为嫉恨太子妃,刚过门就对年幼的小王孙下毒手,害得小王孙断臂。

白隼父王勃然大怒,下了一道缉捕令,若有人捉到了百里云声这个恶毒的妖女,便可就地正法,并可凭我首级领取重赏。

一时间,我竟成了所有人欲杀之而后快的大魔头。

后来,听说因为白隼隐瞒我的行踪,以及将求雨法事中曾指认我的证人都斩杀灭口,他父王和各门派已经迁怒于他,致使他面临随时被废位以及被谋杀的险境。

又因五大门派突然惨死几位掌门,导致各派出现内讧,明争暗斗以致死伤众多,这些门派的动荡更是影响到诸国的安定,一时之间,可谓天下纷乱,生灵涂炭。

不仅如此,这件事最终还是连累了师门,众门派虽找不到我,却顺藤摸瓜地查到我曾是九天门的弟子,于是派了几名代表来到门中,要求师父把我交给他们,但师父表示,那些事情虽看似与我相关,但并没有确凿证据证明是我做的,而且其中有诸多疑点,因此还需详加追查,以免错杀,如此拒绝了交人的要求。

为此,那些人当场便与师父动起手来,好在师父功法高深,世间难有敌手,这才将他们打退回去。

但各大门派并不就此善罢甘休,还是一心要杀我而后快,于是这些门派联合起来,要举办一个伐魔大会,各大门派现任当家歃血为盟:齐心协力诛杀妖女百里云声,讨伐包庇孽徒的九天门。

我们这些修仙之人,道行浅的能活个一百来岁便不错了,道行深的却可以两三百岁仍不显老态。我那已经快两百岁的师父,虽然外表长发乌黑,面目清俊,仿佛不过常人四十来岁的样子,却毕竟已是一位老人了。最令我心痛自责的是,师父因我引起的祸事,为了保护九天门和我，毅然决定亲赴伐魔大会。

我哭着苦苦哀求师父不要去那个伐魔大会，但师父说他必须要去，又说我从小由他一手带大，他很了解我，知道我是被冤枉的，必须想办法查明真相，替我洗清冤屈，而且这件事已经牵连到九天门的安危，他作为掌门也不得不出面。

然而就在伐魔大会前夕，十几名当世武功道法极强的高手竟带了一大帮人，不分青红皂白地杀到了九天门，师兄师姐们拼力抵抗，死伤众多。那些高手逼迫师父将我交出，为保我性命，师父将我带到百里崖上，让我在此躲避杀身之祸，并要我牢记他传授我的祛毒法门和九天门至高仙法——封天咒，要我自己好好修炼，不可轻易下山。

我求师父把我交给那些人算了，我不愿因我一人而连累师门，可师父说我九天乃堂堂名门正派，又岂会因怕人诟病而将平白蒙冤的徒儿送入虎口，那岂不是成了贪生怕死、黑白不分之辈？

师父还说，人各有命，他的命就是用来守护九天、捍卫正道，而我也有我自己的命数，让我牢记拜师入门时所发誓言，并务必安心好好在百里崖上等待，方能解他后顾之忧。

可是没有想到，百里崖上一战，师父竟被那些人掳走，此后再没回来。

想当初，我十岁时被送入九天门，之前什么记忆也没有，自己的父母姓甚名谁、什么样貌都不记得，就连自己的名字也是听岚姐姐说的，她说我小名叫云儿，这恰巧与九天门当年弟子的辈分同名，于是师父便给我取了"云声"这个名字。至于姓氏，还是因为我十二岁那年，从岚姐姐那儿得来母亲的丝帕，上面绣着"百里"二字，于是从那时起，师父便让我随了母姓，得名百里云声。

虽没有幼时记忆，但我幸而拜得恩师，有如慈父，令我在九天门这个家一样温暖的地方安然长大，想来只有我获师父多年煦伏之恩，却从无半点衔环之报,所谓惭愧之至,不过如此。

在九天门拜师之时,我曾向天地立下誓言:

> 九天弟子,
> 修仙炼道,
> 不求长生,
> 但度苍生。
> 上无愧于天地,
> 下无愧于万民,
> 传浩然正气于世,
> 存天地大道于心。

而我这些年来的所修所为,不仅没能度得众生,反而连累了无数生命,不但没能传正气于世,反倒是留了骂名在人间。

整理好了这些年不愿触碰的回忆,我开始收拾东西准备离开,其实也没什么可收,于我而言,只有三样东西必须随身携带:母亲留下的锦盒、白隼的白玉扳指,还有师父临别前传予我的历代掌门密传法器——凤骨笛。

临下百里崖之时,我站在崖边,望着被薄云遮掩的天罡北斗,对自己暗暗说道:"百里云声,从今往后的每一天,你都要无愧于天地、师门和莽莽苍生!"

卷二 四境

那人听了，无脸面具上虽是并无半点表情，但还是长长地咦了一声。

「你不是来找四境星经的，那你是来做什么的？」

「赎罪。」

第一章　西北

以百年修炼之功，这回虽然师父不在身边，我自己也可以御气下得百里崖了。坐船横渡寒水河的途中，我不知自己面容恢复与否，故仍以白纱遮面，本不想与人多言，谁知那花白胡子的船夫却甚是热情地与我闲聊起来。

"姑娘，看你的打扮，似是九天门之人，可我老汉在寒水河渡船五十余载了，九天门的人我也见了不少，倒是第一次见你。"

姑娘？他竟然叫我姑娘？看他不过一个普通人，年龄约莫花甲，不过就是我一半岁数而已，本以为他要叫我一声老人家的，没想到他却叫我姑娘。

但我还有其他更重要的疑虑，便问他道："我确是九天门中人，因在外多时，如今刚回来，所以与你未曾谋面。我想向你打听一件事，九天门夏至渡河一向由六人同往，何以如今只来两人呢？"

他闻言爽朗地大笑："呵呵，你这说的都是多少年前的老皇历了，在我爷爷还带着我爹爹摆渡的时候，九天门的取药人啊，就从六个减为两个喽！"

"这是何故？"

"姑娘还真是问对人了！我们祖祖辈辈都是寒水河下游的居民，

寒水河冰寒无比,每年只有夏天能捕到鱼,所以我们世世代代都是夏至开始过来捕鱼,顺便帮九天门的取药人摆渡。听我爷爷说,大约一百年前啊,九天门遭了什么大难啦,据说整个门派走了很多人,剩下的弟子不多了,后来每年我们村子往九天门送的瓜果蔬菜都少了很多哟。"

他边说边摇着头:"反正自我开始摆渡起,就已经这样了。听我爷爷说,九天门以前还是非常风光的大门派呢,如今看着也门庭冷落喽。"

他的话令我心情越发沉重,不敢想象自我当年上了百里崖后,师门中都发生了些什么。

渡过寒水河,又穿过后山的崎岖小道,我重新站在九天门巍峨的青铜大门前时,心情却是更加沉重。时隔百年,这里已不复往日威容,大白天的却将两扇大门紧闭,门外尘土松松地铺了一地,没有一个脚印,可见已很久没人来过。

我上前捏了诀将门打开,映入眼帘的仍是熟悉的青石广场,宽阔但空无一人。明堂寥落,四下无声,广场正中间的九天大殿,曾经每日都有许多弟子及来客进进出出,如今却不见一人出入。远处隐约传来几声杜鹃的悲啼,微风吹得广场四周的苍天古柏枝叶发出索索声,听起来空旷而又寂寥。

我飞身越过九天大殿,以及直入云霄的九百九十九阶步步莲花的通天玉梯,不一会儿便来到了位于后庭中心的师父的居所——菩提院前。

师父眼光甚高,一向不轻易招收弟子,想当初,这菩提院内,师父座下算上我,总共也不过三名弟子。听说我前头的两位师兄都天赋异禀,早早便修得了真身,云游四方普度众生去了。也不知师父是不是因为后来年岁大了,便心一软收了个小的不肖弟子我,跟在他身边长到十八岁也毫无建树,还连累了师门。

如今,菩提院两扇紫檀木打造的院门上织了好些蛛网。

我抬手轻扫，一袭掌风过去，蛛网尽落，双门启开。我拾级步入院中，满院一目萧然，除了周遭围了一圈未经修整的星辰花之外，感觉不到其他一丝活物的气息。而从前在院落后方日日仙雾缭绕的一帘从天而降的秀长瀑布，也没了往日壮景，只剩一丝细如小溪的水流。

　　我心情越发凝重，快速地里里外外搜了个遍，也没见着师父他老人家半点踪迹，只得一路快快地又回到了前庭广场上。

　　我四下看了看，决定去探探玄明师伯和玄影师叔的住所——威仪院。

　　威仪院位于九天门东侧。由广场向东是一条略有起伏的九转龙盘形石阶小道。说是小道，其实不窄，道路宽度可容八到九人并肩而行。玄明师伯和玄影师叔皆是男子，威仪院里住的也全是男弟子，平时男弟子们进进出出最多，这条石阶小道也最是热闹，可如今，我走过九个转弯，竟没遇见一人。

　　一路悄无声息地来到威仪院前，院门半开半闭，里面两个年轻弟子边说着话边朝庭院中间走来，我怕自己的中毒容貌吓到他们，便没有进去，等在门口先听听他们说些什么再做打算。

　　这两名弟子正是之前在百里崖采摘冰莲的那两个年轻人，他们二人抬了些潮湿的书籍铺在院中晾晒，其中一个年岁小些的矮胖弟子疑惑地问道："师兄啊，我今天采冰莲的时候，看到百里崖的峰顶上好像有个人……"

　　另一位年纪大些的高个子说道："这怎么可能？我怎么没看到？"

　　"因为我叫你看的时候，那人已经走了……"

　　"师弟，你别胡思乱想了，百里崖上一向荒无人烟，怎么可能有人？你多半是看花眼了吧。咱们最近可要勤快点，师父眼见着还有不到三个月便可出关，这整个威仪院的活计现在就靠着你我了，得在师父出关前收拾妥当才是。"

矮胖些的弟子说道:"可是师兄啊,大师兄和二师兄带着其他师兄出去都多少年了?我自从三岁拜入师门以来,就跟着你在这大院子里忙活,如今都过去二十几年了,我一共只见过其他师兄两回,他们终日在外四处漂泊,唉,也不知何时才是个头。"

高个子又道:"你莫要焦急,大师兄他们在外也实属不易,玄明师伯仙逝后,整个威仪院就靠咱们师父撑着,但师父毕竟年纪大了,时常需要闭关静修,许多事情都得靠大师兄周旋。听师兄们说,多年前掌门师伯为了护下九天门,与诸大门派交手后不知所终,所以他们在外流离辗转,也是为了寻得掌门师伯的踪迹啊!"

听到此处,我脑中轰然作响,犹遭晴天霹雳,万没料到玄明师伯已经仙逝,更没想到师父这些年来竟一直下落不明,既然玄影师叔正在闭关,我只能去寂静院找玄微和玄露师叔了。

寂静院位于九天门西侧,离威仪院甚远,我急于打听师父的消息,一路提气飞奔,不一会儿便经过了千百梨树遮映的秀丽曲径,又越过绕砌着玲珑凤尾的青玉拱桥,眨眼间便到了寂静院门前。

寂静院的两位首座——玄微师叔和玄露师叔都是女子,院内所住的也皆为女弟子,因此寂静院里里外外的景色布置一向都非常清灵雅致,院门外两侧交替间叠地种着梨树、茉莉、木槿以及蜡梅,是以一年四季都有花开美景。

此时,我站在寂静院门口,却无心观赏已然欠缺修整的茉莉花,直接推门走入院中。曾经芳菲连天的院落,如今好似被刻意折去了所有红艳花类,残留在周围的只剩些稀稀落落的青白花色。

院内很是安静,我环顾四周,大部分房间都大门紧闭,我便干脆直奔内院而去。

刚进了内院,一个白净娟秀的小姑娘突然闪身出现在我面前,拔剑将我拦住:"站住!你是何人?"

"我是……"面对这个陌生的小姑娘,我一时竟不知该如何介绍自己,说我是曾经连累了九天门的孽徒吗?还是说我就是那个在百里崖上躲了一百年的胆小鬼?

她见我不回答,敏捷地将剑横在身前,并上下打量着我,疑惑地问道:"你为何一身九天门女弟子的装扮?"

"因为我就是九天门的弟子。"

"胡说!九天门女弟子都居住在本院中,我自小便在此处长大,从来没见过你!"她又持剑向前逼近一步,"快说,你到底是什么人?扮成我九天门弟子意欲何为?"

以我此时的修为,怕是不用祭出凤骨笛,单以一手之力便能轻易卸去她手中之器,但我即便内心焦灼,又被她拿剑逼在身前,却是有苦难言,也不能反抗。

正在僵持之时,旁边传来一个熟悉的声音:"月瑾,什么事?"

挡住我的这位被唤作月瑾的小姑娘恭敬应道:"师父,此人擅闯门中,且自称我派弟子,可我却从来没见过她。"

我一看来人,原来正是曾经熟识的师姐、玄露师叔座下大弟子云芽,我含泪唤她:"云芽师姐,我……我是云声啊!"

她闻言先是面露惊喜,瞬间又转作满面疑惑:"把你的面纱摘掉。"

我虽担心中毒面容仍在,可能吓到她俩,但这个时候不摘下面纱是万万不行的,于是便一咬牙拂去了多年来都不愿摘掉的面纱。

可没想到,她突然怒目圆睁,也对我拔剑相向:"好一个满口胡言的骗子!云声师妹是我看着长大的,与你相貌完全不同,你当我是瞎的吗?"

我没有想到她竟然认不出我来,一百年的时光并没有在她脸上留下太多痕迹,只是比原先看着成熟了些,我一眼就认出她来,可她为什么会完全认不出我?

我到现在也没有照过镜子，不知道自己变成了什么模样，我慌乱地摸着自己的脸，已经一点也摸不到之前中毒引起的蓝紫青筋了，可为什么她还是不认得我？

我很是焦急，只好不停地强调着："师姐，我就是云声，你仔细看看我啊！"

我边说边想要靠近她，不料她忽地手腕一提，手中仙剑直直向我胸口刺来，我忙退后躲闪。云芽师姐从前便是寂静院武功最高的女弟子，又经过这百年修炼，剑法明显更为精湛迅捷，以前我不是她的对手，但这一百年来，恐怕也没几个人会像我这样，终日与世隔绝地潜心修炼，是以如今我也能躲开她的剑招了。

她见我应付得并不费力，停了一停冷笑道："你的功法倒是不错，但这些年来，想上九天门来找云声的人多了去了，你以为这点小伎俩能瞒得过我吗？今日要么你即刻离去，要么休怪我剑下无情！"

"不见到玄露师叔我是不会走的！"

见我执意不走，她使出更强内力攻了过来，她的剑越转越快，道道寒光过处，呼呼剑风拂动我的衣角，条条锋刃更加逼近我的身体。忽然间，她一发力，手中之剑快速闪耀银光，又脱开她手，往周遭舔着风头立在她身前，剑身颤动之间发出如泉水般的汩汩之声，再剑尖一转指向我而来。我眼见着她这是要使出玄露师叔授她的绝学——露水神光，心道再不祭出凤骨笛怕是不行了。

于是我一边从腰间抽出莹白宝笛，一边轻轻向后跃起，停在离地一人高处，运转内力发动封天咒，催动凤骨笛在我身前迅速旋转结成仙符。一时间，周遭色暗，笛分四影，积芒数十束，真气挟裹清寒白芒，如风似雨般片刻间将云芽师姐的剑招团团困住。

她大惊，甚至没有看清自己是如何被克制的，只能逼出更多内力，以图将剑从凤骨笛的围困中解脱出来。然而封天咒一出，绝非常人可以挣脱,任凭她怎样使力也是无济于事。

我见差不多了,便轻轻收回真气,霎时间,白芒消散,笛归手中,我在她惊诧的目光中缓缓落回地上。她不敢置信地问道:"你刚才所用法器,可是……凤骨笛?"

"正是,这是一百年前师父赐我的法器。"

"那么你刚才克制我的功法是……封天咒?"

我点头。

"凤骨笛乃我派至宝,之前一直在掌门师伯处保管,鲜少有人见过,我也只是听师父说过。如今你有凤骨笛在手,又身怀我派至高仙法封天咒,看来确实是我门中之人,可我的确不认得你,你到底是谁?"

我只好对她解释,说自己这一百年来按照师父吩咐,一直在百里崖上等待,如今禁制方消,我才刚下山,还说了许多之前九天门中的事,以证明我的身份。

她见我连儿时与她的一些糗事也能说得出来,便缓缓放下了手中的剑,但还是将信将疑地说道:"若要让我信你,须得让我看下你的后颈。"

我明白她的意思,我的后颈下方有一块胎记,为四角星形,很是特别,云芽师姐儿时看到便印象颇为深刻。这一次,最终也是让她看了我的后颈,确认了胎记,她方才相信我的真实身份。

百年之后姐妹重逢,我俩相拥而泣。她说:"云声,这么久不见,你是完全变了个模样,现今如此风姿倾城,真叫师姐不敢相认了。"言罢,还取了镜子让我自己看。

我大惊,想当初上百里崖之时,我面目狰狞,无比丑陋,即便是中毒之前,也就算个清秀而已,断无什么风姿倾城可言。我原本只希冀面上那些可怕的青筋退去便好,却没想到这一百年的修炼,竟让我换了一副容貌。

但我虽然之前的蓝色青筋已经消失，眉心却多了颗淡蓝色的小痣，也不知是不是余毒未清淤积此处，时不时也会有些许头疼，每当修炼之时，真气行到此处便会有瘀堵不畅之感，以至于我至今也只能领会封天咒精髓之一二，并未能参悟透彻。

一旁的月瑾咂着嘴说："师叔来了，我们这院子一下多了许多仙灵之气呀。"她说着咯咯笑了起来。

云芽师姐也微笑着点头道："是啊，这么多年了，自从你和掌门师伯失踪之后，九天门就日渐衰落了，我们这寂静院也失了往日风采。不过如今见到你这样的仙姿和功法，想必这一百年来，你定是勤修精进，才能取得如此果报，师姐真心为你感到高兴。"

而后，云芽师姐告诉我，这些年来，因为几位首座轮番下山寻找掌门，无暇看顾门中众多弟子，因此大部分有家可归或是入门日短的弟子都被遣散回家，只留下一些无家可归以及跟随师父时间较长的弟子。

自从师父失踪之后，玄明师伯便外出寻找，二十年前，他在外不慎中了奇毒而仙逝。一直同他情深义重的玄微师叔不愿相信这个噩耗，于是也离开了九天门四处巡游，幻想着能再见到玄明师伯，她这一走就再未回来过。

关于玄露师叔，师姐说，我和师父刚失踪那些年，曾有些门派上门滋扰，并打伤不少弟子，玄露师叔就是在这些打斗中受了重伤，此后常年闭关修养。因此现在寂静院的事务都交由云芽师姐打理，之后再入九天门的女弟子便拜她为师。

我沉思片刻，对云芽师姐道："一百年前，师父之所以会不知所终，终究是因我而起，我想，如果现在对外宣称已经找到我的下落，让他们用师父来换我，或许可以救回师父。"

云芽师姐闻言连连摇头："行不通的，如果这么做，很可能不仅找不回掌门，反倒又招来一帮人杀上九天门。而且，就算如今掌门师伯在五大派手中,时间过去这么久了,当初见过你的就那么几个人,怕是早都已经不在世了,我们推个人出来就说是你,他们不会相信的。况且你的样貌跟从前已大不相同,即便当初的人证还有活着的,却也认不得你。"

我的心一下跌到谷底。还在百里崖上时,我并不知道自己容貌已变,只一心想着等封禁解除之后,便能以自己的命把师父换回来,而如今我相貌大变,此法再行不通。

云芽师姐拍拍我的肩膀:"这一百年来,五大派之中也是各种钩心斗角,早已不同往日,当初他们掌门遇害的旧事,现今已无人再提,所以,我们也不要再生事端了,自己想办法寻找掌门师伯便是。"

好在还有件最重要的事值得欣慰。临行前,云芽师姐带我来到位于九天门最隐匿处的圣庙之中。这是一座白墙灰瓦的质朴庙堂,凡有新掌门继位,需在即位当日来此礼拜历届掌门牌位,并在其他几位首座的监督下,以内力点燃属于自己的那盏追魂灯,人在灯明,人亡灯灭。云芽师姐带我来看时,师父的追魂灯依然亮着,这便说明他老人家仍安然在世。

云芽师姐说,上一次大师兄他们回来时,曾带回一个线索,这线索乃八个字:断祇何续,莫失遗玉。可惜大师兄再次离开前,也未能将这八字参透,只得又带了师弟们朝西北方向继续寻找。

好一个"断祇何续,莫失遗玉",断祇所指何意?遗玉又是何物?茫茫人海,就凭这么一句不明不白的话,究竟该上哪里去找我的师父?

然而,眼下别无他法,只能先去寻大师兄。我便告别云芽师姐,朝着西北方向出发,以期能尽快同大师兄他们会合,一起找寻师父的下落。

西北有大漠,漠中有二族:一族为寒煞,一族名赤燎。

因传闻这二族俱是凶残彪悍的异类,因此中原之人多年不敢进入大漠,然而大师兄他们在中原找寻多年未见师父踪迹,便冒险往西北方向探寻。我也不知道他们是直接进了西北大漠,还是从旁绕道去了其他什么地方,但若想尽快追上他们,就势必要取直道缩短路途。于是,我换了身青灰色的棉布素袍,戴了顶笠帽,一眼看去似个男子,如此便踏上了通往西北大漠深处之路。

到得大漠入口时正逢日头西下,横亘在入口处的是一座造型怪诞的砂黄石山,左右绵延数里,远望如一堵城墙。

是时不远处有风沙袭来,我便赶紧进到石山中,寻了一处石洞躲了进去。等了好一会儿,外面没了风声,一个人影忽然从石洞外面闪了过去。我之前以为这是个荒芜的石山,却没料到还有人迹,于是便跟了上去,准备找那人问问路。

刚走出石洞,脚底先踩到一物,我将那东西捡起细看,是一块雕刻着狼头的黑石腰牌,牌子周围一圈还雕着火焰造型,显得很是野性。

这时,两个手持弯刀的壮猛大汉从我身边疾步走过,在前方的三岔路口停了下来,他们二人左右看看,便交头接耳地议论了起来。我正寻思着要不要等他们走了再去追刚才那人,他二人已转头来到了我的面前。

"喂,你,干什么的?"其中一个独眼龙瓮声瓮气地问我。他身边的同伴也是满脸横肉,皮肤黝黑,右脸一道斜长刀疤,眼睛虽小却凶光毕露。

看他们这行头,二人必是强盗匪类无疑了,于是我耸耸肩:"在下途经此地,恰逢沙暴,便在此避上一避,眼下也该离去了。"

他二人却仍旧挡住我的去路:"等等,你既是在此躲避沙暴,那么刚才一定看见有个小娘子经过吧?"

我倒没注意之前那人是男是女,不过这时,若是把人家行踪告诉这两个匪徒,我便枉称个修行之人了,是以我摇头道:"哪里有什么女子?

我怎么没瞧见?"

我说罢转身便走,他们二人又在后面交头接耳议论起来。这强盗也有强盗的风格,比如这两位,不管做什么总要先打个商量,当真是一对相互"尊重"的"好搭档"。

很快他二人商量好了,齐刷刷地举着刀冲上来又拦住我。我两手一摊:"二位这是要作甚?"

脸带刀疤的大汉晃了晃手中的刀:"你当我们黑风寨的人是傻子吗?刚才那小娘子明明是从这里逃走的。"

他边说着边将弯月大刀朝我架了过来,另一只手还竖起了大拇指:"小子哎,不怕吓着你,爷爷我乃堂堂黑风寨三当家,我旁边的这位便是我的二哥二当家。"

我还当他们是两个野匪,没想到还是有来头的。要说这黑风寨,一百多年前我就在六法大典上听说过,是个由来已久的强盗窝,地处西北大漠和中原大地之间,据说在这一带占了好几个山头,打家劫舍,臭名昭著。

他俩身上汗味甚大,说这么两句话工夫已然招来了几只苍蝇。我只好一边抬手驱赶苍蝇,一边掩住口鼻道:"原来是黑风寨当家的,既然二位有要务在身,在下便不打扰了。"

独眼龙大概是嫌他们三当家的说了半天尚未切入主题,于是一把将他推到旁边,上前堵住我的去路:"小子,刚才逃走那小娘子,可是我们大哥看上的压寨夫人,你若是不把她的行踪说出来,哼哼,别说爷爷不放你走,就算让你走出这大漠,你到了前面的黑风寨,也是没命过得去,倒不如老实交代了,爷爷可以赏你一条活路!"

"那倒不打紧,因为在下并非要离开大漠,乃刚到此处,正要由此进去。"我这话着实令他们二人吃了一惊。

"就凭你小子,还想入得大漠?"他二人围着我转了一圈,哈哈大笑起来。

"小白脸,别怪爷爷没提醒过你,你要往大漠里走,怕是活腻了吧?"

"不怪不怪,是死是活,自有天定。"

独眼龙急了,将手中弯月大刀架到我面前:"你若不把那小娘子的行踪交代了,你的死活便由爷爷的刀来定夺!"

"我劝你二人还是快回寨子歇着去吧,免得一会儿刀剑无眼伤了你们的性命。"我已没什么耐心了。

独眼龙却一点也不领我的好意,反倒举刀就朝我砍来。这家伙看着五大三粗,步法倒是灵活,加之一把大刀又劈又扫,很是威猛,寻常习武之人想必难以应付。有这样的二当家,怪不得黑风寨能占得了山头,霸得了一方。

不一会儿他已耍了二十几招,却仍是近不得我身,累得他直喘粗气。歇了片刻他又提刀向我连番斜削,眼见还是扑空,急得叫三当家上前帮忙,那刀疤脸便在我身旁绕步突刺,独眼龙则挥着大刀左削右砍。

他俩越靠越近,我被他二人身上难闻的味道熏得头晕,干脆提气踩上一旁的石壁,从他俩头顶绕到他们身后,再推个掌风出去,将那两个臭烘烘的强盗给震到前方山石上,再骨碌碌地滚下来。

这一个掌风许是出手重了些,竟震得两个大汉爬不起来了,只是哎哟哎哟地一边叫唤一边拼了命地想往石山外边爬。我一脚踩在独眼龙的后腰上,他龇牙咧嘴地叫唤着:"哎哟好疼啊!我们不抓那小娘子了还不行吗?"

我将方才捡到的那个黑石腰牌在他眼前抖了开去:"这是何物?"

他一看到那狼头牌子,一张本是黑红的老脸霎时吓得惨白,什么也没说,只哆哆嗦嗦从腰间摸出个小钱袋捧到我跟前。趴在他后面的老三见状,也抖得跟筛子一样,捧出了自己的钱袋。

我觉得好笑:"干吗?我要你们的钱作甚?"

他二人闻言却愈加惶恐:"少……少侠这是何意?是我二人有眼无珠、有眼不识泰山,我们身上确实只带了这些,少侠若……若饶我兄弟二人贱命,他日黑风寨必有厚报,必有厚报哇!"

眼见着他吓得哭了,我着实无语,敲敲他的脑瓜子:"少什么侠!若想活命,跟老人家我好好说说这牌子是个什么来头!"

那两个吓哭的大汉满脸惊讶:"莫非,少侠您……您老人家,不是赤燎人吗?"

我挑了挑眉:"我看着像赤燎人吗?"

"不敢不敢,可您手中这腰牌,分明是赤燎人的呀!哎呀妈呀,我的少侠,爷爷,祖宗,您快把这腰牌收起来吧,只要您放我们兄弟一马,他日若您需要,我兄弟二人必定肝脑涂地啊。"

我起身放了他们,看着二人逃也似的跑出石山,我却暗自后悔平白跟他们浪费了半天时间,早些去追上刚才那个赤燎女子便好了。

眼见着天已擦黑,我倒真不知该往哪方前行才好,最后决定还是朝着那小女子跑去的方向先探一探。

三岔路口悄无声息立着的黑色人影将我吓了一跳。

那人比我矮半头,有些瘦弱,一件黑色长袍将她从头到脚裹了个严严实实,只露出一双眉眼在外面。那双眼睛很大,眉高眼深,颇有异域风情。她见我停下脚步,便对我屈膝行了个我看不懂的礼,又低下头双手交叉在胸前:"多谢少侠救命之恩。"

我连忙扶她起来,又把她掉落的腰牌还给她,问她为何一个人出现在这里,还被那些强人追赶。她一双大眼睛仔细看了看我,反问道:"看你的样子,不是大漠中人吧?"

我点头道:"在下确是来自中原。"

她又问道:"那你为何来到此处?难道你不怕大漠虎狼吗?"

第一章 西北 087

"我要找一个对我很重要的人,谈不上怕不怕的,即便大漠二族当真凶残,我想也不至于见人就杀吧。"

她将我上下打量一番,又思索了片刻,这才告诉我她是赤燎族的鹿瞳公主,一个月前刚有了心仪之人,却没想到还没等她禀明父王,就听到父王与法师商议同寒煞族和亲一事。她担心父王会允了和亲,便偷偷出逃去寻找心上人。然而她自小在族里长大,从来没出过大漠,根本不知道该往哪里去找,最后误打误撞走到了石山外面,被一伙强盗抓进了黑风寨。那强盗头子要逼她做压寨夫人,她佯装允诺,实则趁着强盗们酒醉时逃了出来,之后被强盗追捕,幸而得我相救,方才躲过一劫。

我心中唏嘘。又是和亲,和亲当真害人不浅!鹿瞳又问我:"恩人,你这是要去哪里找人呢?"我摇头道目前还不知道,只知师兄们是朝着大漠方向来的,我必须先找到师兄们再做定夺。于是她热情地邀请我跟她一起,次日回赤燎族找她父王帮忙。

那一晚,我们在石山中各自和衣而眠。不知是不是睡在陌生之处的缘由,我做了个奇怪的梦。

梦里我和一个看不清脸的姐姐在小河边玩耍,日头渐盛,我开始冒汗,那姐姐用自己的衣袖为我擦汗,不一会儿还从怀里掏了块小糕饼给我,她自己则在旁边微笑地看着我吃。然而,正当我和她坐在河岸上说笑的时候,背后忽然袭来一股似曾相识的强大力量,生生将我和她一齐推到了河里。

不会游泳的我呛了很多水,害怕得想哭又哭不出来,胡乱挣扎之间,那个姐姐忽然从我下方托住我的身体,拼命地朝水面上推。她看起来比我也大不了几岁,托得很是费劲,好在最后我终于被她推到岸边,并抓到了岸上大树伸向水面的一根枝丫。

我死死抓住那根枝丫,却突然感觉不到那姐姐的手了,我急忙回头到处张望,平静的水面上却是一点动静也没有。我壮着胆子把脸探进水里去看,只见到筋疲力尽的她正缓缓向水底深处沉下去,她已经没有力气再动了,我看不清她的脸,只看到她的身影很快消失在我眼前。

我撕心裂肺地大喊了一声岚姐姐,却因为在水中并不能发出声音,巨大的悲痛加上胸口憋闷,令我猛地醒了过来。

这个梦把我吓出了一身冷汗,醒过来时,后背都湿透了。我和岚姐姐并没有一同溺过水啊,也不知为何会做这样的怪梦,心下不禁有些担心起她来,毕竟从太虚洞出来之后,我也没有一点关于岚姐姐的音讯。

这时,一旁伸来一只纤细的手,鹿瞳递了条手帕给我。她见我一副魂不守舍的样子,说道:"在这个地方一定睡不好吧,好在天快亮了,我们快些起来走吧,最好在那些流民起床之前离开这里。"

我很诧异这地方居然还有流民。鹿瞳说因为中原地区战乱不断,许多老百姓在战乱中流离失所,或是被捕为奴,这些流落的百姓以及出逃的俘虏中,有一批人便向西北方逃来。因为忌惮大漠二族,中原的官兵一般都不敢追过来,于是这些流民便在石山里安顿下来。但因为前有赤、寒二族,后又有黑风寨强盗,他们便只好终日躲在石山中大大小小的洞穴里,只在清晨和傍晚出来活动。

我又问她为何要怕那些流民,非要赶在他们起床前走。她说因为这附近土壤贫瘠,很难种植,因此许多流民根本就吃不饱肚子,听说有时若是个别路人被抓,便可能被杀掉当肉炖了吃。她的话听得我胃里好一阵翻涌,于是赶忙起身随她往外走去。

石山内弯弯绕绕有如迷宫,倒像个天然的屏障,果然适合流民隐居于内,我跟着她走了好半天才走出去。然而今天不知是什么好日子,流民竟然起床比公鸡还早,我们刚走出石山不远,就在路过一堆灌木丛的时候,被突然蹿出来的十几个衣衫褴褛的男人团团围住。

鹿瞳公主看来是不会武功的,一见这架势便缩到了我身后。我注意到这群人身后的灌木丛里还藏了几个看着不到十岁的孩子,一个个偷偷从灌木丛中露出眼睛打量着我们。

"大哥,驼背昨天的消息准得很,这一大早的,还真有两个人呢!"其中一个骨瘦如柴黑不溜秋的男人对着领头的那个说道。

领头那人身材很是魁梧,露在外面的臂膀很强壮,站得昂首挺胸的,颇有点士兵的样子,我估摸着他可能是个从战场上逃下来的士兵,便问他:"你们是何人?为何拦住我们的去路?"

那人左右踱了几步,仔仔细细打量着我们:"你莫管我们是谁,倒是你们俩,孤男寡女,在我们住所神出鬼没,是什么来历?干什么勾当?"

我心下感叹自己这一身行头真好,屡屡被人当作男子而没有露出破绽,不过如今被当成孤男寡女,该如何解释才好?

"我们俩是赶路的,没在你们那神出鬼没,不过是路过而已。"鹿瞳的反应倒快,躲在我身后伸出个头来,说完这一句又把头缩了回去。

领头那人歪着脖子瞧了瞧她,又瞧了瞧我,问道:"你,后面那个,大热天的干什么裹得跟粽子一样?还有你,都多少天没下雨了,还戴什么斗笠遮什么脸?你二人该不会……是逃犯吧?莫非怕被人认出来,才打扮成这样?"

后面那些跟班的非常佩服他们头儿的推断力,纷纷点头附和道:"大哥说得对啊,这两个肯定不是什么好人!"

"你们胡说什么?我们两个因为染了疫症,是很严重的疫病,所以被主人赶出来的,我们一路上怕传染别人,这才忍着燥热,把自己包了起来,你们居然这么不识好人心!"鹿瞳还真是能编,听了她这席话,我差点笑了出来。

那一群人闻言,连忙往后退了几步,有些伤脑筋地议论起来:"有疫症啊!这……该如何是好呢?"

我见状赶紧对他们说道:"你们不能吃我们,不然肯定要被传染。不如放我们快些离去,免得一会儿我们疫病发作起来吓死你们。"

后面的人纷纷露出惊恐之色,领头的却站在原地笑了起来:"我们也没打算吃你们,不过我们的孩子已多日没吃顿饱饭了,你们若是把身上的干粮留下,我们便可放你们离去。"

原来他们要的只是食物,我松了口气。不过我一个修仙的,平日里本就很少进食五谷,此番又是外出赶路,身上更没带什么吃的,于是我捣捣鹿瞳:"你带干粮了没?有的话快拿出来啊。"

没料想她比我还要囊中羞涩:"我好不容易从黑风寨逃出来,哪来的干粮啊?倒是你,怎么一点儿吃的都没带?"

正在僵持之时,突然从不远处的沙丘后面传来一阵急促的马蹄声,转眼间五个身材高大、小麦肤色的雄毅男子,齐整整地从沙丘后方策马疾驰而来。后面四人手持弯弓,戴着乌黑的兽形面具遮住半张脸;为首那个身材最高大的人,手持玄铁方天戟,身披黑金绲边的猩红色披风,脸覆獠牙兽角面具,长发未束,散在身后随风飘舞。

他们骑的马比一般的马要高上许多,油光水滑的黝黑皮毛,在阳光下闪闪发光,马蹄扬起的灰沙在他们身后掀起连天的烟尘,更衬得他们好似五个来自地狱的修罗。

我隐隐感到这五人来头不小,果然,那十几个流民一见了他们,便惊慌失措地趴在地上呈五体投地状,另有两人企图往灌木后面逃跑,还没跑出几步便被利箭射死。

我小声问身后的鹿瞳认不认识这些人,她却往我背后躲得更甚。这时戴獠牙面具的领头之人雄浑的声音响起:"给我过来。"

声音不是很大却浑厚磅礴,可见此人内力极为深厚,我一边思索着如何应付,一边很识时务地按他所言,小碎步向前挪去……

然而他愣了一愣,又冲着我发了句话:"不是说你,你原地站好。"

第一章 西北 091

鹿瞳不情愿地从我身后走出来,一副苦兮兮的眼神:"他叫我呢。"一双大眼睛眨巴眨巴,慢吞吞地朝那人走了过去。

就在我目送着鹿瞳走过去的片刻,那人不知什么时候已收了方戟,换了把弯弓在手,弦上之箭直指向我,口中之言却是对着鹿瞳:"他就是你那个小相好?"

鹿瞳大惊:"父王你都知道了?"

那人闻言,手上即刻发力将弓拉满,鹿瞳慌忙拦住他:"父王且慢,你说的不是此人,这位是女儿的救命恩人啊!"

那么被她称为父王的男人,便是令世人闻风丧胆的大漠魔王——赤燎王无疑了。

赤燎王对待她女儿的救命恩人可是一点儿也不客气,因为他对属下说道:"把这人带回去详加查问。"然后朝着流民那边偏了下头,那四名随从便齐刷刷地举起同是上了三支箭的弓,欲射杀那些流民。

我想到灌木丛里还躲着好几个孩子,连忙飞身落到弓箭和流民之间。

鹿瞳对着我使劲比画:"你疯了吗?快点过来啊,站在那里不想活啦?"我冲她摇摇头,对着她父王说道:"想必阁下便是大名鼎鼎的赤燎王吧?今日一见,果然神威不凡,令人佩服。"

看我站在这个位置说着这么一番客套话,他觉得很是奇怪:"年轻人,我是因为爱女适才说你救过她的命,这才没有动你,你此刻却不知死活地挡在我赤燎族神箭之前,是想怎样?"

"这些流民只是想给他们的孩子讨口饭吃,并没有为难我们,恳请大王网开一面,放他们一条生路。"

赤燎王听罢哈哈大笑:"不过一群流民草寇,借他们几个胆也不敢为难我赤燎公主,只是这些人似是挡了瞳儿的道,我便清一清路障罢了。"

言罢他抬起一个手指头动了动,那些弓箭便齐齐射出。我来不及为所有人挡去这飞来横祸,只得一边以掌力隔开射向流民的箭,一边扑向灌木丛拦在那几个孩子前面。

片刻后我倒下去的时候,低头一看自己,还好还好,只中了一箭而已。

我失去了知觉,不知过了多久醒来时,只觉浑身被颠得快要散架,原来是被赤燎王搭在了马背上,他正驭马飞奔。剧烈的颠簸中,我眼前一黑,又晕了过去,再醒来时自己正躺在一个异常宽大的榻上,差不多有中原床榻两个宽。这房间看起来很宽敞、很豪华,墙壁上许多五颜六色的异域装饰非常好看,唯一有点煞风景的是床头上方那个戴了好几圈珠链的大狼头。

我摸了摸腹部,伤处已经被包扎好了,可是这一下怕是要耽搁行程了。都说西北大漠妖魔凶残,这些人果然是不分青红皂白,见人就杀,连孩童也不放过,要不是我碰巧救了鹿瞳,说不定也成为赤燎人的箭下亡魂了。

这时进来一妙龄女子,个头不高,穿着一件血红底色、布满七彩宝石的短袖小衫,一条外覆黑纱的及踝长裙,腰间一条金丝腰带上绣了些火焰般的纹饰,还坠了两个小巧的金铃,走起路来叮当作响。她双腕上是一对火焰纹的紫金手镯,面上戴着条琥珀镶嵌的抹额,栗色头发编作细细的十几条麻花小辫甩在身后,看起来华丽而又活泼,神秘而又灵动。

她一进来,婢女们便纷纷跪倒在地。她笑盈盈地在床边坐下:"恩人你醒啦?你都睡了一天一夜了。我真没想到恩人你竟是个仙女般的姐姐呢!"

她看着不过十五六岁,按照我的年龄,她叫我一声太婆都不为过,如今竟然叫我姐姐,但我又不便说明,只得含糊应了两声。我看看她的眉眼,一下便认出她来:"原来是鹿瞳啊,你也把我当成男人了?"

"可不是嘛,我看你教训那两个强盗的时候,身手利落,英姿飒爽,真以为你是个清秀的男子呢!"

我向她问起灌木丛里的那几个孩子,鹿瞳道:"我的好姐姐啊,你说你是何苦呢?在这大漠之中,本就是强者为王,弱者为奴,我父王想要杀谁,从来无人可以反抗,那区区几个草寇又何以值得你舍身相帮呢?"

我见她一个如此活泼美丽的少女,却也有如此的凶残之心,心中不忍,便劝解她:"即便是流民,也分善恶啊。拦住我们的那些人,身体羸弱,拖家带口的,只是一群被战乱毁了家园的百姓,无可奈何才逃离至此成为流民,他们不过是向我们讨要些干粮给孩子吃,即便是冲撞了公主,也罪不至死啊,何况那几个孩子毕竟是无辜的。"

鹿瞳见我说得有些难过,眨眨大眼睛笑道:"好啦好啦,姐姐菩萨心肠,说的都是慈悲的道理。那些流民和那几个孩子呢,托你的福,都安然无事回家去了。你那日中箭之后,父王也顾不上理会他们,急匆匆地就把你带回来医治了。"

"若不是见你冒死救那几个小兔崽子,我倒未必会信瞳儿说的,还当你便是她的小相好。"

就在这时,一个高大健壮的英武男子一边说着这话,一边威风凛凛地走了进来。

此人行走间如若带风,一进来便令人感到似有热浪从他那处袭来。他身披黑面赤底的猩红色披风,上身是黑金绲边的暗红色短衫,衣摆扎在马裤里,腰带上并排嵌着六个黑曜宝石,手腕上戴着两个紫金镶边的黑革护腕,颈佩狼牙项链,脚蹬硬朗革靴,栗色微鬈的长发未束,只齐眉系了条正中墨玉珠子、两侧黄金火焰纹的抹额,脸似斧凿,高鼻英挺,似笑非笑的薄唇噙着野性的魅惑,一双浓眉大眼与鹿瞳十分相似,只是眸子里多了许多邪魅和霸气。

刚才已经跪了满地的婢女一见他进来,又齐刷刷地垂首趴在地上,还整齐地唤了声大王。

虽然我是因这位大王的凶残霸道才受的伤,但凭良心说,他倒并非我想象中那副模样。按照外界的形容,我原先想象中的赤燎王本尊该是一副虎脸狼鼻、面目狰狞的丑陋惊悚之貌,万没料到他拿掉面具以后竟如此轩昂。更令我诧异的是,这位赤燎王看起来不过三十出头,竟然已有个这么大的女儿了。我心中不禁感叹了一声,所谓江湖谣传,果然是道听途说,不可信也。

更加出乎我意料的是,大名鼎鼎、威震四方的赤燎王竟然躬身俯首给我行起了大礼。我因伤不能起身,只得躺着挣扎道:"大王这是作甚?叫我如何承受得起?"

他行完礼,在一旁的狼头高椅上坐下:"姑娘不必客气,我鹿华纵横大漠三十余载,膝下子女却少,总共不过一儿一女,鹿瞳便是我赤燎族唯一的公主。你既是救我赤燎公主于危难,便是我举族的恩人。还未请教姑娘芳名,来自何方,又为何女扮男装孤身入我大漠?"

我怕平白惹事,便省却了前因后果,只将此行目的简要概括为寻找走散的师兄们。

他却惊讶我找师兄居然找到大漠来了,说是西北大漠,外族人士素不敢入,除了边关流民,多少年都没见过一个外族之人了,怎会有什么师兄在此。

我只好大致说了一下因为家师失踪多年,师兄们在中原遍寻不着,不得已这才转向西北寻师的。

他听完先是忍俊不禁,说我这门派该当好好修习修习识路的本领,怎么又是师父又是徒弟的,一拨一拨都走失了路。而后又慷慨表示,恩人的事就是他的事,也就是赤燎族的事,必会举全族之力帮我找寻,让

第一章 西北 095

我安心养伤,寻人的事他自会派人打探。这番表态着实令我受宠若惊,鹿瞳在一旁也开心地冲我不住点头。

过了几日,我终于可以下地,本来打算午休之后出去转转,鹿瞳却说我箭伤未愈,无论如何不让我起来。我只好又在床上熬到她回房休息,实在闷到自己快要发霉了,于是打发婢女们去了别处,然后下床出去透一透气。

屋外的大漠黄昏深深地震撼了我。

彼时日落西山,薄暮冥冥,在一片苍莽浑厚的黄沙之上,平铺天际的云朵被夕阳染成了艳丽的红。在如血残阳的映照之下,远处或大或小连绵的沙丘反射着烈火熔金般的光芒,阵阵轻风拂过,带起一层层沙粒飘浮在空中,远远望去仿如一片片闪着金光的赤色纱丽。

风舞黄沙,驼铃悠悠,大漠似雪,斜阳如虹。

这一派瑰丽壮阔的景象与九天门上的缥缈仙姿颇为不同,看了令人豁然舒畅。我情不自禁地向着前面慢慢走过,寻得一棵在大漠之中难得一见的树,将疲乏的身子轻靠了上去。

"云姑娘怎么不在屋里歇着?"不知何时,鹿华从后面走了过来,停在树干的另一侧。

"躺得太久,实在闷了,便出来走走,没想到这里的景色这么美。"

"我们这儿鲜少有外族人来,很少有人能领略到我大漠风光。"

"是啊,我也没想到自己会来到这里。"

鹿华闻言,偏头看向我:"云姑娘胆识,着实令孤王佩服。"

"大王何出此言?"

"云姑娘不畏我大漠虎狼之名,孤身一人,千里寻师,此等胆识,绝非寻常女子可比,即便是七尺男儿也不见得有此胆量。"

我心中苦涩道:"大王过奖,并非我胆识过人,实在是因当初年少轻狂,牵累恩师,又怎可瞻前顾后而置恩师于不顾?"

"若说你此行是为了寻找恩师,倒可理解,但为何你见到那群素昧平生的流民,也不顾自身安危相救?"

"我当初拜入师门之时,曾蒙师父教诲,立下誓言:不求长生,但度苍生。谆谆重誓,从不敢忘。"

念及当初誓言,我不禁鼻子微酸:"再说,人来一世,总要活得有点意义吧?上天既然赐给我拜师的机会,让我学到些本事,我若不用来救助苍生,拜师又有何用?岂非枉生为人?"

他若有所思道:"从未有过一个女子,能像云姑娘这般,说出此番令孤王醍醐灌顶的话来⋯⋯"

他话音刚落,一阵阴冷的风从周遭骤起,天色忽然暗了下来,原本还在散发着金光的夕阳一瞬间也被乌云遮住,天空灰蒙蒙一片,其间夹杂着若有似无的丝丝暗红。

鹿华警觉地向四周扫视,我见前方似乎起了旋风,忙指给他看,鹿华见了,纳闷道:"我在大漠几十年,从未见过如此怪异的气象。"

他让我回房休息,自己却向旋风处大步走去。

我见他没带侍从,手上也没有兵器,有些不放心,便没有回房,也朝那边慢慢走去。

走着走着,前方忽然炸起一声怪响,旋风之中竟猛地爆出一股黑烟,紧接着就见一个人从黑烟中摔了出来。

我忙捂着腹部伤口小跑过去,只见那处地上一片焦黑,旁边一大团黑乎乎的不知是什么东西,四周却不见鹿华的踪影。

我走近那团黑乎乎的东西,仔细一看,吓得当即跌倒在地。

那是个人,准确地说,是半个人,或者应该说是半具尸体。这半具尸体通体焦黑,面目稀烂,像个半瘪着的黑色大布袋,已经看不清人形了,只是还大睁着一双黑白分明的眼,两个眼珠突兀地暴在一团黑尸之上,十分恐怖。

我一边后退一边踉跄着爬起来,连忙四下寻找鹿华的踪迹,一不留神却被脚下什么东西绊倒,我爬起来回头一看,是沙地上的一块凸起。我拍掉身上的沙尘正要转身离开,一阵风吹来,将那块凸起上的沙吹到了一边,沙下之物露了出来,我惊得汗毛倒立。

那又是半具焦黑尸体,是腰以下的半个身子。

背后忽然响起一阵窸窸窣窣的声音,我回头一看,背后有个小沙丘,声音是从那后面传来的。

我轻轻朝那沙丘走去,刚要靠近时,一个人忽然从沙丘后面扑了出来,是鹿华。

他摔在地上,我忙过去搀他起身。他扶着脑袋有些站立不稳,疑惑地道:"刚才是怎么了?"

"刚才这附近起了旋风,你不是过来查看的吗?我好像看到你被一团黑烟弹飞了出去。"

他如梦初醒道:"不错,我想起来了,刚才我靠近那个旋风时,其间确实忽然爆出一股黑烟击中了我。"

我将地上那焦黑的尸体指给他看,他也是大吃一惊,蹲下来仔细查看了一会儿后沉吟道:"这尸体死状竟如此古怪,虽是这般焦黑,却并不似火焚,倒像身体被抽干了一般。"

我听得心中越发觉得惊悚,之前还以为这是大漠中某种凶残的杀人方式,但见鹿华这副神情,显然也是第一次见此情景,于是问道:"这种黑尸你也没有见过吗?"

他摇头道:"我不但从未见过,连听也未曾听说过。"

"那这会是何人所为呢?"

他环顾四周,说道:"据赤燎族世代流传下来的传说,一千年前,世间曾爆发过一场十分可怕的大战,那场大战曾波及古时的大漠。"

我望着苍茫的大漠黄沙:"一千年前确实有过那么一场大战,那是正邪两派最大的一次较量,不过,真没想到这竟会影响到大漠。"

他指向前方:"远古时,大漠的祖先并非赤、寒二族之人,传说在那场大战之后,大漠先祖便从此人间蒸发,销声匿迹。不过,这都是些无凭无据的传闻,谁也不知道传言是否属实。"

他又看了看地上的黑尸:"如此诡异的尸体,只怕是那场远古大战遗留下来的残骸吧。云姑娘无须害怕,你身体尚未康复,不宜劳累,我这就送你回房休息。"

或许是大漠族人见惯了凶残之事,鹿华并没有将这个怪异的尸体放在心上,而我对大漠一无所知,更是无法做出任何判断,只好跟着他默默往赤燎王宫走去,但心中总觉得哪里不太对劲。

走着走着,突然一阵疾风从旁吹来,卷来铺天盖地的黄沙,可四下除了一棵光秃秃的小树之外别无他物。我情急之下不知该如何躲避,正准备不顾形象地抱头蹲下,忽然眼前一暗,一袭赤色覆上我的头顶,我抬头一看,只见鹿华正抬着臂膀将我挡在他的披风之下。

披风之外呼啸而过的黄沙夹杂在劲风之间,发出窸窸窣窣的摩擦声,托赤燎王的披风之福,我才不至于惨兮兮地抱头蹲在风沙之中。不一会儿,风沙的声音似乎已经过去,他却仍然一动不动,似乎并无将披风撤下之意。

我正要张口提醒他,一旁忽然响起一个侍从的声音:"启禀大王,寒煞族有使节前来求见。"

鹿华这才大梦初醒般地撤下披风,那侍从见我出现在他们大王的披风之下,面上闪过惊诧之色,我忙道:"多谢大王,那你们忙,我先回房去了。"

三日后,大约是个黄道吉日,因为寒煞族的人那日一大早便差了一队人,扛着几大箱子的珠宝绫罗上门提亲来了。

鹿瞳躲亲躲到了我住的房里,赤燎王找了她半天,最后找到我这里时,鹿瞳已然摸到一把匕首抵在自己咽喉上:"父王今日若真应了这门亲,瞳儿便在此同父王永诀了!"

鹿华见她这样,很是头疼:"你这孩子,武功身手半点没遗传到我的,这刚烈固执的性子倒被你学了。"

"我不是固执,我已经心有所属了。再说寒煞族那什么王子,我见都没见过,毫无半点情意可言,更听闻他早已妻妾成群,根本是个风流浪子,让我嫁给此人倒不如死了的好。"

鹿华皱了皱眉:"有几个妾室并不能说明此人就是风流,这世上但凡称王称帝的,哪个不是三妻四妾?你身为尊贵的公主,只有王子才能配得上你,你就算嫁了过去,将来也是寒煞王后,其他女人无法威胁你的尊贵地位……"

"我不要我不要!"还没等鹿华说完,鹿瞳便大叫起来,"谁说称王的便都是三妻四妾了?父王你为何就只有我母后一个?"

"你……"鹿华被她的话噎了好一瞬,转而又道,"我一心习武,振我赤燎,没那么多心思考虑女人。"

"不管怎么说,这世间既然有专情的男子,为何偏要我嫁给风流之人?不怕告诉父王,我的云远哥哥便是个专情的人,我听他说了,他此生要么不谈男女之事,要么便只会与一人相伴到老。"

她的话让我心里一惊:云远哥哥?怎么会这么巧?难道她的心上人就是我的大师兄云远?

若她当真与大师兄结下了情缘,她这档子事我便更不能不管了,于是我帮着鹿瞳圆场道:"大王,这事还有转圜余地吗?鹿瞳既然以死相抗,想必与她心上人情深义重,能否回绝了寒煞族的提亲呢?"

鹿华有些无奈:"两族和亲,并非儿戏,若要回绝,也得有个十足的理由方可。"

然而最后他到底怕鹿瞳真的抹了自己脖子,便诓了来使先留宿两日再做打算。

当天我一直琢磨着鹿瞳说的云远到底是不是大师兄,于是决定晚饭后去找她仔细问问。

赤燎族的建筑优点是造型简洁,布局齐整,缺点是王宫里每一座房子看着都差不多,以至于人生地不熟的我兜兜转转绕了几圈,居然绕到了小月湖边。

小月湖是赤燎族的主要水源,因形似一弯秀美明月而得名。不过我一心去找鹿瞳,也顾不上欣赏,掉头便要走开,却被湖边一人叫住。

平日里威风八面、不可一世的赤燎王,此刻正孤寂地站在湖边,神色看着颇为凄凉。

"其实我也不想勉强瞳儿嫁她不喜欢的人,但我赤燎女子,自古以来短命,活到二十几岁便要寿终,若想活得久些,唯一的法子就是嫁去寒煞族。"他一开口便道出几句令我震惊的话来。

我很是不解:"为何赤燎女子皆不长命?又为何偏要嫁去寒煞方能续命呢?"

他眼睛微微眯起,道出了我怎么也想不到的缘由:赤燎族的血统很是奇异,他们的骨血阳刚,勇猛异常,正适合威武的男子。身为赤燎族男性,天生便身材高大,勇武善战,然而这样异常阳刚的血脉在赤燎女性体内却成了灾难,因为纯阳之血太盛,女子之阴泽被灼化得异常迅速,守着处子身的女子,最多活不过四十,如果与赤燎男子婚配并产子,则会令体内血617更甚,加速死亡,他的王后便在为他生下王子鹿沿和公主鹿瞳这对龙凤胎之后,年方二十就撒手人寰。

而世间万物,乃阴阳相成,炎寒相就,在大漠另一端的寒煞族,有着最为清润滋阴的水土。更重要的是,寒煞族的男子体内有着最适宜赤燎女子续命的血脉,如果赤燎女子想要长命,便要嫁去寒煞,方能以彼处水土和寒煞男子精血化解自己的天命之危。

他叹道:"你未见过那寒煞族人,他族男子,生得皮白肉细,弱不禁风,全非勇猛族类,若我赤燎举兵,不消三日定能让他们全军覆灭。可是寒煞族知道我们赤燎女子需要他们的血脉续命的魔咒,是以他们自古便有誓言,若有一日城池被赤燎破,则举族男子不论老幼必尽数自裁,以为报复。因此,我赤燎男儿虽铁骨铮铮,力拔千钧,却千百年来容让他们,不敢动之分毫。"

我闻言唏嘘不已。鹿华作为父亲独断儿女婚配,貌似不近人情,实则舐犊情深。

他希望我能帮他劝一劝鹿瞳,又说自己之前同鹿瞳的母亲乃奉父母之命成婚,虽然并无深情,但王后之死令他触动很大,不愿鹿瞳重蹈覆辙。

然而对于和亲,我年轻时也曾亲身经历,那时也是亲眼见到白隽对和亲嫁过来的岚姐姐无甚怜惜,因此,内心抵触和亲的我,只觉得实在无法对鹿瞳开口。

鹿华见我面带难色,疑惑道:"怎么?云姑娘不愿帮我?"

"并非我不愿帮你,只是我和亲人也曾深受和亲之苦,和亲的女子,未必能过得幸福。"

鹿华有些许诧异:"此话怎讲?"

我叹道:"想当初,我曾与相爱之人私订终身,但后来他被迫和亲,娶了别的女子为妻,可是他并不爱和亲的女子,对那女子很是冷漠,后来又发生了一些祸事,对他很重要的人们接连受到伤害,与他和亲那女子也深受打击、痛苦不堪,他认为坏事是我做的,对我也失去了信任……"

说着说着我突然觉得自己跑题了,便赶紧就此打住,转而言道:"我的意思是说,和亲之后,鹿瞳未必会过得如大王想象中那般安好,望你三思。"

鹿华微微蹙眉："孤王万没料到云姑娘还有此番伤心往事,之前只当姑娘是个潇洒女侠,却没想到竟是经过情伤之人。"

我哑然笑笑,若不是经历了当初同白隽的种种,如今的我又怎会站在这小月湖边?

"你之前那男人错怪你了。"他突然幽幽言道,一双魅惑的眸子转向我。

"大王如何知道?"我刚才并未详细描述那些事情的原委,他何以笃定我是被冤枉的?

"因为他根本就不了解你,你连素不相识的流民都愿舍命相救,又怎会去害人?"

他这番话,犹如一个相交多年的知己,一下便戳中了我内心深处最委屈的那道伤疤,我不禁眼眶微湿。

在宁静的小月湖边,月光皎洁如水,他的目光幽然如焰。

第二天一早,鹿瞳一阵风似的跑进我房中,开心地拉着我的手说:"云姐姐,太好了,我父王他终于答应不把我嫁到寒煞去了!"

我惊讶道:"是吗?你父王怎么突然改变主意了呢?"

鹿瞳道:"今天一大早我还没起床呢,我父王就来找我了,他呢,也是为了我好,让我和亲只是为了保我平安,但我跟他说了,如果不和亲,我至少还能活个十年二十年,如若逼我嫁给寒煞王子,我定会自尽,那样岂不更加短命?"

我笑道:"你倒是很会分析啊。"

"当然了,我说得可是句句在理呀!再说我们赤燎女子,一向不喜寒煞的阴柔男子,许多人宁愿短寿也要留在赤燎,何况我的云远哥哥并非我同族血脉,我即便和他在一起,也不会因此而减寿啊。父王听我说了这些之后,总算是妥协了。"

这时一名婢女匆匆步入房中,鹿瞳连忙问她:"怎么样了?我父王

第一章　西北　103

回绝寒煞来使了吗?"

小婢女垂首答道:"禀公主,大王已同寒煞使者说了公主突然身染重疾,不能出嫁,请来使将提亲的聘礼带回寒煞。"

鹿瞳大喜,当场赏了小婢女一条七彩珠链。

待小婢女告退,我问鹿瞳:"说来真巧,我在寻找的大师兄也叫云远,不知你的云远哥哥是何许人也?会不会与我师兄是同一人呢?"

鹿瞳惊讶道:"这么巧啊!不知云姐姐的师兄是一个什么样的人呢?我的云远哥哥啊,他不仅温文尔雅,而且仙风道骨,玉树临风……"

她这一番描述,倒是很符合大师兄身为九天门第一美男的形象。

接着,鹿瞳对大师兄进行了一番滔滔不绝的赞美,最后终于说到了关键,她说她的云远哥哥所用兵器名为"承影剑"。这下我终于确定了,鹿瞳的心上人便是九天门云字辈之首、玄影师叔座下最得意的弟子云远。

我着实没想到这小鹿瞳居然会恋上大师兄,若大师兄当真跟鹿瞳结为连理,那么以大师兄的岁数,见了那位论年纪能当自己重孙的赤燎王,还得唤其一声岳丈,貌似有些荒唐。

然而鹿瞳却不以为意,还特别开心:"没想到云远哥哥竟然就是姐姐要找的师兄啊!那太好了,自我上次跟他分别以后,到现在都没有他的消息,我也正在寻他呢,这下可好,我们可以一起找他了。"

据鹿瞳说,她是一次出宫玩耍时与大师兄偶遇的。那时大师兄和另外十几个师弟因为迷失方向,又多日没有进水,纷纷奄奄一息地躺在黄沙之中。鹿瞳碰巧从旁经过,便将自己带出来的水分给了他们。

"我从小到大都没见过云远哥哥那样的男子,云姐姐你知道吗,哪怕他什么也不说,就静静地坐在那里,我觉得那便是天上的仙人了!"鹿瞳望着空中一脸痴迷地描述着。

我不禁在心中感叹:"大师兄你果然修炼得好,给红尘中的少女心留下了神仙下凡的印象啊。"

鹿瞳又说，因为她的云远哥哥一行人迷了路，又急着要走，她便又花了半日工夫为他们带路，临别前，她与云远哥哥约定，再过半月仍在那处相见。然而半月之后，她按时赴约却没见到他，而后她天天溜过去看，也一直不见他来，于是，她一着急干脆自己溜出宫去寻找，没想到这一跑就没个边际，竟被黑风寨逮了去，差点被逼做了压寨夫人。

我隐隐有种不好的预感，大师兄为人一向守时重诺，就连从前给先生送酒都按时按点，从不会平白无故失了与他人之约，这回该不会是遇到什么麻烦了吧？

果然过了不多久，赤燎探子回报，寒煞族一个月前捕了些外族男子，至于那些男子的具体身份，探子尚未查实，但根据被捕人数以及鹿瞳与大师兄失去联系的时间来看，我和鹿瞳一致推断，被捕的外族男子很可能是大师兄他们，于是鹿瞳便央求她父王出面救人。

鹿华却认为他贸然出面甚是不妥，且不说尚未确定那些外族男子的身份，即便确定了，大师兄他们毕竟同赤燎族非亲非故，平白上门要人岂不失礼？加之前不久鹿华刚刚回绝了寒煞的提亲，如今再无端上门，还向人家讨要牢中之人，实在非常无礼。

鹿瞳一听便急了："父王大可以说他是我的未婚夫婿啊，这样不就名正言顺地把云远哥哥接回来了吗？"

"笑话，我们刚刚跟寒煞来使回复说公主染疾，不能婚嫁，转眼又有个未婚夫婿，这叫寒煞作何想法？"

"能想想别的法子吗？"我非常担忧大师兄的安危，也不知那些寒煞人想做什么，抓了人已一月有余，为何还不放人？他们会不会对大师兄他们做出什么残忍之事来？我越发不敢想下去。

"通常来说，遇到这种事情，最直接的方法便是潜入对方大牢，把人劫出来。"鹿华斜靠在巨大火焰形雕饰围拱的宝座上，半眯着眼睛对我说道,"不过你们要救的不止一人,你那大师兄还带了十几个人,寒煞毕竟也有重兵重重,再怎么着也不可能把这么多人从天牢里平安地带出来,除非……"

"除非什么?"我听他话里有话,似是已经有了对策。

"除非答应帮寒煞攻打蛮人,作为交换条件,请他们放人。"

"蛮人?"我倒没想过大漠之中还有这么一个族群。

"看来云姑娘果然对大漠内里不甚了解。"鹿华从宝座上站起,边踱步边说道,"我们大漠除了赤燎、寒煞二族之外,还有一个人数甚多的族群,说是族群,其实是群妖蛮之人,貌似人形,性似猛兽,平时在大漠及周边地区以各类飞禽走兽为食,也喜好捕食落单的人类。"

"那寒煞为何要去攻打蛮人?莫非是要为民除害?"我不明所以。

鹿华哈哈大笑:"寒煞弱质男子哪有这等气魄?"

然后听他说道,那些蛮人不论男女,皆长得十分丑陋,而寒煞一族女子虽相貌平平,男子却长得花容月貌,多年以来令蛮人垂涎,时不时便掳走一些外出落单的寒煞人作为男宠,是以寒煞与蛮人之间时有摩擦。

就在不久前,一个极为彪悍的蛮族新王即位,与寒煞王子在大漠之中有过一次偶遇,从此念念不忘,并向寒煞发出求亲的帖子,可那蛮王生得实在丑陋,寒煞王子死活不肯,于是寒煞王便想了个与赤燎族联姻的法子,因为大漠中数赤燎最为骁勇,也是蛮人最为忌惮的族类。

寒煞本想借此绝了蛮族求亲的念头,却没料到赤燎退回了聘礼,和亲一事就此泡汤。蛮王听闻,便又前去逼婚,并扬言如若不从,便要举兵打上门来将王子抢走。于是寒煞王几日前向赤燎送来一封信,请求赤燎相助寒煞击退蛮族。

"蛮族虽凶悍,但寒煞毕竟也是大漠二族之一,也不是好欺负的,因此多年以来,蛮族从不敢向寒煞正面挑衅,但如今的寒煞王年事已高,他这个儿子又生得格外娇美,那蛮族新王比之前的老蛮王更为彪悍,因此这一次,老寒煞王没有把握取胜,担心宝贝儿子被掳走,这才求到孤王跟前。"

这倒真是桩稀罕事。

"其实孤王一向不喜插手他族之事。"鹿华摸摸抹额上的墨玉珠子,一双眸子微微眯起,"不过,为了帮助云姑娘救出师兄,孤王倒不介意拿下那蛮人的脑袋。"

我向赤燎王再三拜谢,心中慨叹:自古以来,只听闻有女子红颜祸水一说,不想在这大漠之中,倒是寒煞男子成了美色祸水,竟令蛮夷之族成了断袖之辈,甚至不惜发动战争。

战争开始前一晚,赤燎举办了一场筵席,席上我见到了鹿华的儿子鹿沿,那孩子虽然年少,却也继承了他父亲的血统,生得浓眉大眼,英俊刚毅,在席间便向他父王请命,要随军一同迎战蛮族。鹿华本是不愿,后来群臣们认为王子已满十五周岁,也该上战场历练了,鹿华最终应允,令鹿沿兴奋不已。

因为次日要打仗,筵席早早便散了,将军们也各自回去准备次日之战。

我在回房的途中遇到了鹿沿,他彬彬有礼地叫住我,对我说道:"云姐姐,我听说这次出战,是为了救出姐姐的师兄?"

"确实如此。鹿沿,真的非常感谢你们,如果不是你父王仗义相助,仅凭我一己之力,真是不知如何才好。"

"那么,云姐姐的师兄被救出之后,你有何打算?"他眨着宝石一样忽闪忽闪的大眼睛问道。

"我已在此叨扰赤燎多日,待得师兄获救,便要同他们尽快离去了。"

他眨眨一双亮晶晶的大眼:"云姐姐,我知道你们要去找师父,不

第一章 西北

过你已经有那么多师兄去办此事了,你是否可以留下,不要走了呢?"

我心中惊诧,忙说道:"这怕是不妥,我一来也身负寻师重责,二来也没有理由留在这里啊。"

"云姐姐是否知道我的母后在我和鹿瞳出生时便已过世?"

我点了点头。他低头踱了几步,像是下了一番决心似的,然后,又抬头对我说道:"云姐姐,我的父王是一个很孤傲的人,自从我母妃去世后,我父王从不曾对任何一个女子侧目。"

我呵呵笑道:"鹿瞳也是这么说的。"

"自从我记事以来,父王从不曾对任何一个女子像对你这般,所以我想,如果云姐姐能留下来的话,定会令我的父王感到欣慰,他也一定会善待你的。"

他这话说得我又惊诧又尴尬,同时也十分佩服他的孝心,但是,他到底是年轻,还是想歪了。

于是我拍拍他的肩膀:"你一片孝心,才真是令你父王最欣慰的。不过呢,他之所以帮我救师兄,是因为之前我帮过鹿瞳,他正好借此机会还我个人情罢了,你莫要想歪了哦。"

"可是……"他还想继续劝说。

我觉得这个问题不能再探讨下去了,便赶紧打断他,借口说我还有事,就匆匆回房去了。

不知是否次日之战的缘故,我晚上做了个冗长的梦,许久没有梦到过的白隽突然出现在我的梦境里,他还是二十二岁那年刚从战场归来的样子,穿着一身威武的铠甲,却受了重伤。他一身是血地跳下马来,微笑着对我说他一定会来娶我,然后梦境七转八弯地又出现了那个看不清的姐姐,仍然和上次我在石山里梦到的一样,她和我同被一股似曾相识的神秘力量推下了水,而后我眼睁睁地看着她为了救我,沉到了水底,只是我依然看不清她的样貌,依然撕心裂肺地喊她岚姐姐。

这个梦让我有些担心,怕是什么不好的兆头,于是第二天开战之时,我便偷偷伏在离战场不远处的沙丘之上关注着战况。

因是蛮族向寒煞发难,此番战场便在离寒煞不远的地方,寒煞与赤燎各出了一半兵马,在大漠中摆开阵形。我目光搜索一番,发现主帅鹿华正戴了獠牙面具,威风凛凛地骑着他的高头大马立在兵将之中,他的长发和披风在风中飘荡,很是显眼,手中是我第一次见到他时拿的那把方天戟。鹿沿也穿了一身战袍在他身边,手中拿的似是长枪。

与他们对战的蛮人方阵中传出阵阵野兽般的低吼之声,若非亲眼所见,难以想象世间还有此等族类,个个皮糙肉厚不说,还暴眼龅牙,鼻孔如牛,身壮如兽,面目狰狞,半分像人半分像兽,怪不得那位寒煞王子誓死不从。

这时,蛮王粗粝的嗓音响起:"我族举兵而来,乃为了求取美人,你们若乖乖把紫烟交出来,则此战可免,否则的话,休怪本王大开杀戒。"

在这紧张的观战之时,能令我无法克制地笑出来的,也只有这奇葩的王子名号了,若非事先知晓,还要误以为这紫烟是个女子呢。

漫天尘沙中,只见鹿华仰天长笑:"好个不知天高地厚的蛮人!废话倒是不少,今日孤王便让你领教领教,谁才是主宰这大漠的王!"

言罢随着鹿华一个手势,战斗号角吹响,双方弓弩手很快交战起来,也不知道鹿瞳这个小鬼现在在哪里。就在这时,我的身边突然俯下一人,跟我同一个方向朝着战场趴了下来。

我还以为是鹿瞳也跑来观战,待转头一看,却吃了一惊。

趴在我身旁这人,一身泛着银光的浅紫色长袍裹着玲珑秀长的身躯,一束及膝长发在阳光下闪耀着紫莹莹的光泽,看着柔软而又妖媚,忍不住就让人心生怜爱。更令人惊叹的是其美貌,虽然我只看到此人侧脸,却已移不开眼,书中所述的肤白胜雪、面若桃花,说的一定就是这样的人儿了。那人莹白光润的额头下,鼻子秀长挺直,鼻尖小巧微翘,下面一张桃花色小嘴微微笑着,显得很是调皮。

我正被这倾国倾城的美艳容貌惊呆之时,那人转过脸来对我笑了一笑,那柔情似水的眼睛真叫一个波湛横眸,美目盼兮,连我这个活了一百多岁的老人家,都不由得心中一颤。

那人见我呆住,抿嘴笑道:"平日里都是些男人看到我时才呆了心智,怎么你一个女子也这副神情看我?"

这人声音空灵而又清脆,但我到底还是根据其音色判断出这是个不折不扣的男子!

我呆住的脑子终于又转了起来,在大漠之中能见到这般摄人心魄的美艳之貌,又是个男的,头发还是紫的,想来只能是刚才蛮王口中那个紫烟了吧?

于是我问他:"你便是寒煞族的紫烟王子吗?"

他点点头,转而又笑嘻嘻道:"这大漠之中,我还是头一回见到你这么美的女子呢,我看咱俩不如以貌会友,以后在我面前,你呢无须拘束,不用喊我什么王子不王子的,就叫我紫烟吧。"

从这么个妖娆男人口中说出这一番话来,我是鸡皮疙瘩掉了一地,真不知他父王是怎么想的,这儿子纵然长得连女人都自叹不如,也不能给他起这么个名字吧,这不是明摆着把他当成个大姑娘来养了吗?

但毕竟托这位紫烟王子的福,大师兄才有机会得救,所以我礼貌地回应道:"不敢不敢,能与您在此一遇,实在是我三生有幸。"

"那你叫什么名字?为何也躲在此处观战呢?"

"我叫百里云声,前来观战是因为我的朋友在那里。"我指了指赤寒方阵。

"哦——"他这一个"哦"字尾音拖得很长,且高低起伏,抑扬顿挫,听得我还以为他要开始唱曲了。

然而等了片刻,他并不是唱曲,而是继续嘀咕道:"那么你是赤燎人了,赤燎何时有了你这么个小美人?早知如此,我便该让人上你家门提亲去的。"

"我可不是赤燎人,我只是有事要办,才暂时停留在这大漠的。"

"我说呢,赤燎什么时候有过像你这么美的女子。"他笑眯眯地说着。

"比起王子你的美貌,我可是差了十万八千里。"

"哎呀那就别叫我王子了,唤我的名字不好吗?你看,紫烟这名字多好听,紫色的紫,烟火的烟。"他一脸少女撒娇般的表情。

我只得顺势称赞道:"这名字确实不同凡响,配您再合适不过。"

此时战况更加激烈,双方弓弩手过招完毕,赤寒大军和蛮人兵马已然混战在一处,沙尘之中,到处是一片片的厮杀肉搏。

彼时的蛮王正手抄两个斗大的玄铁破天锤与赤寒将士血斗,那两个大锤上俱是铁铸的尖刺,加之蛮王猛如一头力大无穷的野兽,与他交手的兵将纷纷鲜血四溅,死伤无数。

好在鹿华还是很威武善战的,他此刻已经下马,方天戟在他手中被舞得如平地起狂风般,所到之处只见一圈圈被打飞出去的蛮人兵将,还有旋风中心逆天舞动的猩红披风,正随着鹿华的步伐快速移动,方天戟舞起的旋风一路掀翻无数敌人。

紫烟见我看得兴奋,歪头问道:"沙场无粉黛,你那朋友定然是个男子咯?"

"嗯,而且还是位很厉害的男子呢!"我眼见鹿华越战越勇,心中赞叹油然而生,亲眼见到他在大漠中所向披靡的场面,当真让人领略到了大漠魔王的神威。

眼见那势不可当的旋风越来越快地移向蛮王方向,大片大片的蛮族兵将死伤满地,蛮王回头见到,怒不可遏地发出一声可怕的吼叫,随后掉转方向,手上两个大锤虎虎生风地朝着鹿华那边打去。

第一章 西北 111

这时我看到鹿沿挥舞着长枪,奋战在另一处混乱的战场,他的长枪耍得很是灵活,但毕竟是初次出战缺少经验,总有些顾前不顾后。

我心下焦虑,当即起身想要前去相救,却突然被一把拉住裙角,那寒煞王子在我脚旁惊讶地问道:"小美人,你这是要去作甚?"

"去救人!"我没时间同他啰唆,抬腿挣开他白白嫩嫩的手,便朝着鹿沿飞奔过去。

赶到鹿沿身边时,他的左侧小腿刚刚被刺了一枪,他站立不稳倒了下去。不过这孩子十分坚强,虽然腿上正流着鲜血,却仍半跪在地上奋力杀敌。

我架起他,带他向外冲去,然而我虽曾在百里崖修炼多年,却从未上过战场,面对如狼似虎扑上前来的大批蛮人,也是有些慌乱。因为鹿沿已无法正常行走,我必须腾出一只手架住他,不便使出封天咒,只得左手护着他,右手将凤骨笛当作短棒,拼命格挡四面八方不断砍向我俩的各种兵器。

好不容易将鹿沿带到一个空处,我立刻回转身来催动封天咒,震开追在我们后面的一群蛮人,可毕竟箭伤未愈,我有些力不从心,只得趁着后面蛮人倒地的当儿,架起鹿沿便走。

跑出不过几十米,又一群蛮人士兵从侧方追来,将我俩围了个水泄不通,这下想把鹿沿带出去便更难了,我手中的凤骨笛好不容易在前方杀出一条血路来,却没顾得上身后,忽地背后一阵剧痛,我被一杆长枪刺中,立时与鹿沿倒在地上。

霎时间蛮人一齐拥了上来,我抬头一望,满眼的大刀、长矛,各种五花八门的兵器从头顶上朝我们刺下,我只得下意识地闭上眼睛,俯下身去保护鹿沿,却忽然听到几声尖锐而又清脆的声音,接着便是蛮人发出的惨叫,我忙睁开眼,只见刚刚还举着刀枪围着我们的一圈蛮人纷纷倒了下去。

与此同时,一个浑身上下淡淡银紫色的修长身影,飞身挡在我和鹿沿前面,手中一条细长软鞭如同其人一般,旋转翻飞,如梦似幻,在我眼前织出一片银紫色光影,光影过处发出尖厉的击打声,一拨又一拨冲过来的蛮人应声倒地。

好在这一片的蛮人不是很多,接连几拨被打倒之后,其余蛮人不敢再轻易上前。

不远处忽然响起一片呼叫声,我偏头一看,只见那比鹿华还高半头的可怖蛮王身体轰然倒地,溅起一大圈的尘沙,引得兵将们一片欢呼雀跃。

这时,淡淡银紫色光晕笼着的人儿在我面前停住,又躬身牵起我的手来拉我:"阿云,你还真是不要命啊!"

这一声阿云唤得好不肉麻,我抬头看着那张天生尤物的面孔,愕然道:"紫烟王子?"

他手上一使力拉起我来,我后背伤口吃痛站立不住,他见状将我轻轻揽住,面带嗔怪地说:"还叫王子? 不是说过了叫我紫烟的吗?"

"哦……紫烟。"这一声叫得连我自己都不禁哆嗦了一下,"你怎么来了?"

"嗯,我本来可不愿杀进这乌烟瘴气的战场上来的,刀剑不长眼,万一弄伤我的脸可怎么办? 可是谁叫阿云如此不要命地冲了进来,我又怎能袖手旁观呢?"

鹿沿在旁瞧着这一番莫名其妙的情景,忍不住发出一声疑问:"你……你们?"

紫烟看看他:"喏,小不点儿,阿云就是为了救你才受的伤啊!"

我赶紧给他介绍道:"这位是赤燎王子鹿沿,不管怎么说他也差点当了你的小舅子,你可不能无礼。"

正说到此时,突然一阵疾风袭来,夹杂着炙热的温度和血腥的杀

第一章 西北

气,满脸阴沉的鹿华突然站在了我们面前。

"父王!"鹿沿开心地唤他。

他看看鹿沿没有说话,转而对紫烟沉着脸道:"多谢王子出手相助,现在把人交给我就可以了。"

紫烟依依不舍地跟我道别,末了凑到我耳边轻轻说了声:"你伤得不轻,回去记得好好补补身子。"惊得我大夏天的又打了个冷战。

鹿华板着脸叫了个将军过来背走了鹿沿,又将我打横抱起向外走去。我只觉万分地不妥,便对他说扶一扶我便可以自己走,让他放我下来。

然而他很不高兴,阴沉着眉眼看着前方:"刚才在那男人怀里可以靠得,怎么在我鹿华这里便抱不得了?"

我心道刚才那能算男人吗?那分明就是个娇滴滴的大姑娘,正准备跟他说说清楚,他却忽道一声"不好",猛一转身变了个方向,就在此时,我看见一个趴在地上的蛮人发出了一枚暗器,不偏不倚正射中鹿华的后背,他的身体顿时战栗,又晃了几晃,随即同我一起摔倒在地。我忙爬起来去撑着他,想扶他坐起来,但他最终还是没了力气,一边说着暗器有毒,一边不省人事地倒了下去。

那枚暗器上有蛮族的邪毒,以致鹿华被众人抬回赤燎后,尽管经过巫医们一天一夜的急救,却仍是时昏时醒,下不了床。而我因为后背伤口失血过多,还没回到赤燎就晕了过去,也不知道大师兄他们被接出来没有。

我昏昏沉沉睡了不知多久,再醒来时,鹿瞳正面带忧虑地坐在床边,见我醒来,她忙问道:"云姐姐你感觉怎么样了?"

"还好。我这是睡了多久?"

"你本来腹部箭伤还未痊愈,背后又被刺伤,这次失血过多,晕了一天一夜呢!"

我大吃一惊："我竟昏睡了这么久？那你的云远哥哥呢？接回来了吗？"

鹿瞳点点头。

我赶忙起身，想要下床去找大师兄，却被鹿瞳拦住。她面带遗憾地对我说道："云姐姐，云远哥哥他……急着要找师父，已经走了。"

"走了？"

"云姐姐，这个云远哥哥可能不是你要找的师兄吧，那天他们被救回来之后，我就告诉他有同门师妹来寻他了，他也第一时间就赶过来看望你，可是见到你之后，他们都说不认得你，说是也许因为同名引起了误会，他们急着找师父，所以都已经走了。"

我无奈地瘫坐在床上，原来如此，想当初，为了让云芽师姐确认我的身份，经历了好一番解释和打斗，最后还是她看到我颈后的印记，方才相信了我的身份，但是大师兄他们并不知道我这个印记，只见我跟他们记忆中的云声长得不一样，便以为认错了人。

听鹿瞳说，大师兄他们不小心中了寒煞人的机关，这才被捉了起来，后来那些人日日给他们灌饮压制内力的药水，以至于他们天天手脚瘫软无法逃脱。而更为荒唐的是寒煞人囚禁他们的原因，竟是害怕蛮人上门抢亲，准备在不得已之际，将大师兄他们十几个英俊男子献给蛮人，以换得王子平安。不过也好在因这个缘故，寒煞人未曾虐待他们，倒是好吃好喝地招待着软禁了一个月。

我心中唏嘘，大师兄他们此番又上路了，我估摸着身上的伤还得再修养个三五日，看来此后茫茫寻师之路，大概还要靠我自己去走。

此番鹿华是为了帮我救人才会带兵出战，又因为护我而中了带毒的暗器，我内心歉疚不已，自从可以下地走路，便日日去他榻旁探望。听巫医说，蛮人奇毒怪异，直到现在也没能找出化解之法，只能以赤燎秘传之解毒草药先勉力续着鹿华的命，再想办法研制对症解药，但研制解药遥遥无期,鹿华的状况应是无法撑到那个时候。

我心中焦忧,鹿华清醒的时间一日比一日少,昏睡的时间越来越多,且毒发日甚,发作起来一次比一次痛苦。每回我看着他被邪毒折磨的痛苦模样,心下更是焦急,只觉欠了他好大的一份恩情,就算自己伤已痊愈,若是他不能康复,我又如何能心安理得地离开赤燎?

这日,我自觉恢复了不少,于是将鹿华扶着坐在榻上,然后从其身后给他输入一些真气,希望能让他感觉好些。再扶他躺下时,他忽然握住了我的手。

"你也受了伤,不要再为孤王浪费力气了。"他有气无力地说。

"没事,我已好得差不多了。别担心,你也会好起来的。"我边说边把手抽了出来,又将他的胳膊放好。

"大王,这次如果不是你,我的师兄们不可能顺利获救,我真不知道该如何感谢你才好。"

"此事无须言谢,我倒是希望今后你我免去些烦冗礼节,你莫再喊我大王,便叫我鹿华吧。"

我摇头道:"这怎么行?礼制在前,非同儿戏,怎可胡乱称呼?"

他虚弱的脸上满是不悦:"你与那寒煞王子不过一面之缘,就叫了他紫烟,却为何同我如此见外?"

"因为他那容貌,明明是个大美人,叫他的名字感觉挺适合他的。况且他与大王你的身份也不同啊。"

他闻言笑了起来:"其实我们大漠中人不似你们中土那么多规矩,你也可以叫我的名字。"

我为难道:"这……还是不好吧。"

"你……"鹿华情绪激动起来,脸涨得发红,一副喘不过来气的模样。

巫医见状连忙过来给他把脉,又摇着头对我说道:"大王如今中毒颇深，一定要避免情绪激动，否则毒血攻心，随时会有生命之忧啊！云姑娘你就按照大王说的做吧。"

我万没想到一个称呼问题竟会引起这么严重的后果，只得心下一横，这赤燎王虽然是个王，但论岁数也算我重孙辈了，我即便叫他的名号也不算冲撞他。

于是我道："那好吧，小鹿华啊，你不要生气，我答应，答应还不成吗？"

大约是我不经意加了个"小"字，他听罢无语良久。

过了一日，鹿沿在打听解毒良方的时候，听说离大漠不远的外城有奇人奇方，曾有人中了妖蛮之毒后逃到那城中，被那儿的城主所救，活了下来，如果我们前去求药，说不定有一线希望。

关于这个外城，鹿沿也了解不多，只知那儿对赤燎来说是个不可冒犯的禁地。

听鹿沿说，那城地处大漠之外的西南方向，其城大约在一百年前建立，虽然时间不长，但城主很不简单，鹿华的祖父本是赤燎历史上战无不胜的骁勇之王，其当年的威名比鹿华还要强上三分。他曾一路征战大漠周边，所向披靡地打到对方城前，但与之交战后，竟惨败于对方城主麾下，而对方仁慈，饶过了鹿华祖父的性命，并告诫他说，只要赤燎不上门滋事，他们也不会无端侵犯赤燎王土，只愿井水不犯河水，相安无事。因此，鹿华的祖父感念对方恩德，也忌惮对方神威，便向那位城主承诺，赤燎后世子孙绝不会再踏入对方城池一步。

我之前只听说过令世人闻风丧胆的大漠魔王，也亲眼见证了大漠赤燎王鹿华驰骋沙场力敌千钧的气势，倒是万万没有料到还有一处城池，竟是令世代赤燎王也敬畏忌惮的。

如此一来，鹿沿又开始焦急，祖上便早已同人家约定好了，赤燎人不得再踏入对方城中，可是现如今又需要向人家求取良药，赤燎族人外

第一章　西北　117

貌特征明显,就算再怎么乔装,也很容易被人认出来,这可如何是好?

我闻言自告奋勇前往,以我这副与赤燎族全不相似的相貌,想必更有机会入得城中,于是当天我便早早回到自己房间,为次日出发做准备。

待到差不多收拾停当,天已黑了,我忽觉一丝凉风刮进房里,转头一看,窗户不知什么时候开了老大,便去关了再上床休息,却被床上突然出现的偌大一人吓了一跳。

"你怎么会在这里?"我本能地往后一躲,却被来人一伸手拉了过去。

这一把拉得很是有力,我扑通一下撞到他胸前。此人见状,轻笑出声。

"我来看看阿云的身体养得怎么样了。"

"我好得很,紫烟你无须挂心了。"

我说罢便要起身,他却撒娇一般拉住不放:"阿云这是作甚?就在此处说会儿话不好吗?非要起来的话,一会儿我声音大了让赤燎王听见……"

我愣了一愣,鹿华对紫烟好像确实无甚好感,估计是因为他向鹿瞳提亲那档子事吧,也难怪鹿华不喜欢他,一个风流王子前来提亲的缘由并非爱慕赤燎公主,而是怕自己被丑陋蛮王强娶了去,这怎么看都有些借船出海之意。

为避免再度引发鹿华毒血攻心,我只得道:"那么大美人,你有什么话请赶紧说了,我还要早早睡去明日好赶路呢。"

"赶路?你要上哪里去?"他眉心一蹙,活像个伤春悲秋的哀怨佳人。

我便简单说了因为鹿华中毒需要求取良药,所以我要去西南方的外城一趟。

紫烟听了一脸幽怨，纤长手指绕着自己的头发："你对那赤燎王倒是掏心掏肺的。"

"不管怎么说，要不是因为帮我，他也不会中暗器，所以这是我欠他的，必须要还。"

紫烟一双水灵灵的眼睛眨了眨，突然问道："如果当时中暗器的是我，你会不会也为我求药去？"

我点头道："那当然会了。你也是为了救我和鹿沿才杀进战场，救命之恩，怎能不报呢？"

他眉眼低了低："不过这次战争也是因我而起，我也算不得你的救命恩人……"

这紫烟一伤感起来，那楚楚可怜的模样连我这个女人看着都心疼，我连忙安慰道："不管怎么说咱们也算是朋友了，我也不可能对朋友见死不救呀！"

他闻言眼睛一亮："这可是你说的，我们是好朋友，你可不许反悔哟！"

我点点头，突然发现他其实不像个大姑娘，而像个小姑娘，单纯，还有点幼稚。

他撇撇嘴道："不过你可要快些回来，不要让我等得太久。对了，这是一颗大补的药丸子，你把它吃了，对你体力恢复很有好处。"他说着从怀中掏出一个小巧的瓷瓶，倒出一粒比葡萄还大一圈的黑药丸子。

"啊……"我实在搞不懂这美人的心思，愣在当场。

"怎么？你还怕我给你下毒不成？"他风情万种地嗤笑一声，遂把药丸放到了自己牙关，然后对着我的嘴覆了过来，我大张的嘴巴还没来得及闭上，就被一个大药丸子堵了个严实，然后他门牙一咬，舌尖再轻巧地一推，大半个散发着奇异药香的丸子便被塞进我的嘴里，他则笑盈盈地吞下了自己嘴里那小半个。

第一章 西北　119

事情发展到这一步,大美人都已吃下一半,我嘴里这一半若再不吃,貌似有点说不过去,于是最后,他满意地看着我吞下药丸,这才又一阵风似的从窗户飘走。

第二章　西南

次日，天气晴好，正适宜出行。

紫烟的药丸当真很补，我一早起来便觉浑身利索了许多。鹿沿和鹿瞳带了一些赤燎士兵，一路护送我到大漠边界，还给我带上了一个装得满满的钱袋，以备买药之需。与他们告别后，我意外发现天空中隐约有颗星在闪动，心道这说不定是吉星高照的好兆头，于是快马加鞭地踏上了去往外城之路。

由大漠通往西南的路上，安静异常，一个过往的行人也没有。根据鹿华祖父当年征战四方留下的地图来看，外城离得并不太远，大约不出一日便可到达。

这一路上，尽是些寻常土路，山石树林，有些荒凉，等我能远远看到城门的时候，天已快要黑了，于是我加快速度策马疾驰过去。

穿过一片竹林，又跨过一条浅浅小溪之后，前方终于现出一条平坦大路，由脚下一直通向那座城。然而，在这条大路上，马儿的脚步却慢了下来，许是被道路两侧一望无际的星辰花海晃晕了眼。

那望不到头的幽幽蓝色，忽然就让我想起了九天门中大片大片的星辰花，想起了年少时随着师父在花间习武，想起了儿时跟着师兄师姐们在花间玩耍，想起了芬芳年华时与白隽在花间嬉闹……

我一时忘记了入城的事情,情不自禁下马步入花中,在蓝莹莹的幽暗花海中漫无目的地走了很远。

　　不知不觉间,我竟偏离了大路,因为刚才伤感一番,心不在焉,此刻已不知走到何处了。四周一片寂静,黑乎乎的,没有一点灯光,我暗暗后悔随身也没带个火石,只好摸索着寻找回去的方向。

　　走着走着,脚下忽然踩到一大坨东西,我被绊了一跤,摔得好疼。我想起上次在大漠中被半个黑尸绊倒的事,心中一凉,这该不会又遇到什么可怕的东西吧?

　　我壮着胆子爬起来仔细一看,原来是个人,两个喝空的大酒坛子倒在身边,那人却酩酊大醉地睡在满地的星辰花中。

　　我推推他,没反应,又踹了他两脚,还是没动静,我突然有点害怕起来,这该不会是个死人吧?我壮着胆子逮住他的手腕摸摸脉搏,还好还好,是个活物。

　　我看看四周,此处离大路还远得很,得抓紧时间去找我的马。于是我放下那人的手,轻手轻脚地准备离开。

　　不想这时,那只手将我使劲一拉,我猝不及防地跌到那人身上,差点撞上他的鼻子,他呼出的酒精味道夹杂着星辰花的淡淡香气,热乎乎地喷到我的脸上,令我有些眩晕。

　　离得近了我方才看出这人脸上缚了条青绫,将一双眼睛严严实实地挡了起来,但夜色太黑,看不清他长什么模样,当然我也没那个心情去看,只想赶快回到大路找我的马。刚想再度起身,那人竟忽然呜咽了起来,害怕得像个孩子。

　　这是什么情况?我只想赶快离开,可是想要起来却被他死死揽住,他的身体抖得厉害,好像非常恐惧。

　　我琢磨了片刻,估摸着这人大约是个少年,可能受了什么惊吓,否则怎会如此胆小?就算在乌漆麻黑的野外喝醉酒,又被我踩了一脚,也不至于吓成这样吧,且此人青绫缚眼,似有什么眼疾,又恐惧如斯,怕是遭遇了什么可怕的事情。从小受教于师父,我自知遇人难处应尽力相帮,只好轻轻扶着他,一边拍其后背一边安抚着。

其实我没和小孩子打过什么交道,不太会哄人,先是胡乱唱了两首以前听师姐们唱过的小曲,唱着唱着伤感地想起了在九天门的过往,心头怅然不已。

这时那人双臂已不再紧紧箍着我了,我便靠在他身边坐了起来,抽出腰间的凤骨笛,轻轻叹道:"笛子啊笛子,你也许久没有奏响过了,今日,我们便再复一曲吧。"

我会吹的曲子不多,熟悉的只有以前听师父吹过的《星云笺》,师父在百里崖上并没有给我留下曲谱,还是我闲暇时依着脑子里的旋律,自己练会的。

  那是多少年前
  你画眉 我铺卷
  碧树芳菲星无边
  从不问寒水连天
  若光阴斗转 一切都不变
  又怎会有清风吹散缱绻
  当星光将泪风干在双眼
  此夜江山皆云烟

漫天星光下,幽蓝的星辰花遍野连天,笛音萧索,我心凄然,脑海中前尘过往滚滚翻涌,直搅得我脑中眩晕得厉害。就在这时,体内余毒又开始发作,一阵痛楚从眉心弥散开来,我只觉脑袋又晕又痛,一阵天旋地转中,昏昏沉沉在星辰花间没了知觉。

这一夜,翻来覆去的噩梦折磨着我,有师父,有白隽,还有看不清脸的岚姐姐,我感觉自己在梦中挣扎了很久,最后好像忽然见到天光一般,周身一片祥和舒适,仿佛有一股暖流注入体内,这种感觉就像师父为我运功祛毒一般,是师父来了吗?我努力地想回头去看,却无法动弹,急得我忽然醒了过来。

骤然醒来,我心脏跳得好快,喘了一会儿才平静下来。清醒之后,发现自己正躺在一片柔软的草地上,这里显然不是昨晚那处,而是一座山的顶峰,既没有星辰花海,也没有昨晚那个缚眼之人。

我挣扎着坐起来,看见几步远的崖边青石上,立着一个高大颀长的背影。

清晨的柔光中,那人披下的乌黑长发流泻着如缎光泽,一阵风吹来,他一身墨蓝长袍在风中猎猎飘动,仿佛有星辰花的淡淡香气扑面袭来,令我不由得发出一声轻叹。

那男子负手转过身来,衣襟卷起漫天晶莹的细碎光芒,像是掀开了黑夜与黎明的分界,恍若天人般的脸上,眉宇间似隐了千般忧伤,眉下一双如星辰般流转的深邃双眸又像藏了万般冰寒。

一时间,时空恍如静止,我大脑一片空白,傻傻呆住。

等我回过神来,发现那男子眼帘微垂,目光正落在我身上,他的气场太过迫人,我不由自主地不敢与之对视,只好把目光移向别处,问道:"这是何处?我为什么会在这里?"

"这个问题该由我来问你。"那人的声音恍若天籁,"你是何人?为何到我城中?"

被他这么一问,我的三魂七魄总算全收了回来,想起昨天晚上确实是我不请自来,跑到这一方孤城门外,怪不得别人要这样问我。

不过听他这话,我现在应是已经身处城中了,莫非是昨晚那个醉汉把我带进城的?如此说来他倒是帮了我的忙,也不枉我大晚上又吹又唱地忙了半天。

面前之人气场如此强大，想必是个有来头的，于是我诚恳地道出来意："我叫百里云声，从昆仑山远道而来，乃为了向贵城求取良药，因为我有个很重要的朋友，中了妖蛮士兵暗器上的奇毒，如今命悬一线，听闻贵城城主多有灵丹妙药，因此特地前来求药，只要能救我的朋友，我们愿出重金购买。"

因多年前鹿华的爷爷打上门来，我怕此处居民与赤燎结了梁子，便没说出中毒之人是赤燎王鹿华。

"这里不是药房，你来错地方了。"他说话间，脸上看不出一丝情绪，只让人觉出无尽的冰冷。

我心中暗叫倒霉，怎么一醒过来就撞上了这样不近人情的家伙，但想到鹿华被剧毒折磨得奄奄一息的模样，我暗下决心，不拿到解药决不罢休。

于是我更加恳切地说道："我知道，这解药一定很珍贵，不是那么容易买的，所以，只要能帮我找到城主，得到解药，我愿意做任何事情以为报答。"

我的诚意似是影响到他，因为我好像看到他微微收紧了一双寒冰似的眸子。

"那么，就先看看你能做到什么程度再说。"他说完这句便迈开修长笔直的双腿，大步从我身边走过。

这人走起路来脚步有些虚浮，像是个没什么武功的，也不知他是如何发现我的，我之前想象过可能不会那么轻易得到解药，但是也没料到刚进城就碰上这么冷冰冰的一个人。这座城对我来说，除了知道他们城主是个连大漠魔王都世代忌惮的可怕角色之外，其他一无所知，便也只得先随此人，探探情况再做打算。

我一路跟着他下了山，走了不远便是热闹的集市。

第二章 西南

集市中一片欢乐祥和，人们来来往往有说有笑，孩子们一边嬉笑一边奔跑，穿梭在各种杂货小摊之间。我顺路看去，有糖人台、豆腐店、包子铺、烧饼摊……五花八门什么都有，还有几圈围得水泄不通的人群，是在围观卖艺人的表演。

一路走去，有许多人对着我前面那男子躬身行礼，还有些妇人端着一筐筐的糕点小食，热情地迎上来问我要不要买。我不知多久没见过这样的烟火人间了，更没想到这座城里竟是这般太平盛世的景象，即便是我之前去过的汤国都城也不可同日而语。

集市很大，人也很多，我们走了好一会儿才走出去，我跟着他穿街走巷，最后到了一座偌大的庭院之前停住了脚步。

庭院大门上方赫然写着三个苍劲大字：泯华庄。

这三个大字的力道看起来不同寻常，绝非普通文人书写，当是具有深厚内力且又有着高深书法造诣之人所书。

我看得有些入神，一时忘了跟上那人。

"怎么？反悔了？"他头也不回，冷冷的声音响起。

"怎么可能反悔？我朋友还等着解药救命呢！我会好好表现的！"

他没再说话，抬腿径直朝庭院大门走去。

这座庭院看似质朴，内里其实别有洞天，明堂宽大，四周环廊，重楼交错，屋脊连天，布局格调神秘雄浑，檐角墙垣又有点像汤国风格，不禁让我想起了白隼带我去过的玺华宫，对比之下忽然觉得这里清逸出尘，更显气度。

我跟着那人在庭院里遇到好些人，他大约就是这里的主子了，因为那些人都向他屈膝行礼，十分恭敬的模样。

看着他虚浮的脚步，我不禁有些感慨，这般体弱之人，竟能坐拥如此偌大家业，虽然这里看着并无半点奢华富丽之感，但单凭这么大的占地，以及处处透出的一股说不上来的沉稳肃静，便让人不敢小觑这里的主人。

所以,这人到底是做什么行当的呢?我不禁有些好奇。

我正在胡乱揣测,那人忽然脚下一顿,身子也晃了一晃,看着将要晕倒一般,我忙上前扶住他,问道:"你没事吧?"

他摇了摇头,将胳膊从我手中挪开,我撇了撇嘴,这人真是死要面子活受罪,明明一副行将倒地之态,却偏偏还不让人搀扶。

就在这时,忽然飘来的一阵异香吸引了我的注意,我循香望去,一位穿着艳蓝色长裙的美丽女子正向这边翩然而来。那女子身材玲珑有致,手长腿长,虽裹在一身蓝艳艳的锦缎之下,一步一行之间仍是令人浮想联翩。她的一束秀发高高盘起,以一顶镶嵌蓝宝石的小花冠整齐地拢在头顶,其余长发如瀑布般披散在身后。我虽然前不久才结识了紫烟那位倾国佳人,但见到眼前蓝衣女子时,仍是惊呆了片刻。

"辰,怎么才回来?"她径直走到冷面公子身边,顺势伸出葱般玉指从他颈侧滑到胸前。

"没什么。这么早便要出去吗?"

我着实没想到冷面男也有温情的一面,因为此刻他对蓝衣女子说话的语气很是温和。

"嗯,我收到消息说,圣血堂最近⋯⋯"

她说着说着注意到冷面人身后的我,一双妩媚杏眼即刻如警觉的豹眼一般,牢牢锁定了我。

"辰,她是⋯⋯?"

"我的⋯⋯侍女。"

"侍女?你什么时候收的?怎么我都不知道?"她边说边绕过他,走到我身边细细地打量我。

我心道什么侍女啊,我不过是来求药的,怎么连招呼都不打一声就把我当作侍女了?然而眼前这女子显然不是个好惹的主,为了解药又

第二章 西南 127

不能得罪前面那位爷,我只得装聋作哑默不作声。

"刚刚收的。"

"你不是从来不要侍女的吗?怎么,肖羽对你照顾不周吗?还是,觉得我对你关心少了?"

她说着又绕回那位冷面大爷面前,双臂环着他的脖颈,脸越发靠近他,似是要做些亲昵的动作。

我着实没想到这城里民风如此开放,这等风月事竟要当着我的面做,正尴尬地欲要转身,冷面大爷已不动声色地将她手臂扯下。

他正想要走,却被蓝衣女子一把拉住。

"你的脸色怎么这样差?昨晚不是服过药了吗?"

冷面男嗯了一声便又要走,蓝衣女子拽住他,一手按上他的手腕去搭脉,随即大惊道:"你,莫不是刚动了真气?"

他又淡淡嗯了一声,蓝衣女子闻言有些不悦道:"刚服过药就动真气,你这是拿自己开玩笑吗?难道你不怕苦苦练了这么久的功夫前功尽弃吗?"

我看着冷面男虚弱的背影,不禁咋舌:这么弱的一个人,也有真气可动?还身怀苦苦修炼的功夫?

冷面男对蓝衣女子道:"我没事。"言罢抬腿便走,我一时间不知何去何从,傻傻杵在原地。

前方传来一声责问:"愣在那干吗?"

我这才回过神来,对蓝衣女子点了下头便快步跟上。

我跟着那人走进一间房中,迎门是一张宽大的黄花梨书案,配套的黄花梨木椅后面,是一面高大的木质玄关,其后还有一进内室,在玄关的空格后方,立着摆满了书卷的两面书架,他的床榻在左侧的内室里,右侧则是一套圆形桌凳,桌上放着一碗清粥和一盅羹汤。

"想为你的朋友拿到解药,就得先从我的侍女做起,能做到吗?"他在椅子上坐下,冷冷发问。

我有些发怵,没料想买个解药还得先做侍女,一想到会耽搁寻找师父,我不禁有些抗拒。

但鹿华还等着解药救命,我只得答道:"我能,但是你什么时候可以帮我弄到解药?"

"那要看你想救的朋友跟你是什么关系了。"他头也不抬,一边翻着桌上文案一边淡淡地说。

"非常好、非常重要的关系,生死之交。"

"是男是女?"

"男的。"

他眉宇微微一蹙:"若需要你用命来换他的,你也愿意?"

想到鹿华为了帮我而身中邪毒,命在旦夕,我答道:"当然愿意。"

"是吗?那我便不能让你那么轻易地拿到解药了。"他的声音更加冰冷。

我只觉得被一盆冰水从头浇到脚。这人是个变态吧?都说了是为了很重要的朋友才来央求他,他倒仗着这一点变本加厉起来,越说越要刁难于我。

这时他抬眼瞥到我愤愤然咬着嘴唇的样子,冷语道:"后悔了?后悔了随时可以走。"

"走就走!碰上你算我倒霉,我就不信了,你又不是城主,这么大一座城,难不成只有你家才有解药?"

他果然也不拦我,仍是面无表情地看他那些文案,我气冲冲地往外走去,与一个正好走进房来的家丁擦肩而过。

然后,就在我一只脚刚迈到门槛外边的时候,我听到家丁在我身后对那人说:"城主,您的信。"

有道是识时务者为俊杰,我刚迈出去的那只脚立马乖乖地收了回

第二章 西南 129

来,小心翼翼挪回了冷面大爷桌边。

"不走了?"

"不走不走。"

"想清楚了?走了就不要再回来。"

"想得太清楚了,刀架在脖子上也不走了。"我一边说着一边勤快地帮他端茶倒水,研墨递纸,然后看见被他拆开后扔在案旁的信封,上面写着:顾星辰亲启。

都说人如其名,可是此人除了外表值得称道以外,其他方面一点也看不出名字那般风雅,还有刁难人的怪癖,也不知要刁难我到什么时候才能把解药给我。

而且,此人看上去身体似乎并不怎么好,可鹿沿明明告诉我这里的城主便是当年饶过他曾祖父的那个,照此说来该当是很厉害的,莫非这里不止一位城主?

我一边琢磨一边心不在焉地摆弄着那些茶水,结果一不小心把茶水打翻,水溅了他一身。

"没伺候过人?"他眉峰微挑,貌似对我的表现很看不上。

"从来没有,您是头一位。"我紧张地一边帮他擦拭衣服上的茶水,一边讪讪道。

"去吃了早饭再来干活。"他示意我去一旁的圆桌那边。

"那不是你的早饭吗?"我迟疑道。

"我不希望你饿晕了头,再把什么打翻到我身上。"他冷冷道,"况且,做我的侍女,难道连这点事都不听话?"

我其实一点也不饿,但为了顺着他的意,只得来到圆桌旁,端起碗咕嘟咕嘟大口喝起那粥,并且为了快点喝完,好继续去干那侍女的活,我站在桌边,喝得格外没有淑女形象。

他没再说什么,看完手中的信后,朝门外唤道:"肖羽。"

一个武将打扮的年轻男子应声快步进了房中,一眼看见我站在餐桌旁,大口吃着他们城主的早饭,面露不可置信的神色。

顾星辰头也不抬地对他开口道:"我新收的侍女。"

那位名叫肖羽的男子更加惊讶,愣了一愣之后,连忙对我拱手道:"在下肖羽,是城主的贴身侍卫。"

我忙放下碗,对他回礼道:"你好,我叫百里云声。"

顾星辰抬起头来对肖羽道:"备车,去西郊。"

半刻钟后,我跟着顾星辰一起坐进了一辆马车里,马车晃晃悠悠地行驶在去往乡间的小路上,肖羽坐在车前驱着马,我也不知道他们这是要去作甚,眼前这位城主一路闭目端坐,一句话也不说。

不知行了多久,我已昏昏欲睡之际,忽听顾星辰的声音响起:"停。"

肖羽依照顾星辰的吩咐将马车停在一个隐蔽处,我们下了马车又步行一段,外面是大片绿油油的田野,日头正晒,周围不见一人。

顾星辰举目四望,对肖羽示意道:"有情报说这附近出现会妖术的陌生人,仔细看看有无可疑情况。"

肖羽领命走在前面察看,我跟在顾星辰后边走,走着走着肖羽在前面忽然没了影子,我们上前一看,那儿茂密的杂草中竟有个一人多高的深坑,肖羽正在坑中察看着什么。

我跟着顾星辰也跳了下去,走近一看不由得大吃一惊,坑里一团黑乎乎的东西,竟然又是一具焦黑干瘪的尸体。

肖羽起身对顾星辰说道:"城主,这是一具男尸,不知死了多久,竟焦黑干瘪至此。"

我看着那干尸,又想起在大漠中和鹿华看到的那具死状相同的怪尸,忽然明白为什么当时感觉不对劲了。

"这是新死不久的。"我开口说道。

顾星辰和肖羽同时疑惑地望向我,我解释道:"这尸体虽然焦黑干瘪,眼睛却是黑白分明,并无甚腐坏迹象。"

顾星辰点了点头,肖羽叹道:"云姑娘说得是啊,可是这么短的时间内,尸身竟被弄得这副模样,又不像被火焚烧,这尸体也太诡异了。"

我想起那日在大漠中,鹿华猜测这是远古正邪大战留下的尸体残骸,看来是猜错了,这分明是有人在近期四处害人,于是对顾星辰说道:"这样的尸体,我前不久在大漠中也见到一个,同样如此焦黑,眼睛却仍是黑白分明。"

顾星辰思索了片刻,对肖羽说道:"黑尸的事先不要惊动这附近居民,派人来跟各家交代一下,最近出门多注意安全,如果发现可疑人等立刻传报。"

肖羽又依照他的吩咐去检查尸首,看看有无可证明其身份的物件。顾星辰则决定回程,我跟在他身后等着他先跃上坑去。

然而,他这一跳只跳起半个人高,没能跃上去。

我想他大约没准备好,于是安静地等他再来。

他又一次起跳,宽大衣袖迎风招展,果然跳得比第一次更高了。

可是,他又落回坑中,再次失败。

我惊呆了。

他竟然连个一人多高的坑都出不去,这分明就是个没有内力、没有轻功之人,怎么就成了把鹿华爷爷吓到不敢再犯的可怕人物了?

坑内十分安静,肖羽还蹲在后面查验黑尸,顾星辰背对着我站在前面一动不动,我想他或许在思考要不要进行第三次试跳。

肖羽这时检查完毕,起身过来对顾星辰道:"城主请稍候,我这就上去拉您。"

在我震惊的目光中,顾星辰被先上去的肖羽又拉又拽,袖子险些被撕烂了,这才终于被拉上去。我试着往上一纵,很轻松便出去了,不由得越发怀疑起这弱得不正常的顾城主来。

回到泯华庄之后,我辗转反侧了一夜,担心自己找错了人,或许这顾星辰并不是传说中那位深不可测的城主,我得想个法子弄弄清楚。

天一亮我便爬了起来,转了一圈没找到他,问了两名侍卫方才知道他到地牢去了。

我匆匆赶往地牢,原以为他会让我在外面候着,没料想他抬手招了招示意我进去。

于是我快步走到他身边,正琢磨着如何开口打问,他已不客气地发号施令起来:"给我倒杯茶来。"

我向四周望了望,这里果然有一套茶具,并且就在他一臂之遥,他明明伸个手就能够着,却非要我来替他端茶递水,真是一点都不肯浪费我这侍女的力气。

茶刚喝了一口,肖羽匆匆赶了过来。

顾星辰放下茶盏,问道:"抓来的人招了没有?"

"回禀城主,这些人口风很紧,无论我们如何逼问,他们什么都不肯说,而且……"

顾星辰抬了抬眼,肖羽继续说道:"而且这几人武功造诣非同寻常,给他们上刑具的时候,他们手脚虽已全被铁链锁住,竟还是将刑具都反震坏了。"

"把几个领头的带过来,我有话问他们。"

不一会儿,肖羽押来一个浑身是血、戴着手镣的中年人,那人长得一脸杀气,还有两个同样浑身上下皮开肉绽、戴着手镣的大汉一起被带了进来。霎时间偌大的房间里盈满了腥臭之气。

"知道为何抓你们吗?"顾星辰站起身来,声音很是冷冽。

旁边两人一脸不屑地哼了两声,并不作答。中间的大汉则瞪着一双铜铃般大的牛眼,轻蔑地说道:"你们的锁链已被我们震裂了两条

第二章 西南 133

了，要不是被现在这条狗屁寒铁锁链拴着，大爷一只手就能灭了你这小白脸！"

顾星辰静静地注视着他，那大汉被他看得有些不自在，又嚷道："你看什么看？有本事给大爷把锁链解开！"

顾星辰手起风过，大汉身上老粗的寒铁锁链竟然啪的一声断裂开来。

这一番内功修为绝非常人，不仅那三个大汉，连我也被惊得目瞪口呆。

肖羽在旁嗤笑了一声道："顾城主已将你的锁链打开，你想干什么没人拦着你。"

大汉一听说"顾城主"三个字，竟突然面色大变，趴伏在地。

旁边两人似乎也吓破了胆，只是不住地瑟瑟发抖。

中间的大汉伏在地上，哆哆嗦嗦地说道："小人，小人有眼无珠，不认得顾城主尊容，但小人早知顾城主威名，借我一万个胆也不敢在您城中造次，小人只不过是来此办些小事而已，都是奉命而为，不得已啊！"

"不得已？"顾星辰冷笑之间，已有一道剑光闪过，跪在最左边那人的脑袋瞬间落地。

我吓得捂住嘴巴，只觉胃里一阵翻江倒海。顾星辰一脚踹开那具没了头颅的身体，又将手中之剑架到了右侧那人的颈上。

那人吓得话都说不清了："是我们罪该万死，可我真的什么也不知道，求求您高抬贵手，求求您别杀我。"

又一道寒光闪过，第二人应声倒下。顾星辰像是没有听见他的讨饶一样，仍是面无表情，慢悠悠地转向中间那个大汉："你知道我想听的是什么。"

"顾城主，我、我知道的都已经招了啊，其他的我真的不知道了。"他看起来明明是一个亡命之徒，此刻却心惊胆战地不住哀求。

"哦，我忘了，应该先让你活动活动筋骨。"

我心中正在惊诧顾星辰怎么突然变得这般狠戾了，却见他向着那大汉伸出右手，隔着几尺远的距离，那人竟随着他的动作飘到半空。

大汉满脸惊恐地说道："顾城主手下留情啊！我真的是奉命而为，不得已呀！求求您高抬贵手放小人一条生路……"

"放你一条生路？你们何时又曾放过他人一条生路？"

顾星辰冷冷反问一句，抬在空中的手指稍动了动，大汉身上便传来像是骨骼爆裂般的噼啪响声，他立时发出痛不欲生的惨叫。

我惊得捂住嘴巴。这顾星辰是怎么了？明明昨天还连一点轻功都不会，睡了一觉竟突然有了如此深厚的内力和功夫？

不一会儿，那大汉已奄奄一息，喃喃说道："你、你还不如杀了我算了……"

顾星辰瞥他一眼："看来刚才我下手太轻。"

大汉见他又要发力，吓得连连哀求，发出囫囵不清的声音道："我说我说，血祭地点就在，就在……"他似是下了很大决心，最后双眼紧紧一闭，说道，"就在汤国都城土地庙后面。"

顾星辰冷笑道："土地庙后面？你当我是三岁小孩吗？看来我还得再帮你想想清楚。"

他话音刚落，又一波内力已至那大汉身上，那人顿时如同浑身散了架一般，发出更加凄厉的惨叫声。

"我招……我全都招……"那人承受不住，终于哭丧着脸和盘托出，"土地庙后面，有一片小林子，其实是障眼法，需以内力打开结界方可……"

顾星辰将手收回身后，大汉身体顿时像一摊烂泥般掉在地上。

此时的顾星辰，内力深不可测，远远动一动手指便隔空捏碎大汉浑身筋骨于无形，同前一日那个虚弱无力的样子判若两人，我简直要怀疑

第二章　西南　135

是自己的记忆出问题了。

那大汉瘫在地上的样子令人不忍直视,我以为这残忍的审问终于到此为止了,没想到顾星辰却又一次提起了手中的剑,那大汉还趴在地上浑然不觉,剑尖已从他背后穿心而过。顾星辰连杀三人之后,若无其事地拿起一块绢布擦拭起他的剑来。

肖羽在旁说道:"这些人,怎么上刑都不肯交代,非得城主亲自动手,受这般罪才肯说。那剩下几人,如何处置?"

"全都杀了。"

肖羽奉命急匆匆地离开了,我这厢刚目睹完整个血腥杀人的过程,惊骇不已,最后那人招供的目的明明是为了换条生路,顾星辰竟然还是冷酷地把他处死,这人为何如此冷血和残忍?

我正思量间,他已擦完了剑,目光冷冷扫向我:"收拾一下。"

"啊?"我浑身一个激灵,没料到做他的侍女还要负责处理死尸这样血腥恐怖的事情。

"不敢?这都不行,怎么做我的侍女?"他冰冷的目光中夹杂着一丝不屑。

为了救鹿华,我闭了闭眼,咬牙道:"有什么不敢的?我马上收给你看!"

他转脸对门口两名侍卫吩咐道:"给她几块隔水布,让她自己去收,你们都不要帮。"说完扬长而去。

我呆立在原处,直到等来那三块隔水布,忍着想吐的冲动,把那三具尸体都包裹起来,再拖到顾星辰指定的一个地方,最后去洗手的时候,浓烈的血腥味熏得我阵阵反胃,心道这该不会是个杀人不眨眼的魔头吧?看来要尽快了解一下此人品性,以免招来意料不到的杀身之祸。

我在庭院里溜达了一圈,见到一位头发花白的大婶,之前我搬运那些死尸的时候,她就在院子里看得清清楚楚,却并未见她流露出惊诧,看来对此已经司空见惯了。她正在院子里晾晒衣物，我便凑上去一边帮忙一边试探地招呼她："大婶，怎么称呼您啊？"

"哎呀这不是云姑娘吗？大家都叫我豆婶。你来这里还适应吧？我们都在奇怪呢，你怎么能让城主看中，做了他的侍女呀？"

"这个……其实我也不太清楚，可能他身边正好缺个人吧。"

豆婶笑着说："云姑娘啊，这你就不太了解我们城主啦，他呀，身边一直有柳姑娘和肖将军陪伴，什么时候听说过缺人哪？"

"柳姑娘？您说的是个子高高的、穿着蓝衣服那位吗？"

"是啊，她是跟我们城主青梅竹马的柳小蓝柳姑娘，她的父亲就是城主的师父。别看她是独女，一身武功可不得了啦！除了城主，这城里就数柳姑娘最厉害了，连肖将军都不如她呢！我跟你说，我们城主可是个好男人啊，你瞧瞧他，多少姑娘想要让他看一眼都难呢，可是这么多年来，他身边就只有柳姑娘一人，从来没见他亲近过其他女子呢！虽然他俩没有成亲，但是我们都知道，将来的城主夫人肯定非柳姑娘莫属了。"

"佩服佩服，果然难能可贵。"我点头附和了两句，其实这些风月八卦我并不感兴趣，然而豆婶对他们城主这方面显然很是欣赏，我也只能跟着先赞许一番，才好将谈话深入下去。

豆婶忽然撩起我的衣袖道："哎呀云姑娘，你看你这衣服都弄脏了，是不是不习惯做那些事呀？"

我低头一看，是些血污，明显是刚才搬运尸体时蹭上的，于是我顺势说道："我从来没做过这样的事，实在是有些不适应。也不知那些被处死的是什么人。"

豆婶闻言正色道："那都是些无恶不作的坏人！他们到处杀人，为非作歹，连老弱幼童都不放过！真是畜生都不如！要不是有城主惩治他们，大家哪里能活到现在呀！"

第二章　西南　　137

我点了点头,原来并非顾星辰太过狠戾,他其实是在为民除害。不过他这身体时好时坏的,也不知是何缘由。只是这样的人怎可能让世代赤燎王都感到畏惧呢?看来我得探问一下他到底是不是真正的城主。

于是我问道:"我看这座城挺不错的,不知是哪位城主建立的呀?"

"哎哟,云姑娘你可真是说笑了,这座城啊,就是咱们顾城主建的,哪儿有过其他城主啊!"

我心下一惊,如此说来,当年将鹿华那所向无敌的祖父打了个落花流水的城主确实是顾星辰了,那么他该是一百多岁了,看起来竟这么年轻,原来也是个修行之人,可是他那身体一会儿弱一会儿强的,看着委实不像。

我只得继续探问道:"原来是这样啊,我看这里百姓都生活得挺好的哈。"

"云姑娘你还不知道吧,咱们城里的百姓以前都很可怜啊!唉,世道乱啊,那些大王只想着自己建功立业,谁管老百姓的死活啊?我们这里的居民来自不同的地方,都是多年来被战争毁了家园,或是被欺压得无处可去的可怜人,多亏了城主收留,要不是他,我们这些人大概早就没命了吧!我们这座城啊,虽然只有汤国一半土地大,但是收留的人可真是不少啊!"

我疑惑道:"我之前看到大漠关外石山里的流民,连大漠都穿越不了,又怎么会有这么一大批人越过了大漠,来到这座城里呢?"

"你说的那些人,是从其他地方来的流民,咱们这座城啊,一面连着大漠,另一面呢,可是紧挨着汤国和凉国的一处交界之地呀!大家都是从那边陆陆续续流落到这里来的。"

没料想这座城池竟处在如此重要的地理位置上,进可攻、退可守,这么一个说大不大、说小不小的地方,却连接着汤国、凉国,还有大漠,原来不只是大漠赤燎族,连汤国和凉国都没能征服这片土地,看来顾星辰的确是个不简单的人物。

下午,顾星辰带肖羽出去办事,我在房里无事可做,于是决定去外面走走,如果能找到药铺的话,便能寻一寻解药,如若运气好点被我买到了,也不用留在这里继续被那个冷面怪异的城主刁难了。

下午的集市还是很热闹,我顺着街市中一家家店铺找过去,还没寻见药铺,却见人们都朝着一个花花绿绿的戏台子拥去,我被人潮推搡着也来到了戏台边,于是问旁边一人:"请问,这是要表演什么?"

那人道:"这可是咱们这儿最有名的戏班子,听说今天要唱的是顾城主,所以大家都特意来看。"

说话间,几个穿着戏服的男女已在台上锵锵锵锵走了一圈,各自站好了位子。

一位花白胡须的老者登上台来,向台下围得水泄不通的人群欠了欠身,左手两片木板一拍,右手一根细细小棒,将一架立在身前的小皮鼓敲得咚咚响。

那老者便依着拍子唱了起来:

  昨日星辰昨日风,
  大漠汤凉各西东。
  流年辗转何处去?
  逍遥自在此城中。

四句唱罢,台上几人伴着叮叮当当的奏鸣声演了起来。

那老者圆润的声音又起:

  各位看官您听好,自古汤城多异宝,

青山绿水细雨露,窈窕淑女也不少。

听到这,台下一堆男听客有的红了脸,有的则大咧咧地笑出了声。台上扮相似是一王一后的男女连同身后数十人,这时演出了一场酷似宴席的场景。不一会儿,放在他们后面的几个盆中燃起一簇簇火焰,台上众人纷纷倒地痛苦挣扎起来,老者继续唱道:

谁能料,花不常开水自流,世事无常运难求,
一把火烧王城殿,安平盛世不回头。

台下众人纷纷摇头唏嘘,我惊诧不已,这唱的不正是从前史修先生最爱谈论的"镬汤之变"吗?算起来这场震惊天下的王家祸事也已经是一百多年前的事了,没想到在这边陲小城中,还是大家津津乐道的话题。

老者的小鼓还在继续敲着:

有道是,王土泱泱岂无人仰?江河滔滔岂无船航?
便有这,汤凉之谊世称扬,谁知布衣几彷徨?
又建金銮琉璃殿,不知谁人苦断肠?

演到这,台下议论纷纷:
"苦断肠的当然是我们这些老百姓啊!"
"是呀,自从汤国建了那玺华宫,不知害死了多少人呀!"
"可不是吗,我家祖父就是被抓了去造宫殿,日日夜夜不给休息,活活被累死的!"一个中年男子说着说着抹起了眼泪。
"你那祖父好歹是累死的,还落得全尸吧?我家舅公被抓去以后,

因为帮重病的工友出头讨药,最后竟被砍下头来吊在工地上,连个全尸都没有喽!"一个白发苍苍的老人说起这段往事,伤心得好一阵咳嗽。

"还有我家,我祖上本是有些家底的,可谁能想到,镶汤之变以后,那些传代的珠宝全被新登基的大王抢去建宫殿了,最后我家连看病的钱都没了,家道也就此衰落了。"

"哎哎,你们知不知道我们凉国也不太平呀?总有人莫名其妙就失踪了,我们那一片村庄啊,十几户的壮年男子接连失踪,到最后连尸骨都找不到啊!到处都闹得人心惶惶,我们只得拖家带口逃了出来。"

大家议论纷纷,说的事情都是我从来没有听闻过的。当初我只知和白隼在九天门打打闹闹,却没有听师父的话好好研学天下之事,更不知道当我和白隼卿卿我我之时,外面的百姓过的竟是这样民不聊生的日子,再联想到我跟着白隼去玺华宫时看到的,遍布宫中各处的满眼琳琅耀目的珠宝、恢宏华丽的宫殿,原来竟是这般蚕食着百姓血肉建起来的。

一时之间,我心下惭愧到不能自已。

台上老者小鼓一敲,又把众人的注意力拉回台上。

  正所谓 天无绝人之路
  就在这大漠与汤凉之间
  盖世英雄横空出世
  救护万民如荫蔽日
  若问英雄何处
  遗玉城中一顾

唱到此时,台上一位身着墨蓝长袍的高个男子正摆出一剑问天之势,同时还有一位艳蓝衣衫的女子与他并肩而立,看起来俨然是一对天

第二章　西南

造地设的神仙眷侣，想必这二人扮的便是顾星辰和柳姑娘了。

此时台下掌声雷动，叫好声、喝彩声此起彼伏、不绝于耳。老者则在台上向观众躬身致意："小老儿不才，段子编得拙劣，无法彰显顾城主英名于万一，只求尽一己绵薄之力，感谢城主收容之恩德！"

老者和几名表演者正讨赏时，人群中忽然飞出一个蒙面人，纵身直奔那老者而去。我见他已然在半空中伸出鹰爪之手，连忙飞身跃向他去，抢在他碰到老者之前，狠狠给了他凌空一脚，将他踹飞了出去。

然而他那鹰爪已经爆出一股黑烟，被黑烟冲击到的老者和旁边几人一齐被打倒在地，人群惊慌失措地四散逃开，我冲出人潮时，见那蒙面人功夫甚好，虽挨了一脚，却没被踹翻，而是借力跃上了一旁的棚子，眨眼间又一个翻腾上了屋顶，沿着屋脊跑了起来。

我赶忙在下边沿路紧紧追上，那人轻功不错，沿着屋脊也跑得飞快，我却因为路上诸多行人和小摊阻碍，始终没能追上他。

跑着跑着另一侧屋脊也追来一人，我眼光瞟到处正是一抹艳丽的蓝。

蒙面人快跑到前方无路的屋顶尽头，稍一犹豫之间，另一侧艳蓝身影猛地一跃，向他前头抢去，我便上了蒙面人身后的屋顶，对其形成前后夹攻之势。

那人前后看看，大约是觉得我更容易对付，便舞着鹰爪手向我打来，我几番推闪避开，瞅准机会快速锁住他左臂，柳小蓝忙赶上来一把抓住他的右臂，并顺势将其折断，蒙面人一声惨叫之下痛得腿软，立时跪倒在地，我便将他交到柳小蓝手中，又跟她一起将那人押解到泯华庄。

来到顾星辰房间时，他和肖羽也是刚刚回来。柳小蓝把那蒙面人推倒在地，扯下了他的蒙面巾，又从他身上搜出一块腰牌，嗤笑道："这个家伙，光天化日之下居然企图刺杀一个说书的老头，这圣血堂的心眼儿是不是也太小了?"

顾星辰听罢,对那人冷冷开口:"你冒这么大风险潜入城中,该不会就为了杀个说书的吧?"

那人低头不语,柳小蓝抽了宝剑,锋刃抵在那人咽喉:"快老实交代了吧,免得多受皮肉之苦,嗯?"

那人仍是不语,柳小蓝见状,二话不说便挥手过去,宝剑寒光一闪,那人痛得倒地大叫,原来是被挑了左手的手筋,他痛得满头大汗:"我说,我说,我的任务是寻找与镬汤之变有关的人。"

顾星辰闻言,眸子更显凌厉:"谁派你来的?"

"圣……圣使。"

"他人在何处?"

"我不知道。"

柳小蓝杏眼一瞪:"是不是要等我把你脚筋也挑了才肯说?"

那人看了看她,又看了看顾星辰,似是下了很大决心一般,忽然牙关一紧,便口吐鲜血倒地而亡了。

肖羽上前略为查看后摇着头:"唉,又一个死士,被逼急了就咬开齿中毒药自杀。"言罢叫家丁进来一起将尸体抬了出去。

待肖羽他们离去,柳小蓝冷笑两声,背着手缓缓向我走来,边走边说着:"辰,我还有一件事不明白。"

她踱到我身旁,突然指着我的鼻子问顾星辰:"你说她是你收的侍女,那我问你,她是什么来历?"

"我看着合眼缘就带回来了,怎么突然计较起这个来了?"

柳小蓝哼了一声,婀娜地绕着我转了一圈,上上下下将我审视一番,然后生气地说:"你可知道她身怀武功,且身手不凡?"

顾星辰闻言,面色有些松动:"你发现了什么?"

"今天这个蒙面人,功夫很是不错,可是我却亲眼见她赤手空拳便

第二章　西南　143

制服此人,你说,以她这样的身手,这样的姿色,又怎会甘心做一个卑贱的侍女?"

我心里暗叫冤枉,这顾大城主是知道的,我之所以愿意做他的侍女,完全是因为求他给我解药啊,可是他此刻却一言不发,只是面无表情地看着我。

柳小蓝一步步靠近我,一边说着:"辰,这么一个不知底细的女人,你怎么敢留在身边?"

顾星辰仍不发话,大约也在担心我的来历是否有问题,虽然我说是来求解药的,但是我要救的朋友是赤燎王一事,确实是刻意隐瞒了他。

柳小蓝一把揪住我的领子:"说!你到底是谁派来的?"

我不知道她想到哪里去了,但是看她的反应我确定她想错了,可我既不能说自己是一百年前被伐魔大会追杀的妖女,更不能说自己是为救赤燎王鹿华而来求药的人,一时之间,我不知该如何回答她的问题,只是摇着头:"没有人派我来,真的没有。我来这里只是想帮我的朋友求解药而已。"

她冷笑一声,在我身上粗鲁地摸索起来:"一派胡言!不说是吧?那我就好好搜搜你的身,看你到底是哪里派来的奸细!"

她一双手在我身上肆意撕拽,我的衣服被她扯得凌乱破裂,狼狈不堪。我向顾星辰投以哀求的眼神,此刻只有他可以制止她,可他只是阴沉着一双眼睛看着这一切,什么也不说,仿佛在等待柳小蓝搜身的结果。

不一会儿,柳小蓝摸到我一直挂在胸前的扳指,那是我十六岁那年,白隽送给我的信物,她一使劲将它拽了下来,我伸手想要夺回,却被她一把推开,跌坐在地上。

她攥着那枚扳指,一边打量一边朝顾星辰走去。我很想把扳指抢回来,可我清楚,如果想为鹿华求得解药,此刻便不可轻举妄动,万一惹恼了他们俩，鹿华便只有死路一条了。

虽然已过了这么久，即使白隽对我心生嫌隙离我而去，这枚扳指却陪伴了我这么多年，我一直将它挂在胸前，时时提醒自己不要再重蹈覆辙，也是对过往的一个纪念。可是此时，我只能眼睁睁地看着别人把它抢走，我感到有咸咸的东西流到了嘴角，胸口的气血往上阵阵翻涌，而我只能忍住不爆发出来。

柳小蓝冷笑着将扳指递到顾星辰手里："你好好看看这扳指吧，哼，好好看看这上边刻的什么，这就是你收来的侍女！"

我心一沉，那扳指乍看细白莹润，全无任何雕刻，可是在内圈里，却刻着小小的两个字，便是白隽的名字。

果然，顾星辰看了那扳指以后，脸色阴沉得吓人，一双本就冰寒的眸子变得更冷："汤国……，你是他派来的？"

"我不是我不是，没有人派我来，真的没有人派我来，我和汤国一点关系也没有……"

"那你为什么会把这个贴身戴着？"他声音低沉，低着头，我看不到他的表情，但我看见他紧紧攥着扳指的拳头正在微微发抖，看来我真是惹恼了他。

"我……"面对顾星辰的质问，我实在不知道该怎么解释。他们明显和汤国有嫌隙，如果我说出这是当年的汤国太子白隽送我的定情信物，别说拿不到解药了，说不定下场就跟刚才那个蒙面人一样。

柳小蓝见我答不出来，恨恨地说："你还跟她废话什么？一剑杀了她！"说着提起血迹未干的剑就向我刺来。

然而，我还没来得及反应，她却突然剑锋一歪，被一袭掌风推得连人带剑栽到一边。她恼怒地看向顾星辰："辰，你这是什么意思？"

"她对我还有利用价值。"顾星辰抬起头来，冷冷开口，"这个女人现在还不能死。"

第二章　西南

柳小蓝一双大大的眼睛瞪着顾星辰,他却没有看见一般地唤来肖羽吩咐道:"把她关进大牢,任何人不许放她出来。另外,如果有人不经我允许动她的话,我决不轻饶。"

可怜我刚进这城不过两天光景,便生平第一次被关进了大牢。在牢里蹲的这几天,我一直在琢磨到底要不要使个封天咒,震开牢门越狱出去算了,却每每又想到此行是为了求解药,最终还是放弃了逃跑的念头,平日里在牢中除了吃饭睡觉,便是思索有什么办法能弄到解药。

然而我始终也没想出个好计策,牢房伙食倒是不差,每天大鱼大肉像是开饭店的,以至于我天天光吃不动,还长胖了一些。眼见三天已过,不知道鹿华的情况怎么样了,我正焦急得又动了越狱的念头时,偶然听到了两个狱卒的对话。

"我听说城主过两天要出一趟远门,好像是去汤国,是不是真的?"

"是啊,我也听肖将军说了,据说得有好一阵子才会回来。"

"那正好我到时候告几天假,我这新婚宴尔的,还得多抽时间陪陪新媳妇不是?"

那两人谈笑风生地走远了,我思索着,顾星辰出远门,狱卒又要告假,那么看守就会略微薄弱些,到时候我就把另一个当值的狱卒叫过来,寻个机会隔着牢门敲晕他,再拿他身上钥匙开门,然后趁着顾星辰外出,溜去他的房间里把解药找出来。

我越想越觉得这计划着实是天衣无缝,不禁捂嘴笑出了声。

到了可以实施计划的前一晚,为了第二天好有精神,我早早便睡了。

夜深人静时,我在昏暗的牢房里睡得正酣,忽觉有人蹭上了我睡的床,起初我还当是做梦,翻了个身又继续睡,可是过了会儿觉得不对劲,因为分明感觉到身后有他人的气息。

我心中一惊,赶紧转身去看,此时牢中光线十分昏暗,我隐约看到有个人侧躺在旁边,是上次在城门外遇上的那个醉汉,他仍是青绫缚着双眼,长长的头发披散着,遮住了大半张脸,呼吸间喷出夹杂着淡淡花香的浓烈酒味来。

没想到这人也被抓了进来。但虽说我是个很老的老人家了,眼下这也算是孤男寡女,不可同在一张床上待着,于是我轻手轻脚地起身下床,他却一抬手将我拽回原处。

原来他没睡着,我连忙问道:"你怎么也被抓进来了?"

他不说话。我撇撇嘴又道:"虽说同是天涯沦落人,相逢何必曾相识,可是你看,咱们毕竟男女有别,这牢房里只有一张床,要么你睡地上,要么我睡地上也行。"

他仍不作声,我便再次起身,他却又像上次那样紧紧抱住我,身体抖得厉害,恐惧的声音压得很低:"别走,求你。"

我忍不住在心里骂了一句,这都什么事啊?当初在城门外,我就已经平白哄了这人一回,白白浪费我一晚上时间,如今我都被关到牢里了,泥菩萨过河自身难保,怎么又碰上他?我明天还要越狱呢,今晚可是养精蓄锐的关键时刻。

他哑着声音哀求道:"你把上次的曲子再吹一遍,我便离开。"

"这里可是牢房啊,你让我在这吹曲子?是嫌我们俩命太长了吧?就算顾城主听不见,被狱卒听见了也得吃不了兜着走啊。"我明天就要大展身手逃离此处了,可不想今天晚上再惹祸上身。

"他不在,狱卒们今晚喝了酒,都睡着了,你不用担心。"他看来害怕得厉害,连说话声音都在发抖。

我见他着实可怜,又想到貌似还是托他的福,我才顺利进入这城中,便竖起耳朵仔细听了一下,确认没有狱卒的动静了,这才拿出笛子来,又吹了一遍《星云笺》。

果然一曲终了,他不再那样发抖,似乎睡了。可我却困意全无,只

第二章　西南　　147

好靠着墙坐了,对着那个已经睡着的缚眼之人唠叨起我的心事来。

"不知道你是犯了什么事被抓进来的,可我是真的冤啊!我什么坏事也没干,来到这里只是为了求一点解药,救我朋友的性命而已,他们却怀疑我是汤国派来的奸细,不分青红皂白把我关到了牢里。"

那人睡得倒沉,躺在那儿一点动静也没有,我便继续幽怨地说着。

"这城里,每个人都说顾城主好顾城主好,可是我真没看出他哪一点好了,既然他能收容这么多素不相识的流民,为什么却那么小气,连一点解药都不肯施舍给我去救人?"

我越说越觉得上火:"他不仅小气,还是个怪人!明知道那位朋友是我的生死之交,还偏要刁难我,拖着时间不给我解药!而且还是个笨蛋!从我身上搜出个扳指就怀疑我是奸细!也不动动脑子,我要真是奸细的话,怎么会编造买解药这么白痴的理由啊?假如他一开始就把解药给我,我还有什么理由留在这里?哪个奸细是来买个药便走的?"

我说着说着声音渐渐哽咽。

"如果不是为了帮我,我的朋友根本不会中那什么妖蛮邪毒,如果拿不到解药,只能眼睁睁地看着他死,如果他就这么死了,我这一辈子都无法心安。"

我想到鹿华被邪毒折磨的样子,又想到自己的无用,刚来到这里就被抓了进来,耽误了这么多时间,找寻师父更加遥遥无期,鹿华也一定危在旦夕,想着想着我忍不住轻声哭了起来。

哭了一小会儿,我抹掉眼泪,自言自语道:"我这一生,欠别人的太多。之前我的师父因为我,失踪多年杳无音讯,这一次,是我欠我朋友的,必须得还。实在拿不到解药的话,大不了等我找到师父以后,就去我朋友的坟前把我这条命赔给他,一命赔一命,又有何妨。"

我不记得自己最后是怎么睡去的,只是在睡梦中还清晰地感觉到,这一晚夜凉如水,这一城冷若冰霜。

次日天刚蒙蒙亮,我便被人叫醒,迷迷糊糊地朝四下看看,牢中只有我自己,仿佛昨天晚上缚眼之人的出现只是一场梦。而牢房门口却立着一人,那身影高大颀长,一身墨蓝,我吓得忽然清醒了过来,顾星辰这么一大早便来这里,是要做什么?难道被他发现我要越狱的事了?

他仍旧是面无表情,冷冷开口道:"我要走了。"

我讷讷地哦了一声,其实我早就从狱卒那里听说他今天要出远门,心中却觉得好笑,你走不走还来跟我打声招呼,是怕我这脑袋瓜子想不到要逃跑吗?

随后一个小巧的青花瓷瓶子被他扔了进来。

我捡起瓶子看了看,幡然惊觉道:"这是砒霜还是鹤顶红?你要在走前毒死我?"

他微微蹙眉:"这是你朋友的解药。"

我几乎以为自己听错了,忙打开瓶盖一看,里面果真有两粒药丸。

"先服一粒,十日之后再服一粒,便可解毒。"

"你……这是什么意思?可以放我走了吗?"我边问边使劲捏了捏自己的腮帮,好确定一下这到底是不是在做梦。

他没回答我,又扔了件东西进来:"这个还给你。"

我看着被扔进怀中的扳指,深感此人实在难以捉摸,担心接下来他是不是要换个花样刁难我了。

然而他拿钥匙开了牢门以后,转身便走。

"我真的可以走了吗?"

"你想走便走。"他头也不回,继续往前慢慢走着。

"等等!"

我追了上去,停在他身后,他也停了下来。

"还有什么事?"

"这解药多少钱啊?我得把银子给你!"我说着便开始摸索腰间的

钱袋。

他没有回答,只是身子顿了一顿,转而又迈开大步走远,只留下一点隐隐的星辰花的味道。

等我反应过来时,只能对着他已经走远的背影大喊一声"谢谢"。虽然被囚禁了这么多天,我还是真心报以感谢,毕竟他最终还是把解药给了我。

也不知道是有人故意安排还是偶然,我到了泯华庄门口时,竟然看见我来时骑的那匹马就拴在门外的小树上。我惊喜地上前拍拍它:"小黑,还记得我吗?我终于拿到解药了,咱们走吧!"

小黑驮着我走出城门外不多远,我的水囊忽然掉在了地上。有些莫名其妙的事情之所以会发生,往往乃命中注定,比如这一掉便是命运的一掉,因为我下马捡了水囊之后,一抬头便看见了这座城的城门。

我之前刚到城外便在花间迷了路,第二天醒来已经身在城中,是以我从未曾好好看过这城门到底是什么样子,而如今我见到门头上的四个大字,字字惊心。

遗玉之城。

彼时我方才明白,"断祇何续,莫失遗玉"中的"遗玉"根本不是一个物件,而是一座城。

第三章　东北

　　回到赤燎时,鹿华的毒已更深地侵入骨肉,全身都开始发乌。吃了一粒解药之后,他看起来好多了,至少可以安安稳稳地睡觉了。

　　我自从看见"遗玉之城"四个字后,回到赤燎的这几日就一直在思索。听云芽师姐的意思,大师兄他们是尚不知道这座城的,而且据鹿瞳所述,他们朝着另一个方向去找师父了,那么,"断祇何续,莫失遗玉"这句话,大师兄定然还是不明所以。现在看来,接下来要寻求的线索,还得我自己去找。

　　既然这遗玉之城是线索,那么城主顾星辰便该是这线索的关键了。

　　因此我当下决定,次日便向东北方向动身,追上去往汤国的顾星辰,探寻师父的消息。

　　当日傍晚,鹿华身体好了很多,他提出想到小月湖边走一走,我刚好也打算同他道个别,便小心搀扶着他,慢慢走了过去。一路上微风徐徐,吹开了大漠中的燥热,沙砾在脚下发出温柔的沙沙声,头顶上是大漠特有的漫天星光,空气中飘荡着羊奶和烈酒混合的味道,很是令人陶醉。

　　"此番你一定受了不少委屈吧?"到了小月湖边,鹿华关切地问道。

　　"没有的事,你看我不是好好的吗?"

"你瞒不了我。"他的语气很是笃定,"你一去便是半月,又见瘦了,这解药一定是很不容易才得来的。"

我摸摸明明胖了一圈的脸蛋,尴尬道:"你别多想了,那城主也没有怎么为难我,只是有些小家子气罢了,不过最终还是良心发现。"

"阿云……"

我没料到他也突然跟紫烟一样地称呼起我来,顿觉十分别扭。

"阿云,让你受苦了。"

"没什么,这都是我应该做的。本来你就是因为我才中的毒,若是我不能为你找来解药,大不了便把这条命赔给你。"

这话令鹿华非常感动,他当即便红了眼眶,还走上前来要同我拥抱,我只觉不妥,又想起巫医说他不能上火,只得谎称身体不适,赶紧匆匆走了。

回到房中,我才想起本是去同他告别的,却为了躲避那个拥抱便飞也似的跑了回来,连告别都忘记了。

于是,我拿出纸笔,坐到桌前,给他写下一封道别信:

鹿华君:

　　吾初至大漠,踽踽独行,人生地疏,然幸遇君,诸多相助,令师兄得救,却累君染毒,吾愧疚万分。

　　君乃王者,漠之神也,苍天庇佑,得药相扶,吾心慰矣。然师未有音讯,吾尤忧虑,深恐恩师被灾蒙祸,故与君别,前往汤都找寻,祈君安康,切勿挂念。

　　　　　　　　　　　　　　　　　百里云声　稽首

将信封好之后,我又压上剩下一粒药丸的小药瓶子。之前我本想将两粒药丸一齐交给鹿华,他却偏要我代为保管,说到时再送与他吃,如今我是等不了了,就同信一起留下好了。

一切安置妥当,我便起身准备歇了,哪知这一起身又与一人撞了个满怀。

原来他早已站在我的身后,瞧着我封了信笺,又压上了小药瓶子。

"阿云,你给那赤燎王写的什么信哪? 该不会……是情书吧?"他酸声酸气地问道。

我哑然失笑:"紫烟你想象力可真够丰富的啊!"

他闻言也笑:"哟,若不是情书,又有什么可写的? 你二人不是日日相见吗? 有什么话不能当面说?"

"因为以后不能日日相见喽,我呢,明日便要去汤国寻找师父了,今日未能同他当面告别,所以只能留一封书信权当道别了。"我趴到窗边,托着腮说。

"你要去汤国?"紫烟闻言也凑到窗前,"太好了! 我跟你一起去。"

我诧异道:"我去汤国是有正事要办,你去是作甚?"

他一本正经地说道:"刚好父王交代我去汤国办事,咱俩正好同路。"

我偏头看着他闪烁不定的桃花眼,疑惑道:"当真?"

他连连点头:"千真万确,若有半句虚言,叫天打雷轰。"

他话音刚落,晴朗的夜空响起隆隆两声惊雷,我望了望天空,又望了望呆若木鸡的他:"紫烟,被雷轰到的话,可就毁容了。"

天边,雷声很配合地又响了一响。

紫烟一哆嗦,哭丧着脸对着窗外道:"我不过就是想跟阿云去玩,天老爷您怎么如此较真?"

我笑道:"举头三尺有神灵嘛! 赌咒起誓当然作数喽。"

"对了,我今日也得同你道个别,不管怎么说,那日多亏你来战场上相救,若非如此,我和鹿沿可能……"我再想到那时情景,仍是心有余悸。

"所以呢？你当如何谢我？"他笑嘻嘻的像个姑娘一般，一手把玩起我的头发。

"如何谢呢，我还没想好，不过我明日要出发去寻找师父，等找到了再谢你如何？"

"唉，每一次都让我好等。"他幽幽叹息。

翌日一早，长空如洗，朝阳似血，我青衣笠帽，一路策马直奔汤国。

庆汤，位于四方大地之东北，市列珠玑，户盈罗绮，多年来是人们向往的富庶之地。

世人都说，旧时汤都，可谓天宝物华，人杰地灵，曾经是一片最富饶安乐的王土，不过大家说的都是镬汤之变以前的老皇历了，镬汤之变以后的状况如何，起码我是了解不多，虽然曾在流云苑和太子府住过一年，但因为祸事频出，大部分时间我都被白隽圈在家中不得出门。为数不多的外出里，印象最深的便是去玺华宫给他母妃请安以及求雨法事那两回，而且还是些相当不愉快的回忆。

时隔多年，我再次踏入汤都，心情却是大不相同。城中看来无甚变化，只觉得似是没有以前那么热闹了，街前巷里的人都不多，显得有点冷清。

走着走着，一旁小巷内忽然传来一声呼叫，我忙冲了过去，只见巷子深处正发生着豪取强夺的一幕。

被强夺的是一名瘦弱男子，他跌坐于地，在墙角瑟缩成一团，正拼命护着怀里的什么东西，在他面前站了个手持大刀的男人，背对着我，正弯腰抢夺对方怀中之物。只听地上那人乞求道："大爷，我身上的银子都已经给您了，可这玉佩是家传之物，真的不能丢啊！您就让我对先人留个念想吧！求求您了！"

拿刀的人不耐烦地威胁道："老子看上的东西，没得商量！要是不乖乖交出来，我就把你的脑袋砍下来！"

地上那人仍是拼命抵抗，强人见状，果真举起了手中利器，我连忙一个手刀劈过去，强人便闷声不响地倒在了地上。

地上的男子见状惊呆了片刻，反应过来之后，捂着胸前的玉佩直往旁边挪移。我对他道："我不是强盗，你快走吧！"那人连忙一边点头致谢一边起身，跌跌撞撞地跑开了。

我走近那个晕倒的强盗看了看，此人胡子拉碴的，一脸凶相，衣襟间露出一块小腰牌，前后并未刻字，只是正反面各印着一枚殷红圆点，乍一看去恍若血滴。

为防此人醒来继续害人，我便将他的大刀同腰牌一并拿了，又将他手脚捆了一番才离开。

对于如何找到顾星辰的踪迹，我暂时没想出什么头绪，在街上溜达了一圈，也没什么特别发现。天快黑时，肚子倒是咕咕叫了起来，我索性钻进街边一家饭馆里。

这饭馆不小，上下两层楼摆了不少桌椅，生意却着实惨淡，整个馆子就来了我这么一桌生意。我挑了个靠着窗口的桌子，将刚才收缴的大刀和腰牌放在桌上，又唤来了小二，那小二看着也是三十好几的人了，却胆怯得很，凑上前来一看到那刀和腰牌，身子便抖了三抖。

我见他这副模样，于是指着那刀和腰牌问道："你为何如此紧张？可是因为这些？"

然而这话似乎令他更加害怕，脸上表情扭曲着不敢回答，我便又问道："你认得这刀和腰牌？"

他连忙慌张地摇头："不认得不认得，小人没见过世面，什么都不懂，客官切莫怪罪。"

我见他这样，也不再勉强追问，只随便点了几个菜。

他小心翼翼地陪我点完了，便急匆匆地备菜去了。

不一会儿，又来了两人，个头不高，也不粗壮，但行走之间能看出是习武之人，他们在另一张桌旁坐下，那桌子与我这边之间有道屏风，是以那二人并未注意到我，我却透过屏风隐约瞧见他们身上挂的腰牌，和我刚从强盗身上收来的那个似乎一模一样。

　　这时小二从后房出来，一见到那两人，脸上又现出紧张之色，他走到那两人桌边，小心翼翼地问道："二位客官看着眼生，可要小的推荐些特色菜肴？"

　　其中一个留着络腮胡的人摆摆手道："不用推荐，把你们这最好的酒肉给我们各上一份便是。"

　　小二诚惶诚恐地应着，又一溜小跑去了后房。

　　另一个长脸无须的人给络腮胡倒了杯茶，眉开眼笑道："大哥，咱们这一路过来，饭馆、酒楼、客栈，家家都给我们侍候得妥妥帖帖，还不敢向咱们要银子，这要在旧历年间，可是想都不敢想的好事呀！"

　　络腮胡压低声音道："呵，可不是吗？想当初，老子干了点杀人越货的勾当，连觉都睡不安稳，瞧瞧如今，自从加入圣血堂，现在老子横行天下，又有谁敢说个不字？"

　　我心中一惊，原来这些人竟都是那圣血堂的，没想到在遗玉之城偷偷摸摸不敢见光的圣血堂，在中土竟是这般的猖狂。

　　"都是圣主神威盖世，神威盖世啊！对了大哥，这趟要做什么买卖啊？能见到哪位圣使？"

　　络腮胡一杯茶下肚："什么买卖不是我等能知道的，至于分派什么任务给咱们，等今晚见了崔圣使自有安排。"

　　瘦长脸又问道："如今分派任务怎么搞得这样神神秘秘？"

　　络腮胡挑挑眉毛："听说是因为现今汤都城防越来越紧，到处纠察可疑人等，押人送货都不似往常那般便利了，圣使们凡事便格外小心，这对兄弟们也是好事，免得跑一趟差使给自己惹一身的麻烦。"

他正说着,见到小二从后房出来,便对瘦长脸做了个噤声的手势,两人随即又喝起茶来。

小二分别给两桌上好了酒菜,我却没了心思吃饭,专心想着他们刚才的对话,这两人晚上要去见一个姓崔的圣使,而顾星辰一直在追查什么圣使的下落,如果跟着他俩,或许能发现顾星辰的行踪。

那二人一顿胡吃海喝,把整个酒馆弄得酒气冲天,最后他俩果真是一文钱都没付,抹抹嘴就走人了。小二追到店门口看着那两人扬长而去的背影,又是捶胸又是顿足却不敢吱声。

我走到门口,掏出饭钱递给小二,他双手紧紧捏住衣角不敢伸手,我便将银子放在旁桌上,对他道:"在下并非强匪,从不吃霸王餐!"

刚走出门外,小二在后面喊道:"客官您的东西忘啦!"

我回头见他正哆哆嗦嗦地指着桌上那刀和腰牌,便对他摆摆手:"这不是我的东西,我路不熟,就劳烦你送到官府衙门去吧。"

街上有些冷清,我远远跟着那两人。转过两条街后,周遭开始嘈杂起来,且那种嘈杂之音听着十分不雅,我仔细一看,竟是到了烟花柳巷之地,他两人倒是会挑,径直就走到了门头最大、生意最火的那一家。

那儿门上一块金边红字大招牌:春宵楼。

这名字起得很是露骨,我跟踪的那两人被一个热情的老鸨给招呼了进去,我将笠帽往下压了压,尴尬地愣在原处。若是在此等待吧,恐是太过扎眼;若是冒充男人跟进去吧,万一被发现了女儿身又当如何?正在踌躇之间,一个浓妆艳抹的女人已经喜笑颜开地扑了过来,一把挽上了我的胳膊。

"哎哟,好清秀好俊俏的公子呀!您看着面生,是外乡来的吧?"

我压低了嗓音含糊地答应着,她把我往里面边拉边说道:"公子今天来得真巧呀!咱们这儿啊,正在玩博戏呢!今天的彩头可不小啊!最后的赢家呀,可以博得咱们春宵楼的头牌姑娘作陪哪!您看看您看看,这里头啊都挤得快炸开锅啦,您也来玩几把吧?"

她一阵拉拉扯扯把我拖进了大厅之中,从没来过这种地方的我,此时已经傻眼,这里面到处金碧辉煌、灯红酒绿,两层楼高的偌大厅堂里灯火通明,座无虚席。一眼望去,大厅之中几十桌赌局正在热火朝天地进行着,数不清的妖媚女子穿梭在一楼前厅及二层环楼的一圈走道上,满眼都是花花绿绿的身影,满耳都是莺莺燕燕的声音。

这一番艳俗场面令我甚感不适,差点就要掉头离去,眼角又瞥到那两个圣血堂的人,便只能忍着。我身边那女人又叽叽咕咕地说了许多,我没在意去听,只盯着我跟踪的那两人,他们并不往厅堂里走,而是沿着侧边,一直向后房走去。

这时,拉我进来的那个女人还在甩着帕子啰啰唆唆,问我要点哪个姑娘,我索性随便指了个女子,那女人便把我们二人推进旁边一间房中。关门之后,我心中默念着对不住,从那女子身后将她打晕,又放到床上,然后披上了她的衣服,混在人群中往后房溜去。

走过一道狭长走廊之后,出现在面前的是一个开阔的四方院落,院中一座大大的假山,假山后方传来窸窸窣窣的脚步声。我轻手轻脚地绕到假山后面,不远处有个小门,一个晕倒的男人正被那两个圣血堂的人从小门中抬了出来,急匆匆地朝着院子后面运去。

院子中间还站了个中年妇人,身后跟着两个提着灯笼的丫鬟,那妇人只顾催促着两个圣血堂的人,我忙轻轻跃上墙头,悄悄跟着那两人,只见他们一直走到后门,门外面是条小巷,巷内停了几辆马车,他们将抬着的那人运到最前一辆车上,随后又返回刚才那扇小门中。

院中的中年妇人走到马车旁,车夫向她行礼道:"小的见过崔圣使。"这倒是出乎我的意料了,还以为他们要找的圣使是个威猛汉子,没想到竟是个看着普普通通的女人。

那崔圣使掀起帘子往马车里望了一眼,对车夫道:"可以出发了,路上若是遇到官兵查问,就说是家主在外喝醉了酒,正在赶回宅中。"车夫应了一声便驾马离开了。崔圣使跟后面几个车夫分别交代了几句,又转身回到院中。

我估摸着他们这是要把几辆马车全装上人,便干脆等在原处,结果不出所料,这两个人很快又抬了个人过来,如此来来回回运了有七八个人之后,只剩最后一辆马车了,那两人又一次抬着个男人走了出来,我一见大惊,这回他们抬的那人不正是我要寻找的顾星辰吗?他怎么会出现在这烟花柳巷?又怎么会被人抬到这里?难道他不远千里前来汤国竟是为了寻花问柳,还弄到不慎晕厥的惨境?

我一面在心中鄙视这位被豆婶当成好男人的风流城主,一面跳下院墙,跟着他们走进小巷,眼见着那两人哼哧哼哧地架着顾星辰朝马车走去,我不禁心中焦急,于是趁着拐弯,从后面两个手刀打晕了他们,架起顾星辰便转头逃去。

不料他搭在我肩上的手臂忽然一紧,我吓了一跳,差点叫出声来,却被他覆上来的一只修长大手给捂住了嘴巴。

"你在这里做什么?"他在我耳边低声发问,随后紧紧皱起眉头,"怎么穿成这样?"

"我?我来救你啊!你寻花问柳都问晕过去了知不知道?趁着还没被发现,我先带你离开。"

我虽然诧异他怎么突然说醒就醒,但也顾不上琢磨了,眼下还是速速离去为上。

谁知他竟然阻止道:"我是装的。"

我愕然:"装的?为何要装?"

这时候不远处传来一阵脚步声,有几个路人从小巷朝这边走来,顾星辰搭在我肩上的胳膊稍一使力,我便被他带着转了方向,朝着那架马车走了过去。他示意我不要说话,我只好默不作声地跟着他来到马车旁。

车夫一身黑衣,戴了个只露出下半张脸的半截面具,我赶紧把头低下,好在那人压根不看我们,只是一言不发地目视前方,而顾星辰也不说话,不声不响地便将我带上马车,说是带上,其实我是被他拎上去的,狼狈得很。

刚进马车还没坐稳,车子便走了起来,我一个趔趄摔倒在顾星辰的腿上,他却坐得稳稳当当,也不让我起来,反而顺势将我一揽,禁锢在他的臂弯里。

我一边小声抗议一边想要挣脱出来,他低下头,在我耳边轻声发出警告:"别乱动。小声点,不要惹麻烦。"

我只好保持着这个别扭的姿势,不悦地瞪着他:"请问这是在做什么?"

"圣血堂正在运人,你没看见吗?"

我眼睛瞪得更大:"我当然看见了,所以我问你在干什么?把自己送入虎口吗?"

"可以这么说。"

我更加紧张起来,可是又怕被外面的车夫听见,只好尽量压低声音。

"你明知是虎口,为什么还要把自己送进去?"

"我倒想问你,解药已经给你了,为什么还跟着我?"

他眼睛一眨不眨地看着我,我紧张得结巴起来:"因为,我……我还有事要请你帮忙……"

他微微皱了皱眉。

"什么事?"

"我……要找个人……"我有些吞吞吐吐。

"你师父?"他竟面不改色地吐出这三个字来。

"你怎么知道?"我惊诧万分,没料想他连这个也知道,此人的背景以及和汤凉两国的关系都很神秘,令我很是害怕。

"我既然留你在泯华庄,又怎会不查你的底?"

是啊,顾星辰何许人也,能令大漠魔王世代忌惮,又能建立起一座汤凉两国都征服不了的城池,区区调查一个人的底细,又有何难?

"那……你会帮我吗?"

"你想要我怎么帮?"他的语气仍是冰冷,一副拒人于千里之外的模样。

"其实我现在也不知道该怎么做,目前我仅有的一条线索是'断祇何续,莫失遗玉'这八个字,这句话是我师兄寻得的,但我们无人知晓这话是什么意思。不过,既然你是遗玉之城的城主,那么一定是这条线索的关键,所以我才来找你,这样才有机会找到我师父。"

"那句话,你师兄是从何得知?"

"我也不知道,我与师兄已久未谋面,这还是听我师姐说的。"

他沉默了一瞬,没有立刻回答。

"我可以继续做你的侍女,你之前说过,我对你还有利用价值,对吗?"我见他尚未表态,赶紧先入为主,以免他一个不高兴,冷不丁地将我扔下车去。

他闻言,又低下深邃的眸子看着我,我被他看得心里发慌,追问道:"究竟如何?"

"对我绝对服从,关于泯华庄的所有事情对外保密,做得到吗?"

"保证做到!若有违背,你可随时取走我的性命,即便你没发现,也让我遭天打……"

"如你所愿。"还没等我发完毒誓,他便打断道。

他言罢便松开手,合了眼睛闭目养神起来,不再理我。

其实我很想问问他现在作何打算,他自己要羊入虎口便罢,但是连具体计划都不告诉我,一会儿我该如何配合都不知道。

马车不知行到了什么位置,顾星辰忽然闭着眼睛开口唤道:"肖羽。"

我赶紧伸手捂住他的嘴:"你在这里喊什么肖羽啊?说梦话吗?"

就在这时,马车戛然停住,车夫拨开帘子应道:"城主有何吩咐?"

一听到车夫的声音,我才反应过来,原来这车夫便是肖羽肖将军啊,亏得我还傻乎乎地将他当成了圣血堂的人,一路上老老实实的,既不敢动也不敢出声。

肖羽见了我,也是大吃一惊:"城主,这不是云姑娘吗?她怎么会在这里?"

顾星辰清了清嗓子,我赶忙放下捂在他嘴上的那只手。他淡淡地对肖羽说道:"我的侍女,自然应当跟随我左右。"

肖羽和我闻言,同时呆了一瞬。

"可是,车夫怎么会是肖羽?"我不明所以。

"我的安排。"顾星辰道。

肖羽点点头,转而又对顾星辰道:"城主,此次行动凶险,带着云姑娘同行的话,恐是不便吧?"

"现在到什么地方了?"顾星辰仍是闭着眼睛,一副稳如泰山的样子。

"前面再行半里路,便是土地庙。"

顾星辰慢悠悠地睁开双眼,对肖羽道:"到了以后,你同她在外面等我。"

"可是,您一人进去的话也没个照应……"肖羽很是担心地说。

"这点小事,我亲自出手,还需要什么照应?"

"不如让我跟着你一起进去吧,我可以照应你。"我自告奋勇。

"你照应我?"他不屑道,"还不够给我拖后腿的。"

我很是不服。

他以命令的口气冷冷道："跟肖羽在车里等着。"

"可是……"

"无条件服从，忘了？"

我不敢再多话，肖羽驾着马车一路飞驰，在寂静的夜晚，嘚嘚的马蹄声显得格外清晰。我在一旁心神不定地瞥瞥顾星辰，他正襟危坐，悠然闭目，一点儿也不像将入龙潭虎穴的样子。

马车又前行了一阵子，外面开始有些阴森森的声音，肖羽将车停了下来，向顾星辰报告说可以下车了。我看着顾星辰躬身下去的背影，又想起他之前时不时虚弱的模样，连忙叮嘱了句小心。

他只是稍停一瞬便走了，我从车帘的缝隙里看到他又假装成被药迷倒的样子，由肖羽架着往不远处走去。顺着他们行进的方向，我看到前面停着之前在巷子里的另外几辆马车，那些车夫也分别架着一个晕倒的人往前走。在那前方有一个圆形法场，周围燃着一堆堆的火，还有一些圣血堂的人，来来往往地在搬些什么东西。

肖羽跟其他车夫一样，将顾星辰抬到法场上，把他同其他晕倒的人放在了一起，然后趁圣血堂的人不备，又悄悄回到马车上。我忍不住问他："城主就这样一个人进去了，万一有什么闪失出不来了怎么办？外面这么多圣血堂的人，就凭你我二人怕是也难救他。"

"云姑娘无须太担心，我们已安排了人手在外面接应，以城主的功夫，应付里面那些人应当不是难事。"

尽管肖羽这么说，我还是不明白顾星辰到底是为了什么冒险来此，但他没有明说，就算问肖羽，一定也不会对我多言，我只好乖乖地坐在马车里干等。

又过了好一会儿，那些来来往往的人总算搬运妥当，我数了一下，站在祭坛周围的，共有十八名圣血堂的人，他们在那里静静地站着，像

第三章 东北　163

是在等什么人到来。

这时,从远处飞来一人,悄无声息地在祭坛前方落下地来,看起来轻功着实不错,那十八个人见了他,便一齐躬身唤道:"恭迎圣使!"

被称为圣使的那人如雷般的声音响起:"天苍苍,地茫茫,唯我独尊圣血堂!"

"天苍苍,地茫茫,唯我独尊圣血堂!"十八个人一齐跟着喊起口号。

前面那人又说道:"圣主英明,创制我派至高秘宝——圣血丹,一旦圣主大业得成,我圣血堂必将横行天下、千秋万代!今日,我将以这些阳刚之躯炼出圣血丹,以呈奉于圣主,待得大功告成之日,圣主对尔等必有重赏!"

那十八个人又跟着喊了三声"圣主英明",随后便在祭坛周围点燃更多鬼火般的火焰,开始嗡嗡地绕场念叨起什么来。

就在这时,一旁的角落中忽然闪出一个黑衣人,他来到肖羽身旁,低声请示道:"肖将军,兄弟们都已就位,何时行动,请您指示。"

"好,你也即刻就位,过一会儿里面动起手来,你们寻机进去,将那些被血祭的人带走。"

"是!属下这就去办!"

"记住,走前务必清场,不要留下一个活口。"

黑衣人领命匆匆离开。我想了想,对肖羽说:"我在这里不会有事,你还是去帮帮城主吧。"

"云姑娘,城主既然下令让我在此保护你,我便不能离开,否则便是违命,是为不忠。"

"保护我?他只是让你和我一起在这儿等他,并没说让你保护我啊,这怎么能算不忠呢?"

他笑笑:"我们做属下的,如果连城主的意思都领会不了,还有什么资格追随于他?"

我正想再劝他两句,却忽闻祭坛那边传来凄厉的哭喊声,远远只见顾星辰站在祭坛中心,之前躺着的那些人正慌乱地往他身后爬去,似是在躲避什么攻击。

圣血堂的圣使厉声道:"都给我上!快把此人拿下!"

他话音刚落,十八个手下跃上祭坛,将顾星辰团团围住,那些人形如鬼魅,一个个口中嗤嗤作响,犹如一群来自地狱的饿鬼。我看不清他们的动作,只见到顾星辰周围似有一圈阴风快速旋转,伴随着阴森的低吼,让人不寒而栗。

祭坛上的一切很快被笼罩在一片灰蒙蒙的雾气之中,周遭一片死寂,只有那片雾气中不时传出怪异的闷响。

一只手忽然从雾气中向外伸出,一个男人艰难地从中探出上半身,想要从祭坛上逃离,眼看着就要从那一片灰蒙中钻了出来。

环绕他腰间的灰雾却猛然旋转起来,犹如一个旋涡,瞬间将他吸了回去。紧接着雾气之中便响起一声声惨叫。

见此情景,我不由得更加紧张起来,却见那快速旋转的阴风瞬间迸裂,顾星辰周身忽有强大内力轰然爆出,十八个人被齐齐震开,向着四面八方摔了出去,倒在地上再起不来,我在马车之中仍能听见他们痛苦的呻吟。

那圣使见状,喝问道:"你是什么人?为何闯入我圣血堂密地?"

顾星辰冷冷道:"你还没资格问。"

那人闻言大怒:"但凡被我们抓来的,从没有一个敢像你这样不知死活,看来今日是非得本圣使亲自出手将你炼化了!"

那人说完便朝着祭坛飞了过去,在周遭飘散的黑腾腾的雾气中,只见那人拳脚极快,却在与顾星辰过了数招后,被打飞出去,跌在祭坛外面吐了一大口鲜血,但旋即又挣扎着爬了起来。

第三章 东北 165

我以为他要再一次扑到祭坛上去，不料那人却在原地腾空而起，到半空时，忽然祭出两面足有一人高的猩红色大旗，霎时间，一股形似骷髅的浓黑烟雾从两面旗间升起，在空中停顿了片刻后，便狰狞地向祭坛扑去。

祭坛上的十几个男人见状惊恐万分，纷纷四散而逃，想要从祭坛上跑下去，而那黑烟像个张着血盆大口的鬼魅，贪婪地张开它巨大的嘴巴，瞬间罩住了祭坛上所有的人，像是个饱食了美餐的恶魔，一张一缩地蠕动着，看着格外瘆人和诡异。我紧张地看向肖羽，他却轻轻摇了摇头，示意我不要紧张。

片刻后，一袭爆裂之声传来，那恐怖的黑烟被猛地震开，四散着向祭坛四周反弹出去，冲击到之前倒在地上的十八个圣血堂徒众身上，那些人顿时发出凄厉无比的惨叫声，同时他们身上开始升腾起黑红黑红的怪烟，不一会儿便不再动弹。

那圣使仍在与顾星辰缠斗，见顾星辰一股掌风袭去，他忽然吸起地上一个圣血堂徒众的尸体挡在自己身前，同时向顾星辰推出一掌，二人内力轰然撞在那尸首身上，将之炸成几块飞了出去。

一块血淋淋的碎尸不偏不倚地向我砸来，我本能地往后一躲，这一下却添了乱，那腾在半空中的圣使一听到动静，立刻转了方向，直直向我们的马车这边飞来，肖羽连忙抽出佩剑迎上前去阻挡那人，一旁却又冲出另一个圣血堂的手下，拦住了肖羽。

趁着肖羽被纠缠住的当儿，那个身后背着两面大旗的圣使径直向我扑了过来，霎时间一股阴风扑面而至，马车被哗啦一声撕成两半炸飞出去我赶忙向右躲开，并抽出腰间笛子催动封天咒。十数道白芒忽速向他袭去。忽明忽暗的月光之下，只见那背着大旗的身影一闪，他竟凭空躲了开来。

我欲再一次发动内力时，那人已看准时机，祭了一股浓黑烟雾向我扑来。

  肖羽见状,大声喊着"云姑娘小心",就在此时那股黑烟已扑到我身前不过一尺,我运出更多内力抵挡,眼见着就要将身前的黑烟逼退回去。

  然而就在这时,许是因为突然催动了太多内力,我忽觉眉心开始痛楚,身体里的余毒竟在这个紧要关头发作,我的头又开始晕眩疼痛,注意力不能集中,越来越抵挡不住身前的黑烟,那人显是看出了我的不适,立刻趁势加了把力,我最终坚持不住,从半空向后摔在地上,吐出一口鲜血。

  这一口血还没吐完,对方已蹿了过来,一把将我掐到手中拎了起来,那人尖利的指甲深深地嵌入我脖颈的皮肤中。他狠狠掐着我的脖子,对着不紧不慢来到面前的顾星辰说道:"这女人是你带来的吧?若想她活命,不要再向前一步,带着你的人赶紧走!"

  我对那人道:"你怕是打错了算盘,我对他而言,并非什么重要的人。"

  "是吗?那我也只有赌上一赌了。"那人说着,指甲更深地嵌入我的脖颈中,我顿时感到一阵刺痛,紧接着似有两行温热的液体沿着脖子流了下来。

  顾星辰面上冷意更盛,彼时一阵轻风拂过,他身边一株大树上飘下几片落叶,他悠悠然从空中捏了片叶子在手,像是没听见那人的话,闲庭信步般向这边一步步走来。

  我心中苦笑道,身后这人果然是绑错了对象,还不如将肖羽掐住更有胜算,如今顾星辰毫无顾忌地继续向前走着,完全是一副我之生死与他无关的模样。

  那人见状,掐着我向后又退几步,有些歇斯底里地叫起来:"你再敢过来的话,我马上……"

他话还没说完,我忽觉左侧耳畔拂过一丝凉风,与此同时,掐在我脖子上的那只手僵了一僵,便松了开去。我听见身后一声闷响,赶紧捂住脖子上的伤口回头去看,那人已直挺挺地倒在地上,前额正中是刚才顾星辰手中的树叶,此刻正如尖刀一般插在那人的额骨之中,只露出一小半在外面。

我只觉体内余毒发作愈甚,一阵头晕目眩中向后倒了下去。我昏昏沉沉地陷入晕厥之际,我只听见头顶上一个冷冷的声音传来,说的是很不悦的两个字:

无用。

大约是这两个字被我听得深切,以至于我随后陷入一连串凸显自己确实无用的噩梦之中。先是梦见白隼对我一通控诉,而后在我面前转身走远,我却无可奈何地呆立在原处,一句为自己辩解的话也说不出来;然后梦见师父与一群人激战,战到他浑身是血,站立不稳,我却在不远的地方无法靠近,只能无助地哭喊;而后又一次梦见看不清脸的岚姐姐,仍是被背后的神秘力量推落水中,我眼睁睁地看着她沉到水底却无能为力……我在梦中觉得头越来越痛,胸口越来越闷,头顶上反反复复盘旋着那冷冰冰的两个字,在我周围不断回响,我拼命地捂住耳朵,却无法阻止那声音传入我的耳中。

"无用,无用,无用……"

顾星辰的一句"无用"贯穿在我整个梦魇当中,然而,这个翻来覆去的噩梦却似乎长得望不到头,怎么也醒不过来。

不知过了多久,我迷迷糊糊中觉得自己似乎被人扶着坐了起来,片刻之后,背后至阳穴和命门穴似有强大滚热的真气进入我的经脉,在我体内滚滚翻腾,令我浑身酸胀不已,却又很是舒服。那热流行到大椎穴时,引起我一阵剧烈的头痛,我挣扎着猛地醒了过来,同时吐出一口暗红色的血。

这口血吐出来倒是感觉轻松不少,刚才的头痛也随之消失了,我擦擦嘴角,发现自己置身于一个陌生的密闭房间之中,房内无甚摆设,只有几盏烛火亮在墙角,回身一看,顾星辰正盘腿端坐于我身后,呼吸之间,显是刚刚运过真气。

"我们这是在哪儿?"我边说着边向四处张望,这房间一扇窗户也没有,完全看不见外面。

"一个安全的地方。"

"谢谢你救了我。"虽然之前他一副不顾我生死的样子,不过到底还是因他出手我才幸而脱险,而且刚才他又输了真气给我,不管怎么说确是救了我一命。

他面色有些凝重地望着我:"你体内有剧毒潜藏,你一贯只用内功压制,却并不能将毒除尽。"

我叹了口气:"很多年前,我曾在汤国的西方森林里中过毒针,体内确实仍有余毒残存。"

说起多年前往事,我便自然联想到之后不出几日,白隽前来同我诀别的情景,不由得黯然神伤。

"西方森林,一处抵御西方妖蛮的屏障,由汤国王族掌管,你能入得其中,是那人带你去的吧?"

他说这句话时,目光冷冽地落到我胸前那枚扳指的位置,那眼神令我感到害怕,忽然想起那日被柳小蓝拽去扳指的画面,我下意识地一手捂在扳指上,身体也不由自主地往远处挪了挪。

这些小动作落在顾星辰眼里,却令他的目光更加冷厉起来。

"躲什么?"他眼中似是带了不悦,"我既然把那东西还给了你,便不会反悔。"

我愣了一愣,他如果想要从我这里拿走白隽的扳指,确实是易如反掌,我就算再怎么防备也是无用,既然他已亲自归还于我,我的确无须再这样紧张。

我思索了片刻,还是决定跟顾星辰说说清楚,毕竟他们跟汤国好似矛盾很深,而这扳指之前的主人身份又实在特殊,我既然要留在顾星辰身边求他帮忙,还是跟他解释清楚为好。

"我和他早就没有关系了。"

"是吗?"他冷笑一声,好像并不相信我的话。

于是我更加坚定地对他说:"都是一百年前的事了,同上辈子一样,与我现在没有半点关系。"

"若真如此,你又为何一直将那东西戴在身上?"他说完这句,很不悦地将目光移向别处。

而我确实也想不到还有什么可辩解的,一时间,小小的屋内尴尬地安静了片刻。

"你体内潜藏的剧毒,并不像是那枚毒针留下的。"他打破沉寂,又低沉地开口。

顾星辰的话令我感到震惊:"怎么可能?我没有中过其他什么毒,况且中毒针之后,我的师父已经救治过我,这一百年来我也一直在练功祛毒,毒针的症状已经基本上消失了,怎么可能还有剧毒?"

"西方森林里的机关主要为防范外敌之用,只需用些普通毒药,取人性命便可,无须使用伤人经脉神志的阴邪之物。若当真只是西方森林里的一枚毒针,经你师父的救治,又加上你这么多年的修炼,应该不至于如此严重。"他若有所思地说。

他的话让我感到莫可名状的恐惧。这是什么意思?我是什么时候中的剧毒?为什么我自己一点都不知道?

"你确定自己没有中过其他邪毒?"他又问我。

"在我的记忆里,确实是没有的。"我很确定地说道。

他沉默一瞬,又开口道:"这种奇毒我也是第一次遇到,在你体内的毒被完全清除以前，你尽量少催动真气与人打斗，否则此毒便随真气更快速地运行于你的经络血脉中，很可能随时要了你的命。"

我没料想这毒竟如此严重，这时忽然想起当年师父送我上百里崖时，也曾叮嘱过我尽量少动真气习练封天咒，要我以心中参悟为主，莫不是师父也发现了我体内有此邪毒？

我叹了口气，虽然知道顾星辰说得没错，但想到还要找寻师父，能不能做到尽量少运真气打斗，也不是我自己能决定的……

我正在心中叹息，顾星辰又开口道："你只要在我身边，便不会有事。"

我怀着复杂的心情望向他，他已闭上了眼睛，端坐在榻上休息。有那么一瞬，我觉得他刚才那句话像一道晃眼的阳光照到我的心底，将我这一百年来所有的无助、迷茫、恐惧，驱散得无影无踪。

但是，我很快回过神来，我比谁都清楚，我不可能长久地留在他身边，他是个神秘而又危险的人物，之所以现在留着我，无非是因为我对他还有利用价值，尽管我还不太清楚他要利用我做什么，反正我也必须利用他，才能更快地找到师父，所以不论他要我做什么，我只能甘之如饴，我们俩从最初便是相互利用而已，等我找到了师父，便会离他远远的，不再回来。

调息了一天一夜后，我才走出这间密室。这里是汤都郊外一处隐蔽的小庭院，院落不大却依山傍水，虽然山只是个小土包子，水也不过是条潺潺小溪，却安宁清净，恍若置身于世外桃源一般。

右侧厢房忽然传来许多人的痛苦呻吟声，我循声过去一看，那房里竟躺了十几个青壮年男子，有些身上显是受了伤，肖羽正在给他们换药。

"我来帮帮你们吧。"我见他一人要照顾那么多伤者，根本应付不过来，便进去帮忙。

第三章 东北　171

"多谢云姑娘,不过这都是些男子,怕是有所不便。"肖羽有些犹豫。

"没什么不方便的,这几个人只是手臂受伤,我可以给他们上药。"我说着拿过一碗调好的草药,给那几个人的伤口敷药。

"多亏了你们相救,否则我们这回一定死得连尸首都不剩了!"其中一个伤者感叹道。

"是啊,你们真是我们的大恩人啊!"

说着说着,这些受伤的人纷纷跪倒在地,向我和肖羽行起了大礼。

"快起来吧,这并不是我们的功劳。"我们赶忙把他们一个个扶了起来。

"之前就听过关于圣血堂的恐怖传闻,说是专抓男人,有去无回,没想到这次竟然轮到我们自己头上了,那些都是什么人啊?竟然会这样可怕的妖法!"

"他们怎么可能是人啊,肯定都是些妖魔鬼怪!"

"妖魔鬼怪?那、那怎么得了啊?"

他们越说越紧张恐惧起来,我忙道:"你们勿要胡乱揣测,这世上没有什么妖魔鬼怪,你们看到的不过是些修行了邪魔法术的人罢了,不用害怕,平日里多加小心,不要被他们掳去就好。"

"对了,那位救我们的大英雄真了不起啊!之前听说凡是被抓去的人,没有一个能活着回来的,他竟然一个人打倒那么多恶人,还把我们都救了出来。"

"是啊是啊,那位大英雄真是不得了啊!"

在他们对顾星辰的夸赞中,我和肖羽给他们全部上好了药。从那房间里出来时,我问肖羽:"他们都是那天晚上被救出来的人吧?"

"正是。不过这里是我们的秘密据点,不能让外人知晓,这些人也不能久留,待到今晚,我们便会将他们的眼睛蒙上,用马车送走。"

"原来城主那天深入虎穴,就是为了救他们啊。"

"不错。"肖羽点点头道,"不过也不全是,城主此番也是为了调查圣血堂的情况。"

我疑惑道:"他为何一定要调查这个圣血堂呢?"

"圣血堂并非寻常教派,他们为非作歹,肆意杀戮,用妖邪之术害了许多人,尤其是近几年来越发猖狂。但这个门派非常谨慎和神秘,他们所有据点都是隐秘的,并且他们的人都很忠心,也非常惧怕他们的圣主,被我们抓到的人,宁愿自杀都不敢泄露重要情报,而且他们行事非常小心,如果这次不是城主故意将自己送入虎口,可能也难以救出这些人。"

我点头道:"那这一回城主冒险深入其中,是否得到了有用的线索呢?"

他点头道:"我们在圣血堂的这个窝点找到许多黑焦干尸,同我们前不久在西郊发现的那一具黑尸一样。"

我叹道:"如此说来,大漠中惨死的那人也是被圣血堂所害了。"

"不错,圣血堂如今杀人害命越发频繁了。这一回吧,城主本来不仅要救人,还预备把那个圣使活捉回来审问的,那个人来头不小,是圣血堂几大护法的圣使之一,地位仅次于圣血堂四大护法,他一定知道圣血堂内许多重要情况。"肖羽笑着摇摇头,"我也没想到城主那天会临时改变计划,当场便杀了那人。"

听他这么一说,我很是惊讶,那时的情况,一切已在顾星辰的掌控之中,唯一在他意料之外的,便是我被那人擒在手中成了人质,如此说来,我到底还是拖了他的后腿,影响了他的原定计划。

我正在懊恼,肖羽突然郁闷地说道:"这一回啊,我是令城主大失所望了。"

我好奇道:"你又没做错什么,他为何对你失望?"

第三章　东北　173

肖羽转过身来,对着我拱手道:"云姑娘,这一回真是对不住,因为我保护不力,令你陷入此等险境,城主虽未罚我,但是他那一句'无用',让我听着好生难受,倒不如将我暴打一顿的好。"

我愣住,那句"无用"难道不是说我的吗?

快到中午时,顾星辰和肖羽他们关在房中议事,我便决定到附近走走看看。

小庭院南面是小溪,北面则是小山包,小溪对面是一片小竹林,小山之上却看不出有些什么,于是我向小山走去,想看看山的那边还有些什么风光。

之前听肖羽说,这小山包虽小,却有个体面的名字,叫作焱山。

我寻思着,既然是个有名号的小山,那么山上该不会太过荒芜。我一路爬坡而上,两旁果然有花有树,连绵无阙,四周烟光凝紫,犹如仙境。

小山不算太高,不一会儿我就登到了山顶,这里空气一片清朗,极目四眺,远近山河城郭几近一览无余。

走到山顶另一端,我才发现原来这焱山的另一面是笔直陡峭的山崖,且比我上山来的那一面至少高出一倍,之前我从庭院那方向看来不甚起眼的小山包,原来另一面竟是座易守难攻的天然壁垒。

在此处向东北方远望,汤都轮廓尽收眼底,而且,我看到远方有一处很大很是显眼的屋宇宫殿,当是白隽曾带我去过的玺华宫。

看到那处,我不免有些伤感,如今也不知白隽是生是死,如果他还活着,应该正住在那里面吧。

这时身后有风吹过,带来星辰花的幽幽香气,我转身循着香味走去,在山顶另一处,果然有一片蓝莹莹的星辰花。花丛的尽头,是一块一人多高的灰青色巨石,那石头远远看去有些怪异,因为它的表面有许多坑坑洼洼,有点像个马蜂窝。

这不同寻常的石头吸引我走上前,想要一探究竟。

当我站在石头跟前看清楚的时候,被那完全不是我能想象到的景象惊呆了。

那石头上密密麻麻无数个坑坑洼洼,竟是一个个大大小小的掌印以及拳印,显然是被人以内力打出来的。

这些掌印和拳印越靠近石头下方的越小越浅,一个个小小的手印很是可爱,而越靠近石头上方的,便越大越深,最上面的一个拳印甚至直接将巨石打穿了一个洞。

从高度来看,最下面的是一个五六岁孩童的身高,最上面的差不多是一个成年男子的身高了。

我的眼前仿佛出现了一个男孩的身影,他在这石头边上习武,日日年年,从不间断。起初他的年纪很小,个头只到我的腰际那么高,一双胖乎乎的小手打得很是费劲,但是他努力地不断苦练,终于他的力量越来越强大,在这块大石头上日复一日、年复一年地击出一个个坑。他的身影在我眼前不断地变高变大,很快变为一个翩翩少年,风雨无阻地在此处孤独地习练,我仿佛看见他在风中、在雨中、在雪中倔强的身影,仿佛看见他虽是意气风发的年纪,却一身的孤独清冷,没有同伴,没有嬉戏,没有欢笑,日日年年陪伴他的,只有面前这无声的石头。

忽然山下传来一阵马蹄声,将我从眼前的幻象中拉回现实,我跑到山顶东北方的山崖边往下望去,崖下不远处的一条羊肠小道上,一队官兵正护着几个装着大箱子的马车,朝汤都方向行进着。

我仔细一看,其中一辆车上装的并不是箱子,而是关了五个少女的牢笼,一个少女不断拍打着笼子,向那些官兵哭喊着什么,那些人并不理她,她却一直在哭着叫着,一个官兵最终被吵得烦了,一鞭子挥到少女握住笼子的手上,抽打出尖厉的声音,那少女痛得立时倒了下去,不再作声。

第三章 东北　175

这一幕看得我好生难过,也不知道这几个女孩犯了什么过错,这么年纪轻轻的竟被抓了起来。可是为了不暴露顾星辰这个隐秘的据点,我也只得忍住飞下崖去一探究竟的冲动。

　　那天中饭和晚饭,我给大家烧了从山上采回来的蘑菇,大家吃得甚欢,我却总是想起山下那几个被官兵押解的少女,还有山上那块布满拳掌坑印的巨石,心情有些沉重,便没什么胃口,草草吃了一点后,就坐在院子里发呆。

　　此时天色已暗,燥热退散,星光浅浅。

　　顾星辰也早早离开了饭桌,静静走到我的身后。

　　"随我走走吧。"他淡淡地说。

　　我跟着他一路走到附近的小溪边,这里凉风习习,吹来青草的幽香,溪水的潺潺声轻柔而又悦耳,犹如情人的呢喃。

　　周围没有人烟,光线很是幽暗,最显眼的莫过于月光下粼粼闪动的水波,我不由得盯着那里有些出神。

　　"这里真美。"我情不自禁赞叹道。

　　"我小时候曾在这里生活多年。"他在我身旁幽幽开口,"这儿曾经是条河。"

　　霎时间,今天一直盘旋在我脑中的那个在巨石边苦练的少年一下有了面孔,那便是顾星辰的样子。

　　"那时候,我从来也没有觉得这里美过,甚至,觉得这里更像是牢笼。"他的声音似乎带着压抑。

　　他的话令我很吃惊:"可是这里真的很美啊,你为什么会那样想?"

　　"我的童年,并不像常人那样无忧无虑。"他没有多言,但寥寥一句,却透着无比的落寞。

　　皎洁的月光中,他的一双眼睛像是噙了闪闪亮亮的星光和影影绰绰的云雾,明亮而又迷离,令人无法看穿,平时一贯冷淡孤傲的双唇此刻却倔强地抿着,像一个心事重重的孩子。

"你至少还知道自己的童年是什么样的,可是我,十岁之前的事一点都想不起来,连父母双亲的样貌都不记得,更不记得自己都做过些什么。"我轻叹了一口气道。

他似乎有些失望:"什么都不记得了吗?"

"嗯。"我轻轻点头。

"那十岁之后呢?你都做了些什么?"

"自从我能记事起,我便在九天门中跟着师父修习仙法,我师父德高望重,对我更是恩重如山,可是,我终日偷懒贪玩,还任性妄为,最终酿成大错,连累了师父,也连累了师门。"

不知为什么,我竟能对他不设防备地说出心底的伤痛,可能因为他早已调查过我,没有必要再遮遮掩掩,又或者是因为他明明可以轻易拿捏住我,却并没有为难我去做什么。

"那么,在那之后,送你扳指的那个人呢?他都为你做了些什么?"

我没想到会有人这么问我,这时候,我才发现自己竟答不出来。白隽他到底为我做了些什么呢?没有和我正式成亲,便将我接到府中算不算?出了那些事以后,将我关在家中,不让我接触外界算不算?在西方森林产生误会之后,便来同我诀别又算不算?

突然之间,我发现顾星辰的这个问题完全乱了我之前的思路。

在此刻之前,对于多年前的那些事,我一直都在替白隽找尽各种理由,他是汤国太子,他不能不顾他的责任,他不能违逆他的父王和母后,他也不能对不起岚姐姐和喜儿……因此,我为了他,必须一忍再忍。

但是,我从来没有想过这个问题:他到底为我做了什么?

突如其来的混乱令我头痛起来,我只好双手捂着脑袋,以期让自己清醒一些。

然而我并没有好过一点,反倒是头晕愈甚,脚下开始站立不稳,好在这时身旁似乎有了可以倚靠之物,晕晕乎乎之际,我只得顺势倒了下去。

"不舒服吗?不舒服就不要多想了。"顾星辰的声音突然在我头顶响起。

我猛然间灵台一片清明,这才发现自己居然靠到他的肩上去了,不过他并没有一如往常那样冷冰冰地拒人于千里之外,只是静静地站在那里任我倚着。

我赶紧退后:"对不起,城主,我只是忽然头晕……"

惊惧中我退得慌张,脚下踩到一块滑溜溜的石头,眼见着又要摔上一跤。

他走近一步扶住我。

"你怕我?"

我本能地点点头,忽然又觉得这样回答可能也不合适,于是又犹犹豫豫地摇摇头。

头顶传来他轻声的叹息。

"云儿,你和肖羽他们不一样,你不是我的部下,不该叫我城主。而且,不必这么怕我。"

我从他这番话中听出两个要点,将我的脑瓜子狠狠震了一震。

其一,这位杀人不眨眼的冷面大爷竟然亲切地喊我云儿?

其二,他不让我叫他城主,那我该如何喊他?公子?太酸腐,完全不符合他的气质;老爷?太粗俗,实在不符合他的形象。

总之这是两个关于称呼的问题。第一个是对我的称呼是否合宜的问题,这倒罢了,左右我也不计较这些;第二个要点可就让我犯愁了,本来我只是打算跟随他一段时间寻找师父而已,喊上几声城主,既不失礼数,又划清了界限,可他现在出了这么个难题,我万一张口喊得不称他心意,会不会再惹恼了这个怪人?要是影响了寻找师父可如何是好?

他见我愣住不语，便又靠近一些，我仿佛又闻到了星辰花的淡淡香气。

"别怕。"

他低头说这两个字的时候，温热的气息软软拂在我的头上，忽然之间，我的胸中溢满了温暖和踏实的感觉，这种异样的感觉在我的生命中从来没有出现过，即使是当初和白隼在一起时，他也未曾给过我这样的感觉，我的眼睛竟然不自觉地湿润了。

片刻后，我回过神来，连忙向后退出一步，清清嗓子说道："对了，我下午在山顶看到不远处有一队官兵，押了五个少女和几大箱东西，向着汤都的方向去了。"

"确实有线报说，玺华宫里最近有些可疑。"

"还是跟圣血堂有关吗？"

"目前还不清楚，到时我会派肖羽去玺华宫查探。"

这时我脑子里闪过一个念头：如果去玺华宫的话，便有可能见到白隼，虽然我并不想和他再有瓜葛，但毕竟太多年没有他的消息了，我还是很想知道他现在到底怎么样了，那么我要不要跟肖羽一起去玺华宫看看呢？

犹豫片刻，最终我还是忍不住问道："我可以跟肖羽一起去吗？"

"不需要！"

这个问题果然惹恼了他，他很不悦地冷冷否决，转身便大步走开了。

其后两日，顾星辰对我很是冷漠，虽然我试图以各种方式讨好，以期他能同意我跟肖羽同去玺华宫，他却连起个头的机会都不给我，除了有时帮我运功祛毒之外，其他时间几乎不和我说话，而我若找些理由去向他请示，他则是行色匆匆冷冰冰地走开，好像压根没空同我啰唆。

鉴于当前形势，我考虑再三，决定从称呼上入手，如此只要一张嘴便能切中要害，把对顾星辰的称呼改为主人，一来显得尊敬，二来也能体现我的忠心，以免他总是因白隼的扳指而对我心怀芥蒂。

就这样又过了几日，还没等我找到机会喊上一声，小庭院突然来了位尊贵的人物。

早晨我正在院子里晾晒衣物，不经意间，只见一个探子来报，随后顾星辰便带着肖羽恭恭敬敬地迎在院门口，顾星辰摆出这等架势我还是第一次见。不多时，一位看着跟我师父差不多年岁的老人徐徐走来，说是老人，其实外表看着也就是普通人知命之年的模样，除了双鬓斜飞两道银丝之外，其余皆是乌黑的长发，他穿着一身已有些褪色的棉布长衫，浑身上下并无半点华贵饰物，除却一双眼睛甚是有神之外，整个人看着很是普通。

就是这么一位貌不惊人的老人，却令顾星辰对他躬身行礼，恭敬地唤道："师父。"

我委实没想到柳小蓝柳姑娘的父亲居然是这么一个不起眼的老人，看来她多半是随了母亲长相，才出落得那般美艳。

顾星辰和肖羽双双跟随那位老人向内院走去，院中的几个部下见了那老人，纷纷行礼唤着尊主。

因我正站在院中侧旁的一处晾晒，身前又有许多挂起的衣物遮掩，故而那位尊主经过时并未注意到我，只是一路径直走入堂屋。

他们几个进了房间便关上门开始商议事情，这一商议便是许久。大约两炷香时间后，肖羽才从里面出来，他小心地把门关上，然后便匆匆离开了。

能随顾星辰来到这个庭院办事的人，都是以一当十的全能型人才，除了会打打杀杀之外，洗衣做饭也是必备技能。尤其是顾星辰发现我身中剧毒之后，便吩咐我专心调息祛毒，很多事都不允许我再做，而我为了留在他身边寻找师父的线索，必须努力不成为累赘，以免被他嫌弃撵走,于是每日勤奋练功,至多再帮他研墨倒水而已,他的所有饭食便由他带出来的部下备办。

今日当值的兄弟想必烧了不少好菜,满院飘香,令人垂涎。我走到厨房门口时,里面出来一个小兄弟对我说道:"云姑娘,午饭准备好了。"我点点头,转身往顾星辰和尊主议事的那间房走去,准备请他们出来吃饭,不想却碰巧听到了他们的一番对话。

"辰儿,如今圣血堂在四处为非作歹,闹得人心惶惶,逃往遗玉的流民也越来越多,你是否已做好妥善准备?"

"徒儿此次出来之前,已经都安排好了,师父请放心。"

"还有,如今汤都虽然看似风平浪静,实则已临八方风雨,这些蠢蠢欲动的暗潮很可能都与圣血堂脱不了干系,而五大门派此番一反常态,对发生的所有事情置若罔闻,不闻不问,对此我们也不能掉以轻心。"

"师父说得是。从玺华宫那边看来,不久将会有所动作,圣血堂是否已将暗线布到了汤国王室之中,我们目前尚未确定,不过借着这次探查,或许会有所发现。"

"如今局势尚不明朗,你们此次探查务必小心,不要打草惊蛇,尤其不要惊动了玺华宫里的人。"

"是!我会让肖羽他们格外小心。"

"嗯。"那老者又幽然问道,"听说最近你收了个贴身侍女?"

"不过是件小事,不敢劳师父操心。"

"呵呵,操心倒是谈不上,只不过你这位侍女,似是同玺华宫那边有所关联?"

那位尊主说起话来听着很慈善,从他口中说出的这番对我有所质疑的话,落在我耳中我却全无不快之意,反倒觉得他对顾星辰关爱有加。

第三章 东北　181

"那不过只是猜测而已。"

"辰儿,你做事一向稳妥,为师向来很是放心。这么多年来,遗玉之所以能够在你的庇佑下安然立世,与你对人对事的高度警觉有着莫大的关系,凡是稍存可疑之处的人和事,你是从来不会冒险接纳的。此次你将这侍女的情况了解清楚没有?"

"我已派人详查过了,她不过是多年以前九天门的一名普通弟子,如今九天门衰落,她的师父也不知所踪,我见她飘零无依,着实可怜,而且对我也有些利用价值,这才收容了她。"

"九天门?"尊主停顿了片刻,屋内传来他缓缓的踱步声,似是在思索什么。

"曾经被五大派和各道派奉为修仙之首的九天门,到底也曾是响当当的名门正派。想当初,九天门气盛之时,这世道倒不似现在这般地乱。"尊主的脚步声忽然停住,"也罢,你收了便收了吧。不过为师有句话,你切要牢记。"

"师父教诲,我必牢记于心。"

"辰儿,你肩负重任,无人可替。凡尘之事,本乃人之常情,然而,你却没有这个资格消受,纵使将来受了剜心之痛,也切莫忘记你的身份和你肩上的重担!"

屋内安静了一瞬。

"徒儿谨记!"

顾星辰的声音听起来似有些许的悲怆。

他们的脚步声又响了起来,我赶紧收回心神,待得他们打开门来,我对那位老者行礼道:"拜见尊主。"

顾星辰在一旁说道:"她就是我的侍女,云儿。"

"嗯。"

那老者慈眉善目,抚须看我一番后,对我轻轻点了点头,便淡然地从我身前走过,仿佛刚才屋内那一番对话完全没有发生过一样。跟在他身后的顾星辰脸色看着有些凝重,我也不敢多言,只好对他轻声说了句:"主人,午饭准备好了,您和尊主可以用膳了。"

大概是我这声主人唤得恳切,他愣了一愣,略显苍白的脸上,嘴角似是微微上扬了一瞬,然后便快步跟上了尊主。

尊主在焱山只停留了两日,便要离去了,并且此次要带着顾星辰一同离开一段时间。

临行前,顾星辰对肖羽交代了一大堆事情,对我只叮嘱了一句话:"探查玺华宫的事有肖羽负责,你安心留在此处养伤,哪儿也不要去。"

次日一早,肖羽带了两个部下一同前往玺华宫查探情报。据说那一日是有异国使者来访,汤都内出现了许久未见的热闹景象。

肖羽他们原本计划午饭前后回来,然而直到天色擦黑,也不见他们回到焱山,小庭院里只剩下我和两个身上有伤的侍卫。他们一致猜测肖羽等人在玺华宫遇到了麻烦,我心中也颇为不安,纠结了一会儿之后,还是换了身男子的衣服,骑上马向着玺华宫奔了过去。

为了迎接异国使者,汤都之内总算是有了些繁华景象,通向玺华宫的路上,处处彩旗飘飞,歌舞满楼,夜市中人来人往,很是热闹。为了避免引人注意,快到闹市时我便停下,将马拴在街边不起眼的角落中,徒步穿街走巷,向着玺华宫走去。途中经过夜市时,有那么一刻,我觉得眼角余光似乎瞥到了一个熟悉的身影,像是一位有着一头棕色微卷长发的高大男子,等我回身四处再看时,却分明没有那么个人,我不禁哑然失笑,看来我这是有点老眼昏花了,怎么会在此处把谁人误看作了鹿华呢?

为能快点到达玺华宫,出了闹市,我决定抄道过去,如此要经过一片桃林,这会天色暗了,我便加快脚步向桃林走去。

刚走到林子边上,一个浑身酒气的男人从我身后匆匆往前走了过去,那人边走边掀扯着衣摆,腰间一个水青色香囊露了出来,看那样子是要找个无人之处方便。果然,很快他便朝着前边不远处的黑暗角落钻了进去。

我继续往前赶路,走着走着忽然听到一旁的桃林深处传来一声惊呼,紧接着一声闷响,那呼叫也戛然而止,随后便是一阵窸窸窣窣。我有些疑惑地停下脚步,只见两个男人一前一后抬着个黑色大布袋子,贼头贼脑地从桃林中走了出来。

那两人突然发现我正站在路中间,都惊了一瞬,前面那人有些不知所措地停住了脚,后面的连忙催促道:"发什么愣?还不快走!"前面的人连忙又快步走了起来。我看了看他们抬的袋子,大约有一个人大小,里面的东西好像很重。

他们从我旁边径直走过,我思忖了一下,向桃林深处望了望,总觉得不太对劲,之前那人进去方便也不至于这么久,尤其是那一声惊呼,有点蹊跷。

我再回头看看他们,突然发现一个东西从布袋边缘垂了下来,随着他们的步伐一晃一晃的——是那个水青色香囊!

我喊道:"等等!"那两人脚步一顿,却并未停下,反倒又加快速度走了起来。

我追上前去将他们拦住:"你们这抬的是何物?"

后面那人恼道:"我们抬什么关你屁事!再敢挡路,老子要你小命!"

我冷哼一声:"袋子里的东西留下,你们两个也走不了。"

二人把袋子往地上一扔,便张牙舞爪地打了过来,他俩身手平平,刚一近身便被我双双打翻在地。我正想去查看那黑色布袋,忽觉一旁黑暗中传来唰唰几声轻响,我忙向后急退,只见几枚极小的钉状暗器从我眼前飞掠而过。

林中还有高手!

我向黑暗中望去,一片寂静的林子中什么人影也瞧不见,然而,确实有一股诡异的气息在其中流动。

只有片刻安静,林中树叶猛然间沙沙而动,我纵身一跃,向着黑暗的桃林中追去。

几个起落之后,我隐约看到前面有个人影,身材瘦小,看着竟像个孩子,我有些迟疑,不敢猛下狠招,那人却不时向我掷出暗器,几番躲闪之后,那瘦小的身影消失在一片黑暗之中,再没了一点儿踪迹。

我忽然想起那个被装进袋里的人,不禁暗叫糟糕。等跑回去时,果然之前那两人连同袋子一起没了踪影。

我懊恼地不住跺脚,竟被这一番调虎离山的小把戏给耍了,又在四周奔寻一番,却再也没找见那两人。眼见天色越发晚了,我想到还要去找肖羽,便加快速度从桃林中穿了出去,凭着记忆中的路线,很快便到达了阔别多年的玺华宫。从外面看起来,一切仍是当年的样子,恢宏壮观,华丽耀眼。

我一心寻找肖羽他们,也没有心思欣赏,只拿出蒙面布遮了下半边脸,便快速沿着宫殿墙头转了很大一圈,然而四下里搜寻一遍,却没有见到他们的踪影。

下面时不时地有一队一队的王家禁卫兵巡逻,我小心翼翼地避着他们,避到后来发现自己已不知不觉置身于后宫之中。

华光流泻的琉璃顶上,映照着皎皎明月洒下的冷冷清辉,院中传来几声萧萧虫鸣,更衬得偌大的深宫多了几分寂寥。

就在这时,从不远处的宫殿之中走出一人,裹在一身浅金色华服中的高大瘦长的身影看起来很是熟悉。

虽然离得远,我还没有看清他的脸,但心脏已经不自觉地开始扑腾起来。

第三章 东北　185

他朝我这边高墙的方向缓缓地走着,清清冷冷的月光下,一张略显苍白的清瘦面容越来越清晰地出现在我眼前,曾经傲气飞扬的剑眉,如今已不复当初的桀骜,微蹙的眉心像是刻了忧伤的心事,固执地不肯松开,一双乌黑如墨色琉璃般的眸子,也已不再见年少时的熠熠神采,眼中装满的只是属于帝王的沉寂之色,但又带了几分惘然。

　　当初鲜衣怒马的少年啊,终究是逃不过宿命的安排,活成了他被要求成为的这般模样。

　　一别百年后,白隼在我眼前的再次出现,到底还是让我长久不曾有过波澜的心不自觉地又紧张起来,我只得捂住自己的嘴巴,以免发出什么声音被他发现。

　　然而,许是我太紧张了些,还是被他察觉到了动静。他乌黑的眸子锐利地向我这边扫视过来,我慌忙起身想要逃离,还没跑出两步,已被身后飞上来的人一把抓住了衣衫。

　　他顺势轻巧地将我向后拉过去,我在慌乱中随着他的劲道从墙头向下滑落,在朦胧寂静的夜色中,落在一个带着陌生气息而又十分熟悉的怀抱里。

　　时隔多年,我一如年少时同白隼初遇时那般,又一次华丽丽地落在他怀中,只不过当年的他头上沾的是我刚嗑完的瓜子壳,而如今顶戴的却是彰显着其王者身份的玉冠。

　　一时间,记忆犹如光影飞快倒转,曾经青葱的少年和如今尊贵的帝王,以同一个面孔在我眼前交织互换着。

　　突如其来的重逢令我措手不及,心中各种复杂的情绪,却一个字也说不出来,只是怔怔地望着他。

　　他一动不动地注视着我,过了好一会儿,他沉寂的双眼忽然明亮起来,双唇颤抖着开启。

　　"云声?"

我只觉得嗓子里发不出声音,但他的这一声呼唤令我更加紧张,难道他认出我了?

他忽然紧紧抓住我的肩膀,听不出是哭还是笑地说着:"云声,是你吧?你终于回来了,你终于回来了……"

我使劲挣扎,想要挣脱出来,他却用很大力道禁锢住我,另一只手一把扯下我的遮面布。

我的容貌到底是跟从前判若两人了。

他不可置信地一边后退一边摇着头:"怎么会这样?怎么会这样?"

我见他那副样子,该是宽慰几句,却不知能对他说些什么。

"你是何人?"他恢复了之前沉寂而又冷肃的模样,眼中充满失望。

"我……"我一时间犹豫不定,差点就要承认了自己的真实身份,可偏偏这个时候,顾星辰那冷峻的脸忽然就出现在我脑海里,虽然只是一闪而过的幻象,却震慑得我不敢再说下去。

"说!"他忽然发怒了,咬牙切齿地吼道。

我从未见过白隽如此震怒的样子,当初明明是他来九天门主动对我提出诀别的,如今站在他面前的到底是不是百里云声,于他又有何干呢?

大约是他的怒吼太大声,吓得一个侍从连跑带栽地赶了过来:"大王有何吩咐?"

"滚!"白隽头也不回地厉斥道。

那侍从又被他吓得连滚带爬地退了下去。他走近几步在我身前站定,见我始终不语,皱着眉一把捏起了我的下巴。

这算是白隽的一个习惯动作,以前每当出了祸事他迁怒于我时,总是这样捏着我的下巴对我说话,一时之间,曾经的委屈、伤心、无助、气愤,纷纷又一次涌上心头,我的眼睛不争气地被泪水模糊了。

第三章 东北　187

"你给孤王的感觉,真的很像一个人。"

他的语气又软了下来,说话之间,他另一只手抚上我的脸颊,我的眼前一片模糊,看不清他的表情,只觉得他的声音透着陌生的邪气。

"不肯说吗?没关系,你这么像她,一定可以成为孤王最满意的作品。"

说完这话,他怪怪地笑了起来,在模糊的视线中,我看见他抬手对着我的脸轻拂了一把,我随之闻到一股奇异的香味,然后便眼前一黑,什么也不知道了。

也不知过了多久,我迷迷糊糊中感到一阵剧烈的摇晃,晃着晃着我终于醒了过来,眼睛还没睁开,就已感觉到两只胳膊上有许多只手正抓着我。

我一惊,猛地坐起来一看,在我两边抓着我胳膊摇了半天的,竟是前不久我从焱山上看到的那几个被官兵押解的少女。

"姐姐醒了,姐姐醒了。"她们小声地议论着,见我醒了很是高兴。

"这是在哪儿?"我边问边甩着头,好让自己尽快清醒一些。

"这里是汤国的大牢啊!"

"是啊,姐姐,你是怎么被抓进来的啊?"

她们你一言我一语地说着,我只觉得头晕眼花,便扶着脑袋想了一想,最后一个画面是被白隼捉住,之后便什么也不知道了。

"我也不知道自己是怎么被抓进来的,之前我晕过去了。"我嘴上这么说着,心中已估摸了个七七八八,既然我在白隼面前晕倒,醒来后就身处大牢,那必是被他扔进来的无疑了。

看来他到底是恨我入骨,大约是觉得我像从前那个百里云声,便将我打进了大牢。

"姐姐,你知道我们为什么会被抓进来吗?"一个女孩怯怯地问我。

我摇摇头,仔细看了看她们,这几个女孩虽然穿着打扮各不相同,但长相俱是白净清秀,个个都算得上是个小美人,她们的肤色、身材都很相似,但好像还有其他的相似之处,到底是什么呢?我一时之间也没想出来。

"你们又是为何被抓进来的呢?"我反问她们。

"不知道啊,我只不过是大户人家的一个丫鬟,前些日子跟着厨娘出来买菜,什么坏事也没做,就被官兵抓了起来。"

"我也是啊,我跟着哥哥在河边捕鱼,忽然来了一队官兵,不分青红皂白地就来抓我,我哥哥上前同他们理论,还被他们一顿好打。"另一个女孩说着说着伤心地哭了起来。

"我们几个都是这样,莫名其妙被抓进来的。姐姐你看,那边那个姐妹叫冬青,最是可怜,她那天出门是为了给她阿婆抓药的,结果半路上就被官兵抓起来了。"

"是啊,我们被押到这里的一路上,她一直在苦苦哀求那些官兵放了她,好去给她阿婆抓药治病,可是那些官兵真狠心啊,拿鞭子把她的手都抽烂了。"

我向她们指的方向看去,在牢房最里面的墙角,靠着一个头发凌乱的少女,她长得跟其他几个女孩一样白净秀美,却颓丧地将头支在弯起的膝盖上,什么也不说,就那么呆呆地看着前方。

原来那天被官兵抽打的少女就是她。我走到她面前蹲下来,看到她右手的五根手指俱是皮开肉绽,对这么个小小年纪的姑娘来说,该是非常难以忍受的疼痛,可她此刻却是面如死灰,好像根本没有知觉。

"冬青,你还好吗?"我轻声地问她。

她轻轻地摇了一下头,什么也不说。

旁边另一个女孩说道:"她自从被关进来以后,开始几天拼了命地想尽办法要逃出去,后来实在没有希望,这两天干脆连饭也不吃了。"

我心里一阵难受,这些年纪轻轻的少女什么坏事也没做,却被莫名其妙地抓到这里,而我自己就是在白隽手上被扔到牢里的,真不知道他到底为什么要这样做。

"冬青,你别太难过,我来想一想有没有什么办法逃出去。但你一定要吃饭,不然没有力气逃走啊。"我劝解她道。

"没有办法了。"她轻声开口,"我什么方法都想尽了,我们根本逃不出去。"

另外几个女孩听她这么一说,纷纷瘫坐在地上小声抽泣起来。

"一定会有办法的。"如果仅我自己一人的话,使个封天咒震开手镣和牢门不成问题,运气好点的话,说不定很快就能偷逃出去了,但是这几个少女既是含冤入狱,我又怎可弃之不理?

我靠着墙坐了下来,百思不得其解,我以前认识的白隽不是这样的人,他这么做一定有什么原因,到底是为了什么呢?我努力地思索着,如果能知道原因的话,或许会有破解的办法。

结果,还没等到我想出办法,白隽自己先沉不住气,派人把我从牢里带走了。

那是第二天下午太阳快落山的时候,两个士兵推推搡搡地把我押到了一座单独小院的宫中,两扇朱红色大门半开半闭,门上题着此处的名号,三个朱红色大字,令我心中一阵战栗。

留云苑。

也不知他将从前的"流"改为"留",是无心还是刻意?

偌大的宫中悬挂着一片又一片半透明的红色绢纱,看起来暧昧而又诡异。

背对着门的白隽听到脚步声便转过身来,乌黑的眸子看到我手上的镣铐时,流露出很是不悦的表情。

"再让孤王看到她手上戴着这东西,你们的手就别想要了。"他说完这句话,人已走到我的面前。那两个士兵吓得立时跪下,不停地磕头求饶,他颇为心烦意乱地赶走了他们。

他的双手捉在我腕间的镣铐上,只轻轻一握,那双铁镣便当的一声裂了开来,掉在地上。

从他这番内力看来,这些年,他的内功修习倒是没有荒废。

"你叫什么名字?"他双手轻轻托着我的手腕,柔声问道。

"我……我没有名字。"我只想着不应该将我的真实身份告诉他,却没来得及编个假姓名来糊弄他。

"是吗?"他听了并没有不高兴。

"那正好,孤王赐你个名字可好?就叫云声,白云的云,回声的声。"

我愕然,他这样做,莫非是要把我当成一个替身?

他牵起我一只手,向着内室走去。

"云声,你看,这里你喜欢吗?"

我一边随他往里走,一边顺他所指望去,内室里面到处都是大红色的物品,看起来像极了一间新人的洞房,更像当初流云苑中那个空无一人的新房。

他拉着我径直在铺着大红色锦被的床边坐下,我心中不停地盘算着,不知有什么办法能让他把那几个少女放了,他却沉默了好一会儿,只是目不转睛地看着我。

"其实,你与她长得很是不同,可是不知为什么,孤王只要一看到你,便觉得很熟悉,孤王总觉得……你就是她。"

我忙说道:"既然长相不同,又怎可能是同一人?"

他手指停在我下巴侧旁,轻声道:"从前,孤王在九天门跟随掌门师父修习时,曾在他的指点下读过一本书,其上记载,有些仙法习之年久,可令人脱胎换骨,容颜尽改……"

没想到他竟在九天门中看到过这些,我心中有点慌张,一时不敢再说什么。

"你身上有种说不出来的感觉,很像很像她……"

他说着说着越凑越近,最后他的鼻尖轻轻触到我的头发,他深深吸了口气,又沉沉道:"连香味都是一样……"

他这个怪怪的样子令我很是不安,我紧张地向后挪了挪,他收紧了眸子迟疑片刻,忽然就向我压了过来,不由分说地想要将双唇印上我的嘴唇。

我本能地一把推开他,啪地给了他一个响亮的耳光。

这房间确实太大太空旷了些,这一个耳光的声音很是清脆,且在屋内回响不已。

打完我就有点后悔了,还不知道他到底为什么关押那几个无辜的少女,万一惹恼了他,还怎么救她们呢?

然而他好像并没有生气,而是失了心神一般地喃喃道:"脾气也这么像。"

"你到底想怎样?"我忍不住问他。

他起身走出几步,又冷笑几声,幽幽说道:"很简单,留在这里,做孤王的女人。"

我感到震惊,他真是变得太放纵了,难道说遇到跟从前的百里云声相似的女人,便要据为己有吗?

"如果我不愿意呢?"

"你不用这么急着做决定。"他理了理身上的衣衫,"你有两天时间考虑。这两日,你便住在此处吧。"

他说完便大步流星地走了,我一个人坐在这个空荡荡而又充满喜庆之色的房间里,感觉很是诡异。其实无须考虑,我是绝对不会留在此处的,我再也不想重蹈一百年前的覆辙了,但是我不能不管那五个无辜的少女。

这两日，我得好好想想，到底该怎么办。

第二天天刚蒙蒙亮，四个侍女便捧着一大堆东西，过来侍奉我起床了。

我前一夜一直在思索救人之策，也没休息好，很是困倦，然而当我看清楚她们拿进来的东西时，睡意倒是消去了不少。

她们捧在手中欲侍奉我换上的，乃一身骑马的服饰。

不一会儿，我刚被这些侍女穿戴妥当，白隽便神采奕奕地进来了，身上穿着和我成套的行头。他上下看看我，很是满意地说道："很好，很适合你。这就随孤王出发吧。"

"你要带我去哪儿？"

"狩猎。"

原来在西方森林的不远处，还有另一处小一些的树林，正是汤国王室狩猎的常去之处。路上听白隽说，这次是为接待异族首领而举行的狩猎，他怕我一个人待着太闷，便带我一同出来散散心。

我们出来得早，异族首领还要有好一会儿才会抵达，白隽与我一人一匹马，沿着森林外围缓缓走着，不知不觉间，在我面前逐渐展现开来的，竟是一片方圆十几里的校场。

尽管此时天刚破晓，校场中数不清的士卒已经开始列阵操练了，我看不懂这样规模的方阵之中到底有多少人，我只知道，眼前这些士卒的人数，当是不少于赤燎和寒煞联合抗击妖蛮那回所出动的全体人数。

白隽领着我在校场附近找了不起眼的一处停下。

"孤王十四岁时，便开始带兵征战四方。"他悠悠回忆起往事。

"那个时候，孤王驰骋疆场，战无不胜，一度久居沙场六年未归，回来的时候，父王母妃见到孤王都认不出了，父王很是欣慰，希望孤王能早日回宫学习处理朝政。"

他脸上渐渐浮现出微微笑意："但是那时，孤王自觉年纪轻轻，杀

第三章 东北　　193

业太重,于是决定去仙家学习修行之道,然后,就在那里,孤王认识了一个女孩……"

此时,我的脑海中仍能清晰地浮现出当年他刚从战场上回来,一身战甲来到九天门时的英武模样。

我静静地坐在马上,看着校场中那些士兵操练。排兵布阵、带兵打仗,这些便是白隽从前最擅长的。

"可惜,后来因为一些事情,那个女孩离孤王而去……"

"离你而去?"我心中打了一万个问号,当初明明是他来到九天门跟我提出诀别的。

"没错,那也是在一次狩猎之中,孤王为了护她,中了毒箭,而她,就趁着孤王晕倒之时离开了孤王。"

原来他一直是这么想的,我心中喊冤,却有苦难言。

他苦笑两声。

"说得太远了。"他又恢复了满面的沉肃,言道,"自孤王即位以来,便厉兵秣马、一心习武,都说大漠异族凶悍残暴,世人惧之,孤王却不怕,今日便要请他们异族首领来看看我大汤的士气,绝非他人可以觊觎。"

我有些吃惊,他说的大漠异族首领,该不会就是指鹿华吧?

这时,不远处的几个士兵正在练习箭术,然而却怎么也射不中靶心。白隽见状,当即策马上前,一下马便拿过了士兵手中的弓箭。

几个士兵慌忙齐齐向他跪倒磕头,他示意他们不要声张,接着他拉弓向天,接连射出三支箭,只见三只鸟儿立时掉在地上,只只被利箭穿颈而过,那几个士兵纷纷面露叹为观止之色。

白隽又亲自扶着那几个士兵的手,对他们一一指点一番,这才又骑上马回到我这边。

"时间差不多了,走吧。"

我跟着他回到狩猎场,远远地便看见了熟悉的身影。

与好友重逢本是高兴之事,然而在此时此地突然见到鹿华,我却甚是紧张,生怕他一个不小心说出什么话来,让白隽觉察到我的真实身份。

我跟在白隽后面走了过去,他和鹿华寒暄客套着,我则躲躲闪闪地缩在他身后。然而,他俩还没说上几句,我就被鹿华敏锐地发现了,他眼中闪过惊诧之色,面上却没有表露出来,而是试探地问白隽:"这位是……?"

"哦,还没来得及介绍,她是孤王的爱妃,云声。"

白隽说着,向我伸出一只手,示意我过去,我只得装模作样地牵起缰绳前进几步,又装作不认识鹿华的样子,恭敬地同他打了招呼。

不知为何,鹿华的脸色似是变得很难看,他匆匆结束了寒暄客套,并与白隽约好,各自在森林里分头狩猎,待到午时再回到此处碰头,然后便策马消失在众人的视线中。

白隽带着我在森林里追逐各种飞禽走兽,而我因为鹿华的到来,心中充满了不安,完全没有心情捕猎。

走着走着,忽然一只高大雄健的野鹿从我们眼前跑过,白隽兴奋地提起缰绳追了上去,我却毫无兴致,只得坐在马背上静静待在原地等着。

谁料就在这时,身后突然响起马蹄声,还没等我回过头去看个清楚,已被飞驰到身旁的一个骑马之人伸手揽住腰身,一把掳到了他的马上。

我偏头一看,小声惊呼道:"鹿华?"

他满面阴沉,一言不发地将我带到一处偏僻角落,我连忙跳下马来问他:"你这是做什么?"

他沉着脸从马上下来,却并没有回答我的问题,而是反问道:"阿云,你之前那个男人,便是他吗?"

我心知他所指何意,点了点头。

他闻言仰天长叹道:"你不告而别,一走就是多日,也没有半点音讯,我此番是专程来汤国找你的,却万万没有料到,你之前的男人便是当今汤王,更没有料到,你已经回到了他身边。"

"不是这样的。"我摇头道,"我并没有和他在一起,和他相遇只是个意外,我暂时留在这里,是为了救人,有几个少女含冤入狱,这事我不能不管,等我把人救出来,便会离开此处了。"

"你说的是真的?"

"当然是真的,而且我和从前的样貌大有不同,他以为我是另一个人,我也没有把我的真实身份告诉他。"

鹿华闻言,竟突然扶住我双肩说道:"原来如此,你可知刚才我听他叫你爱妃的时候,心有多痛?"

我忽然感觉到鹿华这话风也不对了,莫不是真如鹿沿说的一般,他父王竟对我动了那般心思?

我赶忙将他推开:"鹿华,你别这样,其实……"

事发突然,我一时间不知该如何表达,努力思索着到底应该怎么说,才能干脆地拒绝,又不伤了他的颜面呢?

"你的心痛不痛,又关阿云何事?"

就在我踌躇之时,一个笼着淡淡银紫色光晕的修长人儿,忽然从我身后走了出来,不紧不慢地在我身前站定。

我和鹿华同时瞪大了眼睛:"紫烟?你怎么也在这里?"

"呵,还不是为了阿云。我就猜到,赤燎王此番突然与汤国会面定有隐情,因此,我一路跟踪你,果然你是冲着阿云来的。"

鹿华半睐起邪魅的双眼:"王子这是何意?"

"我还想问问你是何意呢!为什么追着阿云不放?你是她什么

人?"紫烟嗤笑着反问道。

鹿华大约没想到他会这么说,愣了片刻之后才冷语道:"我同阿云的关系自然非同一般。况且,我们的事也不劳王子费心。"

"这你说了不算,既然你要跟着阿云,我便要跟着你。"

鹿华双眉紧锁:"阿云是孤王心上之人,我找她乃情理之中,你跟着孤王又是作甚?"

"你懂的。"紫烟淡淡说道。

"孤王不允!"鹿华眼中有了显而易见的怒意。

紫烟冷哼一声:"若是我不答应呢?"

还没等我开口劝一劝这莫名其妙就突然剑拔弩张的两人,鹿华已然飞身而起,向紫烟出了手。

我心中一惊,貌美如花的紫烟哪里是大漠魔王鹿华的对手?却不想他赤手空拳与鹿华过招,竟也没有吃亏。

鹿华的招式以凶猛见长,尽管此时未持方天戟在手,但凭其深厚的内功以及凌厉的拳法,狠厉并不亚于当日与蛮王相搏,拳掌过处,带起大把的落叶和劈断的枝丫,栖息在邻近树木上的鸟儿被惊得纷纷仓皇逃窜。

在鹿华这般猛烈攻势下,紫烟当真令我大吃一惊。大战蛮族那日,他救我与鹿沿时用的是一条细长软鞭,当时便将一圈又一圈的蛮人兵将打得落花流水,我见他娇美如花,还当他那日神勇乃软鞭所赐,却未想到今日,他并不拿出软鞭,武功竟完全不在鹿华之下,相比鹿华的拳掌,紫烟更擅长腿上功夫,一头微泛紫光的长发衬着他修长的身影,显得越发飘逸灵动了。

不一会儿,他二人过招已不下一百,从地面打到空中,又从空中打回地上,我见他二人越打越怒,难解难分,又担心惊动了白隽,索性喊了一声:"你们若再不住手,我即刻便走!让你们谁也找不着我。"

二人终于停了下来,鹿华冷哼一声,对紫烟道:"王子身手,倒是令孤王刮目相看。"

"莫非你当我寒煞千百年来立于大漠,凭的是运气?"

"不管你凭的是什么,若是再纠缠阿云,孤王见一次打一次。"

"随时恭候。"

我见鹿华眼中的怒火又要上来,赶忙拉紫烟到一边去:"紫烟你还是先回去吧,毕竟汤国大王就在附近,你此次前来也没有按照邦交仪轨行事,切莫惹了麻烦。"

他眨着一双水汪汪的眼睛,脸上满是不愿,张了张那樱桃小嘴又想再说什么,我当即制止道:"你若还当我是朋友,就听我这一次,我办完事就回去看你,有什么话以后再说。"

这时不远处传来白隼的声音,我赶紧又推他一把:"快走吧,不然来不及了。"他不情愿道:"好吧,那你一定要多加小心。"

白隼找到这边的时候,鹿华的脸色仍是不好看,白隼不明所以地看看他,关切地问道:"赤燎王还好吧?"

鹿华怒气未消,并未搭理,我赶紧圆场道:"赤燎王似是方才错失了猎物,这才有些不悦。"

"没什么,劳汤王费心了。"鹿华心不在焉地客套了一句,又上了马缓缓前行。

白隼看看鹿华的背影,又看了看我,伸手把我拉到他的马上。

"你刚才跑到哪儿去了?让孤王好找啊。"他从我身后凑过来,伏在我耳边问道。

"刚才……我迷失了方向,走着走着就遇到了赤燎王。"我胡乱编了两句。

"是吗?孤王怎么觉得,那赤燎王自从见了你,就有点不对劲呢?"

"大王多虑了,他对劲不对劲,怎么可能与我有关?"

白隽冷哼一声,不再说话。我一路上思索一番,若是再跟着他们去校场的话,怕是会引起白隽更多猜疑,索性谎称疲乏,便先行回去歇了。

一个人在那满眼大红色的留云苑里,我很是焦虑。忽然我想起了岚姐姐,到现在也没有见到她,不知道她过得怎样,我当下决定悄悄溜去看看她,不想刚走到门口,便被四个侍卫拦住了去路。

没想到白隽这么怕我跑了,竟专门派了人在留云苑门口看着,我只好返回房中思索其他办法。好在内室的窗外只有一人看守,我便趁其不备把他敲晕了,再轻手轻脚地从窗户跳了出去。

因为鹿华的到来,宫里大部分人都跟随白隽去招待了,四下里很是安静。对我来说,这倒是个机会,终于可以去看看岚姐姐了,这么久没见,也不知道她一切可还安好。

我凭着记忆中的路线找寻王后寝殿,一路上又得避开时而三三两两经过的宫女和卫兵,结果在后宫之中七弯八绕一番之后,还是不出所料地迷了路。

正在郁闷之际,不远处忽然传来脚步声,我赶忙藏到一旁的假山后面,接着就看到一个侍女领头,后面跟了四个侍从,共抬了两个大箱子,正紧张地向内走着。

本来人家抬东西,我并无兴趣探究,可我忽然想起之前在焱山上时,看到山下羊肠小道上的那队官兵,这两个大箱子便是他们押运的其中两个。那两个箱子看起来很重,四个侍从抬着,脸都憋得通红,领头的侍女回头见了,便催促道:"你们动作利索点,别让王后娘娘等急了。"

我心中一喜,没想到刚迷路就碰上了带路的,于是,我悄悄跟在他们后面又走了好一阵子,方才来到一处金色大门、顶嵌明珠的宫院前。与其他宫殿略有不同的是,此处周围站了许多的侍卫,我心下诧异,方才我被看守于留云苑中,是因为我无意久留,且也只不过四五个人把守而已,而岚姐姐对白隼一往情深,断不可能有离去之意,又何必兴师动众派重兵把守呢?

我犹豫片刻,还是没有跟着进去,如今我容颜已变,岚姐姐必是认不得我。况且,此次即使相认了,怕也是给岚姐姐徒增麻烦,是以我只小心地落在屋顶一角,只要能远远看到她安好,我便心满意足了。

那四个侍从放下箱子便被打发走了,领头的侍女将院门仔细关了,这才向着内房报告:"娘娘,东西都运到了。"

不一会儿,一个身着雍容金丝紫罗华服、顶戴凤冠的艳丽女子从宫中袅袅而出,虽然我所处角度看不到她的正脸,但我还是一眼认出了她。

她徐徐走到那两个大箱子边,伸出一只纤手轻拂过去,那两个箱子便立时打开,铺在里面最上一层的是些绫罗布匹,然而岚姐姐却吩咐一旁的侍女把那些绫罗统统拿出来扔了,看来掩在绫罗之下的物件才是她真正需要的东西。

除去绫罗之后,只见两个大箱子里面是两个大大的黑布袋子,里面不知装了什么,好像还在动,似是活物,几个侍女抬得很是费劲。

我大惑不解,这些袋子里装的到底是什么?岚姐姐又为何神神秘秘的,还要将其遮掩于绫罗绸缎之下?

跟在她身后的几个侍女很快便手脚麻利地将那两个袋子抬进了殿,我本想跟随其后一探究竟,不料却被岚姐姐觉察到一丝声响,我赶忙跳到墙外,与此同时,一只野猫正巧从另一侧蹿上了墙头,只听得院内传来岚姐姐的声音:"原来是个不知死活的畜生。"话音刚落,野猫的尸体便扑棱棱地从墙头掉在我的脚下,一双大大的眼睛还没来得及闭上,头上已被掌风击了个血肉模糊。

我没想到岚姐姐竟也变得如此暴躁凶残,而整座王后寝宫笼罩着的形容不出的怪异气息,也令我甚感不安,但眼下如何解救那五个无辜少女更要紧,今日至少看见岚姐姐安好,我心总算宽慰。

待我回到留云苑时,已是日薄西山,四个侍女布了一桌晚膳,我却无心享用,总觉得白隽和岚姐姐都同从前大不一样了,我本以为他们一王一后相伴,又少了我这个惹麻烦的,该过得恩爱逍遥才是,却不知为何,与我所想相差甚远,我心中忧虑却又不知能做些什么。

当晚是白隽为鹿华的到来专设的晚宴,我倚靠在留云苑的窗棂上,依稀能听到从那处远远传来歌舞升平的声音,不知为何,听到那些婉转悠扬的乐曲,我竟忽然想起了不久前为那个醉酒的缚眼男子吹奏《星云笙》的画面,虽然已打过两次交道,但我一直没看清那人究竟是副什么样貌,甚至是老是少也不知道,也不知他的眼疾好些了没,又为何两次都是凭空消失,不留一点踪迹。

不知何时,远处乐声已停,我凭窗愣神之际,忽有一双手臂悄无声息地从后揽了我的腰。

白隽的声音在我耳畔响起:"在想什么?"

我立时回过神来,转身应道:"没什么,我只是在想,之前同我关在一起的那五个少女,究竟所犯何罪?为何被打入大牢?"

"你当真想知道?"

我认真地点点头,他怪怪地笑了一笑,转身道:"那便随孤王来吧。"

他带着我走到内室最里侧的一面墙壁前停下脚步,这面墙除却其上悬挂的一把青铜扇形装饰之外,并无甚特别之处,白隽右手按上那扇形饰物,以内力转动,那扇子便随着他的手向下翻转了半圈,紧接着那面墙居然吱呀一声响,斜斜地自行转了开去。

我万没想到,这留云苑里竟暗藏此等密室,心中隐隐有些怪异的预感。跨入那密室门中,一条狭长的石梯向下层延伸,我跟着他顺阶而下,通往密室深处的台阶弯弯绕绕,又长又暗,只在两侧的墙壁上零星地亮着几盏烛火,安静而又阴森。

走了许久,才到达一间异常宽大的房中,其间光线很是昏暗,白隽伸出一手拂去,所有烛火立时亮起,呈现在我眼前的,是我怎么也想象不到的诡异情景。

藏在这密室之中的,竟是一个又一个一动也不动的少女,她们或站或坐,或躺或卧,提剑习武,拍手欢笑,伏案打盹,凝眉蹙睡,各种各样的造型,总共不下二十几人,但远远望去,好像长着相同的面孔。

"美吗?"白隽站在我前面两步远的位置,背对着我问道。

"这些少女是什么人?为何她们一动都不动?"我看她们分明似是活人,却如雕塑一般,并无生气,莫不是被施了什么定身之术?

白隽听了我的问话,竟然自顾自地呵呵笑了起来。

"看来孤王的心血没有白费。"他转身拉起我向内走去,"孤王带你靠近一点,仔细看看。"

等我跟着他靠近并看清楚那些少女之后,我被惊得出了一身的冷汗。

她们那相同的脸,竟然是我一百年前的那副相貌。

"不过是些蜡像而已,你为何如此紧张?"他转身看看我,不明所以地问道。

"她们,她们是蜡像?可为何看着跟真人全无差别?"

那些少女人像的肌肤,跟一般的蜡像表面完全不同,看上去与真人的肌肤并无二致。

白隽牵起我的手,朝着其中一个蜡像的脸摸了上去。

真人皮肤的触感吓得我的手触电般地缩了回来,他看了看我的反应,颇为得意地说道:"当然了,普通的蜡像定然做不到如此逼真之效,你刚才触摸到的,便是真正的人皮。"

"人……人皮?"我头皮一阵发麻。

"不错,最初的时候,孤王傻乎乎地做了许多普通的蜡像,可是怎么看都觉得还是不够逼真,后来,孤王无意间学到一种妙法,只要将人皮作为材料,再施此妙法,便可做成这等惟妙惟肖的人皮蜡像来。"

我忽然觉得胃中一阵翻江倒海。

"你从哪里弄来这么多人皮?"

"你刚才不是问孤王为什么要抓那些女孩吗?"他阴森森地说。

我忽然明白了什么,但又不敢相信:"你、你难道……"

"这些年来,孤王费尽心思,找到这些与孤王心爱的女人长相相似的少女,再借用她们的人皮,这才制成了这些作品。"

我脑中轰然一响,忽然明白了之前在牢中时,为何觉得那五个少女长相相似,原来竟都是有点像我从前的样子。

"白隽!"此时我再也无法克制心中滚滚翻涌的气血,怒斥道,"你疯了吗?"

"你好大的胆子!竟敢直呼孤王名讳!"

他眼含怒意地一把将我拉了过去,我跌撞在他身上,他又一手使劲捏起我的下巴,力道之大疼得我差点眼泪都出来了。他用邪气的眼神盯着我看了好一会儿,又用温软的语气说道:"不过孤王喜欢,这样的你,更像她了。"

"你、你怎么可以做出这么残忍的事情……"

"我残忍?"他愤恨地甩开我的脸,"当初我对她一片痴心,为了能同她相守,不惜屡屡欺瞒违逆父王,为了护她,连自己的性命都不顾。可她呢?在孤王命悬一线的时候,选择绝情地离去,她难道就不残忍?"

"你怎么就那么肯定?也许她有什么苦衷呢?也许是你误会了她呢?"我没想到当初一个没有解释清楚的误会,竟会令他愤恨至今,将他扭曲成这个样子。

"她离开孤王已经一百年了,这么久都不肯回来,还有什么可误会的吗?"

"不管怎么说,你也不该残害这些无辜的少女,她们可都是你的子民啊,你如何下得去手?"

"这只能怪她们命不好。"他转而又将我拽了过去,"不过,孤王现在又发现了更好的办法,那就是你,你给孤王的感觉实在太像她了,如果有你陪伴在孤王身边,不知比这些假人好了多少倍。"

我拼命地想从他怀里挣脱出来,他却很用力地圈住我,换了种威胁的口吻说道:"你若是不愿意,那就只能跟那些女孩一样,让孤王借你的人皮一用了。"

我尽力让自己平静下来,脑子清醒一点之后,觉得倒不如将计就计,于是问他:"如果我答应了你,你可否放了牢中那五个少女?"

"那是自然,有了你,孤王还要她们作甚?"

"好,我答应你。"

不管怎么样,先把那五个少女救出去再说,以后我一个人脱身应是便利得多。

在我的一再要求下,白隽终于同意让我在那五个少女被放走之前,与她们见上一面。

再见到冬青时,她又瘦了一圈,但脸上终于有了生气,她一走到我面前,便扑通一声跪了下来:"姐姐救命之恩,冬青不知何以为报!"

我连忙扶她起来,又将另外四个少女一齐叫了过来,小声嘱咐她们回去之后,一定要记得告知自己身边长相白净清秀的姐妹,出门务必小心,切记要回避汤国官兵,或将脸遮挡起来方可出行,以免再遭入狱之灾。

她们与我依依不舍告别一番后便转身离去了,我目送着她们的背影,忽然想起了什么,唤道:"冬青!"

她又跑回我跟前:"姐姐有什么事吗?"

我看看她被鞭子抽伤的右手,已经结痂了,我问她道:"那日你们被官兵押解的途中,你被鞭子抽打这手时,是行至何处,你可还记得吗?"

她点点头:"当然记得,我当时倒下去之前,就看见面前是一座陡峭如壁的高山。"

"不错,就是那里。如果你现在回去的话,可还能找到那处?"

"应该可以,我返回家也需要经过那里。"

"那么我拜托你一件事,你可以帮我吗?"

"姐姐但说无妨。"

"你回去经过那处峭壁的时候,便向南绕到那山的另一侧,在南侧的山脚下,穿过竹林,过了小溪,有一处院落,是我朋友的居所,我之前仓促离开,未来得及同他们打个招呼,怕他们担心,所以,我想麻烦你帮我捎个口信过去,就说云姑娘一切安好,在玺华宫办完事情自会回去。"

"姐姐放心吧,冬青一定帮你把话带到!"

"嗯,路上小心。对了,"我从怀里掏出一个小钱袋塞进她的手中,"听说你家阿婆病了,此番被捕,又丢了买药的银两,这些银子你拿着,记得回去路上把药买了,给你阿婆好好治病。"

她的眼睛一下红了:"姐姐,这个冬青不能要啊!"

"我留在这里,根本也用不上这些,你若是不拿着,怎么给你阿婆买药?让我如何能安心?"

她最终含泪收下钱袋,临走前又要给我下跪,我赶忙拦住她:"快走吧,早点回家,别让你家人担心。"

晚上夜深时,白隽又来到留云苑中,是时我已除了外衣卧于榻上,他走进来看到,便一把掀开被子靠了过来。我留在此处最担心的,便是如何回绝他对我做那亲昵之事,没想到难题这么快就来到眼前。

"这么早就睡了?还没为孤王侍寝呢。"他一边说着一边伸手要解我的衣带。

我连忙拦住他:"大王,可否容我无法侍寝?"

他闻言拉下脸来,冷言道:"你不过是她的替身而已,不要跟孤王谈什么条件。"说着又要伸手过来。

"我当然不敢提条件,只不过我本是久中剧毒之身,命不久矣,若是大王非要我侍寝的话,只怕我便活不了几日。"

我说着将自己的左臂伸给他看,之前顾星辰帮我祛毒的时候,刚好将部分残毒逼至了我的左臂,如今小臂俱是乌黑青紫,一看便是中毒之相。如今我也只能以此为由试上一试,尽量避免白隽的亲近了。

他看了看,皱着眉对外唤道:"来人,传御医。"

不一会儿,一个白眉白须的老御医提着药箱子匆匆赶来。白隽坐在一旁凳上,冷声道:"好好给她看看,到底是不是中了什么剧毒。"

老御医恭敬地应着,从药箱中取出一块素白色绢布盖在我的腕上,这才小心翼翼地为我搭起脉来。

诊了良久,又看了我的舌苔后,老御医颤巍巍地在白隽面前跪下:"启禀大王,这位娘娘体内确有一股凶邪无比的剧毒,且年深日久,怕是早已深入骨髓血脉。"

"竟有此事?"白隽的眉毛锁得更深,"你可有良方为她祛毒?"

"老臣不才,从未见过如此阴邪之毒,并无什么把握,只能试上一试。"那老御医说着这话时,声音微微颤抖,似是有些害怕。

"那便尽你所能吧,若能将她医好,孤王重重有赏。"

老御医连忙磕头离去。白隽若有所思地看了我一会儿,又起身来到我身边躺下:"即便你不能侍寝,也要陪在孤王身边,那赤燎王明日便会离去,他走之后,宫中会有些事情要忙,你便跟着孤王,莫要自己四处乱跑。"

那日夜里,我翻来覆去难以入睡,白隽在一旁却睡得深沉,只是会在梦中时不时地喊我的名字"云声……云声……",时而忧伤时而愤怒。我看着他额上渐渐渗出的汗珠,在心中不住地叹息,只希望他能早些放下执念,我也好抽身离去。

玺华宫里确实在筹备着什么盛大的事件。

这些日子,总有各种物品被陆陆续续送进宫来,人来人往、车进车出,很是忙碌。白隽每日除了上朝,便总是领着我在宫里各处巡视,我跟在他后面,倒是将玺华宫看了个仔细,怕是连肖羽他们都不如我看得清楚。于是我决定,不如就等探明玺华宫里的情况再离开,也好给顾星辰带回些有用的情报。

那日下午,白隽带着我转悠到宫中某处,我只觉得四周甚是眼熟,仔细打量周遭一番后,想起这便是多年前白隽父王举办求雨法事之所,正是在那场法事上,五大门派道长饮茶之后便中毒暴毙。

遥想当年,所有人都将这笔烂账算在了我的头上,而白隽也深以为此,那桩惨案直接引起五大门派发动伐魔大会,并导致师父赴会失踪,九天门也因此遭遇灭顶之灾。一想到这些,我又深深地自责起来,也不知师父他老人家如今身在何处,是否安好。

这时,几个侍从抬了一人多高的大红木架进来,架上最高处是一面斗大的朱红色大鼓。

另一侧又来了十几个身强力壮的侍卫,哼哧哼哧地抬了一组长约两丈的青铜编钟,布置在法坛的另一侧。

看起来这里即将被布置成十分隆重的场面。

我好奇道:"这是要举行什么仪式吗?"

"趋吉避凶,消灾除祸,请天赐福,除贼去逆。"白隽望着在法场中忙碌的众人,幽幽言道,"说与你听倒也无妨,自孤王继位以来,威震四方,王土稳固,他国不敢侵犯,然而这些年来,却屡有妖逆作祟,令王城之中怪事频出,更有大汤百姓常常无端失踪,闹得人心惶惶,平日里鲜

第三章 东北　207

少有人敢出门。"

"怎么会这样?"我忽然想起,怪不得之前到达汤都之时,总觉得这城中看着有些不正常的冷清。

"不过爱妃无须害怕,孤王久经沙场,从来都是所向披靡,战无不胜,最拿手的便是斩杀妖逆于麾下,有孤王在,必定会将他们斩草除根,不留后患。爱妃在孤王身边,也定会被呵护周全。"

"那么这次会有哪些人前来赴会?"

"除了文武百官,五大门派的人也都会前来。这些日子孤王会忙碌一些,待此次朝会办好,孤王自会好好陪伴爱妃。"

"王后娘娘也会来参加吗?"如果岚姐姐也来的话,我便有机会再见到她了。

然而白隽显然会错了意,他面露笑意地回答道:"孤王知道爱妃在担心什么,有孤王在,谅她也不敢为难于你。"

他这一番话却说得我心里很不是滋味,听他那语气,与岚姐姐的关系似乎还不如从前,我又联想到王后寝宫周围的那些侍卫,不禁有些担心起岚姐姐来。

其后几日,各大门派的人陆续到来,我估摸着白隽他们此次的议事,应该就是顾星辰和尊主他们所要查探的事情了,于是每日随着白隽四处巡视之时,便仔细地留意观察。

在各类物品被运送进宫时,还时常有一些大箱子混在运货的车队之中,最终又进了王后寝宫。我知道岚姐姐一向对白隽体贴入微,是个聪慧的贤内助,想必诸多忙碌也是为了协助白隽,想为他分忧。

三日之后,便是朝会。

这日一早,白隽令人送来一套华丽的服饰让我穿戴。自小身为修仙弟子的我,从未穿过如此华服,待得几个侍女一通忙活停当,我走出屏风的时候,站在外面等候的白隽竟然看得呆了。

"你真美。"他走上前来,仔细地端详着我说道。

"是吗?我头上那些东西能不能摘了?我感觉很别扭。"浑身繁饰的累赘令我不太自在,我并不喜欢把自己弄成这样。

"这么好看,为什么要摘?戴着这个,所有人都会知道,你是我的人。"他牵起我的手站到铜镜前,我看到镜中倒映出一身罗烟长裙的身影,头上戴着比王后凤冠略小一圈的金色顶戴,其中镶嵌了各色珠宝饰物,在这些东西的衬托下,镜子中的那张脸显得格外耀目。我有些难以相信这竟然就是我百里云声。

"你到底是谁?"白隽忽然从身后凑到我耳边问道。

我心中一惊。

"看看你的眼睛,目光清冷却摄走孤王心魂的眼睛,你分明就是她。"他同我一齐望向镜子里,在我耳边低低地说道。

我不知道他又察觉到了什么,紧张得说不出话,幸而这时侍从前来提醒该出发了,我方才从这段危险的对话中解脱出来。

此次朝会不仅仅是议事,听说还要举行一场盛大的祝祷,以求天赐福保佑汤都兴盛、百姓安平。五大门派陆陆续续到了共计不下百人,规模空前,比白隽父王之前举办的那场求雨法事还要隆重。

我跟着白隽到达会场时,满场已是座无虚席,他迈着略显慵懒的步子,缓缓向前走着,我在他身后三步远的地方跟着,远远便望见了坐在龙椅一旁的岚姐姐,她的修炼应是已进高深之境,是以容颜较之从前,不但未见衰老,反而更显艳丽。

侍从响亮的"大王驾到"话音一落,满场文武百官及两侧所有人等全体伏地跪拜,五大派的几位掌门也俱是跪地垂首作礼,因此我随白隽一路走去,并没有人留意到他身后的我。我随着他走上台阶,来到龙椅侧旁,他示意我坐在他右侧的一处座椅上,岚姐姐这时抬头注意到我,刚才还柔情温和的脸上忽现惊愤交织的神情。我心中尴尬,却能体谅她的心情，毕竟她认不出现在的我，又有谁能愿意自己心爱的人身旁带着另一个女人呢？

不一会儿，朝会开始，一名朝臣走上台，慷慨陈词道："天地不仁，世道险恶，曾令天下纷争不断，战乱不休。幸吾王威神，征战四方，斩敌千万，固我王土，兴振大汤，使我大汤现前所未有之清平盛世。吾等臣子，必肝脑涂地，以报吾王！"

一时间，台下文武百官齐齐伏地："吾等臣子，必肝脑涂地，以报吾王！"场面好不壮观。

白隽端坐于龙椅之上，仍是一脸帝王的沉寂之色，他懒懒应道："众卿平身吧。前日司天监夜观天象，向孤王上报说，似是有什么荧惑守太微之兆，惊恐万状，孤王却不忌讳。这江山社稷，从来都是成王败寇，孤王坐得这江山，凭的是手中之剑，而非占星问卜。然，贼子诡谲，暗中下手，害我百姓，乱我民心，至今不知何人所为。因此，今日之会，即是为了广集诸儒，共议得失，以商讨平逆除贼之策，还望众卿和诸位道长集思广益，进献良策。"

接着，台下文武百官便开始各自进言，第一位进言的是一位文官，他上前一步跪于阶下，上奏道："启禀大王，昨日城外又现三具被抽干了鲜血的年轻男尸，其形色焦黑，却又不似火焚，甚是可怖，这已是今年第八起同类惨案。"

我听他所述之象，倒是很像顾星辰深入虎穴那晚，那个圣血堂的圣使祭出黑烟，将人化作黑尸的场面。

另一位朝臣又上前进言道："据各地报来的数据，其他地区仅有较往年增长的失踪人口，却尚未发现此种黑焦男尸。"

又有一位老臣走出列来，也进言道："方才两位大人所述千真万确，这才造成了都城百姓迁移外地之象。而其他地区，又或逢水灾、旱灾，人口突增以致原先配备的赈灾粮物严重匮乏，是以近些年来，各地呈报的因天灾造成的伤亡人数逐年增加，百姓不明所以，是以难免恐慌。"

　　他们几个进言之后，又陆续有更多朝臣附议。白隽蹙眉思索片刻，向下方发问道："哪位爱卿可以说说你们调查的结果？"

　　这时，一位武官跪上前来："回禀大王，此类案件主要集中在都城，其目标所指非常明确，贼人谋划周密，武功高强，守城士卒屡次围捕，均遭失败，且贼人手段极为怪异，我们推断这群狂徒不是简单的暴徒，应是一伙妖邪之贼。"

　　"妖邪之贼？"白隽目光沉沉地望向五大派，"各位道长有何高见？"

　　一位黑长胡须、身材健壮的道长闻言步出队列："金音阁掌门厉雷冲回禀大王，金音阁幸蒙大王垂青，自知任重道远，一直对此格外留心。据我们所获的消息，贼人很可能为前朝乱臣贼子，因其贼心不死，故而借助邪门妖道，在天子脚下屡屡行此残暴之事，妄图恐吓民心，扰乱都城城防。"

　　台下众臣闻言一片哗然。我心中惊诧：前朝？他所指的难道是镬汤之变以前的人？

　　这么多年过去了，没想到这桩陈年旧案依然留存了隐患。

　　白隽闻言有些恼怒地拍了一把龙椅扶手，一时之间，群臣被震慑得敛神噤声，不敢接话。

　　"前朝之人……"白隽冷哼一声，"好大的胆子！"

　　可是那日我明明亲眼看见，惨案乃圣血堂所为，况且圣血堂还在追杀与镬汤之变有关的人，他们显然不是一伙的，金音阁又为何不提圣血堂，反而提及前朝臣子？

　　厉雷冲道长又说道："大王神武，贼人惧之，故而偷偷摸摸行此歹毒之事，实乃卑劣至极。"

　　"可有人查到他们的行踪？"白隽发问道。

台下一片寂静，群臣面面相觑，纷纷摇头。

"方将军，都城城防一向由你负责，何以抓捕狂徒屡遭失败？"白隽朝向另一位浓眉大眼的武将。

"大王恕罪，臣等无能，至今未能寻获贼人藏身之处，他们行事极为谨慎隐蔽，且每次作案行迹诡异，待我们的人察觉时，他们早已撤走，不留一点痕迹，恍若人间蒸发。"他说着又伏到地上，"是臣护城不力，有负大王所托！"

白隽瞥他一眼，斥责道："为保都城城防，宫里每年给你们拨发的军饷和赏赐可是比哪里都丰厚，可如今发生了这么多起惨案，你们却连一个暴徒也没有捕获，当真是无能得很啊！"

那位方将军闻言身子抖了抖，在地上趴得更低，道："臣罪该万死！请大王降罪！"

金音阁的厉雷冲道长连忙又站出列来，躬身道："大王，此伙贼人并非普通人等，乃身怀妖术之徒，将军不识妖术，难以擒获实是情有可原。贫道愿在此请命，抓捕暴徒，为王分忧。"

"也好，既然他们行妖邪之术，那么由道长出马，自是再合适不过。"白隽如此便允了他的请命，"我会命守城将士尽量配合你们，还望道长尽快查清，这伙狂徒到底是些什么人，藏身何处。"

厉雷冲领命退下，白隽又对众臣交代了一番城防安派之事，以防止再次发生惨案。接着，便开始举行盛大的祝祷仪式。

随着祭坛左侧朱红大鼓的击打节奏，以及祭坛右侧大型编钟的奏鸣声，二十位素白衣裙的舞者袅袅入场，献上祈福的舞蹈。

一眼望去，她们的穿着和步法，竟有些像从前的六法大典上，九天门女弟子们表演的仙剑之舞。看着眼前这些舞者的轻盈舞姿，我仿佛又看见多年以前，自己同师姐们挥动仙剑翩翩起舞时，一派白衣飘飘的景象，不知不觉间，已有泪水溢出我的眼眶。

我悄然擦去泪水，却忽然察觉到白隽正侧首看着我，见我这番模样，他的眸子瞬间收紧，之前懒懒搭在扶手上的双手也开始微微颤抖起来，我心中暗叫倒霉，怎么连这点小动作也没逃过他的眼睛？万一又被怀疑上了可如何是好？

我有些心虚地偏过头去，却对上了岚姐姐睨过来的不悦眼神，这左右不是的处境令我着实尴尬，索性起身想要先行退席。不料就在此时，两个黑衣蒙面人忽然从天而降，一左一右地向着龙椅方向包抄过来。

龙椅左右两侧坐的正是岚姐姐和我，黑衣人若想靠近龙椅，必须先经过我和岚姐姐。满场众臣俱朝着护卫惊呼："护驾！快保护大王和王后娘娘！"

两个黑衣人的速度远远快于护卫，群臣呼叫之间，他们已抢到我和岚姐姐身边，岚姐姐惊叫起来，就在此时，白隽冲过来挡在了我的前面，还没等我反应过来，他已经中了黑衣人一掌。

黑衣人见状愣了一瞬，大约是没料想还会有被袭之人主动送上前来挨这一掌的，微显诧异之际，几十个护卫一拥而上，那两个黑衣人只得又转身同护卫们打在一处。我赶忙起身去看白隽的伤势，却被哭喊着扑过来的岚姐姐一把推开。

白隽似乎并无大碍，只是摸着胸前咳了几下，便再次起身欲上前迎战，岚姐姐只是拼力将他拉住，大声呼喊着"护驾"。

不远处，那两名刺客忽从护卫的包围圈中冲出，爆出之气将一圈护卫打翻在地，二人分别向后飞去，在法场两侧落定，他们的周身同时腾起青黑烟雾，遥相感应般呜呜作响，那烟雾愈来愈多，愈来愈浓，黑黢黢地笼罩在法场之上，一片青黑之中，许多护卫倒地，尚未倒下的纷纷慌乱起来，举着各自兵器四处乱舞，不知如何应对。

这时，五大派分别有一名道人从旁飞出，将那两名黑衣人围住，金木水火土五行之气瞬间同时升腾而出，一道炫目的五色光影出现在青

第三章 东北

黑色烟雾之上。

我心中惊叹,这莫非就是传说中的天罡五行阵?

相传当年正邪两派大战之时,天罡五行阵也曾赫然现世,杀敌无数,只可惜后来的五大派传人未能勉力精进,据说后世五派再行此阵时,皆是徒有其貌,却少其实,加之后来五大派之间矛盾渐生,难以同心协力,因此联手御阵时也是威力不足。

片刻之后,那五色光影将青黑之气愈压愈弱,两个刺客见状,立即相视会意,同时将身前黑气猛然推向中间的护卫们,黑烟从护卫们身上呼呼而过,越过他们的头顶向上冲出,撞击在五色光影上。

一阵沉闷的嗡鸣之中,五色光影瞬间散开,五名道人各自摔在一丈之外不能起身。

眼见两名黑衣人又向白隽和岚姐姐袭来,我忙上前拦住那两人。几招过后,他们未能突围,便相视颔首,紧接着忽见两道银光一闪,二人手中已各多了一柄长刀,眨眼间,两条锋刃急旋而至,我忙疾退躲闪开来,见几步开外正躺着受伤倒地的护卫,便将那护卫的佩剑收至手中。

这时道道刀锋已至我面前,将我逼得几近倒下地去,手中之剑在刀锋过时及时迎上,几声急促的当当之声后,那两条刀锋被逼退回去。

我正欲提剑刺去,却见那二人手中长刀已收,周身再爆青黑之气,眼见那黑烟正向我扑来,我只得气沉丹田。将要祭出凤骨笛之际,忽有一人抢到了我的身前,将那黑烟尽数拦住,竟是白隽,他在身前爆出一团真气挡住了那浓黑的杀气。片刻之后,黑烟顿消,两个黑衣人重重摔在地上,几乎同时吐出血来。

两个黑衣人看似受伤不轻,大约是觉察到已居下风,于是互相使了个眼色,又同时扔出多个烟幕弹,弥散出漫天的灰色烟雾,他们便趁着众人被呛得咳嗽连连之时,逃离得无影无踪。

现场一片混乱,白隽在几个重臣的簇拥和贴身侍卫的搀扶下回到寝殿,岚姐姐一路哭哭啼啼,送到之后也久久不愿离去。我不想再惹她不快,便趁大家不注意时欲离开,却被白隽不动声色地抓住手腕不让走,然后他对着岚姐姐说道:"你今天出来够久的了,该回去了。"

我只觉得他这话说得有些莫名其妙,但此时房中人多,我也不好发问。

"可是大王受伤,臣妾怎可离去?还是让臣妾留下来照顾大王吧。"岚姐姐泪眼涟涟道。

"孤王再说一次,你出来够久了,该回去了。"白隽这一次刻意加重了语气,带着浓浓的威压和警告。岚姐姐闻言,只得黯然告退,临走前,她看到白隽仍抓着我的手腕,又一次向我投来怨愤的目光。

见岚姐姐如此,我心中十分焦躁,很想立刻甩开白隽的手,然后撒腿就跑,可众臣正忙着关心他们大王,已将四周围了个水泄不通,且不说我撒开腿难跑得出去,即便真的冲出去了,怕是只会令岚姐姐以及白隽在朝臣面前难堪。

这时,上次为我诊脉的老御医提着药箱子,匆匆忙忙地赶了过来,白隽却心不在焉道:"孤王无碍,你们全都下去吧。"

"大王龙体要紧,还是让御医看看吧。"几个朝臣忧心地劝道。

"不需要,孤王自己心里有数。"白隽开始有些不耐烦。

"可是……"他们还想再劝几句。

然而白隽似是没了耐心,烦躁地厉声道:"还不快退下!"众人这才惶恐地四散退去。

霎时间,屋内出奇地安静。我担心他的伤势,便问道:"你真的没事吗?"

他并不回答,而是朝着一旁的小叶紫檀柜子使了个眼色:"你去那边拿一个金色小盒子过来。"

我依言照做,将柜子中那个巴掌大的小盒子拿了过来。他又道:

"打开。"

我又依言打开盒子,里面不过是些药膏,我疑惑道:"这……"

"给孤王上药。"他往宽大的龙椅里一靠,口吻沉沉地命令道。

"刚才为何不让御医……"

"孤王要你上药!"还没等我问完,他又一次命令道,还刻意加重了"你"这个字。

我向他胸口处看了看,他既是胸前受伤,若要上药,那便必须解开前襟。

我不明白他为什么非要我来上药,却也只能照办。闷闷地蹲在他身旁将他的衣襟解开一半之时,我却忽然想起,在这华服之下,他的胸口上有一个他曾用刀刻下的"云"字。

我的手有些不自觉地颤抖起来,不敢再解他的衣襟,他却定定逼视着我:"继续啊,怎么,不敢解开孤王的衣服?"

我怕被他发现我的真实身份,实在不敢看那个字,只得向后退着想要逃开,他情绪更加激动,狠狠一把将我拽到他跟前,把我一只手按在他的胸口上,一字一句地逼问着我:"你刚才看见祭舞之时落泪,是不是因为想起了九天门?你此刻不敢看孤王的胸口,是不是因为知道这里有你的名字?"

他的连番质问震得我的眉心又开始痛楚,我无力地摇着头,无奈地问他:"你为何对此这般执着?是与不是又能如何?"

"如果你真的是云声,孤王绝对不会再让你逃走!孤王要把你永远留在身边,做孤王的王后!"他斩钉截铁地说道。

"王后?"我诧异道,"那王后娘娘怎么办?"

"当初娶她,本是身不由己,如今,孤王随时可以废了她!"

他不懂,这正是我所顾虑的,从前和他在一起时发生那么多祸事,已令我自责和后悔了一百年,我绝不可以再犯同样的错误,也不能给岚姐姐再增伤心和麻烦。

想到这儿，我下定了决心，不知从哪儿来的力气挣脱出他的禁锢，站起身来冷冷对他说道："你认错了，我不是你要找的那个人。"言罢转身便走，心中溢出的苦楚却令我头痛愈甚，多日不曾发作的残毒在这个时候爆发，我在天旋地转中，又一次晕了过去。

醒来的时候，我正躺在白隽寝殿的龙榻上，偌大的床榻冷冰冰的，我身上铺盖着绣了金色祥云的帝王锦被，顶上悬挂着浅金色的帷幔，而这一切给人的感觉只是尊贵，却又孤单寂寥。

我起身向外走去，快到前殿时，听见白隽和金音阁厉雷冲道长说话的声音，我自觉不便打搅，于是轻轻靠在一旁，只听见白隽问道："道长适才说，有要事不便在朝会上直言，究竟所为何事？"

"回禀大王，据贫道所查，在都城犯下暴行的贼人，与镶汤之变中先王遗留的悬念有关。"

"先王是孤王的亲伯父，当时的镶汤之变，一场大火烧死了先王一家上下十八口，此后，孤王的生父顺天即位，此事尽人皆知，又有什么遗留的悬念呢？"

"难道大王未曾听说过，镶汤之变当中丢失的《四境星经》吗？"厉雷冲探究地问道。

"《四境星经》？"白隽既是惊讶，又是警惕，"道长可知，你所言非同儿戏，事关江山社稷，不可有半句胡言。"

"贫道当然明白，正是为保我王江山社稷稳固，金音阁多年来一直暗中关注此事。据说，得星经者得天下，贫道深知此事非同小可，这才斗胆上奏大王。"

白隽沉思了片刻道："那么关于这《四境星经》，道长又知道多少？"

厉雷冲压低了声音："据说此经是上古流传下来的星表，有着参悟至高道法的最大机密，先王如何得之无人知晓，只知此经在镶汤之变中丢失，如今流落在外，下落不明，贫道唯恐歹人与前朝有所牵扯，故而意欲得之，万一落到他人手中，再被加以利用，只怕后果不堪设想。"

"关于这《四境星经》孤王也曾听闻，之前一直以为只是传说，没想到竟曾存在于我大汤玺华宫中，道长的消息究竟是否可靠？"

"《四境星经》确为真实存在之奇书，在镬汤之变发生以前，金音阁上一任掌门曾有幸奉诏到玺华宫中亲眼见过此经，因而我派才会一百年来不懈追查星经的下落。"

白隽沉吟片刻，然后道："那么就有劳道长多加留意，如有任何发现速来回报。"

那道长领旨退了下去，白隽沉着脸向内室走来，看见我时顿了一顿，我见他面色苍白，双眼布满血丝，本打算同他打个招呼问候一下，他却一言不发地、冷冰冰地从我面前走了过去。

目前已基本探清朝会的情况，若是继续留在此处，虽是可以第一时间知晓玺华宫内的消息，但我总会想起顾星辰随尊主离开焱山前，严厉地告诫我不许来玺华宫查探，便更想尽快离去，以免他回到焱山时看不到我又生恼怒。况且，长久逗留于此，也怕耽误了寻找师父。

这两日，白隽因为胸前中了那一掌，便没去上朝，一直留在他的寝殿批阅奏章，其间偶尔有朝臣前来上奏议事。我被他留在殿中，白天他在前厅处理朝政，我便只能待在内室，晚上他要我同他一起躺在他那张大床上，却什么话也不说，就像把我当成了一个人偶。可如此一来，他整日不分白天黑夜地同我待在一处，我却难有机会逃走。

那夜秋风骤起，白隽躺在我旁边又咳了几声，听起来好像还是黑衣人那一掌所致，我翻身过去看他，却见他目光空洞地望向屋顶。

"不知为何，孤王忽然有些心神不宁。"这两日来，他第一次对我开口说话。

当下我正在心中思量如何寻找机会离开玺华宫，他这一句说得就好像对此有了预感似的,我见他黯然的样子,心中也不是滋味,只得宽慰道:"其实大王坐拥江山,群臣爱戴,又有贤良淑雅的王后相伴,实在无须忧心烦扰。"

"那又怎样?这些并非孤王最想要的。"他眼神飘忽地望着上方,"罢了,陪孤王起来走走吧。"

我随着他走到院中,此时已入初秋,夜露微凉,云淡风轻,月色清寒,他将院中侍卫都打发去了别处,自顾自地在我前面一步远的地方慢慢地走着。来到院中央一处水法旁时,他停下脚步,幽幽言道:"你既不是她,那孤王变个戏法给你看看可好?"

清水在我眼前随他双手而起,汩汩变幻,幻化成当初九天门的史修先生,攥着惊堂木噼里啪啦一阵乱拍。

他的功法已是今非昔比,如今变出的先生,当真是惟妙惟肖,远远超过当年二师兄变的那个。而我,却再没有兴致拍手叫好。

过了一会儿,他垂下双手,眼前的清水哗的一声落入池中,我侧过头去看他时,他竟已是泪流满面,不过这一次,他没有注意到,我的脸上也有泪滑过。

他抬头向着月亮自言自语道:"云声,你离开孤王到底是太久了,孤王竟将别人错认成了你。"

我随着他的目光望去,今夜的月亮分外地大而圆。

彼时明月皎皎,似有一阵寒凉的疾风拂过,一个高大的黑色人影突然出现在明月之前。

还没等我回过神来,那蒙面身影已迈开笔直的长腿,踩着漫天细碎的星光,没有一丝拖泥带水地直飞而来,白隼下意识地拦在我身前时,来人已然落到地面,干脆利落地向他出手。

两股强劲内力轰然相撞,爆起一波猛烈的气流,向四方弹射开来,隔着白隼的身体,冲到我脸上的残余气流依然强大到让我几乎睁不开眼睛。

　　站在我身前的白隼硬生生以两掌抵挡着蒙面人呼啸而来的强大真气，我见他身体微微晃动，又担心他前两日刚受过刺客一掌，怕他难抗强敌，索性运一口气，双手按上他的后背，想要为他加上一股内力，不料那蒙面人见状，却忽然后撤一步，笼着那人的强大真气便随着他的动作向他身后弹去，震得其后方一尊一人多高的石狮瞬间炸裂。

　　我一时之间为来人的深厚内功震撼不已，想来刚才我为白隼加注内力之时，此人若是不退那一步，怕是已将我伤到吐血。我情急之下，赶忙提醒白隼小心。

　　可不知为何，那人竟突然敛了周身的强大真气，与白隼拳脚相搏起来。白隼原本就功夫过人，这一百年来武功又有大进，是以与那个武功深不可测的蒙面人此番交手，过了七八十招依然没有败下阵来，一黑一白两个高大身影交织在一起，所过之处如风掠境，搅动得宫院之中一片狼藉。

　　蒙面人进攻快如闪电，招招紧逼，白隼退到水法前，闪身躲开蒙面人的拳掌，转而从旁反攻，袖中强招送出直击蒙面人肩头，蒙面人身体微微一侧避了过去，又顺势转过身来，一袭掌风呼啸而至，击中白隼的后背，将他击出一丈开外，摔在地上。

　　我心中一紧，忙跑去扶白隼起身，他却推开我的手，阴沉着脸自己站了起来，转而向那蒙面人问道："你深夜行刺孤王，究竟想要什么？"

　　那人抬起修长的右臂，食指直直指向我："要她。"

　　白隼闻言，愤恨地朝地上啐了口鲜血，怒道："你当我大汤王宫是货场吗？"言罢狠戾地再次扑向那人。

　　这一回二人杀气更甚，一黑一白两个身影在宫院中四处追逐纠缠，恍若二龙相斗，虎啸龙吟般直搅得院中天翻地覆，将周遭物件震了个粉碎。

猛然间,各种震碎之物向四周迸飞,二人凌空而起,周遭落叶纷飞,风卷残石,一片纷纷扬扬中,忽见蒙面人如无影青龙般,从半空踹在白隽的胸口,这一次,直将他踹飞到对面墙上,一时之间难以再站立起来。

我惊呼着白隽的名字想要向他跑去,却被飞身而来的蒙面人一把握住了手腕。白隽见状,强撑着一边站起一边大呼抓刺客,那蒙面人却手上一使力,我便被他带到了空中,在白隽暴怒的咆哮声中将我带离了玺华宫。

我被蒙面人带出很远,直到进入一处幽暗树林之中,那人终于放慢了脚步。我自知即便使出封天咒也不是他的对手,只能一边使劲挣扎一边喊道:"放开我!你究竟是何人?"

他闻言停了脚步,转过身来一把扯下遮面布,彼时月光犹如碎玉,从树叶的缝隙投射在他的脸上,他如画般的眉心紧紧蹙起,长如羽扇的睫毛忽闪之间,如星辰般流转的眼眸里闪动着阴寒的忧郁和滔天的愤怒,高挺的鼻梁之下,惑人的双唇轻轻开启之间,是强行压制的怒意。

"我临走前对你说了什么?忘了?"

我惊得呆住:"主……主人?"

"还记得我是你的主人?"

"当然记得……我这次只不过是因为……"

"够了!"顾星辰愤然打断我,"我不想听!"高大身形一转,便迈开脚步向前走去。

我一路惶惑不安地跟着他回到焱山,只见他一言不发地进了自己房间,砰然一声摔门巨响惊动了肖羽,他从另一间房中蹿出,见到我时,他问道:"云姑娘你可算回来了,你没事吧?"

"我没事,我只是不明白,他为什么会发那么大的脾气。"我望着顾星辰的房门不解地说道。

"城主其实很少发脾气。"肖羽也向那扇刚被摔上的门看去,"不过

第三章 东北 221

你这次去玺华宫,他确实动怒了。"

"为什么?他之前和汤国王室有什么深仇大恨吗?"

"是不是深仇大恨我不清楚,不过这汤国,绝非遗玉之友帮。反正啊,城主这次气得不轻,平时我们这些做属下的就算犯了什么错,他也很少斥责我们,但这一次,我的失职却令他很是恼火。"

"这怎么能说是你的失职呢?是我不好,擅自行动,连累你也受责,真是对不起。"

"嗐,你这说的是哪里的话,咱们同是跟随城主,互相照应是应该的。你在玺华宫办事,我也是前两日听一个叫冬青的姑娘说的。"他笑得憨态可掬,"哦,对了,城主今天回来时,还特意带了一株天山雪莲,说是给你入药祛毒用的,可后来听说你去了玺华宫,他突然脸色大变,二话不说就出门了。"

待到我和肖羽说完话,回到自己的房间,只见桌上放着一碗还在冒着热气的雪莲汤。

之后一连好几天,顾星辰都是早出晚归,偶尔碰到他时,我想跟他打个招呼说个话什么的,他也总是爱搭不理,冷冰冰的。

我左思右想这样下去实在不是个办法,毕竟我之所以做顾星辰的侍女,是为了要跟着这位遗玉之城的城主追查师父下落,总是这样被他晾在一边,怎么能得知有用的线索呢?这次是因我擅自前往玺华宫才引起他的怒火,看来我必须要做点什么,争取得到他的原谅。

这夜,我思考了一晚上,以至于明明很是困倦,却翻来覆去睡不着。到了早上,又想要好好做顿早饭讨好一下生气的主人,于是天刚蒙蒙亮我就爬了起来,哈欠连天地进了厨房。

其实烧火做饭这种事对我来说很是头疼,从前在九天门的时候,因为师兄师姐众多,基本上也没有我动手的份儿,一直只是吃,唯一会做的就是包子,因为九天门每逢节日,便会将一些小彩头包在包子里,蒸出锅后大家随意取食,吃到彩头的人自是格外惊喜,正因如此,我曾为了能百发百中地选到藏有彩头的包子,特地跑去厨房打下手,因而学了一手做包子的本事。

和了面一通忙活后,却发现豆沙的分量只够做三个包子,然而作为献给顾大城主的赔罪早饭,三个包子貌似是不够的,于是我又翻箱倒柜地找,终于在墙角的一个小柜子中发现了一个小罐子,打开一看,里面装的是更加细腻的豆沙泥,我估摸着这大概是一种上等品,于是又欢天喜地地做了第四个包子。

好不容易等到包子出锅,我端到顾大城主的房间时,他刚好洗漱停当,坐到桌前开始翻阅文案,我连忙殷勤地凑过去,讪讪问道:"主人,要不要先用早饭?"

他翻阅着文案,头也不抬地冷冷回了句:"不用。"

我看了看手中的包子,忙活一早上,总不能就这么放弃了,于是又关切地劝道:"不吃早饭对身体不好,还是吃一点吧。"

他继续翻阅文案,仍是头也不抬地又来一句:"不饿。"

我见他似是仍在生气,忽然灵光一现,故作遗憾地说道:"这可不是寻常的包子,你别看它们卖相普通,其实呢,此乃九天门的独家配方,今天早上天还没亮我就起来了,在厨房里一直忙活到现在,就是为了给主人你做这几个包子,可是你居然不吃,那我还是拿去给肖羽吃吧!"

他翻着书卷的动作忽然顿住,片刻后,他一言不发地伸出右手,我赶忙将一个包子放到他手中,看着他一声不吭地塞进嘴里。

就这样循环往复四个来回,很快他便消灭了所有的包子,我又勤快地递上帕子供他擦手。就在这时,肖羽忽然拿着早上被我掏空的那个小罐子,快步走了进来,面色凝重地向顾星辰汇报道:"城主,大事不妙,我昨天刚把这个买回来,今天早上发现罐子竟然空了,属下担心昨夜有身份不明的人来过。"

我笑道:"莫要紧张莫要紧张,我这不是难得做个早饭嘛,好不容易找到这些豆沙,我便拿来做包子了。"

肖羽一头雾水:"豆沙? 包子?"

顾星辰一脸阴霾地看向我:"你用这罐中之物做的包子?"

"是呀,原先的豆沙不够嘛,还好让我又找到这一罐,就是可惜太少了,只够我做最后一个。"

然而顾星辰却脸色忽变,艰难地从口中挤出一个字:"你……"接着便一下晕倒在桌上。

我大惊,他刚才还好端端的,怎么竟突然晕了? 肖羽却在一旁更加吃惊地问我:"莫非城主吃了你做的包子?"

"是呀,我做了四个,他全吃掉了。"

肖羽一个巴掌拍在自己脑门上:"哎呀糟糕!"

"怎么了?"难得我做几个包子,他们为何都这样大惊小怪?

"这罐子里装的不是豆沙,是……是药啊!"肖羽哭笑不得地说道。

"药?"我紧张道,"什么药啊? 该不会是毒药吧?"

"那倒不是。昨日我路过市集,见一江湖郎中当街卖药,药名为'一吐真心'。他吹得神乎其神,我便买了一罐回来。"

"一吐真心? 还有这么奇怪的药名字?"

"是啊,我当时也觉得奇怪,详问一番之后才知道,此乃那江湖郎中研制的一种秘方,他说服药之人会先昏迷半个时辰,其间药效开始发作,影响神经,待其人醒来,再半个时辰之内,神识便不受自身控制,旁人无论问甚,他均据实作答,绝无半句虚言。我本想买来试一试,若是有效,以后审问圣血堂的人用上,可以省去不少力气。"

我崩溃道:"原来是这样啊。本来,因为我去玺华宫,他生了那么大的气,我做这顿包子是想给他赔罪的,这下糟了,虽然不是毒药,可他清醒以后肯定会很生气,这下我又要倒霉了。"

肖羽摸摸下巴："你是一片好意，城主也不见得会怪罪于你。我们原本也打算找个人服了试一试的，既然如今城主自己服了此药，咱们便看看药效如何吧。"

肖羽把顾星辰架到床上躺好，又同我合计了几个用来试验药效的问题，这时几个部下进来向肖羽禀了要事，那些人走了以后，肖羽叮嘱我在此等顾星辰醒来，叫我一定记得拿那些问题问他，看他是否据实作答，以此实验药效，随即便出门去了。

我在顾星辰床边守着，心里思索着等他醒来之后，到底该如何开口，结果不一会儿，因为昨晚没怎么睡，止不住的困意阵阵袭来，我自己竟也趴在一边睡着了。

睡着睡着，忽然迷迷糊糊间觉得身上有动静，睁眼一看，顾星辰正拿着条薄被给我盖，我连忙坐起来问道："主人你醒啦？感觉还好吗？"

"还好，就是有点头晕。"他边说边扶着额角在床边坐下，微微喘息。

我凑过去仔细看了看他，面色红润，唇红齿白，身体上应当没什么不适，于是便说道："真是对不起啊，我不知道那小罐子里装的是药，所以……"

"没关系。"他竟然一反常态地温言道，"不用道歉。"

"啊？……"

一向冷酷的顾星辰忽然变成这个样子，我有些不知所措，还有点害怕他清醒之后会不会再度发飙，想来想去既然祸已经闯了，我还是应该抓住机会好好测试药效，如此也算将功补过。

打定了主意，我便壮着胆子开始提问。

"主人你看啊，我的老底早就被你摸清了，可是我对你却了解得不多，这不公平，所以我有些问题想问问你。"

若在平时，借我个胆也不敢对他说出这种话，并且他也不可能理会

第三章 东北

这种放肆的要求,然而在奇药的作用之下,顾星辰竟然很配合地点了点头。

"你问吧。"他的态度之顺从、神情之和蔼,令我震惊不已。

于是我小心问道:"你今年高寿?"

"比你年长六岁。"

"你知道我的年纪?"

他嘴角微微上扬:"当然。"

"哦,那你在焱山住到多大?"

"十八岁。"

"你童年真的一个伙伴也没有吗?"

"算是有一个吧,我小时候,师父曾养过一头小猪,很是可爱,所以……"

我又一次被震惊了,原来我高冷的主人喜欢猪啊!

他默默看着我花枝乱颤地笑了半天,不明所以。

"你最喜欢什么颜色?"我擦擦笑出的眼泪继续发问。

"夜空之色。"

"怪不得一天到晚穿的都是这颜色。"

"什么?"

"没什么。你最怕的是什么东西?"

"火。"

"那你一定从来不进厨房吧?"

"嗯。"他又像忽然想起了什么似的,"不过前几天我下厨了,给你做了雪莲汤。"

我再一次惊呆了,不敢相信他竟会亲自下厨给我烧汤,这时我瞥到他手上有一块鸡蛋大小的伤痕,看着像是新伤,便问他:"你这手是怎么了?"

他低头看了看,淡淡道:"那日下厨时不小心烫的,无碍。"

原来他真的为我下厨了,我心中忽然涌起一股暖流,我的主人还是很关照我的。

"你最喜欢吃的是什么?"

"没什么特别喜欢吃的。"

"那最不喜欢吃的呢?"

"最不喜欢的……包子吧。"

我不敢相信:"啊?那你今天早上还一口气吃了四个。"

"因为是你做的啊。"他微微笑着。

他这一笑着实倾倒众生,差点闪瞎了我的一双老眼。

看来,这郎中的药确有奇效,真能让人老老实实地有问必答,我心中思忖着郎中起的名字不大恰当,不该叫"一吐真心",当叫"有问必答"更好。

他仍憨憨地望着我,似是在等下一个问题,我只得绞尽脑汁又想出个问题来:"你和柳姑娘不是天天在一起吗?怎么没见她跟你一起来焱山?"

"她留在遗玉守城,再说我也没有和她天天在一起。"

"哦,那你离开遗玉这么多日,一定很想她吧?"

"没觉得想过。"

这时,他忽然想起了什么似的,向着四周看了看道:"大白天的,我怎么会坐在这里闲聊?肖羽呢?"

他边说边起身要走,双腿却忽然一软眼看着要倒,我连忙起身去扶,不料他这身板竟如此之重,我不仅没撑住他,反倒被他一撞,两人一起跌倒在榻上。

我揉了揉被撞晕的脑袋,正准备从榻上爬起来,他却忽然翻身到我上方,双臂撑在我脑袋两边,眼中满是怒意地盯着我。

第三章 东北

我吓得浑身一抖,看他现在这样子,大约是药效过了,他终于想起了早上那几个药包子,所以要开始对我发难了。

想到这儿我真的有点怕了,可能还从来没人敢这样捉弄他吧?于是我赶紧双手合十道:"对不起对不起,主人,我真不是故意的,我也不想这样的。"

他怒得双眼发红:"你不想?那你为什么要去玺华宫?"

我被问得一愣,这都是哪跟哪啊?怎么又突然扯到那件事了?

汤国、玺华宫、白隽,这些好像就是顾星辰的"逆鳞",只要一牵涉到这些,就会引发他的暴怒。

于是我壮着胆子问道:"你还在为这事生气呀?"

他咬牙切齿道:"是啊,我很生气,非常生气!"

我心里又一哆嗦:"我真的不是汤国的奸细,我那天去玺华宫,是因为肖羽他们查探一整天迟迟未归,我担心他们遇到麻烦,所以才去看看的。"

"担心肖羽?那你为何在玺华宫待了那么久?你知道是多少天吗?十二日,整整十二日!"

我被他问得不知该如何解释才好,要救那几个少女的前因后果说起来蛮复杂的,对着现在这个吃错药的顾星辰也说不清啊,我心中一急,只得简单概括道:"我在玺华宫有重要的事情要办,所以才……"

然而他闻言似乎更加恼怒:"重要的事?那人的事对你来说这么重要吗?"

我被质问得一头雾水,愣了一愣才反应过来,他那天去玺华宫带走我的时候,我正和白隽在一起,顾星辰一定误以为我是为了帮白隽办事才留在玺华宫的,怪不得会这样生气。

于是我连忙道歉:"对不起对不起,是我错了,但我真的不是去帮他办事的,我以后一定不再这么做了。"

他在我上方冷笑一声："你以为这样就算了吗？"

我惊惧道："那……你想怎样？"

他静默了一瞬，我心中七上八下之际，他忽然向我俯下身来，眼中一片暗色，沉沉说了半句："我想……"

我从没见过他这个样子，心中又惊又怕，然后，在这千钧一发之际，我猝不及防地打了个大大的喷嚏。

这喷嚏打得清脆而又响亮，一下就将顾星辰给打醒了，他惊觉般地使劲闭了闭眼，又甩了甩头，再睁开眼时，看见面前近在咫尺的我，惊得一下坐了起来。

"刚才怎么回事？"他喘息颇急，言语之间已恢复了平日的调调。

"没，没什么，你刚才睡着了……"

他扶着太阳穴微微皱眉，眼睛看向榻上那条薄被："我睡着了？我怎么记得睡着的人是你？"

"啊？怎么会……你一定记错了吧。没什么事的话我先走了。"我胡乱应了两句，赶忙火速从一旁溜了，以免一会儿他想起药包子惹出的祸来，我又要倒霉。

关于在玺华宫探听到的情况，我本打算寻个机会告诉顾星辰，却没想到他因我擅自行动而如此大动肝火，于是一直没敢对他提起，结果过了几日，肖羽风风火火地进了顾星辰的房间禀道："城主，探子回报，近日来凉国的羽山之中多有奇异蛇虫频繁出现，十分反常，各门派揣测此事或许与《四境星经》有关。"

顾星辰点头道："好，准备一下，三日后出发前往羽山。"

我惊讶道："原来你们已经知道星经的事了啊？"

顾星辰淡淡道："怎么？"

"我在玺华宫也听闻了，本打算找机会报告给你的。"

"我早就跟你说过，不需要你去。"

第三章 东北

"知道了,下次不会了。"

他沉默片刻,又对我说:"你也准备一下,到时跟我一起去羽山。"

到了下午,正当我为三天后的出行做着准备时,忽然听到顾星辰在院中叫我,我连忙走了出去,院中却空无一人。我正四处张望,忽闻身后有异,转身之间已有人从屋顶向我扑来,我慌忙接招之际,看到来人便是顾星辰,于是一边格挡他的拳脚一边问道:"主人你这是干吗?"

"测试你的武功,别说话,专心一点。"

顾星辰边说边向我展开进攻,此时虽然他出招并不狠厉,但我仍招架得手忙脚乱,片刻之后,我上三路已中三招,他招招点到为止,但每见我中招便微微皱眉,然后再发起进攻,我原以为自己能与他过个至少三五十招的,没想到刚过二十,他便一脸不满地收了手。

"玄叶道长一代名震天下的得道高人,怎会收了你这个懒惰的小徒弟?"他言语之间,对我的身手颇为瞧不上。

我不服道:"我师父他心胸宽广、菩萨心肠,才不会与我计较,更何况,我那时年幼无知,难免有些顽劣。再说了,你又如何知道我是个懒惰的徒弟?"

"你随我多日,从未见你修习武功。"他眼神如炬,所言更是字字不假,说得我一时之间好不心虚,但我其实并非故意偷懒,而是整日满脑子思索如何寻找师父,压根没想到要练武功。

"从今日起,你须勤加练习,每日寅时起床,戌时就寝,我会在旁监督,给你指导。"他负手而立,凛然而言,一副对小徒弟训话的派头。

"哦,可是为什么突然要我这样?"

"因为我以后都要将你带在……"他略一停顿,又道,"做我的侍女,难免会遭遇险情。更何况,你若想尽快找到师父,必须先让自己变得更强大。"

一听说能尽快找到师父,我连连点头:"只要能让我找到师父,再辛苦我也愿意！"

他又说道："玄叶道长既是去了伐魔大会之后才失踪的，那么此事，当与五大派脱不了干系，而五大派中除金音阁外，其他四派如今日益式微，似是俱唯金音阁马首是瞻。"

"那么要想找到师父，便要由金音阁入手喽？"我被他一语点醒，怎么自己之前就没有想到呢？怪不得在朝会之上，另外四派俱无人出头，各种周旋均是由金音阁厉雷冲出面。

"不错，如今金音阁插手星经一事，所以此次羽山之事，想必金音阁也不会置之不理。"

"早知如此，我前几日该找机会跟踪那金音阁掌门的。"我懊恼道。

"以你的身手，还想去跟踪金音阁掌门？"他见我不悦，转而又道，"那厉雷冲道行不浅，且金音阁中高手众多，你只需安心跟在我身边，切不可擅自行动，我会留意你师父的线索。"

"知道了。"

"每日就寝前，我会为你运功祛毒，近几日你会比较辛苦，其他事情都不要做了，交给肖羽他们便可。现在，我开始告诉你与人交手之时，你的漏洞都出在哪里。"

我点点头，等待着他下一步指令。

他静静地负手而立，见我愣着不动，伸出右手勾了勾："来，攻击我。"

我连忙提气向他扑去，当下他双手仍负在身后，我见他中庭大开，便凝神聚力，向他胸前击出九天门的落虹长拳，此拳讲究聚力于手，出招精准，一招制胜，此时除了没大动真气催动封天咒外，我已几乎聚了所有内力于拳上，眼见就要打中他的心口，然而只一眨眼，我这拳头竟被他握在了手中，稳稳挡在胸前，而我所发之力，竟未能让他的手有分毫晃动。

"再来。"他松开手,示意我再度进攻。

我又由左右二路寻他防御间隙攻击,然而总是看不清他的路数,每次不论我如何出招,总被他轻松避开或是拦住。

就这样反复进攻数十轮却无一招击中之后,我改向他上庭攻去,这次用的是九天门的九舞玄掌,此法乃九天门女弟子必修之术,早先,门内多位熟谙此掌的师姐便是凭此掌法,多次在比武之中击败他派弟子。此法适合近身相搏,讲究以柔克刚,灵敏迅捷,虽然顾星辰比我高了接近一头,当我用九舞玄掌连续攻击他上庭之时,终于也能逼得他左闪右避,步步后退。

"很好,就这样,继续。"他一边拆招,一边鼓舞着我。

可惜我到底是疏于修炼,最终一个出手不稳,被他侧身抓住手腕,利落地禁锢在身前。

我想要挣脱出来再战,他却覆上两手捉住我的双腕,在我头顶说道:"好了,现在我来告诉你,刚才你的进攻之中,都有哪些问题。"

于是,他就在我身后捉着我的两只手,比画着我刚才的招式,并在进行到有问题的环节时,引导着我做出正确的动作。

不知不觉间天色已暗,有一个招式他反复带着我练,我再自己攻击时却总也做不好,他见状只得又捉住我的双手,一边伏低身子带我出招,一边在我耳畔提醒着出招路数,我却被他在耳边的一番轻声细语搅得忽然面颊发烫,站立不稳,他似是有所察觉,低头看到我的窘样,也是愣了一愣。

"云儿,"静了片刻之后,他在我头上沉沉说道,"专心一点,只有三天时间,我便要带你同往羽山,你可知这世上,最可怕的是什么?"

我轻轻摇了摇头。

"那便是当恶人行凶之时,你只能眼睁睁地看着,却什么也做不了。"

我仍在恍惚之中,又轻轻点了点头。

"如今你体内尚有剧毒,不可轻易发动封天咒,若是再不练好拳脚,如遇险境,万一我不在,你又当如何自保?"

我这时领悟到他一番良苦用心,于是应道:"知道了,我一定好好练习。"

片刻沉默后,他松开我的双手:"好了,明日我再带你练习,你先休息一下,再来我房中祛毒。"言罢便大步回了他自己房中。

第二日一早,我按时起来练功时,院中已有一个熟悉的身影负手而立,听到我出来的动静,顾星辰头也不回地问道:"你的笛子呢?"

我从腰间抽出凤骨笛,晨风徐徐间,薄露清寒,晨光熹微,莹白色的笛子在我手中泛着温润的光泽,当初,师父在百里崖上将它交给我时,我曾讶异于世间竟有这般秀美的兵器,师父告诉我,此笛乃是由世间最后一只凤凰的胫骨所制,别看它细白如玉,其坚硬程度比起铜棍铁棒,却是有过之而无不及。

我抬头看向顾星辰,他已回转了身来,目光落在我手中的笛子上,若有所思。

"万里长天封日月,一支凤笛洗寒霜。"他幽幽道,"好一支名动天下的宝笛。"

一千年前,九天门创派师祖如月真人凭借一支凤骨笛祭出封天咒,从而制服千万妖邪,救苍生于危难。他刚刚所念的两句,正是世人对当年那一幕的生动描绘。

据说以凤骨笛祭出的封天咒威力无比巨大,但需要使用者身怀极为强大的内力真气方可催动,我年少时跟在师父身边的那些年里,也没见师父使过此技,因此到目前为止,从未亲眼见证过它的真正神威。

"以你目前的内功修为,尚不足以催动封天咒的强大威力,若是强行运功,反会引发你体内剧毒攻心,待日后你体内残毒尽去,再练封天之术。"

我点点头。他向一旁树上抬起手臂,一根细细的枝丫被他以内力折断吸到手中,他左手负在身后,右手持着那根枝丫道:"若遇手持兵刃的敌人,这笛子你也可当作短棒使用,现在你便当我手持利剑,来吧。"

我原以为两方交手之时,兵器的好坏起到很大作用,可这一次,我手中之器比他那根烧火都嫌细的枝丫不知强了多少倍,却依然难近其身,上中下三路多番进攻,均无法攻破他手中那根枝丫的防守。从地面打到屋顶,又从屋顶打到墙头,他步步后退拆招之际,提醒着我:"再快一些,步法跟上,出手不要犹豫。"

从上午打到中午,我有点泄气:"我太笨了,没指望了。"

他走到我身后,捉住我的双腕,温言道:"你只是懒,却不比任何人笨,好好练习,不要气馁。"

经他耐心指导了一下午后,我的招式终于敏捷凌厉了许多,到傍晚与他最后一轮对战时,我终于一个侧劈断了他手中枝丫,继而击中他的右肩。我本想着以他的武功,即便枝丫被我劈断,他也可轻松躲开这一击,却没料想枝丫断后,他生生站着不动,故意挨了这一棒。

"主人,你怎么样?痛吗?"

"嗯,挺痛的。"

我心中一紧,又怕他生气,只得赔罪道:"对不起啊,我只顾着出招……"

然而他没有生气,反而微微在笑。

对于一向面冷如冰的顾星辰来说,这已经算是很大幅度的表情了,我突然觉得他这个微笑给了我莫大的鼓舞。

"如果再痛一些,我会更高兴。"

我愕然道:"什么意思?你是故意让我一招的吗?"

"树枝确是被你自己劈断的,只不过我肩上中的这一下,是我故意受的。"

"……为什么?"

"因为我想试试你的力道。有进步,所以,有奖励。"

他瞳眸闪闪,抬起修长右臂向侧旁当空一握,手中忽现一柄细长的宝剑,那剑柄连同剑鞘俱是玄黑之色,泛着幽幽银光,通身无甚修饰,看着十分简洁利落。

他将手中之剑向我递出:"你需要一把剑,平日里遇到打斗用它即可。"

我接过那剑,略沉的分量,微凉的触感,拿在手中让我有种说不出的喜欢。我握住剑柄拔剑出鞘,那剑看着暗黑暗黑的,并无甚特别之处,我目光向上滑过,看到靠近剑柄处刻着两个小字,令我心脏剧跳,几欲叫出声来。

未央。

"这是……未央剑?"我几乎不敢相信自己的眼睛。

他点了点头,右手再向空中一握,又一把略宽些的玄黑宝剑乍现在他手中。我看了看他手中那剑,又看了看我手中的,两剑完全一色,剑柄、剑鞘毫无二致。

我更加震惊:"难道你手中那把是……?"

他轻轻点头。

"离殇。"

上古四大名剑:昆仑、孽镜、离殇、未央。

昆仑剑由昆仑山中的旷世玄铁所制,乃至阳至刚之器,曾为九天门创派师祖所用,后传于历代九天掌门,现今为我师父玄叶真人的佩剑。

孽镜剑相传为世间极寒之地——镜潭中的一块寒铁所铸,其剑亦正亦邪,据说在多年前的正邪大战中为邪道首领如风所持,后来邪道惨败之后,孽镜剑便下落不明。

在上古时期,曾有一对仙侣,不知因何因缘际会而致分离,其中一人万念俱灰,四处流浪,直至某天来到业海,遂入海中,不复出来。一日,另一人寻至业海,方知始终,痛不欲生,又入海中,亦不复出。此后,这对仙侣的灵体在业海之中锻化为两块一模一样的灵石,被后人铸成两把宝剑,先入海者幻化出的灵石被铸成一剑,名叫离殇,后入海者幻成的灵石亦成一剑,唤作未央。

其后,我在顾星辰的监督下,每日起早贪黑地习练,拳掌、持笛、舞剑一个不落,到了第三日时,总算能同他周旋四五十个回合了,正应了那句"拳不离手,曲不离口",同时又深深懊悔自己从前在九天门时太过懒散,不务正业。

第四章　西南

西南,靖凉,秋风萧瑟,雁过萧鸣。

若要到得羽山,须先经过凉国都城。

这是我生平第一次来到凉国,这里地处南方,建筑风格与汤国相比大有不同,人们的穿着打扮也更显单薄。偌大的都城当中,并没有见到我想象中的热闹场面,倒是同汤都一样,笼罩着异样的冷清。

我们到达时,已是日斜西山,于是就近找了一家客栈投宿。等我们安顿好房间,坐到客栈一楼吃晚饭时,街上忽然传来一阵嘈杂声,夹杂着凄厉的叫喊。正在擦桌子的店小二听到动静,立马将抹布往肩上一搭,左顾右盼地躲进了柜台后面。

不一会儿,嘈杂声越发近了,三个体格强健的彪形大汉押着被捆着双手的一对年轻男女,推推搡搡地走了进来,其他两桌的客人一见这个阵仗,纷纷起身小跑着上楼回了房间。

店小二听到动静,从柜台后面探出半个脑袋,露出一双惊恐的眼睛察看着外面的情况。

那三人在桌旁坐了片刻,见无人侍候,最左一人砰地一拍桌子,吼道:"人呢?没死的就快滚出来!"

店小二哆哆嗦嗦地走了过去,声音颤抖着问道:"几位大爷要点什么?"

"最好的酒,最好的肉,通通拿上来!"那大汉扯着粗粝的嗓音说道。

这一番派头,像极了当初我在汤都酒馆中见到的那两个圣血堂的人。

被他们推在地上的年轻女子发出呜呜咽咽的哭泣声,最右侧的大汉弓下身去,一个耳光甩在她的脸上,又骂了句:"再敢哭哭啼啼,老子现在就把你的舌头割下来!"

左侧那人闻言劝道:"难得捉到个生得标致的小娘子,明日还要送给圣使,你莫要烦躁,若是嫌她吵闹,不如今晚便送到我的房中看守。"

这时坐在中间的那人哈哈笑道:"好你个老三,原来打的是这般主意。"最右侧那人闻言也跟着放荡地大笑起来。

侧躺在地上的年轻男子抬起满是鲜血的脸,有气无力地哀求道:"求求你们放了我娘子,我家中上有老母,下有婴孩,求你们发发善心。"

被称作老三的那个大汉听罢,一脚踩在那年轻男子身上:"善心?好哇,若是你娘子今晚将大爷伺候得满意了,我明日便放了她。"

那男子忍不住骂道:"你们这群禽兽,丧尽天良,就不怕遭报应吗?"

大汉一脚狠狠地踢在那男子腹部:"不知死活的东西,再敢对爷不敬,当心老子把你舌头割下来喂狗!"

那女子闻言赶忙爬到男子身旁,小声地哭着叫他不要再说话。

这一幕让人看着好生气愤,肖羽转回头来看了顾星辰一眼,便立时会了意般,克制着压下愤怒,又低下头继续吃饭。我却气得无法下咽,斜眼看了看顾星辰,他正悠然端坐,风轻云淡地喝着清茶。

这时小二给那三人上了一大桌好酒好肉,我见他们吃得嘴角流油,躺在地上那两人却伤痕累累,着实凄惨,便凑到顾星辰耳边问道:"主人,这两个人太可怜了,我们不出手相救吗?"

他长长的睫毛微微垂下,淡漠的目光落在手中的茶盏里:"不用。"

我没想到他是这样的反应,愤愤道:"你从前救人那般英勇,今天怎么见死不救?"

他放下茶盏,对肖羽使了个眼色,他二人便心照不宣地站起身来。我看他们一副要上楼的架势,也腾地站了起来,抬腿就往那一桌走去,顾星辰却不动声色地从后面拉住我,低声道:"随我来。"我只好强压下心头除暴安良的冲动,耐着性子随他们一起上楼。

一进顾星辰的房间,我便忍不住跳了起来:"刚才为何不救他们啊?你若是不愿出手的话,那三个圣血堂的家伙也不见得是我的对手,我便下去将他们收拾了。"说罢转身就要开门下楼。

他抬手挡到我前面关上房门,淡淡道:"你行事还是太过冲动了些,我自有安排。"

"我冲动?你没听那几个人说今晚要把那个女子……"我简直说不下去了,"那你又有什么安排?为何不现在去施救?"

"我们现在身处凉国境内,圣血堂的人也是多有潜伏,此行之事尚未办妥,绝不可暴露身份。我但凡插手圣血堂之事,从来都要将现场清理干净,不留活口,可刚才那店小二也在一旁,我总不能连他一起杀了。"

我张了张嘴,一时无言以对,只好在他身旁坐下耐心等着。过了好一会儿,肖羽也推门进来,报道:"城主,那几个人已经进了二楼房间了。"

顾星辰点点头,又对我说道:"你先回房去休息吧,明日一早便要动身了。"

"不,等你把他们救出来之后,我再去睡觉。"

第四章 西南

肖羽见状说道:"那我先告退了,城主有事再叫我。"

他退出去关上门之后,顾星辰看我一眼,低语道:"越来越不听话。"

他说完便闭目养神,不再理我。我也懒得理他,只是不知道他要何时才会动手,只得百无聊赖地干等。等了一会儿,困意便止不住地袭来,支在手上的脑袋几番落到桌上,顾星辰眼也不睁地说道:"撑不住便去床上歇着吧,不要明天起不来,耽误行程。"

我立刻睁大双眼:"谁撑不住了?我在这儿坐到天亮都行!"

也不知撑到了什么时候,最后我还是睡着了。这一觉睡得很香,连一个梦境都没有出现,再次醒来的时候,我竟躺在床上,身上还盖了条薄被。我想起这是顾星辰的房间,连忙坐了起来,只觉耳根发烫,之前还夸口自己能撑到天亮,谁知最后竟睡得毫无知觉,被人搬到床上都不知道,实在是丢人。

房间里很安静,我忐忑地看看顾星辰,只见他仍然闭目端坐在桌旁,便问道:"主人,你还没去救人吗?"

"我早已将他们救出,他们现在应该已经走远了。"

正说着肖羽推门进来:"城主,我已将那夫妻俩送到了安全的地方,我们何时出发?"

顾星辰这时方才睁开双眼,向窗外望去:"天亮了,我们即刻动身。"

我一骨碌从床畔滚下地,我竟然一觉睡到了天亮?

昨日还冷冷清清的凉国都城,似乎在一夜之间有不少来客到访,穿街走巷中,有许多风尘仆仆牵着马的人,有男有女,有老有少,我甚至还远远看见了九天门弟子的身影,只是离得太远,等我追上前去,他们已不见了踪影。

"这些人都是为《四境星经》而来的吗?"我问道。

"是与不是,到了羽山便见分晓。"

我们在集市上转了又转,见他们没有要离去的意思,我问顾星辰道:"我们是要买什么东西吗?"

"买药,还有斗笠和蓑衣。"

"为何要买这些东西?"

"羽山之中,多雨水蝮虫,不可不防。"

到了药店,掌柜一听说要买解蛇虫之毒的药,便笑眯眯地说道:"你们的运气可真是好啊,小店就只剩下最后一瓶了。"他一边回身取药一边念叨,"今天可真有意思,这么多人都来买这蛇虫药。"

"你这药效果如何?当真可解蝮虫之毒吗?"肖羽一边掏着银两一边问道。

掌柜将一个小药瓶子放到柜台上,眯眼抚着胡须:"普通蝮虫之毒可解,但若遇上那九头蝮虫,也是无可奈何。"

从药店出来以后,我问顾星辰:"那掌柜说的九头蝮虫,好像很可怕。"

顾星辰淡淡说道:"没什么可怕的,你无须随我们一同进山,在客栈等我们便可。"

我当即抗议道:"那怎么行?我不要一个人待在外面,我要跟你们一同进山,这次五大派的人肯定都会去,我不会放过任何一个寻找师父的机会的……"

我还没说完,他忽然伸出右臂拦住我,示意我们停步。我见他忽然冷下脸来,便顺着他的目光望去,前面不远处,两个随从正跟着穿了微服的白隽,不紧不慢地当街而过,好在没有看见我们。

我下意识地躲到顾星辰身后。看来白隽对这《四境星经》很是重视,竟然亲自微服来到凉国寻找,但万一我被他发现,不知又会惹出什么事来,再激怒顾星辰的话,不知会不会影响我找寻师父。

第四章　西南

我心不在焉地跟着他们来到又一家店里，只见顾星辰径直买下三套蓑衣笠帽，我不由得眼睛一亮："你这是同意我和你们一起进山了吗？"

他仍是拉着脸，冷冷说了句："本来是不同意的，但我突然觉得，还是把你带在身边为好。"

次日一早，我们刚到羽山附近的村落，天便开始下起小雨来，烟雨蒙蒙之间，放眼望去，远远近近有不少和我们一样打扮的人。

"这些人果然是冲着星经来的，竟然有这么多人想得到它。"我不禁感叹。

"传言说，《四境星经》关乎社稷，得到它便有了执掌天下的神力，当然会有很多人觊觎。"顾星辰幽幽说道。

"一本古书竟有这么厉害？难道连汤王都怕受其影响吗？"我想到白隽为一本书竟千里迢迢微服来此，不由得嘀咕道。

"你担心他？"他冷冷反问道。

我被噎了一瞬，又来了，只要一提到白隽，他便要怀疑我，我只好耐着性子解释道："我跟他早已没有任何关系，有什么可担心的？我只是不太明白你说的话，向你请教而已。毕竟做你的侍女也不能太无知了对不对？否则岂不是有损主人你的光辉形象？"

他冷哼一声，不置可否。

"汤王会不会受到影响，那要看这星经中写的是什么了。"他向羽山看去，"但事情不会这么简单，知道星经下落的人，定不会轻易让他人得手。"

"那你又为何要冒险来此呢？"

"奉师尊之命，负肩上之责，不得不为之。"

他面色凝重，眸光沉沉。我忽然想起尊主来到焱山那日，在屋里对他一番训诫，他那位看似与世无争的师父，其实对他有着深重的嘱托。

我又想到焱山顶上那块巨石,和他儿时的孤落,不禁又在心中替他唏嘘了一回。

走着走着,只见前方不远处是个交叉路口,一阵马蹄声由远及近传来,两名身着蓑衣的人骑着马追到我们前面,停在路口左右观望一番,又掉转马头,冲着我们吆喝道:"喂,那边的三位,你们可知哪条路通向羽山?"从声音听来,此人该是个年轻女子。

肖羽答道:"我们也是初来乍到,并不晓得该走哪条路。"

那两人来到我们近前,是两位朱唇皓齿的清丽女子。她们停在我们三人的马前,将我们上上下下仔细打量一番,问道:"看你们的模样,确实不像是这附近的村民,莫非也是来寻找星经的?"

肖羽又答:"此时来到羽山的,难道还有人是为了游山玩水?二位姑娘又是何方高人?"

那两名女子闻言大笑,作揖道:"我们是人称江南双雪的双胞姐妹,前来寻求《四境星经》,并非觊觎江山社稷,而是为向那汤王一报家仇。"

肖羽拱了拱手:"原来是江南双雪女侠,你们同汤国有何深仇大恨?"

其中一女子说道:"我二人的兄长乃一名画师,五年前,被汤国王室邀请入宫作画,后来便再也没回来。我二人曾多番前往汤都寻找,均是无果而终,而那汤王,却是连见也不肯见上我们一面。"

另一女子点了点头:"没错,汤都屡屡有人失踪或惨死,我们却没料到兄长进了那玺华宫,竟也会无端失踪。如今五年过去,兄长音讯全无,想必凶多吉少。我们若能寻得星经在手,便不怕那汤王不召见,也不怕报不得这仇了。"

"那就先预祝二位姑娘早日家仇得报。"肖羽拱手施礼道。

"也祝三位得偿所愿。我们先行一步,告辞!"

第四章　西南　243

她们说完便策马向着右侧小路疾驰而去，不一会儿后面又有三人骑着马从我们身边飞驰过去，到了那岔路口前也停了下来。

后面两人似是为了该走哪边叽叽喳喳地吵了起来，吵了好一会儿之后，领头那人终于听不下去，厉声喝止了他们。最右边身形瘦小的那人向领头的请示道："宗主，不如让属下去问一问路。"领头的点了点头，那瘦小的男人便掉转了马头朝我们走来，向我们问道："敢问三位，可知前方哪条路通往羽山？"

肖羽答道："我等也不知晓。"

另外两人也掉转马头走了过来，我一看中间被唤作宗主的那人有些眼熟，仔细一想，我曾在当年白隽父王举行的求雨法事上见过此人，不过那时他只是土行宗的一名弟子，跟在已故宗主何通身边，如今此人已是两鬓斑白，当上了继任宗主。

于是我小声提醒顾星辰："他们是土行宗的人。"

他淡淡道："我知道。"

这时，左侧胖墩墩的那人对我们嚷道："你们三个何门何派？"

肖羽笑答："我等无门无派。"

"既是无门无派，还敢到这儿来？你们是嫌命太长吗？"左右二人闻言哈哈大笑起来。

那胖子笑完又将我们挨个看了个仔细，转而对中间那人说道："宗主，这三人肯定也是去羽山寻找星经的，倒不如就在此结果了他们，免得一会儿跟我们抢。"

我万没料到当年号称修仙正道的土行宗，如今竟是这般残暴蛮横的作风，忍不住斥责道："寻找《四境星经》，本当是为社稷谋福祉，为苍生求太平，你等修行之人，怎可为此大开杀戒，伤人性命？"

那宗主冷哼一声，不屑道："如今的世道，讲究的是弱肉强食，我若大发慈悲，只怕下场也是个不得好死。"

他言罢向身旁两人使了个眼色，那二人便张牙舞爪地朝着我们扑了过来。肖羽见状，从马上飞身而起，将那二人拦在一旁打了起来。

眼见两个部下力敌肖羽一人也没能占到便宜，中间的土行宗宗主当下便一个纵身，朝着我飞了过来。那人个头虽然不高，但到底是个宗主，内力不浅，当头便推出迅猛一掌，我下马迎敌之际，与他内力相撞，被震得向后退了好几步，他又快步上前，一番狠戾杀招紧随而至。好在前几日我受了顾星辰诸多指点，如今拆招防御比从前强了许多。

过了十几招后，我并未吃亏，那人见状，从身后取出一柄长斧向我砍来。我见状连忙抽出未央剑接招。又是十几个回合后，他见仍然未能伤我，便凝神聚气，集了一股幽绿之气于那长斧之上，随后大喝一声，双手发力，那长斧便脱开他手，铮铮作响地向我劈来，我正欲再次举剑抵挡，一道真气已从旁爆出，将那破空而来的长斧拦住。

顾星辰在我身前落地之时，前方传来轰的一声闷响，我从他身后探出头去看，那土行宗宗主已连人带斧摔在两丈之外，挣扎了半天也没能起身。

正同肖羽打得热火朝天的另外两人见状，慌忙撤下阵来，一同跑去扶起他们的宗主。那宗主自知不是顾星辰的对手，便令他们一同撤退。胖子一边手忙脚乱地往马背上爬，一边不住地嘀咕："别看他们能打，一会儿进了羽山，还指不定谁活得长。"

等他们走远，顾星辰转过身来，伸手扶正我头上的笠帽，又道了句："不错，有长进。"

得到主人的表扬，我欣喜之余却也担忧："这还没进山呢，大家就开始相互厮杀起来，看来对这《四境星经》志在必得的人还真是不少啊，想必一会儿进了山里，更要争得你死我活了。"

顾星辰轻轻拍了拍我的肩膀："别怕，你只要切记，紧跟在我身边便可。"

第四章　西南

我们来到岔路口,通往左侧的路似是荆棘丛生,暗不见光,而通往右侧的路,从方向上看貌似更偏向羽山,且路平道宽,怪不得前面两拨人都选了右边这条路,于是我提起缰绳,也往右侧走去。

顾星辰却阻止我:"慢着,我们当走左路。"

我不解道:"这是为何?左路看似方向偏离,且幽暗不明,为何要选呢?"

"你仔细听听,左右两侧的声音有何不同?"

我静心听了一听:"左侧不远处似有水声,右侧十分安静。"

"你再看看两边的气象如何?"

我抬头向左右两边望去:"左侧天边似有乌云滚滚而来,右侧倒是一片晴朗,风轻云淡。"

"羽山之中,其下多水,其上多雨,现在你还想选那条看似好走的路吗?"

我这才恍然大悟,吐了吐舌头,跟着他们往左侧的那条路走去。

顾星辰说得果然没错,顺着左路走了不过一里多,便来到一座荒无草木的石山面前,此时大雨滂沱,电闪雷鸣,我们三人将马拴在路边的树上,便开始进山。

羽山是一座全无草木的石山,到处只见断壁石棱,险峻而又难攀,加之下雨,脚下格外打滑,但因为还要仔细搜寻线索,便不能御气而飞,只得一步步地边走边找。

我们由羽山东面开始进山,此时虽是晨间,却因为乌云密布,仍有暗无天日之感,一块块山石形状怪异,被水冲刷得又亮又滑。攀登了许久之后,我们进入一条狭长的山谷通道,那通道夹在两侧光滑险峻的石壁之间,斜斜通向山峰高处,从下至上又长又窄,一眼望去只见一线天光,宽度仅能容下一人,于是我们三个便肖羽在前,我在中间,顾星辰在后,向高处爬去。

山上不断有水从高处向下流淌，冲刷着我们的脚踝。爬了一段之后，一线天愈加陡峭，且大多数地方无处可以落脚，只能靠双手双脚撑在两侧的石壁上前行。

在雨水的冲刷之下，两侧山石越来越滑，我的速度渐渐慢了下来，好在顾星辰没有催我，有几处险峻难登，还是靠他的耐心指点我才得以顺利通过。

爬着爬着，肖羽在我前面忽然没了踪影，我正纳闷，他却从一旁的石壁中探出身子，对顾星辰说道："城主，这里有个石洞，我们要不要搜查一下？"

得到顾星辰的指令，我也向那石洞攀去。石洞的入口很窄，仅容一人通过，若是不仔细看，还当是石山上的一个裂缝罢了。石洞内部虽不算宽敞，但容我们几人休息已是绰绰有余。最有趣的是，从洞口向外面看去，有一道隐隐约约的七彩虹光横在石洞入口，在这荒山之中，已是难得一见的美景。

不一会儿，又有四人从洞外的石壁间敏捷地向上爬了过去，不过他们却没注意到这个石洞，我赶忙对顾星辰说："又有些人跟了上来，已往上去了。"

他将食指放在唇上，示意我不要作声。片刻后，又有三人哼哧哼哧地向上爬了过去，这三人不似前面四人那般敏捷，一边爬还一边骂骂咧咧："这是什么鬼地方？哪来的这么多水？"

后面一人说道："此山常年下雨，山顶积水甚多。你莫要抱怨，要是那么好找的话，星经早就落到别人手里去了。我说你倒是小心着点，别老拿你那大脚踩我的头。"

前面那人抱怨着："你那头两个月都不洗一次，还没我的脚干净哩！要不是这山石滑得踩不住，我才不想碰到你那脏头哩！"

他们边吵边向上爬得远了，我来到顾星辰身边问他："主人，他们一拨一拨地都跑到我们前头了,我们要不要也赶紧跟上去?"

他看看我淡淡道:"你休息好了吗?再向上去更加陡峭,怕是也不会再有石洞给你歇脚了。"

我愣了一愣:"上面还要爬很远吗?"

"还有多远,自会有人给我们指明。"他一副胸有成竹的样子。

肖羽这时已将洞内四下搜了个遍,向他回报道:"城主,洞内并无任何发现。"

"好,很快我们便可以出发了。"

这时,从一线天上方传来惊叫声,紧接着就听到一阵叮叮当当,像是刀剑砍在石头上的声音,随后发出惊叫的人越来越多,声音也越来越恐慌。片刻之间,一先一后两声惨叫之下,两个人从一线天上面掉了下去,而此时从上方传来的惊叫声和刀剑声仍在继续,只是越来越远,不一会儿便没了动静。

肖羽这时方才探出头去,上下各查看一番后,回身对顾星辰禀道:"城主,上下都已不见人影了。"

"好,再有不远便能登顶,我们走吧。"

我诧异道:"你怎么知道的?"

"刚才爬上去的那些人,之所以会发出惊叫并坠落山下,是因为已经登顶并遭遇了蝮虫袭击。"他站到石洞洞口,向上方看去,"在这一线天中,但凡有点身手,即便失足,以手脚撑住石壁并非难事,他们之所以会坠落山底,必是因为刚才登顶之后,被蝮虫咬伤中毒,这才身体麻痹,毫无自救之力。"

我听了不禁起了一身鸡皮疙瘩,蛇虫之类本就是我最害怕的东西,这座羽山看着便分外阴森,其中的蝮虫定是比普通蛇虫更加可怖了。

顾星辰低头对我淡淡道:"上去之后,跟紧我,别怕。"我点点头,跟在肖羽后面轻轻一跃,继续向上爬去。

果然，这一次又爬了没多久，一线天便到了头。这一次，顾星辰让我跟在他后面登顶，等到了山顶，看到的景象令我好一阵反胃。

冰冷的乱石之上躺着两具尸体，口吐污秽之物，露在斗笠外面的脸均是乌紫乌紫的，一看便是中毒之相。

"刚才共上来七人，摔下去两人，加上这中毒而亡的两人，那么只剩三人活着了。"才刚刚走过一线天，死伤便如此惨重，我着实没想到此行竟会如此凶险。

肖羽上前查看了一下那两具尸体，对顾星辰回报道："城主，这二人身上都有被咬的牙印，根据牙印的大小来看，此处蝮虫当是不小。"

顾星辰淡淡道："嗯，你们小心一些，不要走散了。"

山顶上乱石密布，加之被雨水冲刷，看不到前面三人的脚印，我们沿着由东向西的方向前进，途中不时见到一些色彩鲜艳的小花蛇，在石缝间蜿蜒游走。我自小看到蛇虫一类的东西就腿软，此刻只好逼着自己壮起胆子来，跟着他们继续往前走。

走着走着，雨渐渐停了，山路上的石块却越来越大，越来越乱，穿梭在石块间的蛇虫也越来越大。我生怕不小心踩到那些蛇虫，便只顾盯着脚下，顾不上再看前头，不知不觉间，同顾星辰的距离越来越远也未察觉，忽然只听见肖羽在一旁压低了声音唤道："云姑娘小心！"

我应声抬头之际，只见前面两步远处，正游着一条头上长着刺角、身上红白相间的蝮虫，我顿时腿软，大气也不敢再出。那蝮虫约有成年男子的手臂般粗细，长长的身体拖在后面，曲曲弯弯地缓缓游动着。

我心下一急，当即双手聚气，欲要催动封天咒，却突然看见前方离我十几步远的顾星辰正对我摇头，示意我不可轻举妄动。

那蝮虫缓缓地在我面前蜿蜒徘徊，打量着我，似乎在思索着何时出击。我以求救的目光望向顾星辰，只见他正轻手轻脚地弯腰捡了块石头，从那蝮虫的身后向侧旁扔了出去。

第四章 西南

随着石块落地的咔嗒一声响,那蝮虫已如离弦之箭般向着石块方向冲了过去。与此同时,顾星辰已握了离殇剑在手,剑尖直直刺在那蝮虫七寸之处,它登时发出咝咝鸣叫,全身震颤,令人毛骨悚然,紧接着,只一眨眼间,虫头便已被剑斩下,骨碌碌滚到一旁。

我刚松了口气,不料落在地上那截比人还长的蛇身竟又扭动挣扎起来,甩着尾巴向顾星辰扑去,想要将他搅缠起来。顾星辰的动作却比那蛇身更快,眨眼之间,他手起剑落,刚才还在半空狰狞扭动的蛇身已成为碎块,纷纷掉落在地,汩汩流出一摊摊黑红色的污秽之物。

顾星辰示意我跟上他,我却已经被吓得迈不动腿,他见状,收起佩剑走到我身边:"怕蛇虫吗?"

我胆战心惊地点点头,又问他:"刚才为何不让我用封天咒?"

"羽山之上遍布蝮虫,你若以封天咒去杀它,怕是要把这山上的蝮虫全都惊动出来。"

我闻言,又吓出一身冷汗,幸好刚才被他阻止,不然现在不知该有多后悔。他见我一副吓破胆的模样,忽然偏过头去,伸出一条胳膊到我面前:"怕就抓着我走吧。"

我犹如找到救命稻草一般,紧紧抓住他的衣袖,寸步不离地跟在他身边,再不敢落下半步。

就这样又走了大约一炷香的时间,眼前视野遇阻,一片乱石之间,许多比人还高的竖石参差林立,看不出前方是何状况。

这时,从西面不远处传来惊悚的尖叫声,肖羽向顾星辰请命道:"城主,我先前去查看一下吧。"

顾星辰向西望了望:"务必小心,不论见到什么,不要恋战,立刻回来。"

肖羽领命离去,很快便消失在前方的石林中,不想一有人进入石林,那些大石块竟毫无章法地移动起来,顾星辰道了句"小心",便带我向石林中走去。

走着走着，身后不远处有些动静，我们便闪到一旁的石头后面隐蔽起来，只见两个穿着蓑衣的男子正踏着灵活的步伐跳跃而来。他们到了石林前停下脚步观察了片刻，便一同走了进来。这两人身手很是敏捷，在移动的石林之间穿梭得犹如鬼魅，我悄悄问顾星辰："他们是什么人？"

"不像是五大派的人。"

我正想再问，他却示意我不要出声，我随着他的眼神望去，只见又有三人从来路方向走了过来，虽然同是穿着蓑衣，但我还是一眼认出走在后面的那个便是白隼。

先到石林里的那两人显然也听到了白隼他们的脚步声，于是在一旁的石块后面躲了起来，等白隼一行人走到近前，那两人忽然从石后飞出，抽出两把明晃晃的利剑刺了出去。

两名随从立即将白隼护在身后，同这忽然杀出的两人打在一起，但其中一人很快便不敌对手，被一剑抹了脖子。白隼见状，一闪身迎上前去，刚刚杀了他部下的那人便被他一把抓到手中，紧紧掐住了咽喉。白隼看也不看那人一眼，只是手一使力，那人便如同小鸡一般，被咔嚓一声折断了脖子，从他手中软绵绵地滑到了地上。

另一人见状大惊失色，又使出鬼魅般的步伐，眨眼间便消失在石林中。

周遭霎时安静了下来，白隼乌黑的眸子敏锐地四处扫视着，我和顾星辰身前的石头这时也移动起来，我们只得跟着石头分别挪开。

走着走着身后传来一阵响动，我回头一看，竟是另一块石头向这边直直移来，而我跟着的石头这时却突然停下不走了，近旁再无别处可以藏身。眼看着另一块石头越来越近，我只能伸出双手抵住它，可它移动的力道相当大，我很快便支撑不住，那石头继续压来，直到紧贴我的肚子，又突然不动了。

等了一会儿，白隽他们终于走远，我却发现自己被紧紧夹在两块石头中间，出不来了。

我正想喊顾星辰过来帮我，却忽闻不远处响起打斗声，我努力地伸出脑袋去看，只见顾星辰和不知什么人缠斗在一起，不一会儿两人便打到了石林深处，瞧不见了。

这下我只能自己想办法挪出来了。我使劲地吸气、提气，然而不论怎么努力还是被石头卡得紧紧的，一点也动弹不得。我苦苦思索对策之时，一只黑鸟忽然飞来，大约是发现这两块石头中间有着一顶不同寻常的帽子，于是扑腾着翅膀踩在我的斗笠上。

紧接着，一阵脚步声由远及近传来，这脚步声听起来是两个人的，并且极轻且稳，应当是武功内力不俗之人。

这两人走到不远处停了下来，只听其中一个男人的声音说道："听说五大派的掌门这次也会来，我们大老远跑来，冒着这样大的风险，难道就真的能查到星经的下落？"

另一个女人的声音冷冷地响起："为寻这《四境星经》，我等如此煞费苦心多年，却仍未见半点影子，如今还顾忌那么多作甚？"

男人声音又道："可若是对上五大派的人，他们定不会让我们如愿，到时只怕……"

女子冷哼一声："怕什么？你以为五大派那些人真是什么大公无私之辈吗？想当年，他们搞出那什么伐魔大会，说得好听，只道是为他们的掌门报仇，其实呢，不过是查到那九天门女弟子是汤国太子的心上人，他们不过是想借此由头抓了那女弟子，好追查《四境星经》的下落罢了。"

听到这话，我心头巨震，尚没能反应过来，那男人又开口道："可是，抓了那九天门女弟子同寻找星经有何关系？"

"传说《四境星经》最后一次现世是在汤国的玺华宫中,若能抓到那女弟子,便不怕汤国太子不配合了。况且,那女弟子行迹也十分可疑,听说当年汤国太子对她一片痴心,她却自己偷偷溜回九天门,指不定是发现了《四境星经》,回去报告她师父去了。"

男子闻言谄笑道:"怪不得九天掌门玄叶道人宁死也要护着那徒儿,原来个中缘由竟如此复杂。不过,自从伐魔大会之后,玄叶道人失踪至今再未出现,会不会是被五大派灭口了?"

女子轻笑道:"愚蠢!星经一日未找见,五大派杀掉玄叶岂不是自断线索,有何好处?何况,如果真灭口了,只能说明五大派的人早已得到星经,那他们又为何还要四处奔波寻找呢?"

男子不住称是。女子吹了声口哨,我头上的黑鸟便如同得了指令一般,呼啦啦扇着翅膀飞去了,我以为他们这便要走了,不想却听那女子忽然低声道:"有人。"

我心中一咯噔,看来是这黑鸟把我给暴露了。那两人的脚步声越来越近,不一会儿,两个身披黑袍的人出现在旁边,两人的脸隐在黑袍的宽大帽子下面看不清楚,其中瘦一些的那人肩上停着刚才那只黑鸟,想必便是那个女子了。

那男的吃惊地道:"哟,这里居然能塞下一个人?"

我同他们面面相觑片刻后,那男的嘿嘿笑了起来:"这是谁家的傻儿,卡在石头缝里出不来了吧,哈哈……"

他捂着肚子笑个不住,女子则对我问道:"你是哪个门派的?"

我反问道:"你先告诉我你的来历,我就告诉你。"

男人一听笑得更甚:"瞧瞧这傻儿,自己都卡在那儿出不来了,知道别人的来历又有何用?哈哈……"

女子哼了一声,对还在傻笑的男人道:"蠢货,别笑了,去这人身上搜搜,看是什么来历,有用带走,没用灭口。"

第四章 西南 253

男人一边擦着笑出的眼泪一边向我走来，我忙对他斥道："别过来！别碰我！"

他伸出一双粗粝的大手："搜个身怎么了？又不是什么黄花大闺女，你一个小白脸有什么不好意思的。"

他说着就要伸手过来，就在这时，女子忽然大喝一声"小心"，话音未落已有一道剑气袭来，尚未见剑影，那男人双手手腕已经鲜血迸出。

男人痛叫着转身大骂，女子刚从腰间抽出剑来，一道玄黑流光已疾刺而至，是离殇。女子忙举剑去挡，却不敌离殇剑气，摔在乱石之中。

男人恨恨地要向顾星辰扑去，却被女子一把拉住："莫要暴露，走！"

她扔出几枚烟幕弹，霎时周遭一片黑烟，什么也看不见。等顾星辰冲过来时，那一男一女已消失得无影无踪。

顾星辰走过来看着我，我忙道："主人，快救我出来。"

他面上抽了抽，似是想笑又在克制，嗯了一声道："我正在思考如何救你。"

他说罢伸手拉住我往外拽了拽，拽不动，又过来使劲推了推，也推不出去，最后只得运气发功，硬是把一块石头往旁边挪开一些，我才终于得救。

这时后路又传来脚步声，顾星辰便拉上我继续前进，走出石林之后，周遭开始弥漫着重重迷雾，时不时有尖叫声或是兵器相搏的声音远远近近地传来。更糟糕的是，我们始终没有等到肖羽回来，不知他在前方遇到了什么状况，又怕他回来找不到我们，所以我们也不敢走远。

此时天色渐晚，山中迷雾愈浓，夹杂着淅淅沥沥的水声，还有时而唑唑作响的蝮虫鸣叫，感觉静谧而又恐怖。就在这时，不远处传来一声凄厉的尖叫，那叫声从山顶直坠向山下，随后便听到山下传来一声闷响，便没了声音，当是有人不慎坠崖了。

"看来今晚要在山顶过夜了。"顾星辰闪亮的眸子向周遭仔细扫视一番后说道。

我在心中暗暗叹了口气,这山顶在夜幕和迷雾的笼罩下,确是不能视路,危机重重,实在不便前行,今日上山的人定是都被困在了这里。但是,一想到要和无数蛇虫共聚一山过上一夜,我不禁又起了一身鸡皮疙瘩。

好不容易找到一处难得的干爽地方,那是几块石头围成的一小块空地,我们便在此坐了下来,四周不见一根草木,无法生火,我们只能巴巴地坐在黑暗之中。

我心头一直萦绕着那两个黑袍人的对话,十分困惑,忍不住问顾星辰道:"主人,你知道一百年前的伐魔大会吗?"

他嗯了一声,我又道:"今天那两个身着黑袍的人说了一些话,恰巧被我听见,是关于我师父的,他们提起当年的伐魔大会,说那些人的真正目的并非报仇,而是想要寻找《四境星经》。难道真的是这样吗?"

顾星辰听到这些一点也不意外,只是依旧合着双眼:"他们所言不假,难道你一直都不明白吗?"

我愣住:"我……"

"当年杀到九天门去的,应当不止五大派的人吧?"

我愕然,当年,在百里崖上和师父大战并且将他带走的那些人确实不是五大派的,他们是赶在五大派攻上昆仑山时,趁乱追杀我和师父的。

想当初,我以为那些门派同五大派同气连枝,真的是为了讨一个公道才会那般作为,现在想来,这确实不太正常,他们要找的不过是我,何必要把九天门翻个底朝天,还把师父给带走呢?

我苦涩地点头:"的确不止五大派的人,原来当初一场劫难,找人是假,找书才是真,我还傻傻地一直在想有什么办法可以自证清白,以求他们还我师父。"

"你虽不知道这些,但你师父知道,当年安在你头上的那些罪名,其实漏洞很多,但那些人之所以都不去追查真相,并不是因为他们傻,所以,即便你找到证据证明自己的清白,亦是无用。"

我呆呆地靠在石壁上,忽然想起道书中有云:"天罡,罡者四正为罡,取四方之正中,乃吾心也。"而如今这世道,人心叵测,所谓名门正派亦各藏私心,打着正义的幌子行不义之事,所谓刚正之心何在?难怪那四句谶言中第一句便是"天罡断"。

不过,即便世事如此,我也不会退缩,无论如何,我都要找到师父。打定了主意,我也觉得困了,但又怕随时有蝮虫会来,仍旧紧紧攥着顾星辰的衣袖,他在我身旁盘腿而坐,闭着双眼问道:"为何还不休息?"

"我怕蝮虫,所以,不敢闭眼,想看看周围有没有什么东西靠近……"

"有我在,你无须担心。"

"可是……你不是要闭目养神吗?我要是睡了,那我们两人岂不是都看不见?"

"我的听觉,怕是比你的眼力要好。"他闭目端坐,自信满满地说着。

我却仍是紧张,又向他身边靠了靠,就这么坐了一会儿,我开始打起哈欠来,起初只需要甩甩头,便又能清醒过来,后来越发困倦,瞌睡上来时,只能狠狠掐自己一把,让自己痛得清醒一点,再到后来,我困得连掐都掐不动了,只好用手指撑开自己的眼皮,继续不断扫视着周遭可能出现蛇虫的一切角落。折腾了大半夜,最终我还是败给了瞌睡虫,昏昏沉沉地睡着了。

在这样一座恐怖的山上过夜,我竟然难得地睡了个好觉,醒来的时候,天边已泛起鱼肚白,我却不想起身,只觉得当下实在很舒适,于是就保持这个姿势,又睁着眼发了一会儿呆,然后,突然发现自己正枕在顾星辰的胳膊上。

我顿时紧张起来,他在后面一动不动,大约还没睡醒,于是我轻轻地抬起头,轻手轻脚地向一旁慢慢爬去,就在这一切进行得稳稳当当之时,头顶突然传来一声:"休息好了?"

我点点头赶忙站了起来,他也起身道:"肖羽一夜未归,想必在昨日的迷雾中失了方向,我们现在便去寻他。"

我们顺着昨天的行进方向继续前行,一路上乱石嶙峋之间,横七竖八地躺着一个又一个尸体,有的是满脸青紫的中毒之相,有的是身中刀伤或剑伤而亡。来到这里之前,我无论如何也没有想到,一份下落不明的《四境星经》,竟会导致人们如此疯狂地互相残杀。

"从一路死伤的痕迹来看,这些人都是顺着这个方向,在途中相遇并互相厮杀。"我看着这一幕幕血腥的场面,不由得想象着这里曾发生过多么激烈的搏斗。

顾星辰忽然停住脚步,我四下看看,并未发现什么异样,他却闭上眼睛,凝神听着什么。片刻之后,他忽然拉起我向一旁飞去,我们刚刚在两丈开外落定,地底下便传来轰隆隆几声巨响,紧接着,就在刚才我们所站之处,山石竟然山崩地裂般地裂了一条大口子。

这时前方传来一声声凄厉的惨叫,脚下的石块震动不停,让人有些站立不稳。突然,一阵刺耳的嗞嗞鸣叫声重重叠叠地响彻天际,顾星辰略一皱眉,便向前继续走去。这时的我已经被那恐怖而瘆人的声音惊得双腿发软,但一想到要找师父,不管遇到什么,我都不能退却,于是便紧紧抓住顾星辰的衣袖,跟他一起走了过去。

不一会儿,我看见了此生从未见过的可怖妖兽——一条巨大的九头蝮虫。

那蝮虫的身体犹如水桶般粗细,有好几丈长,通身黑红白三色相

第四章 西南　　257

间,最可怕的是那九个斗大的虫头,每个头上都长了刺角,吐出黑红黑红的芯子,发出令人毛骨悚然的咝咝声。

在那九头蝮虫的周身围了二三十人,拿着各式各样的兵器,个个都是铆足了全力与之搏斗。然而那蝮虫实是巨邪妖物,即便这么多人使出各自绝学拼死相搏,却也未被伤到,反而更加恼怒地伸出几个虫头,一连咬死了八九个人。

这时,一个熟悉的身影出现在不远处,是白隽和他身边仅剩的一名随从。那随从被眼前的可怕场面吓得挪不动步子。白隽看了看那九头蝮虫,朝它伸出右手,一枚巴掌大的金环从他袖中冉冉而起,放射出耀眼的光芒,那光环在他手中停了片刻之后,忽地腾空变大,在空中旋转之间放射出道道金光,直刺得人睁不开眼。

忽然看到多年前师父亲手赠予白隽的昆仑圈,我的心脏像是被狠狠地抽了一下。

一时之间,那九头蝮虫也被昆仑圈的光芒刺得晕头转向,几个虫头晕晕乎乎乱晃之际,昆仑圈的光环继续旋转放大,不断上升,直到停在那九头蝮虫的上方,那蝮虫便仿佛被施了定身术一般,只能原地扭动挣扎,却无法左右移动半寸。

白隽从旁一跃而起,手中提着一把白光森森的利剑,剑锋随着他的身影在昆仑圈的金光之下几番闪烁之后,四个斗大的虫头喷着黑色的污血,噗噗滚到了地上。

一时间,所有人都为之精神大振,纷纷提起手中之器飞身上前,欲要斩杀剩余的五个虫头,却没料想那九头蝮虫受了此番断头之痛,不但未有半分萎靡,反倒是勃然大怒,剩下的五个虫头仰天怒吼,发出穿透云霄的瘆人鸣叫,在昆仑圈的金光之下忽然扭动起了身躯,一眨眼间又咬死了五人。

我没料到那蝮虫会有如此大力,竟连昆仑圈的束缚也能挣脱。白隼当下也是目瞪口呆，一个愣神之际，被那蝮虫甩过来的巨大尾巴击中，狠狠地撞在一旁的山石之上，立时吐出一口鲜血。

他这一伤，昆仑圈也不再受他内力控制，光环瞬间消散，巴掌大的小环子又落回他的手中。

而那条九头蝮虫对刚才的断头之痛显是恨之入骨，如此一击并未平其心头之愤，加之昆仑圈的压制突然消失，那蝮虫立刻掉转了方向，疯狂地摆动着尾巴向白隼游去。

眼见白隼将要命丧当场，我一把撒开顾星辰的衣袖，向着那九头蝮虫飞奔过去，直到挡在了白隼身前，我顾不上多想便在半空抽出了腰间的凤骨笛，催动起封天咒来。

此时天空中雨落纷纷，云霄间传来孤雁的凄凄啸鸣，我方才将笛子祭到身前，正要催动真气之际，忽觉一阵凛冽的寒风从天而降，我在半空中被那强大无比的真气压制，不得不落回地面，无法飞起再行封天之术，一旁的众人也皆站立不稳，全都不能起身。

紧接着，一股搅天动地的强大真气如狂风般从上空席卷而下。我逆着风向空中看去，只见一个熟悉的身影停在狂风中心，手中长剑如虹光闪过，剑气犹如神龙摆尾般由空中呼啸而下，眨眼间，刚才还目眦欲裂的巨大蝮虫已然成为支离破碎的黑红肉块。

我呆呆地望着落回地面的顾星辰，他的脸藏在斗笠之下，并不能看得分明，我却清楚地看到他眼中满是寒彻心扉的阴郁，我与他隔着不到两丈远的距离，却被他此刻的样子震慑得不敢妄动分毫。

然而就在这时，我忽觉身体左侧传来一丝异动，转头之际，又一条小一些的九头蝮虫已从地下蹿到半空，与我仅咫尺之遥，狰狞着九只嘴巴向我扑来。

这个时候再祭出什么绝学都来不及了，我下意识地闭上眼睛等待死亡降临，就让一切都在这个时候结束吧。

第四章　西南

一阵疾风忽然掠过面颊,有人将我揽到了一旁,我睁开眼睛的时候,眼前一步远处是顾星辰的背影,他站在那小的九头蝮虫和我之间,手中的长剑向下滴着黑红黑红的污血,第二条九头蝮虫已碎不成形地落了一地。

我顿时松了一口气,可是,他的身体忽然一个晃动,以剑支地半跪着一条腿倒了下去。我冲到他面前去扶他,却见到他的左臂上有两个硕大的牙印,显是刚才被第二条九头蝮虫咬的。

我脑中刹那间轰然作响,赶忙在他身上到处摸索,很快找出了那瓶在市集上买的蛇虫药。我将瓶子里面的两粒药丸子都倒进了他口中,他的眼睛这时已经失了光彩,难以睁开,我大声喊着主人,他却没有回应,长长的睫毛垂了下去,身体也慢慢地向下滑去,倒在了地上。

我只觉胸口一阵剧痛,颤抖着抱起他的上半身,拼命摇晃着他,想要把他摇醒,他却蹙着眉心,缓缓地闭上了眼睛。

这时,我远远看到肖羽的身影,他正焦急地四下张望着向这边跑来,我忙大声喊他。他听到声音飞也似的疾奔过来,见我怀里的顾星辰已合了双眼一动不动,肖羽大惊道:"城主怎么了?发生了什么事?"

我的声音不住颤抖:"他刚才被九头蝮虫咬伤了。"

肖羽闻言大惊,他双手抱头深吸了口气,随即道:"城主不会有事的,一定不会有事。云姑娘我们走,我们带他找大夫去。"

他强忍着眼中的泪水背起顾星辰,我跌跌撞撞地起身跟在后面,身后不远处有人叫我,是倒在地上的白隼,他正唤着:"云声!别走……"可我此刻完全没有心思理会,只是头也不回地同肖羽一起带着顾星辰疾步向山下走去。

等我们到达山脚下时,晌午已过,我一路不停地去试顾星辰的脉搏,细若游丝但一息尚存,我们心急如焚地带着他往回赶,希冀能尽早找到神医为他救命。一路打问过去,走遍四五家医馆,那些大夫一听说是被九头蝮虫所伤,皆摇头叹息,只卖了些寻常的祛毒药物让我们试试。

直到天色放晚,我们仍未找到神医,顾星辰的脉搏已几近微不可察,而我们尚在乡野小路上跋涉,路窄且泥泞不堪,马儿不得不放慢了速度缓缓前行。半路中有一女子提着篮子与我们擦肩而过,随后她在我们身后大喊了声:"几位请留步!"

我和肖羽正急得六神无主,脚步并未停下,那女子从后面快步跑过来追上我们,对着肖羽大喊了一声"恩人"。

肖羽和我这才看向她,想起她和她相公正是那日在客栈被绑劫,然后被顾星辰救下的一对小夫妻。

她一眼看到顾星辰面色青紫、气若游丝的样子,大惊道:"恩公这是中了九头蝮虫之毒了!"

"正是,我们现在便要带他去找大夫,告辞了!"我说着便和肖羽又要加快脚步。

那女子却拦住我们:"你们随我来,我家有一味祖传偏方,或许能救恩公。"

我犹豫道:"这可是九头蝮虫之毒,你家偏方难道也能解吗?"

那女子点头道:"我家祖上有人中过九头蝮虫之毒,却保住了性命,据说当时便是服用了这个偏方。"

我和肖羽相视一眼,点了点头:"也罢,等赶回凉国都城怕是也来不及了,寻常郎中大概也没本事解此剧毒,那么便有劳小嫂子了。"

那女子领着我们来到她的家中,她一进房间便二话不说翻箱倒柜找了起来,很快找到了一个木盒子,那盒子打开便是一股扑面而来的药香,其中放着一粒葡萄大小的黑乎乎的药丸子,她闻了闻说:"就是这个,此药需要用滚开的水化开,你们稍待片刻。"

她端来一碗热气腾腾的开水,将那药丸放了进去,片刻之间,药丸便化作一碗黑乎乎的苦药,她将那碗药端给我,说道:"这是我家祖上偶然得来的药,当时一共得了两粒,先前祖辈有人中了九头蝮虫之毒,便用了一丸,如今请恩公试一试吧。"

我和肖羽连忙将药给顾星辰灌下,那女子又将最好的一间房让给我们休息,她自己则去了侧房。

喝了解药之后,又过了大约一炷香时间,顾星辰的脸色看起来终于好转了些,脸上的青紫之色逐渐褪去,我和肖羽总算松了一口气,但他仍未醒转,我们二人只好坐在一旁守候。

不一会儿,那女子给我们端来了晚饭,我和肖羽却都没有心情去吃,那女子劝解之际,对肖羽惊呼道:"这位恩公你也受伤了。"

我这才发现肖羽的肩头也在流血,他却摆摆手:"没什么,一点皮外伤而已。"

我忙问他如何受的伤,他叹了口气道:"那日我先行向前查探时,路遇迷雾,四下不能辨明方向,却无意中发现两个似乎是圣血堂的人,我想凑近探听他们说些什么,却被那二人发现,这才打了起来。"

"圣血堂的人也来了?星经若是落入圣血堂之手,天下怕是要遭劫难啊。"

"不错,我遇到的这两人功夫超常,绝非圣血堂寻常徒众,若非当日迷雾遮掩,我负伤之后趁雾躲藏,恐是已遭不测。"肖羽思及当日危情,仍是心有余悸。

那女子闻言道:"那些圣血堂的恶霸实在是残暴无道,那日我同相公去都城采买东西,便是被他们抓了去,若非遇到几位恩人,定是已命丧贼手。"说着又要下跪。

我忙扶她起来:"贼人当道,乱世难安,你们还需多加小心,那都城之中,恶人尤多,平日里若没什么要紧事,还是尽量免去都城为好。"

她连连称是,又对肖羽道:"恩人流这么多血,还是随我来包扎一下吧。"我见肖羽肩上一条刀伤确是不小,便连劝带推地把他赶了去包扎。

不眠不休地守了顾星辰一天一夜之后,我实在疲乏得抵抗不住,便同肖羽换岗,到侧房休息去了。这一觉睡得却很不安稳,梦中又出现了那个看不清脸的岚姐姐,她和我一起坐在河边,然后被背后一股神秘力量推落河中,我又一次眼睁睁地看着她在我眼前沉到河底,哭喊着醒了过来。

我向窗外看去,此时月明星疏,已是深夜,我担心顾星辰,便扶着晕沉沉的脑袋坐了起来。这时,那女子欢喜地敲着门道:"姑娘,恩公醒啦!"

我一听连忙下床,飞也似的奔了出去,只见肖羽正端着个空碗从顾星辰房中走出来,见我来了,他说道:"云姑娘,亏得你及时给城主喂了那两粒药,虽不能解毒,好在延缓了毒发攻心的时间,城主现在总算醒了,你快进去看看吧。"

月光从我身后凉凉洒下,在房门口投下长长的影子,我轻步走入房中带上门,只见桌上的烛火轻轻摇曳着,床榻之上却空空如也,不见顾星辰的影子。

我四顾一番,在最里面的墙角发现了顾星辰,他竟然坐在地上的角落里,抱着双膝蜷成了一团。

我连忙走过去扶他,他却使劲地挣扎着不肯起身,我见状便一边拉他一边劝道:"主人,你身体还没恢复,地上寒凉,还是起来吧。"

"不要管我!"他突然抬起头愤怒地吼了一声,将我的手甩开。

我却被他抬起头来的样子给震惊了。

我眼前的顾星辰,黑亮如缎的长发在身后倾泻而下,一对伏龙剑眉长长地斜飞入鬓,而眉下却不见了那双如星辰般流转的深邃眼睛。

因为此刻,他的脸上缚了一条青绫,将一双眼睛严严实实地挡了起来。

我一下瘫坐在地上:"你……你,是你……"

跟在他身边的这些日子以来,我竟从来没有察觉,他便是那个在我身边两次出现,却因为周遭光线昏暗,令我从未看清其真容的缚眼之人。

在遗玉之城外的星辰花间,在泯华庄幽暗的牢房中,那个恐惧得像孩子一样,紧紧抱着我不让走的缚眼之人,竟然会是那个汤凉两国都不能撼动的城主,竟然会是那个令大漠魔王世代忌惮的、神一般的顾星辰。

我惊诧得几乎以为自己在做梦,面前青绫缚眼的顾星辰,凌乱的长发垂在脸侧,在墙角瑟瑟缩成一团,看起来完全不像那位平日里如神祇般冷峻的主人,完全不像那位在我身后执着我的双手带我习武练功的主人,完全不像那位每当我遇到危难便会挡在我身前,为我击退一切危险的主人。

尽管眼前的一切太过匪夷所思,但我深知那个缚眼之人每次出现的时候是多么无助,不知道在害怕什么,就像个失魂落魄的孩子,需要温暖和安慰,于是我再次上前抓住他的双手说道:"主人,别怕,我是云儿,我在这里。你不是喜欢听我吹笛子吗?我再吹给你听好不好?"

他先是反抓住我的手,像找到救命稻草般,颤抖着将脸深深埋进我的双手中。过了一会儿,又好似下了很大决心一样将我双手甩开:"我不要你管,你走……"

我不明白他为什么会这个样子,更不明白他这次为什么要赶我走,我只得站起身来,慢慢走到门前,然后回头看他,只见他将头深深地埋在双臂之中,身体仍在战栗,我无奈地走出去关上房门,然后在小院中的石凳上坐了下来。

秋风徐徐,月色寒凉,我拿出笛子,轻轻叹息:"笛子啊笛子,你说,我是不是很笨？"

笛子在月色下泛着蓝莹莹的光泽，周遭一片寂静，时而有几声虫鸣，显得我手中的笛子更加寂寥，我将它举到唇边，十指轻轻按上莹润的笛身，那熟悉的旋律又一次在夜色中飘散开来。

在笛声的笼罩下，我脑海中翻涌着一幕幕过往片段：初到遗玉时，在星辰花间摔到顾星辰的身上；刚到泯华庄时，在他书案边心不在焉地侍奉，而打翻一壶茶水；在牢房里想要从他身上越过下床，却被他一把拽回身边；在焱山的小溪旁，他在月下温和地靠近我，对我说着别怕；在玺华宫的内院中，他同白隼大战一场后，霸道地将我带走；在吃了我做的药包子后，憨态可掬地对我微笑；在小院中站在我身后执着我的双手带我练功，还故意挨了我一棒；在羽山上替我挡住九头蝮虫的攻击，自己却因而被咬伤中毒，险些丧命……

想到这些，我的脑中和胸口都开始窒闷痛楚，我分不清这是因为残毒发作还是什么，只觉得非常难受。

我就这样在院中呆呆坐了一整夜，第二天一早，肖羽给顾星辰送药时看见我，吃了一惊："云姑娘，你在这里坐了一夜吗？"

我点点头："睡不着，所以坐在这里吹吹风。"

看着肖羽向房间走去的身影，我还是叫住了他："他的眼睛……"

肖羽转回身来，叹了口气道："事到如今，也无须再瞒你了。城主他确有眼疾，平时需要定期缚眼医治，如若身体受到重创，也会引起眼疾复发。"

"到底是什么眼疾呢？"

"这我也说不清，反正从我自小跟随城主开始，他就是这样的。"

"他有时候好像身体突然变得很虚弱，没有内力一般，也是因为这眼疾吗？"

肖羽点头："不错，城主每回眼疾发作时，那一天一夜便会失去内力和武功。尊主说,其实他不是真的失去内力,而是心魔作祟,具体的我也不太清楚。这件事还请云姑娘一定要保密,如若传了出去,只怕城主会有危险。"

我好像忽然明白了什么,怪不得他总是喜欢闭目养神,怪不得他说自己的听觉比我的眼力还要好……

"把药给我吧,我来送进去。"

等我进到屋里的时候,顾星辰已在床上闭着双眼盘腿而坐,面上也没了昨晚那条青绫,我将药碗端到他身边:"主人,喝药了。"他却恍若没有听见,向着屋外唤了声肖羽。

肖羽应声进来,顾星辰问他道:"那日在羽山之上,可有其他发现?"

"回禀城主,当日我在迷雾中遇到两个可疑的人,像是圣血堂的高手,功夫不但高强而且十分怪异,其中一个好像还是个女人,只听到他们好像也在说寻找星经,属下技不如人,功夫不敌他们,没能将那二人擒住。"

我问道:"那两人是否一身黑袍?那女子是不是还带着一只黑鸟?"

肖羽点头称是。我撇了撇嘴:"我也遇到他们了。"

顾星辰说道:"看来,我们要在凉国稍作停留了。"

肖羽向顾星辰问道:"城主有何吩咐?"

"此次羽山所遇之事有些蹊跷,那九头蝮虫很可能受了星经中的驭术所控,否则不至于那么多高手同时围攻都拿不住它。"顾星辰若有所思道。

肖羽十分诧异:"驭术是什么?"

"《四境星经》若依邪法修行,可能练成的一种邪魔之法。"

我不禁愁道:"之前我听师父说过,多年以前的正邪大战,便是因邪派首领如风率邪众练就了邪门妖法，正道各派联合都没能取胜，最后还是靠九天门师祖祭出封天咒才平定那场血战的。如今这情况，难不成是邪魔教派死灰复燃吗？"

肖羽再度诧异道："这邪门歪道竟这么厉害？那我们接下来该怎么办？"

顾星辰气息微促："如今此术在凉国出现，接下来妖人肯定还会有更多行动，我们需要找出幕后之人，设法阻止他们利用邪术害人。"

他看着面色很差，显是受毒虫影响，我忙道："那也要先把身体养好才行，快把药喝了吧！"

他仍不理我，我便同肖羽使了个眼色，肖羽当下会意，也在一旁劝道："是啊城主，这九头蝮虫之毒非同小可，您还是赶紧把药喝了吧。云姑娘很担心您的身体，在院子里守了整整一晚都没睡。"

顾星辰垂着眼帘不说话。

"精神这么好？"过了会儿，他冷冷接过药碗一饮而尽，"从今天起，每日练功加倍。"

半炷香工夫后，我老老实实地提着剑，同顾星辰一道站在院中。小嫂子家男人外出做工去了，家里只有个还不会走路的娃娃和一位老母亲，小院东北角是一小块圈养的鸡鸭，旁边则有五个人偶，分散立在院中，形似五个小稻草人，是娃娃的爹用木桩和稻草扎成的，顾星辰伸手一指："今日我不陪你了，就用它们来助你练练吧。"

"啊！它们？"我看看那五个木桩身子、稻草头发的丑丑人偶，很是不解。

"这次在羽山中，第二条九头蝮虫攻击你的时候，你为何闭眼不动？"

"因为，那蝮虫有那么多个虫头，我根本来不及应付。"

"所以，今日起要你练的，是面对多个对手时的反应速度。练习时以最快速度,用内力攻击它们的头部。"

说罢,他拿过剑,我还没来得及看清他出了什么招,便已觉有风掠过,再转头一看,那五个玩偶的稻草头发已然统统换了个造型。

"你无须使力,只练速度即可。"他将剑放回我的手中,"小心点,别把小朋友的玩偶弄坏了。"

我目瞪口呆地看着那五个人偶,顾星辰给它们变的发式委实难看,他却浑然不觉,轻咳了一声之后便缓缓向房间走去:"我晚些再来检查,我不说停便不许停。"

他今日对我始终冷言冷语,想必是因我此番在羽山想要救白隽一事惹恼了他,如此我便更不敢有二话,乖乖提着剑在院中练习起来。

半日光景,未央在我手中左指右点,将那五个玩偶头上的稻草变了无数种花样,小娃娃午睡醒来,发现了院中动静,便睁着大眼睛趴在窗台上,兴奋地拍着小手围观,奶声奶气地笑了一下午,虽然他不明所以,但我也算有了个小观众,因此练得不亦乐乎,一开始我的速度太慢,只能一个一个地攻击,最后练到天色擦黑,终于也可以一击同时命中五个目标了。

可我毕竟一整晚没合眼,练着练着困劲又翻了上来,有时眼睛一花,五个玩偶能变成七八个甚至更多,但顾星辰还没出来叫停,我便只好强打着精神继续。这时,小嫂子家的老母亲出来赶鸡鸭回窝,颤巍巍地对我说了声:"年轻人,我家孙子都已经睡着啦,没人看表演了,你也去歇歇吧!"

我尴尬地笑了笑,也不好解释我这是在习练武功,只得打着哈欠应着:"无妨无妨,我闲着也是闲着,正好活动活动。"

我强撑着已经打架的眼皮,又一剑挥了出去,顾星辰冷峻的声音突然响起:"云儿!"

我被他这一声严厉的呵斥吓得瞬时清醒过来,只见他正一脸阴霾地站在我身边,我忙向人偶们看去,刚才确实全部击中了,还很整齐,看着明明不赖啊。

正在这时,关好鸡笼的老太太站起身来朝我们点头,她原本整齐的发髻竟变成了怒发冲冠的造型,同五个玩偶的头顶一模一样,看来是被我刚才失手的剑风扫的,可她毫不知情,正浑然不觉地看着手足无措的我。

顾星辰从我身旁走过,关切地问老太太道:"老人家,您还好吧?"老太太不明所以,只是对他点头道:"我好得很呀!刚才好大一阵风啊,你们也早些休息吧!"

目送老太太冲天的头发扫着门框进屋之后,我看着负手站在身前的主人,一时之间不胜惶恐,我见他静默不语,忍不住开口问道:"主人,你身体好些没?"

他仍是沉默。我心中又是一阵忐忑,只好再问:"那……我今日练功可以结束了吗?"

一阵秋风拂面而来,带着凉凉的寒意,吹起顾星辰披在身后的长发,乌黑的发丝飘摇之间,恍若搅乱了时空。

"你同他如此情意深重,当真能安心跟随于我吗?"他声音低沉,劈头便是一句令我措手不及的话。

"主人……你这是何意?"

"那日,我强行将你从玺华宫带走,并不曾问过你的想法,莫不是,我强人所难了?"

他说话时,墨蓝色的衣衫在风中猎猎飘动,而我却分明觉得那风是吹在我的身体里,令我胸口一窒。

"就算那日你不来,我也会想其他办法离开玺华宫。"

"是吗?"几片落叶从他身侧落下,"在羽山上,你既能为他不顾生死,却为何不追随于他?"

第四章 西南

他的背影看着甚是萧索。

"我还要寻找师父,不可能一直留在玺华宫,我必须尽快回来。"

"原来如此……"他苦笑一声。

我补充道:"再说,我当年同他之事,全属懵懂无知、年轻妄为,若非如此,又怎会闯下弥天大祸?椎心懊悔,难以言述,又岂敢再有荒唐之举?"

"他的想法好像与你恰恰相反。"

我当即郑重表态:"不管他人是何想法,云儿对主人绝无二心!"

这时,他终于转过了身来,这几日因中毒而苍白的脸上又颓然了几分。

"顾某一生,受命运羁绊,身不由己,却从不愿勉强于人。"

我愣了一愣:"云儿从来只会闯祸,身染剧毒亦不自知,若非蒙受主人相救,如今怕是早已死于非命,主人深厚恩义,云儿又岂会不知?能够追随主人,是云儿的造化,绝无半分勉强!"

我对他说出的这番话,实乃肺腑之言,他看着我,眸光闪闪,面上表情似是苦笑,又似不是,我见他气息微促,显是中毒之后尚气虚体弱,刚要伸手相扶,他却转身向房间走去:"今日便到此吧,你可以休息了。"

次日,顾星辰自觉身体恢复许多,又嫌我在别人家中诸多惹事,于是告别了小嫂子一家,向凉国都城出发。回程这一路上,心情不似来时那般紧张,我这才发现原来凉国风光一点也不输汤国,近处山明水秀,层层麦浪,远处更是秋色如金,层峦叠嶂,此地虽处山野,却不知比都城有生气多少倍。

不远处传来孩童的嬉闹声,循声望去,前方稀稀落落的一片小林子后面,一条清清小河如泛着银光的丝带般铺向远方,孩童们在河边追逐打闹,好不欢快。

我们将马牵去饮水,这河很是清浅,有几个稍大点的孩子正站在河中戏水,还有几个年纪小些的则在岸上掷水漂,其中一个小姑娘试了好几次都掷不好,小嘴一张哇地大哭起来。

其他孩子并不理她,她一人落单,哭得好不伤心,我见那小姑娘不过三四岁年纪,白嫩嫩、粉嘟嘟,虽在大哭却着实可爱,忍不住上前哄道:"宝宝乖,你莫要哭了,我来教你好不好?"她闻言停止了哭泣,也顾不上擦擦眼泪,就奶声奶气地直说好,我便捉着她软乎乎的小手,带着她一起反反复复掷了二十来下,眼见着小石头在水面上蹦得又远又高,她开心地拍着小手跳了起来:"太好啦!我的石头跳得最远啦!"

我帮她把哭花的小脸擦擦干净,这才发现她身上的衣服很是破旧,不但打了四五个补丁,还有些小洞没有补上,大约是洗了太多次,底子里头红红的颜色已褪得斑驳发白了,更糟的是,她的上衣前襟和袖子明显已短了一大截,举手投足间白嫩的小肚子和半条手臂总是露在外面,冻得她时不时便打个小喷嚏。

我看着很是心疼,摸了摸她的小手,虽然当下并不算冷,但她毕竟衣不蔽体,小手还是有些凉。我想了想,自己身上外披的一件素色云丝短罩衫是此趟临行前,顾星辰给我配发的新衣,刚好短短小小,我便将它脱了下来,把两只袖子卷好给那孩子披上,在她身上虽然大了点,但至少不会露出身体了,我笑道:"还是宝宝穿得好看呀!这件衣服就给你穿了!"

她开心地咯咯笑了起来:"好好看呀!我还没穿过新衣裳呢!可是娘说,不能要别人的东西。"

我惊讶不已:"你爹娘不给你买衣服穿吗?"

她摇摇头道:"我爹不见了,娘说,雪雪糖的坏蛋把爹爹抓走啦,我们家的东西也被抢光了,那些坏蛋还打了我娘,把她的腿都打断了。"

我闻言很是心酸,知道她说的是圣血堂,真没想到圣血堂的魔爪竟然伸到了这样偏远宁静的村庄。这天下难道就没有一个不受恶人残害的地方了吗?

"这衣服呢,其实不是我的,是你娘以前借给我的,我现在还给宝宝罢了,你就穿着回去吧!"我于心不忍,只好撒了个谎。

这时不远处响起大人的吆喝声,几个衣衫褴褛的男男女女正在朝这边的一群孩子招手,小姑娘回头看了一眼,对我说道:"娘叫我回家吃饭啦!姐姐再见!"

我老脸一红:"是老婆婆啦!回去要好好听娘亲的话哦!再见啦!"她眨巴眨巴水灵灵的眼睛,不明所以地笑着跑开了。

我心情沉重地回到饮马的地方,只见到顾星辰一人立在河边,左右不见肖羽的影子。

"肖羽呢?"

"刚才接到探子的信号,我让他先去会合了。"顾星辰转头看到我,立刻微微皱着眉将头偏了开去,"你衣襟没系好。"

原来刚才只顾着将外衣脱给那孩子,却没注意到自己里面衣领都散开了。我正整理着身上衣服,忽然瞥见河面从上游漂下银光闪闪的一物,等那东西漂到近前,我够起来一看,惊道:"不好!"

"怎么?"

我忙转身递给顾星辰看:"这是九天门男弟子的佩剑。"

"看来他们在上游遇到了麻烦。"

我们急忙上马朝着上游飞奔过去,不一会儿便听见刀剑相击之声,到近前一看,竟是二十几个人乱七八糟地混战一团,其中我能认出的便有三个九天门的师弟,另外还有江南双雪姐妹俩。

那些我认不出的人穿着打扮完全不同,看着也不像是一伙的,真不明白这打的是哪一出。我见一名师弟已然右臂受伤,手中无剑,想来河上漂的那把剑便是他的了。

我当下飞身到师弟们身边,抽出未央左右挡开那些杀红了眼的人,带师弟们冲出这混战的圈子,还没等站定,身后又有四人追来,不分青红皂白举着大刀就砍。

我忙拦了一拦,大声问道:"你们是何人?为何混战于此?"

冲在最前面那人见我没有进攻之意,便停了步子说道:"此趟羽山之行,我们掌门带着几个兄弟上了山,之后便再没回来。我们守在回程必经之路上,遇到两个从山上下来的人,说我们掌门是在山上被九天门的人谋害的,我们埋伏在此,就是要给掌门报仇!"

我身后几个师弟一听便大叫起来:"胡说八道!我们何时害过你们掌门?怎么如此血口喷人?"

另一边正奋力拆招的江南双雪也叫道:"这伙人也是,非说我们姐妹杀了他们师父,简直是蛮不讲理!"

顾星辰从马上跃起,掠至那一圈人中,离殇剑气如风卷残叶,瞬间将周围所有人手中之器叮叮当当尽数挑落在地,他一边缓缓收剑,一边道:"你们轻信人言,怕是中了他人之计。"

那些人面面相觑道:"我们与他们无冤无仇,他们又何必设计于我们?"

我身后的师弟们说道:"我们确实没有杀你们掌门,我等到达山顶的时候,山上早已死了一片。再说了,我们与你们也无冤无仇,又为何要加害于你们掌门?"

江南双雪也点头道:"不错,我们姐妹因为走错了道,绕了好大一个圈子才到羽山,登上山顶之时,除了一片死人之外,其余人早都下山去了,你们也不想想,我们如果真的杀了人,难道还故意留在山上,守着那些尸体到现在才下山吗?"

那些刚才与他们厮打在一起的人你看看我,我看看你,一时也没了主意。

顾星辰又道:"你们遇到的那些人,恶意散播这些谣言,显然是想挑拨各方关系。羽山之行,本身就是个局,你们若是如此轻易中计,正道各派今后相互猜忌怨恨,怕是正中了别人下怀。"

其中一人冷哼了声,对我身后几个师弟不屑地道:"就凭这几个毛头小子的身手,谅他们也没那个能耐杀得了我们掌门。"

另一人向顾星辰问道:"那依阁下之见,我们又该向何人报这同门之仇呢?"

"很简单,谁设的局,谁便是你们该找的人。"

那些人交头接耳几句之后,一个带头的拱手说道:"阁下一语点醒梦中人,敢问尊驾是何派高人?"

"在下无门无派,只是不想见奸人计谋得逞,乃至连累无辜而已。"

"此事我等自会回去禀明众位师伯师叔再做打算,告辞!"

那群人捡起各自兵器,呼啦啦地很快走远。我将拾到的剑归还给师弟,问道:"云远师兄呢?"

他们听我如此发问,均是十分诧异:"姑娘认得我们师兄?"

"我……当然认得他,因为我也是九天门弟子。"我说着拿出多年不曾亮出的九天门弟子腰牌,上面刻着云字辈弟子共同的"云"字。

"原来真是我们的师姐啊!不过倒是从未见过您呢!"

"我年岁大了,又长年不在门中,你们未见过我实属正常。"

"云远师兄今天早上还同我们一路,可半路上杀出来一伙强人,云远师兄跟他们打着打着便追得远了,我们落在后面又遇上刚才那些不讲理的家伙,被拦截在此处,这才走散了。"

如此说来大师兄当就在附近不远处了,于是我连忙同这几位师弟道别,和顾星辰先行向前寻找大师兄的踪迹。

大约行了半里路,果然听见尖锐的刀剑之声,我循声望去,远远地就看见一身白衣的大师兄,他正与两个身着红衣的年轻男子相搏,其中一个已体力不支,打了没几下便被大师兄踹飞到一边,那人趴在地上不住地蹬着腿,却再站不起来;另一个剑法倒是不赖,腾空翻转招式灵活,手中之剑疾旋疾刺,只片刻工夫,已见大师兄拆了他不下数十招。

就在那红衣男子变招的瞬间,大师兄身法忽变,承影剑如旋涡般随他御起的真气迅速旋转,一时间,只见剑影不见剑身,连人带剑恍如分身光影向前袭去,这便是大师兄的绝技——剑影飞霜。

红衣男子一下傻了眼,举着剑却不知该如何防御,对着面前只是一阵乱舞。片刻间,那团白色的人剑之影忽然消失,大师兄已然站在他一步之遥,承影剑锋直抵他的咽喉。

红衣男子吓得一动不动,口中不断告饶,大师兄道:"你们是火莲洞的人吧?究竟为何要为难我九天门中人?"

那人有些底气不足地愤愤道:"我们,我们本无意加害于你们,只是听闻你们九天门的人在羽山上害了我家师父,这才向你们讨个公道。"

"一派胡言!我们在羽山上连一个活人都没见到,何谈害人?"大师兄闻言甚怒,"是什么人跟你们说的?"

"我们,我们也不清楚,我们不认得他们。"

"几个不明来历的人信口胡诌的话你们也信?"

"可是……"那红衣男子急得面红耳赤,汗也从头上流了下来。

"你们走吧!"大师兄将剑从他脖颈上撤下,冷声道。

"你……你不杀我们?"那两个红衣男子俱是不能相信。

"我与你派无冤无仇,为何要杀你们?"

那两人互看一眼,拱手惭愧地道:"看来确是我们误信人言,得罪了!"

待那二人走远之后,我下马飞奔过去,热泪盈眶道:"大师兄!我总算找到你了!"

大师兄看了看我,愕然道:"你是……?"

第四章 西南 275

"我是云声啊！"

我说着掏出腰牌给他看，他却仍是不信："不可能，你与云声相貌完全不同，怎可能……"

我便简要说了当年因负师命于百里崖上苦熬百年，独自修炼祛毒之道，以至容貌尽改。

他沉吟道："我确曾听闻掌门师伯提起过，本门有种修炼秘术，习之日久可令人筋骨容貌俱变……"

他又仔细打量我一番，忽然发问："你说你是云声，那你可知我给史修先生的酒他可还满意？"

我汗颜道："时而满意时而抱憾，此乃我常常偷喝之后掺水的缘故。"

大师兄闻言当下激动不已，红着眼眶扶住我的双肩："这件事除了我，便只有云声知道，你果真是我的小师妹云声！"

大师兄可算是看着我长大的，从小对我关爱有加，犹如亲生兄长，此次久别重逢，我们不禁抱头痛哭，考虑到顾星辰还在不远处等我，不便开怀叙旧，我只得抓紧时间问大师兄道："如今可有师父下落了？"

他摇头："目前还没有，当初掌门师伯失踪之后，玄明师伯和我师父曾亲临五大派各处要人，他们都推说伐魔大会之后，掌门师伯便不知所终，他们不知人在何处，但我唯恐他们有所隐瞒，因此，一直暗中追踪五大派的一举一动，以期有所发现。"

"那么，'断祇何续，莫失遗玉'这八个字，师兄又是从何处听来？"

"那是我们在伐魔大会旧址搜寻了数遍之后，在一块石头上发现的血书，内容仅此八字，而此书笔迹，正是掌门师伯本人。"

我大惊："原来这八个字是师父亲手写下的？"

"正是。我们发现这八个字后，为免泄密，已将之用水冲刷干净，但始终没能参透究竟是何含义。"

之前我千思万想，却也未曾料到，这八个字竟是师父亲手写下的，而冥冥之中我能来到顾星辰身边，仿佛是命运的牵引，让我去破解师父留下的这句话。

我略略平复一下心情，想到之前顾星辰对我交代过，不能对外泄露有关他的事，便对大师兄说道："如今我正在追查这八个字的因由，那边那位有恩于我，给了我诸多帮助，多番救我于危难，并且师父留下的那句话与他亦有莫大关联，我便暂时追随于他，以便查找师父的下落。"

大师兄点头道："既是与掌门师伯的留言有关之人，你能跟随于旁自是再好不过，但一定要小心保护自己。"

他向顾星辰那边看了看，赞道："此人竟如此气度不凡，颇有王者之风，想必不是凡夫俗子，你跟着他倒也胜过一人乱闯。"

于是我和大师兄约定，由我跟随顾星辰，寻找破解那八个字的线索，而大师兄则继续四处打探，如此分头进行。

次日，我和顾星辰到达凉国都城，此时城内一片喜庆，到处张灯结彩，连衽成帷，与我们初到之时完全判若两处。

我跟着顾星辰奔走了一阵之后，前方人山人海，挤入人潮后全得靠着两手不停扒拉，才能勉强缓慢前行。可是如此走了好一会儿，我们仍被困在闹市之中，我见身旁一位大妈挤得满面春风，忙喊住她询问道："请问今天有何喜事？为何城中如此热闹？"

她眉开眼笑地说："你们还不知道啊？今天是咱们慧文公主生辰，一会儿公主要出来巡游，还要给大家散发礼品哪！"

我闻言很是好奇，说起来我也是凉国人，很想看看这凉国公主是个什么模样，反正眼下这么多人，也无法穿行，于是便央求顾星辰在此稍作停留，等人潮散了再继续前进，也顺便让我开开眼界，他却颇嫌无聊，自己进到一旁的茶楼里喝起茶来。

不一会儿，巡游队伍过来了，打头的是几名粉妆碧衣的妙龄女子，

第四章　西南　277

一路挎着竹篮抛撒花瓣香露,远望去如若仙女下凡之前的景致。通常来说,做出这等隆重的铺垫之后,后面定会出现一位不同凡响的重要人物,因而更引得我心痒痒地想要一睹公主芳容。

巡游队伍愈趋愈近,挤在两旁的人群开始骚动起来,一架嫣红色四方大轿被八个人高高抬在肩上,向这边缓缓走来,那轿子四面透空,悬挂着半透的金丝纱帘,所到之处,从帘内不时抛出一个小礼品,引得周围百姓一阵阵哄抢。

随着那轿子逐渐靠近,轿中之人的模样渐渐清晰起来,那是个穿着华丽的年轻女子,顶戴八宝琉璃镶嵌的小巧玉冠,额前缀着细细的红玉流苏,她一路不停地向两边的人群微笑招手,还时不时地向众人掷出小礼物来。

人群中发出阵阵赞叹:"慧文公主生辰竟然出来给我们发礼物,真是心系百姓啊!""是啊,我们凉国的公主果然超凡脱俗呀!"

几件晃着金光的小物件被公主从轿辇中抛了出来,引得我身旁人潮一阵骚动,其中一个小玩意不偏不倚地落到我的胸前,我便顺手接住,这小玩意沉甸甸的,是个金光闪闪的小铃铛。

这时,旁边一个小孩也抢到一个小玩意,只是还没来得及细细观赏,就被她身边几个大孩子一把抢了去,那孩子眼见着他们转眼就在人群中窜得没了影子,不由得伤心地哭了起来。

我从后面拍拍她,她转过身来一边抽泣一边迷茫地看着我,我在她面前晃了晃手中的金色铃铛,她立刻睁大了眼睛:"好漂亮啊!"

"喜欢吗?"

她使劲点头。

我摸摸她的脑袋:"别哭了,我可以把它送给你,不过你要答应一个条件,行吗?"

她更加使劲地点头。

"回家以后呢,跟你爹娘说,让你好好学点功夫,以后别再被坏孩子欺负了,好吗?"

她眨眨水汪汪的眼睛:"我记住了!"

我正逗着她玩那小铃铛,忽听人群中发出惊叫,紧接着人们突然疯狂地推挤奔跑起来,原来刚从两侧屋脊上跳下四个黑衣人,正朝着公主轿辇袭去。

跟在轿子后边的八名护卫立时拔剑阻拦,与黑衣人当街交战起来,两旁受到惊吓的百姓四处逃命,街边小摊俱被踩了个稀烂,跑得不利索的还被后面蜂拥而至的人群踩倒在地,一时之间,到处都是伤者的哀号惨叫。

我身边的孩子已吓得腿软,我忙将她揽在怀中靠到墙上,待这一片受惊的人们退散之后,我方才看到不远处的护卫和刺客们正在激战,已经有几个护卫受伤倒地,四个黑衣人仅有一个负伤,眼见着三个黑衣人逼得另几个护卫节节后退,其中一个一直退到我们面前,那孩子在我身旁吓得大叫,我刚刚将她挡在身后,面前那护卫便中了一刀,他倒下之后,出现在我眼前的是一个手持长刀的黑衣人,黑布遮面,却掩不住凶狠的目光,一看见我,举刀便砍。

我忙抽出未央抵挡,那人力道很大,未央每每与其长刀相撞之时,总是震得我虎口酸麻。叮叮当当拆了他几招之后,他左手似要发出一掌向我肩头击来,谁料那手在半空中一晃,又换作了长刀直劈我面门,我慌忙举剑之际,刚才晃开的那左手竟不动声色又朝我腕间劈来,欲卸去我手中之器,我连忙后撤未央,却因此不得不令中庭失守,就在这一瞬,他长刀径直趁这疏漏的间隙猛一刺进,我下意识地低头往刀尖所指望去,看来这一刀是在劫难逃了。

我眼睁睁地瞧着那刀尖进到我身前不到一寸,却突然停住不动,我抬眼一看,那黑衣人在我面前突然顿住,两眼一翻便倒在地上,站在他身后的是面色仍显苍白的顾星辰。

不远处另两个黑衣人刚刚砍了最后一名护卫,见到这边的情形,便一齐朝顾星辰扑来,我担心他尚未康复不便打斗,连忙上前想要帮忙,他却抬手将我拦住,此时,两个黑衣人已在空中齐整整地推出两掌,呼呼掌风气势汹汹,绝非普通刺客,顾星辰与之相敌片刻,双方都被震开几步。

我很是不安,以顾星辰的功力,本来哪怕只用上十分之一的力道,便能将这两个刺客打得起不了身,可如今竟这般力不从心。

念及于此,我忙迎上前去,不让那二人再靠近顾星辰,无奈双拳难敌四手,我之前同顾星辰练来练去,也只是对个双拳,如今面对这两人灵活的四只拳掌,我打得好不忙乱。

正当我眼花缭乱之时,忽而只觉胸前一凉,大约是被其中某只手的掌风掠到,我正欲再度反击,顾星辰忽然抢到我前面,将那两人打退了好几步。

那两人见状,齐齐举起长刀向顾星辰砍来,却见他唰地腾空而起,眨眼间已落在二人身后,那二人还没反应过来,他已咔嚓一声拧了左边一人脖子,顺势接起那人手中长刀,待另一人回转过身,举着大刀劈来时,顾星辰已手起刀落,向后跃开一步,黑衣人从肚腩到面颊即刻现出一条长长刀痕,那人不可置信地僵在原地,张了张嘴似乎想说什么,却终是发不出声音,咚的一声栽倒在地。

我让身后的孩子赶紧回家,顾星辰则扔了长刀,拉起我就走,身后忽然响起清亮的嗓音:"英雄请留步!"

我停下来回头去看,轿中的公主正拨了帘子朝顾星辰望过来,他却立在原地头也不回,那公主高声问道:"慧文多谢英雄出手相救,还未请教尊姓大名。"

这时顾星辰右手正抓着我的手腕,我忙晃了晃胳膊示意他赶快回话,他却背对着轿辇冷声道:"我并未相救于你,公主无须挂怀。"言罢抬腿便走,我被他拉着,不得不小跑跟上,又觉得他对慧文公主如此态度委实倨傲无礼,只得边跑边匆忙回头,对满面不解的慧文公主喊了句:"他就是个怪人,公主千万别介意呀!"

顾星辰一路拉着我转了几条街,我见他走得风风火火,忙问道:"主人,你这是有什么急事吗?怎么走得这样匆忙?"

他速度不减,咳了几声道:"不是说我是怪人吗?我这是配合你啊!"

我愕然:"我不是那个意思,刚才我是觉得,你对慧文公主的态度有些不好,我只是打个圆场而已。"

他不再吭声,径直拉着我进了家好大的衣铺,我不由得笑道:"你匆匆忙忙跑这么快,难道就是急着买这些?"

这时一个妇人迎了上来:"哎呀,公子爷啊,你们真是好眼光呀!我店里的呢,都是凉国最上等的衣裙,最配你家夫人!你们喜欢什么样的?我来给你们介绍。"

我听她把我当成了顾大城主的夫人,心中好不尴尬,连忙开口解释道:"其实我是他的……"顾星辰却突然打断我,言简意赅地说道:"把适合她的都拿出来。不过,领口大的统统不要。"

"哎哟这位公子爷真是细心,我还是头一回见到对夫人的衣着这么上心的人呢!我们这里什么样的都有,你们等着,我给你们拿去,保证符合公子爷的要求。"那妇人一边笑着一边往内室走去,我瞥了瞥顾星辰:"这么着急给我买衣服作甚?"

他黑着脸,冷冰冰道了句:"衣衫不整,成何体统?"

"我衣衫不整?我哪里……"我很不服气地反驳道,一偏头却从铜镜里看到自己已然没了外面罩衣,如今身上剩的这件前襟确是凌乱了些,想必是刚才一番打斗之中弄的,我忙转身系好,嘀咕道,"刚才情势紧急,哪里顾得了这许多。"

这时,那妇人抱着一大堆衣裙走了出来,她动作利索地把它们全部铺在了案上:"瞧,这十套呢,都是最新的上等佳品,而且都是领口小的样式,姑娘你跟我进来试试吧。"

我跟她进到内间,套了一身浅青色的裙衫,没有妖艳的红带绿袍和拖沓的水袖长纱,只是通身素淡的如云锦缎,很是利索。我往落地铜镜里一望,还有点像九天门女弟子的行头呢!

那妇人兴高采烈地拉着我回到前厅:"哎哟喂,公子爷您快瞧,她穿成这样可不就是仙女下凡嘛!"

顾星辰眉眼扫来,眸光似是闪了一闪,那妇人笑道:"怎么样?看公子爷的眼神啊,我就知道您肯定满意!另外那几套呢,同这个相似,只是颜色、质地不同。"

她边说边指着案上另外九套呱嗒呱嗒一一介绍过去,什么这个江南绢帛最细滑柔软,那个西域丝麻最凉爽轻快,又是什么刺绣出自哪位名家之手云云,我听完她一番长篇大论后拒绝道:"这些都太精贵了,有没有普通点的?"

还没等老板娘回话,顾星辰便评论道:"我看这些就普通得很。"

那妇人当即挤眉弄眼地对顾星辰竖起了大拇指,转而对我道:"公子爷都发话啦,您就别再犹豫了!怎么样姑娘,你看你喜欢哪一套呢?"

刚才她一番天花乱坠的解说已令我云里雾里了,正准备说就身上这套好了,顾星辰冷冰冰的声音却又一次响起:"不用选了,全部包起来。"

那妇人闻言眉开眼笑地直拍桌子:"哎哟这位公子爷一看就是人中龙凤,果然出手不凡呀!"

我惊叫起来:"买这么多作甚?"

他将银子放到那妇人面前,淡淡道:"有备无患,谁让你这么喜欢脱衣送人？"

他付了钱后转身就走,我追在后面抗议道:"我不过是来当侍女的,哪个侍女穿得如此娇贵?让别人看着多古怪啊!"

他停下脚步,皱眉道:"别人看着?你要让谁看?"

我顿觉失言,忙改口道:"我不是那个意思,但是穿成这样,我再做什么事情都要缩手缩脚,怕弄坏了。"

他转过身便往回走,边走边道:"那便去把店里的全部买了,总够坏了再换的。"

我一听赶紧跑上去拉住他:"不可不可,那店里再没有符合你要求的了,我总不能穿那些敞胸露怀的。"

他果然停下脚步,沉吟道:"所言极是。"

我再不敢乱说话,乖乖抱着一大包衣服跟着他向城南方向走去,最后来到一座古朴的宅院前停了下来,原来他们在凉国也是有隐秘据点的。

第二天一早,侍卫们从院中走过时,皆是三三两两地对着某处指指点点,不知在议论什么。我好奇地推门出去,只见院中浮着五个轻飘飘的纸球,个个同人头一般大小,仔细一看,原来每个球有一根细绳吊着,悬在晾衣绳下,分别挂在左右远近不同的位置,风一拂过便飘来荡去。

我好奇地问身旁一位侍卫:"院中为何挂出这些纸球?可是有什么讲究?"

顾星辰冷峻的声音从旁飘来:"讲究倒是没有,只是要你出些力气。这几个纸球是给你练习功夫的靶子。"

我惊道:"之前用小嫂子家的木桩玩偶练习过了,为何还用它们来做靶子?"

他一本正经地道:"当你遇到真正的敌手,活人可不会像玩偶那样一动不动地等着挨打,要想在实战中取胜,你就必须学会应付这些动来

第四章 西南　　283

动去的靶子。"

我一边点头大赞他的高明与睿智,一边在心中无语哀叹。

这时一名侍卫过来向顾星辰禀道:"城主,您吩咐去查的事有眉目了,您说的那个知情人属下找到了,但他什么都不肯说,我们只好把他抓回来了。"

顾星辰点了点头,要我跟他一起去见被抓的人。

那人被关在一间空房中,门口两名侍卫向顾星辰行礼并将门打开,里面顿时响起一个苍老的声音:"你们是什么人?把我一个糟老头子抓起来想干什么?"

我跟着顾星辰走进房中,门在身后被关了起来,我从他身后探出脑袋去看,只见一个花白头发的老者被绑在柱子上,只是双眼被蒙住了,看不见我们。

顾星辰轻咳一声:"如你所言,你是个糟老头子,我们抓你什么也不想干,只是有些事情要向你打听。"

老者闻言,脸上抽了抽:"你们问的事我不知道!"

顾星辰注视着他:"可是,有一份名册,上面记着一百年前列席某事的知情者名单,我的探子刚好查到你的名字就在那名册上,否则我们也不会把你抓来了。"

老者咽了咽唾沫,没有吭声。

顾星辰又道:"当年,和你一样知情的人,如今还剩下几个?让我算算,除了那几个有头有脸的大人物,像你这样名不见经传的,还有几人在世?不在世的又都是何种死法呢?"

老者十分惊惶,他迟疑了片刻说道:"我不知道你在说些什么。"

顾星辰继续说道:"如果你忘记了,我可以提醒提醒你:你的同门师兄,八十年前便被人下毒,全身腐烂而死;你的至交,躲躲藏藏几十年,却在四十五年前离奇惨死,不但手脚都被砍断,尸体连头都没有;还有你的……"

那老者面上抽搐起来，颤声打断道："别说了，你别再说了，你究竟想要怎样？"

顾星辰负手望着他："你的运气比他们都好，躲藏至今没有被人找到，现在遇到了我，本来我是打算帮你一把的，但是，你如果不将实情告诉我，那我只能把你丢出去，让那些人去找你询问吧。"

老者仍是面皮抽搐，他的额头上流下大滴大滴的汗珠，似乎在做着激烈的思想斗争。

这番对话听得我一头雾水，也不知他们究竟在说些什么。顾星辰不再说话，只是一动不动地负手而立，静静看着那人。

又过了一会儿，那老者开口问道："我如何知道你不是跟那些人一伙的呢？"

"你无法知道，因为我说什么你都不会相信，你现在只能赌一把。"

老者的嘴巴张了张，却没有发出声音。

顾星辰又道："不过，你心里清楚，我跟当年那些人不是一伙的，否则你被我们找到的时候就已经死了，你现在无非害怕告诉我之后就会被我灭口。"

老者嘴巴紧紧闭上，显然是被顾星辰说中了。

"为了躲避追杀，你牺牲很大，不敢在世上留下任何痕迹，一生不敢成家立业，甚至连父母临终入土都不敢回去，难道，这样躲躲藏藏活一辈子真的快活吗？"

老者紧锁的眉头颤动起来。

顾星辰继续说道："你父母也受到此事的牵累，当年被人逼问你的下落，最终惨遭杀害，尸骨却被恶人故意抛在家中，就等你去收殓，而你却一直不敢回家。"

老者脸上流下两行泪来。

第四章 西南 285

"我已令人将你父母好生安葬,我不会让你白帮这个忙,只要你告诉我,我便带你去二老坟头见他们。"

老者惊愕了片刻:"我怎么知道你不是骗我?"

顾星辰拂出一袭掌风,老者身上绑着的绳子即刻松了开来。他又从袖中取出一物,递到老者手中:"这是你母亲的尸骨手中握着的东西。离开还是告诉我,你自己决定。"

老者颤抖着双手摩挲着掌中之物,那是一个木雕的小牛。

他突然双膝一弯,在顾星辰面前跪下重重磕了三个头:"恩公你想知道什么,我一定知无不言,言无不尽。"

顾星辰望着他:"玄叶道长人在何处?"

他这一问令我心头大震,万没料到他抓来此人,又花诸多心思让他开口,竟是为了帮我寻找师父。

我忙望向那老者,他仍跪在地上,攥着那个小木雕,说道:"这个我真的不知道。当年伐魔大会,本是打着为各派掌门复仇的旗号,可是他们抓来玄叶道长以后,问的却是什么《四境星经》的下落,玄叶道长被他们灌下压制内力的药水无力反抗,他们正在拷打逼问时,一个蒙面人突然杀出来,把玄叶道长带走了。从那之后,我们这些当年在场的小喽啰便一个个被灭口,这究竟是为什么呀?"

他说得老泪纵横,涕泪齐下。我心中一阵阵痛,冲过去抓住他的肩膀问道:"那个蒙面人是谁?"

老者摇着头:"我也不知道,没有人知道那个蒙面人是谁。"

我急得脑袋嗡嗡作响,仍摇晃着他追问:"他为什么要带走玄叶道长?他是救人还是害人?"

老者还是摇头:"我不知道,我真的不知道。"

顾星辰从后面扶起我,叫了个侍卫进来吩咐道:"带他去他父母的坟上看看吧,他想去哪里就送他去,务必保证他的安全。"

侍卫领命带那老者出去了。我心头一片乱麻,身子抖个不住,顾星辰拍拍我的肩膀:"别着急,我们继续追查,一定会找到你师父的。所以,你要听话,好好把武功练好,这样才能早日找到师父。"

我点了点头就出去练功了。顾星辰如此仗义帮我寻师,况且要我练功也是为了我好,我下定决心一定乖乖听他的话,只要能早日找到师父,要我做什么都行。

如此兢兢业业地练了几日之后,很快便到了中秋。

顾星辰说我一连几日练功勤奋过度,这日晚饭后强令我休息,带着我来到街上。此时正逢中秋夜市,街中到处张灯结彩,灯火辉煌,百姓求神拜月,逛街赏景,处处喜气洋洋,而顾星辰一张冷冰冰的面孔穿梭在热闹喜庆的街市中,显得异常不和谐。

虽是如此,他所到之处仍频频引来周围女子的目光,他起初对此并不介意,后来大约是察觉到那些眼神不对劲,终是忍不下去,面露不喜之色,竟拉着我钻到一个个小摊中逛了起来。

接连逛了几处都无甚稀奇,不远处一个摊位生意很是红火,许多人正围在那儿看热闹,我便拉了顾星辰也挤进去看,那里正有一名老妇带着个妙龄女子求卜姻缘,那半仙端详女子手相,揣摩片刻,抚着下巴上并不存在的胡须,幽幽言道:"大姐莫须忧心,你家姑娘良缘将至,不久便会有人上门提亲。"

那老妇闻言甚是惊喜,又问道:"先生可算得出对方是哪里人,人品、相貌如何?"

半仙眯着小眼:"自是与你家姑娘登对之人。"

那姑娘欢天喜地地将银子付了,谢了又谢,同她娘亲起身要走时,正巧与顾大城主迎面相遇,姑娘脚下顿了一顿,随后竟走到他身边,羞涩地低声说了句:"我家是方楼街上东起第一家。"言罢这才一步三回头地离去。待她走远,顾星辰仍是一脸木然,我不由得笑道:"人家姑娘是怕你不知道她家住处，这才报出地址，好等你上门提亲呀！"

说罢我也钻进人堆，向那半仙挤去，想要占一占寻师之事顺遂与否，不料却被一只大手给拖了出来，我忙高声喊道："等等等等，我还要算一卦呢！"

一个冷冰冰的声音从头上传来："你察言观色通透得很，还要占什么卦？"

我悻悻地被他拖着继续往前走，走着走着，他不知看中了什么，只让我在原处等着，自己则钻进一旁的摊位里去了。这时，另一边传来一阵喝彩声，只听得周围看客纷纷叫好，我心中好奇便凑过去看，原来是个捏糖人的艺人，做出的造型惟妙惟肖，引得大家赞不绝口。

我旁边一个年轻人走到那艺人身边低语了几句，那艺人便点头开工，忙着手中活计的当儿，还时不时抬头瞧我一眼。过了一会儿，他活儿停当，等在一旁的年轻人面露笑容，付了银子之后便拿起那个小糖人径直向我走来。

那人一直走到我面前，一边躬身作礼，一边捧出刚做好的那个小糖人道："在下对姑娘一见如故，真心景仰，冒昧献上，还请姑娘笑纳。"

我低头一看，他手里躺着的那个小糖人，可不正是我的模样吗？

此人此举令我好生矛盾，我与他素不相识，无端送礼自是不能收取，可这小人做得如此惟妙惟肖，如果我不拿走，放在他手里貌似更不合适。正在我踌躇之时，一只修长的大手一把拿过那人手中的小糖人。

"既然做得这么像，那便笑纳了。"顾星辰冷冷的眼风扫向那人。

那人讶异不已："阁下……莫非是这位姑娘的……？"

顾星辰表情更加冷肃，硬生生噎得那人话说了一半没敢再说下去。

我不知那年轻人想问什么，却只见顾星辰将一小块碎银扔进他怀中，没头没脑地来了句："你所想不差。"说罢拉起我就走。

我一边小跑着跟上，一边好奇地问道："那人话都没说完呢，你怎么知道他要问些什么?"

"我当然知道他想问什么。"顾星辰眉目之间似有不悦。果然,我想向他要来那个小糖人他也不给,反倒塞进了自己兜里,我抗议道:"你怎么把这小人收起来了?快点给我!"

"怎么?你很喜欢别人送的东西?"

"那做的是我呀,当然应该给我啊!"

"你毫无警觉,跟陌生人搭讪,这是第一个错误;来历不明的人送的东西,你竟然也敢要,这是第二个错误。你犯了这么多错,这东西我当然要没收。"

没想到这点小事也能被批出个条纲来,我无言以对,只得闷闷地跟着一路走到河边,这才发现他另一手拎了两个天灯。

放天灯可是我很熟悉的活动,从前在九天门时,也有每年放天灯的习俗,不过并非为了求神请愿,而是为了超度流离失所于世间的无辜亡魂。

顾星辰同我一起将灯点燃,等到两盏天灯缓缓上升到半空时,我闭上眼睛许愿,祈请菩萨保佑我早日找到师父,救他脱离困境。

可顾星辰只是淡漠地看着天灯越飞越高,我问道:"主人,你难道没有什么心愿吗?"

他不予回答,如落星辰般的眼睛迷离地望着空中:"许愿有用吗?"

"不管有没有用,对生活总要抱有希望,不管要等多久,相信希望总有一天会实现的。"

我也望向空中,我们放的两盏天灯已经淹没在无数天灯之中,夜空中繁星闪闪,火光点点,很是绚丽。

这时,肖羽匆匆赶来,向顾星辰禀报道:"城主,尊主派了人来,说有要事相传。"一旁,河道中停着一叶轻舟,船头有两人正恭敬以待,于是顾星辰让肖羽同我在原地等候,他自己则向那两人走去。

第四章 西南 289

话说这天气本是夏暑刚散,正当不冷不热的好时节,我却不知怎的,忽然只觉一道寒气逼人,不住地打起喷嚏来,肖羽问道:"云姑娘这是着凉了吗?"

我一边摇头一边四处张望,那寒气并非来自天气,而是一种难以描述的灵气,并且正在迅速向我靠近。

不一会儿,一个小小的银色光点从人群中疾速飞出,它只有绿豆大小,周围的人都未注意到它,而我却十分清楚地看到它正欢脱地朝我飞来,眨眼之间便飞到我的面前,我还没反应过来,它已倏地一下蹿上我的脑门,刹那间,一缕冰凉由眉心渗透我的全身,经脉百骸瞬间只觉说不出的酸麻。

我正目瞪口呆地体会这怪怪的感觉,肖羽忽然在旁低声道了句"不好",只见十几个凉国官兵朝我们这边奔来,其中一个还指着我大叫道:"灵珠刚刚就往他们那儿飞过去了。"

我回忆一番,刚刚往我们这边飞过来的,只有那么一个豆大的小亮点,难道这就是他们所说的灵珠?

带头的官兵在我们面前站定,二话不说便伸出一只粗肥大手:"交出来。"

肖羽一头雾水:"交什么?"

那人哼了声,又道:"说了你们也不懂,我只问你们,刚才一个小灵珠飞到你们这儿就不见了,是不是被你俩藏了起来?"

他们果然是冲着那个小光点来的,可惜我刚才也没看清那到底是个什么样的灵珠,竟引发一队官兵大晚上的追寻至此,于是我问道:"你究竟所言何物?若不说个清楚,我们又如何知道有没有看见?"

他闻言将我们俩上上下下打量一遍,这才腆了腆肚子,拿着官腔说道:"那是一颗黄豆般大小的银白色灵珠,乃我凉国四庄庄主进献给慧文公主的灵物。公主前日生辰,出宫巡游之时遇袭受惊,此物专为公主辟邪压惊而备,常人得了也是无用,你等还是乖乖交出来吧,免得惹上杀身之祸。"

我仔细回忆一番,刚才那小亮点明明只有绿豆大小,偏偏被他说成黄豆大小。我摸摸眉心,却是什么也摸不到,想来那小灵珠已然钻入我的体内,这等离奇之事就算说了出来,怕是也没人相信,说不定还要落个开颅取珠的下场,我一时之间好生焦急,在眉心使劲地摸索,却仍是什么也摸不出来。

那人看着我,举起手中官刀,哼了声道:"本官说话,你等不细细聆听,却一味挠抓脑门,便是把你那脑门抠破亦是无用,再不将灵珠交出来,便将你二人就地正法!"

我向那人身后一指:"哎呀,灵珠往那边飞去啦!"趁着他们回头的当儿,我拉起肖羽撒腿就跑,肖羽边跑边问道:"云姑娘,刚才好像是有个小亮点飞过来,到底飞去哪儿了呢?"

"不瞒你说,那小东西好像飞到我脑袋里去了。"

"什么?"肖羽大吃一惊,差点摔了一跤。这时那些追兵发现被骗,又呼呼啦啦地追了上来,我连忙回身用上最新练习的功夫,把前面一排官兵的帽子全部扫掉,他们顿时乱作一团,与后面冲上来的官兵摔成一堆。

我们赶紧趁乱向前疾奔,不一会儿又追来十几个官兵,分了两路从左右包抄我俩,我往两边挥挥笛子,领头的在后面气呼呼地大叫道:"你个抠脑门的小贼,竟敢打本官的帽子!你们把帽子都给我扶好,千万别让他们跑了!"

这些小兵对于我和肖羽来说根本不足为惧,眼看就要将他们甩得远了,可是不知从哪儿突然钻出四个轻功过人的高手,飞檐走壁地朝着我和肖羽追来,隔着几丈远的距离,他们连连击出掌风,虽然被我们险险躲了开去,却将路边之物纷纷震了个稀烂。

肖羽边跑边对我说道:"云姑娘,这四个人身手不凡,你先找地方躲起来吧,让我来对付他们。"

"不行,你一个人更不是他们的对手!不可如此冒险!"

肖羽回头看看:"那怎么办?他们就快要追上我们了。"

我向前方看去,夜市之中,游人摩肩接踵,再往前跑已不可行,路旁有一排酷似真人的雕像,乃几对男女并肩望月之态,也不知这些假人是何来历,只见一旁跪了一地的善男信女,正在焚香祷告,于是我对肖羽说道:"有办法了,跟我来!"

我带着肖羽弯下腰去,在挤得水泄不通的游人中悄悄前行,那四个人一时看不见我们,只得收回掌风,跳回路上扒拉着人群四处张望。我带着肖羽跑到路边那排雕像旁,趁人不注意时混入其中,扮作两个赏月的假人,那四人追过来时,只将跪在地上礼拜的人们检视一番,果然没注意假人这边。好不容易挨到他们离去,后面一拨官兵又哼哧哼哧地追了上来,我俩只得继续扮着假人,一同皮笑肉不笑地指着月亮。

善男信女们将假人连同我和肖羽拜了又拜,那些官兵左右看看一无所获,终于也走远了。我和肖羽正要撤下,一个冷峻的声音忽然当头响起:"你们两个在作甚?"

熙熙攘攘的街中,主人不知何时到来,正冷眼瞧着我们。

我们忙一前一后从假人堆里跳了出来,几个姑娘当即尖叫着吓跑了,另有些人则热泪盈眶地惊喜磕头道:"月神显灵了!月神爷爷月神奶奶现真身了!"

我和肖羽受宠若惊,不懂如何回礼才好,只得阿弥陀佛、善哉善哉地招呼一番,这才同他们挥手告别。

我怕那四个高手和官兵们再找回来,连忙拉了顾星辰和肖羽先奔出半里路,这才气喘吁吁道:"刚才幸亏混进那堆假人当中,不然就要被人捉到了。"

肖羽补充道:"追我们的是一队凉国官兵,还有四个高手。"

"哦?他们为何要追捕你们?"

我叹道:"这可就奇了,我们刚才在那儿站得好好的,谁知道突然飞来一个会发光的小豆子,那些人非说我们把那个小豆子藏了起来,可是它明明撞上我的额头,然后就钻了进去,但是我如果说那东西飞进我额头里了,他们保不准要砍下我的脑袋……"

顾星辰捉起我的手腕搭了搭脉,问我道:"你可有什么不舒服的感觉吗?"

我摇头,他沉吟一番,也没多说什么。

肖羽提醒道:"听那些官兵说,这是由凉国四庄庄主专门炼制,要进献给慧文公主的灵珠。"

"对对对,他们就是这么说的。这凉国四庄又是什么?"我好奇道。

顾星辰扶了扶额角:"凉国四庄,你连这也没有听说过?"

我惭愧道:"以前在九天门的时候没好好听课……"

"你在九天门过得真是潇洒。"他缓缓走着,"风旗庄、雨旗庄、雷旗庄、电旗庄,便是凉国风、雨、雷、电四庄。他们四位庄主同为公主炼制灵珠,想必有重要用处。"

我很是忧心:"既是重要之物,他们一定还会四处寻找,这可怎么办呢?"

回到住所后,顾星辰几番尝试以内力相逼,却仍然无法将灵珠逼出,那珠子在我体内引发阵阵彻骨寒凉,院中整整一夜回荡着我响亮的喷嚏声。

见我一副不正常的模样,顾星辰无奈摇头道:"罢了,本打算过些日子再去一个地方的,现在看来,明日一早你便随我同去吧。"

次日一早,我跟着顾星辰在城郊曲曲折折走了很远,最后到了一座其貌不扬的山前。我们一路爬到山顶崖边,我伸头一看,前面是万丈深

第四章 西南

渊,于是好奇道:"我们要去的地方难道在这悬崖下边?"

"一会儿你就知道了。"顾星辰说着,伸手向前送出些许掌力,眼前贴着崖壁处竟现出一层巨大的结界,他又把手放在结界上施以内力,不久,便有个浑身纯白衣衫的俊美男子飘飘然从远处踏空而来。

我见那人脚下明明是万丈深渊,他却能凭空如履平地般走着,不由得大为佩服,嘴巴刚刚张开,那人已抬了两手捏个伽印,面前结界内的景象显出真容,峭壁之上竟然有条长长的吊桥,一直伸向远方,那人也并非浮在空中,而是站在桥头,想来刚才正是从这吊桥走来,并非凌空而行。

这时我大张的嘴巴还没来得及闭上,一脸惊讶的表情也还没来得及收回,顾星辰见状,冷声道:"看傻了?"

"什么啊,我刚才没看出有个吊桥,以为他是踏空而来的,还以为见到活神仙了呢!"

白衣男子轻步走下桥来,笑问道:"我是不是耳朵出了问题?一大早的便听见这位姑娘在说什么活神仙?"

我尴尬地胡乱应道:"其实,我是想说这吊桥鬼斧神工,真是好桥。"

白衣男子闻言莞尔道:"是吗?只怕姑娘上来一走便不会这么说了。"转而他又对顾星辰拱手施礼道,"顾兄别来无恙?这位姑娘是……"

"云儿。"顾星辰惜字如金地道。

那人文质彬彬地同我打招呼:"云姑娘,苏寒有礼了。"

我对他回了礼,他摸摸下巴,歪头笑看着顾星辰:"昨日我夜观天象,见有颗偌大的吉星现于鄙谷之上,我还琢磨这是个什么兆头呢,没想到这么快就一阵仙风把您给吹来了。"

顾星辰微微点了点头:"看你这越过越容光焕发的模样,吉星已在头上悬了不知多少年吧?"

白衣男子哈哈笑道:"顾兄就是爱取笑我。今日怎么有工夫来看小弟了?也不差人先来报个信,我这可什么都没准备呢。"

"无事不登三宝殿,突然造访,自是有事麻烦于你。"

"看你说的,太见外了,跟我还有什么好客气的?"

这桥窄窄长长,一直伸到远处云雾之中,很是缥缈,这时,白衣男子招呼我和顾星辰上桥,我见他们都迈着轻飘飘的步子,于是也学他们那样,飘然走上桥去。

两步踏出之后,我一个腿软跌在桥头。

生平第一次走上这般绵软如云又凌空飘摇的吊桥,我差点以为自己一脚踏空,要掉下去了。

顾星辰回头看到我蹲地抓着缆绳的狼狈模样,摇头叹道:"这不是普通的吊桥,你得提了气才好过去。"

我依他所言试了一试,却实在拿捏不好提气的分寸,走得上弹下跳不甚雅观,于是我决定采用飞的方法,御了个气便从他二人头顶上飞过,刚飞出几丈远,云雾霭霭中的吊桥上方忽现横梁一道,迎面给我脑门来了结结实实的一棒子。

苏寒见状忙要上前相扶,我摆了摆手,扶着被撞晕的脑袋爬了起来,顾星辰面色很是难看,一副我绝不认识此人的表情,我只得干笑道:"此处我人生地不熟,还是跟在你们后面吧。"

跟着他们像踩弹簧般前行了一段之后,吊桥由平路转为下坡,且那坡度又急又陡,眼见他们二人走得十分稳当,我便也小心翼翼地下了脚,谁料一踏上去便往下猛滑,在我惊慌失措的尖叫声中,顾星辰和苏寒双双往两侧让开,默默瞧着我手忙脚乱地滑了过去。

前方云深雾浓,除了一片迷蒙什么也看不见,好在不一会儿便瞧见吊桥尽头的山崖,我终于松了口气,放宽心向前滑去,不料就在吊桥尽

第四章 西南

头处,忽然从下面爬上一人,边爬还边自言自语道:"第九百九十九回,总算让老子爬了上来。"

那人话音刚落,我已收不住脚地扑了过去,在我们二人齐齐发出的惊叫声中,那人活活被我撞了下去,我栽倒在吊桥尽头之时,只听得桥下深谷中传来一声怒骂:"是哪个不长眼的浑球……"

"浑球"二字在山谷中回响不已。

我忙爬起身来,往悬崖下看去,只见谷中雾霭渺渺,白茫茫一片,哪里见到半个人影?正焦急担忧中,忽然从旁伸来一双柔软的纤手将我搀了起来,一位白衣白裙的妙龄女子亭亭立于面前,眉目之间与苏寒如是一人。

她对我浅浅一笑道:"哥哥方才只说有贵客到访,却没想到竟是个花容月貌的姑娘。"

"这是舍妹苏梅。"苏寒步下桥来,介绍道,"这位是云姑娘,不过今日的贵客可不止她一位哦。"

苏梅一见他身后的顾星辰,便拍手大笑着迎了上去:"原来是顾大哥来啦!这下可好了,终于有人帮我治治哥哥了!"

苏寒戳了戳她的脑门:"你这丫头,到底谁是你亲哥?怎么就惦记着让人治我?"

苏梅见我总向悬崖下方张望,便问道:"云姑娘为何总往崖下查看?可是掉了什么东西?"

我汗颜道:"刚才我过来时走得急,竟把一个人从这里撞了下去,也不知那人现在怎样了……"

苏梅笑着过来拉我:"哎呀他呀,不用管他,咱们进里面坐去。"

苏氏兄妹引着顾星辰和我向山谷中走去,一路上百花斑斓,馨香阵阵,青草如绒,鸟鸣如歌,山路两旁郁郁葱葱的碧树挺立在若有似无的淡淡雾气中,直通向山谷深处。

走了许久,我们终于在一个青白石雕的圆门前停了脚步,门畔立着块半人高的石头,其上刻着三个劲秀的大字。

灵枢谷。

我心中微微一震,不禁脱口而出:

天地玄黄,
诸病皆空,
生也灵枢,
死也灵枢。

苏梅闻言微微一笑:"云姑娘也知道我们灵枢谷?"

我点头道:"灵枢谷大名,百世流芳,如雷贯耳。无论患何恶疾,灵枢谷若说有救,便定能救活,灵枢谷若判无可救药,便是大罗神仙也无力回天。集天下医学药理于大成者,号称当世传奇的灵枢谷,云儿岂有不知之理?只不过,世人对灵枢谷诸多描绘,均是来自传说,鲜少听闻有人能真正到得谷中,因而对其究竟是真实存在,还是虚无传奇,也是众说纷纭。"

苏寒拱手莞尔道:"愧不敢当,我等秉承师训,世世代代隐于谷中,乃为了六根清净,虔心研习医药,万没料想却被外界如此形容。"

顾星辰道:"灵枢谷妙手神术,确是世间无双,'生也灵枢、死也灵枢'并无半分夸大,苏兄无须如此自谦。"

苏寒闻言,当即做掩面而泣状:"不想有生之年能得顾兄如此赞赏。"

苏梅嗔道:"好了好了,得了顾大哥这一句夸,你又不知要嘚瑟多久了。"说着走过来挽着我一齐向里走去,边走边道,"虽说我们做的是行医救命的行当,但无奈世道险恶,祖师爷又留了遗训约束,我们总也比不得那些江湖郎中,能云游四方治病救人,只能留守在这一方深谷之中,仅向有缘人施以援手。"

圆门之内,空谷清凉,药香四溢,放眼只见各色奇花异草葱茏烂漫,向着幽谷深处蜿蜒舒展,上方素白花苞披红戴绿,隐于山坳两侧玉树之中,与圆门外边的旖旎风光相比,此处显得更为静谧幽深。

再往里走了一段,不远处一幢古朴的松木小楼出现在眼前,七名白衣童子进进出出地搬药扫尘,另七名年轻男女在小楼近旁端坐调息,楼前空地上铺晒着各类药草,楼后参天古树上回响着声声鸟啼。

小楼门侧两行大字笔法苍劲雄厚,足见题者之深厚修为。

万般浮萍合欢苁蓉通天
不如虚静恬淡寂寞无为

苏梅见我驻足门口凝望出神,甜甜笑道:"云姑娘在想什么?"

我望着那副对联道:"灵枢谷的先人虽号称医者传奇,其实并非执着医理药学之人,反倒是对先知的无为忘我之论颇有共鸣,实是不失修行大德之风,令人佩服之至。"

顾星辰的声音不合时宜地响起:"难得说了几句像样的话,不过眼下不是佩服的时候,赶紧进来办正事。"

苏寒瞧了瞧顾星辰和我,忽然意味深长地笑了起来:"日理万机的顾兄突然拨冗莅临鄙谷,其实是为了云姑娘吧?"

顾星辰在一旁坐下,面不改色道:"正是。"转而又对我说,"苏寒正是当今灵枢谷谷主,他的妹妹苏梅还有弟弟苏杰也同是灵枢谷传人,有他们相助,你无须担忧。"

苏寒向我问道:"云姑娘可是吸纳了什么异气于体内?"

我诧异道:"苏谷主如何得知?"

他微笑道:"方才见到云姑娘,只觉得你面色有异,似是因为气血与外来之物相抗所致,故而推断你是吸入了某种异物。"

我惊叹于他的火眼金睛:"医者需望闻问切,而你仅凭一望,便能查知病症端倪,灵枢谷谷主果然名不虚传!"

他摆摆手:"云姑娘过奖了,我也只是推断而已,具体如何,望闻问切也是少不了的。"

我便大致将那天蹊跷的小亮点飞入脑门的怪事又说一遍,苏寒听完,若有所思道:"确有一种秘术,据说可将特殊药草与特定血脉融合,炼就成丹,又名灵珠,此法炼出的灵珠,通常会自寻气泽认人为主,一旦选中主人,便不会再为旁人所用。此珠既是自行入了云姑娘体内,想必是认了云姑娘为主人了。"

我大吃一惊,没料到天下竟还有这等奇事,苏寒、苏梅又引我和顾星辰前往二楼,以便为我诊脉查症。

脉象看完之后,苏寒让我饮下半碗药水,又同我一前一后盘坐下来,在我身后运气于我经脉之中。不一会儿,我只觉得一股凉冰冰的气泽由椎骨向上疾滑至头顶百会穴,骨碌碌地在百会穴旋了几转之后,又哧溜一下滑到眉心,我不自觉地睁开双眼,就瞧见那枚银闪闪的小亮点从我眉心缓缓飘出,停在面前。

苏梅忙在一旁打开一个木质小盒子,其中药香飘散,那小亮点立时悠悠荡荡地自行飘了进去,苏梅啪嗒一声关上盒盖,将小灵珠收了起来。

苏寒在我身后惊叹道:"原来竟真是此等灵珠,真是稀罕!稀罕!"

我更加惊叹道:"谷主真是妙手神医,如此不痛不痒地就将此物取出,实乃云儿的救命恩人。"

我说着便转身要向他行个大礼,却被他拦住:"云姑娘无须如此,这灵珠并非妖邪之物,不会害你性命,我又何来救命之说?"

我好奇道:"之前它钻入我体内,我还担心拿不出来该怎么办呢。"

"不用担心,既然这是四庄庄主炼制出来献给慧文公主的灵珠,应当不会有什么邪毒。我会好好将之检视清楚,没有问题的话,再交还于你。"

顾星辰在旁说道:"还有一事,云儿体内有剧毒潜藏多年,有劳寒弟也给她诊一诊,看看如何尽快将毒清除。"

苏寒起身踱着步:"其实刚才我运功之时,已探查过云姑娘体内之毒,那是种令人身心俱废的邪毒,我猜云姑娘当是自小便有高人在侧相护,否则怕是早就香消玉殒了。"

我点头道:"我的师父确是得道高人,我自小跟随师父长大,想来定是因师父庇佑,我方能苟活于世的。"

苏寒若有所思:"有一句话,苏某不知当不当问。"

我忙道:"苏谷主但问无妨。"

他蹙眉道:"云姑娘你神识方面是否有些异常?"

我叹道:"正是,我十岁之前的事情一点都不记得了。"

苏寒闻言转过身来:"那么这毒,当是你十岁那年中的。"

他这一句令我顿觉后背发凉。十岁那年?当年到底发生了什么?到底是什么人会对一个孩童痛下如此毒手?

苏寒见状,呵呵笑道:"云姑娘无须紧张,这些事你可以慢慢回想。我呢,先给你配制些助你祛毒的药物,你一边服药一边调理,会渐渐好起来的。"

我有些心急道:"可是这毒要何时方能除尽呢?我还有很重要的事情去做,我需要尽快修炼内力。"

苏寒闻言挑了挑眉毛:"想快的话,倒也有个法子,但是我根本没有把握,此法极为凶险,若是成功倒好,但万一稍有偏差,会当场丧命的。"

我还没来得及表态,顾星辰已在旁敲了敲扶手:"你不宜如此冒险,别忘了你的使命还未完成,绝不可拿性命冒险,还是有劳苏兄为她调制祛毒药物吧。"

苏寒点了点头,又向顾星辰问道:"顾兄,你的眼睛近来可还好吗?"

顾星辰道:"平日里无碍,只是前不久在羽山上被九头蝮蛇咬伤,虽获人赠药保住了性命,但对眼睛多少还是有些影响。"

苏寒闻言,颇为意外:"我只道顾兄因那《四境星经》,定会上羽山一探究竟,可是以顾兄的身手,怎会被九头蝮蛇咬到呢?"

我心中一咯噔,顾星辰这次飞来横祸乃因我而起,若非我当时突然出手去救白隽,他也不至于因为连续两番救我而被九头蝮蛇咬伤了。

我歉疚地朝他望了望,他面不改色地道了句:"年纪大了,反应迟钝。"

正在喝茶的苏寒闻言喷了一地。

他擦擦身上的茶水,便带了顾星辰进入内室查看双眼。片刻后外面传来一声响亮的呼喝:"都别在那儿闲坐着了,来来来,全部一齐上!"

苏梅打开窗,同我一起向下去看,只见青山碧树间,一个浑身泥污的白衣少年正飞一般点踩着青石,虎虎生风地奔到小楼前,之前一众端坐在地上的年轻人纷纷起身迎了上去,口中俱是唤着三师父。

白衣少年满面尘垢,只一双黑白分明的大眼睛异常清亮,他身姿飘逸地跳入众弟子拉开的包围圈中,一个急转便将身边几名徒弟打倒,另几个弟子互相递个眼色,一齐围上前去,前后左右几路同时展开攻击,这些弟子虽然年轻,却个个拳脚灵敏,身手不凡,白衣少年在中间左格

第四章 西南 301

右挡,速度之快让人目不暇接,他一边拆招一边斥道:"你们这群不长进的,就不能再快点吗?"

话音刚落,只闻砰的一声,一圈弟子被打得四散开去,几个趴在地上,几个挂在树梢。

白衣少年兀自站在原地拍着身上尘土,一旁大树之上,挂在最高处的一个小胖子哭喊道:"三师父救我!"白衣少年抬头一看,没好气地训道:"就知道吃,连个树也下不来,还不如后山那只肥猫!自己想办法,晚饭前下不来,就别再叫我师父!"

小胖子委屈地哭诉道:"三师父,您少说了个'三'字。"

白衣少年愣了一瞬:"那又如何,师父俩字不叫总可以吧?"

小胖子闻言,再次哭道:"三!我真的不敢下来,三!快救我!"

在这响亮的哭喊声中,一个野果被白衣少年果断掷出,精准地堵住了小胖子的嘴巴。

苏梅凭窗唤道:"今日又疯到哪里去了?快去收拾干净,有贵客来啦!"

那少年噘着嘴:"今日我练猿攀,眼看就要功德圆满,最后却倒了个大霉,这才折腾许久,你们且等一等我吧。"

他匆匆忙忙奔进侧房之中,苏梅对我道:"这便是我那弟弟苏杰,生性顽皮,让云姑娘见笑了。"

这时顾星辰和苏寒从内室出来,一个憨态可掬的童子过来禀道:"大师父,两位贵客的上房已收拾妥了,午膳也已备好,随时可以开饭了。"

苏寒、苏梅将我们引至前厅,偌大的圆桌上已摆满佳肴,他们兄妹二人正招呼我们入席,身后忽然传来一声招呼:"顾大哥!"

来人是个与苏寒容貌相似的年轻人,只是皮肤更为白皙,神情更加顽皮。

顾星辰点了点头："许久不见,小杰又长高了。"

我这时才看出来,原来面前这年轻人便是刚才一身污泥的白衣少年。

苏杰神秘地说道："顾大哥,吃饭之前,我有个礼物要先送你,你看这是何物,锵锵锵锵!"说着他背在身后的右手托了个烛台出来,其上点着一根红烛,看着并无甚特别之处。

苏梅不屑道："大白天的,你点什么蜡烛?赶紧收了,过来吃饭。"

"姐,你别急啊,我这可不是根普通的蜡烛,是专为顾大哥研制的。"

"哦？专为我研制的?"顾星辰微笑着眯了眯眼。

苏杰说道："我这烛火并非用寻常石蜡和灯芯做成,而是专门精炼了药物在里面,燃烧时会散出药气熏于双眼,可以清凉明目。当你眼睛不适时,只要点燃此烛置于桌上,你闭目坐在桌前半炷香工夫即可。熏好之后,捏一捏火苗,烛火便会熄灭,切记不要吹灭哟!"

苏梅闻言奇道："你这是卖的什么关子？不过是根蜡烛,为何不可吹灭?"

"那是因为这药烛……"

那蜡烛熏出的药味迎面飘来,我被熏得鼻子痒痒,忍不住打了个大大的喷嚏。

伴随着这个喷嚏,还响起了轰隆一声爆响以及哎呀一声惊叫。

我忙睁开双眼,面前烛火已灭,苏杰满面焦黑,前鬓焦黄。

"……遇风便会爆炸。"他颤抖着说完下半句,便双眼一翻晕了过去,一桌人惊呆在原处,我却突然回过神来,原来早上被我撞下桥去的人就是苏杰啊!

用过午饭后,苏氏兄妹说要给顾星辰好好调理一下眼睛,这调理的地点位于灵枢谷深处的一个石洞之中,那洞内深处很是奇特,上方高处

第四章　西南　303

隐隐透出些天光,从上向下弥散着腾腾雾气,散发出阵阵清香。顾星辰盘膝坐到那天光下面,眼睛上蒙着苏寒给他弄的布条子,那布被草药熏蒸过,专为他调理双目之用。

待一切安置妥当,苏寒、苏梅说要给他护法,顾星辰连连摇头,把他们赶了去制药,将护法的任务派给了我。

这洞里其实清静得很,既无蛇虫鸟兽,也无嘈杂喧嚣,委实没啥需要我护着拦着的,我无聊地在顾星辰周围打转。转到第二百二十二圈的时候,他忍无可忍道:"坐不住就自己玩去吧,别老是转圈圈。"

我如获大赦般地跑了开来,在一片不知名的花花草草中见到一片蓝莹莹的小花,令我想起了遍布九天门中的星辰花,我不自觉地朝那儿走了过去,一不留神脚下忽然一空,落入了一个地穴之中。

我忙大声呼救,然而这个洞穴极深,且出奇地安静,我只听到自己的回音在洞中回响,外面却没有一点回应。头顶的天光离得极远,可见这个地穴非常深。洞内漆黑一片,不能视物,我只好摸索着来到了洞穴的石壁旁,想要寻找可以借力攀爬的地方,可那石壁极滑,摸了半天尚没摸到个可以抓手或是落脚之处,我急得满头大汗,又试着提气向上飞去,然而这个洞穴实在太深,多次尝试仍是落回原处,我累得再起不了身,坐在地上恨铁不成钢地骂起自己来。

我骂了很久,从小时偷懒贪玩,不好好听课练功开始,一直骂到上课打盹,外加偷喝先生的酒,又骂到与白隽不知民间疾苦,只知嬉笑玩耍,再骂到自己蠢笨无知,在玺华宫和流云苑无端闯下诸多大祸,最后骂自己连累师门,连累同门惨遭迫害,更害师父不知所终,骂到最后我哭得再发不出声音。

本以为这儿只我一人,方才会骂得如此口无遮拦,肆无忌惮,不料四周突然响起一个苍老的声音,那声音从四面八方而来,完全不能辨明其方向,我毫无防备地被吓了一大跳。

那陌生的声音问道:"你是何人?"

我定了定神,反问道:"前辈又是何人?"

那声音笑笑:"你闯入我的地盘,不自报家门,反倒先问我是谁,真是个机灵的小丫头啊。不过今后,记得务必先探明周围形势,再开始你的自我批斗。"

我叹道:"实在抱歉,晚辈绝无半点打扰之意,只是一不小心掉下来的。其实,即便告诉您也无妨,我叫百里云声,初次来到灵枢谷中,人生地不熟,这才走错了路,掉进这个洞里,冒昧打搅到前辈,还请您老人家原谅。您能否帮帮我,教我个出洞之法呢?"

"无妨,无妨,老朽在此待得太久,能有个年轻人来同我说说话,也是一件乐事。刚才听你痛骂自己的那些往事,我猜你当是九天门玄叶道人收的小徒弟吧?"

我惊讶不已:"您知道我?"

那老人沧桑地笑笑,又问道:"既是玄叶的关门弟子,想必是封天咒的传人喽?"

我再次震惊:"您连这个也知道?"

"我还知道你身上一定有凤骨笛嘞!"

我尚在震惊中未回过神来,那老人已再次开口道:"萍水相逢,便是缘分,今日我与你这小丫头既有缘于此,你便让我见识见识玄叶道人的真传吧!"

我心中惭愧,心道我哪里能担当得起师父的真传,刚想拒绝周遭,却已有异动,一股莫可言状的气息绕着洞穴之中旋转而行,老人的声音再次响起:"小丫头,小心了!"

黑暗中一只手无声地向我击来,我避之不及地中了一掌。

"这儿黑得很,小丫头你要能听声辨位方可。"

那怪手又向我抓来,这次我很小心地听着,堪堪避过几招。

"先有意而后动,意动气动,意停气止,意动无形,气动有声,你方才只是依气动之声应对,至多躲开对手攻击而已,想要制胜,却是难如登天。"

我一边仔细留神着周遭动静,一边急道:"若不如此,又能如何?"

"若想要克强敌而制胜,你需比他更快,比对手更了解他自己的下一步意念。"

"比对手更了解他自己的意念?这怎么可能做到?"

"不要去想自己如何应付,集中所有心念于对方所行之气。记住我刚才说的,先有意动而后气动,意意相连,循气而生,若要快于对方之气,唯有先循对方之意。"

我似有所悟,遂闭上双眼,静静感受那人,很快我的元神看到了他,那其实并不是人,而是一团真气凝结之人形,他没有眼耳口鼻,却有手足四肢,他没有实形肉身,却有强大内力,我第一次遇到此种情形,迷茫道:"我看到他了,可我赶不上他的速度,我的动作太慢,我也预见不到他的意,该当如何?"

老人笑道:"好聪明的小丫头,这么快便入门了,你能见到这人形,说明你的元神已接近真境,至于动作太慢,那是因为你尚未做到元神心念合一,心中还有杂念。"

我想了想,当下盘膝而坐,手结印契,再不去管那人形,更不去管脑中一切烦扰,只是静静地任己身渐渐幻化于无尽虚空之中。

渐渐地,虚空之中已无我身,唯有我的元神与那人形相对,忽然之间,那人形的举止动念仿佛都能被我的元神提前察觉,我总在他的真气来袭之前便轻快地躲过,那气越动,我便越不慌乱,愈加能循气而知其心念。

那气铸人形越攻越快,而我的元神早已看破其念,便先其而动,出手一瞬那人形之气砰然炸裂,消散得无影无踪。

我睁开眼时,发现自己早已不再坐于地上,而已行至洞穴之中不知哪个方位,老人赞许地笑道:"无我之境,方能心神合一,这是任何正道术法都逃不出的至高境界。小丫头,玄叶没有看错人,好好修行,勿忘苍生。今日之事切勿对任何人提起,去吧!"

他话音一落,刚才还在周遭弥散之气忽然消失,地穴之内又恢复死一般的沉寂,我仿佛突然明白了什么,跪拜道:"晚辈定当铭记终身,拜谢前辈指点迷津!"

言罢我起身朝头顶那一点天光飞去,这一次,忽然之间我好似不再被自己的肉身所困,几个腾挪便飞出了地穴,紧接着,又在一片花花草草中迷了路,最后还是顾星辰转到这边找到了我,这才把我带了回去。

晚饭过后,我心中一直思索着下午那位神秘老人的指点,在洞穴之中与气人相较的过程总在脑中盘旋,于是天黑之后,我在房里盘膝静坐,想要继续修炼一番心神合一的境界,然而还没坐一小会儿,我只觉浑身时而发冷时而燥热,灵珠的寒气似乎又在靠近,那寒气近一分,我的不适便减一分,这么折腾了好一阵子后,我还是打开房门来到院中,想要一探究竟。

我似乎能感觉到灵珠离我越来越近,可白天苏梅明明已将它收入小木盒中,它怎么会大晚上的又跑出来呢?

就在我百思不得其解之时,一个人影忽然落入院中,竟是苏杰,他示意我不要出声,并小声道:"云姐姐小心,我半夜出来如厕,却觉察到这附近有种不寻常的灵气,未知何故……"

我见他神神道道,刚想跟他说说那小灵珠的由来,还没来得及开口,便见一个熟悉的小亮点破空而来。

我忙道声"小心",话音未落便听嘎嘣一声脆响,小灵珠直击苏杰后脑,他再次白眼一翻:"什么东西?"

这小灵珠砸晕了人也不消停,又欢快地直飞向我的脑门,咻溜一下钻进了我的眉心。

这回小灵珠在我经脉中窜得更欢了,我正被闹腾得浑身酸麻、头晕目眩时,苏梅捧着小木盒跑了过来,我忙喊她来看晕倒在地的苏杰,她用脚尖拨拉着他的胳膊:"无妨无妨,一会儿他就好了,我是来找云姑娘你的,刚才那小灵珠可是又找你来了?"

我叹道:"可不是吗,哪里知道会有这么个缠人的小东西,大半夜的竟然也不消停,刚才已经又飞进我脑袋里了。"

苏梅掩面笑了:"既是如此,咱们就趁着现在把它炼化了,不然今后它会不分白天黑夜地继续缠着呢!"

我一听说还能炼化了,抬脚便要同她走,却又见苏杰一脸幽怨地晕在那里,总觉得自我来了灵枢谷,便似成了他的灾星,令他三番五次遭遇不测,心中万分过意不去,于是喊了苏梅一道将他先抬回去,我们两个一人抬着肩,一人拎着双脚,行色匆匆地走到半路,忽听当头一声喝问:"大晚上的又闯祸了?"

我顾不上停步,一边搬运一边无奈道:"主人,这可真不能怪我了,不信你问苏梅,那小灵珠实在太能闹腾,这祸是它闯的。"

苏梅连连点头称是:"这小珠子确实总缠着云姑娘,我这就准备带云姑娘去把小灵珠炼化了,省得总惹麻烦。我哥他正在制药,不能陪我们,顾大哥没事的话就随我们一道去吧,我正好需要个帮手呢。"

安顿了苏杰之后,苏梅带我们来到一个白玉炼丹炉跟前,那炉通身莹白,周身共有四扇镂空小窗,苏梅叫我坐到炉中,关了炉门,又敲了敲炉壁道:"云姑娘你在里面坐好,什么也不用你做,我们在外面帮你运功,很快便好。"

我依言在炼丹炉里盘腿坐好,觉得自己浑似个等待被炼成丹的老山参,炉内温度很快升得高了,热得我浑身发烫,小灵珠又似个冰珠子般,在经脉之中到处游走,我正晕晕乎乎之际,一道银光忽然在我体内乍现,顿时我只觉浑身冰凉彻骨,说不出的轻快。

苏梅在外面唤道:"云姑娘,你现在有何感觉?"

我闭上眼仔细体会一番道:"现在只觉浑身清凉,却感觉不到那小珠子了。"

苏梅笑道:"这便成了,今日亏得有顾大哥坐镇,不然就凭我一个的话,怕是要炼上一天一夜了。"

她说完便开了炉门,将我放了出去。我跳了一跳,自觉四肢百骸都轻盈了不少,不由得感慨道:"这灵珠还真是个宝物,怎么炼化之后竟让人这般舒服?"

顾星辰眯了眯眼:"既是四旗庄庄主进献给公主的东西,自然不是凡物,常人得之至多是吞进腹中,总归是糟蹋,也只有来了灵枢谷,方能将其炼化至你经脉之中,这对你修炼大有益处。"

我愁道:"只怕那四个庄主不会善罢甘休,他们见过我和肖羽,他日若再遇上,定是又得逃跑。"

"这倒也不怕。"苏寒拿着两个药瓶走了过来,将我上下打量一番,"既已炼化了,便是没了,他们即便找到了你,也是无可奈何。何况这等灵珠本就会自认主人,既是认你为主,即便你把灵珠交给他们,他们也留不住那珠子的。"

说着他将手中一个药瓶递给我:"这里面是我专为你祛毒所炼的药,你且用着,后面的,顾兄自会安排人来取。"说完他又将另一瓶药递给顾星辰,凝重地道,"顾兄此次所中九头蝮虫之毒,一时半刻是难以祛除了,我炼制了些保你心脉的药,你平日带在身上,若感觉不适,便取一粒服下,但这是治标不治本的法子,若想要完全清除你体内的蛇毒,怕是还要许多时日。"

顾星辰望着半空,问道:"我只想知道还要多久才能恢复功力。"

苏寒挠了挠头:"这个,以顾兄你的底子,快则尚需三五年方可。"

我听得心里很不是滋味。苏氏兄妹离开之后,我跟在顾星辰身后走了不知多远,只见他到了前方那条河边,静静地站了许久。

我等候多时,见他仍一言不发,于是凑上前去将他望了一望:"主人,这九头蝮蛇之毒,难道连苏寒他们都无能为力吗?"

他沉默了一瞬,道:"之前那位村妇家中的药丸,便是灵枢谷所制,她家祖先机缘巧合得了两丸罢了。中此蛇毒之人,能保住性命已是万幸,我如今这样能跑能跳已很好了。"

"可是……"我见他脸色仍是憔悴,气息也不似中毒之前那般平稳,又想到苏寒说的那番话,心脏忽有一种被拧了麻花的感觉,我难受得抬手捂了捂胸口。

他眼角瞥到,转身看着我,微微一笑:"无妨,不用担心。"

"可是,刚才听苏谷主说的那般,你的身体该如何是好?"

一阵风吹来,我的一绺头发挡住了眼睛。

一只温暖的大手轻轻将那绺头发别到了我的耳后。

我愣愣地受着,觉得这简直恍如做梦。

他的手从我发上缓缓落下,微笑渐渐淡去:"云儿,我的身体如今大不如前,现在功力大减,今后怕是难以护你周全,你需得改掉懒惰习性,好好练功,学会保护自己。"

听他说着这番叮嘱的话,我担心愈甚,忙宽慰他道:"主人你一定会好的,且不说我需不需要你护,至少遗玉离不开你的庇佑啊,你一定要对自己有信心!"

他淡淡地笑着道了句好。就在这时,谷里的一名童子送了封书信过来,顾星辰打开看了,神情再次冷肃起来。

我总觉他自进入灵枢谷后,整个人便放松许多,对我也不似在外面那般漠然,仿佛更亲近了些。我见他面色凝重,于是问道:"是尊主的来信吗?"

他点了点头:"明日我们便要离开这里。"

我不知如何接话,便乖乖地静立着不动。

下一瞬,他忽然牵起我一只手,毫无征兆地带着我向前一跃,一起落入河中。

那陌生而又熟悉的怪异痛楚又一次将我吞没,莫名的幻觉再一次出现,且愈加清晰,透过水面看到的远处又是一片刀光剑影、火光杀戮,一队又一队的骑兵冲杀过来,倒下,接着又一批冲过来,再倒下,仿佛有无数支利箭破水而入,在我身边穿过,我周围渐渐弥漫起猩红的颜色,我似乎听到有许多人在呼唤我。

在水中我越来越觉憋闷,忽然间有人将我揽住,扣住我的后脑给我渡了气来,我恢复了意识,在水中看到顾星辰的脸近在咫尺,令我惊讶的是,我非但不觉得紧张,甚至感到有些莫名的熟悉。

等我清醒了些,他松开口注视着我,我迷迷糊糊中觉得他的神情像在发问,那眉眼之间满是我看不懂的忧伤,我不知该做如何回应,一阵迷茫之中又要开始呛水,他见状拉起我向上游去,又把我带回到岸上。

他拖着我这一番跳河当真是莫名其妙,我一上岸便幽怨地大口咳着水,顾星辰给我拍了拍背,待我气顺之后,背对着我蹲了下去:"上来。"

本就迷茫的我更加发蒙:"我能走,我不需要人背。"

"你不需要我需要,上来!"

"主人你这是……"

"无条件服从,又忘了?"

我无奈,论喜怒无常、难以捉摸,我这主人若排第二便无人敢称第一,我点点头爬上他的后背:"对对对,服从服从,我没有忘。"

他起身背着我慢慢向前走着,不一会儿冷不丁又来了句:"但有些事,你还是忘了。"

第四章 西南

反正自从来了这灵枢谷,我所见所闻都是那么不正常,我这脑子一时半刻也消化不了,就这么晕晕乎乎地到了次日一早,肖羽已候在灵枢谷入口,我们告别了苏氏兄妹,离开了世外桃源般的灵枢谷,又返回了水深火热的人间。

据说凉国有个金钩寺,寺中后山有个七钩塔,尊主传来的最新线报说,《四境星经》的线索这一次指向金钩寺中的七钩塔。

我心中甚是不安,顾星辰如今深受九头蝮蛇之毒所害,功力大大减弱,如再遇险境怕是会有危险,然而他却不以为意,本是不让我同往,我却坚持要借此机会探查五大派行动,以便寻找师父的下落,便没听他的。

我们按照地图所示走了两日方才到达。金钩寺位于一座青山之上,山上草木极葱茏,衬得这座寺院更加金光灿灿,甚是醒目。

这山看着不怎么高,上山之路却崎岖弯绕,爬起来颇费了些时间。山中很是安静,除了鸟虫鸣叫和寺中偶尔传来的钟声之外,并无其他声响。山路上没见到一个行人,我不禁奇道:"这山上有这么大座寺庙,按理说当有进香祈福之人来往,即便是寺庙闭关之日,总也会有些砍柴的人吧,怎么走了许久竟连个人影都没见?"

顾星辰不紧不慢地走着:"人必然是不会少的,只不过寻常路人怕是不会有了。"

行至半山腰时,两侧竹林之中有些许窸窸窣窣的动静,我们三人相视会意,当即停下脚步静静等待,窸窣之声果然迅即向中间靠拢,不一会儿,那响声上到高处,我们三人一齐抬头望去,只见十几个人举着长刀从我们上方飞身而下。

五道白森森的寒光同时向我面门劈来,未央剑在周身随我心念而动,接住道道刀锋,暗黑流光拦住条条银色刀光,我看准间隙跃出包围,未央剑随我破空而上,直击五条长刀最薄弱处,将那刀弹飞了出去。

其余四个刀客仍步步紧逼,我索性退到一旁竹林之中,想借着茂密的竹子将那四人的阵法断开,再各个击破。然而那几人个个武功高深,加上人数众多,实在难以对付,在竹林中一番苦战之后,我还是被刀刃在左臂上砍了道口子,痛得钻心。

这时顾星辰和肖羽也退到了竹林之中,肖羽后背挨了一刀,顾星辰虽然尚未受伤,但由于中毒之故,打得也不似往日那般轻松,最终当他把纠缠着肖羽和我的那些人全部解决时,也是累得不住喘气。

等我们到达位于山顶的金钩寺时,只觉有种不正常的安静,寺门内外并无一个僧侣值守,却双门大开,前院之中空无一人,透着一股诡异的静谧。

我和肖羽将伤口简单包扎了,便继续跟着顾星辰向寺内探查。

一阵山风拂过,传来一串叮叮当当的铃铛响声,抬头望去,只见顶峰之上矗立着一座黄白相间的高塔,除了最上一层有个窗户之外,其余几层不见一扇窗户。

那塔上下共有七层,每层有七个檐角,每个檐角形如尖钩,每个钩上各挂着一个铜铃。

我们搜遍前院,不见一人踪迹,又来到大雄宝殿之中,巍峨庄严的佛像前,供台上香炉里焚的香尚未燃尽,蒲团、木鱼、供品等物一律整整齐齐地摆放着,却无一个僧侣。

我们绕过大殿来到后院,仍然没见到一个人影,再穿过后院,又走了好一会儿才到了七钩塔前,那塔远远看着貌似不大,等到了跟前方才看出,其实这塔每层都与前面的大雄宝殿一般大小。入塔的大门关着,听不到里面半点动静。

我们敲了敲门,里面无人回应,肖羽小心地把塔门轻轻推开一条缝隙,登时只听咚咚几声箭入门板之声,另有一支利箭从缝隙飞射而出,肖羽险险避过,忙向后退开,紧接着又是一支利箭飞出,被肖羽剑锋弹

第四章 西南 313

开,再复又是一箭,一箭接着一箭,竟是连发数十支,最后那门又自己缓缓合上,再无一点响动。

这时,从外面传来嘈杂喧闹之声,许多声音正在对骂,紧接着便是兵器相撞的叮叮当当声,很快那群人便打打杀杀地来到塔前,来者竟有数十人之多,金木水火土五大派都有人在,还有些我认不出的门派,他们乱七八糟地混战一团,不断地争执叫骂着。

"阴险小人!竟然偷袭!"

"恶人先告状!我呸!"

"暗中伤人,无耻至极!"

"废话少说!看我绝招!"

……

顾星辰叹道:"自从上次羽山之行后,各门派之间的隔阂越来越深,难见往日众人齐心之态了。"

这时一阵风拂过,吹起塔上的铜铃,再度发出清脆的撞击之声,打斗的人们听到那声音,纷纷放下手中兵器,转头向七钩塔看去,在诡异的铃铛声中,巍峨的塔尖直入云霄,像个巨人一般睥睨着脚下众人。

突然不知是谁喊了一声:"星经一定就在塔里!"众人听闻,当即一哄而上,你推我搡地挤到了塔门之前,我刚想提醒一句小心机关,门已被前面的人推开,数十支利箭破空而出,一阵惊呼之下,人群慌乱地散开,一些箭被挡了开去,还有些箭正中人身,站在最前面的几人中箭倒地不起。

那箭雨停止之后,门再一次缓缓关上,这一回,再没有人敢轻易上前。各派之人有的去救受伤的同门,有的则在一旁交头接耳地商量起来。

这时,木空山的两名弟子走上前去,停在离塔门一丈远处,他们一手持剑,另一手向塔门击出掌风,伴随着吱吱呀呀的声响,那两扇门被缓缓推开,众人都不敢靠近,各持兵刃准备迎接又一轮暗器攻击,不料这一次却是安静异常,门开之后并无任何动静,只从里面飘出些许淡淡青烟。

两个水川岛的人耐不住性子,拨开人群直接跨进了那塔中,片刻后,只听其中一人道:"师兄你看这些!"另一个声音忙叫道:"别动!"话音刚落,两人忽然齐齐惊叫一声,便再也没了响动。

水川岛另外四人紧张起来,将各自法器横于身前,小心翼翼地也进入了塔中,只听他们朝内唤着:"大师兄？二师兄？"塔内无人回应。这一次,众人都跟了上去,只是没有人敢轻易入塔,都只在门外向内察看。

我凑近塔门才看到,这七钩塔的第一层中并无一人,最先进去的两个水川岛弟子恍若人间蒸发,不见半点踪迹。塔内一人高处直到房顶密密麻麻地纵横着许多金丝线,地上则排满了密密麻麻的一格格文字,那些字共有七行七列,每行每列的字都不相同,水川岛这四人贴着门槛而立,却不敢往前下脚。

后面的人们七嘴八舌地催促起来,见那四人仍不敢动,一个不知何门何派的年轻人挤上前来,抽出佩剑向里走去,他在第一行字前犹豫片刻,抬起一只脚踩上了"地"字。

地面忽然响起咔咔之声,另外六行字突然前后左右动了起来,那年轻人紧张得立时矮下身去将剑横在面前,好在并没有任何暗器攻击,众人都松了口气,纷纷怂恿他继续前进。

于是那年轻人似是放宽了心,抬脚便向第二行迈去,这一次,他踩的是个"月"字,还没待他站稳,那"月"字所在方格忽然咔嗒一声向下打开,那人瞬间惨叫一声掉了下去,随后"月"字又弹回原处,恍若什么都没发生过一般。

这时,又出来一人不服气道:"让我来试试!"言罢下脚就踩了个"生"字,结果也跟前面那人一样掉了下去。

第四章 西南　315

又一个土行宗的弟子被推到前排,另一年纪大些的催促着他:"别踩那些字了,直接从上面飞过去!"那弟子应了声是,便听话地抽出佩剑向屋顶飞去,众人都屏住了呼吸不敢妄动,忽听嗡的一声,他的剑劈上那些金丝线,却未能将其砍断,反倒是他手中之剑被那些丝线弹了回来,就在这时,无数细小暗器从四面八方疾射而出,密密麻麻扎到那人身上,他痛叫一声,随后又摔到地面那些字格之上,轰隆一声也掉了下去。

众人顿时慌乱起来:"看来不能踩错字啊!"

"而且还不能腾空飞过,这些金丝线一碰就触动机关!"

"看来只能猜字踩着格子过去了!"

"要不你去试试?"

"凭什么我去？你自己怎么不去?"

我被那些人吵得头晕,刚想问问顾星辰有何高见,转脸却见他正对肖羽低语着什么,肖羽听完点了点头,也向塔中走去。

我忙问顾星辰道:"你要让肖羽去试字吗?"他摇了摇头:"我既让他去,自是已有破解之法,无须再试。"

肖羽拨开众人走到字格前,飞快地从第一行开始点踩过去,因他跑得太快,众人都没看清他踩了哪几个格子,只见他跳出猜字迷阵后,地上所有格子又开始前后左右移动起来,一阵稀里哗啦声响结束之后,展现在众人面前的是七句话:

　　　　无相合聚地本然
　　　　无恒对月水满生
　　　　无我对日火遍起
　　　　无体动静风随心
　　　　无形显发空十方

无知色相见六根

　　无源对起识妄生

　　人们一片哗然,但仍是无人敢再往前走。肖羽向众人道:"大家依次踩着地、水、火、风、空、见、识这七个字过来便可。"

　　众人听闻,纷纷一个接一个地走了过去。我问顾星辰:"你如何得知是这几个字呢?"

　　"佛教七法。"

　　我跟在他身后,不禁感慨一番,难怪以前在九天门时师父一再强调文修的重要性,没文化果然很可怕,说不准某日保命还要靠文化。

　　上了第二层之后,竟看不见前面的人了,只见到一条仅容一人走过的通道。我跟在顾星辰和肖羽后面走着走着,忽闻身后嗖的一声异动,忙回身察看,只见刚才的来路成了条死胡同,我上前用手推了推,却是纹丝不动,只得又转向顾星辰他们,想叫他们来看,谁知一回头却不见了他和肖羽的踪影,刚才去时的路仿佛也变了方向。

　　我不禁后背发寒,有些不知所措,但眼前只有这一条路可走,我只得边前行边呼喊他们,他们听到了我的声音,都远远回应过来,原来我们三人竟全走散了。

　　这里诡异得很,虽然能听到他们回应的声音,那声音却很小,听不清说的是什么,我只得独自一人前进,每走一段再回头看时,后方的来路都会变化,前路也在不停变幻着,光线越来越昏暗,我觉得自己始终在原地打转,否则决计不可能走了这么久还没出去,周遭不时响起打斗惨叫之声,还伴随着一些奇奇怪怪的声响。

　　我继续向前摸索着,昏暗中,忽有一人从前方转角出现,看着好似是个光头,他双手合十放在胸前,是个僧人,我忙上前想要打问一番,那僧人却低头不语,我便向他走近两步想要问个究竟,就在此时他忽然向我看来,一双眼睛迸射出绿幽幽的荧光,嘴角浮现出诡异的微笑。

我大惊,忙向后急退,身后却呼的一声,又有一面墙壁横过来拦住退路,我后背刚撞上冰冷的墙面,那僧人的身影已如鬼魅般掠至我的面前,还没等我反应过来,他两只大手已掐上我的脖颈。我拼命挣扎着,想要摆脱这一双冰凉的手,可是那僧人的力气很大,我被掐得透不过气来,几欲晕厥,我抬腿踢他,却也被他敏捷地挡了回来。

很快我陷入窒息,他拖着我向后走去,我像只垂死的小鸡般被他掐在手中,这时我突然想到了顾星辰,突然特别希望他能出现,想到之前每遇险境,都是他解救了我,而我总是屡屡惹他生气,拖他后腿,如今他因九头蝮蛇之毒元气大伤,也不知被困在了何处,大约是没法再来救我了。

忽然,一声熟悉的呼唤传入耳中,我似乎听见有人在喊我,但此刻我的脖子被那僧人紧紧掐住,已不能发出声音,我只得用尽全身力气踢了一下旁边的墙壁,这一踢用尽了我最后一点气力,只觉一袭黑幕兜头罩下,我失去了意识和知觉。

蓦地耳边一声闷响将我从晕厥中惊醒,身旁的高墙轰然倒塌了一面,迷糊中只见一个高大的身影掠上前来,锐气直逼向那僧人,僧人不得不松开我,宽大的僧袍中爆出青黑之气,将那高大人影狠狠震开,他后背重重撞上身后的高墙,将那墙撞得四分五裂。

墙后又飞出另外一人,竟是肖羽,他在空中拔剑向僧人刺去,那僧人赤手空拳拆解了数道剑招,随后又是一股戾气从袖中送出,将肖羽也震飞了出去。

之前那个高大的人影复冲过来,我终于看清这人便是顾星辰,他手中离殇破空而出,向那僧人疾刺过去,僧人袖中抛出一串核桃大小的念珠,与离殇在半空激烈对峙,顾星辰如今被蛇毒侵蚀,内力大不如前,离殇剑被念珠爆出的幽芒困住,难以再复前攻。

我大口咳嗽着,想要起身去帮一帮顾星辰,却忽见他飞身而起,握上离殇剑柄猛然向前刺出,连人带剑一同穿透念珠的幽芒,向那僧人刺了过去。

　　那僧人双手合十夹住离殇剑锋,又相持了片刻,顾星辰再一发力,将剑刺入那僧人胸口的同时,那僧人一掌击出,亦拍中顾星辰的心口,二人同时向后倒了下去。

　　我忙跑到顾星辰身边扶他,他大口喘息着站了起来,肖羽检视了那僧人,确已毙命,顾星辰道:"此处僧人很可能被施了驭魂术,接下来还会有更多妖僧出现,我们要加倍小心了。"

　　我和肖羽震惊道:"驭魂术?"

　　顾星辰点了点头:"不错,这果然是《四境星经》被邪魔所使,刚才看到那僧人眼露绿光,面色怪异,正是被驭魂术所控之相。"

　　他带着我和肖羽穿出这怪异的迷魂阵,找到了通向三楼的木梯,三楼之上出奇地安静,地面上血迹斑斑,七张蒲团环塔而置,蒲团之上却空无一人。

　　若要去往通向第四层的扶梯,则必须从这七张蒲团之中穿过,顾星辰示意我和肖羽小心,我们各自举起佩剑,小心翼翼地向前走去。

　　刚走到七张蒲团围成的正中心处,塔中忽然响起一串狰狞的怪笑,七个僧人同时由屋顶盘膝而下,各自落座在一张蒲团之上,甫一坐定便都睁开绿莹莹的双眼,同时僧袍鼓动,无数戾气自袖间迸出,片刻间似有无数尖锐寒芒刺了过来。

　　离殇、未央同时飞出,我和顾星辰心念急转,双剑在我们三人周身旋起流光般剑气,抵挡着那尖锐戾气,眼见着剑气愈加难抵强敌,肖羽焦急地对那些僧人喊道:"你们快醒一醒!不要再被妖邪之术控制了!"

　　顾星辰道:"没用的,这些人既中了驭魂术,你是喊不醒他们的。"

他话音刚落,一道绿光符咒陡然闪出,一位僧人双手结印,口中念念有词,紧接着又一道符咒闪着绿芒乍现,是被又一位僧人祭出,再接下来一道又一道符咒被那些僧人祭了出来,一个接着一个向我们扑来。

我和顾星辰忙收剑于手,这时符咒已至身前,我将真气逼至剑锋,欲破去那符咒之威,未央却像是被符咒缠住了锋刃一般,在我手中不住地颤抖扭动着,有些难以控制。

忽地又一道符咒扑来,紧接着一道又一道符咒将我们三人团团围困,那些符咒闪着荧荧绿光,发出怪异的力道,我手中的未央越来越不受我控制,我的神志也开始有些恍惚,忽然间顾星辰的声音响起:"肖羽!快醒醒!"

我扭头一看,肖羽的剑已完全脱离他的掌控,任由两道符咒驱使着,剑锋缓缓倒转,直指肖羽胸口,而他却浑然不觉,像是完全看不见般,仍然对着那两道符咒挥舞着空无佩剑的右手,做着毫无意义的抵抗。

我也急得大喊肖羽,希望能将他唤醒,可是他仿佛一点也听不见我们的声音,顾星辰道:"不好,他这是中了符咒之惑了。云儿,你千万要稳住心神,集中心念于剑上,千万不要让符咒控制了你的剑!"

顾星辰言毕,猛然发力将离殇从他身前的三道符咒中抽出,回身一剑挥去,将已挨上肖羽胸口的那剑劈飞了出去,但与此同时,那三道符咒的力道顿时袭上顾星辰的后背,将他吸到了半空。

肖羽这时终于回过神来,发现自己的剑已不在手中,又看到顾星辰被符咒所困,不禁急得大叫起来,但两道符咒仍挡在他身前,将他始终困在原处。

我焦急地想要把未央从符咒的围困中解脱出来,然而怎么使力都是徒劳无功,肖羽这时渐渐抵挡不住符咒侵蚀,双眼再不能睁开,很快便失去了意识,紧接着一道符咒将他吸至半空,另一道符咒又将刚才被顾星辰挡开的剑吸了起来,霎时一道银光从我眼前划过,两道符咒瞬间消失,肖羽从半空摔在地上,被自己的佩剑穿膛而过。

我急得满头大汗,未央剑在我手中不住地挣扎扭动着,却丝毫不能被我驱使,我只得拼命握紧剑柄,不让它被符咒吸去,这时却见离殇已脱开顾星辰手中,被符咒驱使着慢慢悬到了他的身前,剑身又开始慢慢倒转,眼见着也将要指向顾星辰的胸口。

我略一思忖,索性放开未央,在松手的一刹那间,趁着符咒尚未吸附于我的间隙,将凤骨笛祭到了身前,心静意止,气入丹田,一刹那清寒白芒轰然迸出,将四周符咒尽数刺穿,那些符咒消散的瞬间,我再坚持不住,倒在地上吐出一大口鲜血,喘了片刻我抬起头看去,顾星辰和离殇都摔在一旁,七个僧人和肖羽却不见了踪影。

顾星辰挣扎着起身过来将我扶起,带着责备的口吻道:"你怎么发动起封天咒来了?如此令你自己元气大伤可如何是好?"我摇头道:"这又有何妨?眼见着肖羽已遭不测,我不能再看着你受死啊!不知肖羽被那些僧人带到哪里去了,他那一剑之下,也不知是否还……"

顾星辰扶住我的双肩,沉声道:"云儿,镇定一点,操控驭魂术之人法力非同寻常,肖羽如今怕是凶多吉少,你不要再为我冒险。记住,若遇危难,不要管我,你一定要设法逃脱!"

我流着泪摇头:"主人,现如今云儿的命都是你给的,我绝对不能丢下你不管!"

他轻轻擦去我脸上的泪水道:"你难道不找你的师父了吗?别傻了,我不会有事的。走吧,接下来可能会遇到更大险境,你万万要小心。"

我点了点头,捡起掉在地上的未央剑。这时,四层之上忽然传来尖厉的惨叫,伴随着许多沉重杂乱的脚步,那些惨叫渐渐消失,又恢复了死一般的寂静。

我有些提心吊胆地随顾星辰来到七钧塔的第四层,开阔的塔中,十八名僧人并立两排,俱是单手立掌,另手执棍,我和顾星辰站在原地不动,那些僧人便也不动。

　　我一边警惕地看着那些诡异的僧人,一边问顾星辰道:"他们为何都站着一动不动?"

　　顾星辰轻声回答:"他们应当只是攻击去往第五层的人。"

　　我们轻步向前走去,那十八个僧人果然忽变阵法,各自列出阵式,顾星辰刚朝我道了声小心,第一个僧人已执棍而来,那人招式极为利落,长棍在他手中旋转如飞,顾星辰举剑相迎,剑棍相击发出一声刺耳的鸣响,原来那些僧人手中俱是铁棍,挥动起来呼呼作响,大力难敌。顾星辰手中离殇锋芒疾闪,几个回合之后,那僧人持棍急退,执棍立在一旁,紧接着第二名僧人举棍而出,与顾星辰又缠斗到了一起。

　　这时,一道光柱直劈我面门而来,是第三名僧人朝我攻了过来,未央剑同那铁棍相撞之下,被震得险些脱开我手,我未料到这些僧人手中铁棍舞起来竟是这般大力,忙将更多内力催逼至剑上,怎奈刚才在第三层时因催动了封天咒,此刻我有些力不从心,每每接招总是堪堪挡住,却并无几分回击之力,且那僧人不仅力大,且动作快如电掣,我不仅未能反攻,连防御拆招也颇为吃力。

　　焦急中,我脑海里忽然浮现出之前在灵枢谷地穴中的那一番经历,于是我闭上双眼,尽力摒去一切杂念,刚出元神之际,僧人铁棍劲风已至我面前,我略一侧首避过,同时循其气动而行,未待他下一个招式势起,便先出剑刺去,将他手中铁棍挑上半空,脱了他手掉在地上。

　　霎时间,三团真气猛然向我袭来,是三名僧人一齐向我举棍出招,这三人配合极为默契,三根铁棍你来我往,招招连绵,未央剑在三根铁棍之间应付得很是吃力。

　　顾星辰在旁提醒道:"注意起招之人,从他那里突破!"我恍然大悟,凝神观察那名僧人的招式漏洞,终于在他们变招的间隙,我看准时机,将未央果断送出,一剑挡开第一棍,令其撞上第二棍,又双棍齐飞,撞开第三棍。

纠缠着顾星辰的几名僧人这时也一齐退去,十八名僧人持棍排开,一阵翻转腾挪之后,列了个我看不懂的阵法来。

我退到顾星辰身边,还没来得及问问他该如何应对,那阵法赫然已开,十八个僧人周身突现青芒,十八根铁棍浮在他们身前亦爆出真气,交织成一片青灰,如钟罩一般扣在我们周围,带来一股巨大的压迫,我和顾星辰被逼得步步后退,直至靠上对方后背无处可退。

那青灰钟罩如一张大网,向中间愈收愈紧,迫人的压力越来越大,离殇和未央立在我们身前铮铮而动,我和顾星辰拼命将浑身内力逼上剑身,好不容易将那钟罩逼得散开一些,那十八个僧人却又突然移形换位,变了个阵法出来,十八根铁棍分几面而立,将我们周围以及头顶上方全部围住,列成了一个酷似铁笼的形状,把我们困得更加严实。

十八个僧人绿莹莹的眼睛在周遭一片昏暗中闪动着,阴森而又瘆人,我渐渐抵挡不住周身的威压,未央在身前晃动得越发厉害,这时两根铁棍忽而一转,叮当一声便将未央弹飞了出去。

我忙伸手想要抓住它,那两根铁棍却忽然再转回来,咔咔两声绞住了我的手腕,我的腕间传来剧痛,两根铁棍越绞越紧,像要绞断我的骨头一般。这时身后又传来咔咔之声,我回头看去,竟是八根铁棍将顾星辰双臂双腿全都绞住,发出骨头折断般的声响,顾星辰发出吃痛的低吟,离殇也不受他的控制,咣当一声掉落在地。

我被绞住的手腕此时剧痛加倍,骨头仿佛断裂一般疼痛,我忍不住痛得叫出声来,忽听顾星辰低声唤着云儿,我咬牙忍住钻心的痛,伸出另一只空出的手去抓住他的衣衫,想要把他从铁棍的围困中拉出来,他却摇着头,艰难地开口道:"不要管我,快破阵眼!他就在我们的头顶

第四章 西南 323

上方！"

我忙向上望去，头顶上方果然有个僧人，正倒立在青灰钟罩正上方，那人向下结出的手印之上滚出腾腾灰色真气，不停灌注在钟罩顶部，那些灰气又顺罩而下，操控着我们周围的十八根铁棍。

我使尽全力将凤骨笛祭到空中，用空出的左手将所有内力逼至其上，一声暴喝之下，凤骨笛陡然白芒大盛，瞬间冲散头顶上那不断滚滚而泻的灰色烟气，倒立的僧人被白芒冲击，轰地撞上屋顶，又重重摔在地上，纠缠我们的十八根铁棍同时叮叮当当掉了满地，青灰钟罩刹那间向外炸裂，将其余僧人震飞到了四周墙上。

我和顾星辰如同散了架般瘫在地上，我的右手手腕仍痛得不住颤抖，喘息了一会儿后，我努力地翻过身去看顾星辰，他趴在地上，正艰难地撑起双手双脚想要起来。我忙起身来到他身边，使劲地将他拉了起来。

看着通向第五层的楼梯，我不禁感到一阵心悸，不知这上面还有什么可怕的东西在等着我们。正在犹豫不前时，我眼角余光忽然瞥到那十八个僧人正起身去拾他们的铁棍，顾星辰忙道一声快走，我便赶紧随他上了通往第五层的楼梯。

第五层塔中亮着非常柔和的光，地上排放着一圈烛火，烛火正中是一盏莲花宝座，其间坐着一位老僧，他身着袈裟，头戴毗卢，想必是位长老。那长老闭目端坐，不急不缓地敲着身前一只木鱼，清脆的咚咚之声在此时显得分外幽森。

我不禁手心微微出汗，之前遇到的那些只能算他的弟子而已。徒弟们都能把我们折腾到如此境地，此时我和顾星辰都已体力不支，竟又遇到一位长老，这该如何是好？

顾星辰伏到我耳边悄悄说道："一会儿我去引开他的注意力，你先寻机过去。"我急道："那你怎么办？"他抬手摸了摸我的脑袋："不用担心,我不会有事。"

说罢他提起离殇向那老僧走去,那老僧仍是闭目端坐,只是手中木鱼敲得越发重了,咚咚之声渐渐犹如擂鼓重重击在人心上一般,令人感到无端慌乱。

顾星辰走得越近,那敲击声便越重,直到离那莲花宝座约莫五步远时,木鱼声陡然急促起来,发出无比怪异的声音,犹如声声巨浪冲击人的五脏六腑,又似丝丝尖锐之音灌至耳膜,我被那声音扰得头昏脑涨,心悸胸闷,脚下步伐渐渐不稳,只觉无比烦躁压抑,恨不得用手中之剑刺穿自己。

忽然耳边响起一声呼喝:"云儿,不要在意那木鱼的声音!不要去听!"

我猛然清醒过来,眼前浮着一道寒光,原来自己已将剑锋倒转,朝向了自己的胸口。

我不禁后背一寒,连忙将剑撤下,顾星辰仍站在那老僧面前,丝毫不为木鱼敲击所动。他缓缓举起离殇,剑尖指向那老僧,老僧仍然敲着他的木鱼,似乎浑然不觉。顾星辰屏气凝神,离殇忽而向前送出,眼见就要刺中老僧心窝,那老僧却突然双目大睁,周身忽爆青寒之气,离殇剑尖在他胸前一寸停住,再进不得。

离殇暗芒疾退,顾星辰将剑收回身前,老僧眯了眯一双绿幽幽的眼睛,又一次敲下身前的木鱼,一股无比阴森的声波轰然而来,吹得我和顾星辰的头发和衣衫都向后翻飞起来,那声波灌入耳中令人无比心烦意乱,感觉整个脑壳都要炸开一般。

顾星辰再次举剑向那老僧刺去,同时压低声音喊道:"快走!"

我忙向前疾奔,想要从那老僧身侧越过,他却再次敲击木鱼,又一波气流弹开,震开了顾星辰的进攻,同时也将我挡了回来。不待我和顾星辰再攻过去,那老僧已单手捏诀,一道巨大的符咒犹如屏障般出现在他的周身，直将他上下左右全部挡得严严实实，便是只苍蝇也不能飞过。

我忙撤到顾星辰身边："看来我是溜不过去了，让我和你并肩作战吧！主人！"

他面色凝重，唇角却微微上扬，轻声道："到我身后，务必小心！"言罢将离殇祭到身前，剑身暗影流转，嗡鸣急颤，剑锋忽而一转，直向老僧刺去。

老僧身后的巨大符咒瞬间移到其身前，离殇剑尖直刺上符咒中心，顿时传出轰然爆裂之声，那符咒中心顿现几道裂口，向着四面八方延伸开去，眼见那符咒就要完全碎裂之时，老僧忽变双手捏诀，符咒随之迅速旋转起来，随着那一圈圈的转动，其上裂痕渐渐愈合，符咒上骤然间金光大盛，弹出如闪电般的道道寒光。

我和顾星辰猝不及防间被击倒，身上俱被那寒光划出道道伤口。

我忙再度沉心静气，逼出元神想要去探那老僧的意念，可那老僧只是静坐不动，我无法先知其念，即便心神合一仍是束手无策。

刹那间，老僧蓦地腾空而起，手中结出符咒不断攻向我们，顾星辰手中离殇寒芒激荡，不停翻转刺进，阻拦着符咒射出的无数戾气，那老僧见状双手大张而来，直向顾星辰扑去，离殇剑在半空迎上，老僧却不闪不避，双手齐发灰黑烟雾，与离殇剑气砰然相撞，刹那间整个塔层光芒大盛，如昏黑中天光灌下，直刺得人睁不开眼。

片刻间，灰黑气雾被离殇剑气破开，四散弹开了去，老僧在半空发出狰狞的怪笑，倏地退回莲花宝座之上，我和顾星辰忙举剑追去，正要刺中那老僧时，他身下的莲花花瓣之间忽然射出道道利刺，哗啦啦撞开我们手中之剑，紧接着老僧两只枯长大手掐住我和顾星辰的脖子，将我们俩拽到了那莲花宝座之上。花瓣间忽然暴长出一圈比人还高的宽大叶片，瞬间向内收拢，将我们与老僧一同封入了莲花之中。

莲花之中昏黑一片，只有荧荧绿光幽幽闪动，老僧虽近在咫尺，却发出似从远处飘来的狞笑，此时我已被老僧的大手掐得几乎断气，那诡异的笑声也仿佛在耳边越发飘得远了。

忽然间，一股强大真气从旁爆出，将我从那被封住的诡异莲花中轰了出来，我四顾之下，发现被轰出来的只我一人，并无顾星辰的影子，连忙捂着被掐得生疼的脖子朝着莲花爬去，只见那些宽大叶片又迅速收拢，继而整个莲花宝座骨碌碌地急转起来。

宝座周围爆起无比浓黑的烟雾，我被呛得咳嗽连连，睁不开眼，爬起来在那烟雾中扒拉了一阵之后，只觉后背发凉，那莲花宝座竟凭空消失了，顾星辰和那老僧也双双不见了踪影。

我绝望地瘫坐在地上，第五层塔中如今安静得出奇，地上烛火仍在摇曳，仿佛刚才发生的一切都只是幻象。

我万没料到此行竟会凶险至此，先是肖羽中剑不知所终，现在连顾星辰也被老僧抓走，生死不明。倘若顾星辰不是因我而中九头蝮蛇之毒，这些被驭魂术控制的僧人本不是他的对手。我看了看自己，左臂和身上都已负伤，体力也已近不支，但剩下的两层我还得继续去闯，否则顾星辰和肖羽所做的一切就毫无意义了，我也只有把这诡异的七钩塔翻个底朝天，才有可能找到他们。

想到这里，我以未央支地，咬着牙站了起来，平复了一下气息后，我向第六层爬去，还未上到六层之上，便听见嘤嘤哭泣之声。

我心中一惊，快步上到六层一看，这层之上并无甚怪异，只是有个五六岁大的小沙弥，长得白白胖胖，煞是可爱，正坐在地上呜呜地哭着。

我忙上前问道："小师父，你怎么了？这塔里如此凶险，你为何一个人待在这里？"

他不回应，仍是闭着眼呜呜地哭，那模样看着很是令人心疼，我便将未央放下，蹲下身来轻轻拍了拍他小小的肩膀："别怕，不哭了，我带

第四章 西南

你出去好不好?"

我话音刚落,那小和尚的哭泣戛然而止,我心中暗道一声不好,还没来得及去捡地上的未央,小和尚已幽幽睁开双眼,绿莹莹的大眼睛中闪着泪光,看得我心中发毛。我正想要起身,小和尚却忽然开口道:"姐姐救我出去。"

我一阵发蒙,这小和尚明明双眼幽绿,一副被驭魂术所控之象,可是却在向我求救,我想了想,也许他目前神志尚清,是真的想要寻求帮助,于是我点头应道:"好的,我这就带你下去。"言罢牵起他的小手,带着他向通往第五层的楼梯走去。

快走到楼梯旁边时,我手中忽然一空,转头一看,那小和尚已不在我身边,竟又坐在了刚才那处,仍是闭着眼呜呜哭泣。

眼前一切太过匪夷所思,这次我再不敢大意,手中握紧未央,又一次靠近那小和尚问道:"小师父,你怎么了?为何一个人待在此处?"

他果然又开口道:"姐姐救我出去。"我又道声好,他再次起身牵住我的手,我带着他又向下楼的方向走去。这一次我格外留意他的动静,只见他走着走着忽然停了下来,我问道:"怎么了?"他回头朝向刚才坐着的地方看去,奶声奶气地道:"姐姐,我忘了东西。"

我顺着他的目光望去,只见他刚刚坐着的那处有个小小的木雕人偶。他说:"姐姐,你去帮我拿来吧。"

我道了声好,便走去拿起那个人偶,刚一转身,那小和尚面色忽变,一双眼睛绿光迸射,满脸怒气地吼道:"不要碰我的东西!"紧接着一声又一声如回音般的声音接连响起,整个塔层现出一个又一个长得一模一样的小和尚,直到围满一圈,他们一齐朝我怒吼着:"不要碰我的东西!"

这诡异的一幕惊得我浑身发凉,我忙将那人偶放回到地上,再起身时那一圈小和尚已不复存在,只有先前的一个小沙弥立在前面,他面色平静,再度奶声奶气地央求道:"姐姐,你帮我把我的东西拿过来。"

这一次我没有再去拿那个人偶,而是对他说道:"我拿不到那个东西,不如你自己去拿,好不好?"他点点头向人偶走去,我便轻轻向后倒退,想要趁他去捡人偶的时候悄悄离开,抓紧时间去往七层。

退着退着,身后忽然响起一声疑问:"姐姐,你要去哪?快帮我把小人拿过来吧。"我脑中一炸,回头只见那小和尚竟又出现在我的身后,我回头看向刚才那处,那儿空空如也,只有地上一个小小人偶。

我有些慌了,不知这是什么情况,我向下楼的方向跑去,快到楼梯边上时那小和尚又从旁转了出来:"姐姐,你要去哪?快帮我把小人拿过来。"

这诡异的小和尚磨得人好生心烦,我索性朝着通向七楼的梯子疾奔过去,那小和尚却突然出现在扶梯下方,口中仍是说着:"姐姐,你要去哪?快帮我把小人拿过来。"

我实在受不了了,对他说道:"刚才帮你拿了,你又生气,还是你自己去拿吧。"他闻言伸出小手紧紧抓住我的手腕,口中不住地念叨着:"快帮我把小人拿过来,快帮我把小人拿过来!"

我另一只手使劲掰着他的手指,想把我的手腕挣脱出来,不料这小和尚年纪小小,力气却大得惊人,我怎么使力也掰不动他的小手,这时他催促得越发急躁起来,我挣脱不开,心中亦是烦乱无比,忍不住手上猛一发力想要把他甩开,他忽然又怒了,大声道:"不许走不许走!"

言罢放声大哭,刺耳的哭声犹如破空尖啸,几乎刺穿耳膜,我痛得捂着耳朵蹲了下来,却忽觉面上几处流下丝丝温热,伸手一摸,原来自己竟被那哭声震到七窍流血。

我本能地举剑便刺,却在剑锋将要抵上那小和尚的一瞬间猛然停住,这只是个孩子,他是被驭魂术操控了才变得这般诡谲,有罪的不是他,该受这一剑的也不是他。

那小和尚仍在声嘶力竭地哭着,我定了定神,忍住眼耳口鼻的刺痛,在原地盘膝坐下,静静放空心念,不一会儿,塔中已无我身,只在无边无尽的虚空之中闪现出我的元神。虚空之中有个孩童的哭声远远飘来,我的元神循声而探,在不远处的角落里看到一个四五岁大的孩童的身影,那孩子正朝向远处哭喊着:"娘!娘!"我的元神移上前去,轻轻拍了拍他,他转过头来,正是刚才那个小和尚的脸。我问他道:"你怎么了?为何在此哭得这样伤心?"他抬头看着我,忽然喜道:"娘!娘你回来啦!我的小人呢?我找不到你给我做的小人了!"

我摸摸他的头,问道:"发生了什么事?你为何找不到小人了?"他撇着小嘴道:"村里来了好多坏人,把所有人都杀死了,还要把娘也抓走,娘走前不是把我送到寺庙里了吗?娘还给我留了个小人偶,说只要小人还在,娘就一定会回来找我的。"

他说完忽然抱住我的腿呜呜哭了起来,我听得好生难过,眼泪忍不住涌出眼眶,滴在了那孩子头上,这时我脚下忽觉一阵寒风拂过,再环顾四周,我已出虚空之境,仍是立在七钩塔中,只是那小和尚已不再死死抓着我的手腕,而是如同刚才在虚空之中那般,正抱着我的腿嘤嘤哭泣着。

我轻抚着他的脑袋温声道:"孩子,你的小人没有丢呢,你去把它收好,娘答应会回来找你,就一定会回来的!"他仰头看我,眼中已没了绿光,只是睁着一双清澈的大眼睛点了点头。他飞快地跑过去捡起地上的小人偶,然后转头对我说道:"娘,我去找师父了,我会乖乖练功,快快长大,你一定要回来看我哦!"

我朝他点点头,见他往下楼的方向去了,我便转身继续前进,就在我的脚将要踩上通向顶层的楼梯时,小沙弥忽然叫住我:"那个楼梯不能上,是机关!踩上楼梯便会摔到塔底的!要上第七层的话,只能攀着这根棍子上去。"

我顺着他手指的方向一看,在楼梯的后面,果真有一根直通向房顶的木棍,于是我同那小沙弥挥手告别,目送着他向塔下跑去后,便顺着那木棍爬上了第七层。

塔顶之上空空如也,既无一人也无一物,空气中飘散着若有似无的淡淡香气。

我在这层仔细察看了一圈,并未见到什么《四境星经》,但是这一层层走上来,驭魂术被邪魔道派用得可谓出神入化,可见那星经之中所著确实是些非常厉害的东西,怪不得大家趋之若鹜地都想得到它。可是如今已登塔顶,仍不见顾星辰和肖羽踪迹,我心中忧虑不已,便打算再一层层地下去寻找,刚走出几步,身后忽然有人唤了句:"云声!"

听到那熟悉的声音,我惊喜地回头望去,果然就见到那水灵的人儿,我眼眶一热,唤道:"岚姐姐!"

她向我招了招手:"快来,过来跟我看看。"我走到她身边任她牵起我的手,带着我一直走到一扇窗边,她伸手朝窗外一指,"你看,大王在那儿呢!"我顺着她手指方向一望,窗外是一片兵荒马乱的战场,白隽骑着战马正在奋力杀敌,他所过之处惨叫不断,鲜血四溅,一副所向披靡之相。然而,迷雾中忽地飞出几支利箭,朝他直射过去,他挥剑挡开几箭,怎奈那利箭如雨,一支接一支地从不同方向朝他射去,他最终未能防住,还是被一支箭射中肩头,从马上摔了下来。

我心中一紧,忙从窗口跳了出去,朝着白隽那处飞奔,却见几十个兵卒已经一哄而上,将他团团围住,等我跑到近前,白隽已从那包围圈中自己杀了出来,他浑身是血,一见到我,便猩红着双眼怒吼道:"你回到九天门去了对不对?看到我身陷危难快死了,你终于得到机会逃走了对不对?"

我焦急得不知如何辩解,只是摇着头不住地道:"不是的,不是这样的,不是这样的……"这时身后忽然有人喊我,我回头一看竟是师

第四章 西南　　331

父,师父对我说道:"云声,今日之难,如若为师不能全身而退,你便依照祛毒法门,安心在此洞中疗伤,切记为师传授予你的封天咒,务必日日参悟,万不可忘!直到为师亲自前来破除禁制,你方可离开此处,否则便等一百年后,这禁制消失之日,你再下山回九天门吧。"

我向四周一看,我竟又一次身在太虚洞中,难道时光倒退回了一百年前?不行!这次我绝对不能让师父再被人擒去,我一定要设法拦下师父!于是我拼上全力向师父那边扑去,却被一道看不见的结界凭空拦住,再也前进不得。

我急得满头大汗,对着师父大喊:"师父快走!快走啊!您千万不能被他们捉走!一旦被他们抓走,徒儿便是再过一百年也找不到您了!"

师父却仿佛一个字都没有听见,仍然在对我说着那番嘱咐,我发疯般地哭喊着:"师父我求求您了,不要和他们打了,您放我出去,把我交给他们吧,把我交给他们就没事了,您一定要好好的!九天门不能没有您啊!"

然而,饶是老天让我重回当年那一幕,师父仍是不为所动,又与那些绝世高手厮杀起来,我又一次看着那场搅天动地的拼斗在我面前重演,最后师父仍是被铁索缚颈拽下崖去,不见踪影。

紧接着,面前的山崖忽而变成了当年的九天门,满门师兄师姐正与杀上山来的各路门派浴血拼斗,一群又一群攻上昆仑山的人死伤在地,一个又一个师兄师姐在我面前中剑倒下,九天门的前庭大殿之上尸横满地,血流成河,菩提院、威仪院、寂静院各处都是刀光剑影、一片杀戮。

这一刻,我对自己恨之入骨,若非我百里云声闯下大祸,何至于给师门带来这般灭顶之灾?何至于连累师父生死未卜、下落不明?只要这世间无我,便不会有这么多的杀戮;只要这世间无我,九天门便不会有这么深重的灾难;只要这世间无我,师父就能好好地继续守护正道苍生,白隼和岚姐姐也能恩恩爱爱地在一起。

我再也无法忍受这样罪孽深重的自己,于是毫不犹豫地举起未央,对着自己胸口一剑刺下!

随着胸口一阵剧痛,我倒在冰冷的地上,眼前的一切渐渐褪去颜色,消散不见。不知过了多久,我睁开眼睛,只见一个陌生的身影出现在眼前,那人从头到脚裹在一件白色长袍之中,脸上覆着惨白的面具,面具上没有五官也没有表情,只有一双冷森森的眼睛。

那无脸人伸头看了看我,从身体里飘出诡谲而又缥缈的声音来:"呵呵呵,好可悲啊!唯一一个上得塔顶的人,竟把自己杀死了呢。"

这声音似男似女,非老非少,根本分不清是个什么人,我觉得他很像传说的黑白无常中白的那个,于是艰难地从嗓子里挤出声音问道:"你是白无常吧?这里便是阴曹地府了吗?"

那白色无脸人呵呵地笑了半天,其实那声音并不像笑,倒有点像哭,可若说是哭吧,其中又明明透着笑的意味,这怪怪的声音听着令人毛骨悚然,浑身不舒服。

好不容易等到这笑声结束,那人又道:"你说我是白无常那便是吧!这第七层呢,是驭魂术的至高境界——引出人的心魔,也就是让一个人心中最强烈的执念再现。我真的很好奇呢,你的执念怎会如此奇怪?到底是什么让你对自己那样决绝,竟然一剑穿胸,不留活路啊?"

我无力地苦笑道:"我是个罪无可赦之人,这一剑早该刺下的。"

那人闻言:"啧啧啧,罪无可赦?那你能否告诉我,你究竟是谁呢?我真的很好奇,唯一一个登上塔顶的人,怎会说自己是个罪无可赦之人呢?"

我摇了摇头道:"我是谁一点都不重要,重要的是,我罪孽深重,虽死不足以谢罪。"

那人奇道:"你为《四境星经》而来,怎会想要以死谢罪?难道你不想得到星经吗?"

我笑了起来:"《四境星经》?那到底是个什么东西我都不清楚,我对它一点兴趣也没有。"

那人听了,无脸面具上虽无半点表情,但还是长长地咦了一声。

"你不是来找《四境星经》的?那你是来做什么的?"

"赎罪。"

那人愣了片刻,呵呵地怪笑了半天,带着嘲讽的口吻喃喃道:"这可如何是好?登顶之人竟不是为了星经?还是个要赎罪的,哎呀呀呀,这可真是个天大的笑话呀!"

言罢那人白袍激荡起来,从大袖之中飘出一缕青烟,我陷入死亡的晕眩之前,只见那烟雾似乎缥缥缈缈地向我周身袭来,我心想:好了,这白无常啰唆完了终于开始做法送我上黄泉路了。

昏黑,寂灭,毫无知觉。

不知过了多久,一声声的呼喊将我唤醒,我睁眼一看,是顾星辰将我抱在怀中,正唤着我的名字。见我醒来,他大大松了口气,我环顾四周,竟还是在那个七钩塔的顶层,我不禁迷茫道:"我不是被白无常送上黄泉路了吗?怎么还在这里?你怎么也在这里?"他含着泪笑道:"什么白无常黑无常的,我刚才上来就见你躺在这里,还以为……好了,快起来吧,我们先离开这里再说。"

我点点头被他扶着起身,忽然想起之前我明明是用未央刺穿了自己心口,当是已经死了,如今却怎么还活着呢?我低头看了看前胸,衣襟上仍有刚才被剑刺穿的裂口,但是并无血迹,胸口也感觉不到异样,我伸手摸了摸,摸不出任何剑伤痕迹,我尚未理出个头绪,已被顾星辰牵到整个七钩塔唯一的一扇窗户边上,他问道:"你感觉如何?还能御气下去吗?"我点头:"我还好,下去不是问题。你呢?你刚才不是被那个老僧抓走了吗?你还好吗?"他道:"我没事。拉住我的手,我带你下去。"

我被他带着从窗户一跃而下,总算从这诡异的塔中出来了,可是肖羽还生死未卜,我忙问道:"肖羽呢?你找到他了吗?"顾星辰道:"还没有找到,我们现在就……"

他边说着边回过身去,却突然顿住不语,我见状也转身去看,却看到了令人毛骨悚然的一幕。

七钩塔,共七层,每层七角七钩。

如今每个钩子上,都挂着一个人!

顾星辰也愣住了,那些钩子上挂的都是今天来到金钩寺的人,有五大派的,也有不知是何来路的,七层总共七七四十九个钩子上挂得满满当当,共七七四十九人,除了我和顾星辰之外,差不多今天到此的其他所有人都在上面了。有些人断臂缺腿,有些人身上向下滴着淋漓鲜血,还有些人面目狰狞,显然死前十分痛苦,整座塔仿佛成了挂满尸体的架子,令人不敢直视。

我被惊出了一身冷汗,顾星辰蹙眉观察片刻,突然道:"找到肖羽了!"言罢他飞身而起,直跃上了第三层,我顺着他上去的方向一看,果然见到肖羽被挂在七钩塔第三层的一个钩子上,顾星辰小心翼翼地把肖羽从钩子上解脱出来,将他带到了塔下。

我们探了探肖羽的脉象,隐约还有一丝微弱脉搏,于是赶紧架着他出了寺院,寺门口拴着几匹马,我们便骑上马儿,风驰电掣般带着肖羽往回赶。

马儿飞驰到半路,顾星辰忽然停了下来,我忙问他:"怎么不走了?"他侧耳倾听了片刻道:"前方有激战,但我们要带肖羽回去,只能从这里走。"我应道:"激战倒也无妨,总归不是冲我们来的便好。"顾星辰点了点头:"小心些,肖羽如今命悬一线,急等着救治,我们切不可被卷了进去。"

第四章 西南 335

我点点头跟着他一起继续前行，前面进入一条山谷，山谷之中果然回响着打斗声。走着走着，顾星辰忽道一声"当心"，紧接着一块巨石从一旁陡峭的山坡上滚了下来，我急扯缰绳引马后退，马儿也察觉到了巨石的动静，刚刚退出些距离来，那巨石便已轰然而下，将本就不宽的山谷小路堵了个严严实实。

顾星辰在巨石那侧唤道："云儿？你还好吗？"我大声应道："主人，我没事，你那边……"话还没来得及说完，只听得嗖嗖数道劲风刺来，我忙举剑挡开，竟是十几支利箭。两边有十几人飞奔而下，我忙翻身下马，刚退出几步，那些人已来到面前，举刀便向我砍来。

此时天色已经昏暗，十几条长刀的寒光很是显眼，已经负伤的我一边勉力举剑格挡，一边对那些人说道："我与你们无冤无仇，只是途经此地而已，你们为何对路人也要大开杀戒？"那些人并不停手，其中一人道："莫管你是什么人，今日出现在此处，都得死！"

我心中暗叫倒霉，也不知这又是遇上了哪门子不讲理的强人，竟然不分青红皂白见人就杀，但因在七钩塔内大伤真气，此时我已无力使用任何术法，只得以未央剑应付那些人的长刀。

昏暗的夜色中，月光渐渐明亮起来，我终于看清这些人的行头，原来竟是圣血堂的人。巨石另一侧也传来急促的刀剑相击之声，我心中焦虑，顾星辰也是负伤在战，还要带着奄奄一息的肖羽出去，真不知他们能否顺利脱身。

一簇簇刀锋疾芒中，未央剑有些左支右绌，不一会儿，我被那些人逼得越退越远，身上越来越没有力气，好不容易刺伤了几个，剩下几人仍是追缠着不放，那些人前后夹击，我方才挡开面前几条锋刃，忽闻身后刀风已凌空而下，正以为自己后背又要挨上一刀之时，一道疾风突然掠过我的身后，当当几声将那些长刀尽数打飞了出去。

一个棕色身影同时跃出，手中抛出道道飞镖，几个圣血堂的人见状纷纷后撤,其中几人中镖倒地,另有几人则将长刀收起,列阵聚气,霎时间他们周身飞沙走石,黑色雾气腾腾而出,骨碌碌地凝聚成了个偌大的骷髅头来。

那骷髅头朝着棕衣人急旋过去,棕衣人一跃避开,骷髅头撞上他身后的山墙,轰隆一声将那山上石头击得四分五裂。

我在旁慨叹不已,这骷髅头真乃圣血堂独门绝招,便是些小喽啰无法单独祭出,几个人拼凑在一起也要凑一个出来。

棕衣人同他们周旋一番后,猛然间从身后祭出一面半人高的棕色旌旗,那旗子在空中猎猎鼓荡,棕衣人右手向天起印,引出轰隆隆一声巨响,一道暗黄气流直劈骷髅头而去,瞬间黑芒乍散,骷髅头随之消失不见。

黄色气流在棕衣人的驭使下并未消散,而是瞬间暴涨,直轰向那几个圣血堂之人,那些人痛叫着摔飞了出去,个个被击得吐出血来。

除了顾星辰出手,我还是第一次见到其他人制服圣血堂徒众,这棕衣人看着有些眼熟,似乎在哪里见过,我还没回忆起来,半空忽然闪现一道耀眼的蓝光,竟是另一个身负旌旗的人,那人身穿蓝衣,祭的是一面蓝色旌旗,他面前有十几个圣血堂的人,正驭使着一团杀气腾腾的猩红鬼火向他扑去,蓝衣人双手结印引出一道电光,由天际直灌旌旗,紧接着一道光柱从旌旗激射而出,将那一团猩红鬼火拦腰斩成两半,那些圣血堂的人顿时被炸飞开来,纷纷哀号着不能起身。

蓝衣人收回旌旗,见到我身边的棕衣人,忙跑上前来对他道:"三哥,大哥二哥呢?"棕衣人指了指巨石另一侧道:"他们在那边,已经将那一片的小王八羔子都收拾了。"

二人言罢一同看向我,问道:"姑娘是何人?为何会出现在这鸟不拉屎的地方?"

我这时已精疲力竭、站立不稳,勉强开口答道:"我是路过此处的……"

话刚说一半,眼角忽见一丝异动,竟是一枚暗器袭来,正向着那蓝衣人刺去,我来不及提醒,只得举剑拦了过去,但此刻我已力竭,身体一个踉跄歪倒,右肩上传来刺痛,我偏头一看,那暗器正戳中我的肩头。失去意识之前,我不由得在心中感叹,今日这伤受得还真是对称,左右双肩竟一个不少。

再有了意识时,首先清醒过来的是嗅觉,一股淡淡的木质檀香弥漫在空中,吸进脏腑令人十分安逸舒适,我调息了几下之后缓缓睁开双眼,自己正躺在一个陌生的房中,房间里的陈设古色古香,正中还燃着一鼎香炉,那淡淡香气正从香炉中丝丝缕缕地飘出。

一个模样清秀的丫鬟走了过来,她提醒我小心,扶着我坐了起来,我说道:"多谢姑娘。请问这是何处?"她微笑不语,从一旁桌上端了个药碗递到我手中:"姑娘身上多处受伤,身体要紧,先把药喝了吧。"我只觉莫名受此恩惠委实不妥,想要再问个清楚,门却忽然被人敲响,那丫鬟忙去开门,进来的是个中年模样的健壮男子,他身着一身蓝衣,手中摇着把扇子,正是在山谷中遇到的那位蓝衣人。

那人一进来便关切地问道:"姑娘可感觉好些?"我点点头道:"好些了。请问这是哪里?"

那人摇扇微笑道:"此处是我凉国四旗庄后院。"

我心中大惊,我怎么会在四旗庄中?难道他们认出我就是那天被他们追捕的人了?怪不得之前在山谷中就觉得他们看着眼熟。

那人大约是看出我面色不对,又笑道:"姑娘无须紧张,鄙人乃电旗庄庄主郑光,昨日蒙姑娘仗义相救,鄙人铭感五内,见姑娘受伤晕倒,这才冒昧接至庄中医治。"言罢对我郑重地躬身行了个大礼。

我一身伤痛无法起身,忙道:"区区小事,郑庄主无须挂怀,当是我该感谢您的救治才是。"

他顿了顿,问道:"还未请教姑娘芳名,来自何方,因何会一身伤痕地出现在那天的山谷中呢?"

我坐直身子:"我叫百里云声,是九天门的弟子,那天去往山谷其实只是过路,只因当日我的朋友在金钩寺受伤,命悬一线,为了带他回去救治,方才会途经那里。"

郑光闻言惊讶不已:"你们从金钩寺出来?那日去往金钩寺的人不是都已遭遇不测了吗?"

我点了点头:"不错,那日所去之人,最后大都被挂在了七钩塔的四十九个钩子上,大约是凶多吉少了。"这时我想到了顾星辰和肖羽,忙问他道,"那日我还有两个朋友同往,一个骑马一个身受重伤,不知他们现在何处?"

郑光敲了敲扇子:"你那朋友大约是被那大石头挡在另一边了吧?我并未见到他们,倒是听大哥二哥说起那日见到这么两个人,他们没有去管那闲事,不知那二人现在何处了。"

"我得去找他们。"我闻言忙起身下床,身上的伤痛扯得我忍不住呲了一声。郑光将药碗又递了过来:"云声姑娘,你受了这么多伤,还是先把药喝了,等身体养好些了再去找你的朋友不迟。"

我摇头道:"这不过是些皮外伤,无碍,我得快点找到我的朋友。"

郑光提高了声音:"你哪里只是皮外伤哦!我们帮你诊治脉象的时候,发现你气息极弱,而且……"

他的表情看着有些微妙,我不明就里地望着他,如此大眼瞪小眼地僵持片刻后,我问道:"而且还发现我身中剧毒,神识也有些问题,对吗?"

他眨了眨眼:"的确如此……"

我点头道:"我自己都知道。"

他呆了呆:"既是如此,云声姑娘更应该先把药喝了,身体好了你想去哪里我们定当护送周全。"

我无奈地接过药碗一饮而尽,这时,又有三人你推我搡地进了房中,这几人中有山谷里遇到的那个棕衣人,还有两人一个银衫一个绿袍,他们三人一进来就神情怪异地对郑光挤眉弄眼道:"她她她……这这这……"

郑光长长地哎呀一声道:"瞧瞧你们,这么慌里慌张作甚?这位是百里云声姑娘,刚刚醒来,你们莫要惊扰了她。"

那三人闻言,如梦初醒般地正了正面色,在我面前一字排开,一个接一个地开始了他们的自我介绍。

"在下风旗庄庄主,卫亭。"

"鄙人雨旗庄庄主,方浩。"

"老衲……"棕衣人咧嘴道。

"什么老衲?"

"什么鬼?"

还没待棕衣人说完,另几人纷纷鄙夷道。

那棕衣人恍然惊觉:"口误口误!应该说不才!不才乃雷旗庄老大,施炎。"

另外三人再次鄙夷道:"老三,你说话能不能有点水平?"

"就是就是,你一张嘴不是老衲就是老大,没有一个得体的。"

"你这是拉低咱们四旗庄的平均分哪!"

叫施炎的棕衣人不服道:"我本就不是个文人,搞不来那套文绉绉的东西,每次又排在你们两个后面才说,想换个不同的词儿好难。你们别老挑我的毛病,越挑我越不会说话了。"

郑光笑道:"好了好了,别在云声姑娘面前出洋相了。你们神神道道,到底想说什么?"

那三人互相看看,又一同望了望我,遂将郑光拉到一旁,嘀嘀咕咕不知说了些什么。说完之后,只见他们四人相视点头,似是达成了某种共识。

于是郑光又来到我近前,问道:"云声姑娘近日可吸纳过什么灵气?"

我一听便知他想问的是那个小灵珠,于是坦然道:"前不久确实发生了件怪事,我在中秋灯会那天遇到一个小灵珠,那小灵珠竟然从我的眉心之间钻进去了。"

本以为说到此处,他们要向我发难或是讨要珠子,然而他们却是一脸期待的模样,像几个等着听故事的孩子一般,看得我一时间有些发蒙,愣在了那里。

郑光清了清嗓子,提醒道:"云声姑娘请继续。"

我哦了一声,继续说道:"后来我的朋友的朋友帮我把小灵珠炼化在体内了。"

那四人闻言,拊掌的拊掌,拍腿的拍腿,敲头的敲头,还相互感慨着:"你看看你看看,她竟然能将小灵珠炼化在体内,果不其然,果不其然啊!"

他们这反应令我一头雾水,于是我问道:"我听那日追讨小灵珠的官兵说,这灵珠是你们进献给慧文公主的宝物,因而……"

我还没说完,他们便齐声嚷嚷起来:"好不要脸的禁卫军呀,当今这凉王更加不要脸了,灵珠什么时候成了我们进献的宝物了?他们可真是会编!"

我奇道:"难道不是给慧文公主的吗?"

"给个屁呀!"施炎张口叫了起来。

"那灵珠分明是我们自己制了有重要用处的,谁料竟被那凉王的女儿盯上,借口什么出巡受惊,非得向我们要了去压惊。"

"就是就是,我们不给,他们就抢!"

第四章 西南

我听了他们的话，惊得下巴都要掉了，万没料到事实竟是如此。

"但是这小灵珠如今在我体内被炼化，也取不出来了，左右还是我对不住四位庄主，误了你们使用了。"我惭愧道。

没想到他们却摇头摆手地道："哎呀，无妨无妨，没事没事，不当紧不当紧。"

"这小灵珠做出来本就是为了……"施炎话还没说完，郑光的扇子忽然敲上他的嘴巴，他只得硬生生地把后半句话给咽了回去。

郑光沉思片刻，道："我们四人与云声姑娘虽是萍水相逢，却也算是有缘，何况在下还受姑娘救命之恩，如今我四人有个冒昧的请求，不知云声姑娘能否首肯？"

我见他说得如此委婉，反倒不好意思起来："郑庄主无须如此客气，有什么吩咐您但说无妨。"

他们四人闻言一齐露出惊喜的表情，郑光举扇作揖道："我们四人意欲同云声姑娘义结金兰，不知云声姑娘会否首肯？"

我目瞪口呆，万没料想他们竟会有此要求，正惊讶得不知如何回应，郑光补充道："当然了，咱们这个结义，云声姑娘必须是老大，我们四个做小弟，如此才不会乱了辈分。"

最终，我婉拒不成，硬是被这几人请到院中，弄了一番歃血为盟的仪式，稀里糊涂地成了他们的老大。

拜把子结束之后，我被四位小弟劝回房中休息，之前没有细细看这房间，此时才发现这房中有些特别之处，其内排列着两行雕花博古架，上面放置的不是古玩文物，净是些小女孩喜欢的小玩意儿，我顺着博古架慢慢看过去，尽头的墙壁之上挂着一幅画像，画中之人是个端庄的年轻女子，看穿戴像是王室中人，她的容貌十分秀丽，眼角眉梢透着说不出的亲切感。

我正要仔细看看题字和落款，忽有门童传报，说是有人找我，于是我在四位新拜小弟的簇拥下,来到四旗庄大门口。夕阳的柔光中,一小队人马整齐地排列在门外,为首一匹高头大马上静静坐着一个高大的身影。

我眼眶微热,唤道:"主人。"

这一声把四位庄主唤得紧张起来。

"老大的主人?"

"老大的老大,那咱们该叫什么?"

"先甭管叫什么了,赶紧把人请进来歇一歇,那么大个子在马背上坐着多累。"

"正是正是,他不累马还累呢!"

一番乱七八糟的商讨之后,他们齐齐向顾星辰躬身作揖道:"恭请老大的老大下榻寒舍小坐。"

顾星辰愣了一愣,道:"四位庄主不用客气,我是来接人的。"

我忙点了点头:"对的对的,我确实该走了。"

四位庄主闻言,又大费了一番口舌,试图挽留我和顾星辰,但没能留成,最后他们将未央剑递还给我,又拿了一根形似飞刀的小小器物给我,说道:"老大,这是我们四旗庄的信号锥,你若需要我们相助之时,可在周边山石草木之上用此锥画上一个印记,我们的人看到自会前来通报,以便我们前去相助。"

我点点头接过那锥子,骑上他们牵出的马儿,同他们挥手告别。回去的路上,顾星辰问道:"新收了四个小弟?"

我讶异道:"你怎么知道?"

"他们不是喊你老大吗?"

我汗颜道:"是啊,也不知这是为什么,不过他们四个人挺好的,就是实在太热情,我推拒不成,莫名其妙地就成了他们的老大。"

顾星辰面无表情地道:"他们的确不是坏人,认你做老大倒也算是

第四章 西南 343

合情合理。"

他这话说得我更加茫然:"我与他们本不相识,更无半分渊源,我觉得是十分不妥的,怎能说是合情合理呢?"

他浅浅笑道:"无甚不妥,你不要多虑。那日就是看到有他们在,我才会放心先带肖羽回去救治的。"

我仍是一头雾水,忙问道:"肖羽的伤势如何?"

"伤得不轻,不过经过诊治,应无性命之忧。"

"那主人你呢?你的身体恢复得怎么样了?"

"你我二人此次身体俱受重创,先回焱山再说。"

九天星云传（下）

百里云声 著

JIUTIAN XINGYUN ZHUAN(XIA)

时代出版传媒股份有限公司
安徽文艺出版社

图书在版编目（CIP）数据

九天星云传：上、下/百里云声著.—合肥：安徽文艺出版社，2023.7
ISBN 978-7-5396-7537-4

Ⅰ.①九… Ⅱ.①百… Ⅲ.①长篇小说－中国－当代
Ⅳ.①I247.5

中国版本图书馆 CIP 数据核字(2022)第 161593 号

出 版 人：姚　巍
责任编辑：胡　莉　　　　　　　装帧设计：徐　睿

出版发行：安徽文艺出版社　　www.awpub.com
地　　址：合肥市翡翠路 1118 号　邮政编码：230071
营 销 部：(0551)63533889
印　　制：安徽联众印刷有限公司　(0551)65661327

开本：880×1230　1/32　印张：19.375　字数：502 千字
版次：2023 年 7 月第 1 版
印次：2023 年 7 月第 1 次印刷
定价：68.00 元(全二册)

(如发现印装质量问题，影响阅读，请与出版社联系调换)
版权所有，侵权必究

目录
CONTENTS

上册

序　章 / 001

卷一　天罡
第一章　师　门 / 009
第二章　流　云 / 044
第三章　离　别 / 063

卷二　四境
第一章　西　北 / 075
第二章　西　南 / 121
第三章　东　北 / 151
第四章　西　南 / 237

下册

卷三　诸国
第一章　庆　汤 / 347
第二章　大　漠 / 381
第三章　遗　玉 / 404
第四章　靖　凉 / 439

卷四　昆仑
第一章　身　世 / 465
第二章　登　基 / 494
第三章　雪　帝 / 522
第四章　决　战 / 558

尾　章　九　天 / 603
番　外 / 609

卷三 诸国

披星戴月朝行,
披霜冒露暮归。
风卷残沙,
水荡蒲苇,
飞花烈酒敬青史无悔。

第一章　庆汤

回到焱山之后，我意外地发现照顾肖羽的人竟是冬青。原来她自上回帮我传信之后，便与肖羽互生爱慕之心，其间他俩只是零零星星地见过几面，这回听说肖羽受了重伤命在旦夕，冬青便不分白天黑夜地守在病床前照顾他，二人时常执手相望泪眼涟涟。我看了他们这样子，对顾星辰笑言说不定肖羽都能赶在他的前面成亲了，还笑他跟柳小蓝的进度太慢。他听了之后竟然冷下脸去，一连几日都不理我。

顾星辰受伤导致眼疾复发，又缚着双眼养了几日。这几日间，他常常要我吹奏《星云笺》给他听，而且我终于悟出一事，他所说的我对他有利用价值，原来就是每回犯了眼疾听我吹笛子，貌似有助于他恢复。

这日，我又扶着缚眼的顾星辰来到焱山山顶，吹奏完了之后，他静静地盘坐调息，我则绕着那布满拳掌印记的巨石欣赏起来。

在那些密密麻麻的印记中，我发现一小块空出的地方，那一块没有掌印，只有刀刻的两个小人，一个小人高些，另一个小人矮些，两人手拉着手站在一处，身后有两道曲曲弯弯的，不知什么形状。我正托腮认真思索着，身后忽然响起顾星辰的声音："在看什么？"

我问道："这石头上的小人是你小时候刻的吧？"

顾星辰走到我旁边，轻轻嗯了一声。

我又问道:"小人身后那一条像飘带一样的是什么?"

"河。"他惜字如金地道。

我尚未来得及继续发问,他便补充道:"山下的那条小溪,一百年前是条河。"

我点点头,继续问道:"那么这两个小人是你和柳姑娘了?"

这时,忽有一名暗卫来报:"城主,汤都出事了!"

天下人等尽所向往的繁华富庶之处——汤都,如今竟成了一片人间炼狱。

据探子回报,汤都之内一夜之间出现许多怪人。第一个怪人出现在一个面摊,据说他当时正坐在那里吃面,吃着吃着店小二忽然看见那人定住不动,转到他面前一看,竟是无比恐怖怪异的景象,说是那人眼耳口鼻之中正向外爬出无数密密麻麻的虫子,把店小二吓得当场便晕了过去。

其后汤都之内又陆续出现类似情景,越来越多的人成了口吐虫子的怪物。城防驻军数次出动兵马斩杀吐虫人,然而那些虫子十分诡谲,士兵们若稍有不慎,那些虫子便钻进他们的眼耳口鼻之中,使其成为又一个吐虫怪物。

汤都之中,如今正在进行十分艰险而又可怕的灭虫之战。而这虫,绝非普通昆虫之属,显是受邪魔妖术所控,据顾星辰的判断,这很可能又是《四境星经》中的术法被邪魔之徒妄用。

驭虫术。

传说中此种驭虫术一旦开始,便会衍生出无穷无尽的虫子和吐虫怪人来,这自上古以来还是首次出现在人间,便是千年之前的正邪大战也未见此术现世。

这是苍生之难,任何一个正道人士都不能袖手旁观,于是在短短数日内,各路道派之人纷纷来到了汤都,希冀能寻找到有效的克虫之法。

因肖羽负伤未愈，我便和顾星辰一起去往汤都。在郊外的路上，有几处围着许多士兵，正将运来的一车车死尸堆到一处焚烧掩埋，那些尸体都已呈惨不忍睹的烧焦之态了，还被运到城外再焚烧一次，尸体上都沾着密密麻麻的点点焦黑之物，当是一同被烧焦的虫子。

"他们用火焚的办法真的可以防治虫灾吗？"我看着那些被烧焦的尸体，忧心忡忡地问道。

顾星辰微微蹙眉："治标不治本，其实这样连治标的法子都算不上，只要那虫子钻入人的身体中，其人必死无疑，火焚只能阻止吐虫之人将虫子带到其他地方，却并不能救人。"

我听了更加忧心起来："那要怎样才能阻止这驭虫术呢？是不是只要这些虫子不被完全消灭，就还会有越来越多的人死于虫子的侵蚀呢？"

顾星辰望向远方："若要终止这种邪术之灾，最根本的方法，是找出在幕后操纵驭虫术的人。只有从源头上制止妖术，才能让这场灾难彻底停下来。"

我愁道："可是怎样才能找出幕后操纵之人呢？我们连对方是谁都不知道，即便那人出现在眼前，也分辨不出来呀。"

顾星辰叹了叹："想找到幕后之人确实很难，不过既要操纵这样大规模的驭虫之术，其人必定离汤都不远，且那些虫子不会攻击操纵者，这都是寻找幕后操纵者的线索。"

我们一路走到汤都之内，路边的店门边都放着些火把，街上冷冷清清的，没有什么人，只有些巡城士兵四处巡查，时不时地还有些道士、僧人走过。

这时街边忽然传来尖叫声，从一间茶楼中跑出好些人来，他们一个个惊慌失措，奔逃得犹如被鬼追一般。紧接着，就见从茶楼中出来一个女子，紧紧跟在这些人身后，那女子目光空洞，表情如同僵尸一般。她

第一章 庆汤 349

走着走着,忽然向前一蹿,猛地抓住落在最后面的一人,那人连忙抢下街边店门上的一个火把,想要去烧那女子,那女子却猛地张大嘴巴,嘴里涌出无数小虫覆盖住那火焰,瞬间就将火把给灭了。

那人吓得当即扔了熄灭的火把,拼命地往前跑去。我和顾星辰连忙向那处飞奔,还没来得及靠近,那人已再次被吐虫女子抓住。我忙将未央抛出,一剑飞去刺中了那女子肩头,那女子却似刀枪不入般浑然不觉,直朝那人的脸张开嘴巴,只见一股黑漆漆的虫子密密麻麻地从女子口中蹿出,争先恐后地涌入那人耳中。片刻之后,那人也变成同女子一般的呆滞模样,木讷地向前追寻下一个目标。

顾星辰飞奔过去,一剑划过男人脖颈,剑锋一转又刺穿后面女子的胸口,那两人中剑倒地,却仍有虫子从他们的眼耳口鼻向外爬出。顾星辰取过街边的火把,将两具尸体连同爬出的虫子一起点燃。

我望着眼前这一幕,只觉好生难过,刚刚还好好的一个大活人,就这么转瞬之间便被妖虫吞噬,成了吐虫怪,又被焚烧得面目全非,若是他的家人看到,不知该有多伤心。

我正沉浸在忧思之中,一个男子忽然跑来向我们哀求道:"救命啊!求求两位大侠救救我家娘子吧!"

我忙道:"别急别急,你家娘子怎么了?你快快说来。"

他急得快要哭了,道:"刚才一群吐虫人闯到了我家,我拼了命才从窗户逃了出来,可是我娘子还被困在里面……"

我们跟着他来到不远处的一座房舍,只见四五个吐虫人正咚咚咚地使劲敲着他家房门,屋里传来一名女子的哭喊求救声。我和顾星辰忙提剑奔了上去,以最快速度刺死了那几个吐虫人,他们口鼻之中仍有小虫不断爬进爬出。我忙对那男人道:"快取火来,必须尽快烧了他们,不然这虫子爬到别处就糟了!"

男人很快取了火来,顾星辰接过火把将地上的吐虫人点燃。这时,屋门忽然打开,一名女子缓缓地从屋内走了出来,男人忙迎了上去,关切地问道:"娘子,你还好吧?有没有被伤到?"

我眼角余光瞥到女子身后,她拖下的裙摆之上正爬着几只小虫,我大惊,忙飞身过去将那男人推到一边。这时,那女人忽然踉跄一下,紧接着从口鼻之中爬出密密麻麻的小虫来。

我举剑便要向那女人刺去,男人却突然在一旁哭喊起来:"娘子!娘子!你怎么了?你这是怎么了?"听到他悲痛的哭声,我的剑不由自主地停在了半空,忽然不忍心再下手了。

顾星辰沉声道:"她已经死了,刚才定是有虫子从门缝钻了进去,这一剑刺下去只是为了阻止她体内的虫子继续害人。"

那男人闻言,默默地站了起来,喃喃道:"她既已走了,我也不想独活,还请二位大侠成全,让我俩死在一处。"说罢他竟走到那女人面前抱住了她,女人口中的虫子顿时狂涌至他的口鼻之中。

顾星辰见此动容,静静等了片刻,他缓缓举起离殇,一剑刺穿二人的胸口。

我呆呆地看着,眼睛不知不觉间模糊成一片。我恨恨地问道:"这幕后操纵之人到底为什么要这么做?"

"当年的镐汤之变中,《四境星经》遭到抢夺,上下卷因而分开。如今出现的驭魂术和驭虫术皆为星经下卷之中所录,手持下卷之人频频利用这些术法制造惨剧,应当是为了引出手持上卷的人,想要抢夺星经的上卷。"

"这人如此歹毒,利用星经术法四处害人,若是上卷再落入此人手中,岂非更要天下大乱、生灵涂炭了?"

顾星辰点点头道:"正是,所以决不能让上卷落入此人手中。而且要尽快找到这个幕后操纵者,否则他还会制造更多惨剧。"

言罢他闭上眼睛,侧耳聆听着什么,片刻后他睁开双眼说道:"往

第一章　庆汤　351

南走,城南方向不对劲。"

城南是一片茂密的树林,我们靠近的时候,果然听到沙沙之声,地上爬着许多黑色小虫,正成群结队密密麻麻地朝树林里移动着。我疑惑道:"这些小虫怎么都往一个方向跑?"顾星辰朝虫子行进的方向看了看:"那里很可能就是幕后操纵者所在的地方,如果能阻止那幕后之人,这灾害便能真正停止。"

我闻言当即拔出未央就要向树林里走,顾星辰拉住我,凝重地道:"这幕后操纵者绝非寻常人等,他既已得了星经下卷,又练成了这些妖魔邪术,不是轻易能对付的。如今我功力大减,无法护你,你还是在外面等我吧。"

我歪头道:"主人,让我在外面等你这种话,你在羽山和金钩寺都说过了,你觉得我能听吗?"

"不能。"

"你既知道,那便别啰唆了,走吧。"我言罢提起剑,抬脚便向林中走去。

他在后面嘀咕道:"无条件服从,也不知道究竟是谁服从谁。"

刚走了没多远,林子深处闪出几道绿芒寒光,一波气流也随之席卷树丛,向四方弹开。伴随着隐隐约约的怒骂声和嘲笑声,打斗声越发激烈起来,又过了片刻,只闻几声惨叫,一切又恢复了寂静,只余下隐隐的沙沙虫爬声。

我们朝那些声音来源之处走着,不一会儿看见地上横七竖八地躺着几具尸首,旁边掉落着几把铁扇和几柄铜斧,当是铁扇门和百斧山的人。

这时天色已黑,从我们身后传来急促而又密集的沙沙声。我回头一望,不禁浑身起了鸡皮疙瘩,只见漫山遍野的虫子正向这边爬来。我们忙跃到一旁的树上,待那些虫子都过去之后,再轻手轻脚地跟上那股虫流。

　　那虫流越来越密,堆得越来越高,最后在树林深处的一片空地上,竟旋成了一个巨大的蚕蛹形状。顾星辰附到我耳边轻声道:"施术之人应当就在这里面,千万小心,这些虫子只能爬不能飞,若是向你攻击,一定要及时御气飞走。"

　　我点了点头。这时,那巨大的虫流汇成的蚕蛹形状越缩越小,最终竟旋成了一小股黑烟,黑烟之后站着一个人。那人背对着我们,从头到脚一身白袍,他手中托着一个小小的瓷瓶,只见那股黑烟弯弯绕绕地飘了飘,最终都被吸进了那瓷瓶之中。

　　顾星辰忽然一动,离殇破空刺向白袍人。那人既不回头,也不动弹,只见离殇刺到他背后却忽然定住。顾星辰催动真气,想要御使离殇刺进,离殇却浑如被施了定身法般一动不动,忽而哐当一声掉在了地上。

　　我心中一惊,这个幕后操纵者的道行果然深厚,竟能如此轻而易举地挡了顾星辰的剑招,看来我更不是此人的对手,但是找到此人的机会千载难逢,决不能让他逃走,否则汤都百姓的安全更加不保。

　　我小心地催动未央凌起空中,周遭万籁俱寂,只有树叶被风吹动的细微声响。我又稳了稳真气,片刻后,未央朝着那人头顶疾刺而下,那人背影似乎闪了一闪,未央只贴着他的衣袍嗖的一声刺进了地里。

　　我和顾星辰再次催动离殇和未央,一时间剑芒大盛,直将那人团团包围在剑气之中。那人仍是不为所动,只见白袍鼓荡,人却丝毫不为剑气所伤,反倒刹那间将两剑同时弹飞了出去。

　　我心中焦虑起来,这人的道行深不可测,顾星辰在未中九头蝮蛇之毒时,或许能有几分胜算,可如今他的功力大减,比我也好不到哪去,对抗这样一个恐怖的敌手怕是以卵击石。

　　那人的袍子又静静垂了下去,他慢悠悠地转过身来,用怪异的声音道:"又是两个来送死的……"

话还没说完,我和他同时咦了一声。

"白无常?"

"赎罪者?"

我和那人的声音同时响起,他那惨白而没有五官的面具在月光下看着格外阴森,我突然觉得自己真是蠢笨极了,之前在七钩塔第七层时,怎么就没想到这人便是操控驭魂术的人呢?还傻傻地把他当成了白无常,同他啰唆了那么多。

顾星辰转过脸来问道:"你认识他?"

"不是认识,我在七钩塔的第七层见过此人一面。"

那人笼着两只宽长大袖,道:"既是赎罪者,今日我便饶过你们的小命,因为我还是很好奇,赎罪者到底是个什么样的人呢?呵呵……"

言罢他脚下浓浓黑烟腾起,将他托至空中飘飞而走,我和顾星辰忙收剑跟了上去。那人始终在树林顶端飞掠而行,我们俩便在下面一路追踪,出了树林之后那人又在房顶屋檐上悄无声息地潜行如飞,我和顾星辰便也跃上屋檐去追,追着追着,脚下的房顶越发华丽宏大起来,竟是跟着那人跑到了玺华宫。

那人的身影在恢宏华丽的宫殿屋脊上起落不定,不一会儿竟消失不见了,我和顾星辰在四周到处搜索也没有寻见他半分踪迹。

就在这时,忽有一个身影掠上墙来,二话不说便来拉我。我忙向后躲开,转身一看,此人一身浅金色华服,顶戴帝王玉冠,清俊苍白的面上,一双乌黑的眼睛正冷厉地凝视着我身后的顾星辰。

我心中一沉,在此时此地被白隽发现,绝对不是什么好事,尤其我和顾星辰此时都是功力大减,只怕加起来也不是白隽一人的对手。

一道凉风拂过,他们二人已同时向下跃开,面对面立在宫院之中。

白隽冷哼了一声:"遗玉之城,顾星辰?"

顾星辰冷视着他,并未理会。白隽又道:"大漠之外,汤凉之交,神兵难克,世所盛赞。呵,好了不起的城主啊!平日里想找到你还真不容易,今天怎么有空自己来到我玺华宫了?"

顾星辰仍不理他。白隽忽然问道:"你可知你身边这个女人是谁?"

"当然知道。"

白隽忽然怒了:"知道你还敢?"

顾星辰冷冷道:"她本就是我的人,我有什么不敢的?"

白隽咬牙切齿道:"你的人?你可知早在一百年前,她便已是孤王的妻?"

"既无其名,亦无其实,何谈汝妻?"顾星辰不屑地道。

白隽闻言暴怒,他双眉紧锁怒视着顾星辰,片刻后忽然大喝一声:"禁卫军!"

一道整齐的列阵之声响起,四面八方突然出现排得整整齐齐的队列,士兵们齐齐举着长弓,弓上之箭俱是对准了顾星辰。

我大惊,忙跳下墙去拦在顾星辰前面,向着白隽道:"你想干什么?"

白隽红着眼注视着我,沉声道:"我想干什么你不知道吗?云声,我早就知道是你,你以为能瞒得住我吗?"

我无奈道:"你既然知道了,那便不要牵连无辜,我留下来便是。"

他冷笑道:"你留下那是当然,但这个人,也别想走!"

言罢,他大喝一声"放箭",与此同时向我飞掠而来。我正要帮顾星辰去挡那箭雨,却被白隽强行掳到一旁,我忙回头去看,无数利箭已被顾星辰用离殇挡开,我刚松了口气,却见一张大网从天而降,将顾星辰困在了里面。

我被白隽捉住手腕,使劲挣扎着,想要去解救顾星辰,白隽却忽然从身后掩住我的口鼻,我又闻到了那股奇异的药味,随之失去了意识。

再醒来时,我又躺在了留云苑中,床边垂挂着半透明的长长帷幔,白隽正坐在床边注视着我,右手轻轻抚摸着我的头发。

这时,从外面走进两人,其中一个跪拜在地上朝着白隽道:"启禀大王,臣等有要事禀报。"

白隽仍抚着我的头发,头也不抬地道:"就在这说。"

那人禀道:"是!大王命微臣去查虫灾之事,如今……"

白隽皱眉道:"怎样?"

"城中死伤惨重,如今人心惶惶,城中百姓开始疯狂出逃。但昨日有一吐虫人混在出城队伍之中,欲将虫灾带至城外,好在守城将士及时发现,已当场斩杀焚化。"

"吐虫人混在人群中查不出来吗?"

"回禀大王,吐虫人不吐虫时,看着与普通人无甚差别,实是难以辨认。"

白隽思索片刻后道:"那便从今日起关闭城门,无孤王手令者不得外出。"

"可是这……"那臣子有些犹疑。

"有话便说。"白隽不耐烦地道。

那臣子言道:"如此一来,都城与各地之间的商贸往来便大受影响,怕是不利于国计民生……"

白隽冷哼一声:"虫灾至此,还管什么商贸往来?先把灾害控制在最小范围,不要搞到举国都是,那样更不好办。"

那臣子道了声"是",便不再多言。白隽将他屏退,又问立在一旁的另一人:"让道长去查的事如今怎样了?"

这一次回答白隽的是厉雷冲的声音:"回禀大王,星经下落如今尚无明确眉目。不过近日在凉国金钩寺中发生了一起惨案,或许与星经有关。"

白隽问道:"哦?什么惨案?"

厉雷冲道:"据闻为了查找星经下落,那日各派人士前往金钩寺中探访,却几乎全体毙命于内,并且……"

"并且什么?"

"并且尸体俱是被挂在七钩塔的四十九个钩子之上,其状极为惨烈。"

白隽沉思了一瞬,又问道:"那又如何便知这惨案与星经有关?"

厉雷冲答道:"其一,能让各道派人士在短短半日之内尽数暴毙的,绝非寻常人等;其二,那日之后,贫道曾携众弟子前往探查,到达金钩寺时,那寺中僧人全体整齐地列坐于后院之中,却个个紧闭双眼,不言不语,十分诡异,贫道判断,这些僧人当是中了驭魂术。"

"驭魂术?"

"不错,据传这正是《四境星经》中的内容。"厉雷冲神秘地道,"而且,近日汤都的虫灾,很可能也是与星经有关的驭虫术所致。"

白隽的手在我耳畔顿住:"这《四境星经》里的东西竟如此邪乎……"

停了片刻他又道:"既是如此,那么道长更要用心去寻找《四境星经》的下落了。另外,要设法找到持有星经的那个人。"

厉雷冲迟疑地看了看周围,道:"这……"

白隽会意地屏退了屋里其他人,厉雷冲这才说道:"据贫道所查,在镬汤之变中,《四境星经》的上下卷被分开夺走了,所以其实如今持有《四境星经》的,当是两个人。"

白隽蹙眉道:"一个人便已如此兴风作浪,两个人……"

厉雷冲又道:"因此,现在的虫灾,未必是坏事。"

"道长此话怎讲?"

第一章 庆汤

"目前看来，此人既然如此公然制造驭魂术和驭虫术，很可能是在钓那持有另一半星经的人上钩，说不定另一人会因此被引出来，到时螳螂捕蝉，黄雀在后，大王尽可趁机坐享渔翁之利。"

白隽冷笑一声，似是有些嘲讽："道长好谋略啊。"

厉雷冲躬身拜道："能为大王分忧，实是贫道之荣幸。"

"行了，道长继续追查《四境星经》的下落便是，至于其他，孤王自有定夺。"

厉雷冲告退之后，我连忙坐了起来，白隽却仍在床畔坐着不动，只是目光沉沉地看着我。

我被他看得好不自在，又担心顾星辰的安全，于是问道："我的朋友呢？"

他没有说话，仍是那般望着我，又沉默了一会儿，才开口道："云声，你好狠的心。"

我被他这一句指责说得脑子发蒙，他又问道："为何不认我？"

我不知该如何回答，只是迟疑道："我……"

良久沉默。

"他是你什么人？"

我愣了一瞬才反应过来他问的应是顾星辰，于是答道："他救过我的命，而且是三番五次地救我于危难，还因为我而中了九头蝮蛇之毒，以致功力大减……"

"这些我都知道，我问的是，你和他是什么关系。"

我叹道："一百年前，师父便失踪了，大师兄找到师父留下的血书，是关于他的，所以为了破解那血书，我现在正以侍女的身份跟随于他。"

白隽哼了声："侍女？他都让你服侍了些什么？有没有……"

我怒道："你胡说八道些什么！他是个正人君子，从未对我有过半分无礼！"

他冷笑一声："他最好没有，否则的话，我会让他付出代价！"

我无奈道："你能不能别想着这些？师父他老人家生死未卜，下落不明，我现在最重要的事情就是找到师父。"

白隽挑了挑眉道："掌门师父失踪多年，这我也听闻了，这些年我也一直在留意此事，只是至今没有结果。"

他突然牵起我的左手，将袖子褪到上面，看着那仍泛着乌黑的毒印问道："你这毒是怎么回事？究竟何人对你下此毒手？"

我摇了摇头道："我不知道是什么人做的。"

"中毒是什么时候的事？"

"是……"我有些纠结起来，当初在西方森林被那毒针刺中的事，究竟该不该告诉他呢？

"告诉我！"他皱着眉催促道。

我想了想，那西方森林是汤国防范外敌入侵之地，而他却对其中如此重要的情况都不了解，不告诉他的话确实不妥，于是我便说道："一百年前，你带我去西方森林寻捕神鸟那一回，我被一根毒针刺中，这毒便是那毒针上的。"

他愣了一瞬，随后大惊："你被毒针刺中？那你又是如何回到九天门的？"

我想到当时醒来之后，先由冰笼坠崖掉落水中，再后来如何到了九天门却是一点也不知道了，于是摇摇头道："我中毒之后晕过去了，我不知道自己是如何回到九天门的。"

他闻言呆住，过了片刻，他突然紧紧拥抱住我，口中不断说着对不起。

我迷茫道："为什么道歉？"

他将脸深深埋入我颈侧："我错怪你了，是我错怪你了！云声，对不起，对不起……"

第一章 庆汤 359

他哽咽道:"这一百年来你都去了哪里?为什么不来找我?"

"师父为了保我平安,让我祛毒疗伤,将我在百里崖上封禁了一百年。"

他将我拥得更紧了:"原来如此,我还以为……"

唉,一百年了,即使这时他什么都知道了,又能如何呢?

于是我待他平静下来后,再次问道:"我的朋友他……"

他闻言冷下脸来:"顾星辰?被我抓了。"

"他对你并无恶意,你何必要囚着他呢?"

"对我并无恶意?"他冷笑一声,又道,"不过,此人也曾救过我的命,所以,你放心,我不会杀他。"

我诧异道:"他什么时候救过你?"

"你可还记得当年,为了能让父王首肯我们的事,我曾率两万残兵迎战八万南蛮铁骑,惨败之下险些自刎,当时救我之人便是他。"

"你是怎么知道的?"

"他来玺华宫带走你那次我便看出来了。"

我又蒙了:"他既是你的救命恩人,你更不该囚禁他了。"

白隽邪气地笑了笑:"不囚着他,你会留下?"

我没想到是因为这个,不由得愣住。

"云声,等你心甘情愿留在我身边时,我自会放他走。"

命运兜兜转转,我竟又被白隽困在了玺华宫中,而且这一次连顾星辰也被他囚禁了。这下我真是伤透了脑筋,本来跟大师兄说好了由我跟随顾星辰,以求破解师父血书的,如今这般困着,我该如何是好呢?左思右想了一夜,我决定寻个机会出宫,到了外面之后用四庄主给我的信号锥通知他们来帮忙,只是这出宫的理由着实难找。

没料想到了第二日,白隽竟主动提出要带我出宫一趟,为的是去太庙祭祀。坐在宽大的浅金色马车中晃晃悠悠不知行了多远,一名侍从忽然在外禀报道:"启禀大王,刚刚收到八百里加急。"

白隽懒懒道:"讲。"那侍从在车外禀道:"泷州有叛党起兵叛乱,泷州驻军镇压不力,恐有兵败之虞。"

我心中一咯噔,这些人早不叛乱晚不叛乱,都城如今闹了虫灾,他们竟挑这个时候起兵。

白隽皱眉道:"这伙人是想趁乱造反啊,哼,以为都城闹个虫灾,我大汤便举国无人了吗?可知叛军人数多少?"

侍从答道:"近五千人。"

白隽思索片刻,道:"传令下去,即日命方将军率兵八千前去镇压,与泷州交界的三州各出兵一千增援,凡叛乱者一律斩杀,不用奏报。"

侍从领旨退下。我忧心地望着白隽,如今他这个汤王当得很是焦头烂额,都城之内虫灾如此可怖而又难灭,偏偏在这个时候又有人造反,也不知能否顺利将那些叛党镇压下去。

他见我神情有异,微笑着拍了拍我的手背:"看你这副神情,是在担心我吗?"

我撇了撇嘴不置可否,只道:"如今汤都闹了虫灾,本就需要大量官兵护佑,现在又起叛乱,再调走这么多兵马,那都城的百姓怎么办?"

他淡淡道:"此次虫灾本就是妖魔邪术所致,并非寻常驻军能够解决,要想从根源上消除虫灾,还需从操纵驭虫术的人入手。"

我想起那天同顾星辰一起追击白袍无脸人,那人当晚飞进玺华宫之后便再见不着,该不会是藏匿在玺华宫中吧?我想得背后一阵发寒,忙对白隽说道:"你抓到我那天,我看见那个操纵驭虫术的人了。"

他闻言很是惊讶:"你看见他了?在哪里看到的?"

我便将那日追踪无脸人的大致经过告诉了他,白隽听完,皱眉道:"你不会看错了吧?那样道行高深之人,怎会被你追踪却不自知呢?他如果早就发觉你了,怎么可能还留着你的命,任你一直追了那么远呢?"

第一章 庆汤

我叹了叹:"其实在那晚之前,我曾在七钩塔中见过此人,当时我被驭魂术催出心魔,却并不是为了寻求《四境星经》,令那人很是意外,所以他对我的执念有些好奇,便没有杀我。"

白隽思索片刻:"此人不是寻常人等,之前两次没有杀你也许只是他一时兴起,今后若再遇到便难说了,你还是小心为好。"

行了许久,车马终于到了太庙。太庙位于城郊一座山上,山上草木茂密,是个很适合做记号的地方,我却一直被白隽携在身边,没能得到机会单独溜开。下了马车之后,白隽和我被一群人簇拥着进了太庙之中,好不容易等到他开始焚香祭拜,我忙寻了个出恭的理由单独溜了,一路小心躲着不让人发现,七转八转地总算找到一处无人的角落,我便从那墙头翻了出去。

墙外是幽深寂静的山间树林,我估摸着此处平日根本无人到访,即便留下印记,也不知猴年马月才能被四位庄主的探子发现。于是我顺着山路向下奔去,最后来到山脚下的路边,找了棵树做了个记号,将那记号指向玺华宫方向,又担心他们会错意,于是又在记号后面刻了个小小的"宫"字。

等我顺原路返回时,听到山上传来一阵嘈杂声,那些人正说着什么娘娘不在这边,再去那边找找云云,看来是发现我不见了。我忙向回疾奔,寻到之前翻出来的那个墙角,又顺原路翻回了院中,刚一转身就撞上一人,把我吓了一跳。

"在这里做什么?"白隽眯着眼问道。

我定了定神:"出恭啊,然后迷路了,不知道怎么就走到了这里。"

"你出个恭时间可真够久的啊。"他牵起我的手,一边向回走一边警告着,"云声,你最好不要耍什么小心思,否则,我让你永远也见不到他。"

回玺华宫的路上,马车行着行着忽然停了下来,外面传来一阵撕心裂肺的哭喊声。我将帘子掀开,只见前方有个人倒在地上,他身边还有个女子正一边扯着他的胳膊一边大哭。

一个侍卫前去查问了一番之后回来禀道:"大王,那女子说他们是附近的村民,因闹饥荒出逃,已经多日没有进食,那男人刚才走到路上突然倒下,已经死了。"

白隽挥了挥手道:"让他们退到一旁去,不要挡了道路。"

侍卫刚要退下,白隽又叫住他道:"给那女人些银子作为安抚。"

那侍卫领命退了之后,白隽掀开马车侧面的帘子,由窗口向外望去。我也顺着他的目光望向远方,此时正是金秋,郊外一片本该丰收的田地里,如今只见干旱贫瘠的龟裂土地,附近稀稀落落地走着一些衣衫褴褛的人,那些人身上都背着包袱,当是些逃荒的村民。

白隽见状双眉深锁,又叫了个侍卫去问。不一会儿,那侍卫回来禀说,这附近的村落都闹了饥荒,因而村民们正在纷纷出逃。

我听了很是忧心,不由得喃喃道:"都城虫灾,泷州造反,乡下又闹饥荒,如今汤国怎么成了这般模样?"

白隽一脸的疲惫和无奈,叹了声道:"治国不易,任你如何尽心尽力地为这个国家操劳,总有那么些事是你无法掌控的。"

回到玺华宫之后,白隽比之前忙碌许多,虫灾、造反、饥荒一齐压来,他这个当大王的几乎是天天废寝忘食地处理政务。我倒是因此自在了许多,每日没事就在玺华宫里四处乱转,想要找一找顾星辰的关押之处,无奈玺华宫太大,又处处守卫森严,转了两天依然没个头绪,又不见四位庄主前来搭救,心中烦乱得很。

又一日,我结束了一天毫无所获的搜寻之后,无力地靠在留云苑的窗前,向着外面发呆。朱红色的宫墙之上,天边的霞光很美,一群黑乎乎的鸟儿从那一片金红色的光芒前面飞过,被那金光衬得甚是扎眼。就在那一群黑鸟之后,蓦地腾出几个大号的黑点,几个起落离得近了我

第一章 庆汤 363

方才看出是几个黑衣人,我连忙来到院中,却不见了那几个人影。

我想大约是自己看花了眼,便转身回房,刚迈进门中,一个黑色身影从房顶飘然落下。我正要出手去擒那人,他却在我面前躬身拜道:"老大久等了,请恕四弟迟来之罪。"

紧接着,又有三个黑衣人悄无声息地掠了进来,他们一一躬身拜道:"老大,请恕小弟迟来之罪。"

一见是他们,我如释重负:"你们总算来了,我还怕你们看不到我留的记号呢!"

"老大放心,四旗庄的信号锥绝不是浪得虚名的,我们的暗探遍布四方大地各国,只是有时候不一定能那么及时,但早晚总会看得到的。"

我颔首道:"你们短短两日便从凉国赶来,已经很及时了。我那日不方便一路留下记号,只得刻了个'宫'字,没想到你们这么快便找到了这里。"

卫亭拍了拍胸口:"即便老大没留那个字,我们顺着信号所指方向也会一路搜寻,便是挖地三尺也会找到老大。"

郑光点头应道:"正是如此。但不知老大突然召唤,有何吩咐?"

"我需要你们帮我救个人。"

"谁?"

"前日去四旗庄接我的那位……"

"老大的老大!"

他们齐齐惊叫起来,叫完顿觉自己声音太大,又纷纷捂着嘴轻声问道:"老大的老大怎么了?"

我叹了叹:"被汤王抓了,现在不知人在何处。"

他们四人闻言有些吃惊。

"汤王为何要抓老大的老大?"

"就是啊,汤国如今都乱成一锅粥了,这当大王的把他抓起来有什么用?"

我又叹道:"大约是因为我吧。"

郑光歪头打量我一番,恍然大悟道:"我明白了!"

"你明白什么了?"

"快说快说,别卖关子!"

另外三人齐声催促。

郑光摇头晃脑踱着步:"我猜汤王多半是因争风吃醋,这才将老大的老大关了起来。"

那三人闻言均是一脸迷茫。

我忙道:"你们不要乱猜了,总之我如今被汤王困在此处身不由己,这次就全靠你们了。"

郑光迟疑道:"可是老大你呢?你也是被汤王强留在此的吗?我们若是走了你怎么办?"

我摇头道:"汤王不会为难我,只是我同他之间有些误会,我需将这些误会解了才好离去,否则将来还会有很多麻烦。"

这时,外院传来声响,是白隽来了,我忙让他们四人从后窗翻出去。他们前脚刚走,白隽后脚便推门走了进来,见我站在窗边,问道:"在做什么呢?"

我走到桌旁,给白隽倒了杯水,答道:"什么也没做,只是天天待在这留云苑中,闷得慌。"

他端起杯子吹了吹道:"我近来太忙了,没能好好陪你,等这些事过去,我一定弥补。"

我身子僵了一僵,本来我是想说希望他能放我出去,不要将我强留在此,他却理解成了另一番意思。我琢磨了一会儿,又对他道:"你忙你的就好,不需要陪我做什么。其实我也有很重要的事必须去做,我需要自由。"

第一章 庆汤

他拿着杯子的手在半空停住,片刻后他轻笑一声,将杯子放回桌上,缓缓开口说道:"你要做的事,不就是寻找掌门师父吗?这件事并不是非得你做不可,我已安排了人手在外多方查找,比你一人乱闯要可靠得多。我们这么多年没见,你就这么急着要走?"

我愣了愣,他这话说得滴水不漏,我找不出什么好的理由去反驳。可是,即便他能帮我去找师父,我也不能留在这儿,对于他和岚姐姐来说,我就是个不祥之人,我真的很怕再次给他们带来不幸。

这时,他从座上起身,径直向我走了过来。我见他越靠越近,正想向后退开,他却忽然伸出一条胳膊揽住我的腰,将我猛地箍到他身前:"云声,这一次你别想再离开……"

他说着便向我俯了下来,就在这时,门外忽然响起侍卫的声音:"启禀大王,泷州急报!"

白隽满面不悦地停住,他深吸了口气盯了我一会儿,缓缓抚着我耳畔的头发道:"云声,记住我说的,我不会再放你走。你不要以为我只有一个顾星辰可以用来留住你,别忘了,还有你亲爱的岚姐姐。"言罢松开手便走了。

听到他这样的威胁,我浑身冰凉。

这一夜,汤都很不太平。

泷州的叛党一路收征了越来越多的追随者,方将军带领的八千兵马连同三州支援竟尽数被叛军击败,连第二拨派出的八百里加急也被叛军斩杀于途中。就在这夜,叛党兵临城下,汤都岌岌可危。

白隽亲自率兵出战,连夜去了城门战地。我也不知道四位庄主寻找顾星辰寻到哪里去了,只能在留云苑干等,其间似乎隐隐约约听到城门方向传来的炮火声,有时感觉连大地都在颤动,其实在这样混乱的夜晚,倒是很适合劫狱救人。

等得实在急了,我便去了院中坐着。空中明月皎皎,远处战火隆隆,空气中暗流涌动,似乎这乱世的硝烟已经无处不在,令人避无可避。

彼时忽有一个熟悉的身影出现在我面前,夜色之中他的衣摆在风中轻轻飘动,不远处的宫墙之上,还有四个黑衣人朝我挥了挥手,便跃到了墙外。

面前高大的身影向我一步步走近,我欣喜地站起来迎了上去:"主人!你没事吧?他们真的找到你了!"

顾星辰面色有些苍白,他长长的发披在肩头,被微风吹起,丝丝缕缕飘在他的脸上,那模样虽然有些憔悴,却令我心中涌起一阵莫名的悸动。我见他瘦了许多,精神也很不好,难过地道:"你受伤了吗?"

"我没事。"他眸光闪闪地看着我,"他有没有为难你?"

我摇了摇头。他向我伸出手来:"走吧。"

"主人,我现在不能跟你走。"

他的手在半空顿住:"你说什么?"

"我现在不能跟你走,主人。"

片刻沉寂。

"因为他?"他垂着眼帘,长长的睫毛遮掩着瞳眸,看不清是什么神情。

我嗯了一声,正准备解释一下白隽以岚姐姐相迫的事,顾星辰却忽然垂下手臂,身体晃了一晃,喃喃道:"我懂了。"言罢缓缓后退了两步,转身便消失在茫茫夜色之中。

我一头雾水地呆立在原处,也不知道他是真懂还是假懂,但是现在也顾不上琢磨这些,当务之急是如何解开白隽的心结,只要他不再以岚姐姐来威胁我,我便可以离开玺华宫,继续跟随顾星辰去破解师父的八字血书了。

第二天一早,白隽在一群侍卫的簇拥下回到了玺华宫,他右臂受了剑伤,御医小心翼翼地为他包扎。白隽朝侍卫发话:"叫齐山速来见我。"

过了一会儿,一名浓眉大眼的武将急匆匆地从外面赶来,甫一进殿白隽便问:"人找到没有?"那名叫齐山的武将拜倒奏道:"启禀大王,我军未能捕获叛军头目,贼人逃走了。"

白隽闻言,当即摔了手中茶盏:"孤王已将叛军尽数镇压,你们这些废物,怎么连个残兵败将都抓不到?"

那齐将军很是惶恐:"臣等无能,是臣等无用。"

白隽怒意更甚:"若不是孤王受此剑伤,早将那匪首擒了,交给你们去办竟办成这样。"

齐将军再拜道:"恳请大王给微臣一个将功补过的机会,让微臣带兵追拿匪首,一定将他擒获。"

"给你三日时间,再抓不住人,你自己提头来见。"白隽不耐烦地斥走了那将军。

众人全都退去之后,我见他很是疲乏的样子,便问道:"要不要让岚姐姐来照顾你?"

他仿佛听闻了什么笑话般嗤笑一声:"叫她来做甚?"

我听了很不好受,这么看来他待岚姐姐还是很不亲善。这时他径自往床边一坐,道:"有你在便好,过来帮我宽衣。"

见我立在原处不动,他叹了口气:"我知道你有毒在身,又不会对你怎样,你怕什么?"

见我仍是没动,他又指了指自己的伤处:"我都伤成这样了,难不成你要我自己脱?"

我无奈地上前道:"行行行,我来帮你。我不是怕你做什么,只是觉得你对岚姐姐如此冷淡是否有些不妥?"

他非常不悦地吐了口气:"能不能别提她了?"

我皱眉看了看他,只好换了个话题道:"去镇压叛党可还顺利?"

"嗯,乌合之众,我亲自出战,哪里会有不顺之理?到最后也就剩下那匪首一人了,我便让他们去抓,没想到竟也能让人给溜了,这就好比你已经把鱼钓上来了,就让他们把鱼放进鱼篓也能放丢了,真是一群饭桶。"

就在这时,一串诡异的笑声从空中飘来:"呵呵……虫灾、饥荒、造反,这么多'好事'同时发生的感觉怎么样啊,小汤王?"

我一听那声音,不由得心中一紧,是白无常,那个会操纵驭魂术和驭虫术的无脸人,我忙轻声对白隽道:"说话这人便是驭虫术的幕后操纵者。"

白隽面色一凛,低声喃喃道:"此人竟能随意出入我汤国王宫……"

他站起来轻轻举起佩剑,向四周边查看边问道:"你是何人?躲躲藏藏有何本事?不如现身来与我一战。"

"哟,小毛孩儿。"那人语气很是鄙夷,"我可不是来跟你打架的。"

"你搞出这么多事情,到底是为了什么?"

无脸人尖着嗓子道:"哟,怎么都怪到我头上来了?我只不过送了个虫灾的'大礼'给你,至于饥荒和造反,那可都是你自己治国不力,隐患显现了而已。自己慢慢去琢磨吧,呵呵……"

在一阵怪笑中,那诡异的声音越飘越远。见白隽不悦地将剑扔回桌上,我忍不住道:"听那人说话的语气,貌似对你别有用心。我怎么觉得,他好像是故意针对你呢?"

"看来他发动驭虫术的目的不仅仅是要找《四境星经》上册,似是还有其他缘由。"白隽思索着道,"无妨,他来便来,正好我也想要找他。"

就在此时,一名侍卫急匆匆地前来禀报道:"大王,关押在天牢的那人不见了!"

"不见了?"白隽闻言一震,"怎么会不见的?你们都干什么去了?"

那侍卫跪在地上浑身发抖:"臣等……臣等一直在值夜,我们几个兄弟突然之间被偷袭了,都晕厥过去,刚刚醒来就发现那人已不见了。"

白隽令退了那侍卫去领受责罚。他静立了半晌,忽然冷哼一声,向我转过身来:"他走了,却没带走你?"

我摇了摇头。

他在床边坐下,轻笑道:"很好。"接着张开双臂道,"我累了,现在我要就寝,过来帮我宽衣。"

我无语得很,刚刚还在说着重要的正经事,怎么突然就要宽衣睡觉了?

我噔噔噔地走上前去,一把抓起他的衣衫便拽。谁知那外袍由各种扣子、绑带束着,被我这么一拉一扯地很快弄疼了他,他无奈地忍着,待我帮他把外衫脱去之后,他却仍然正襟危坐。我催促道:"你不是要就寝吗?还不赶紧躺下。"

他神色异样地看着我,我觉得他这个表情有些不对劲,果然下一刻他突然把我拉到他身旁坐下,将我的一只手放进了他胸前的衣襟里。我的手一下触到了那个他用刀刻的"云"字,忽然心中一悸,想要把手抽出来,他却用力将我的手按在那刀痕上,目光灼灼地盯着我。

"云声,一百年了,我的心没有变过,你的呢?"

我脑子一蒙,这问题我从未想过,不知该如何回答。他笑了笑,又将我的手松开,自己躺下睡了。

次日,太多朝臣上奏有关虫灾和饥荒之事,白隽遂将我带到了他的寝殿。当日下午,他外出探视灾情,我一人在殿中盘坐调息,忽闻门口有人说道:"王后娘娘,大王出去了,不在殿中。"脚步声却并未停下,一个端庄艳丽的女子在一群人的簇拥之下走了进来,我抬头一看,不禁湿了眼眶,在心里默默喊了一声岚姐姐,嘴上却不敢发出声音。

她摆了摆手将跟进来的侍从们赶了出去,袅袅婷婷地走到我面前打量着我。我忙将气收了,起身朝她行了个礼。她嗤笑一声道:"大王不在,你我都不必假惺惺的了,我就是来看看,大王最近神神秘秘呵护的那个女子到底是谁,呵,听说他还给你赐了个名字叫云声,是不是?"

我心中很想她能抱抱我,也很想把我的真实身份告诉她,可是又担心会让她再度伤心或者再遇不幸,于是我咬住下唇忍着不说一字,只是默默地望着她。

她看了看我,道:"你在我面前摆出如此楚楚可怜的模样作甚?我是不会怜香惜玉的。"她来回踱着步说道,"你知道他为何叫你云声吗?你知道云声是谁吗?"

"云声,那是大王心心念念了一百年也忘不掉的女人,你以为他现在宠你是因为对你有爱吗?别天真了,你不过是那女人的替身而已,就跟一个人偶没有任何区别,而我,才是与他平起平坐的正宫娘娘。那个女人得到了他的心,我得到了他的人,而你,注定什么都得不到。"

我轻轻开口道:"我什么都不想得到,只要娘娘需要,我愿一切听从你的安排……"

只要你能幸福就好,我在心里默念完这后半句。

她闻言有些吃惊,愣在原处半响没有说话,过了会儿婉转地轻笑了起来:"哟,好乖巧的可人儿,真会讨人欢心,不过,别把我当成三岁小孩,你怎么可能甘心成全我?"

我笑了笑:"真的,我愿促成娘娘同大王齐眉相伴,只求能早日让我离开此处。"

她在我面前绕了半圈,仔仔细细打量着我:"大王如此宠你,没想到你竟不为所动,看来你心上早已另有他人了吧?"

听她这么说,我也没有想去反驳,脑子一片空白地道:"需要我如何做,娘娘但说无妨。"

她哼了一声："好啊，那我就成全你，不过，直接杀了你吧，大王一定会怪罪于我，这样吧，大王近日忙得很，我找个机会送你出宫，还你自由，你走得远远的，不要再回来，如何？"

我心里一颤，我又何尝不想如此，可是之前白隽用岚姐姐来威胁我，若是我就这么不声不响地逃走了，不知他会对岚姐姐做出什么来。

见我犹豫着没有回答，她又道："怎么？舍不得了？我就知道你刚才只不过是敷衍我罢了。"

"我愿意。"

我转脸望着她："只是娘娘要答应我一个要求，这样我才能离开。"这样，我才能放心地离开。

一炷香工夫后，我与岚姐姐商量妥了，接下来便依着计划，老老实实在留云苑待着。白隽因虫灾之事焦头烂额，我听闻每日前来奏报的臣子说到那些伤亡数字，只觉心痛无比，于是当晚向白隽提议，今后再治虫患，请他一定让我随行。

他听了摇头道："这虫灾危险得很，一旦被虫子爬上身便无法医治，你还是不要跟我去冒险了。"

我说道："你不用担心，我不是手无缚鸡之力的百姓，如果有吐虫人靠近，我可以保护自己。况且，那无脸人目前不会杀我，我有机会接近他，我可以帮你。"

他皱着眉仍想否决，我又道："你知道的，我九天门弟子入门拜师时曾立重誓，不求长生，但度苍生，此时我若是像个缩头乌龟一般躲着，如何对得起师门教诲？如何有颜面苟活于世？"他最终说不过我，只得勉强应允。

这日，侍卫来报说都城的粮仓被吐虫人围攻，汤都如今已封闭城门，全城百姓的口粮都靠粮仓供给，一旦粮仓再被污染，后果将不堪设想。

我们当即赶赴粮仓,只见数以百计的吐虫人正在合力撞击粮仓大门,值守粮仓的士兵们也已经被虫侵蚀,正帮着吐虫人一起撞击粮仓。

白隽命弓箭手放箭,一片铺天盖地的箭雨之后,最外圈的吐虫人纷纷倒地,聚集在他们前面的吐虫人目光呆滞地转过身,向着我们这边狂奔而来,第二排弓箭手听令上前,又一拨箭雨过去,再倒下一批吐虫人,下一排弓箭手还未来得及出列,疯狂的吐虫人大军已奔到了近前。

随着一声响亮的号令,士兵们纷纷举刀向吐虫人砍去。

这样的战斗十分残酷,因为在混战之中,士兵们稍有不慎便会被吐虫人侵蚀,此时他身边的其他士兵就必须当机立断将他砍杀。昔日并肩作战、生死与共的同伴随时随地可能成为自己的刀下亡魂,这样残忍的战斗我还是第一次见到。

最后当所有吐虫人都被斩杀后,地上也倒了一片数不清的士兵,活下来的将士含着泪将大片大片的尸体点燃,列队站在这一片火场侧旁,齐声唱起了悲壮的战歌:

三千里风和月,
八千里云和水,
金戈铁马,
百折千回,
手中长刀饮日月光辉。
披星戴月朝行,
披霜冒露暮归,
风卷残沙,
水荡蒲苇,
飞花烈酒敬青史无悔。

第一章 庆汤

夜色中,焚烧腾起的浓烟滚滚上升,明月映照下的每一个人脸上都有痛有泪,我听到一个个士兵正对着火光中的战友英魂作着告别。

"江五,我一定把你的遗言带给你爹娘。"

"王六,你放心,你的遗物我一定交到你家人手上。"

"好兄弟,你安心去吧,从今往后,你家小虎就是我的儿子!"

……

我握紧手中未央在周边奔跑着四处搜寻,却连白袍人的影子也没有看见,我愤怒地朝着暮色弥散的黑暗中喊道:"你不要躲在角落里!你出来!出来啊!"可是回应我的只有昏暗的寂静和萧瑟的虫鸣。

我的眼中溢满泪水,脑海中浮现出那一句如魔咒般的四句谶言:天罡断,四境崩,诸国乱,昆仑空。这乱世,究竟要到何时方能停止杀戮,回归安宁?

白隽从身后拉起我,将我带回了玺华宫。我的心情十分低落,白隽见状便也没有像之前那般束缚于我,任我在玺华宫内四处游荡也没说什么。就这么浑浑噩噩地游荡了两日,第三日下午,我正在御花园里漫无目地走着,身后忽然追上来一个丫鬟,将我带到了岚姐姐的寝宫。

我还是第一次进入岚姐姐的寝宫里面,这里面四处镶金嵌玉,堆积着珠宝装饰,我想到这些都是搜刮百姓所得,心中有些说不出的难受。

岚姐姐坐在凤榻上柔声道:"坐吧,这里没别人,不用遮遮掩掩的。我就直说了,需要准备的东西我都已经准备好了,你打算何时开始行动?"

我想了想,道:"今晚便试试吧,大王近日都令我待在他的寝殿之中,正好方便行动,王后娘娘见机行事即可。"

回到白隽寝殿中时,他已在榻上睡着了,如画般的眉眼间满是疲惫,苍白的面庞如今又见消瘦,显得下巴越发尖了。我静静注视着他,面前这个人,从我十五岁起便出现在我的生命当中,少年最无忧无虑、最快乐欢畅的那些日子,是他陪我一起度过的,他让我初识了这世上除却浩荡师恩和同门友谊之外,还有另一种情感,他的情感直白而又热烈,甜美而又霸道,但我们的缘分却无奈而又可叹,明明我同他都曾努力过,却还是无法对抗宿命,我看着他暗暗叹了口气,轻声对他道了句对不起。

白隽睡得很浅,他察觉到动静,立刻睁开了眼睛,见我坐在床畔,笑道:"怎么在这傻坐着?我是不是睡了很久?"

我站起身来:"你没有睡很久。晚膳准备好了,起来吃饭吧!"

他同我一起坐到桌边,桌上摆满了美味佳肴,他看到席间还有酒壶和两个杯子,诧异地问道:"怎么?今晚要陪我喝酒?"

我点了点头道:"最近心情不好,所以突然想喝酒了。"

酒,是岚姐姐给的,下过了药,我已服下了岚姐姐给的解药。

他自己把两个酒杯倒满:"我还从未见过你喝酒呢,既然你今日想喝,我一定好好奉陪。"

一壶酒只喝到一半,他便昏睡不醒了。我将他搬到床上躺好,把提前写好的信压在他的枕下,再替他盖好被子,自己换上准备好的一身宫女行头便走出殿去,外面没有侍卫阻拦,我径直出了大殿,向玺华宫的侧门走去,侧门旁的角落里停着一辆运泔水的车,我上前推了推几个大桶,其中果然有一个是空的,于是我忍着车上恶心的气味,钻进那个空桶里面盖好盖子,过了一会儿车被推动起来,很快便出了玺华宫,不知向着何方驶去。

黑暗中,我抱着双膝,靠在冰凉的桶壁上,脑中浮现出留给白隽的那封信:"我去九天门办点事,一月后便回,勿寻勿念。"心中却在对他说着:"我说谎了,对不起,祝你和岚姐姐幸福。"

泔水车不知颠颠簸簸地行了多远,忽然就停了下来,我等了一会儿也没有动静,便掀开盖子钻了出来,四下里一片漆黑寂静,不知身处何

第一章 庆汤 375

方,车夫早已不见踪影,我只得摸黑随便寻了个方向胡乱走着,预备先找到大路再做打算,不料还没走出多远,一旁的黑暗中忽然杀出三个大汉,个个身穿黑衣,手拿长刀,二话不说便招招毙命地向我砍来。

我忙抽出未央挡开那些刀刃,夜色中那些人的身影难以辨认,只能看到三条闪着银光的刀锋。大约是喝了药酒的缘故,我这时有些心浮气乱,无法静心对敌,一番打斗招架得十分费力,边挡边退之时却不知身后到了何处,只觉脚下忽然一步踏空向后栽倒,骨碌碌地直向下滚去,最后头上猛地传来一阵剧痛,便失去了知觉。

有人在远处喊我,有人在水中喊我,有人在高处喊我,有人在花间喊我,有人在对我哭,有人在对我笑,有人在拉我小小的手,有人在抚我小小的脑袋,有人在带着我逃命,有人在牵着我奔跑……各种奇奇怪怪而又熟悉的声音缥缈地萦绕着,各种迷迷糊糊的感觉若即若离地浮现着,我觉得时空开始错乱,似乎有什么要从脑中破茧而出,头晕得愈加厉害。

"姑娘,姑娘!醒醒,快醒醒!"

一阵急促的呼唤声把我叫醒,我缓缓睁开眼睛,面前是一个陌生女子,看起来是个农家妇人,我迷茫道:"你是谁?我这是在哪?"

那妇人见我醒了,松了口气道:"总算把你叫醒啦!你刚才一直在说梦话,一会儿哭一会儿笑的,好吓人哪!"

我歉疚地道:"吓到你了,抱歉。"

她笑着摆摆手:"没事没事,这儿是我家,你呀撞到脑袋了,晕在那里怎么都叫不醒,所以我就把你背回家来了,看你这伤得这么严重,怕是要休养一阵子了。你说你一个姑娘家的,怎么会晕在那深山老林里呀?"

我被她说得很是迷茫,我在深山老林里?还撞到了脑袋?我使劲回忆了一番,记起自己好像是坐了泔水车被运到宫外,然后和几个黑衣人打斗了一番,再然后好像踏空摔了,莫非就是那一下摔的?

一回忆起事情来,这脑袋更加疼了,我想要起身却发现脑袋沉得就像一个大石头,根本抬不起来,那农妇忙制止我道:"你这脑袋摔得挺厉害的,撞上大石头了,现在你哪能起得来呀?我请了郎中给你看过啦,给你开了些药,说是要过个五六日你方能下床。"

我忙向她道谢,又想起从玺华宫出来时应是带了银子的,于是在腰间摸索了一番,将随身带着的小钱袋递给她:"你如此相救,我不知以何为报,这些就当是我看郎中的费用,请你收下。"

她连忙站起来摆手道:"不能要不能要,我看你这打扮也是给别人当丫鬟的吧?你这小姑娘哪里有什么钱呢?还是你自己留着吧,我们这儿的乡下郎中看病根本用不了多少银子的,你就别客气了。"

我坚持了半天,以不肯喝药相争,她最终让步,从钱袋里拿了一小块碎银便作罢。她叹道:"你一个姑娘家摔在那里,也够可怜的。现在的世道有几个人是好过的?就连我们这么偏僻的地方,都没有安宁的日子可过。"

我问道:"这是哪里?你们这儿怎么了?"

她又叹了口气:"这儿是离汤国都城不远的乡下,我们这儿因为与外界隔着一片深山老林,所以很少有外人会来,但是近些年来,官府的那些人征集壮丁和粮食,竟然轮番搜刮我们这里,像我们这样的地方,能养活自己就不错了,哪里有多余的粮食给他们呢?可是他们越征越多,尤其是最近,就在几天前又来搜刮了一回。我们现在真是揭不开锅了,官府却不管我们的死活,说是过阵子还要来。"

我向她解释道:"近来周边确实都在闹饥荒,汤都之中又闹了虫灾,所以都城现在已经封城,故而无法给你们开仓放粮。至于征收粮食,大约是周边的饥荒导致的。"

她听了之后连连摇头:"日子越来越不好过了啊!我们这儿有很

多人都逃荒去了。你先好好养伤,过些日子我们也要走了。"

我躺在床上静静调息了两日,头上的伤好了很多,到了第三天,农妇一家出逃躲避饥荒,我则与他们告别,去往汤都继续搜索无脸人的踪迹。

因为怕被白隽认出来,在出发前,我向农妇借了一身她的衣服换上,又往自己的脸上抹了许多锅底灰,弄得连自己都认不出自己了,这才又回到汤都。

在汤都潜伏了两日,经过一番观察,我发现每到半夜月光最明亮的时候,那些虫子便会成群结队地从城中向城南移去,天亮之前又会化作黑烟重回都城之中。于是到了这夜,我又一次来到了城南的小树林中,跟着那些虫子去寻找躲在幕后操纵的无脸人。

正在黑漆漆的树林中跟踪那虫流时,身后响起沙沙的脚步声,听着像是有许多人从后方而来,于是我隐到一旁暗处。不一会儿,许多士兵从面前穿行而过,白隽同他们一起,也跟着那虫流向树林深处行进着,看来他们也发现虫子夜间迁移的规律了。

跟着虫流找过去的话便会看见无脸人,我十分担忧他们此行会遭遇凶险,于是便悄悄跟在一旁。不一会儿,那虫流果然汇聚到一处,又是一团比人还高的蚕蛹之状,密密麻麻地在半空盘旋着,士兵们见状都有些惊恐,纷纷将刀举到了身前,白隽走上前去,看着那蚕蛹形状渐渐化为黑烟飘进一个小瓷瓶中,托着瓷瓶的人缓缓转过身来,他戴着白森森的面具,穿着从头到脚的白袍,立在那儿什么都没有做,却莫名令周遭寂静得犹如地狱,令人不寒而栗。

为首的将军一声令下,士兵们纷纷操戈而上,片刻之间从四面八方将无脸人团团围在其中,无数把长刀一齐朝着中间刺去。

我心道不好,如此打法,这些士兵要白白丧命了,果然就见他们忽然被一波气浪冲到半空,却停在那里不动,下方的无脸人白袍微微鼓荡,不见半点动作。

再下一刻,半空中忽然又爆出一团气浪,那些士兵被冲出老远,摔在了几丈开外。

那将军又向弓箭手发出号令,这一次白隽却抬手阻止了,他走到队伍前面,与无脸人对视了片刻,问道:"你究竟是谁?为何对我大汤百姓下此毒手?"

无脸人静立不动,忽而大袖一挥,一阵铺天盖地的烟雾直冲白隽身后,他忙回身去看,身后的将士们已尽数晕倒在地,他转身怒道:"你究竟想干什么?"

无脸人怪异的声音又飘了出来:"小汤王,其实错不在你,只是你运气不好罢了。"

白隽不解道:"你什么意思?"

无脸人又道:"你有在乎的人吗?"

白隽警惕地看着他,并未回答。无脸人又继续说道:"想当初,你的伯父白川握有《四境星经》在手,他不是个修行之人,得了亦无大用,而我,是那么的需要《四境星经》,他却宁死不给。"

白隽一言不发,无脸人继续说着:"你那伯父当初说,为了大汤子民,不能将《四境星经》给我。哼,如今我已练成了星经中的种种驭术,既然当初他不遂我愿,那我现在就用那星经里的东西,让他的大汤子民来陪葬!"

白隽显然也不理解他的话中之意,追问道:"你说的是什么意思?什么陪葬?你要我大汤子民给何人陪葬?"

无脸人不再理他,只是呵呵地怪笑着又升到了高空之中,瞬间不见了踪影。

白隽在四周搜寻一番没找到无脸人,只得叫醒一群将士走了。等到他们走远,我才往林子外面走去,这时,无脸人的声音又从天际飘来:

"赎罪者,你怎么躲着他呀?事情真是越来越有意思了,呵呵……"

听到他的声音,我忙向回跑去,一边跑一边朝着天空中大喊:"白无常,你不能这样!没有谁应该给别人陪葬!你不要再继续制造惨剧了!"

那声音再次响起:"这都是他们该赎的罪呀!该赎罪的又何止一个汤国呢?赎罪者,你就等着看吧。"

他的声音在一串怪笑声中越飘越远,我焦急地向空中追去,却连半个影子也见不到。

第二章 大漠

短短数日之间，汤都之内尸横遍野，几乎看不到几个活人了，昔日偌大的一个盛世之都，如今俨然一座死城。随着都城之内的死气渐长，虫灾反倒渐渐趋于消失，于是我思忖着该离开汤都去找顾星辰了。

这日我正走在出城的路上，只见几个火莲洞的弟子从旁经过，他们一边走一边说着："师兄，听说大漠二族凶残野蛮，此行对付虫灾，就我们这么几个人能行吗？"

为首一人说道："此次虫灾又出现在大漠之中，掌门也会赶过去，其他五大派都会前往，你们胆子大些，莫要在其他门派面前畏畏缩缩被人笑话！"

我脑中轰然一炸，怪不得汤都的虫灾渐渐消失了，原来那无脸人竟是去了大漠，也不知鹿华中的毒如今怎么样了，紫烟又是个小女子的柔弱模样，突然闹起虫灾来真不知他们能否应付得了。

我当即决定先去一趟大漠。再次来到大漠边关的石山时，这里跟我上一次来时完全不同了，那时候，这儿的流民都躲在大大小小的石洞之中，平时连个人影都看不见，现在石山上却乌泱泱地挤满了人。

我走进石山中，这里如今分明成了一个避难所，里面挤满了各种族群的人，有中土模样的人，有寒煞和赤燎族的人，甚至还有蛮人。令人称奇的是,往日里相互排挤甚至相互残杀的不同族群,如今竟然和谐地共聚石山,简直令人难以相信。

"姑娘,你也是来躲避虫灾的吗?"一个头发花白的老妇人来到我身边问道。

我摇了摇头:"我不是来躲避虫灾的,我要到大漠里去。"

她闻言惊骇万分:"哎呀千万不要去呀!去了就是死啊!"

"大漠现在怎么了?"

"你是初来此地吧?我告诉你,大漠里面现在正闹可怕的虫灾呢!已经不知道死了多少人了,大家都在往外逃,哪里还有你这样往里面进的呀!你一个姑娘家,就更不能往里面闯了!"她焦急地说道。

我笑了笑:"没事,我的朋友在大漠里面,我要去看看他们,看能不能帮得上忙。"

那老妇人在我身后叹道:"这姑娘好重情义啊,都这样了还要去找她的朋友,只怕进去了就后悔喽!"

出了石山之后,面前的景象令我倒吸一口凉气。

昔日美如画卷的塞外大漠,如今昏黑幽暗,处处弥漫着腥臭气息,荒无人烟的山丘上面,稀稀落落地躺着一些骆驼和马的尸体,有鹰或在附近盘旋,或在那些尸体上啄食腐肉,沙砾之中不时有些难辨种类的蛇虫仓皇乱窜。

我不是很会辨认方向,平日里迷路是我的家常便饭,在大漠这本就难辨东西的地方,又加上发生了这么大的变化,我真不知该往哪里走才好。之前那次来大漠时,是中箭之后被鹿华用马驮到赤燎去的,自己压根也不知道路,这回向老妇人问了个大致方向,我便只能先走着再说了。

此时已是初冬,大漠的风有些刺骨,沙尘不时在空中飘着,常常吹得人睁不开眼。走着走着,沙砾下面一团凸起之物将我绊了一跤,我爬起来正准备继续前进，忽然一阵风吹过，将那团凸起之物上面覆盖的沙子吹散了开来，露出的竟是一个人，那人闭着双眼躺在那儿一动不动。

我走过去想看看那人是死是活，却不料那人的嘴巴被一团黑乎乎的东西猛地冲开，紧接着就看见一群黑乎乎的虫子从他的嘴里涌了出来。

我忙向后躲开，这一幕真是令人恶心得想吐，那些黑乎乎的虫子从那人胸前爬过，一股脑地钻进了沙砾下面，再看不见。

我不禁头皮发麻，在这大漠之中，这些虫子可以随时钻进沙砾里面躲藏起来，想要对付它们是更不容易了。

继续前行的途中，我留心观察一番，大漠之中到处都有像刚才那般埋在沙子下面的凸起，原来竟都是死尸，只不过因为覆盖在沙砾下面，一眼望去看不出来而已，若是都现于地面上，那该是多么血腥可怖的场面。

又走了不知多远，我仿佛听见远处有异响，朝着那个方向疾奔了一段之后，只见一股灰扑扑的气流正卷着黄沙在空中旋转，形成一股灰色的旋风，里面不时爆出滋滋的瘆人声音。几个火莲洞的弟子正围在那气流四周，个个将剑举在身前，面色十分紧张。

我忙跑上前去，向其中一人问道："请问这是怎么了？"

那年轻人一边紧张地观察着那旋风，一边道："这旋风里有许多妖虫，我们正欲斩杀。此处非常危险，姑娘不要靠近我们，快快躲远些。"

另一人说道："这样下去不是办法，咱们还是列阵攻击吧。"

几人齐声说好，都将剑祭到身前齐齐催动，霎时间红芒爆现，如一团火红的云雾从天而降，直将那团旋风裹在其中。

不一会儿，那灰色的旋风乍然向下旋去，眨眼之间便钻入地下消失不见，火莲洞的几人一齐收了阵法，松了口气道："总算被我们消灭了。"我却觉得似乎哪里不对，于是走到刚才那旋风的中心方位，细细察看那处沙砾有何异样，那些沙子只是静静地铺着，看不出有任何问题。

就在这时，周围忽然响起急促的沙沙声，我心一沉，大喊一声快跑，然而还是来不及了，那些火莲洞弟子脚下的沙砾之中猛然间爆出几股黑色的烟雾，当中夹杂着密密麻麻的妖虫，瞬间将那几人吞没。

刚才还生龙活虎的几名正道弟子，只一眨眼间就成了沙砾中的又几堆凸起，再没了一点气息，我难过得大叫起来，未央在我手中剑气频发，不停地砍向周遭的沙地，将四周一片劈砍得乱七八糟，可是风一吹过，那些沙子又恢复了原先的平静，仿佛这里什么都没有发生过一般。

我无力地瘫坐在地上，脑海中忽然响起顾星辰说过的一句话："这世上最可怕的，便是当恶人行凶时，你只能眼睁睁地看着，却什么也做不了。"

是啊，苍苍大漠，茫茫浮世，空怀扶危之心，却无济世之力，何其可悲，何其可叹！

我想起了封天咒，真正的封天咒据说有毁天灭地的威力，可我这么一个不学无术的徒儿，还身中剧毒，如何能练得出封天咒来？

剧毒？对了，我还有苏寒给我的祛毒药物，我要赶紧把毒解了才好练封天咒，想到这里我连忙把药瓶掏了出来，一连吞了三颗，再祭出凤骨笛，想要好好地试一试封天咒，可是此刻心浮气躁，内力不支，一通乱舞之下，只祭出了几道并不厉害的小小白芒，吓走了几条围观的小小蛇虫而已。

这时天色渐晚，月和星星一如既往地皎洁明亮，可大漠已是百孔千疮，天空似是天堂，大地如是炼狱，这对比实在太过鲜明。我叹了口气，举目四望，只觉难辨方向，不知该往何处前行才好，正在纠结之时，发现远处似乎有人在走，我跑到近前一看，竟是一小队人马抬着顶轿子。那轿子垂挂着粉紫色的帘子，顶上净是金丝雕花。

我走上前去，想要问一问方向，忽然一阵疾风袭来，一个人影从轿中飞一般掠出，我还没反应过来已被来人掳入轿中，那人朝我嫣然一笑，眼角眉梢是倾国倾城的无尽风情，我愕然道："紫烟，怎么是你？"

轿内空间狭窄，仅有一人的座位，于是我们两个挤了又挤，方能勉强并排坐着。紫烟脑袋歪靠在一旁，笑盈盈地看着我："阿云，你总是这么的让我惊奇，我千想万想也没想到，咱们再次见面是在这么个情景下呢。"

我心情十分怅然，没什么寒暄的话好讲，只是沉默着点了点头。

轿子仍在行进着，他用纤纤素指轻轻托起我的下巴，蹙眉道："阿云，你的脸色怎么如此不好？"

我伤感道："方才在大漠中遇到几个同道中人，正在抗击虫灾，可是我没能帮得上他们，就那么眼睁睁地看着他们死在我的眼前。"

紫烟沉默了片刻，沉重地开口道："近来，虫灾在大漠肆虐，已经死了很多人了，每天都有这样的事在我眼前发生。这场虫灾啊，就像是鬼魅的妖术，我已经拼上了毁容的风险，每日不遗余力地四处奔波，想要救人，可是我也无能为力，好无奈啊！"

他说着靠在那里闭上了眼睛，看起来很疲惫，大约是因为心情太过沉重，他不笑的时候，花容月貌似乎也打了折扣，看着并不那么像个女子了。

过了一会儿，他睁开双眼，对我说道："这么危险的时候，你跑到大漠干吗？这可不是什么好玩的事。"

我苦笑道："我在你眼里就这么贪玩？这时候来大漠像是来玩的吗？"

"那你来做甚？"

"来帮你们对抗虫灾啊。"

他闻言连连摇头："不行不行，你哪里知道这虫灾的厉害？连我们

第二章 大漠 385

族中法术最高的巫师都束手无策,你呀赶紧回去,明日一早我就送你离开大漠。"

我反对道:"要说对抗虫灾,我比你经验丰富,之前汤都闹虫灾的时候,我便在那里。而且,我还见过那个幕后操纵的人,要想真正结束这场灾难,靠你们这样东跑西颠是不行的,只有找到幕后操纵者,制止了他,这虫灾才会停止。"

他愕然,扶着额角思索了一番道:"我知道了,我会去寻找那个幕后之人。不过我还是得送你离开大漠,现在这里太危险了。"

"你不用担心我,那个幕后操纵者不会杀我的。"

"为什么?"

"前不久,我在凉国的七钩塔和汤都的小树林中都曾见到此人,他对我有些好奇,并没有加害于我,我可以帮到你们。"

看着他惊讶张大的嫣红小嘴,我又补充道:"如果你强行将我送出大漠的话,我还会偷偷溜回来的。"

他十分无语地捂住双眼:"阿云啊阿云,我可真是拿你没辙。那好吧,你既然决意留下,那便留下吧,但是你不要自己单独行动,要做什么的话,务必让我陪你同往。"

我否决道:"你不要跟着我一起,那个操纵者可不一定会饶过你的命,你跟着我反而会拖我后腿。"

他闻言眉毛挑得老高:"阿云竟如此小瞧于我?你不让我跟你一块,那我可要把你关起来了。"

他说着竟然真从袖中摸出一条细绳,欲向我身上绑来,轿中无处可躲,我只得蹲到他腿边避开那绳子,妥协道:"好吧好吧,你跟我一起便一起吧,但是幕后操纵者心思难料,不知道他到底想干什么,你务必要打起十二分的精神来,时刻不能放松警惕。"

这时前方的队伍中忽然传来一声惨叫,紧接着便是噗噗几声闷响,紫烟道了一句不好,拉起我便由轿顶破空而出,刚刚飞出轿子,便见那轿子连同前后的侍从们一起陷进了流沙之中,瞬间便被沙砾覆盖,再看不见。

我心悸道:"这是怎么回事?他们怎么会突然都陷进地下去了?"

紫烟满面惊疑:"我的人从不会在大漠中误入流沙坑地,这还是头一回呢。"

脚下的沙地忽然发出一阵轻微的颤动,我忙拉起紫烟跑出十几步躲开,再回头去看刚才站过的地方,正从沙砾下面蹿出一股黑烟,夹杂着密密麻麻的妖虫,向我们追了过来。

我忙拉起紫烟就跑,边跑边问他:"汤国的虫子只由人传给人,怎么大漠中的虫子能在沙地中如此自由穿梭?"

他无奈道:"我也不知何故,但这虫灾在大漠确实很难对付,那些虫子一钻入沙中便看不见,实在难以杀灭。"

黑烟在后面越追越近,猛然间向我和紫烟扑来,我们忙向两边闪开,刚跃了开去,脚下竟踩了个空,从沙地上直掉入地底下。

地下一片漆黑,紫烟在不远处唤着:"阿云,你还好吗?"

我应道:"我很好,只是这下面太黑了,什么都看不见。"

紫烟说道:"别怕,我带了火石,你在原地待着不要乱动,我来找你。"

前方亮起一小团火,紫烟点了个小小的火把,走过来拉起了我。他用火将周围仔细照了一遍,呈现在我们眼前的景象让我们几乎不敢相信自己的眼睛。

我们身处一个街道之中,周围如同一座城,像是一座掩埋在黄沙之下的古城。

紫烟双眼睁得老大,一边四处观看一边摇头叹道:"不可思议,太不可思议了!"

我望着四周古老的建筑,问道:"这是何处?你们大漠竟还有这么个地方。"

他一边四处打量一边道:"我也不知这是哪里。"

我惊讶道:"连你都不知道?"

"我生长在大漠这么多年,从未听说过还有一座地下古城。"

我们俩顺着地下古城的街道一路走去,街边的房屋古朴而又神秘,墙壁上刻着许多不知是何意义的古文,墙角屋椽上还装饰着各种雕花饰物。

走着走着,我脚下踢到一物,紫烟拿过火来一照,竟是一具骷髅,吓得我俩抱在一起失声尖叫起来。尖叫完了他让我跟在后面,他自己则在前面举着火把小心翼翼地缓缓前行。

又走了不知多远,紫烟忽然停了下来,他将火把向上举高,仰起头就着火光在看些什么。我顺着他的目光望去,面前出现了一扇石门,如一座城门,但是比寻常城门要低矮一些,门头的大石块上刻了两个大字。

鱼谣。

我不禁惊叫了一声:"鱼谣古城?"

紫烟诧异道:"鱼谣古城是什么?连我都闻所未闻,难道阿云知道?"

我点了点头,平生第一次用上了从史修课学到的知识:"鱼谣,据说是很久以前大漠中的一座古城,千年以前忽然消失于人间,无人知其因由,后世只当这古城是个传说,没想到竟是真实存在的。"

我之所以记得这古城的名字,完全是因为那个"鱼"字,当时听史修先生说了这段史料之后,我就在琢磨这古城的名字为啥有个"鱼"字,并且暗暗判定此处定是盛产肥鱼。当然了,这番揣测便无须说给紫烟听了。

穿过那石门后,紫烟将火把上的火加旺了一些,石门里面的景象让我们不由得倒吸了一口凉气。

面前堆着累累白骨,向前绵延不知多远,白森森的枯骨之海,令人毛骨悚然。

紫烟叹道:"看来这古城里曾经发生过残酷的杀戮。"

我点点头:"怪不得一座城消失得这样干干净净、无影无踪,原来竟是被屠了城,可是为何连整座城都沉入沙下?也不知是天力所致还是人为造成。"

紫烟皱了皱眉道:"若是人为,那此人的力量也太恐怖了吧。"

前面的白骨堆积如山,我们再无法前行,于是只好顺着原路返回,走了好远却再也找不到之前掉下来的那处了。

又摸索着前行了一阵,头顶忽然传来瘆人的沙沙声。

"是妖虫!"我忙提醒道。

我们向后退开几步,用火照向上方,果然只见一股黑烟夹带着妖虫,正从那处急流而过。

那些妖虫蹿到半途却又突然停了下来,我一惊,刚朝紫烟喊了声小心,黑烟果然如妖兽一般向我们这边扑来。

我忙将未央横到身前,霎时间剑芒暴涨,轰的一声闷响,黑烟被击退了回去。那黑烟在原地盘旋了一番,又一次向我们扑来,这一回,紫烟的软鞭迎了上去,然而那些妖虫却并不惧怕他的鞭子,任他怎么攻击,那黑烟依然盘旋不散,继而扑上紫烟的火把,将那火焰瞬间扑灭。

我只听紫烟惊叫了一声,不由得心中焦灼起来,但黑暗中完全不能视物,我忙闭上双眼静下心来,元神很快感知到了黑烟的气息,未央剑气疾刺过去,几番缠斗之后,那黑烟终于消散无踪。这时紫烟又用火石点燃了火把,我抬头一看,一小簇虫子正慌慌张张地向上蹿去,很快消失在眼前。

我过去扶起紫烟,问道:"你还好吧? 有没有伤到哪里?"

他看了看左臂,撇嘴道:"这胳膊方才被那黑烟扫到,疼得很呢。"

我瞧了瞧他的胳膊:"还好没被虫子钻到身体里,这就是万幸了。我们快些离开此处吧,刚才那些虫子上钻下蹿的地方与沙地上面定是相通的。"

最后,我们果然从虫子消失的方位找到了出口。从地下古城逃到地面后,紫烟对我做出了新的评价,认为我在应对虫灾方面确实比他更强,因而不再阻拦我,并表态将会尽他所能助我抗击虫灾。

次日,一群吐虫人围攻寒煞族城门,且还是一群妖蛮族的吐虫人,他们围在城墙下面,将城门敲得咚咚作响,几欲倾倒。寒煞族将军令士兵们从城楼上浇油下去,又往他们身上射了许多火箭,那些吐虫人终是倒在城墙下面燃烧了起来,紧接着从沙地之下又蹿出几股黑烟,夹杂着妖虫向城墙上袭来,我忙御使未央剑气冲开那些黑烟,那些黑烟转而掉头往大漠之中逃去。

我立刻跃下城墙追了过去,途中看见五大派的人正追击另一股黑烟,他们也朝着这边追了过来,最后两股黑烟聚到了一处,凝聚成更大的一团,向前愈行愈远。

这时从另一个方向走来几人,远远望去我只觉那些身影很是熟悉,到了近前发现竟是大师兄和几位师弟,我忙喊了他们一起去追那黑烟,追着追着,脚下再次踏空,五大派的人和我们一起全部掉入了沙地下面。

我爬起来一看,竟是又掉在了那古城的街道之中,五大派和大师兄他们点燃火把,看到四周的景象很是惊奇,我轻声对大师兄说道:"此处便是传说中的鱼谣古城,我之前来过一次。"

大师兄闻言很是诧异:"鱼谣古城? 竟然真有这么个地方?"

我点头称是,并且告诉大师兄,顺着这条街一直走下去会有许多枯骨。

　　这时，古城中忽然响起沙沙声，那声音从四面八方而来，密集而又恐怖，大家纷纷挥舞着火把去找那声音来源，却什么也没有看到。不一会儿，前方的黑暗中隐约传来脚步声，那声音听着笨重而又凌乱，众人顿时紧张起来。

　　土行宗派了两名弟子前去察看，那两人走远之后，却没有一点动静。突然之间，远处响起两声凄厉的惨叫，接着便再没了声音。

　　土行宗其他弟子纷纷慌乱了起来，大师兄提议，为了安全，大家最好一起前去察看，于是众人举着火把，一起慢慢朝前行进。随着那些脚步声越来越近，黑暗中忽然走出两人，正是那两名探路的土行宗弟子，他们的同门当即松了口气，向他们迎了上去。

　　我见那两个回来的人目光有些呆滞，不由得心中一沉，忙道一声快闪开，紧接着下一瞬，那两名弟子果然嘴巴大张，口吐妖虫黑烟，张牙舞爪地朝众人扑来，土行宗的弟子们纷纷呆住，侧旁闪出一个水川岛之人，果断地出剑将那两人砍倒在地。

　　大家还没回过神来，黑暗中忽然又冲出一群吐虫人来，看样貌既有赤燎族，也有寒煞和妖蛮族，竟都是被妖虫侵蚀的大漠族人。众人纷纷挥剑迎上前去，在昏暗的古城街道中展开了一场大战。

　　经过一番艰险的拼斗，好不容易将这一拨吐虫人消灭了，大家继续往前走着，不料街道两旁的门竟突然弹开，走在最外边的几人在惊叫声中被拖进了街道两旁的屋子里。

　　其余人连忙追上前去想要打开那些门，无奈那些石门关得极牢，任凭如何推撞也打不开，里面传来一声声惨叫，令众人心急如焚，最后大家合力御气将石门轰得炸裂开来，正要进去救人，里面却猛地扑出之前被拖进去的人，个个张着大口吐着妖虫，最终还是被斩杀于同伴的剑下。

第二章　大漠

经过这一番杀戮,已经死了不少正道之士,众人的心情十分沉重。这时,远处传来缥缈的怪笑声,我一听到那声音顿时后背发寒,对大师兄说道:"这声音就是来自那个幕后操纵妖虫的人,要想彻底制止驭虫术,只有阻止了那个幕后操纵者才行。"

大师兄闻言提剑便走,我又拉住他提醒道:"那人道行深不可测,千万小心!"

大师兄点点头,让众师弟走在我们后面,一行人前进中还要时刻提防街道两侧不时冲出来的吐虫人,最后又一次来到了那座石门前面,大家举起火把,看到石门上的"鱼谣"两个字时,都是唏嘘不已。

这时,人群中不知是谁说了一句:"据说多年以前,上古名剑孽镜曾现于鱼谣古城之中。大家一直都以为这古城只存在于传说之中,没想到竟真有其城。"

又一人说道:"孽镜剑只在世间出现过一次,相传是在千年之前的正邪大战中,邪魔首领如风的佩剑。后来邪道战败之后,如风不知所终,孽镜剑也下落不明了。"

"既然孽镜曾出现在鱼谣古城,那我们何不就此搜寻一番?万一真找到了孽镜剑,那岂不是一桩美事?"

众人闻言都激动起来,纷纷举着火把冲进了石门之中,便是那些累累白骨也没能让他们退缩,一个个在里面吵吵嚷嚷地将那些枯骨踢来踢去,四处翻找。

我叹道:"怪不得贪嗔痴中,贪字排在第一,这些名门大派的正道人士,来此本是为了制服妖邪、阻止虫患的,没想到他们心中也有这么大的贪念。"

大师兄也叹了口气:"我们九天门的师训早就说了,所谓修行,真正修的是心,而非术法高低。这些人为了一个器物你争我抢,哪里是修心之人?如今五大派日益衰落,究其真正原因,多半是贪念太甚,真正虔心修正道之德的人越来越少了啊!"

那些人仍在继续翻找,我和大师兄则带着师弟们寻找无脸人的行踪。这里四处并未见到黑烟和妖虫,令人有些无从下手,于是我们决定去其他方向再找,刚转身走了没几步,身后忽然传来一阵轰隆隆的巨响,我们回头一看,石门之内的街道尽头,竟从地下长出了两扇巨大的铜门来。

一名金音阁的弟子问他身旁一人:"你刚才动了什么机关?怎么突然变出个大门来了?"那人呆了一呆才结结巴巴地应道:"方……方才这路中间,有……有块青砖,比旁边略微凸……凸出些,我看着不爽,便上去踩了三脚,没想到竟踩出个门来……"

众人纷纷拥到那铜门前,有人说道:"这不是普通的门,而是古城大王的墓穴!"旁人问他如何得知,他指着门上的古文说道:"那上面写着呢,只是你们看不懂罢了。"

这下众人如同炸了锅般激动起来:"古城大王的墓穴?那里面肯定有很多宝贝了!"

"说不定有什么秘传绝学呢!"

"我才不稀罕什么财宝和绝学呢!我只想要孽镜剑!"

"对对对,我也想要孽镜剑!"

"我可不会让给你,谁能得剑,便各凭本事吧!"

众人七嘴八舌地吵嚷了一阵,又开始发愁如何打开那巨大的铜门,大家一起推了又推,撞了又撞,却始终无法将门撼动分毫。这时又有人猜测定是要找到开门的机关方可,于是一众正道弟子趴在那两扇门上,四处摸索着找起了开门的机关。

我和大师兄看着这一幕好生无奈,正要带师弟们离去,忽见一股黑烟从众人头顶掠过,由那铜门顶端的缝隙处钻了进去,大师兄道:"看来我们要帮一帮他们了。"

第二章 大漠

那门上下左右都是光溜溜的石壁,我们一番摸索也没摸出什么像机关的东西。这时,我看到铜门上有六个浮雕般的小小凸起,那几个凸起并不华丽,亦不美观,排列得也是毫无规则,并不像是装饰,那到底是做什么用的呢?我脑中浮现出之前在七钩塔第一层中看到的那些字格,顷刻间仿佛明白了什么,便伸手去摸了摸那些凸起,果然是可以推动的,可是挪来挪去也没有一点动静。

　　我又仔细琢磨了一番,想起石门上的"鱼谣"两字后面有个图腾般的形状,于是我试着移动那些凸起,将它们排列成与那图腾一样的形状,刹那间响起一阵沉重阴森的金属摩擦声,所有人都愣在了原地,只见那两扇铜门竟吱吱呀呀地自行向内打开了。

　　众人精神大振,当即你推我搡地鱼贯而入。铜门之后,是一间巨大的墓室,门一开启,四面墙壁上便自动燃起一个个火把,将偌大的墓室照得很是清楚。

　　墓室正中是一个又高又大的石棺,墓室四周则整齐地排放着一圈木箱,众人纷纷来到那些箱子前面研究如何开箱。一个水川岛弟子急不可待地拔剑上前,把一只木箱的开关一挑,箱盖被他一剑挑开,里面装的是满满的金银珠宝,红红绿绿,珠光宝气,闪得人几乎睁不开眼。

　　与他同行的水川岛弟子们见状大喜,其中一人伸手去抓那些珠宝,然而,他的手刚伸进去,便发出一声凄厉的惨叫,那些珠宝下面突然往外冒出一缕黑烟,连同妖虫一道顺着他的手臂疯狂而上,眨眼间便钻进了他的耳中。

　　他的师兄弟们当即慌乱地向四周散开,眼见着被侵蚀的那人转身便向他的同门扑去,他们当中一人立刻拔剑刺去,那人被一剑穿心,倒在了地上。

　　大师兄忙冲上前去将那木箱盖子重新盖上,对其他人道:"这些箱子怕都很诡异,还是不要妄动了。"众人纷纷面露不甘之色,另有一人道:"我就不信了,咱们干脆连箱子一齐抬出去得了,到了外面直接一把火烧了,反正金银又不怕火,先将虫子烧死了再开箱不迟。"

他的同门十分赞同他的提议,四个人便一起去抬那木箱,那箱子当是很重,四人合力费了很大力气才抬起来,其中一人道:"师兄,这箱子好沉啊,我要抬不动了。"另一人也说道:"是啊,我要撑不住了。"

他们的师兄没有回答,第三人看着他的师兄,惊恐地道:"师兄你怎么了?师兄?师兄?"

被他们唤作师兄的那人,面上憋得青紫,身体不住地颤抖,脸色显得很是痛苦,却一句话也说不出来,他的三个师弟见状都慌乱起来,但是他们手上抬着箱子,什么也做不了。众人看着他们的师兄,纷纷面露紧张之色,突然之间,那师兄惨叫一声,紧接着两只血淋淋的手从他身上飞了出来,他们抬的箱子顿时向下一沉,又落回了原处。

两只断手把众人吓得纷纷退散开来,那三个师弟爬上前去看他们师兄,却一齐惊恐地大叫起来,众人凑过去一看,他们的师兄已没了双手,痛得昏死在一旁。

所有人俱是惊得连连后退,那三个师弟吓得当即就要从箱子旁边逃走,不料还未待他们起身,从箱子缝隙里猛然钻出三缕黑烟,瞬间蹿入他们的口鼻之中。

一旁的其他门派中人见状,当即上前将他们全部刺倒在地,众人这时终于后怕起来:"这里面诡异得很啊!""没错,咱们还是不要去妄动这些东西了。""对对,别想那些金银财宝了,找找有没有孽镜剑便是。"

一群人当即四下翻找,又开始搜寻古剑,我和大师兄带着师弟们在四处查找一番,却仍未寻见妖虫踪迹。这时有一人大叫起来:"你们快来看这里!"

是那个石棺,棺盖上刻着八个字:

第二章 大漠 395

风月无命

　　孽镜无情

　　这一群人再次沸腾了，纷纷猜测孽镜剑就在那石棺之中，于是都开始搜肠刮肚地揣摩如何打开石棺。有的人说，应当把石棺的盖子掀开一试；有的人说，这石棺定是不能轻易触动的，否则会像刚才搬箱子的人一样中招；还有的人说，不如大家合力直接把石棺给轰个稀烂。

　　大师兄上前劝道："各位，这毕竟是鱼谣城主的灵柩，擅自闯入此处已是不妥，若是再妄自打开石棺，实是对逝者不敬，我等正道人士怎可为了把剑，便做出这样的事来？"

　　其他人不屑道："正道人士怎么了？正道人士就活该白放着好剑不要？"

　　"就是！再说了，这鱼谣古城早已经没了，就算打开他们城主的棺材也不会有人来闹，又有何不可？"

　　"对呀，咱们一会儿找到了孽镜，再把棺材放好不就行了？这人都死了，霸着孽镜剑还有何用？"

　　这一群人你一言我一语，完全不顾大师兄的劝阻，无论如何就是要开棺找剑，他们还你推我搡地把大师兄挤到了角落里，师弟们见状纷纷抗议起来，那些人却全不理会，各派出了代表将那石棺围了一圈，七手八脚地便去抬那棺盖，一开始怎么都抬不动，最后众人约定一齐发功，并且喊着响亮的口号，终于将那古老的石棺棺盖给挪了开来。

　　棺盖打开的一瞬间，众人都屏气凝神做好了抵御攻击的准备，然而，石棺却出奇地安静，既没有暗器射出，也没有干尸暴起，更没有黑烟乱窜，有人壮着胆子凑到石棺边伸头去看，惊奇道："真没想到这里面竟是如此！"

　　众人纷纷跟着凑上去看，看者俱是惊叹不已，原来那石棺打开之后，里面竟是底部空空，似是一个地下通道的入口。

那入口里面黑漆漆一片，不知下方有些什么，于是，为了谁先下谁后下的问题，众人又争吵起来，后下的怕先下的抢了剑，先下的又怕在前面遭遇危险成了挡箭牌。吵吵嚷嚷一阵后，有些人按捺不住，拿了个火把便抢先跳了下去，其余人见了，都争先恐后地一拥而上，片刻间竟全部钻进那个石棺之中，消失在那个入口里。

师弟们问道："大师兄，咱们怎么办？要不要也下去看看？"大师兄摇了摇头："这种事我们九天门弟子还是不要去凑热闹了。"

正说到此时，石棺下面忽然发出几声凄厉的惨叫，紧接着是一阵混乱的打斗声，最后几个跳下去的人又突然出现在棺底的入口处，一个个拼命地往外爬，爬在最前面的一个人一身是血，竟少了条胳膊，他仓皇地向我们伸手求救道："救命啊！快救救我啊！"

站得离他最近的师弟见状，连忙伸手去拉住那人仅剩的一只手，还没待我和大师兄过去帮一帮他，那人又被下面的人拽了回去，师弟瞬间也被那人拉进了石棺中，掉进了那个入口里面。

我和大师兄连忙纵身跃了下去。眼前静悄悄、黑漆漆的，大师兄打着了火石，眼前的地上躺的全是尸体，令人不寒而栗。

我们举起手中的剑，一边小心向前走着一边呼唤师弟，这时黑暗中忽然有一人疾奔而来，哭喊着摔在了我们面前，果然是刚才被拽下去的那名师弟，我们连忙拉起他往回跑，身后似乎有种凌厉的剑气尾随着，回身却只见一片黑暗，看不到一个人影。昏暗中只听到无脸人的声音在飘荡："什么正道人士，自诩替天行道，自以为是，不过是一群贪得无厌之徒罢了。"

我们拼命爬出石棺，带着师弟们一齐向外跑去，一口气跑出墓穴，刚跑到鱼谣古城的石门外面，脚下陡然一阵剧烈的震动，轰隆隆的巨响撼人肺腑，犹如地裂，紧接着头顶上方的沙地大片大片地坍塌下来，那

第二章 大漠 397

坍塌的速度极快，犹如海啸般瞬间波及千里，片刻间席卷整个大漠，直至我们目力能及之处全部崩塌了下来。

我们被头上掉落的沙尘呛得连连咳嗽，等到周遭终于恢复平静时，我们爬到废墟上面一望，不禁骇然。

眼前的大漠，尽数坍塌在鱼谣古城的地陷之中，而这古城之大，竟是占据了整个大漠，连远处寒煞和赤燎的宫殿都尽数倒塌。

前一刻还是在大漠屹立了千年的赤、寒二族，顷刻间竟掉入沙下，成了一片残沙断壁。

这时，墓穴方向轰然一声炸响，周围残石迸裂，气浪翻腾中有五个人影突然从废墟中飞出，大师兄望了他们一眼，惊讶道："原来五大派的掌门这次都来了。"

那五人刚刚落定，一旁的乱石之中又猛然迸发出一道擎天光柱，从废墟之下轰隆隆直冲云霄，一个人影连同一把银白色长剑一起从那光柱中飞上半空。那人停在空中，目空一切地看着面目全非的大漠，发出了狂傲的笑声。

无脸人。

一位瘦削老者厉声道："妖人勿要狂妄，受死吧！"是新任的土行宗宗主，他挺身飞上半空，举剑直刺入那擎天光柱中去，半空中光影闪烁，忽明忽暗间，他的剑招渐渐被打得散乱，忽听当的一声脆响，他的剑从半空被弹落下来，人也跟着摔到了一旁。

火莲洞洞主当即从怀中祭出火莲洞秘宝四叶罗盘，那罗盘在空中越旋越大、越旋越快，顷刻间发出耀眼的红光，如一个巨大的火球般朝无脸人袭去。

无脸人身前的光柱青芒大现，将那红通通的火球当空挡住，又往回推来，火莲洞洞主拼尽全力也没能抵挡得住，最终那罗盘被打得骨碌碌地滚了回来，直撞上它的主人，将火莲洞洞主撞翻在地，浑身上下俱被焚伤。

　　水川岛岛主与木空山掌门见状,一齐飞上半空,两人同时祭出镇派法宝,霎时间周遭风云变色,一股气浪平地而起,将他们连同无脸人一道围裹了起来。只见那气浪之内银色盛芒频频闪动,两位掌门的身影在其间翻飞。过了一阵,突然只听一声闷响,两人一齐被无脸人从那气浪之中打了出来,狠狠撞在了大漠中的断壁之上。

　　这时一道金光乍现,由光柱之下直冲向半空中去,那金光撞上无脸人手中银白长剑,爆出的剑气发出刺耳的嗡鸣之声,是金音阁掌门正在与无脸人搏斗。四下里顿时飞沙走石,寒光毕现,围绕着光柱不停盘旋,渐渐将无脸人的银色剑气拦在原处。光柱中,却忽然传来无脸人的一声嗤笑,金音阁掌门从光柱之中被弹飞了出来,摔在一块大石头上。

　　五大派掌门全部身受重伤,无脸人仍高高立在空中,冷冷俯视着下方。五位掌门各自起身,相互对视着点了点头,随后五人一齐列阵,顷刻间,空中五色光芒大盛,犹如五彩霞光铸成的恢宏剑气,由平地直指云霄,以一剑斩千军之势,向无脸人劈去。

　　天罡五行阵!

　　这一次由五大派掌门一齐列阵,想必是当世威力最为强大的天罡五行阵了!

　　无脸人狞笑一声,手中长剑青芒暴涨,那剑气轰鸣而出,以直劈整个大漠之威势向天罡五行阵斩去,一刹那间真气爆裂,震得大地都在颤动,银白寒光与五行剑气在空中剧烈激荡,半边天空都被映得变色。

　　然而,五大派掌门终是抵挡不住,不一会儿已有两人吐出血来,却仍在勉力支撑着阵法,无脸人又一声长啸,银色剑气更加激荡,终将五彩剑芒冲散开来。

　　五大派掌门一齐摔倒在地,大口吐着鲜血,口中喃喃道:"竟是……竟是孽镜剑!"

我跑过去向着空中的无脸人愤怒地喊道:"你四处使用妖法害人还不够吗?为什么要连同这整个大漠都毁了?"

那人一身白袍在空中鼓荡,他冷冷的声音从半空飘来:"为什么?风月无命,孽镜无情,这句话我可不是说着玩的。"

我一点也不懂他所指为何,又朝他大声问道:"什么意思?那句话究竟是什么意思?"

无脸人又道:"赎罪者,你睁大眼睛看好了,这才叫赎罪,这都是他们该赎的罪!"

言罢他手中长剑一挥,耀眼的银色剑气铺天盖地竟如遮天蔽日之光,一瞬间席卷整个大漠,远处的房舍楼宇顿时燃起熊熊烈火,其间传来人们凄厉的哭喊惨叫声。

无脸人在空中又道:"我此番故意在大漠使出驭虫术,为的就是让那些所谓的名门正派齐聚一处,好好看一看我送给他们的这一切!"

我再也无法抑制心中的愤怒,当即飞到半空祭出了封天咒来,霎时周遭色暗,凤骨笛旋转着结出巨大的仙符,刹那间笛分数十影,积芒如云,风卷白芒如疾风骤雨般向无脸人袭去。

这一次我拼上了全力,祭出的封天咒算是我自蒙受师父传授以来威力最大的一次,虽然看不出无脸人的表情,却感觉到他的身形顿了一顿,随即被封天咒的白芒冲击得连连倒退。

出人意料的是,尽管被封天咒迎面击中,无脸人仍不闪不避,退开几丈远后,他稳住身形,手中孽镜再出,凤骨笛祭出的白芒竟在那一片银光之中越来越淡,最终幻化不见。

虽说我的封天咒只练了不到一成的境界,但这还是我第一次见到有人能如此不闪不避将之轻松化解。无脸人收起身前长剑,盛芒随之瞬间消散,他声音沉沉地道:"赎罪者,没想到封天咒的传人原来是你!"

我恨恨道:"是我,但我只恨自己功力太浅,无法击败你这个恶魔!"

他仰天大笑:"本来,这世间能制服我的唯有封天咒而已,只可惜,你这个小传人也太弱了些,如今,再没有什么能阻止我了,你还是乖乖地等着看好戏吧,看看我是怎么让那些该死的人付出代价!"

我心中又焦又愤,问道:"你究竟是谁?你到底想干什么?"

"风月无命,孽镜无情,所有一切都是因果报应,都是罪!"

那人在一串缥缈的怪笑声中消失不见,我因使尽了全力去催动封天咒,此时内力尽散,浑身瘫软地摔到了地上,面前的大漠火光连天,生灵涂炭,正是一片人间炼狱。我看着这一切,脑海中又响起了顾星辰的那句话:"这世间最可怕的,便是当恶人行凶之时,你只能眼睁睁地看着,却什么也做不了。"

是的,如今的我,便是一次次地看着恶人行凶,却毫无抵挡之力。我难过地痛哭起来,大师兄和师弟们跑过来拉我起身,我泣不成声道:"大师兄,我真的太对不起师父,太对不起师门了!师父为何要将封天咒如此重要的绝学传授给我?我这样一个无能的徒儿,根本什么都做不了,我什么都阻止不了啊!"

大师兄叹了叹,道:"掌门师叔既然选择你成为他的关门弟子,并将九天门至高仙法封天咒传授于你,自然有他的道理,我相信掌门师叔绝不是随随便便做出这样的决定的。云声,你要对自己有信心。"

我魂不守舍地跟着大师兄他们分别去了寒煞和赤燎帮忙。当我把紫烟从一片残砖废瓦中拖出来的时候,他开口的第一句话问的便是:"完了完了,我是不是毁容了?"

我无语道:"都什么时候了,你还关注你的脸?"

他擦着脸上的灰尘道:"这是怎么了?地震了吗?还是沙暴了?"

我摇了摇头,凝重地告诉他:"紫烟,这不是地震,也不是沙暴,这是一场乱世的灾难。寒煞没了,赤燎没了,大漠也没了,整个大漠都陷进鱼谣古城中了。"

他闻言惊呆了片刻,待他回过神来爬出废墟,看清周遭一切的时候,我第一次听到这个倾世美人发出了如一个真正男人般的嘶吼。

从寒煞解救了紫烟之后,我和大师兄一行又去了趟赤燎,那里果然如同寒煞一般,已彻底塌陷在古城地下了。整个族中伤亡无数,许多人都被埋在了废墟之下,不明生死。

我们在残砖断瓦中找了大半日,这才找到鹿华和鹿沿鹿瞳兄妹。鹿华和鹿沿受了些轻伤,鹿瞳被屋顶石块砸到,伤得有些重,一见到大师兄她便哭得泪眼滂沱,我敲了敲大师兄道:"小鹿瞳当初为了大师兄你,可是宁死也不愿嫁给他人的,大师兄若是对她有意,可万万不要辜负了她呀!"

大师兄面色有些发红:"你怎么也取笑我?我知道她的心意,其实若不是身负寻找掌门师叔的重责,我也是想多陪一陪她的。"

我惭愧道:"都怪我不好,要不是因为我,师父也不至于下落不明,还连累大师兄终日四处奔走。"

大师兄拍拍我的肩膀:"这事不能怨你,你只不过是被这一场阴谋利用了,错不在你。鹿瞳这次伤得不轻,她的父王和哥哥又要去料理族里的事,大师兄这次肯定会留下来先陪一陪她的,你莫要自责了。"

这边同大师兄商量妥了,我便去同鹿华道别,鹿华本是极力挽留,想劝我在赤燎再待上几日,但我只想尽快将体内残毒祛尽,好全力修习封天咒,因而费了番口舌婉拒了他的好意。

之前顾星辰带我去灵枢谷时,苏寒曾经说过,有一种很冒险的方法,如果成功的话,很快就能让我身上的邪毒尽除。

这一回我下定了决心,无论是什么方法,无论有多么危险,我都要试上一试。无脸人残杀众生祸害人间,却没有一人能制止得了他,我就算是在祛毒的尝试中不幸毙命,总也好过这样一次次眼睁睁地看着他作恶。

若要去灵枢谷,还得去找顾星辰,且不说我是个路痴,只去了一回灵枢谷而已,如今根本不记得路,再者我即便找到了那山,也不知如何催动那巨大结界引苏寒出来,左思右想之后,我还是决定前往遗玉,再劳烦顾星辰相助。

第三章　遗玉

　　再次来到遗玉之城，我心中五味杂陈，想到顾星辰之前的种种表现，时而冷漠，时而亲近，时而无情，时而莫名其妙，又总觉得他那日从玺华宫离开的时候，似是心情极为低落，也不知是不是又因为我跟白隽的瓜葛而生气了。

　　我心中有些忐忑，但是想想之前，每次他起初都看似冷酷，最后总还是出手相助，算是个外冷内热之人，并不像外表看起来那么不近人情。

　　远远看见泯华庄大门时，刚好碰到肖羽从外面回来，他见到我是一脸又惊又喜，直道："云姑娘你终于来了，你怎么这么久才回来？"

　　我解释道："近来发生了许多事，我四处奔波，所以耽搁了。"

　　肖羽哦了一声，神色黯然："城主他……"

　　我疑惑道："他怎么了？"

　　肖羽叹了口气："随我来，你还是自己看看他吧！"

　　我点点头跟着他进了泯华庄，到了顾星辰的房门前，肖羽便转身走了。我先是敲了敲门，里面无人应答，我只得推开门走了进去，刚一进屋就闻到一股浓烈的酒气，我不禁皱了皱眉，难道他的眼疾又犯了？之前有两次见他喝醉，便是在犯眼疾的时候，但那都是发生在夜晚，怎么如今大白天的也喝起酒来了?

外间无人,我便向内室走去,又是两个大酒坛子倒在地上,我将它们轻轻扶起放好,起身看向多日不见的顾星辰。

他斜靠在窗下,无力地坐在地上,双眼缚着青绫,黑亮如缎的长发披散着,脸又瘦了一圈,我向他走近两步,刚想唤他一声,他却突然喃喃道:"都是假的,又是梦……"

我愣了一愣,估摸他正在说梦话,于是轻手轻脚地准备先到别处坐坐,他却突然又道:"你要去哪儿?"

我僵住,他这是说着梦话,我要不要回答呢? 正在纠结是否叫醒他,他却忽然坐了起来。

"云儿?"他的语气很是惊讶,好像突然清醒过来一样。

我忙应道:"主人,是我,我回来了。"

不知道是不是我的错觉,他的双唇好像在颤抖,我问他道:"主人你这是怎么了? 眼疾又犯了吗?"

他没有回答,只猛地扯下青绫,睁开双眼向我看过来。他的眼睛里布满了血丝,还略微有些红肿,长长的睫毛上挂着湿气,气息也十分紊乱,看来身体还是很弱,这般坐在地上看着好生可怜。

见他这样,我心中十分不忍,相视无言了一会儿后,他平复了呼吸,低低道了句:"回来了?"

我点点头,问道:"你的眼睛还好吗? 要不要再帮你把青绫缚上?"

他微微笑了笑:"好,你来帮我。"

我将他扶到凳子上坐好,再拿过那条青绫,却发现上面被打湿了,我忙道:"主人,这条绫子有些湿了,我去帮你换一条来。"

他拉住我阻止道:"不用了,就用这条便可。"

我拿着青绫正要蒙上他的眼睛,却看到他的脸上似有泪痕,我忙问道:"主人你的眼睛怎么了? 很不舒服吗?"

第三章 遗玉

他颓然地道:"我确实不舒服,不过不是眼睛。"

我担心道:"那你是哪里不舒服?可要请大夫来看看?"

他垂着长长的睫毛:"没用的,不用去请。"

言罢他托起我拿着青绫的手,示意我帮他缚上,我小心翼翼地遮住他的双眼,将青绫在他脑后系好。他沉默了片刻,突然开口问了句:"他放你离开玺华宫的?"

"不是,是我自己偷偷溜出来的。"

"你既是因他留下,又为何要溜出来?"

我叹了叹:"我早迟是要走的,如今这乱世处处生灵涂炭,我留在那里有何用处?我只想用最快的法子祛除身上的剧毒,我要练封天咒,我要阻止那个恶魔!"

"苏寒上次说了,你要祛这毒还需要时间。"

"上次他也说过,还有一种方法,只要能成功,便可以立即把毒除尽。"

他当即反对:"万万不可,用那种方法很可能丧命。"

"即便有危险,我也要去尝试。我已经数次与那个恶魔照面了,他自己亲口说了,只有封天咒才能打败他。如今我是这世上封天咒的唯一传人,若是连我都贪生怕死,这人间只能任他宰割了。"

顾星辰仍是摇头:"以你的修为,即便现在将毒除尽,怕是也来不及。"

我点头道:"确实如此,但是主人,至少我应该试上一试,否则连一点机会都没有了,请你带我去找苏谷主吧。"

他走到窗边,沉默了许久,道:"好吧,我陪你去。"

次日一早,顾星辰再一次带我来到了灵枢谷,我这才发现原来灵枢谷竟位于凉国和遗玉的交界之地。苏寒见了我们便笑道:"顾兄这回又是陪云姑娘来的吧?"

顾星辰点头道："上回你说的那个可以立刻将她体内残毒除尽的法子，究竟是什么？"

苏寒闻言收了笑："那可是九死一生的法子啊，怎么，难不成云姑娘想试那方法吗？"

我点点头："正是，无论有多大的危险，我都愿意一试。"

苏寒挑了挑眉，向顾星辰歪头道："云姑娘这是……"

顾星辰沉声道："当年的邪道首领如风再度现世了，他练成了《四境星经》中的种种邪魔驭术，又有孽镜剑在手，如今四处作恶，当世无人能敌。云儿心急如焚，想要尽快除去体内剧毒，以尽一己之力。"

苏寒闻言惊骇道："近日听闻四处闹了虫灾，却没想到竟是如风，他不是在千年以前便被封天咒斩杀了吗？"

顾星辰摇了摇头："也不知何故，他竟又突然现世，而且更糟糕的是，《四境星经》下卷竟是落在他的手中。千年以前，此人仅凭孽镜便能掀起那般风浪，如今又得了半部星经，只怕是更难对付了。"

苏寒看了看我，迟疑道："可是那方法真的很凶险啊。"

顾星辰站起身来："先带我们去看看，到底是个什么方法。"

半炷香工夫后，我们跟着苏寒站在了一汪很不起眼的小池子前。

"这池中之水乃由世间九九八十一种最为阴邪的毒物泡制出来的，如要祛毒，需要进入这池中……"苏寒缓缓说道。

我看了眼那池子，胸有成竹地道："不过就是水黑了些，无妨无妨，只要能祛毒，便是把我泡成个黑煤球也无碍。"

苏寒忍俊不禁道："若仅仅是泡泡药水，就算把你泡得再黑，我也不至于说得那样严重。"

顾星辰道："那么，还需要作甚呢？"

苏寒抬起头来，引我们向空中看去。

小池子的后面，是一座陡峭的山崖，山崖顶上有一大块如琉璃般剔透的圆盘,那圆盘中心有个空洞,不知是何物料,在阳光下反射出柔和的五彩光芒,很是好看。

"这是……"我忍不住问道。

苏寒指着那圆盘:"那是个式盘,不过却并非占卜之用,而是用来引雷的。"

我大吃一惊:"引雷?这个方法需要用到引雷吗?"

苏寒点了点头:"不错,用此方法时,其人坐于池中,由我去那山崖上引雷入盘,再由盘而出,令其进入池中之人肺腑,过电之间,药水会迅速沁入其人心脉肺腑,如果能受得住这雷击,则可将毒素尽数逼出。"

我听了激动万分:"很好很好,这方法一听就很厉害,请苏谷主快快为我施法祛毒吧。"

苏寒凝重地道:"云姑娘,这可不是闹着玩的,直接引天雷入体,从古至今也仅有一人活了下来,其他人等可是全部毙命于池中啊!因此现世已经几乎不用这种方法了。"

我正要慷慨陈词坚持一番,顾星辰却忽然揽了苏寒的肩膀向一旁走去,低声道:"便依她吧,只是……"

他说到后来声音越来越小,我一点都听不清了,只见苏寒听完以后大惊失色,连连摆手道:"绝对不可绝对不可,哪能如此而为呢?"

顾星辰揽着他再走出几步,又是一番嘀咕。苏寒面色变了几变,同顾星辰你拉我扯地纠缠了半天,最后竟然甩手要走,顾星辰死死拉住他不让离去,二人又是一番唇枪舌剑,最终苏寒还是连连摇头地回来了。

走到我面前时,苏寒很严肃地将我瞧了又瞧,叹道:"也罢,便依你们吧!不过云姑娘,这完全是因顾兄一再的坚持,我才同意的,他对你一番良苦用心,还请你他日万不要辜负于他啊!"

我忙点头道:"明白明白!主人他多次救我于危难,对我恩重如山,我遇到各种难题时,他也总向我施以援手,如此深恩大义云儿绝不会忘,一定不会背叛于他的!"

苏寒若有所思地点了点头,便去做准备了。据说要在池中加入一些草药,我便在那儿等着,左右却不见了顾星辰的影子。又过了好一会儿,苏寒带着六名药童疾步而来,药童们手上各捧了一个药筐,里面装着各式各样的草药,他们将这些草药尽数倒入池子里,然后苏寒让我进入池中,池水是温热的,散发出阵阵药香,我依苏寒的指点盘膝坐好,他又对我交代了一番便离开了。

过了大约一炷香的时间,天际传来轰隆隆的几道雷声,我按照苏寒的要求,气沉丹田,放空心念,迷蒙中,一种穿膛破腹般的疼痛突然由后背贯彻全身,整个池水倒映出山崖上亮如白昼的电光,倒映着我的身体,犹如被电盈满的鬼影。我的大脑在剧痛中不断挣扎着,似乎有很多很多的记忆将在脑中破茧而出,在犹如剥皮抽筋般的剧烈痛楚之中,我只觉经脉百骸全部都在沸腾,整个身躯似乎都要被焚烧殆尽,我的神志越来越昏沉,痛得大叫一声之后,我终是承受不住这雷击之痛,瞬间失去了知觉。

再醒来时,我浑身上下温热酸麻,正躺在一个明亮的房间里。我呆呆地望了一会儿天花板,感觉大脑之中似乎被清洗了一遍似的,有种轻盈而又被充满的怪异感觉,我坐起来向周围看了看,此处是灵枢谷的客房。我竟然还活着?难道我承受住了天雷入体?

这时苏梅推门进来,她一见我便连忙来到床边,问道:"云姑娘你什么时候醒的?身上可有哪里觉得不舒服吗?"

我摇头道:"我刚刚醒,没有什么不舒服的。苏姑娘,我这是成功了吗?我体内的剧毒被除去了吗?"

她为我把了把脉,道:"应当是差不多了,你稍等下,我再叫我哥来给你瞧瞧。"言罢跑去叫了苏寒过来,苏寒给我诊了脉,又看了看舌苔,不敢置信地又是摇头又是惊叹,半晌才道:"没想到这样真的可以,云姑娘你真的成功了。你现在感觉如何？"

我闭目感受了片刻，道："我现在感觉经脉畅通了许多，大脑好像也不似之前那般木木的了。"

苏寒道："那便是了，你体内的残毒已被除去，你的记忆也会渐渐恢复，不过不要着急，先把身体养好才能找回记忆，你现在每日要多多静坐调息，很快便会好了。"

待他们走后，我静静地盘膝而坐，放空心念，果然真气在体内畅通而行，再没有之前的瘀堵不通之感。如此调息静养了数日，却始终不见顾星辰的影子，苏寒、苏梅也不知忙什么去了，终日见不到人，我便只好继续自己修炼内力，却总觉得始终不得要领，烦闷之下，索性一个人去了谷中漫无目的地散起了步。

走着走着竟又来到了上次那个地穴，这回我自己御气飞了下去，一直落入洞内深处。洞里仍是漆黑寂静一片，我向黑暗中拜道："前辈，我是玄叶道长的小徒儿百里云声，不知前辈是否还在？晚辈有些困惑想请前辈赐教。"

那黑乎乎的洞里起初仍是寂静，片刻之后老人的声音果然再次响起："呵呵呵，我便知道你这小丫头还会回来的。"

"您如何知道我会再回来呢？"

"你的封天咒修习尚未得要领，你又找不到自己的师父，还能上哪儿去求教呢？"

我闻言再拜："晚辈的确是为此事而来。之前晚辈因身有剧毒，因而不能很好地修习封天咒，可现在苏谷主已用天雷入体之法帮我将毒祛了，我却仍然不得要领。如今那千年之前引发正邪大战的邪道首领如风再度现世，四方大地生灵涂炭，一片疮痍，晚辈身为封天咒的传人，却如此羸弱无能，实在是愧对师父重托，不得已贸然向前辈求教，恳请前辈指点迷津。"

那老人闻言很是诧异:"你这小丫头竟能承受天雷入体?这不应该啊……"

我惭愧道:"许是晚辈运气好吧,这才侥幸捡了条小命。"

老人沉吟了一阵道:"也罢,既然你经历了天雷入体,想必现在体内经脉已通,是时候了。其实如何修习封天咒,我这个老朽也不知道,只有你们九天门历代掌门才最清楚。你既然已经受过了你师父的真传,却仍觉得力不从心,那么便是你的内功修为不到火候了。从现在起,你依我所言而行便是。"

于是,我按照老人的指点盘腿坐好,渐渐入定。虚空之中老人的声音缥缈地回响着:"之前你虽然初入无我之境,但你当时经脉不通,难以进入真境,其实,进入真境之道无非一个'空'字,也即是无为忘我的境界。你需耐心慢慢修炼,待你真正领悟到无为忘我之意,方能入得真境,如此任什么功法都可以随心驾驭了。"

他说完之后便在虚空中隐匿了,我对他的话似懂非懂,并未想得明白,但他既然匿了去,自然是意在要我自己领悟的,于是我独自静静端坐,不知坐了多久才从入定中出来。

这时老人的声音又一次响起:"回去之后,勿忘我说的真境之道,何时入真境,何时可封天。"

同那位前辈拜别之后,我又连续两日自己静心潜修,虽然未能达到老人所说的境界,入定的状态倒是越发好了。这日,我在灵枢谷中寻了个无人之处,催动凤骨笛在身后结成巨大仙符,一刹那间,真气盈满我的丹田和整个身体,将仙符祭得越发盛大耀眼,一瞬间清寒白芒如电破长空,周遭草木山石皆为之变色,我大喜,忙将凤骨笛收了,以免把灵枢谷弄得乱七八糟。

走着走着我又来到了河边,上次便是在此处,顾星辰毫无征兆地忽然拉着我跳进了河里,我就那样又一次落水了。

第三章 遗玉

落水……落水?

脑海中忽然涌现出许多关于落水的画面,有在水中看着岚姐姐沉下去的,还有在河里被人救起的,这都是我曾做过的梦,或是曾出现过的幻觉。这一次,脑中的画面渐渐清晰起来,一切都还跟之前的梦境和幻觉一致,只是,水中的岚姐姐并不是现在的那张脸,在河里救起我的那个人看着却是那么的眼熟……

这些奇怪的画面令我有些慌乱,我连忙将视线从水面移开,又一眼看见了河边的山崖。

山崖……山崖?

脑海中忽然又涌现出许多关于山崖的画面,有一边下坠一边看着山崖上刀光剑影的,还有被人拉着在山崖上愉快地奔跑和玩耍的,这又是幻觉还是梦境?脑中的画面又一次清晰起来,一切仍是跟之前的梦境和幻觉一致,只是,山崖上的那些身影好像是我认识的人,拉着我奔跑的那个人看着也是那么的熟悉……

我被自己脑海中浮现的画面吓到,不自觉地浑身颤抖起来,分不清这到底是脑中记忆的重现还是又一次错乱的幻觉。

这时苏寒在后面叫我,我战栗着转过身,他见状关切地问道:"云姑娘你怎么了?身体不舒服吗?"

我迷茫道:"我脑子里现在涌现出好多画面,好混乱,不知道是记忆回来了还是出现了幻觉。"

他沉思片刻:"这就很难说了,你毕竟失忆那么多年,现在即便邪毒被祛除,记忆恢复正常也是需要一个过程的。你别着急,慢慢来,将来都会想起来的。"

我点点头,跟着苏寒去找顾星辰,苏寒说顾星辰这几日身体有恙,所以一直在为他调理。

当我再次看到顾星辰的时候,心里又无法控制地慌乱起来,因为,刚才在河边时,脑海中浮现出的那个把我从水中救起的,还有那个拉着我在山顶上奔跑和玩耍的,都是同一个少年,而那个少年的面孔与眼前的顾星辰分明就是一人。

我恍恍惚惚地看着他走到我面前,轻轻揉了揉我的脑袋:"想什么呢?"我迷迷糊糊地摇了摇头:"没什么。"他对我说道:"遗玉出事了,我们即刻动身回去。"

回到遗玉的时候,城外方圆十里之内已是大兵压境,我随着顾星辰一道登上城楼,柳小蓝和肖羽正在那上面巡视,一见到我,柳小蓝的眼神如刀子般在我身上扫了又扫,迫于战况紧急,她没有找我麻烦,只是向顾星辰陈述着敌情。

"汤国大王亲自率兵前来,铁骑八万,今日已尽数抵达城外。"她说完这句,眼神不善地瞥了我一眼,加重语气又道了句,"哼,汤王。"

柳小蓝的话令我大吃一惊,怎么也没有想到此次向遗玉宣战的竟是汤国。两国交战,总要有个正当理由方好出师,况且白隽也知道顾星辰于他曾有救命之恩,他到底为什么要这样做呢?

正在我百思不得其解的时候,肖羽向顾星辰禀道:"城主,汤王这次借遗玉窝藏泷州叛匪的由头前来,可我们已在城中仔细搜查,并未发现可疑人等。"

顾星辰沉吟道:"他既决定了前来攻城,你找不找得到叛匪都是一样的。其他的暂时放一放,先准备好迎战吧。"

这时,不远处传来地动山摇般的大地震颤之音,大批整齐的步兵队列出现在视线之中,那黑压压的方阵停下之后,残酷的攻城之战很快拉开了序幕。在弓箭和投石的掩护之下,一排排云梯被架了过来,汤国士兵如潮水般冲锋而至。遗玉的防守也很是严密,对于如此猛烈的进攻,各种火力压制毫不手软,强攻而上的汤军始终不得成事。

没过多久,双方已各是伤亡无数,顾星辰带了肖羽前去督战,临走前他让柳小蓝派人送我回泯华庄休息,我只觉得如此激战太过惨烈,于是想要寻机去找白隽好好劝上一劝,希望他能放弃攻城。柳小蓝仿佛看出了我想要走,唤来四个大汉上前将我捆住,我正心焦不已,她此举令我顿时怒火中烧,对她道了句:"你以为这些绳索能困得住我吗?我只想阻止这场血战,你无须这样拦着我。"她却嗤笑道:"别把我当成傻子,我可不会让你跑去给汤王通风报信!说不定,你还是个最好的人质呢!"言罢她忽然用帕子捂上我的口鼻,我防范不及,被那帕子上的迷药迷晕了过去。

不知过了多久我才醒转过来,发现自己已身在一间密闭的牢房里,手脚俱被铁锁紧紧缠住,想要发动一番内力来震开锁链,却只觉浑身软绵,真气不支,大约是被灌下压制内力的药了。

我想了想,总不能坐以待毙,便强撑着盘膝坐好,想要静下心来调息真气,身旁的黑暗中却忽然走出一个人来,一身蓝艳艳的衣裙很是耀眼。

我问道:"这是哪里?"

她轻笑:"这里是焱山,现在,只有你我二人在此。"

我吃惊道:"遗玉正有战事,你把我带到这里来做什么?"

她在我身旁蹲下,细细看着我的脸:"到这里当然是有事要办,就是因为遗玉正打着仗,我才有这么个绝好的机会同你单独待在此处,我可是等了大半日呢,总算等到你醒了。"

"你什么意思?"

她斜挑着眉毛笑着:"我的意思就是,我要等你醒来,让你亲眼看看自己是怎么毁灭的。"

我皱眉道:"你想干什么?"

她从腰间拔出一把小小的匕首,将锋刃抵在我的脸颊,又拿出一面铜镜,让铜镜照着我的脸,她狞笑道:"我想让你看着自己这张脸是怎么变成一个丑八怪的。"

她这莫名其妙的举动令我忍不住笑了出来："我的脸与你有何深仇大恨，竟让你放下遗玉战事不管，专门跑来此处做这样无聊的事？"

这一笑显然令她很是恼火，她咬牙切齿道："不要跟我嬉皮笑脸！马上我就让你笑不出来！"说着她将匕首用力按向我的面颊，一阵冰凉刺痛顿时从脸上传来。

我在心中叹息着这疯女人是真要毁我的容了，耳边忽然炸起一声爆响，牢房大门轰然碎裂，顾星辰双眼通红地从门外冲了进来。

见到我和柳小蓝这一番景象，他在原处愣了一愣，脸上是愤怒和心痛交加的神情。柳小蓝一见来人是他，立刻将匕首藏向身后，顾星辰这时已飞掠而来，离殇剑气直向柳小蓝刺去。

柳小蓝忙举剑拦住，但离殇这一刺既急且怒，柳小蓝没能挡住，被离殇剑气击到，重重撞到了墙上。

顾星辰一声不吭地砍断绑住我手脚的铁链，一边将我抱起一边问道："伤到哪里了？痛吗？"

这一句问话令我脑中一炸，一个熟悉的场景出现在脑海里，那好像是在我十岁的时候，也是这么一个人，对我问过同样一句："伤到哪里了？痛吗？"

我不禁心口气血翻腾，猛地咳了几声，柳小蓝却突然冲了过来，怒瞪着一双杏眼道："辰，你想干什么？"

顾星辰怒极反问："我倒要问问，你想干什么？"

柳小蓝道："她是汤国奸细，我为阻止她去给汤王报信，所以将她囚禁于此。"

顾星辰冷冷道："我再说一次，她不是奸细。你听好了，这一次我看在师尊的面上算了，你若再敢动她，我不会放过你。记住我的话。"

柳小蓝失声大叫起来："顾星辰你疯了吧？你这个忘恩负义的浑

蛋！你忘了我爹是怎么对你的吗？你忘了自己是谁吗？你怎么可以这样对我？"

顾星辰没有再说话，只是转身抱着我走了出去。他低头问我："有没有受伤？"

我摇了摇头，脑海中涌现出的那些画面让我仍在心惊之中，我不由自主地开口说了句："我没事，带我去焱山上看看吧。"

他轻轻道了声好，便径直将我带到了山顶，我下了地来，慢慢走在星辰花间，脑海中涌现出许多画面，也是在这山顶，也是在这花间。到底这是谁的记忆，还是谁的梦境？为什么我脑海中看见一个酷似顾星辰的少年拉着我的小手，带我在这里奔跑？为什么在我脑海中出现的那个少年，带着我在巨石边玩耍？

我走到那个布满拳掌坑印的巨石边，找到了那两个刀刻的小人，记忆中我伸出小手，指着那两个小人笑道："这个是我，这个是……星辰哥哥把自己刻得好丑呀！"

我心中大惊，这是我的记忆吗？我是谁？我怎么会在十岁时出现在这里？一瞬间我呆在原处，双腿一软差点晕倒。顾星辰走到我身旁扶住我，我的手不由自主地随着脑海中的小手一起抬起，指着那两个小人说道："这个是我，这个是星辰哥哥。"

顾星辰身体一震："你想起来了？"

我摇了摇头："我还是没有想起来所有的事情，我连自己是谁都还不知道，我只是刚才突然想起了这两个小人。我十岁的时候真的来过焱山吗？我那时候就见过你吗？"

他没有说话，带着我又来到了山下的小溪边，说道："不着急，你慢慢回忆。这里你还有印象吗？"

我盯着溪水，仿佛看见那小溪越变越宽，脑海中出现我剧烈呛水的画面，一个和顾星辰长着同样面孔的少年在我身边焦急地问道："伤到哪里了？痛吗？"

"这里，一百年前是条河。"我轻轻说道。

我仿佛看到自己在一条河里浮浮沉沉，以为自己将死之际，一个少年跃入水中向我游来，好不容易把我救上岸去，又将奄奄一息的我背走。

"是啊。"他叹道。

这些突然浮现的记忆太莫名其妙了，我怎么也理不顺事情的来龙去脉。十岁，是我初入九天门的年纪，这些事情应当发生在拜师之前，那时候我到底是谁？怎么会出现在这里？又怎么会认识顾星辰？

"还能想起什么吗？"他带着期待的口吻问道。

我静静地又想了一想，并没有想起更多的事情，便摇了摇头，问道："汤国撤军了吗？"

他望向远方："战了三天三夜，暂时退了。"我见他面色凝重，不由得担心起来："那，战况如何呢？"

他蹙眉道："汤王完全是来硬拼的，如此，将士伤亡必定惨重，但这一战无法避免，他视遗玉为心腹大患，迟早是要出兵的。我已与他约定三日之后对决。"

我当即反对道："主人，你现在身中九头蝮蛇之毒，不是他的对手，不能冒险和他一对一对战。"

他淡淡道："还有三日，无妨。"

回到遗玉后，顾星辰一直窝在他的密室之中，因他要我每日进密室为他更换缚眼的青绫，还要端送苏寒交代的汤药，我这才第一次进入了泯华庄中这个最为隐蔽神秘的地方。

密室中悬着一块匾，其上书写的内容有些奇怪，那并不像是普通匾额上所写的内容，而是这样一句话：

第三章　遗玉

星辰复,恢一方。

　　匾额的落款人是崇南子。
　　这名字似曾听闻,我仔细想了想,以前史修课上曾听先生说起过这个名字,好像是个年岁不小的得道高人,还曾在汤国前朝任过国师一职。不过顾星辰一向与汤国关系不善,倒是没想到泯华庄里竟会有一块崇南子题写的匾额。
　　我正思索到此,忽然想起该把顾星辰的药拿进来了,却不知他正站在我身后,一转身便撞到了他,然后他竟吃痛一般地皱着眉弯下腰去。
　　我忙扶住他问道:"主人你怎么了?"他只道没事,又盘膝坐下去练他的功,可我见他坐得缓慢而又僵硬,且还捂了捂自己胸口,明明是一副不适的模样,像是受了什么创伤。
　　于是端了药进来之后,我蹲在一旁细细地将他观察了一会儿,他的气息不似平日那样平稳,看来确实是身体有恙。我忧心地出了密室,在院子里找到了肖羽,叫住他问道:"肖羽,你最近有没有觉得主人身体不太对劲?"
　　肖羽叹道:"反正自从此次你们从灵枢谷回来之后,城主确实身体抱恙,这几日都是我为他上药,他前胸后背上一片焦红,不知何故……"
　　我听了更是忧心不已,然而同肖羽在院中商量了半天也没讨论出个名堂来,只得又各忙各的去了,只是心中担忧顾星辰,不知他能否应付得了三日后的对决。
　　三日很快过去,为避免伤及无辜,顾星辰与白隽约在遗玉城外的孤峰之上进行对决。那日朝阳似火,映得半边天都是火红的,初冬的山巅已没有了花红柳绿,只有一片冷肃,他们二人今日都未着铠甲,在火红的光影前,两人执剑相对,空气中安静得只剩下树叶被风吹动的沙沙声。

朝阳的第一缕金光从薄雾中投射出来时，两道剑芒骤然而出，在金光薄雾中旋转飞刺，一片急速翻飞的光影中，时有一道银光划过，长长的弧线所过之处，树皆枝断干倒，又有一道玄黑剑影不时流过，所过之地尽皆石走沙飞。

两剑不见锋刃。

朝阳不见光芒。

天地之间的山巅，唯有两道剑气，引动遗玉之城的上空风起云涌，不断缠斗直到夕阳落山。

天边的红日将要落下去时，孤峰之上爆出一阵耀眼的剑芒，刹那间，树影皆失，风云变色，山顶上依然未变的，是两个执剑相对的身影。

从孤峰上下来时，顾星辰的面色有些苍白，他握剑的手微微颤抖，像是极力撑着不让自己倒下一般。果然，刚到泯华庄中，他便吐了一大口鲜血。

这一场对战，两人未分胜负，而汤国大军已鏖战数日，未能将遗玉攻破，此番对决又打了个平手，是以白隽只得退兵。

然而，遗玉的问题远不止这些，虽然没有了汤国大军的攻城之危，遗玉城中却又多了其他的麻烦。

因为汤国的虫灾和饥荒闹得厉害，加之白隽前些日子又举兵攻打遗玉，没有好好料理国计民生，汤国如今许多地方已到了民不聊生之境，大批百姓拖家带口地出逃到了遗玉，一时之间，遗玉城中多了许多外来的人，原先的房舍不够激增的人们居住，于是顾星辰在城西选了一处空地，用来新建大片屋舍，以供流落而来的汤国百姓居住。因此，城西聚集起了大批从汤国迁来的流民，为了早日建成房舍，这些流民中的男丁也被召集起来一起建房。

时已入冬，天气渐冷，这日，我跟着顾星辰来到城西。那儿本是一片荒凉之地,如今虽然北风凛冽,但因大兴土木,人们都在热火朝天地忙碌着,倒是一点也不显得荒芜。

顾星辰命人派发过冬衣物给那些流民,他自己则在工地间四处巡视了一圈,监工的将军跑来向他禀报了建设进展之类的事宜后,顾星辰问道:"这么多人一起建造,何以进度如此之慢?"

那将军回道:"大约是因为他们从没做过这些,突然上手难免生疏,这些人的身体也是羸弱,只让他们白天劳作,晚间休息,他们却还总是哈欠连天,末将一定再督促他们抓紧些。"

顾星辰望着那些人,思索了片刻道:"不用刻意催促,这些房舍都是为他们自己造的,若是盖得慢了,耽误的是他们自己住宿,他们不会故意拖延,你多注意他们的人身安全便好。"

这时,不远处的工地上忽然传来尖叫,我们赶过去,只见一堆石块木材之间,许多人围了一圈,正面色不安地议论着什么。

我跟着顾星辰和那个将军走进人群中一看,不禁后背发寒——那块空地之上,是一具黑焦男尸,一看便是被圣血堂提炼圣血致死之相。

人群中胆子小的都吓得尖叫着跑了,胆子大的则围在一旁议论纷纷。

"黑焦男尸原来在汤国时有出现,怎么连这遗玉之城也发生此等恐怖的事情呀?"

"是啊,没想到竟是普天之下皆逃不过啊!"

"这可如何是好?还让不让人活了?汤国本来就又是虫灾又是饥荒的,逃到了这么远的地方来,竟也躲不掉黑焦男尸的恐怖怪事。"

将军叫了个守在一旁的士卒过来,顾星辰问道:"这具尸体是怎么被发现的?"

士卒道:"回禀城主,刚才我们带人在此处搬运木料,木料搬开之后才发现下边竟藏着这么一具尸体。"

顾星辰双眉紧锁,命士卒们将那尸体清了,问那将军道:"什么时候开始的?"

那将军躬身应道:"之前并未发现此等情况,这还是头一回。"

"查清这具男尸的身份,再带人在城内仔细搜查,如有可疑情况速来回报。"

那将军领命退了下去,我问顾星辰:"难道圣血堂现在已经潜入遗玉了?"

顾星辰望着数不清的城西流民,蹙眉道:"太多流民迁入,若是圣血堂的人混入其中溜进城内,也确实难防。圣血堂一向以血祭为旨,如今汤国虫灾、饥荒和叛乱之下,男丁锐减,大漠又遭毁灭,能让他们寻找血祭肉身的地方,只剩下遗玉和凉国了。"

我看着面前一个个陌生的面孔,不由得担心起来:"如今这么多外来男丁在此处建房,圣血堂的人若是换了寻常百姓的装束,那可真是难查了。"

"不过,圣血堂若要血祭,就必须要有血祭场地,我们可以由此入手来查。"顾星辰若有所思地说。

然而,一查半月过去,仍是一无所获,遗玉之城里里外外边边角角都被翻了个底朝天,愣是没找出一块像是被圣血堂用作血祭的地方来。

顾星辰因身体连续受创,已在密室闭关修炼,我倒是清闲了不少。这日夜间,忽有守城士兵前来禀报,说是城西又现焦黑男尸两具,顾星辰正在密室中闭关不能打扰,我便和肖羽一同来到城西查看。

第二次出现黑焦男尸,城西流民开始慌乱起来,围观的人们脸上纷纷流露出惶惶不安之色,都在担心这样下去,迟早有一天会轮到自己头上。

这一次黑焦男尸仍是被遮掩在一些杂物之下,我和肖羽在周边搜索了好大一圈,并没有发现像是作为血祭的场所,我不由得惊奇道:

第三章 遗玉

"按理说如今遗玉巡防布控如此严密,圣血堂若是再行血祭之事,很难不被发觉,而且这血祭地点当是离此不远,否则他们如何在巡城将士的眼皮底下把男尸运到此处呢?"

肖羽点头道:"正是如此,黑尸两次出现都在城西,他们的据点应当就在这附近,可是这一片已经搜查过多次了,根本没有一点头绪。"

我总觉得事有蹊跷,于是当夜,肖羽给城西将士安排好了巡查之事后,我便没同他一起回泯华庄,而是悄悄留在了城西。

我独自在城西转了一圈又一圈,除了一间间尚未完工的屋舍,以及睡得呼噜震天响的大片流民之外,并无任何特别发现。转着转着,我忽然灵光一现,找守城士卒借了一身男子便装换上,梳了个男子发式,又往脸上抹了些灰,然后偷偷溜进建房男丁们休息的大棚中,也靠在那儿假装睡觉。

过了不知多久,大棚里的人都睡着了,这时,棚外传来轻微的脚步声,我的心顿时紧张地怦怦跳了起来,又不敢睁眼,只能半眯着眼睛悄悄观察,只见门帘轻轻晃动了一下,却并没有人进来。这时,一个小小的管子伸进门帘的缝隙之间,我心里一咯噔,想要屏住呼吸却已晚了,脑子一蒙、眼前一黑便晕了过去。

昏睡中耳边忽然响起一阵嘈杂声,我猛地惊醒过来,看到的景象震惊得我不敢相信自己的眼睛。

这是一个巨大的房间,我的前面站着至少几百号人,每个人手中都握着把刀,我正惊呆在原处,身边忽然走来一人,扔了把刀到我面前:"赶紧起来,要开始操练了!"

我忙捡起那刀站起身来,学着这些人的动作跟着比画起来。操练了好一会儿,大家都累得气喘吁吁之际,领头那人终于叫了声停,紧接着,一个身材魁梧的男子走到最前方的高台上,慷慨陈词道:"汤王无道,治国无方,除了打仗之外一无所长。大汤如今苟延残喘,民不聊生,若非如此,我们都绝不可能流落到此成为流民。我们的父母兄弟饿死的饿死,战死的战死,难道我们就这么算了吗?你们要不要跟我杀回去?推翻汤王,让大汤变成我们的天下?"

众人激动地齐声高呼道:"推翻汤王!推翻汤王!"

台上那人又道:"昭昭日月,佑我泷军!"

台下众人跟着一起喊道:"昭昭日月,佑我泷军!"

我心中大惊,泷军?难道台上那人就是泷州叛匪?那匪首原来竟真的逃到遗玉来了?我踮起脚尖想要仔细看看那人长什么模样,无奈前面一群大汉遮遮挡挡,又离得老远,终是没能看清那人的脸。

心中正在焦急之际,队伍两侧又走来几人,各掏出一根细竹管吹了起来,我正想问一问旁边的大哥这是在作甚,不料两眼却突然一阵发黑,竟又晕了过去。

再一次醒来时,天还没亮,我看了看周围,自己仍是置身在之前那个工棚中,棚子里躺着的都是刚才操练的那些人,我一时有些蒙了,也不知夜间经历的一切到底是真的还是梦境。

我轻手轻脚地起身出了大棚,外面像这样的棚子共有数十个,全部整齐地排列在城西旷野之上,我一路走过,只见值守的将士们都睡得很沉,竟没有一个是醒着的,我上前去将他们摇晃了一番也没能将他们摇醒,只是继续打着呼噜死睡。

我心头升起疑云,这一切太奇怪了,这些将士全部睡得这么死绝对是不正常的,看来刚才我经历的那一场操练很可能确有其事,并非我在做梦,可是这么多人是怎么被弄到那个巨大的房间里去的?又是怎么被弄回到工棚里的呢?

一路上,我百思不得其解,回到泯华庄后才知道顾星辰和柳小蓝都被尊主叫出去办事了,肖羽则带着巡城将士在继续搜查圣血堂的下落。我左思右想,昨晚的发现十分重要,绝不能就此将这线索断了,顾星辰

第三章 遗玉 423

他们还不知何时才能回来,我也不能在此干等。

于是我将自己仔仔细细地乔装成男人模样,还找了个假胡子粘上,以至于走出泯华庄时,与我擦肩而过的豆婶都没认出我来,举着手里的洗衣棒追着我一路喊打。

好不容易躲开豆婶的追打,等我来到城西时,男丁们已经起来盖房子了,我趁他们不备抱起一块木头悄悄混了进去,接木料的男人瞧了瞧我,好奇道:"小兄弟,你是新来的吧?我好像第一次见你。"

我压低嗓音点点头道:"我是前几天才来的,跟大伙儿还不熟。"

他小心地望了望四周,悄声道了句:"昭昭日月……"

他说完这四个字便不作声了,只是警惕地盯着我,似在等我回答。我想了想,这四字正是他们昨夜喊的口号中的上句,于是我便接了下句:"佑我泷军。"

他闻言放心地笑了,拍拍我的肩膀道:"好兄弟,好好干吧,我看你年纪不大,跟着泷王一定不会错的。"

我听他这话,当是了解些内情的,于是更加勤快地帮他搬运木料,午休时,又将自己大半的饭菜都让给了他,很快取得了他的信任。到了傍晚休息的时候,我装作迷茫地问道:"大哥,你别笑话我孤陋寡闻,我原先住在汤国的穷乡僻壤之中,对外界的事一点都不知道,夜里跟着大家喊的那些话,我一句也没听明白,你能跟我说说是怎么回事吗?"

那人闻言有些得意道:"泷王,你知不知道?"

我故作蠢笨地点头道:"龙王我当然知道,不就是东西南北四海中的老龙王吗?"

他闻言笑得前俯后仰,直到笑出了眼泪来,才抹着脸道:"哎哟,小兄弟啊,不是哥哥我说你,你可真是井底之蛙呀!怎么连泷王都不知道呀?"

我傻里傻气地摇了摇头。

他小声说道:"汤国的泷州你总知道吧?泷王,就是泷州起义军的大王,大家都叫他泷王。你别看他出身农家,其实真是个了不起的人呢!"

我面露十二分感兴趣的神情:"你能跟我说说关于他的事吗?"

那人正了正面色,说道:"在汤国,如今处处灾荒,尸横遍野。要说在闹虫灾之前吧,汤都的人还有点好日子过,其他地方早就民怨四起了,像咱们这样的农人,除了干着急,还能有什么办法?可是人家泷王就是不一样,听说他家里父母双亲早就饿死了,兄长又被征兵上了战场,多年没有音讯,后来他家乡闹了饥荒活不下去,他便揭竿而起,一个泷州便有几千人响应他的号召,追随他一路所向无敌地打到了都城门前,把汤王都逼出来了。"

我心中唏嘘,这造反的也是被逼无奈,为君者,有的是能力不足不善治国,有的是德行不正无视苍生,可不论是哪一种,对苍生来说便是灾难。

我又问道:"他们既有难处,为何不向当地官吏求助呢?如此贸然造反,可是杀头大罪啊!"

那人苦笑道:"求助那些当官的?他们才不管我们的死活呢!如果他们真的会帮我们,谁愿意冒死跟着当叛军呢?咱们啊,都是走投无路,除了拼死一搏,别无他法。"

我又劝道:"但既然来到了遗玉,便是一个很好的栖身之所,为何还要再起兵造反呢?"

他叹道:"小兄弟啊,你真是太年轻了,目光看得不长远啊!我们这些人,大部分都是跟着泷王从汤国辗转而来的。你想想,这遗玉之城山高水远的,咱们在这儿只能算是一批流民,难道还真的在这儿待一辈子不成?汤国才是我们的故土,只要推翻了那只知打仗不知百姓死活的汤王,只要拥立泷王登基,以后就一切都好啦!"

听了他的话,我心中很不是滋味,万没想到在汤国百姓心中,白隽竟是这么一个治国无方的王。看起来这个叛军匪首倒并非强拉人头,而是人心所向,众望所归,对于白隽而言,这个泷王还真是个很大的祸患。

我将自己领到的一个烧饼递给那人,又问道:"大哥,那你可知我们晚上都去了哪里?又是怎么回到工棚中的?天天这么倒腾,我实在是头都晕哪。"

他一边喜笑颜开地啃着那个烧饼,一边低声道:"这个是泷王为了大家的安全特意安排的,谁都不知道是怎么回事。你呀,就别多问了,只要记得一心追随泷王就好,他日待泷王一统大汤,咱们这些人可全都是开国功臣,都要封疆封城的!"

一名监工从旁走过,见我们坐着闲聊,便催促道:"吃完了没?吃完了赶紧起来干活了。"

我们连忙站起身来,那人朝监工应道:"是滴,是滴,我们这就过去。"

他的口音很是特别,把是的是的说成了是滴是滴,也不知是何种方言。

到了夜间,我提前留心着门帘的动静,待到那个神秘的管子又伸进来时,我忙闭气等待,怎奈那吹迷药的人一吹便是许久,我终是无法坚持,还是被迷药迷晕了过去。

再醒来时,果然又一次身在那个巨大的房间里,跟着一众男丁叮叮当当地再次操练一番后,空气中又飘来一股药味,我心道一声不好,紧接着又同众人一道被迷晕过去,再次被送回了工棚之中。

第二天早上,我无奈地和大家来到工地,又开始了一天的活计,虽然我是个修炼之人,但这样连续不停地干着体力活,夜里又跟着操练不能睡觉,我只觉又累又乏,想要找个机会偷睡片刻,身边却总有男丁盯着,他们好像怕人溜了似的,竟比监工的将士们看得还紧。

我正打着哈欠搬运木头时,不远处有人惊叫起来,竟是又出现了黑焦男尸。前日那人在旁拍拍我的肩膀,小声道:"小兄弟,既入了洺军,就千万别想着叛逃,否则呀,这就是下场。"

我心中一惊,万没料到遗玉之城出现的黑焦男尸竟然是这样来的,如此说来,那洺王已与圣血堂扯上瓜葛了。

本来我打算今日便寻个机会溜了,但看目前的情况,已经追查到了这一步,我还是应当继续潜伏下来,顺藤摸瓜地查下去,如果真的找出了那个洺王或者是圣血堂的据点,也算是帮了顾星辰的大忙。

可是我这脑袋瓜子琢磨了半日也没想到个好办法,天天夜里跟着他们耍耍大刀并没有一点用处,眼见着一天很快过去,又到了晚上,这一次我找了个拉肚子上茅厕的借口,提前溜了出去,在离工棚不远的地方躲了起来。

到了夜间,几个人影从黑暗中闪出,分别凑近那些工棚,应是吹迷药的人到了。这儿四处皆是旷野,没有能藏身的地方,我便没有贸然过去,想再等上一等,看看他们会把那么多男丁运到哪儿去,结果这一等便是许久,我掐算着时间,按理说已经吹过了迷药,又过了这么久,早就该开始操练了,可是工棚却一直没有动静,委实不太对劲。

于是我小心翼翼地靠近工棚,里面很是安静,一点声响也没有,我悄悄掀开门帘一瞧,不禁呆住,棚内空空如也,一个人也没有!

我忙将这一片的数十个工棚一一看过,竟全是空无一人,所有男丁犹如人间蒸发,连那些吹迷药的人也不见了影子!

这也太蹊跷了,刚才我明明一直在外盯着,并没有看到这些人出去,他们到底去了哪儿呢?

这时不远处传来些许动静,我忙奔向那处,远远只见一个人影正向城外飞掠而行,那人一身白袍,像是无脸人,我连忙紧跟其后,然而那人轻功在我之上,跑着跑着便将我甩得越来越远,渐渐再看不见。

耳边传来哗哗的水声,是碧澜江。我飞奔过去,沿着江畔又搜索一番,一马平川的旷野之上,再寻不见一个人影,我只得又回了城西的工棚。

这时天已蒙蒙亮,棚子四周仍见不到有人走动,我再悄悄靠近棚子一看,里面的人又尽数回来了,全都在地上呼呼大睡。

过了不多时众人便醒来了,我思来想去,觉得关键还是在那些工棚中,虽然我没见到那么多人是怎么回到棚子中的,但是他们消失之前,确实没有一个人从棚子里出来,看来那些工棚里是有文章的。

挨到傍晚时分,等那些男丁都去吃晚饭了,我偷偷溜进工棚中,在里面四处查找。既然那些人凭空从棚中消失,那么最大可能便是这些棚子里修有地下暗道,但是这里的地面空空荡荡,一眼便能望个干净,根本没有任何暗门之类的东西。

这时,外面传来男丁的声音,他们正在朝这个工棚靠近,我便溜到角落里躲了起来,慌乱中不知踩到了什么东西,只觉脚下突然颤动起来,竟是整个地面向下沉降,待降到底部时,头顶上又有一大块板平移过去,将空出的地面再次合拢,不留一点痕迹。

四周黑漆漆的,很是安静,我没带火石,只能在黑暗中摸索着前行。过了一会儿,远处现出一点烛光,我便小心翼翼地向那烛光走去,那儿有两人并肩缓缓地走着,边走边低声说着话,这两人一个赤衫一个黄衣,黄衣人称赤衫人为圣使,赤衫人则唤黄衣人为泷王。

没想到我阴差阳错竟真的找到了泷王。四下太过安静,为防止他们发现,我只是远远跟着,不知走了多远,前路明显变窄了许多,看起来是一条能容四五人并行的地道。又走了许久,他们在前面停了下来,不知开启了什么机关,前方出现了一个出口,斜向上通去,我远远跟着他们又从那出口到了外面,眼前是一片望不到头的碧绿清波。

碧澜江。

这个密道竟然通向碧澜江边！

这时，斜侧旁忽有一丝异动，我急忙侧身避过，是一枚小小的暗器。这一番动静最终惊动了前面那两人，他们一齐回头朝这边看了过来。

这一片江边没有什么可以躲避的地方，唯独朝着遗玉方向有一小片树林，我向那树林飞掠过去，身后有三人紧追不舍，道道暗器从身后频频射出。我好不容易跑进了树林中，那两个从密室出来的人已追到身后，两双拳掌紧逼而至，我此趟潜伏没带未央，只得跟他们空手以搏。打了一阵之后他们未能将我制住，那赤衫人便从身后祭出两面猩红色大旗来，旗间蹿出一个巨大的黑色骷髅，正是圣血堂的邪法！

我忙将凤骨笛祭到身前，闪动着银光的巨大仙符骤然爆出，周遭地动树摇，道道白芒疾射而出，同那黑色骷髅撞到一处，激荡开来的强烈真气冲向四面八方，林中如同狂风大作一般呜呜作响。

相持一番后，我同那赤衫人俱被弹开几丈远，我转身疾奔，身后诡异的暗器仍如影随形，我边躲避边跑了一阵之后，前方忽然有一人从天而降，悄无声息地停在我面前的半空中，阴森而又毫无表情的面孔微微朝下俯视着我。

无脸人！

他怪异的声音再次从空中传来："竟然是你，赎罪者。"

我一见是他，心中又气又急，朝他大喊道："没错，是我，这次你又想干什么？你害了汤国和大漠还不够吗？为什么又要来害遗玉？"

无脸人呵呵笑了起来："我哪里要害遗玉了？我若真有心害遗玉，你觉得现在那城里能如此平静吗？"

我被他说得一时噎住，想了想又道："可是你只要出现，就一定不是好事，这城里都是些可怜的流民，你不要再害人了！"

他冷笑道："瞧你把我说得像个扫把星似的，我没害他们，我只不

第三章 遗玉 429

过是给他们一个机会,让他们去做他们以前想做又不敢做的事情罢了。倒是你,天天东奔西跑的,为这些蝼蚁连命都不顾,不值得啊!你还是乖乖地做一个观众,等着看好戏吧!"

他言罢衣摆微微鼓荡起来,一波气流恍如靡靡之音飘入我耳中,我只觉一阵眩晕,凤骨笛在我身后再结仙符,我咬牙怒视着无脸人道:"值不值得,你不懂!"

近日来虽然内功大有长进,但我心中也很清楚,这样的封天咒对于无脸人来说只是虚有其表而已,可我不能束手就擒,我要争取机会逃脱,把这一切告诉顾星辰。

凤骨笛在我身后爆出白芒,如电光剑雨向无脸人射出,将周遭一切映照得如同白雪,瞬间将无脸人吞没在一片耀眼的白光之中,那一片白芒中却安静得出奇,没有任何动静,我有些疑惑,正在仔细探察无脸人的气息时,一张白森森的面具忽然乍现在我面前不过半步之遥,吓得我差点从半空跌下地去。

他冷笑一声,面具后面一双黑漆漆的眼睛直视着我,封天咒祭出的盛大白芒还在他身后闪烁,他却毫发无损地从其中逃脱出来,那张没有脸的面具显得越发诡异和恐怖。

我背后一阵发寒,想以最快速度向后躲开,却发觉身体已不能动弹,无脸人的声音近在咫尺:"别折腾了,好戏很快就要上演,作为封天咒的唯一传人,也只有你才有资格与我同赏,所以,不要乱跑,乖乖跟着我看戏去吧。"

一只冰凉的大手抓住了我的手腕,我心中一阵惊悚,想要逃脱却一动也动不了,只能任由无脸人将我带到了遗玉城外的孤峰顶上。

这孤峰便是之前顾星辰与白隼对战之处,是遗玉附近的最高点,在此可将全城一览无余。无脸人伸出手,那手骨节分明,苍白而又修长,他食指指向安逸如常的遗玉之城,说道:"到底是我害人,还是他们自作自受,赎罪者,你就在这儿好好看清楚吧!"

初冬的风吹在脸上很凉,我却一点也察觉不到冷,心急如焚却又无能为力,不知道无脸人到底想让我看些什么。空中云起云落,天光青白交替,变幻莫测的云天之下,城中看起来一片安宁祥和,完全看不出有任何异样。

入夜,城中的灯火一盏一盏地灭了,街道上只剩下打更的更夫和巡逻的士卒,城西的工地上,所有人都已在工棚中歇下,耳边只有碧澜江的水声和呼呼的风声。

我心中忽然一紧,工棚?那工棚里暗藏机关,可将所有男丁运到地下,而那地下又有暗道通向城外碧澜江边,难道泷王要带那些人从暗道出逃?这就是他们的回汤之策吗?可如果仅仅如此,对遗玉倒也并无什么危害,只是又要引发一场汤国的平乱之战了。无脸人把我带到这孤峰之上又能看见什么呢?

夜深了,江边忽然亮起火把,一队队男丁从江边的暗道出口走了出来,那队伍走了很久,足有几千人之多,全部队伍走完之后,有几人留在暗道出口,不知引动了什么机关,只听一阵闷响,暗道出口轰然爆炸。

紧接着,我无论如何也料想不到的可怕事情发生了。那出口爆炸塌陷之后,竟然引发了碧澜江的江堤一同崩塌,远远望去,江边突然缺了一个口子,滚滚江水顿时决堤,从那缺口呼啸着奔涌而出,顺着暗道一路倒灌至遗玉城中。

大水犹如吞山巨兽,瞬间从城西的地下轰然冲出,刚刚还安宁静好的一座城,只在片刻之间便被汹涌而至的江水淹没,成了一片人间炼狱。

我又怒又急,气得浑身发抖,却一动也不能动弹,无脸人在我身旁平静地道:"你瞧,这就是人心的贪婪,我给了那泷州匪首一个重整旗鼓的机会,让圣血堂救了他的命,又帮他出了个这么好的计策,让他能

第三章 遗玉

在遗玉扎根,重新召集人马,可是他呢,却生怕会被那遗玉城主阻拦,于是偷偷摸摸把江堤给算计了进去,就为了一己私念,不惜水淹遗玉,毁了这个救了他的地方。"

我听得如坠冰窖,之前还以为一切都是无脸人在捣鬼,万没料到这滔天惨剧竟由那泷王一手策划。无脸人在我耳边继续说着:"看到了吧,赎罪者,这些人,都该死!"

我怒道:"你明知道他要倒灌江水,你明明可以阻止他的!你纵容他行凶,见死不救,你和他是一样的恶魔!"

无脸人冷笑道:"我见死不救?这世道又何曾救过我?我便是做了恶魔又如何?"言罢他忽然飘至空中,在一串怪笑声中消失不见。

下了孤峰之后,我四处寻找顾星辰,最终在我初次见到他的那座山上找到了他。

这是城中唯一没有被江水淹没的地方。凛冽的北风吹着漫山遍野的星辰花,淡淡香气飘散在冰凉的空气中,却只让人觉出无比的寒意。两个人影一站一跪,正在随风摇曳的星辰花间相对,尊主的声音犹如低沉的洪钟,字字如雷震彻我心。

"辰儿,还记得你名字的由来吗?"

"星辰复,恢一方。师父赐名,殷殷期望,永不敢忘!"

"很好,为师当初写下那块匾额,便是为了日日提醒于你,莫忘过往,莫畏将来。如今天罡倒行,生灵涂炭,你的身份是否将会暴露,也无须再去顾虑。一百年来,你的潜心苦修和千锤百炼没有白费,今日,该是你出手的时候了!"

我心中巨震,万没料到题写密室中那块匾额的崇南子竟然就是顾星辰的师父。我一直以为顾星辰与汤国颇有过节,却怎么也想不到,他与这位汤国前朝国师竟是师徒关系。

跪在地上的顾星辰背影有些许萧瑟,他乌黑的长发在身后飘舞,风吹来他恍如天籁般的声音,那声音沉沉道:"徒儿领命!"

他起身朝我这边走来,对我轻轻道了句:"走吧。"我向不远处立在星辰花间的尊主行了个礼,便随着顾星辰转身离去。

到了山边,下面便是波涛汹涌的江水,遗玉之城的大小屋舍都已尽数被水淹没,人们哭喊着向房顶或其他高处攀爬。我看着这一片汪洋,只感到心中满是绝望,不知如何挽救这一座被洪水猛兽吞没的城池。

前方几步之遥的顾星辰立在风中,他头也不回地说道:"过一会儿不论发生什么,你不要害怕,如果我有何不测,你不要挂念,去做你想做的事情便好,他日若遇难处,可找凉国四位庄主帮忙,他们是你可以信任的人。"

我被他一席话说得陡然一蒙,不禁道:"主人……"

他的背影顿了一顿,又沉沉道:"上次你问我,你十岁的时候是否真的来过焱山,是否在那时候就见过我,我现在告诉你,是,你十岁的时候,我们就见过,你真的来过焱山。"

不知为何,听他说到这些,我忽然胸中一痛,眼睛也模糊了起来:"为什么现在跟我说这些?"

风有些大,有些冷,他沉默了片刻。

"云儿,今日之后,若还有机会,我再告诉你。"

我重重点头:"嗯!"

冷冷的山巅之上,一股强大的真气忽然从顾星辰周身迸出,那真气闪着幽幽蓝光,在山顶越旋越远,越散越大,竟渐渐覆盖上了整个遗玉之城的上空。晴朗的夜色之下,天际忽然传来隆隆闷雷之声,一道巨大的闪电乍现于天空,将空中的幽蓝映照出耀眼的银光,犹如漫天星辰洒落人间,那漫天星光忽而旋转起来,愈旋愈猛,愈旋愈烈,片刻之间竟已如一道通天飓风,由山巅直入云霄。

顾星辰周身被蓝光映照得雪亮,他的长发在空中翻飞如舞,衣衫在

第三章 遗玉 433

风中猎猎飘动，我在他身后被那惊天动地的飓风冲击得站立不稳，不得不蹲下拼力稳住身体才未被掀翻。

一瞬间，整个山体都颤动起来，天际云端发出的低吼犹如龙吟，他祭出的通天飓风猛然间向着城中呼啸而下，所过之处卷起淹没城中的滔滔江水，在蓝光大盛的飓风中越升越高，直将那些水流卷入天际云端。

云霄之上，响起隆隆雷声，又一道巨大的闪电劈开夜空，滚滚乌云忽然变得火红火红，犹如着了火一般，在空中奔腾了片刻之后，卷起满城江水的蓝色飓风渐渐消失，云上的火光也渐渐褪去，这时，漫遍城中的江水已尽数不见，只余下被洪水冲毁的屋宇楼舍，仿佛在提醒着世人，之前那一场江水倒灌并非梦幻。

我被眼前这不可思议的一切惊呆了，从没料想这世上竟有人能身怀如此移山撼海般的力量。我冲到顾星辰的前面眺望城中各处，几乎不敢相信自己的眼睛。

身后忽然传来一声闷响，我回头一看，是顾星辰倒在了地上，我忙跑过去抱起他的上半身，大声地唤着主人，他却紧闭着双眼，没有一点反应。此时的他脸色惨白，毫无半点血色，连手都是垂在地上，恍若已经没有了生命力。

我颤抖着将手伸到他的鼻下，却探不到他的气息，我心中一沉，浑身瘫软，几乎要抱不住他，只觉陷入了巨大的惶恐和慌乱之中。

依稀记得他刚才交代过我，如果他有不测……如果他有不测我该如何？我脑子像是空了一般，怎么也想不起来他刚才交代的话。

这时，尊主带着肖羽找了过来，他们当即将顾星辰送往灵枢谷。苏寒一见顾星辰的模样也是面色大变，不眠不休地为他救治了三天三夜。后来，我向他询问顾星辰的状况，苏寒叹道："此次挽救遗玉，顾兄所行之术本是他一生所修，不至于会倒下，只是因为他之前身中九头蝮蛇之毒,前不久又为了云姑娘祛毒一事而受天雷入体,身体连续受到重创,故而……"

还没等他说完,我大惊道:"给我祛毒不是引雷到我自己体内吗?怎么他也受了天雷?"

苏寒摇了摇头:"你以为你是如何受住天雷入体之法的呢?当日,顾兄见你执意要那么做,又怕你承受不住,所以,他自己当了引雷的第二道媒,第一道是那个式盘,天雷每过一道媒,杀伤力便会减低一分,这世上能作为引雷之媒的只有那式盘或是人体,但不能用两道式盘,否则再入人体便无效用了。顾兄为了保你性命,不惜以身犯险,承受了天雷穿体之痛啊!"

我这才恍然大悟,为什么苏寒给我祛毒的时候顾星辰会不见踪影,为什么我醒来之后苏寒说顾星辰身体抱恙需要调养,为什么肖羽说看见顾星辰身后一片焦红……

苏寒又道:"此次顾兄为救遗玉,耗尽了所有真气,如今我已尽力了,暂时只能保他一丝心脉,不知道他还能不能醒来。"

我眼前一片模糊,哽咽道:"只要能救他,无论要我如何都行,便是要将我的命拿去亦可。"

苏寒拍了拍我的肩膀,叹道:"云姑娘对顾兄能有此心便好,但如今,只能看天意了。"

我恍恍惚惚地走到灵枢谷的那条河边,静静地看着河水的清波,想起顾星辰那晚说的话,原来我的幻觉是真的,我真的在十岁时就到过焱山,我真的在那时候就认识顾星辰。可是那之前和之后又发生过什么?我为什么会出现在焱山?后来又为何会拜入九天门?我到底是谁?要到什么时候,我才能回忆起一切呢?

身旁悄无声息地走出一人,是尊主。他在我旁边停下脚步,河面上的清风从我们身边拂过,那风并不似外面的北风那般寒凉,吹在耳畔,仿佛一声声沉重的叹息。

我正要转身给他行礼,他却抬手制止了我,我起身看着面前这个貌不惊人的老人,他目光凝重,缓缓开口,将一桩旷世秘闻向我娓娓道来。

"旧历三十六年,汤国王族发生了一场惊天变故,汤国先王一家上下十八口死于一场大火之中,世人称之为镬汤之变。"

他目光沉沉地望向河面,继续说道:"那场大火确实烧死了十八个人,只不过,其中有个孩子并不是汤王的独子,在大火中丧命的那个男孩是老夫的儿子,而汤王白川的长子白谦,活了下来。"

"我今天要告诉你的便是,辰儿,不只是遗玉城主,他的真实身份,是汤国的王长子,白谦。"

我心头巨震,惊得说不出话来。

"那场大火中,年仅六岁的辰儿,眼睁睁地看着亲人惨死在大火之中,心里留下了极深的创伤。那场大火熏坏了辰儿的眼睛,以至于他到现在仍有眼疾。那场变故也在他心里种下了心魔,每当眼疾复发时他便会神志失常,失去所有功力。"

"那场大火不是天灾,而是人祸,辰儿作为汤王唯一活下来的王族嫡系血脉,他肩上负着血海深仇,他的人生,不可能像常人那般随性。"

崇南子说到这里,转过身来注视着我,凝重地说道:"云姑娘,辰儿对你的心意我都看在眼里,我也知道你对辰儿并无半点不善之心,但是,对他来说,若心有所属,他便有了软肋,你如果真的关心他、希望他好,就不要成为那根软肋。你懂我的意思吗?"

我浑身的血液如若凝固了一般,崇南子的话句句在理,却又字字诛心,我不知道他最后说的这话为什么让我这么难过,但我心里清楚,他说得很对,顾星辰不能有软肋,孤苦如他那样的一个孩童,在幼年便遭遇那般惨烈的变故,这么多年能熬到如今这一步,是他付出了常人所不能忍的代价,如果我可能成为他前方道路上的绊脚石,那我一定会毫不犹豫地离开。

于是我重重点头道："尊主说的云儿都明白了，我知道自己该怎么做了。"

转身离去时，我忽然想起一件事，于是回身问道："云儿有一事不明，还请尊主指教。"

"但问无妨。"

"一百年前，家师九天掌门玄叶道长曾被歹人捉去伐魔大会，其后不知所终，此事尊主可有耳闻？"

他颔首道："此事当年惊动天下，老夫断无不知之理。"

"家师曾在伐魔大会上留下八字血书，与遗玉之城有关，我之所以一直跟随顾星辰，便是因为想要解开这八字谜团。"

尊主侧首道："哦？竟有此事？尊师留下的是什么字？"

"断祗何续，莫失遗玉。"

尊主闻言，面色大震，他转回身去长叹一声，随后竟向着空中躬身长长一拜，道："崇南子拜谢玄叶道长！"

我诧异道："尊主何出此言？"

他起身幽幽言道："想当年，老夫与尊师也算是老相识了。镐汤之变后，我带辰儿隐姓埋名建立遗玉之城，与尊师多年没有再见，直至有一次与他偶遇，他猜到了辰儿的身份，当时他向我求证，我回答他的，便是这八个字。"

我大惊："原来是这样！"

尊主点头道："断祗，指的是断失的王族血脉，说的便是辰儿。当时尊师想要举九天之力帮助我们，我却不愿拖累老友，故而谢绝了。他在出事前留下那八字血书，其实是为了把此事告诉九天门弟子，他这还是想帮我和辰儿啊！惭愧，惭愧！"

一切仿佛冥冥中注定，在这样的时刻，我终于解开了师父的血书谜团，如今确实再没有任何理由留在顾星辰身边了。

第三章 遗玉

我离开的那天，顾星辰仍在昏迷之中。那时候，苏寒将他放在灵枢谷的冰草中，让他吸收冰草的灵气。天光从谷中茂密的参天大树枝干间洒落下来，柔柔地照在他的脸上，他的脸苍白而又消瘦，却还是一如既往地惊为天人。我看着他微蹙的眉毛、紧闭的双眼、长长的睫毛、轻阖的嘴唇，心中涌起一股冲动，很想伸手——抚过，但尊主的话犹如洪钟时时在耳边敲响，我最终还是忍住了。

　　脑中关于顾星辰的记忆一幕幕重现。儿时，他将我从河中救起，把我背走；在焱山上，他带我奔跑嬉戏，在巨石上刻下我们俩的小人像；重逢之后，在遗玉城外的星辰花间，他酩酊大醉地拉住我；我在玺华宫逗留了十二日后，他霸道地将我带走；在焱山，他教我习武，赠我未央；在羽山，他为了救我而被九头蝮蛇咬伤；在中秋灯会，他吃醋地收了别人赠我的小糖人；在灵枢谷，他忽然毫无征兆地拉着我跳入河中，给我渡气；我要留在白隼身边不愿走时，他伤痛黯然地离开；我坚持要用险招祛毒时，他默默为我当了天雷的引媒；在遗玉的山上，他最后没来得及说出的那番话……

　　我忽然领悟到，一直以来，都是他在默默地为我付出，而我只会给他闯祸惹事，招来各种麻烦。他若不是因我而中九头蝮蛇之毒，若不是因我而受天雷冲击，如今便不会这样生死不明地躺在这里。

　　我跪在他的身边，眼泪打湿了他的衣袖，我小心地轻轻帮他擦了擦，向他拜别道："主人，星辰哥哥，云儿要走了，都是云儿不好，把你害成这样，你对云儿的恩情，云儿无以为报，如今能为你做的，只有离开你了。我走了以后，你一定要快快好起来，云儿祝你早日大仇得报，一生平安如意。"

第四章　靖凉

离开灵枢谷时,我没有将自己的打算告诉苏寒兄妹。为了不成为顾星辰的软肋,我必须让顾星辰不再对我存有任何挂念,甚至让他厌恶我亦可,所以我编了个顾星辰最忌讳的事情作为理由,让苏寒转告顾星辰,说我去汤国找白隽了。但其实我心中已有了真正要去的目的地——靖凉。

自从体内剧毒被清除之后,我一直没能回忆起自己的身世,至今连自己是谁都还不知道,近来我的脑海中时常浮现一些关于儿时的记忆,那些记忆很多都是关于凉国的,尤其是我之前和岚姐姐曾经生活过的地方,我一直很想找到那里,但那地方我记不起名字。

彼时已经入冬,寒风刮在脸上有些刺骨地疼,大约是因为冷,路上鲜少能见到人。萧瑟的旷野之上,只有我和身下的白马疾驰如风。

扑面的风吹得我有些睁不开眼睛,但我仍把马催得飞快,我不能让自己停下来,我怕自己会忍不住回到灵枢谷去看望顾星辰,匆匆离别,我甚至没能见到他平安地醒过来,我本以为自己可以走得很干脆利落,却万万没料到自从出了灵枢谷后,心中便一直隐隐作痛,不明白自己为何竟这般婆婆妈妈地牵肠挂肚。

所以我一路都在跟自己说,远离他,他就会好,走远一点,走得越远越好。

所以我给自己当下先安排了这么一个任务——查明我的身世。

其实我根本不知该往何方去寻自己的身世,在记忆中浮现最多的便是一条河,我和岚姐姐曾经坐在那条河边一起玩耍,而后一起落水,最后她牺牲自己救了我的命,但那张清晰地出现在我脑海中的面孔却不是现在玺华宫里岚姐姐的那张。

因此我想,我要找到那条河。

那不是条小河,那条河既宽且深,河两岸还种着许多柳树,很有特点,因此应当不太难找,一个凉国也不会有几条像那样的河,我只要一条条地寻过去,总能找到我要找的那一条。

运气还算不错,近中午时分,我在一户农舍打问到了附近确有条河,一路策马飞驰过去一看,竟真的很像记忆中的那条河。

那条河很长,我驾马沿着河岸前行,一路经过许多村落,却都不是记忆中曾经和岚姐姐住过的地方。不知走了多远,我忽然停住,因为我看见前方不远处的河边,有一棵歪脖子柳树,长长的枝干从河岸边伸出,斜斜地倾倒在河面之上,正是我儿时被岚姐姐从水中托起之后攀住的那棵柳树。

一刹那间,许多记忆从脑中涌出,我仿佛看见小小的自己和岚姐姐一起在这棵柳树歪斜的树干上爬来爬去,一起在这附近奔跑嬉戏,而且,画面中常常和我们在一起的,还有另一个我记不清样貌的女孩,但我依稀记得自己唤她玉姐姐。

我将马儿拴在附近的树上,自己沿着河岸向前慢慢走去,附近的农舍院落渐渐出现在视线中,与我脑海中的记忆一一重合。一百多年了,这里并没有太大的变化,只是当初的那些人,如今已经一个都不在了。

这个地方曾经发生过瘟疫,死了许多人,如今过了一百年,看着还是萧条了不少。我四下里找了一圈,终于看到了一个熟悉的院落,记忆中的自己和那两个姐姐一起在这个院中的画面涌现了出来。

"岚姐姐,岚姐姐,等等我!"我追在那个姐姐后面,她不是现在的这个岚姐姐,脑海中这个岚姐姐更加白净端庄,对我的笑也更加温柔可亲。

我好不容易追上了她,却一跤摔在地上,摔得很疼,我忍不住号啕大哭起来,岚姐姐急忙把我抱了起来,给我拍着身上的尘土,我哭着问她:"姐姐,我想要娘亲,我们的娘亲在哪里?为什么别的小孩都有娘亲,我们却没有呢?"

她红了眼眶,摸着我的脑袋道:"傻云儿,我们当然也有娘亲了,只不过娘亲她现在在另外一个地方,你别伤心了,姐姐会好好照顾你的。"

这时,一个胖胖的农妇从一间屋舍中走了出来,我和岚姐姐连忙紧张地站好,恭敬地唤了声婶婶。那婶婶扭着腰肢,将两双碗筷啪的一声放在院中的小方桌上,努了努嘴道:"喏,开饭了。"

我和岚姐姐擦了眼泪,一齐坐到那小桌旁去吃饭。两个破旧的小碗中,装着半碗米饭和两片菜叶,岚姐姐催着我拿起筷子吃饭。不一会儿,从外面来了个妇人,衣着花哨,头戴红花,一进来就钻进厨房里找那婶婶说话去了,我们就坐在厨房门前,她们说话的声音听得很清楚。

那婶婶问道:"张媒婆,你怎么又来了,我都跟你说了,上回你介绍的那个小子,我们家小玉看不上。"

花哨妇人赔着笑道:"哎呀你也太小瞧我了,好家世的孩子多了去了,今天我就是来帮另一家说亲的。这一家比上次那家的条件好了不知多少,那孩子长得也高高大大的,配你家小玉再合适不过了。"

胖婶婶不屑地哼了一声:"我们家小玉可是金枝玉叶,不是寻常血脉。再说了,你也知道,我帮亲戚养着那两个丫头,每年她们的娘可是支付我许多银两的,你以为我还在乎那点蝇头小利?"

花哨妇人又道:"这些我都知道,但是嘛,你家小玉眼见着年岁越来越大,便是条件再好也要物色人家了,这姑娘家的,趁着年纪还小能多挑一挑,要不然再过个三年五载,耽误的可是你自己的闺女。"

她们还在继续叽叽咕咕地讨论着,这时另一个叫小玉的姐姐来到我们桌边,看了看我们的午饭,嘟囔道:"我娘真小气,又给你们吃这个?"

岚姐姐笑着道:"没关系的,我们俩本来饭量就不大,这样也可以了。"

玉姐姐耸了耸肩膀道:"要不然晚上我再给你们偷偷拿点吃的出来吧,你们俩先吃这个,一会儿我带你们玩去。"

记忆中的画面开始移动起来,我吃完了饭,等岚姐姐去厨房帮胖婶婶洗完了锅碗瓢盆,这才一齐向外跑去,玉姐姐在前面向我们招手:"快过来,快过来,我带你们找好玩的去!"

我们跟着她在乡间跑啊跑,身旁的树飞快地向后退着,脚下的草地发出好听的沙沙声,不时有小动物加入我们的奔跑中,我的心情无比愉悦,一路跑得笑个不停。

不知跑了多远,我们终于在一片小树林里停了下来,那儿有一小片灌木丛,玉姐姐把手指放在嘴上示意我们不要出声,我们跟着她轻手轻脚地走过去一看,灌木丛里有个刺猬的窝,里面睡着几只刚出生的小刺猬,圆滚滚的,十分可爱。

我们捂着嘴笑得正开心,不远处忽然传来脚步声,一阵窸窸窣窣的声响渐渐近了,是个满脸横肉的男人,一看见我们,便面露凶光地扑了过来。

我们吓得尖叫着拔腿就跑,那男人在后面紧追不放,我年纪最小,跑得最慢,眼看着就要被那个男人追上,玉姐姐突然被脚下什么东西绊了一下,摔倒在草丛里,那男人当即朝她扑了过去。

草丛中传来玉姐姐惊恐的大叫声,我被吓得浑身发抖,呆愣在原地,岚姐姐在地上到处摸索,最后找了块石头,她让我在原地等着,自己举着那块石头悄悄地向那男人身后走去,靠近那人背后时,她高高举起石头,猛地砸向那人后脑,那男人被砸得歪倒在一旁,岚姐姐连忙拉起玉姐姐就跑,跑到我身边时,她们俩一边一个拉住我,一齐拼命朝树林外跑去。

不知又跑了多远,已经能看见前方的大路了,我刚松了口气,却只觉岚姐姐忽然往后一扯,紧接着尖叫一声松开了我的手,我和玉姐姐回头一看,那个满脸横肉的男人不知何时竟追到了我们身后,拦腰抱起岚姐姐往树林深处跑去。

我大哭着要追过去,岚姐姐却朝我们大喊道:"小玉、云儿,你们快跑!快跑!"

玉姐姐使了很大的劲拉住我,我力气太小挣脱不动,被她硬拉着带回了家中。我们哭着向大人求救,玉姐姐的爹爹这才带了两个男人一起跟着我们又去了林子里,等我们找到岚姐姐的时候,那个满脸横肉的男人已不见了影子,只看到岚姐姐浑身凌乱不堪地斜靠在草丛中,她浑身发抖,像一个被扯坏的布娃娃。从那之后,岚姐姐再没了往日的笑容,变成了一个终日没有神采的空壳。

那时的我太小,不懂她那是怎么了,如今这些记忆再度涌现出来,我才突然明白一切,心中痛得犹如刀绞,我双腿再站立不住,跪倒在那小树林边,哭得发不出声音。

不知哭了多久,忽然下起雨来,天空中雷声滚滚,闪电阵阵,冬日的雨淋在身上冰凉透骨,我却并不觉得冷,记忆中又一个画面出现在我脑海中。也是这样的一个雨天,也是这样的一个冰冷的傍晚,我顺着记忆中的路线走啊走,又回到了那个小院中。

这里已经很多年无人居住了,房子里昏暗无光,还结了许多蛛网,我手起风过,将那些蛛网吹开,脑海中的画面再一次鲜活起来。

第四章 靖凉

那个晚上,外面也是这样电闪雷鸣,我们三个孩子待在房中,岚姐姐默不作声地躺在榻上,不知是否睡了,玉姐姐和我趴在桌上,只顾玩着人偶,那人偶还是胖婶婶带她去城里的时候给她买的,做得十分精致,是个很美的女子造型,一身装扮很是华丽,玉姐姐特别喜欢那个人偶,说是看着富贵。在这种穷乡僻壤是根本见不到这么精巧的小玩意的,因此每回她拿出来同我们玩时,都千叮咛万嘱咐,叫我们千万不要弄坏了,但有一回,她自己却不小心摔断了人偶头上的步摇,为此她懊恼了好久。

外面传来一阵脚步声和说话声,在那个雨夜,有几个陌生人来到这农家小院中,胖婶婶和她的丈夫十分惶恐地招待着他们。

我和玉姐姐趴在窗台上,好奇地望着那些大人待的房间,房中人的倒影映在窗纸上,那是几个身份不凡的人,他们戴着我没有见过的冠帽,说话的口气非常冷肃而又文雅,我们听不清他们在说些什么,只是小声嬉笑着议论他们奇怪的穿着打扮。

玉姐姐望着窗纸上的人影,问我道:"你将来想要嫁个怎样的人?"

我那时太小,听到这种问题只是呆了呆,摇着头道:"我不知道。"

我不再去看那些奇奇怪怪的倒影,转而抬头去看下雨的时候天上还有没有星星,却听到耳畔玉姐姐自言自语一般地继续念叨着:"我不想嫁给一个凡夫俗子,我心目中的夫君,得是人中龙凤。"

那房间的门吱呀一声被推开,胖婶婶踮着脚从那间房中跑了过来,她拉起一脸迷茫的玉姐姐,带着她一起跑回了大人们议事的那间屋中。我独自趴在窗台上,只见玉姐姐的影子也出现在窗纸上,胖婶婶推了她一把,她好像俯身跪拜了下去,然后,又一个陌生人的影子出现在窗纸上,对着玉姐姐不知说了些什么。

又过了好久,门再次被打开,两个像侍卫一样的人率先走了出来,他们撑起两把大大的油伞,恭恭敬敬地候在一旁,紧接着一个穿着官服的男人走了出来,他身后又跟着走出一个魁梧壮硕的男人。这时,空中忽然传来一声炸响,一道闪电把农家小院照得亮如白昼,将那几个陌生人照得清清楚楚,我看到了那个魁梧男人的模样,那人一身的穿着打扮象征着他的身份来历。

圣血堂。

叔叔婶婶推着玉姐姐跟在那些人身后也走了出来,三人将那几个陌生人毕恭毕敬地送到了小院门外,我记忆中的玉姐姐仍然看不清容貌,但我清楚地想起她脸上浮现着惊慌而又窃喜的表情。

我缓缓走到院中,雨滴滴答答地落在我的伞上,恍如那一个夜晚的雨声。

我隐约想起,自从那个雨夜之后,玉姐姐似乎突然多了许多秘密,她不再天天同我和岚姐姐在一处嬉戏,而是经常被胖婶婶送走,有时一走就是数日甚至更久,渐渐地,她变得和我们越来越疏远,她开始打扮自己,言行举止都变得越来越文雅,有一回我忍不住问岚姐姐这是怎么回事,岚姐姐无力地靠在窗畔,若有所思地说兴许是婶婶送玉姐姐去上学堂了。

如今,我一个人孤零零地站在这院中,不由得发出一声冷笑,学堂?自从宫中和圣血堂的人来过之后,玉姐姐就开始去上学?一种阴冷怪异的感觉从我心底升起,我不知道这是何故,但现在的我只觉得,当时的岚姐姐太天真了。

儿时在这穷乡僻壤的日子一天天在我脑海中闪过,画面很快到了那一天。那一天仍是只有我和岚姐姐在一起玩,玉姐姐已经很久不同我们亲近了。那日好像是在夏季,日头很大,天气很热,许久不见的玉姐姐突然从外面回来,她难得地给我们带了些精美的糕点来,我很是惊喜,当即就想品尝,玉姐姐却说不要在这里吃,不然被其他孩子看见了要抢,她让岚姐姐带我去河边寻个没人的地方吃。

第四章 靖凉 445

我拉着玉姐姐的手,邀她跟我们一起去河边,她只说是还有事要做,不能陪我们同往,便匆匆地离开了。

记忆中的画面转到河边,岚姐姐带着我坐在岸边,一边给我讲着故事一边吃着糕点,我记得她总让我吃,自己却不愿意下口,还是我掰下几块硬塞到她嘴里,她才勉强吃了几口。

雨夜中,我撑着伞站在河边,仿佛还能晒到那一日灼热的太阳,岚姐姐那天对我说过的话忽然在我脑中再度回响。

她说:"云儿,你想娘亲吗?"

我用力地点点头,包着满嘴的糕点嘟囔道:"我们的娘亲长什么模样?我好久没见到她,都记不起她的样貌了呢!"

岚姐姐望着河面。她本就生得白皙秀美,金色的日光洒在她的身上,将她照耀得恍如一个散发着金光的仙女,她微笑着说:"以前和娘亲在一起的时候,人们都说我同她长得特别像,你如果想知道娘亲的模样,看看我就行了。"

我咯咯地笑着靠在她身上说道:"那太好了,就算娘亲不在也无妨,有岚姐姐在我身边,我也就像跟娘亲在一起一样。"

她闻言也笑了起来,抬起衣袖为我擦拭额上的汗珠。

就在那时,身后忽然传来一道怪异的力量,一股推力袭上我和岚姐姐的后背,猛然间将我们推落到了水中。

不会游泳的我呛了很多水,害怕得想哭又哭不出来,胡乱挣扎之间,岚姐姐忽然从下方托住了我的身体,拼命地把我朝水面上推。她不过比我大几岁而已,托得很是费劲,好在最后我终于被她推到岸边,并摸到了那棵歪柳树伸到水面的一根枝丫,我死死抓住那根枝丫,却突然感觉不到岚姐姐的手,我急忙回头到处张望,平静的水面上一点动静也没有,我壮着胆子把脸探进水里去看,只见到筋疲力尽的她正缓缓向水底深处沉下去,她已经没有力气再动了。

这一次我清楚地看到了她的脸,她的身影很快消失在我眼前,我撕心裂肺地大喊了一声岚姐姐,却因为在水中而不能发出声音。巨大悲痛加上胸口憋闷,我猛地晕了过去。

雨还在滴滴答答地下着,我站在河边泪流满面,关于岚姐姐的一切记忆在我脑中至此全部重现,我终于想起了她的音容笑貌,终于想起了和她在一起的点点滴滴,对于我来说,她就是娘亲,可是我却再也没有机会见到她了,因为,我现在非常清楚地确定她不是当今的汤后,不是我从十岁开始便一直叫着岚姐姐的那个女人。

我静静地不知在河边站了多久,直到天又放晴,初升的太阳从天边投来柔和的微光,我还不知道自己究竟是谁,但我知道了岚姐姐和我的落水并非一场意外,那是一场阴谋,有人想杀我们。

岚姐姐死了,我却被她以命相救活了下来,现在我知道了那个在背后把我们推落水中的人就是凶手,那人杀死了岚姐姐,如今,我要找到那个凶手,我要为岚姐姐报仇。

想要找到凶手,唯有查清我的身世,否则,便永远也不知道为什么会有人要杀害我和岚姐姐这两个尚未成年的孩童。

想要再查下去好似很难,多年前这一片发生过瘟疫之后,早已经没有人居住了,当年的那些大人都早已过世,我记忆中的玉姐姐不知道是生是死,我连她的样貌都没有回忆起来,如今剩下的线索还有什么呢?

圣血堂!

毫无头绪之下,我想到了自己在凉国还有四个好帮手——凉国四旗庄庄主。我骑上白马,向风雨雷电四庄疾驰而去。

马行到之前初遇四位庄主的那条山谷中时,四周传来奇怪的声响,我把马留下,循声探了过去。穿过山间弯弯曲曲的小路,前方出现了一片高地,那高地之上,一支诡异的队伍正在行进着。

队伍的前面是八名大汉,他们每人手上举着一面黑红色的旌旗。

第四章 靖凉

这八人之后,是一顶八抬大轿,轿子后面又是八名大汉,每人手上同样举着一面黑红色的旌旗。

这是一队圣血堂的人。

能在大白天遇到神出鬼没的圣血堂队伍,实在是一件稀罕事,我悄悄地在不远处跟着他们,在山路上走了许久,前方的山间出现了两扇石门,那队人上前叩开石门,尽数走了进去。

石门关上之后,我上前仔细查看了一番,实在没有可以偷溜进去的地方,看来想要进入的话,唯有大大方方开门走进去了。我试着推了推那门,很沉,推不动,且还很讨厌地发出了吱呀一声响。

我忙闪到一旁躲了起来。石门被人从内打开,一个圣血堂的门徒左顾右盼地走了出来,我悄悄掠到他身后,将他一掌劈晕了,再拖到一旁换上了他的行头,戴上了他的帽子,又往脸上抹了些灰。被我打晕的这人生得瘦弱白净,我这一番捯饬之后,看着与他倒有几分相像。

进了石门之后,是一个望不到头的山洞,洞内四周的石壁上燃着许多火把,但光线仍是昏暗,刚才进去的那队人已经走得远了,我顺着墙边悄悄跟了上去。走着走着,肩上忽然被人重重拍了一掌,一人在后面问道:"干什么呢?"

我暗暗将内力运至手心,准备回身给那人一掌,他却忽然走到我面前,把一个偌大的黄铜漏斗塞到我怀里:"这是护法一会儿要用的东西,我这正拉着肚子,就不去送了,你去吧。"

我松了口气,还以为自己溜进来被发现了,没想到是来派活的。我垂着脑袋点了点头,抱着那个漏斗跟上了前面的那队人。

队伍在前方暗处停了下来,轿中走出一人,径直走到队伍最前头摆了摆手,那一队人便从旁撤了,那人抬手一挥,四周亮起许多烛火,我这才看出那人正站在一个六边形法场之上,法场中心有个石质圆台,上面放着一个小小的红色瓷瓶。

那人回过身来，竟是个女子，那女子眉目间戾气很重，看上去非常凶狠。她眼角余光扫到我这边，便伸手向我一吸，我怀中的黄铜漏斗顿时被她吸了过去，稳稳地悬停在那个红色小瓷瓶的上方。

那女子高亢的声音响起："把祭品带上来。"紧接着，一个方方正正盖着黑布的东西被几个人推了过来，推到法场中后，那些人恭恭敬敬地退了下去。

这女人的声音听着有些耳熟，但我一时又想不起在哪里见过她。这时，我忽然惊觉自己独自站在这儿很是扎眼，忙随着那些人一起退在一旁，法场中的女子扫去一袭掌风揭了那块黑布，露出的物什让我心中大惊。

那是一个冰笼。

冰笼里关着一个男人，躺在那儿一动不动，满脸青紫，似是已经没有气息了。那女子不悦地哼了声："这人怕是已经死了快一天了，你们这些蠢货，下次行动都给我动作利索些。"

旁边一人唯唯诺诺地道："护法说得极是，我们为了保证祭品新鲜，已经将他置于冰笼之中，无奈此人体弱，不经折腾，还请护法恕罪。"

那女子又斥了几句，便立在法场中开始运功作法。不一会儿，她身后腾出一股黑烟，在空中凝作一个巨大的骷髅，圣血堂的骷髅黑烟我不是第一次见到了，但这女子祭出的黑烟明显更加阴森。

她向着空中念念有词，不知在念叨什么，随着她的低吟，那黑烟骷髅冲向冰笼，一瞬间将冰笼包裹了起来，黑烟在冰笼周围盘旋了一阵之后，又忽地腾起空中，化作一缕暗红色的烟雾，朝着法场中心的黄铜漏斗飘去。烟雾飘走之后，那冰笼已化作一摊清水，笼中躺着的人也成了一具干瘪的黑焦男尸。

我想起一百年前，自己在西方森林中被毒针刺中之后，曾被困在悬崖边的一个冰笼里，以前我一直想不明白那冰笼从何而来，如今才知道

第四章 靖凉

竟是圣血堂之物,看来我当年在西方森林中毒针一事,也与圣血堂脱不了干系。

暗红色的烟雾仍在漏斗中盘旋,那女子在旁对着漏斗作法,过了许久才停下来,几滴暗红色的液体从漏斗下方流出,刚好滴进那红色的小瓷瓶中。

女子在法场中又挥了挥手,旁边几人立刻会意地上前将地上的黑焦男尸拖走。那女子将红色瓷瓶捏在手中,发出了一声狞笑。

这时,一个身着长衫的男子从旁走出,那男子眼角有两道赤色印记,看着有些瘆人。他从鼻子里哼了一声,对那女子道:"前天炼,昨天炼,今天又炼,你天天炼个不停,倒是给我们省了不少活计,可是即便如此又能如何?圣主他老人家可曾真的多看过你一眼,朱雀?"

我心中一惊,没想到此番误打误撞竟然找到了圣血堂四大护法之一的朱雀。之前我曾听顾星辰说过,圣血堂有四大护法,名号青龙、白虎、朱雀、玄武,是圣血堂中除了他们圣主之外,最为厉害的四个人。

而且,听到这个男子的声音,我终于反应过来是在哪里见过这两人了,他们便是我在羽山上遇到的那两个黑袍人。

女子冷哼一声,不屑道:"我对圣主忠心耿耿,为他提炼圣血本就是职责所在,哪里像你,整日偷奸耍滑,别哪天惹恼了圣主,把你这青龙也给炼化了去,哈哈哈……"

青龙甩了甩衣袖愤然离去,朱雀将小红瓷瓶收到怀中,朝着这边点了四人道:"你你……随我出去走一趟。"

我学着另外三人,跟在朱雀身后出了洞府。在山间走了一阵之后,来到了一处幽谷之中,那儿有一条溪流,两侧开满了雪白的花,花间一个小亭子,被衬得如若世外仙境一般。

我们跟着朱雀朝那亭子走去,到了近前只见里面站着一个高大的男子,那人一身赤红长衫,衬得长发黑似浓墨。朱雀示意我们在亭外等候,她自己则走进亭中,朝着那人跪拜了下去。

"启禀圣主,今日的圣血已经炼成。"她双手过顶,将怀中小小的红色瓷瓶呈上。

红衣男子闻言转过身来,那人面容极为俊美,神情却阴冷无比,明眸如似利刃,皮肤苍白似雪,加上那一身赤红衣衫,犹如一个绝艳的鬼魅。

我心中大震,顾星辰追查圣血堂的圣主已经很久了,我一直以为其人是彪悍粗粝之貌,万没想到竟是这样一个阴柔的美男子,但此人看起来有种无法形容的阴郁恐怖,远比彪悍更令人畏惧。

那人伸出一只苍白修长的手取过朱雀呈上的瓷瓶,忽然,他的手停在半空,眼角眸光闪了一闪,朱雀万分惶恐地问道:"圣主,可是属下做得有何不妥之处吗?"

那圣主的唇角勾了勾,缓缓开口道:"不用紧张,你没有什么做得不妥之处,退下去吧。"

我同另外三个随从一道,跟着朱雀正要离开,那圣主忽然又开口道:"等等。"

所有人原地停下,朱雀回身拜问道:"圣主有何吩咐?"

"我还有事要办,给我留一个人。"

朱雀应了一声,便随意指了个人,圣主朝那人道:"把你的手伸出来。"

那人诚惶诚恐地跪了下去,向他伸出双手,他只瞥了一眼,便摇头道:"如此粗糙,下去。"

朱雀当即会意地对我和剩下的另两个随从道:"把你们的手都伸出来。"

六只手战战兢兢地伸了出去,那红衣圣主从我们面前踱了过去,最后指着我的手道:"这双手还算素净,便由你留下来吧。"

第四章 靖凉 451

朱雀领着另外三人退了，我垂首站在亭外候着，也不知那圣主要派什么任务给我，竟还如此挑三拣四，非要选一双能入他眼的手，而此刻，我的心里正在急急盘算有何方法能将他这个妖人给擒住。

　　我怕被认出是个混进来的外人，便一直没敢抬头，此时不紧不慢的脚步声响起，一袭红色的衣摆下，一双赤红的靴子踱到我的面前站定，我正在忐忑，一只苍白修长的大手又伸到了我的面前，那手骨节分明，其上托着一条白绫。

　　"把你的眼睛遮起来。"他的声音在耳畔响起。

　　我接过那条白绫在脑后系好，而后一愣，如此什么都看不见了，也不知道他接下来要我作甚。

　　忽然有一只冰凉的大手握住我的手腕，那红衣圣主说道："跟我走。"

　　我抬脚跟上，一路不停在心中思索对策。那四个护法已是非同寻常的厉害，这圣主定是更难对付，我此刻以一人之力貌似没有几成胜算，冒险一击很可能不但灭不了这个圣主，还断了这好不容易得来的线索，不如先设法探明此处的位置，再去通知四位庄主与我一同前来，一举捣毁他们的老窝。

　　主意打定之后，我跟着他又走了一会儿，随后他拉起我凌空飞了起来，也不知道飞出多远又落到地上，然后继续走，又走了好一段路，他终于停了下来，此时周遭冰寒刺骨，如同置身于冰窖之中，我不由得打了个喷嚏。

　　红衣圣主松开我，走出几步，不知在做些什么，过了一会儿，他说道："把手伸出来。"

　　终于到了要用上我这双手的时候了，我依言伸出手去，他扶着我的双手放到一个东西上，我摸了摸只觉冰冰凉凉，好似是件衣服，但是那衣服下面好像……

是一具尸体!

我猛然被惊到,双手不由得缩了回来,他又道:"不要害怕,现在,我要你帮我做一件事。"

我只得又伸出手去,然后才知道,他竟是要我帮他给那具尸体换衣服!

从那尸体的身量来看,应当是个女子,从那尸体上脱下来的衣服摸着确实有些破旧,我蒙着眼睛在那圣主的指挥下,给尸体重新穿戴整齐,因为看不见,委实费了一番工夫。

又等了一会儿,那圣主总算带我离开了那个冰窟窿一样冷的地方,还是同来时一样,走了一段,再飞一段,然后再走一段,他终于停下脚步,道:"可以摘下你的白绫了。"

我依言照做,摘下白绫后,只是垂首看着面前那双赤红的靴子,我从没见过穿红色靴子的男人,正在心中揣度这个害人无数的圣血堂头目究竟为何要穿这样一双鞋,他说道:"抬起头来。"

我心中一咯噔,但这个时候不抬头恐怕更加此地无银三百两,我只能祈祷这圣主记不得他的一众小喽啰是何面貌,于是装作十分恭敬的模样把头抬了起来。

一抬头正对上那红衣圣主一双乌黑的眼,那双黑漆漆的眼睛嵌在一张苍白似雪的清瘦面庞之上,阴森得令人不敢直视。

他就那么一动不动地盯着我看了好一会儿,我从没见过这样阴郁的人,只觉周身都被笼罩在一股难以言述的压抑之中,只得屏着一口气,尽量不露出失态的模样。

不料他忽然转身走了,一边走一边说了句:"今日之事,勿对人说,别以为能瞒得过我,我知道你是谁。"

我陡然后背一寒,他最后那句是什么意思?是知道我假冒的这个人在圣血堂是什么司职吗?还是说,他知道我的真实身份?

第四章 靖凉 453

我思来想去，这个圣血堂的圣主虽然看着很恐怖，但是与我确实从未谋面，应当不至于知道我是谁，我突然想到应该追查他的踪迹，于是赶紧轻步往前追去，可他却像凭空消失了一般，在茫茫雪地中不留一点痕迹。

我看了看周围，竟是又回到了我之前留下白马的那个山谷中，我松了口气，赶忙找到白马，在淡淡的夕阳余晖中直奔四旗庄而去。

到达四旗庄时，夜幕已经降临，华灯初上的凉国街道中没有什么行人，路边的房舍中透出一盏盏烛火的微光，将偌大的四旗庄庄园衬得格外高大。我刚下马便有一名小厮迎了上来，恭敬地招呼道："老祖您来啦？快请进！"

我汗颜道："不敢当不敢当，你怎可称我为老祖呢？"

那小厮认真地说道："庄主们特地交代了的，他们的老大，我们这些小的须得敬称您为老祖。"

我仿佛看见那四位庄主义正词严交代小厮们的场面，不由得无语地扶了扶额角。

另有一名小厮飞快地跑进去通报他们庄主去了。不一会儿，卫亭、方浩、施炎、郑光快步迎了出来，齐声惊喜地道："老大回来了！"

这四人两个在左右两旁搀着我，前边一个给我扇着扇子吹风，后面一个给我端着火盆烤火，在这样的冰火两重天下，我实在忍无可忍，一边疾步前行一边对前面扇扇子的道："施炎，眼看着要下雪了，这扇子不扇也罢。"

另外三人齐声附和道："对啊对啊，你也不看看这是什么气候，怎么扇起扇子来了？"

"就是就是，把老大扇出风寒来可怎么办？"

"我呸你个乌鸦嘴，老大怎么可能被一把扇子扇成风寒？"

施炎被他们一顿乱批，气呼呼地把扇子砸向我身后那个："都怪你,老四! 一听说老大来了就把你那破扇子扔我怀里,你自己倒好,还知道端个火盆出来。"

这几人边走边吵,连左右两个搀着我的步伐也乱了起来,把我搀成个左腿在前右腿在后,斜个身子被他们拉拉扯扯地扶了一路,五个人挤作一团地拥进厅房坐了下来,还没等我喘上口气,又是一堆东西捧到了我的面前,茶水、漱盆、毛巾、糕点一应俱全,我手忙脚乱地喝茶、漱口、擦嘴,再被他们塞了块糕点到嘴里,这才暂时消停下来。

"老大突然回来,可是有何吩咐?"

"怎么? 老大没事就不能回来了?"

"就是,没准是想咱们了,所以回来看看我们呢。"

"你们快别啰唆了,老大都没说话,就听你们几个一直在叨叨。"

我定了定神,开口道:"我,是凉国人。"

他们四个本是一齐伸着头侧耳细听,一听这话,当即齐齐点头道:"那是当然了,这事我们几个早就知道了。"

我点点头,又道:"但是,我不知道自己是谁。"

四人闻言,一齐安静了下来,他们面面相觑道:"这……"

卫亭问道:"老大,你怎么会不知道自己是谁呢?"

"因为我身中邪毒,十岁以前的事都想不起来了,但是,我最近接受了诊治,已将邪毒祛除,只是记忆还没有完全恢复,至今仍然不知道自己的真正身世。"

他们四人你看看我,我看看你,欲言又止,最后郑光道:"关于老大的身世,其实,可能,也许,有人是知情的……"

我心中已经对玺华宫里的那位岚姐姐产生了怀疑,她曾对我说过的身世如今我也不信了,因此我对他们说道:"关于我的身世,之前也曾有人对我说起过,而且是我曾经非常信任的人,但我现在觉得,任何人所说都未必可靠,我不想再听谁来告诉我,我只想查出真相,我要恢

第四章 靖凉

复记忆,我自己脑海中记得的东西,比任何人的话都要可信!"

四人闻言,齐齐重重点头道:"不愧是老大!身世一事,事关重大,确实不可轻易听信旁人之言。"

"老大英明,不论你需要我们做些什么,我们四兄弟一定鼎力相助!"

我起身向他们躬身拜谢道:"如此便先谢过各位了。"

他们慌忙起身,七手八脚地把我又扶回座位上坐好。

"老大千万别客气。"

"是啊是啊,你给我们行礼可真是折杀我们了。"

我想起了白天所遇之事,又道:"还有一事,也很重要,而且亦与我的身世有关联。不知你们是否听说过圣血堂?"

他们四人听到这里,纷纷拍案而起。

"圣血堂啊,当然知道了。"

"不就是那个神神道道炼什么血的门派吗?"

"而且此门派对男性情有独钟,总是迫害男性,致其成为黑焦男尸!"

"不错,在凉国已有许多男人遭此毒手了。"

我点点头:"你们说得都对。那么,你们对这个圣血堂还知道多少?"

他们面面相觑,一个个不好意思地摇了摇头。

我起身缓缓道:"那圣血堂,有个圣主,其下四位护法,分别叫青龙、白虎、朱雀、玄武,再下面还有一些圣使和徒众,这些人四处搜抓符合要求的年轻男子,利用邪魔法术吸取那些男子的精血,用以提炼所谓的圣血。"

他们四人听得连连点头,方浩道:"确实如此,但这个门派极为神秘,我们至今也不知道他们藏身何处,更没见过那什么圣主和四个护法。"

我转身道:"我今天见到了两个护法,还有他们的圣主。"

四人闻言惊得一齐站了起来:"老大竟见到了圣血堂的圣主和护法?"

我点头:"正是,一场阴差阳错,我这一下便见到了其中三人。"

"老大是在哪里见到的?"

"凉国。"

他们四人闻言震惊不已。

"竟是在我们凉国?"

"这倒是我们的疏忽了,这么些年,我们兄弟几个也在四处留心查找,只知道那圣血堂一定有部分人潜藏在靖凉,却没料到那圣主竟也藏在咱们这里。"

我若有所思道:"那圣主神出鬼没,不见得当真会以凉国或某国为据点,但是,有个对他来说似乎很重要的地方,应当离凉国不远。

"接下来我想要做的是两件事:一,查找圣血堂的秘密据点,制止他们继续害人;二,查明圣血堂和我身世的关联,弄清自己到底是谁。"

四人齐声道:"但凭老大差遣。"

我叹道:"如今我要做的事情太多,还有一事,可否麻烦你们安排人手帮一帮我?"

他们一听忙说:"老大有何吩咐但说无妨,说什么麻烦真是太见外了。"

我点头道:"我的师父,也就是九天门掌门玄叶道长已经下落不明很多年了,你们能否帮我留意一下,看看有没有关于他的线索?"

他们一齐躬身道:"能助老大寻找恩师是我们的荣幸,请老大放心,我们这就派人去查。"

我将白天在山谷中巧遇朱雀的事详细向他们讲述了一番,他们立

第四章 靖凉 457

即安排了部下去那山谷中探查。我又想到了和岚姐姐一起落水的事,于是向他们打听那条河,他们说道:"那叫寒水河,其河西起昆仑,横穿凉国和汤国,直到东流入海。"

我大惊道:"竟是寒水河?"

他们点头道:"老大问起这条河,可是想起了有关这条河的事情?"

我沉吟道:"确实如此,但是我能想起的事情不多。"

他们说道:"老大莫急,待有空时多去那河边走走,兴许能回忆起什么。"

这两日来的遭遇令我十分疲惫,同他们说完便在四旗庄中歇下了。次日一早,我还在梦中便被一阵急促的敲门声叫醒。

四位庄主在门外唤道:"老大,刚收到探子急报,发现圣血堂踪迹了!"

我忙起来同四位庄主一道,带了人马循着探子查到的方位追去。

据探子传回的情报,圣血堂此次出现在寒水河畔的山脉之上,我们一行人便沿着山脉由西向东一路搜寻。不知行了多远,卫亭突然在前方示意队伍减速,他回头道:"大家小心,前面好像有埋伏。"

所有人操戈在手,放慢了马儿前进的速度,小心地缓缓前行。走着走着,两旁忽然传来道道尖锐的风声,一支支利箭从林中疾射而出,众人忙举剑格挡,但仍有些士兵猝不及防地中箭倒地。

大家还没回过神来,又一批雪亮的刀光从天而降,数十名壮猛大汉举着长刀从我们上方的树间直劈而下,同四位庄主带来的兵马混战在了一处。

郑光大声道:"他们是圣血堂的人,大家小心!"

这些人比寻常的圣血堂徒众要厉害得多,个个刀法都极为纯熟,四位庄主的人马与之战得十分艰难,尽管如此,所幸有四位庄主坐镇,不一会儿便将这群邪众打了个落花流水。

就在我们以为战斗就此结束时,脚下大地忽然传来一阵颤动,一道破土之气从林中飞快冲出,一直冲到我们近前时,猛然间从地下爆出一道强大的真气,把我们震得纷纷摔倒在一旁。

一个身材矮小的黑衣人从那道真气中飞出,他一双眼睛周围一圈青黑,双唇亦是乌黑青紫,头上扎了个冲天的辫子,看着像个来自阴间的小丑。

那人嘿嘿怪笑一声,言道:"今天真是个好日子,居然同时撞上你们风雨雷电四个人,不若给你们行个方便,送你们四个一道去阴曹地府可好?"

卫亭叱道:"好个丑陋的妖人,口气倒是不小,只怕今日要去阎王殿的是你。"言罢他的银白剑光犹如电掣向那人刺去。

那矮人向后疾退,一边怪笑一边射出无数钉子般的暗器,将一片银白剑光打得涣散无形。看到那些暗器和那瘦小的身形,我突然想了起来,这便是我曾在玺华宫外的桃林中交手过的那个矮人。

卫亭从那一片夺命钉子中飞旋出来,回身重聚真气,在肩上祭出一面银色旌旗,瞬间爆出一片银白光球向那矮人袭去,那矮人迅即从袖中送出两道黑烟,将那银白光球挡在半空,他自己却倏地遁入地下不见踪影。

四周突然安静下来,所有人都屏住呼吸,持着兵器四处寻望,却怎么也不见那矮人的动静。卫亭刚收了真气,他脚下忽然传来一声闷响,两道黑烟从地底蹿出,犹如两只乌黑的大手,猛然抓住卫亭,将他拖进了地下。

我们忙追到那处,可那地面已然合拢,看不出一点痕迹,方浩和施炎焦急地用剑劈砍那处地面,然而除了把地皮砍了个乱七八糟之外,根本不见卫亭和矮人的踪影。

这时又一声轰然炸响,一股激流卷着泥土,由不远处的地下冲天而起，那激流犹如一道冲天气浪，将周遭树木冲击得疯狂摇摆，气浪之中有一高一矮两个身影打在一处，高的那个一身银色衣衫隐隐闪现，施炎大叫一声大哥，便举剑向那气浪冲去，无奈那气浪着实翻滚得厉害，施炎不但没能冲进去帮卫亭一把，自己反倒被重重地弹了出来，摔在一旁。

　　方浩和郑光见状，一齐举剑奔了过去，还没冲到近前，一道逼人的黑芒突然从侧方急速冲来，二人忙仰倒避过，紧接着一道又一道黑芒不停地冲击过来，将方浩和郑光逼得步步后退，那些黑芒却犹如藤蔓一般，绕在他们周身始终不退，两人浑身聚气，忽然爆出两团真气，才将那些黑芒打退。

　　黑芒退过之后，林中猛地掠出一个人来，那人身着灰白长衫，脑袋硕大，一头灰白色的半长头发如同枯草一般飘在身后，甫一出现，之前那个矮小的黑衣人便抱怨道："你这白虎也不早点出来，叫我一个人在这里打，简直累个半死。"

　　那白虎不屑道："上次我来得早了，你又怪我跟你争抢猎物，咱们四个护法之中，我看就你玄武的毛病最多。"

　　郑光和施炎同时惊异道："原来他们竟是白虎和玄武。"

　　白虎冷笑一声，双臂忽然一展，两把长长的黑刀乍现于他双手之中，他举刀凌空刺来，郑光和施炎轮番与他对战都未能降服此人，还被他撞飞到老远。

　　我忙将手中未央送出，剑身一触到那人手中黑刃，即被狠狠一震，将我的虎口震得无比酸麻，我将内力送至剑锋，再向那人的黑刀刺去，他见状腾起空中，黑刀卷起两道黑芒，刀尖向下直压上未央剑气，一声尖锐的撞击声后，未央和两把黑刀在空中相持不下。

　　这时，一旁的气浪忽地轰然爆开，卫亭从中被狠狠地打飞了出来，我一个分神之际，未央剑气瞬间被白虎双刀上的黑芒吞没，那黑芒顺着剑身向我疾冲而来,直将我冲击得向后猛地飞了出去。

我的身后空空一片,原来竟是摔出了山顶的崖边,我迅速向下坠去,只见郑光和施炎冲到崖边焦急地呼唤着我,他们身后忽然爆出两道黑烟,重重击到他们二人的后背,将他们震得跪倒在地,吐出血来。

眨眼间我已落入寒水河中,透过水面,我看着山崖,四旗庄剩余的兵马正和圣血堂的徒众混战一团,几位庄主也在和白虎、玄武奋战。

此刻山崖上的一幕恍如我记忆中的画面,那时的我,只是个十岁的孩子,也是这样从山崖上坠入水中,看着山上的人仰马翻和刀光剑影。那时一支支利箭从山顶上射出,从我身旁呼呼而过,有几人从山崖上跳入河中,一边大声呼喊一边向我游来。

然而河水湍急,很快便将我冲走,那些叔叔伯伯伸出的手终是没能抓住我,我在河水中浮浮沉沉,被冲到了不知什么地方,即将陷入晕厥之际,一个身影忽然跃入水中向我游来,那是一个少年,他费了很大力气才将我救到岸上,我已经奄奄一息快要失去意识,只听他在一旁关切地问道:"伤到哪里了? 痛吗?"

我的眼睛模糊了,原来我是这样遇到顾星辰的。

那时,这条寒水河将我冲到了位于下游的焱山,于是,十岁的我在那里初次遇到了他,当时的我很不开心,只想快点回到胖婶婶的农舍去寻找岚姐姐,但又说不清自己要去哪里,顾星辰陪着我休养了一段时间后,找了个机会带着我溜了出去。我们沿着寒水河畔一路往上游找去,直到寻见那棵歪柳树,他将我送到了那农家小院,我同他挥手告别,便进入院中找到了玉姐姐,后来我不知怎的失去了记忆,然后,当今玺华宫里的那位岚姐姐出现在我的生活中,她将我送入了九天门。

记忆在我脑中如倒映般重现,我在水中失去了呛水的感觉,反而渐渐趋于平静,觉得灵魂正在脱离身体向水面上飘去。

透过水面我看着山顶,仿佛十岁那一年的血雨腥风重现,那些叔叔

伯伯的呼唤一声声在我耳边重新响起,我听到他们喊的是同一个称谓:

公主殿下。

如果人生戛然而止,你还有什么遗憾?

在戛然而止的瞬间,你忽然发现自己一生白活,该做的事情都还没有去做,只是浑浑噩噩地度过了无数个毫无意义的日子。

悔恨!

卷四 昆仑

从此,
山河是我,
日月是我,
星云也是我。

第一章　身世

不知是梦境还是黄泉路上的记忆重现,我又一次置身于十岁那年的九天门前。

"你,你,你,还有你,都站好了,哎,别跑啊,你快回来!"

我和一群陌生的哥哥姐姐混合列作歪歪扭扭的队伍,正在九天门的入门登记处办理着入门手续。在队伍最前面指挥我们的是一个貌若谪仙的大哥哥,他穿着一身白衣,头发梳作一个整整齐齐的发髻,说起话来和善而又文雅。

那位大哥哥很努力地想要把这一群高矮胖瘦参差不齐的小儿扒拉成从高到矮的整齐队列,无奈这群哥哥姐姐都十分活泼好动,没几个听他招呼,每当他要某两人交换位置时,双方总会就到底谁更胖或者谁更高这类问题争得面红耳赤、不可开交。因此,尽管他很努力地把我们排了又排,这队伍始终呈现出高矮不一、横竖不齐之态。

排到差不多第一百八十八回时,我实在替那位大哥哥着急,于是跑上前去对着他悄悄说了一番话,他听完之后向我作揖感叹道:"你竟能想出这么好的办法,真是冰雪聪明啊!多谢你了小妹妹!"

我朝他吐吐舌头,又回到那乱糟糟的队伍中。大哥哥朝着仍在争执不休的少年们高声道:"现在先不排队了,我们来做个游戏。"

一听说有游戏做,众少年立即都安静了下来,个个睁大了双眼望着大哥哥。

他向大家朗声道:"这个游戏的名字叫作测影子。"

大家面面相觑,都说这是个什么游戏,怎么从没听说过。

大哥哥令人拿了把尺子来,彼时正是朝日普照,阳光大好,他在地上画定一条线,让每个孩子快速地站到线上,然后令人记录下影子的高矮数据,大家都很兴奋,一个接一个地测得十分积极,一群孩子没一会儿就测完了。

测量结束之后,负责记录的哥哥姐姐在一旁统计数据,大哥哥把孩子们都赶到了一边。

众孩七嘴八舌地问道:"哥哥,哥哥,这游戏接下来怎么玩啊?"

"是不是要我们再摆些影子造型来?"

"这个我会,我可以摆出老鹰的影子,还有仙鹤!"

"我会得就多了,什么猫啊狗啊狼啊虎啊,你们说得出来的我都行。"

众少年争先恐后地摆出各种造型,大哥哥看着这乱糟糟的一群人,无奈地连连摇头。不一会儿,一旁的哥哥姐姐统计好了,将纸卷递给大哥哥,他看看那纸卷,满意地点了点头,随后对众人道:"现在我开始喊名字,被我喊到的人出列,站到我指定的位置。"

大伙面面相觑,都搞不清这位大哥哥葫芦里卖的什么药,但又十分好奇,于是都非常配合,大哥哥每喊到一个名字,那人便积极踊跃地跑到大哥哥指定的位置站好。

很快,上百个孩子站成并列几排,整整齐齐地列队在九天门的前庭广场上。

大哥哥看着面前重新排好的队伍,非常满意地笑着点了点头,并朝我竖了个大拇指。

众少年不知接下来又有什么花样,都期待地看着大哥哥,等待着他的下一步指令。就在这时,一位仙风道骨的男道长和一位超凡脱俗的女道长走到少年们的面前,大家一看这两人的来头,心知定是未来师父,于是纷纷昂首挺胸立定站好,再无一人敢喧哗放肆。

男道长将队伍从前到后、由左到右地巡视了一遍后,十分惊喜地对那位大哥哥说道:"云远啊,这一回你的办事能力提升了很多啊,之前每年的队伍都排得歪歪扭扭、高高低低,如今在这么短的时间里,终于能排成从高到矮整整齐齐的队列了,甚好,甚好!"

那位被叫作云远的大哥哥垂首道:"回禀师父,这不是我的本事,是这位小妹妹给我出的主意,要不是她想出了这么好的办法,这队伍怕是到现在还没有排好呢。"

男道长惊奇道:"哦?是哪位小妹妹出的好主意啊?"

大哥哥指了指我,男道长走过来将我仔细瞧了瞧,和蔼地摸了摸我的脑袋说道:"这孩子长得十分有灵气,怪不得这么聪明呢!"

我被夸得心花怒放,于是非常受用地咧嘴笑着。

"你叫什么名字?"男道长问我道。

我的脑子忽然一阵发蒙,我的名字?我叫什么名字?我怎么一点都想不起来呢?

他拍拍我的肩膀道:"孩子,别紧张,这样吧,一会儿测试结束后,你再把名字告诉我,好吗?"

我迷茫地点点头。

他站到队伍前方,朗声道:"孩子们,你们知道这里是什么地方吗?"

众少年齐声道:"九天门!"

男道长又问:"你们知道自己是来做什么的吗?"

众少年又齐声开口,答案却是五花八门。

"拜师学艺!"

"修炼神功!"

"白日飞升!"

"延年益寿!"

男道长面上浮现出无奈混杂崩溃的神情,他抬手道:"好了好了,大家静一静,让我来告诉你们,拜入九天门的人,都是来做什么的。"

所有少年都静静地注视着他,朝阳的金光洒在这位道长身上,微风轻轻拂动他的衣摆,他如同一个仙人一般,对我们说了下面这段话:

  九天弟子,

  修仙炼道,

  不求长生,

  但度苍生,

  上无愧于天地,

  下无愧于万民,

  传浩然正气于世,

  存天地大道于心。

这八句一出,犹如大雷天音,令一众少年全部震惊得忘了呼吸,所有人脸上的神情都有了变化,之前的顽劣、浮躁、懒散,统统变作了严肃、认真和敬佩。

男道长开口问道:"有没有哪位不赞同我刚才所言的?"

下面没有人应答,所有孩子都坚定地立正不动。

男道长微笑道:"很好! 那么,现在都跟我来吧!"

一群少年被两位道长带到了一条长长的玉阶前,玉阶的上面是一个圆形石门,男道长说道:"你们排好队,一个一个按顺序进入那个石门之中。"

我跟着队伍,也走进了那个石门之内,奇怪的是,前面的哥哥姐姐们明明与我离得不远,我进去之后却看不见他们,只见到一条空旷的街道,见不到什么人。我漫无目的地向前走着,渐渐忘记了自己是来做什么的,只是突然觉得肚子很饿,便下意识地低头看向自己的双手,我的手中正拿着个破旧的小碗,于是我想了起来,原来我是个小乞丐,我已经三天三夜没吃东西,快要饿晕了。

忽然一个大人凶巴巴地从后面推了我一把道:"磨磨蹭蹭的,还不赶快去?"

我迷茫道:"去哪?"

"去抢吃的啊!今天衙门发粮,你要是不多抢点回来,我打断你的腿!"

那人说着拉住我便狂奔起来,我被他强行拖到了一个被人群挤得水泄不通的地方,乱糟糟的人堆里,有一个穿着官服的人站得很高,他不耐烦地斥道:"都别挤了,全部给我站一边去。"

这群衣衫褴褛的人并没有听进去他的话,仍然都在奋力争抢,那人忽然怒了,拿出鞭子便开始抽打,好些被他打中的乞丐都痛得倒在地上不能起身,其他人见了,纷纷惊慌地拥到一旁。

穿官服的人擦了擦额上的汗珠,喘着气道:"小儿都出来,所有大人站好不许动。"

拉着我的那人连忙把我推了出去,我和另外几个脏兮兮的小孩一起站到了穿官服的人面前,他笑眯眯地问道:"你们饿不饿?"

小孩们像小鸡啄米似的使劲点头。

他将我们带进一个房间,那房间里放着个盘子,盘子里有几个馒头,一旁还有张床,上面睡着个奄奄一息的人。

穿官服的人对我们说道:"床上躺着的是当今大王,他现在快要死

第一章 身世 469

了,需要吃一个馒头才能活过来,你们一共八人,但是,这儿只有八个馒头,你们当中有一个人需要把自己的馒头让给大王,你们有谁愿意让出自己的那个馒头?"

孩子们无人吭声,那人又说道:"如今的世道这样民不聊生,就是因为大王病重,奸臣妄为。虽然让出馒头的人自己会饿死,但是让大王活下来的话,我们这个国家就有救了。"

我旁边的孩子们有些不耐烦起来。

"他饿不饿死跟我有什么关系?"

"就是啊,我们再不吃东西就要饿死了。"

"我今天要是不能抢到食物的话,回去就算不饿死也要被打死了。"

我饿得头晕目眩,浑身难受,我知道如果我今天抢不到食物,我会饿死,就算没饿死,那个把我拖过来的大人也会把我打个半死。

但是……我今天吃了这个馒头有什么用呢?我活下来了,还是个小乞丐,我改变不了这个悲惨的世界,但是床上这个人是这个国家的王,他如果能活下来,他能做很多很多的事情,可能就不会再有这么多人成为乞丐被饿死了。

这时,穿官服的人端着盘子朝我们走来:"现在开始发馒头了,你们自己决定,愿意让给大王的就不要拿。"

一排孩子全部毫不犹豫地抓起一个馒头紧紧攥在手中。

到了我面前时,盘子里只剩下最后一个馒头了,我的肚子太饿了,我几乎就要忍不住伸手去抓,但我最终还是忍住了,我闭上眼睛不再去看,只是开口道:"把这个馒头给那个人吧。"

我身边的孩子们都窃笑起来,他们一个个都吃了馒头,恢复了神采。时光如流水般飞逝,只一眨眼间,我们全部长成了少年,那些吃过馒头的人都当上了大官,只有我,像是被饿坏了脑袋一般,整天没精打采，什么事情也没有做成。

忽然间,有人高喊着"大王驾到",然后就见到一顶金碧辉煌的轿子被抬了过来,轿中走出一个身穿王袍之人,他朝着另外七个已经当了官的少年说道:"当年多亏了你们让出来的馒头,孤王才捡回性命,活到今天,孤王要重重赏赐你们!"

我心中觉得十分委屈和气愤,当初那七个孩子吃掉了自己的馒头,是我让出的馒头救了他,可是他却以为是那些孩子救的。

我正准备转身走了,那个身穿官服的人又出现了,他给我一把剪刀,指了指旁边墙角的一根线,说道:"这个大王坏透了,竟然一点也不顾念你的救命之恩,你只要过去剪断那根线,他头顶的大金珠就会掉下来砸到他的头上,你可以报仇雪恨,然后你坐上王座,你去当大王。"

我摇头道:"我不想这么做,当初给他那个馒头,并不是为了让他活下来以后怎样感谢我,他只要能好好治理国家就行。"

那人又说道:"既然如此,你也不能一直当个乞丐吧,我带你去一个地方,到了那里,你可以过上富足的生活。"

我被那人带到一个华丽的大宅子里,那里面有无数的金银财宝,许多人在里面哄抢,其中两个人为了一块大金砖抢得头破血流。抢着抢着,那金砖从他们手中飞了出去,落在了我的脚下,他们连忙疯了一般地向我扑来,其中一个先抢到金砖,慌忙将它紧紧抱在怀里,用充满敌意的目光瞪了我一眼,然后转身跑远了。

穿官服的人见我毫无反应,于是又带我进入了另一个房间,这里正在进行着赌局,可以赢取的东西有很多不同种类,可以赢珍馐佳肴,可以赢黄金白银,可以赢绫罗绸缎,甚至还可以赢俊男美女。

我被强行推到一张桌前,怀中被塞满了筹码,穿官服的人道:"你尽管玩,输了算我的,赢了全是你的。"

我抱着一堆筹码,静静地坐在一旁看着这一桌疯狂的人,他们有些

第一章 身世 471

人喜怒外形于色，输赢都有很激烈的情绪反应；有的人善于克制，无论赌出什么结果始终面无波澜。见我始终没有下注，穿官服的人急道："我来帮你！"

他从我怀中拿去一把筹码，不一会儿便赢了很多钱来，他将那些钱往我面前一推："喏，你看，就是这么简单，你去试试，你还可以赢到更多。"

他说得没错，这一桌玩的赌局很简单，就是猜骰子的点数，而且我发现我突然有了特异功能，因为每次那个荷官摇定之后，骰盅里的骰子我都能看得清清楚楚。

也就是说，只要我下注，便是稳赢不输。

但是我没有一点兴趣，又坐了好一会儿实在无聊极了，便把怀中的筹码还给穿官服的人，然后离开了那吵吵嚷嚷的赌馆。

那人从后面又追了上来："你对这些也不感兴趣，那要不要去拜师修仙呢？"

我停下脚步，好奇道："去哪里拜师呢？"

他说道："普天之下，仙门大宗非九天门莫属，我刚好有条路子可以将你引去那里，你意下如何？"

我点头道："那自然太好了，多谢你了。"

我跟着那人走啊走，一直走到了昆仑山下，已经有很多很多的人挤在那儿了，穿官服的人道："你看，这么多人都想要拜入九天门中，能不能被选中，就看你的造化了。"

他说完便走了，很快越来越多的人从后面拥上来，我被挤得东倒西歪站立不住之际，一个女孩及时地扶住了我，又把我拉到一旁人少的地方。

我向她道谢，她问我道："你也是来拜师修仙的？"

我点了点头，她又说道："没想到会来这么多人啊。我是因为娘亲生病,四处求医总治不好,别人都说九天门有妙法仙丹,我这才来拜师学艺的。你是为什么来的呢?"

我有些迷茫地道:"我是个无处可去的小乞丐,这世间没有我落脚之处,我也很佩服那些修仙得道的高人,所以才来试试的。"

这时,从山上走来一个风度翩翩的大哥哥,他对众人说道:"掌门有令,所有人在此处静坐。"

大家一听,纷纷在地上盘膝坐下,我也照着样子坐好。所谓静坐,我以前并没有尝试过,只是按照那大哥哥示范的样子盘好双腿,双手结印,再轻轻闭上双眼。

过了好一会儿,其他静坐的人不知怎么回事,有的哭泣,有的大笑,有的愤怒,有的癫狂,我没去理会,只是继续静静地坐着。这时,男道长忽然在前方喊道:"大家快点过来,要进行最后的角逐了!"

所有人一拥而上,前方是一座险峻的高山,那山陡峭如壁,其上云雾缭绕望不到顶,男道长说道:"此处为昆仑主峰,你们一路攀上,会历经大大小小的山峰,测试结束时,到达哪个院便拜哪个院的师父,若最后还在此处,则被淘汰,不得拜入本门……"

大家闻言,当即交头接耳议论起来,男道长清了清嗓子高声道:"安静!我还没说完,还有一件最重要的事!"

大家安静下来,全都注视着那道长,他说道:"此次测试结束时,若是有人能到达最高一层——菩提院,则拜入掌门门下!"

众人愣了一瞬,紧接着一齐欢呼起来,个个摩拳擦掌想要登顶菩提院。要知道,九天掌门玄叶道长可是仙界领袖,正道翘楚,多少年也不愿收一个徒弟的,拜入他的门下是无数人梦寐以求的。

男道长又高声道:"你们别高兴得太早,掌门这是最后一次收徒,只有一个名额。但是,至今已经一百多年没有人能够登上菩提院了,能拜到哪位师父门下,就看你们自己的了。"

随着男道长一声号令,所有少男少女都挽起袖子开始了艰难的登山之旅。

　　山上云雾极深,攀着攀着,身边的同伴便隐在云雾之中再看不清了,越往上攀越是寒冷,我却累得满头大汗,当刺骨的风灌进衣领和袖口时,倒觉得十分受用,身边不时有人求助,我一边拉人一边攀登,渐渐落在了大队的后面。

　　这座山很是特别,峭壁之上时有一些稀罕宝物出现,都是些我没见过的东西,但山崖险峻难攀,我也顾不上欣赏。不远处的一个姐姐唤我道:"喂,妹妹,这么多漂亮的宝贝,你怎么一个都不拿呀?"

　　我皱眉道:"这是九天门的东西,未经允许,还是不拿为好。"

　　她笑道:"这有什么,路上捡的,还能算偷算抢吗?"言罢她不再理我,一边将一个金闪闪的珠子塞进怀中一边往上攀去。不一会儿,我忽然听到上方传来一声尖叫,紧接着就看见刚才那个姐姐失足从崖上掉了下去。

　　我被吓得浑身发抖,停在原地不敢乱动,这时,远远近近又传来几声惨叫,又是好几个人掉落下去,我定了定神,对自己说道:"别怕别怕,反正你是孤身一人,即便运气不好掉了下去,也不会有人为你痛哭流涕,什么都别想,继续爬就好!"

　　随着时间一点一滴地过去,攀山的角逐越发激烈起来,大家的目标都是最高层的菩提院,有些人生怕被别人抢了先,在攀登之中竟痛下狠手,有的将身边的其他少年往下蹬踩,还有人趁前面的人不备,拉住别人的腿脚往下拖拽,在一个稍平缓处,甚至有两人为了抢先登山而大打出手,最后双双坠崖。

　　又不知攀了多远,上面有个道长的声音传来:"下面还有人吗?本院还剩最后一个名额,要拜师的抓紧时间,再过一会儿测试要结束了!"

　　我加了把劲要朝那个声音攀去,忽然有一个女孩在下方唤我道:

"我没有力气了,要掉下去了,你能拉我一把吗?"

我向下一看,是那个为了给娘亲寻找仙丹治病的女孩,我伸出右手使劲把她往上拉,无奈自己力气太小,又拉又推地折腾了好半天,总算帮她登上了一个安全之处,我这才自己埋头继续前进,不料这时山崖忽然抖了一抖,我惊慌之间双手一软,眼看着要抓不住了,忙唤刚才被我拉上去的那女孩,请她也拉我一把。

这时上方的道长又催促起来,她低头看了看我,咬着唇道了句对不起,便自顾自地往上爬去,不再管我。这时我终于再抓不住,双手一滑往下坠去,我以为自己要摔下去了,哪知道下面就是一块石头,我正好滑到了那块石头上。

我满心后怕地喘息着,心道再往上可要格外小心了,于是再一次向上攀去,快要到达之前那处时,我抬头隐约看见一位身着青衣的道长站在上面,他说道:"从现在开始,我倒数十个数,数到一时,测试结束。"

我心中估算了一下,他数十个数的时间我差不多刚好可以攀过去,于是加紧向上爬去,这时头顶上忽然滑下一人,竟又是刚才那个女孩,她一边下落一边大叫着救命,我心中一急,只觉得她怕是要摔死了,什么也来不及多想便朝着她扑去,拼尽了全力将她向上一推。

这一推刚好助她登上了道长那处,我自己却再也没法抓住任何东西,只能直直往崖下坠去,我听见崖上那道长对她说道:"恭喜你成为最后一位来到本院的弟子。"

这一坠的时间还挺长,我在空中往下掉啊掉啊,却一直没有触及地面。不知为何,我望着上方的云雾,心中并没有失落或是怨恨。缥缈的云雾之中,一个遮天蔽日的身影在空中隐隐现出真容,竟是一尊天神,那天神面容和蔼,金光闪耀,身量之大如须弥山。

我在心中叹了一叹,我这大约是归西了吧,应当是已经摔死了,所以才能见到神佛,但我连自己叫什么名字还有家在何处都不知道,也不

第一章 身世　　475

知尸骨会被埋到哪里。

又过了好一会儿,我竟仍在空中,眼前已不见巍峨的昆仑山,也不见那些缥缈的云雾和天神之像,我好像进入了一片虚空之中,只觉得身体轻飘飘的,如同幻化了一般,十分舒服,舒服得我不知不觉间闭上了双眼。

虚空之中,忽然有一个男子的声音响起:"小丫头。"

我迷惑道:"你是谁?"

那声音又道:"恭喜你通过了九天门的幻境测试,现在你可以睁开眼睛了。"

我睁开双眼,自己正盘膝端坐于一个古朴庄严的院落前,两扇上古紫檀木打造的院门前,站着一位顶戴玉冠的白衣仙人,其头顶上方一块古色古香的牌匾上写着此处的名字:

菩提院。

忽然间,眼前的一切开始飞速倒转,时光如电光般倒流,我迅速地由这场测试倒退到更久以前,自己哗的一声落入水中,随后听到不远处的叔叔伯伯们在唤着我。

昏黑中,我再一次睁开眼时,却没有见到菩提院和穿着白衣的师父,而是看见自己躺在四旗庄的那间专属于我的房中。

我又有些发蒙,仔细地回想了半天,想起我之前跟四旗庄庄主在寒水河边的山崖上,在同白虎和玄武的混战中,我被打下山崖,落入了寒水河中。

苍天赐福,我居然还活着。

房内有两个小丫鬟,见我醒了便勤快地迎过来欲侍奉,我只想清静地自己待上一会儿,便让她们出去忙些别的。

我从床上起来,给自己倒了杯水喝。桌边,博古架上放置的那些小玩意又进入我的视线之中,一个个地忽然鲜活了起来。

记忆中,一个温柔端庄的年轻女子正拿着博古架上的玩偶逗着我,我看着那个丑陋的人偶惊恐万状,想告诉她这个人偶绝顶难看,却因为还不会说话,故而只能手舞足蹈地发出咿咿呀呀的声音。

过了些时候,还是那个美丽的女子在带我玩耍,她从柜子里取出一对小金镯给我戴上,我却嫌它们碍事,大声哭闹地甩着小手,只想把它们弄下来。

又有一次,大约是我的三岁生辰,那女子亲手给我梳了头发,将一个小小的碧玉步摇戴到了我的头上,我觉得很是有趣,便对着铜镜疯狂摇晃着脑袋,直到将那步摇晃掉了下来,才笑得格外满足……

还记得前一次我住在这房中时,也曾看到过博古架上的这些小物件,当时只觉得精致可爱,却怎么也没有想到这些竟都是我儿时的物品。

风从窗户吹进来,吹动墙角的卷轴,一下下撞击在墙上,发出轻柔的砰砰声。

我走到那画卷前,画中之人是个端庄的年轻女子,看穿戴像是王室中人,她的容貌十分秀丽,眼角眉梢透着说不出的亲切感。

画中她的衣角上有一个红点,记忆中,小小的我站在画师身旁观看他作画,快画好时,我突然伸出小手蘸了红墨,在画中人的衣衫上点了一下。

画师大惊,诚惶诚恐地跪拜在地连连自责,年轻女子则微笑着将他扶起,只说:"无妨,爱女加上的这个红点犹如画龙点睛,本宫甚喜。"

这个女子和岚姐姐的容貌如是一人。

上一次我没有来得及细看的画卷上有行题字:靖凉王后尊像。

我泪流满面地在画前跪了下去,哽咽着唤道:"母后。"

记忆中,母后将年幼的我塞进一个大伯伯怀里,说道:"四位将军,大王已先本宫一步而去,如今,本宫怕是无力再护两位公主,恳请四位将军将她们送去我的故乡,若能躲过这杀身之祸,即便她二人今后不能重回王族,只要能平安活下来,便是本宫最大的心愿。拜谢四位将军了!"

母后说着在我面前给几位叔叔伯伯跪了下来,他们连忙将她扶起。这时,外面的刀剑打斗和厉声怒骂的嘈杂声离得越发近了,母后忙推着几位叔叔伯伯带着岚姐姐和我向后门走去,岚姐姐一直在哭,我不懂他们为什么这么难过,只是一直好奇地打量着那几个身穿铠甲、威风凛凛的叔叔伯伯,他们在离开前一齐给母后跪了下来:

"臣,卫亭。"

"臣,方浩。"

"臣,施炎。"

"臣,郑光。"

"在此立誓,即便刀山火海,誓保二位公主周全,定不负王后所托!"

他们抱着我,拉着岚姐姐,推开后门冲了出去。外面是一片刀光剑影,杀声震天,无数的兵将战成一片,王宫庄严的庭院中,到处血肉横飞,尸陈满地。

刀光剑影中,四位叔叔伯伯带着我和岚姐姐一路冲杀,硬是从铺天盖地的兵刃中杀出一条血路,将我们带了出去。我们被他们抱到马上飞奔疾驰,不知道跑了多久,我和岚姐姐终被送到那个乡间农舍,和胖婶婶玉姐姐一家生活在了一起。

也许是因为那一场杀戮带给我的恐惧太大,自从到了那农舍之后,我便像自动封闭了心门一般,将那场杀戮连同母后一起尘封在了心底,再不愿打开回顾。

可是,即便逃避得了回忆,却逃不了宿命。过了几年,当我长到十岁的时候,我和岚姐姐遭遇谋杀,被推落水中,岚姐姐溺水而亡,我则晕了过去,再醒来时,又见到了几年前的叔叔伯伯们,他们正抱我骑在马上,沿着寒水河向东一路飞驰,身后有一大队人马紧追不放,到了一处山崖边时,那些人追上了叔叔伯伯的队伍。

许多人凶神恶煞般从后面拥了过来,和叔叔伯伯们的兵马杀成一片。

又是一场血腥的混战和杀戮,三岁时经历过的那场腥风血雨在我的记忆中被唤醒,我害怕得瑟瑟发抖,耳边的惨叫和打杀声犹如催命的魔鬼号叫,直吓得我想哭又哭不出来。不知打了多久,有位叔叔终于抱起我飞身上马,从一片杀戮中冲了出去,可是,还没跑出多远,一旁忽然飞出一人,向我们击出一道强劲的内力,我和叔叔被震得向左侧飞了出去,那叔叔拼力向我伸出手来想要抓住我,却终是没能抓住,我从山崖上坠落,掉进了寒水河里。

几位叔叔伯伯当即从山崖上跳入河中向我游来,山崖上的杀手们向河中射出一道道利箭,河流很急,很快便将我冲得远了,我再看不见那几位叔叔伯伯,只远远地听到他们在喊着公主殿下。

至此,我从出生直到十岁的记忆终于串联了起来。

一百二十年前的镬汤之变前夕,我出生在靖凉王宫之中,我的娘亲,是凉国的王后。在我三岁那年,父王因染怪病奄奄一息,随后昭灵宫发生兵变,父王被杀,母后于危难中将我和岚姐姐托付给时任靖凉大将军的卫亭、方浩、施炎和郑光四人,他们依照母后嘱托,把我和岚姐姐送到乡下农舍隐居起来。七年之后,我和岚姐姐再遭迫害,岚姐姐牺牲自己将我托到岸边,四位将军又将我救了起来并带我逃亡,半路却被杀手拦截。我坠落山崖,被寒水河冲到了下游的焱山,被顾星辰所救,后来他帮我寻找到了乡下农舍的玉姐姐家,我不知何故在回去之后便失去了十岁以前的记忆,随后被送入九天门中。

我终于想起了我的身世,我终于记起了自己是谁,我,就是传说中

第一章 身世

夭折的凉国小公主。百里，正是凉国国姓，母亲留下的那块丝帕上所绣的"百里"二字，其实不是她自己，而是我父王的姓氏。我生下来时，后颈中央天生有一个四角星形的胎记，故而父王为我赐名星云，世人称我为星云公主。

我跪在母后的画像前浑身颤抖，不知自己是哭还是在笑，因为我突然想到了顾星辰，不，白谦，原来我本该是他的妻，可是造化弄人，如今，我却只能离他远远的，再不能靠近他了。

过了不知多久我终于平静下来，推开房门走了出去，风雨雷电四位庄主正在院中说着什么，他们见我神情冷肃，纷纷正色立定不动，我看着他们，向他们深深地躬身行了一个凉国王族大礼。

"卫将军、方将军、施将军、郑将军，星云多谢你们的救命之恩！"

他们四人愣住，旋即一齐跪在地上，颤声道："星云公主，你都想起来了？"

我起身道："是的，我想起自己的身世了，但还有些事情，当年的我由于年幼，不知其情，还请四位将军为我解开疑团。"

这一日，四旗庄庄主为我揭开了一场凉国王族秘闻，我和岚姐姐的命运，正是因为这一场秘闻的变故而发生了翻天覆地的变化。

一百二十年前，凉国和汤国是相敬如宾的友好邻邦，时年凉国王后诞下一名小公主，得名星云，彼时汤国的小王子白谦已满六岁，于是两国大王便为这两个孩子定下姻亲。谁料就在汤国小王子的生辰宴上，玺华宫起了一场诡异的大火，将当时的汤王一家十八口全部烧死。

其后不久，凉王身染怪病，熬到第三年时奄奄一息，其堂兄趁机发动兵变篡位，王后在危急关头将两位小公主托付给先王麾下忠心耿耿的四名大将军，他们将两位小公主送到了王后的故乡躲避，对外则称两位公主已经因病夭折。

四位将军本以为可以平静地等到两位公主长大成人，不料没过几年,新登基的凉王旧事重提,又想起了汤凉两国曾定下的姻亲,并且不依不饶地非要嫁一位公主过去,但他自己当时膝下无女,便派人追查到了两位小公主的下落,并且决定将若岚公主接回宫去,作为和亲人选嫁去汤国。

听到这里,我陷入了沉思,原本要嫁去汤国的是我的亲姐姐若岚公主,她明明不是我十岁以后喊着岚姐姐的那个人,可是为什么真正的若岚死了,另一个女人却以她的身份成了我的姐姐,并嫁去了汤国呢?

我问四庄主道:"我十岁那年,和姐姐若岚在乡下的时候被人谋害,姐姐溺死在寒水河中,你们可知后来嫁去汤国的那个女人是谁?"

郑光道:"当年二位公主在乡下遭遇迫害,我们赶到的时候,只见到星云公主你晕在河边,便将你带走,当日我们没有找到若岚公主。后来听说若岚公主嫁去汤国,我们还以为她已经被凉王接回宫中去了,至今我们并未见过嫁去汤国的那位若岚公主。"

我皱眉道:"后来嫁给汤国太子白隽的,并不是真正的若岚公主,她不是我的王姐。"

四位庄主闻言面面相觑,甚感诧异。

"这就奇怪了,如果能顶替若岚公主嫁过去,那说明必定是凉王默许的。"

"可是凉王为何要这么做?他只是需要若岚公主前去和亲而已,何必如此麻烦先安排一场谋杀,再换个假的嫁过去呢?"

"不错。按理说,让假公主嫁去是对汤国非常不敬的,一旦被知晓这是个冒牌公主,那可是要引发两国之战的。"

"是啊,不应该啊不应该,可这究竟是为什么呢?"

我问道:"听说如今的凉王因修炼了什么仙家秘法,已经活到一百多岁,且还身体健朗仍然在位,可是实情?"

方浩点头道:"正是,现在的凉王便是当初叛乱篡位的那个。"

我沉吟道:"看来,事情真相,如今只有这个凉王知道了,但想让他开口交代,恐怕不那么容易。"

卫亭伏地向我郑重地行了臣子之礼道:"当年,公主从山崖坠落,我们未能将公主救起,令公主孤身漂泊,臣等罪该万死,臣等痛心懊悔了多年。我们兄弟四个这些年来一直在寻找公主的下落,这房内有许多公主儿时所用之物,我们从其上提取气息,炼就那能循血脉认主的小灵珠,其实就是用来寻找公主的。"

郑光点头道:"上一回我们为公主诊脉时就发现灵珠已入公主体内,那时候我们就知道您的身份了,只是当时您体内邪毒尚存,神志不明,故而臣等当日没敢提起往事。臣等所做的这一切,就是希望有朝一日能够重立王族正统血脉,剿灭篡位者,为先王报仇!"

其他三人同他一起跪下拜道:"臣愿助公主剿灭篡位者,为先王报仇!"

我将他们扶起,沉思了片刻道:"篡位一事,应当与假公主和亲这件事密不可分。照理说,新王登基之后,应该不会做有害江山稳固的事情。本来他可以把真的若岚公主嫁去汤国,不应该找一个人冒名顶替。他非要这么做的话,只有一种可能。"

四人好奇道:"什么可能?"

"此事应当与他继承大统有重要关系,否则他不至于拿好不容易得手的江山社稷来开玩笑,所以说,这唯一的可能性就是,将这个冒牌公主嫁去汤国,才是让他坐稳江山的条件。"

于是,我们商定接下来对假公主顶替和亲一事展开调查,议定由我去汤国调查现在的汤后,四位庄主则留在凉国调查圣血堂和凉王。

命运是一个很奇妙的东西,有时候,好像都是安排好的轨迹,只等着你往前走一步。

我此番到达汤国的时候,泷州叛党早已抵达都城附近,正和都城守军展开拉锯战,就像打不净又甩不掉的牛皮糖,打了再来,跑了又回,无休无止地折腾了许多日。

而汤国的大王白隼,一边忙着对付这死缠烂打的叛军,一边还惦记着四处寻找他的心上人。这不,我刚一进城,正对着城墙上贴的大王爱妃画像喷喷感叹,就见一位将军带着四名侍女和一顶华丽的八抬大轿走了过来。

他在我面前跪拜道:"启禀娘娘,大王有命,令臣等在城门口守候娘娘归来。臣已在此候了一月有余,请娘娘即刻上轿,臣等恭送娘娘回宫。"

我心中略一思忖,我是来调查汤后的,白隼布下天罗地网想要迎我回玺华宫,不如就顺水推舟去了,刚好能方便查一查那个假冒岚姐姐的女人。

是以我一边笑容可掬地道着将军辛苦了,一边从容优雅地上了轿子。

街道上响起一阵整齐的脚步声,我掀开帘子一瞧,前后已排好了长长的御林军队列,刚才的将军则驾着马跟在我坐的轿子旁边,好一副生怕轿中人溜了的架势。

我放下帘子,靠在轿中思考着到了玺华宫后,该如何去查那个可疑的女人,想了半天还没想出个头绪,队伍已经进了宫门。

这里通传小兵的速度堪比八百里加急,轿子刚到留云苑门前,我才掀了帘子出来,白隼已负着双手站在门前,一见到我,面上的神情可谓惊喜中带着不悦,热情中透着嗔责。

我正欲半蹲一下给他行个礼,他已然来到近前,伸手扶住我的胳膊制止了这个行了一半的礼。

"跟我还来这一套,快进来吧。"他半倾着身体,在我耳边轻声说道。

第一章　身世　483

我点了点头,起身才发现刚才的一大群人已经很有眼色地退散不见。

于是我乖乖地跟着他进了那红艳艳的宫殿,宫内一众婢女被他一挥手全部赶了出去。

门被吱呀一声关上,我想着该圆一圆之前给他留信说自己去九天门的谎,还没开口他已向我靠了过来,我只得退一退,再退一退,直至身后抵上墙壁。

他逼到我身前,微微眯着眼睛细细打量着我的表情,我被他看得心里发毛,索性豁出去地道:"你想问什么便问吧。"

他大约没想到我会突然撂这么一句,于是忍俊不禁地笑了出来。

"事情办好了?"

"嗯。"

"去九天门办的事?"

"嗯。"

他浅笑一声,凑近我道:"我去九天门没找到你,打到遗玉门前,倒看见你在那城楼上。"

我心中一咯噔,好吧,这厮的眼力也太好了,那天我跟顾星辰登上城楼时,只想着上面那么多人,白隽在下面离得又远,还当他不会发现我。

他见我神色有异,轻轻挑起我的下巴道:"你这是逼我换一种方式留下你。"

我警觉道:"你想怎样?"

他微微收紧了眸子,轻声道:"汤国的王后,该换人了。"

我心中第一反应就是拒绝,但继而又想起现在的汤后并非真正的岚姐姐,我的当务之急是弄清她的真实身份和目的。

因此我没有一口回绝,答道:"容我考虑考虑。"

他大约没料到我这次竟没有拒绝,于是露出笑容:"不要让我等得太久。"

这一回白隽把我看得越发紧了,总觉得我随时能从他眼皮子底下溜走似的,于是不管宫内宫外,不论他走到哪儿都把我带着随行,我想着如此倒是可以把假若岚早点引出来,于是便每天乖乖地跟着他东跑西颠。

不知何故,近日汤都粮食消耗速度大增,按理说一场虫灾死了那么多人,都城之内人口骤减,如今粮食不该消耗得这样快,于是这日,为调查用粮情况,白隽带着我来到汤都的粮仓巡察。之前闹虫灾,这粮仓被吐虫人围攻的时候我曾来过一次,当时将士们悲壮牺牲的场面还历历在目,心中不禁惆怅不已。

粮仓主事正在指挥一队士兵装运粮食,白隽带着一群随从走到一旁驻足观看,一个士兵忽然手下不稳,把刚要装车的粮食弄掉了一袋下来,那撑得鼓鼓的袋子立时摔出个裂口,稻子沙沙地撒了一地。

主事上前将那个士兵狠狠斥责一通,那士兵惶恐地收拾着地上的残局,我看了他一眼,不知为何觉得此人看着有些面熟,白隽这时要带着我再往里走,主事朝那个闯祸的士兵催促道:"你动作快点,别挡了大王的路。"

士兵诚惶诚恐地应道:"是滴,是滴,我马上就收拾好。"

我猛地一愣,他把"是的是的"念成"是滴是滴",这个特殊的口音,我曾经在哪里听到过。

遗玉之城的城西工地!是那个我在工地上打问过的人!

我转过头去,再仔细看了眼他的面孔,怪不得刚才一眼见到就觉得面熟,原来竟真是那人!

我忽然背后发凉,此人明明是那泷州匪首在遗玉之城召集的叛军的一员,他跟着泷王回到汤国是为了推翻白隽的,怎么竟会出现在汤都的粮仓重地,还成了个看守粮仓的士卒呢?

周围人多眼杂,我不便立时告诉白隽,只得佯装无事地继续跟在他身边走着。一路上我留心观察着其他士卒,竟发现了好几个可疑的人,都像是曾在遗玉的城西工地上出现过的男丁。

白隽在粮仓逗留了许久才起驾回宫,我和他一进到马车里,便向他问道:"这粮仓的士兵可是新换了一批?"

他捏着眉心应道:"是的,之前吐虫人围攻粮仓那次,死了不少士卒,因此粮仓近来一直在扩招增兵。"

我皱眉道:"那便是了,这粮仓招来的士卒都查清来历了吗?"

他疲惫地摇摇头道:"如今汤都人丁稀少,能招到一批用得上的就不错了,又不是什么重要司职,查他们作甚?"

我叹道:"如果这里面混入了泷州叛党呢?"

他捏着眉心的动作忽然顿住,蹙眉看过来问道:"你怎么知道?"

"我之前在遗玉的时候,无意间遇到了泷州匪首,他偷偷混入城中,在流民之间纠集人马组建了新的叛党。当时我曾经潜伏到那叛军中,所以见过那些人。刚才在粮仓里,我发现有几个士卒就是泷州叛党的人,那个把粮袋子弄掉在地上的就是其中之一。"

白隽闻言深吸了口气道:"好个泷州的匪类,竟然想出这一招来!既然如此,今晚我们便埋伏过来,看看这些叛党究竟想搞什么名堂。"

当天一回到玺华宫,白隽便安排了暗卫去粮仓周围做准备,到了夜间,果然有人回来禀报说粮仓有了动静,于是白隽立刻带着我赶了过去。

暗卫们埋伏在粮仓周围的制高点,可以清楚地看到里面的情况,我们登上去一看,粮仓里里外外的当值官兵都似醉倒了一般,正全体昏睡不醒,存放粮食的仓库中却有火光在闪动。

不一会儿,那火光往外移动起来,最后从里面走出五人,领头的正是城西工地上那个口音特殊的人,他身后跟着四人,一共推了两辆运粮车,正贼头贼脑地向外走着,他们一直将车推到粮仓外的一个角落里,那里还有四人,正在两辆马车上候着。

两辆马车各拉着一个偌大的箱子,他们将粮袋装入那两个箱子之中便回粮仓去了,两辆马车则朝着另一个方向驶去,白隽示意暗卫立即开始行动,他自己则带着我回了玺华宫。

刚到玺华宫没一会儿工夫,便有暗卫回来禀报,他们已将那几个潜伏在粮仓中的泷州叛匪抓了起来,另一批暗卫则继续跟踪那两辆马车去了。白隽让他们将这几个叛匪关入牢中,又说道:"明日起我会令粮仓再招人,你们继续埋伏,只要发现可疑人等,立即抓捕。"

那些暗卫领旨退了,白隽走过来牵起我的手,带我往留云苑走去,边走边说道:"我的云声这次帮了我的大忙,我该如何赏你才好呢?"

我心中仍在思索关于假若岚的事,便心不在焉地随意应了一声,不想他自问自答地突然来了句:"不如就赏赐夜夜临幸,如何?"

我冷不防被他这一句惊到,当即否决道:"绝对不可,绝对不可!"

他偏头看了看我的反应,哈哈笑道:"逗你的,看把你吓的。"

我松了口气,他停下步子转过身来,伏到我耳边悄声说道:"你放心,成亲之前,我不会碰你,但王后换人之后,你也休想再躲。"

我僵着身体被他带回留云苑,他的话令我有些焦虑起来,我得早些把假若岚的事查清,否则越拖麻烦越多。

次日一早,另一批暗卫将那两辆马车和赶车的人也抓了回来,这些人果然是去给城外的泷州叛军送粮的,白隽令人彻查粮仓上下所有官员,看到底是谁给这些叛匪开了方便之门。

众侍卫刚把抓来的叛匪押走,门外忽然传来通报声:"王后娘娘到。"

我目光沉沉地望向殿门,终于来了,很好。

第一章 身世　487

她垂着头走进来给白隽行了礼,起身之后,见我坐在一旁,她面上一僵,但很快又不动声色地遮掩过去,向着白隽道:"禀大王,今晚是臣妾生辰,臣妾特地来邀请大王今晚去臣妾宫中用膳。"

　　白隽睐了睐眼,随后把头扭向我,眼含询问之色,似在征询我的意见,他定是以为我仍然傻傻地爱着站在阶下的这个女人,所以想看看我的态度,我朝他微微点了点头,于是他应道:"孤王知道了,你下去吧。"

　　假若岚退下之后,白隽向我问道:"她到现在还不知是你,你不打算与她相认吗?"

　　我摇了摇头:"暂时不要让她知道我的身份,需要的时候,我自会认她。"

　　在我查清楚她究竟是谁的时候。

　　白隽挑了挑眉毛:"都听你的。那今晚你要不要与我同往?"

　　我思忖了片刻道:"她一定不希望我出现,我就不去了,你自己去吧。"

　　当晚,白隽独自前去王后寝宫赴宴,我换了一身黑衣,也溜过去悄悄伏上墙头。那宫中装点布置了一番,显得比平日更加雍容华丽了,殿中歌舞升平,宫女们进进出出忙着端盘送盏,好不喜庆热闹。

　　酒过三巡后,白隽在里面似是醉了,他被假若岚扶到床上歇了。奇怪的是,一向喜欢围着白隽献殷勤的假若岚这一次并没有照顾他,而是在白隽身上摸出了什么,然后便去了后房。

　　我往后房方向隐了隐,不一会儿,只见她穿着一身黑衣从后面的院墙翻了出来,我忙躲在暗处悄悄跟上,她左弯右拐地躲着禁卫军走了许久,最后在一处停了下来,我抬眼一看,竟是牢房。

　　她手中拿出一支细细的管子,从暗处朝着看守的士卒吹了吹,那两个看守很快晕倒,她一闪身进了牢房入口,消失在一片黑暗中。

　　我没有再跟进去,只在原处等着,想看看她究竟要做什么。不一会儿，她领着两个人从里面小心翼翼地走了出来，那两人是偷运粮草的泷州叛匪。她带他们走到角落里，那里停着一辆泔水车，她让他们上去躲起来，那两人犹豫道："可我们那几位兄弟还在牢里……"

假若岚不悦道："你们以为这是哪里？这里是玺华宫！我能把你们两个救出来已经冒着很大风险了，那些个小喽啰哪里还顾得上？救你们俩出来是让你们去给城外的人报个信，把粮仓的情况跟他们说了，让他们再做安排。"

那两人闻言，只得无奈地躲进泔水桶中，假若岚目送着那泔水车离开之后，一个人影从黑暗中跃下，假若岚回身见了，朝着那人道："你们要我做的事我已经做了，下次要救这种小喽啰的事情，不要再找我了。"

那人冷哼道："护法安排任务给你，是看得起你，你还真把自己当成什么金枝玉叶了？"

假若岚闻言面露怒意，但终是忍了下来，她耐着性子道："我不是这个意思，但是这样很容易暴露我，对我潜伏非常不利。"

那人不屑道："暴露了又如何？让你潜伏这么多年，也没见你找到圣主要的东西，有你无你，如今也无多大差别。"

假若岚咬了咬牙，摆出一副恭顺的模样道："我知道了，我会继续努力查找的，现在可以把圣血丹给我了吧？"

那人哼了一声，拿出个小瓷瓶丢给假若岚："若不是靠着圣血丹，你早就白发苍苍容颜枯槁了，今后叫你做什么，你乖乖去做便是，少在这里抱怨，否则莫怪圣使停了你的圣血丹。"

那人说完便转身上了墙头飞走了，假若岚气得跺了跺脚，又匆匆回了她的寝宫。

那人提到圣主，还有什么圣血丹，看来确实是圣血堂的人。这个假若岚果然和圣血堂有关系，也不知道那圣主要她找些什么。

假若岚回到寝宫之后，换了身衣服就去看白隽了。她在床边坐下，

第一章　身世　489

抬起手来向白隼的脸上伸去,我见状正准备从屋顶上撤走,却见白隼警觉地醒了过来,他把假若岚的手推开,说道:"我警告你,不要再趁着孤王醉酒时搞什么花样。"

假若岚委屈地道:"大王怎么这样说话?臣妾对大王一片忠心,怎么会对你搞花样呢?"

白隼起身冷哼了声:"你两次声称有孕,都是在孤王酒醉之后,发生了什么都是你一面之词,孤王最讨厌这样被人愚弄,你若再敢趁孤王醉酒时动手动脚的话,别怪孤王对你不客气。"

他理了理衣衫便大步走出王后寝宫,假若岚愠怒地看着他离去的背影,恨恨地把杯盘碗盏全部砸了个粉碎。

我心中叹了叹,白隼对她仍是这般冷淡,看来之前我配合她折腾的计策并无半点效果,不过,现在我不会再心疼她了,她不是我的岚姐姐,而且还是个冒名顶替的。更可恶的是,关于我的身世,她一直在对我说谎。不管怎么说,白隼对我总算是有情有义,即便作为他的朋友,我也不该看着他被人愚弄。

次日,我还没来得及有所行动,假若岚已派了人过来,将我请到了她的寝宫。一见到我,她便怒气冲冲地道:"不是说好送你走了就不再回来的吗?你怎么又回来了?"

我耸耸肩膀:"这个嘛,当然是被抓回来的。你没见大王四处张贴我的画像吗?我一介女流,哪里敢得过这样的阵仗?"

她愣了一愣,打量了我片刻,道:"本宫再找个机会把你送走,这次把你送得远些,将你送到大汤境外,大王便是要贴画像也贴不到别国王土去。"

我轻轻敲了敲扶手,道:"王后娘娘说得也有些道理,只不过,上一次送我出宫便是送到了几个土匪手上,差点把我送到阎王殿去了,今后再若送我去哪,我可得仔细思量了。"

她被噎了片刻，故作糊涂地道："什么土匪？本宫可是都命人给你安排妥了的，你自己后来碰上什么人，本宫可无法保证。"

若是在以前，她这么一说我肯定便信了，但如今她不是我的岚姐姐，而我，也不再是那个傻乎乎的失忆者。

但是为了查明事情真相，我还需要稳住她，于是我笑嘻嘻地道："原来如此，看来真是我自己运气不好了。"

她狐疑地望了望我，又道："现在本宫要出去办事，叫你来就是特意嘱咐你一声，不要轻举妄动，待本宫安排好了，自会派人去通知你如何行动。"

我不置可否，起身躬了躬身子便离开了。

其实我没有真的离开，因为刚才她说要出门办事，我打算趁她走了之后溜进她的寝宫，看看能不能查到什么线索。

很快，她果然坐着凤辇从王后寝宫出来了，我悄悄地从后院墙头翻进院中，她的卧房门口并没有人把守，院中有两名宫女，正一边打着哈欠一边闲聊，这时外院有人唤了一声，两名宫女应声走了出去，我便趁着院中无人的当儿，潜进了假若岚的卧房中。

这卧房窗明几净，宽敞明亮，一张大大的凤榻垂着帷幔，其余便是衣柜、梳妆台等物件。

我先掀开那凤榻上的枕头查找了一遍，床上并无任何可疑的物什，又打开衣柜瞧了瞧，也没发现什么，再到梳妆镜前摸索一番，抽屉里满是各种珠钗玉饰，也没有什么特别的东西。

这时，门口忽然传来一阵嘈杂声，竟是假若岚回来了！

我忙向四下里看了看，床下不是空的躲不进去，周遭也没有可以遮掩之处，四顾一番只见那衣柜十分宽大，里面也很是宽敞，于是我便拉开柜门躲了进去。

刚刚把柜门关上，假若岚已推开房门走了进来，她有些不耐地对宫女们道:"别跟着了,都在外面候着。"

那些宫女退到外面关上了门,我从柜门的缝隙见到假若岚走到床前蹲了下来,她在床下摸索了片刻,然后拉出个小抽屉来,她从那抽屉里取出个像令牌一样的东西,又将抽屉关好,便朝外走去。

我刚松了口气,她的脚步声忽然在外面停了下来,随后那脚步转了方向,朝着衣柜这边走来,我从柜门的缝隙里看见她的衣摆和绣鞋在衣柜前停住。

我的心都要提到嗓子眼了,她的双手搭上衣柜,准备拉柜门。

柜门刚被打开一条缝时,外面忽然有个宫女禀道:"王后娘娘,御医来给您送药了。"

柜门又被砰的一声合上,假若岚道:"让他进来吧!"

不一会儿,御医进了房中跪拜下来,假若岚道:"近日如何?没露出什么破绽吧?"

那御医伏在地上道:"启禀娘娘,微臣一直小心谨慎,应当没有被人发现。"

假若岚嗯了声,又道:"你可给本宫打起十二分的精神来!万万不要出了什么纰漏,否则,你就等着给你的爹娘提前送终吧!"

她说完便打发御医走了,随后她自己也匆匆出了卧房。

又过了一会儿我听着他们全都走远,等到王后寝宫内再没有一点动静了,这才从衣柜里出来。我蹲到床前看了看,那床下看起来并没有抽屉,只是有一些雕花,且这些雕花造型怎么看都不像抽屉,是个渔人在水中泛舟的雕饰。

我想起假若岚刚才在这处摸索了一会儿,于是也在那些雕花上摸索起来,摸到那一叶小舟时,只觉似乎有些松动,便在其上按了一按,随后,那叶小舟竟向外弹了出来。

没想到这小小抽屉竟被做成了一条船的形状,不注意的话还真是难以辨认。

　　小抽屉里面有几个小瓷瓶,和前一晚圣血堂的人给假若岚的小瓶子一模一样。我打开那几个瓶子看了看,有几个是空的,还有两个里面各装着一粒乌黑的小药丸。我再往那抽屉里面探了探,在抽屉的角落里摸到了一个小人偶,我便将它拿了出来。

　　这是个很漂亮的小人偶,虽然已经很陈旧了,却仍能看出做得十分精致,这是个很美的女子造型,穿着打扮很是华丽,只是她头上的步摇断了半截。

　　一刹那间,我脑中浮现出电闪雷鸣的一个雨夜。在那个晚上,我曾经和一个女孩一起玩过这个人偶,这个人偶是她的娘带她去城里的时候买回来的,在穷乡僻壤的乡下很难见到这么精巧的小玩意儿,因此她格外珍视这个小人偶。

　　我想起她和她的爹爹娘亲一起将那几个陌生人送出来的情景,想起她脸上那惊慌而又窃喜的模样,这一次,我清楚地想起了她的相貌,她的脸,与刚才出去的那位王后娘娘一模一样。

　　我看着手中的人偶,心头涌起莫名的冷意。

　　玉姐姐,原来是你。

第二章　登基

白隽令人在留云苑布了一桌酒菜,同我又对饮起来。

一壶一壶又一壶,我虽是没喝多少,已觉有点头晕,却见白隽已然连续喝了三壶,竟然仍是清醒如常。

宫女正欲奉上第四壶时,他抬手拒了,让一众人等全部退了出去。

"你觉得,我的酒量与你相比,如何?"他胳膊撑在桌上支着脑袋,突然问我道。

我也两手撑着脸道:"你的酒量啊,那当然是比我强多了,你都喝了那么多了还没醉,我现在已经有点晕了。"

他闻言笑道:"那么,你上次离开时陪我喝的那一回,怎么我喝了半壶就倒了,你倒是清醒得很,还有精神跑出宫去?"

好吧,他终于要开始追究这件事了。

此刻我委实觉得对他不住,因为那个叫小玉的骗子,我欺骗了他,确实很不应该。

所以我也没什么好辩解的,只是说了句:"对不起。"

他嗯了一声,看着我又道:"你是为了你的岚姐姐吧?你在酒里给我下了药,然后你跑了,让她进来同我睡在一处,如此给她安排了一个天大的好机会,制造出她因此有了身孕的假象。"

我苦笑道:"你都知道了?"

他哼了一声:"你们都把我当成傻子,以为这一番小把戏能瞒得过我?她以为买通个御医帮她说谎我就不明真相了?要不是看在你的面子上,就凭她假装有孕这个欺君大罪,我早就砍了她的脑袋了。"

我惆怅道:"我也骗了你,你也应该砍我的脑袋。"

他笑着摸了摸我的头:"确实如此,但是,你这小脑袋我舍不得砍。"

我笑眯眯地望着他,突然有种回到了少年时的感觉。

他忽然正色道:"云声,你这样帮她,可有想过她对你又是怎样?她真的值得你这么做吗?"

此时我的心中也很是后悔,我以前一直跟个傻子一样,把这个冒名顶替岚姐姐的女人当成唯一的亲人,不惜忍痛放弃自己的爱情也想要让她幸福,结果呢?她冒充真正的岚姐姐,还一直欺骗我,骗了我这么多年。

于是我摇头道:"不值得,她不值得我这样对她。"

白隽闻言有些诧异,他又追问道:"那我呢?你对我难道半点真心都没有?"

我的酒劲有些上来了,我眯着双眼望了望他,又一次摇头道:"不是的,不是这样的。当初,我对你确实是真心的。"

我好像看到他眼眶有点发红,这时我开始撑不住脑袋了,胳膊左摇右晃起来,他伸手抓住我的胳膊又问道:"当初?那现在呢?"

"现在……"我的眼前有点模糊起来,脑袋终于支撑不住倒在了桌上,脑海中出现的最后一个意识是另一个男人,他在水中满眼忧伤地看着我,随后扣住我的后脑给我渡气,那个人本是我命中的夫君,他的名字叫顾星辰,不,白谦。

次日我从醉酒中醒来时,觉得有些头疼。宫女见我醒了,立刻端上

第二章 登基

醒酒汤、燕窝羹等好几碗东西来,我正觉口渴,便让她们退了,自己坐到桌前随便端起一碗喝了起来。正喝得畅快,忽有一丝凉风从窗外掠入,紧接着咚的一声,一个小小飞镖将一张纸条钉在了房中的柱子上。

我上前取下那熟悉的飞镖和纸条,只见上面写着一行小字:篡位者之事已查出眉目,请老大速归。

这一次走,我决定再不偷偷摸摸地逃跑了,白隽这日收到了城门守军的急报,已经出宫,我只得又跑到那儿找他。

等我找到白隽时,他刚处理完驻军的事,正准备听一位将军的奏报,见我来了他示意我过去,我便到他身旁坐了,只听那将军说道:"启禀大王,臣斗胆,向大王要奏的这件事有关王后娘娘,还请大王恕臣不敬之罪。"

白隽摆了摆手道:"没什么好忌讳的,将军但说无妨。"

那将军随即呈上一物,我一眼望去,正是小玉从她床下的那个暗屉里取出来的东西,像是一块腰牌。

他接着奏道:"臣等按照大王吩咐,暗中追查叛党如何将粮草运出城外,最终查明他们是拿着王后娘娘的令牌,谎称替王后娘娘办事,借此四处活动,其实行的是偷运粮草之事。"

白隽皱眉看着那令牌,不知在想些什么。

"孤王知道了,你们可以收网了。"

他说完便起身带着我离开了。上了马车之后,他望了望我,问道:"此事你怎么看?"

我望着他,他应该还不知道小玉同圣血堂的瓜葛,但我心中早已有了答案,于是我答道:"王后是内鬼。"

他很诧异我这么直接地说了出来:"怎么?你现在不护着你的岚姐姐了?"

我苦涩地道:"玺华宫里的这位王后,其实不是我的岚姐姐。"

白隼闻言震惊地睁大双眼:"你说什么?这是什么意思?"

"等我把所有事情查清,我会告诉你的。"

他愣了愣,又道:"那么,是否需要我做些什么?"

我摇头道:"不用,你先不要动她,我和她的事,我自己解决。"

白隼一时沉浸在震惊之中,显然还没回过神来,我又道:"为了查清一些对我来说非常重要的事,我需要去一趟凉国,我不想再骗你,也请你尊重我的决定,让我去做我想做的事情。"

他沉默了片刻,终是松口道:"也罢,你想去便去吧,留得住人留不住心,希望有一天,你的心能回来。"

当我赶到凉国时,靖凉正下着一场鹅毛般的大雪。

四旗庄门前,小厮们正扫着积雪,一见我到,忙上前牵过我的马儿说道:"老祖快请进,四位庄主正等着您呢!"

这一回,为了避免像上次那般前呼后拥式的迎接,我及时喊住了那位跑得最快的通传门童,自己径直走进厅堂中去。四位庄主一见我到来,纷纷起身相迎,我坐下道:"四位庄主无须多礼,快跟我说说你们有何发现。"

卫亭起身道:"我们近日一直在凉王和圣血堂两边同时盯着,发现那凉王果然同圣血堂有些瓜葛。圣血堂每隔一段时间会与那凉王见一次面,每次都是给他一个小瓷瓶,不知里面所装何物。"

郑光补充道:"不错,那东西对于凉王来说好像很重要。"

我点了点头:"那里面装的应当是圣血丹,这个凉王既不是修仙之人,还能活到这么大岁数依然在位,看来是靠圣血堂给他的丹药续命的。"

施炎道:"这圣血堂为啥要给他发那丹药?"

我思忖着道:"定是因为他们有事情需要这凉王去办,故而以此来挟制凉王,如此看来,假若岚嫁去汤国一事,应当是圣血堂的意思了。"

第二章 登基 497

我脑中串联起儿时那个雨夜,于是对四位庄主说道:"我小时候住在乡下时,圣血堂曾来到农舍与小玉的爹娘密谈,就是农舍的主人那一家。之后我的姐姐若岚公主被谋害致死,因为她多年不在宫中生活,那小玉又与她长得有几分相似,因此小玉被他们接去冒名顶替,倒是很难被人发觉。"

郑光挑眉道:"这圣血堂要那个冒名顶替的嫁过去,也不知所为何事?"

我想起前几日小玉在玺华宫密见圣血堂之人,于是对四位庄主道:"近日在玺华宫中,我曾见到圣血堂的人与假若岚见面,也是给了她一瓶圣血丹,并且听那人所说之意,圣血堂需要假若岚在玺华宫里找什么东西,这东西当是与汤国王族有关。"

卫亭面带悲愤地道:"看来,那篡位的小老儿果然受圣血堂操控。他为了一己私念,所行歹事还不止这一桩呢!老大随我们去一个地方,你看了就知道了。"

我们一行人驾着马,来到了之前发现圣血堂的那个山谷之中,因为下了雪,马儿行到入口处便不好前行了,我便跟着他们徒步向里走去。

在山间不知行了多远,前方的洼地之中,出现了一个突兀的小山头,说那小山头突兀,是因为它不同于这一片其他山头,其前后左右不与任何山脉相连,而是孤零零的一个,就那样出现在山谷的洼地之中,远远看去似个巨大的坟堆。

积雪堆在那小山头的尖尖顶上,下面露出的半截也不似山石之色,而是乌漆麻黑的一片。

卫亭指着那小山头对我说道:"老大你看那处。"

我问道:"那座小山为何看着如此奇怪?"

郑光道:"此处离得远,我们带老大到近前去看看清楚吧。"

我随着他们来到那小山跟前看清楚时,浑身的血液都凝固了。

积雪下面露出的黑色,不是什么山石,而是许许多多的黑焦男尸!这不是一座小山,而是成百上千的尸体!

卫亭道:"凉王不仅帮圣血堂偷换若岚公主,其在位的这么多年之中,还暗中将凉国子民当作祭品,源源不断地献给圣血堂,这些都是被血祭惨死的人。"

我怒得浑身发抖,胸中涌起一阵窒闷,这时空中又下起雪来,铺天盖地一片一片的白色雪花犹如出殡时撒出的纸钱,北风呼啸的声音犹如悲戚的呜咽,也不知这堆积如山的尸首亡灵是否得到了安息。

我的目光穿过这一场天地间的哀悼,看到远远的山头上有一个赤红色的身影闪过,我没有片刻犹豫地飞身而起,向那山头追去。

一直追了不知多远,周遭全是白茫茫的一片,见不到一丁点的其他颜色,我拔剑出鞘,在茫茫雪地中仔细寻找,四面八方除了自己留下的脚印,竟是一点人迹也没有。

我有些泄气,于是将未央重新向剑鞘中送去,未央被举到面前时,明亮的剑身上忽然倒映出我身后一点红色,我心中猛然一惊,当即回身刺去,那红色身影早已飘飘然飞上了空中。

我一剑刺空,再向半空飞刺上去,那红衣人一边后退一边击出一道真气,那真气来势看似并不猛烈,却在与我的剑气相撞之时,施放出无比强大的力道,将我的剑气阻挡得纹丝不动。

这时,身后不远处传来杂乱的脚步声,是四位庄主追了过来。红衣人将真气再度爆出,一声闷响之中将我和四位庄主尽数震到远处,重重摔落在雪地中。

我迅即起身,再度提起未央向红衣人飞刺过去,在半空中忽觉一股强大的吸力袭上我身,一瞬间便将我吸到了红衣人近前,他伸出手来施了股内力在我身上,我顿时犹如被缚住了手脚一般动弹不得,他就这么恍如牵着一根看不见的线一般,将我带到了一个明晃晃的山洞中。

用明晃晃来形容一个山洞实在是奇怪,但这个洞里确实亮堂堂的,因为洞内四壁和地上到处都是冰雪,且靠墙还放置了两个偌大的夜明珠。

这个洞向里绵延很深,红衣人将不能动弹的我扔在地上,我怒视着他,愤愤道:"你究竟为何要炼那什么圣血?这么多人被当成祭品而丧命,你纵然炼得出圣血,却负了一身罪孽,这么做有什么意义?"

红衣人冷笑一声,阴森森地开口道:"只要能炼出圣血,什么罪孽不罪孽的,有何要紧?"

我又道:"我知道你炼出那圣血丹,是用来控制凉王和汤后的。但是,你害死这么多人,养着那凉王和汤后这许多年,到底有什么用呢?对你来说,要胁迫他们易如反掌,何须炼制圣血丹这样麻烦?"

他缓缓踱着步,幽幽道:"你很聪明,我用圣血丹养着这些走狗,确实是有我的用意,怪只怪他们太过无能,这么多年也办不成我交代的事,这才导致被抓来当作祭品的人越来越多,我也不愿这么麻烦,可是又能怎么办?杀了他们?哼,他们的命对我而言一文不值。"

他说着悠悠然转过身来,半眯着眼瞧着我。

他的瞳眸很黑,眼神阴郁且极为执着,但是,他执着的到底是什么?炼血、制丹、挟制汤凉两国王族之人,究竟是为了什么?

这时,我忽然发觉被他抓到这里是件很奇怪的事,于是问道:"你把我抓来做甚?我又不是男人,也当不了你的祭品。"

他没有回答,忽然朝我伸出右手,我腰间的凤骨笛就那么被他一瞬间收到手中。

我惊道:"你拿我的东西做什么?快还给我!"

他没有说话,只是低头静静凝视着笛子,又轻轻地抚摸一遍,然后,他将笛子举到唇边,朝着洞内深处的方向,吹起了曲子:

那是一首我再熟悉不过的曲子。

那是多少年前，
你画眉我铺卷，
碧树芳菲星无边，
从不问寒水连天。
若光阴斗转，一切都不变，
又怎会有清风吹散缱绻？
当星光将泪风干在双眼，
此夜江山皆云烟。

　　我没想到这世上除了师父之外，竟还有人会吹奏这首《星云笺》，更没想到，这世上竟然有人能将此曲吹得如此惊魂彻骨、催人泪下，像是一种断肠之恨，又似一种刻骨奇伤，随着那红衣人吹奏的旋律，穿透人的灵魂，直叫人肝肠寸断。
　　他吹奏终了，我仍沉浸在那犹如阴阳相隔的悲情中没有回过神来，在我恍惚之际，他走到跟前，面无表情地将笛子递还给我，我接过笛子的一瞬间，似有一抹暗香从他袖中飘出，我刚将笛子塞回腰间，便眼前一黑没了知觉。
　　再醒来时，我正躺在一片白茫茫的雪地中，起身一看，竟身在之前进来的那个山谷中了。我揉了揉太阳穴，想起今日看到的那座尸山，以及面对红衣人时的束手无策，顿生无比自责和懊恼，于是决定去凉王那里看看还能查出些什么来。
　　去找马儿的途中，四位庄主找到了我，他们见了我很是担心，我只说道："我没事，带我去昭灵宫。"
　　骑着马儿在雪中疾驰了一阵之后，我跟着他们来到了幼时记忆中的靖凉王宫——昭灵宫。

覆盖着厚厚积雪的昭灵宫犹如一个冰雪之城。我眼前忽然浮现出幼年时在这里玩雪的情景,那时白白胖胖的我刚会走路,被母后套了一身小小的白狐裘衣,一屁股坐在雪地里不动弹的时候,被一群哥哥姐姐当成了个新堆的小雪人。

卫亭问道:"老大,接下来我们如何行动?"

"你们都回去吧,人多了容易被发现,我自己在这里先探一探情况。"

正在这时,一队人马抬着个华丽的轿辇往这边走来,我忙将四位庄主都赶了回去,自己径直掠到了凉王寝殿顶上。果然,刚才那个轿辇是朝这边来的,那轿辇我曾经见过一回,是慧文公主坐的。

轿子停妥,两名宫女将一个年轻女子从轿中扶了出来,正是慧文公主。她身量瘦小,从头到脚裹在一件粉色披风里,一进入殿中,便将那披风去了,跪拜在凉王面前。

坐在宝座之中的凉王是个身材同样矮小的小老头,虽是身披紫金王服,头戴帝王玉冠,却看不出一国之君的气度和风范。

这时他二人已行过君臣之礼,慧文公主问道:"不知父王叫女儿前来所为何事?"

凉王粗糙的老手一边把玩着宝座扶手,一边说道:"下雪啦,眼看又一年要过去了,你的年纪渐渐大了,也到了该要婚配的时候了。本王叫你来,就是想同你说说此事。"

慧文公主面露羞涩,那凉王接着说道:"如今纵观天下,唯有汤国和遗玉能与我凉国匹敌,那汤国大王倒是一表人才,国强兵壮,只是已经有了王后,你若嫁去,便只能是个妃子。只有那遗玉之城的城主如今尚未娶妻,本王觉得,他才是你的最佳人选。"

慧文公主闻言面露惊惶之色:"父王为儿臣操心,儿臣受宠若惊,但是我与那遗玉城主从未谋面,也不知他是个什么样的人,而且,女儿已有了意中之人了。"

她头低得几乎要埋到身体里去,凉王有些惊讶地道:"你有意中人了?他是谁?"

慧文公主摇摇头道:"儿臣不知,儿臣只是与他有过一面之缘,那人不仅有着天人之貌,武功身手也令人叹为观止,只是当时儿臣询问他的身份,他并未告知。"

凉王闻言拍案道:"好个狂妄的小儿!堂堂大凉公主问话,他竟敢不予作答?此等狂徒不要也罢,你不要再想着那人了,本王已邀了遗玉城主来凉国议事,人这两天就会到,届时本王会安排你一同参加宴席,你可有机会先见他一见。"

慧文公主犹豫道:"多谢父王细心安排,可是……"

凉王不耐烦道:"你懂什么?你堂堂凉国公主,能配得上你的人普天之下也没有几个,本王已为你安排了最合适的人选,你还有什么'可是'的?下去吧!"

慧文公主不敢再多争辩,只得黯然告退。

这凉王其实说得没错,遗玉之城如果和凉国联姻,确实是强强联手,对顾星辰来说也是一件极大的好事,有了凉国的助力,在这四方大陆上,遗玉之城可以称霸天下了。

可是不知为何,我觉得十分难受,心情极为压抑,在昭灵宫再待不下去,风一般下了屋檐,骑上马便风驰电掣地回了四旗庄。

甫一进庄,郑光便风风火火地迎了上来,见我一脸悲色,他关切地问道:"老大你这是怎么了?"

我无力道:"没什么,可能是有些累了。"

他见我如此,便有些欲言又止的模样,我边走边问道:"可是有什么事吗?"

他点点头道:"我们查探到凉王邀请了遗玉城主来访,也就是老大

第二章 登基　　503

的老大，人过几天就到凉国，不知道这凉王又在盘算什么，我们暗中做了安排，如果老大想查一查凉王的意图，可以给您换成另一个身份参加宴席。"

我停下脚步："这还能混得进去？如何安排另一个身份？"

"我们在凉国这么多年，别的不说，这关系门路还是有些的。凉王此次宴席将会邀请东屏郡主参加，那郡主外出修行多年，已经很久没有进出过昭灵宫，如今记得她相貌的人不多了，我们兄弟几个与她的父亲私交甚好，可以利用这个机会安排老大您以东屏郡主的身份去参加宴席，那郡主与您身材接近，长相也有几分相似，老大只需稍微易个容，便可混进宴席去了。只是……"

"只是什么？"

"只是这郡主自小善舞，凉王邀她参加宴席主要是为了让她献舞的，所以老大若是以东屏郡主的身份前往，需要学了那支舞在宴席上表演，但如此一来实在是委屈了您。"

我点头道："学舞表演什么的倒是无妨，但是这位东屏郡主不会有意见吗？"

郑光连连摇头："不会不会，这个老大尽可放心，这次还是她父亲主动找上我，说郡主热衷于修行不愿前往，他又不敢拒绝凉王的旨意，还想请我给他支个着儿呢，老大若是前往，那郡主不仅不会不悦，反倒要感谢您帮了她的大忙呢！"

于是当晚，东屏郡主被请到了四旗庄来，与她一同前来的还有她的父亲——东屏王。

东屏，是凉国最大的一块封地，在凉国的影响力甚大。如今的这位东屏王，乃第三代子孙了，他的祖父是我父王的另一位堂兄，因此说起来他们父女与我是有些血缘关系的王亲。

这位东屏王长得眉清目秀，很是精神，他的女儿东屏郡主也是瘦瘦长长、白白净净的,听郑光说,这位东屏王与其祖父长得很像,他的祖父又与我父王容貌相似,东屏郡主的长相随其父亲,我的相貌亦随我父王,因而这位东屏郡主与我还真是有几分相像。

虽然她是个小美人儿,不过由于修行,并未像其他王族贵女一般披金戴玉,只是穿着很普通的素衣长裙,言谈举止也颇为谦逊温和,我见了她便十分喜欢。

东屏郡主的舞蹈果然不凡,看她跳起来很是轻盈灵动,我这老胳膊老腿练得却有些艰难,夜以继日地练了七天之后,我戴上面纱再跳的时候,终于能让大家给出个难辨真假的评价了。

七日之后,是遗玉城主顾星辰到访凉国的日子。

这日我早早便再睡不着,索性起来,准备把东屏郡主的舞再练上一练,却没想到这小丫头竟然一大早的便跑了来,说是她刚得了件有趣的东西,非要拿给我看。

她神秘地望了望外面,又关了门窗,最后拿出来给我看的,竟是一个空空的剑鞘。

那剑鞘并无任何雕刻装饰,只是通体玄黑,泛着暗银流光。

我惊呆了,这是离殇的剑鞘!

东屏郡主兴奋地道:"姑母您看,这剑鞘是不是很特别?只可惜没有剑,但我猜它所配之剑一定是把极好的剑,不知它的主人为何如此粗心,竟会将这么好的剑鞘给弄丢了……"

我忙问道:"你在哪里捡到的这个?"

她眨了眨眼道:"就在寒水河边。"

我叹道:"这是我朋友的。"

东屏郡主惊叹道:"真的太巧了,既是如此,那姑母便赶紧将剑鞘归还原主吧,我想它的主人一定很着急的。"

她带着我又来到发现剑鞘之处,四下里到处寻找。

第二章 登基　505

然而，寒水河边并没有顾星辰的踪影，附近倒是有两个空了的大酒坛子。

看来他是在这儿喝醉酒之后把剑鞘忘在此处的。

也许他回来找过，没有找到剑鞘所以走了，又或许他并不在意，压根就没有来找过。不论是何原因，离殇不能没有剑鞘，我决定今日赴宴时将剑鞘带去，寻个合适的机会归还给他。

也不知是凉国的迎宾之礼本就讲究隆重呢，还是这凉王格外重视遗玉城主的到访，此次迎接顾城主的场面着实非常盛大，凉王派出了一百零八人组成的仪仗队在城门口恭候，又在宫中列了老长的迎宾队。

我已早早入了昭灵宫中，顾星辰从宫门走进来时，我正站在侧面的宫楼高处远远望着他。谢天谢地，苏寒的精妙医术总算让他好了起来，但离得远，我看不清他的面色如何，只觉得他浑身散发着莫名的冷漠和颓然。

此时已是凉国的寒冬，刚下过的那场大雪令凉国格外地冷，其实如我这般修仙之人，平时并不怕冷，但这时一阵北风吹来，我忽然冷得有些心悸，便使劲紧了紧身上披着的东屏郡主的裘衣，却仍抵不住从心底里涌现出的寒意。

在凉王的接引下，顾星辰的一队人马很快走进了第二重宫门之中，东屏郡主派来的随行丫鬟上前提醒道："郡主，我们去准备准备吧，宴席很快要开始了。"

虽说外面的阵仗很大，参加宴席的人却不多，除了凉王和慧文公主，只有东屏王和西林王这两个凉国最大的封疆亲王，以及四名现任凉国大将军，可以说，当今影响凉国政局的大人物都在这里了。我坐在东屏王的下座，一边听他们的高谈阔论一边默默喝着茶，今日出门时，庄主们为我施了易容之术，便是与顾星辰同坐一室之中也没有被他认出来。

凉王就遗玉和凉国如何亟待携手共进一事口若悬河地说了很久，我看着他那一副妄图权倾天下的模样，不禁觉得有点好笑，也不知他自己本是个傻子还是把别人当成了傻子，难不成以为联姻之后遗玉之城就能变为他的后援了？他当真是一点也不了解这位顾城主啊。

说了半晌后，凉王端起酒杯，同众人一齐与顾星辰饮了几杯，又向顾星辰道："今日能迎来遗玉城主大驾光临，实属我凉国之幸事。世人都说贵城神兵难克，本王很是欣赏顾城主的治兵之道，若是我们二国强强联手，相信这普天之下从此定无敌手。"

顾星辰淡淡道："如今各国动荡不安，汤国受虫灾、饥荒和叛乱之扰已久，大漠亦毁于一旦，遗玉前不久亦受水灾，现在大家都忙于灾害之后的重建，也只有凉国太平无事，即便没有遗玉作为盟国，凉国其实已是卓然于天下了。"

慧文公主柔声地开口道："顾城主此言差矣。凉国目前虽未发生什么天灾人祸，可是俗话说，风水轮流转，又有谁能长长久久地太平无事呢？我们当然是要未雨绸缪了。再说了，眼下各国都忙于自救重建，唯有我们凉国尚有余力为他国提供帮助，此时正是结盟的大好时机，一旦新的格局形成，日后其他国土也势必不能与之匹敌了。"

凉王听了她这番话很是满意，笑眯眯地对顾星辰道："顾城主你看，连我凉国的女流之辈尚能有此远见，还望顾城主三思，切莫错失良机啊！"

顾星辰漠然地笑笑，道了句："谢过凉王和公主的好意，不过遗玉之城水灾已退，倒是无须他国的帮助，凉王和公主有心了。"

他明显并未听进这父女二人的话，两人面色微显尴尬，凉王干笑了两声又道："说到遗玉之城的水灾一事，本王倒是有个问题想要请教。听说此次贵城的水灾乃碧澜江决堤，江水倒灌所致，既然如此，那城中大水定是十分严重，可是本王又听说那洪水在一夜之间竟全部退了，这却是如何做到的呢？即便是开渠引流也需要些时日，这大水如何能够这么快便没了呢？"

顾星辰吹了吹手中的茶，淡淡道："此事我也不知何故，大约是老天怜惜城中千万条性命吧。"

我心中犯起嘀咕，明明那夜是顾星辰以一己神力退去洪水，还险些因此丧命，却为何说自己不知何故呢？

那凉王沉吟了一番，又眯着眼睛问道："不知顾城主是否听闻过《四境星经》？"

顾星辰波澜不惊地道："《四境星经》又有几人不知晓的？"

凉王又道："本王曾听一些修行之人说过，那《四境星经》中著有移山倒海之法，可呼风唤雨，随意驱使水火。遗玉之城的水灾能这么快退去，倒有些像是此种密法所致。"

顾星辰轻笑道："若真有人如此好心，能施此大法救我遗玉万民于危难，我真该好好感谢此人。只是这《四境星经》谁也没有见过，不知传闻是否属实。"

凉王的一双小眼睛里闪了闪贼光，又道："正是正是，若真有如此高人隐于贵城之中，那可真是贵城百姓的福气啊！"

顾星辰不再多言，他们又对饮了几杯之后，凉王令人歌舞奏乐，我便起身退了准备献舞。

走在宫中小路上，我远远看见黑暗中一个人影很是熟悉，是肖羽，一个侍卫正向他禀报着什么，这时顾星辰又从不远处朝肖羽走来，我便停在一旁想等他们走了再过去，然后就听到肖羽向顾星辰禀道："城主，尊主传了消息来，说此次联姻事关重大，要您务必答允，不可拒绝。"

顾星辰面色十分疲惫，只道了声知道了，便转身同肖羽一前一后地走了。

不知为何，我心情又低落起来，魂不守舍地去换了舞蹈的行头，又回到了宴席大殿。我心情烦闷，只不言不语地微微垂首，众人都在赞我的姿容如何如何，顾星辰则一直不声不响地喝着茶，并未注意到我。

此时音乐响起，我跳起东屏郡主教我的那支舞。据她所述，此舞表现一个女子与她的心爱之人被迫分离时的伤痛。在这个我十分不喜的宴席上，我竟突然茅塞顿开一般，一下子明白了此舞的精髓所在。

舞蹈结束之后，众人你一言我一语地赞叹着，我施了一礼便欲退去，慧文公主却忽然道："东屏姐姐，你这舞美则美矣，但似乎透着哀伤之意，不够欢喜，此次顾城主前来是喜事，可否请姐姐你再舞一曲？换一个喜庆些的如何？"

我尴尬地顿在原地，这倒是难住我了，几日来，我只跟着东屏学了这一支舞蹈而已，哪里还会什么喜庆的舞？东屏王大约是怕我露馅，忙起身告道："禀公主，小女近年来一直在外修行，以前那些舞蹈早都忘得干净了，还是不要献丑了吧。"

慧文公主仍然不依不饶道："姐姐自小学舞，再怎么样底子还在，又修行了多年，不若就跳个仙舞吧。我只听别人说起过修仙女子的舞蹈如何仙气灵动，却还从未亲眼见过呢！"

东屏王转头看向我，正又一次揣摩着如何拒绝，我对慧文公主道："无妨，既然公主想看，我便恭敬不如从命了。"

东屏王略带疑问地给我递了个眼色，我朝他点点头示意他不要担心，然后去换了身素白的衣裙。回到殿中时，我向慧文公主道："这舞还需一把剑，请公主赐剑。"

慧文公主环顾四周，满堂宾客皆不允许带剑入殿，唯有顾星辰身份特殊，所以能携佩剑入席，于是慧文公主朝他道："顾城主，可否将你的剑借给东屏姐姐一用？"

顾星辰沉默片刻，一言不发地将剑放到了桌上，我上前向他施了一礼，便恭敬地拿起离殇，将九天门的仙剑之舞表演了一遍。

第二章　登基　509

剑舞终了,宾客们纷纷拊掌,赞不绝口,慧文公主则惊喜地问道:"这舞果然出尘脱俗,跟寻常舞蹈大不一样,全没有矫揉造作、惺惺作态,倒是英气十足,洒脱率性得很,不知刚才这仙舞东屏姐姐是从哪里学来的?"

我答道:"这是九天门的仙剑之舞。"

她闻言便和其他宾客交头接耳地议论去了,顾星辰猛地抬头朝我看来,我不动声色地从腰间拿出带来的离殇剑鞘,将剑送回剑鞘归还给他。

众人都在忙着推杯换盏,把酒言欢,没有人注意到我还剑的时候多了个剑鞘。顾星辰诧异而又怀疑的目光直视着我,我朝他微微笑了笑便转身走开了,自己却感觉笑得一定十分难看,表情大约是有些哀伤的。

我一个人在昭灵宫无人的小道上走着,一点也不想再回到那个嘈杂的宴席中去了。我在脑中理了理今晚在宴席上的所闻,顾星辰说得没错,就目前形势来看,凉国已经在四方大陆中独领风骚了,若是想灭某国,如今是最好的时机,其实没有必要在这个时候着急拉什么盟友。那凉王对《四境星经》好像也很感兴趣,莫非他要同遗玉联姻的真正目的是寻找《四境星经》?

走着走着不知到了何处,四周无人,很是安静,只有些落了积雪的松柏。我望着面前结了一层薄冰的湖面,正静静地发着呆,忽觉身后传来脚步声,回身一看,竟是顾星辰。他在席间喝了不少酒,身上散发出淡淡的酒气。

我心中一阵雀跃,又不能表现出来,只好向他行了个礼道:"顾城主怎么不在席中,也到这僻静的地方来了?"

他没有说话,我半垂着眼睛不敢抬头。安静了片刻后,他忽然开口道:"为什么不告而别?"

我心中一咯噔,看来他认出我了,我心中有些慌乱,心道无论如何不能承认,否则再扯上关系便是拖累他,于是故作糊涂道:"您在说什么?我怎么听不明白。"

他向我走近一步,温热的大手轻轻捧起我的脸,我的眼睛不得已对上他的目光。

"还装?"他蹙着眉头,满面忧伤。

"我没有。"我甩开他的手转过身去。

他在后面叹了一叹,说道:"之前在遗玉对抗水灾时,我曾对你说过,如果日后有机会,有些事我会告诉你,现在,你听好了。"

"我的本名不叫顾星辰,我原来的名字,叫白谦。在我六岁时,我的妻子便出生在靖凉王宫之中,因为她颈后生有一个星形的胎记,所以她被世人称为星云公主。"

一根温暖的手指轻轻抚上我的后颈,他倾身到我耳畔,低低地说道:"这个四角星形胎记,普天之下只有一人颈后生有,此人便是吾妻。"

我心中猛然一阵惊悸,心脏怦怦的剧烈跳动声连自己都能听见,他从我身后轻轻拥住我,声音沉沉地道:"云儿,你是我命中的妻子,我不想同别人联姻。我只想娶你。"

不知为何,听到他说这话,忽然之间我只觉满心酸涩,一时竟失态哭了起来。他等我哭完,转到我面前帮我擦了脸上的眼泪道:"这下你可不能再回宴席中去了,一擦眼泪把你打回原形了。"

我破涕为笑道:"那怎么办?"

他轻轻捧着我的脸,沉声道:"我带你走。"

我愣了一愣,突然反应过来他说的带我走是什么意思,于是问道:"那联姻怎么办?尊主要你娶的是慧文公主。"

"你愿意跟我走吗?"

第二章 登基

"那遗玉呢？汤国呢？你不报仇了吗？"

他眸光闪闪地道："不想管了，如果做那些事情的代价是失去云儿，我宁愿什么都不要。"

我忽然又流下泪来，但克制不住地笑了，只觉大脑一片空白，不自觉地开口说了句："我跟你走。"

这晚我的脑子是蒙的，如何被顾星辰牵着飞奔出去，如何与他同乘一骑离开昭灵宫，又如何绸缪了一夜，我全然是迷迷糊糊的。

次日一早，我还在酣睡之中，忽觉一道疾风掠进，一支小小的飞镖将一张纸条钉在柱上。

是四庄主的密信，也不知他们是如何找到我的，我一边在心中感叹着他们遍布天下的神探果然不是浪得虚名，一边取下那纸条，只见上面写着一句话："已查实凉王弑君篡位，及偷换真假若岚公主一事，请老大速归。"

我心中大震，连忙披戴整齐欲出门，顾星辰问道："发生什么事了？你要去哪？"

"我的身世和仇人的事有眉目了，我回去弄清真相后再到遗玉找你。"

他好像还想说些什么，我心中焦急，顾不上多言，只摸了摸他的脑袋便拉开门匆匆离去了。

我风一般地火速赶到四旗庄，四位庄主拿出一张破旧的纸条来递给我，说道："这个篡位的老东西在寝殿里设了密室，我们好不容易摸进他的密室之中，这才找到这封密信。"

我展开那纸，其上书写的字字句句，都如刀绞我心。

"汝之所求，圣主已允，圣血堂可给汝提供令人罹患怪病的圣药，以及必要的人马，以助汝夺位，但汝登基之后，需安排我们指定之人嫁去汤国，为圣主找寻《四境星经》。"

看完这封密信，我悲愤交加，浑身发抖，转身就要奔去昭灵宫取那老儿性命，四庄主忙冲上前来拦住我，他们一齐在我面前跪下，卫亭道："我们四兄弟告老还乡，隐姓埋名，潜心修炼，等了这么多年，等的就是今天。如今证据确凿，我们又找到了星云公主，恳请公主召集旧部，剿灭篡位者，臣等愿誓死追随公主，扶公主登基！"

其他三人同声道："臣等愿誓死追随公主，扶公主登基！"

我猩红着双眼道："我去杀了那无耻老儿便是，登基不登基的我不在乎。"

卫亭急道："公主，如若你仅仅是杀了那老儿，下一个上位的不过是另一个篡位者罢了，这朝堂如若不彻底连根掀翻，残余的大多还是篡位者的旧部，留下来的还是一个残破的国家，这不是先王想要看到的呀！"

郑光附和道："是啊公主，一个篡位者身后是他盘根错节的网，要让先王、先王后和若岚公主瞑目，就必须彻底毁灭这张网，还要铲除圣血堂这个毒瘤，您如若不登基掌权，这凉国仍然不是王族正统，仍然受篡位者余部和圣血堂的操控，百姓仍将生活在水深火热之中啊！"

他二人的一席话令我如梦初醒，我极力让自己的情绪平复一些，方才问道："四位将军所言极是，但不知如今朝堂可还有忠于先王的臣子呢？"

方浩道："如今凉国朝堂之中，四员大将军是篡位者的心腹，也是篡位者掌控兵权、操纵凉国朝政的关键，东屏王和西林王祖孙三代均在朝中担任要职，但其实他们很重视王族血脉，一直对先王忠心耿耿，不愿与篡位者同流合污，他们之所以愿在现在的朝堂任职，乃为了庇佑百姓于水火。若非有他们在，凉国的百姓怕是连现今的日子都过不上。"

第二章　登基　513

施炎也点头道："我们四兄弟把那什么四员大将拿下不是问题,一旦这四人被灭,凉王便没了兵权。至于那些朝堂文官,许多都与东屏王和西林王私交甚好,文官那边,东屏王和西林王可助我们摆平。"

我向他们拜谢道："如此,便请四位将军同我一起,铲除篡位者,重立凉国王族正统!"

当日,四庄主派人秘密将东屏王和西林王约了出来。我躲在屏幔之后,听着他们在外面的对话。

卫亭首先道："东屏王,西林王,今日冒昧将二位请到此处,实是有事关凉国社稷的大事相求。"

东屏王放下手中茶盏道："四位将军与我们相交已久,对我们兄弟二人当是很了解的,还请但说无妨。"

卫亭点点头道："当年,先王盛年之际无端染上怪病,在弥留之时,被如今这坐在王座上的老儿谋害篡位,先王的两位公主也惨遭迫害,我们兄弟四人虽然知道真相,但苦于没有证据,这么多年以来,一直在暗中调查,近日我们终于找到了唯一活下来的星云公主,并且找到了小老儿弑君篡位的证据。"

西林王惊讶道："哦?究竟是何凭证?"

郑光将那密信交给两位亲王看了,西林王看后拍案而起道："祖父早就留下遗言说这小老儿不是什么好人,原来当年果然隐藏着这么大的阴谋!我们兄弟俩虽然供职于当今这朝堂,但忠义二字,我们还是懂的。当然,这忠,要看对谁,不是说谁如今坐在那龙椅上便对谁忠,当今龙椅上那位既然没有资格坐那个位置,即便坐了上去,我们兄弟二人也不会效忠于他,我们效忠的,只有王族正统血脉。"

东屏王也道："西林王所言正是我的态度,当今的凉王倒行逆施,治国无道,根本不是一位贤君。对了,卫将军说找到了星云公主,你们是如何找到她的?"

卫亭道："我们兄弟四人为了寻找公主，研究多年，终于炼制出一种小灵珠。此种灵珠会认主人，一旦靠近要找的血脉，便会自动化入主人体内。机缘巧合，此珠在中秋灯会上偶遇公主，并且自行入了公主经脉之中，而且公主还有颈后四角星形的特殊胎记，这二者同时具备之人，必是星云公主无疑！"

东屏王和西林王颔首道："四位将军对先王忠心耿耿，殚精竭虑，坚持不懈，竟能在茫茫人海中找到失踪多年的王族正统血脉，实在是功不可没啊！"

卫亭道："这是我们的分内之事，当年先王后将二位公主托付给我们四兄弟，我们没能护住两位公主，令她们一个惨死一个飘零，已是罪该万死，只想着一定要在有生之年找到星云公主，决不能让她再出意外。"

郑光道："正是如此，如今虽然有了星云公主的下落，但我们四兄弟毕竟只是臣子而已，所以特地邀请二位亲王前来，便是为了斗胆征询二位亲王的意见。"

东屏王和西林王相视颔首，西林王道："我们兄弟二人自小蒙受祖父和父亲的教诲，并不愿与篡位者为伍，若非不忍黎民受难，我们早就告老还乡去了。如果能找到王族正统血脉，我们唯愿扶之上位，助其主持大局，让这江山回归正位。"

东屏王道："我也是这个意思。其实之前祖父早就留有遗训，说二位公主下落不明，希望东屏子孙尽力寻回公主，只怪我东屏子孙无能，这么多年了竟也没能寻得半点公主的音讯。四位将军既然找到了星云公主，那么公主现在人在何处？"

卫亭起身走到屏幔前，道："公主就在此处。"言罢朝我点了点头，我走出屏幔，站在东屏王和西林王的面前，他们二人一齐缓缓起身，面露无比震惊之色。

第二章 登基

西林王惊叹道:"这……这相貌与我王族血脉传人果然十分相似啊!"

东屏王莞尔道:"前日在四位将军府上见到您时,您的容貌便令我很是吃惊,当时四位将军还没有明说,只道是一位王族贵戚,我这愚笨的脑袋瓜子却没想到原来竟是星云公主!"

他言罢和西林王一道向我郑重地行了君臣之礼,我忙将他们扶起。他们二人相视一番后说道:"既然星云公主回来了,这篡位的小老儿也该伏法了!"

郑光道:"我们正是为此邀请二位前来共商大计的。"

当日,我们几人一直商议到深夜,将各自任务安排妥了,这才散了去。

短短两日,凉国社稷经历着一场看不见的剧变。

朝堂文官被东屏王和西林王全部洗牌,凡是忠于王族正统血脉的一概放回,为我登基早做准备,另一批忠心于篡位老儿的被当即扣下,秘密囚禁了起来。

四位庄主这边也在紧张地厉兵秣马,篡位老儿的四员大将如今齐聚都城,正是一举拿下的大好时机,四位庄主和两位亲王商定就在两日后围攻昭灵宫,卸去篡位老儿的兵权。

第三日,阴,大风。

篡位老儿在这一天又召了四员大将入宫。按照我们之前议定好的计策,由东屏王和西林王调拨的兵马阻截昭灵宫外的所有都城城防驻军,截断一切可能出城通风报信的人,四位庄主的人马则待那四员大将进了宫后,悄无声息地迅速将整个昭灵宫合围。

一切进行得十分顺利,不出半日,四位庄主同我一道杀入了昭灵宫,四员大将和他们的兵马被拦截在议政大殿外面的宫院之中,我从一片昏天黑地的混战中一路杀到了议政大殿。

破门而入之后，数道寒芒直劈我面门而来，是一群身手不凡的侍卫，我周身真气爆出，将身后的寝殿大门关了，拂袖间未央剑急闪而出，将他们的剑招尽数打散，此行非来教化度人，而是要以雷霆手段斩奸除恶，所以我下手丝毫没有留情，几招之间便将这些助纣为虐的魑魅小鬼尽数打倒在地。

篡位的小老儿坐在大殿之中的龙椅上，我正要向他那儿走去，龙椅上方的横梁上突然跃下八名大汉，个个手持长剑，面目狠戾。

早先便听说这篡位老儿身边有什么八大护卫，犹如金刚护体一般，将他保了许多年。

不过今日，不管他是八大什么，只要拦我诛杀叛逆者，我一概不会手软。

我指着面前倒了满地的侍卫，对这八人道："再往前冲，你们的下场就跟他们一样。"

那些人不为所动，举剑便向我攻了过来。

他们一个接一个地不断冲上前来，又被我手中的未央一个接一个地打退回去，如此车轮战般地迂回了一阵之后，他们退回到龙椅前方，相视一番之后，忽然斜排着站成了一队。

霎时间，八条利剑连绵不断地向我刺来。

不知这是什么奇怪的招式，总之那八条剑配合得极好，犹如蛟龙出海一般，时而长驱直杀，时而分散来袭，时而包围聚拢，各种进攻组合不断变换。

我从未见过这样的打法，渐渐地在一片眼花缭乱的剑芒之中手忙脚乱，衣衫也被划破了几道口子。

再这样打下去我怕是要吃亏，于是我从那一片乱剑中跃出包围圈，依照在灵枢谷中对那气结人形的打法，我不再去关注他们的剑招，只是细心感受着他们的气，很快我的元神感知到了这条剑形长龙的动念，我

第二章 登基　　517

一边冷静地防御拆招,一边耐心地等待时机,眼见八剑就要依次变招,我果断地将未央的剑气送出。

只听当当当当当当当当八声清脆的撞击声,未央依着八剑变招的顺序挨个杀了过去,我睁开双眼,面前八条银白色的锋刃被未央一个接一个地挑上高空,那一片被打散的剑龙之气瞬间迸裂出去,将八剑的主人弹飞到了四面八方的墙上。

又是一阵叮叮当当之音,八条剑如天女散花般从空中掉落在地,那八个人捂着胸口,面露无法置信的神情。

龙椅上,小老儿的面色变得难看极了,我重新提起未央,再度向龙椅走去,刚刚走出几步,大殿之中忽然凝起一股凌厉的气泽,竟是那八个人又爬了起来,一齐逼出了内力,不知行起了什么阵法。

八条剑唰地从地上凌空而起,在空中列出阵形,瞬间将我团团围在其中。

八条白森森的剑锋进攻极快,且那剑气在周遭凝成巨大的压迫,不断向我收拢,犹如被四面八方的墙壁推挤一般,直令我感到窒闷,快要透不过气来。

渐渐地,我的手上越来越没了力气,未央在我手中摇摇欲坠。

我心中焦灼起来,难道我的复仇之路就要这样断送在眼前吗?

剑阵的压迫令我几欲晕厥,我越来越支撑不住,不得不以未央支地,方才勉强站住不倒。这时,母后、岚姐姐的面庞在我眼前闪现,当年昭灵宫中的血腥杀戮在脑中又一次回放,就是这个大殿,这里就是我和母后永诀的地方。

龙椅上的小老儿站了起来,正露出一脸狞笑对我说着什么,但我被困在八剑的阵法中,耳边只是嗡嗡作响,却听不清他说的话。

昏昏沉沉中,我仿佛听到了母后的声音在大殿中回响,她在唤着我:"云儿,云儿,振作起来,好好活下去……"

我一瞬间清醒了许多,父王,母后,岚姐姐,他们都已在阴谋中惨死,如今我不能再倒下,我要为他们报仇,我一定不能让他们看着我也倒在这里。

我静下心来思索对策,很快,脑中浮现出在七钩塔上对战十八名持棍僧人的情景,那一次,我是怎样打退十八根夺命铁棍的呢?

阵眼!

我忙细细观察周身的八剑,不一会儿,终于看出有一把剑始终很少移动,但其余七剑总在它周围变换,我的身体已动不了,于是心念一沉,将真气尽数逼上未央,未央立刻脱开我手,向着那剑疾刺而出,当的一声将那剑弹飞出去,直至剑尖咚的一声没入墙中。

其余七剑再一次掉落在地,我收回未央反手一挥,雪白的剑气瞬间向四周猛冲开去,将那八个人全部劈倒,不知是昏是死地尽数倒在地上,不再动弹。

篡位老儿终于慌了,他惊慌地抓着龙椅扶手,颤抖着一只干枯的老手指着我问道:"你是何人?竟然胆敢犯上作乱,擅闯昭灵宫!来人哪!来人哪!快将这个刺客拿下!"

我冷哼一声:"别喊了,不会有人来救你了。"

外面杀声震天,四位庄主的人马勇猛善战,将凉王的兵卒打得哀号一片,院中时不时爆发出四旗庄战士们的欢呼声。

这些令人无比振奋的呼喝声落在篡位的小老儿耳朵里,却令他惊恐万分。

"你,你想干什么?本王乃凉国之君,你们,你们怎敢如此造反?"

"当年,你既然下得了毒手谋害兄长,弑君篡位,便该知道会有今天!"

他惊道:"你究竟是谁?"

我冷笑道:"我是谁?你杀我父王母后,又迫害我和王姐,凉国百

第二章 登基

姓被你当作蝼蚁一般献给恶人任意摧残,你上对不起先祖,下对不起子民,你一身罪孽,被你害死的人千千万万,你即便死千次万次也不足惜。如今,我便是来取你狗命的复仇者!"

他闻言一下瘫坐在了地上:"你……你是星云?怎么可能,这怎么可能?"

未央在我手中爆出雪白剑气,将整个大殿照得雪亮,如镜般的剑身上倒映着我的眉眼,像要吞血噬骨的鬼魅。

凉王在地上瑟瑟发抖,身体不由自主拼命地向后挪着,怎奈已经靠上墙壁无处可退,双腿却仍在地上乱蹬,做着后退的动作。

未央呼啸而出,剑剑穿膛破腹。

第一剑,为父王。

第二剑,为母后。

第三剑,为王姐。

第四剑,为苍生。

我推开殿门走出去的时候已是正午时分,空中的乌云正渐渐褪去,冬日的阳光从空中投下微暖的光辉,听到这沉重的开门声响,昭灵宫中仍在勉力抵抗的禁卫军们纷纷停了下来,他们见到从大殿中走出来的只我一人,都有些惊慌失措。

我大声道:"我是星云公主,篡位者已被诛杀,我将重立王族正统,重振山河!愿追随我者,留;要告老还乡的,允;还有想为篡位者出头的,一律就地正法!"

四位庄主激动地跪地拜道:"臣愿誓死追随星云公主,守护王族正统!"

大片大片的兵将跟着一同跪拜道:"臣愿誓死追随星云公主,守护王族正统!"

天空中下起纷纷扬扬的雪来,这场大雪一直下了三天三夜。

三日之后,是我登基之日。

史书云:靖凉二百一十九年,凉国灭,失踪多年的王族正统血脉星云公主登基,定国号为雪。

第三章　雪帝

自登基以来,我没日没夜地一边学习治国之道一边处理政务,很快大半月过去,我心中其实很是焦虑,我还有很多重要的事情需要去做,比如为岚姐姐报仇,比如寻找师父,比如对抗圣血堂,可是如今被一堆繁杂事务困在昭灵宫中,什么也做不了。

这日,昭灵宫迎来了靖雪元年的第一位他国贵客。

遗玉之城的顾城主听闻雪国女帝登基,特携厚礼前来道贺。

我望着从宫门一直排到寝殿的长长的献礼队伍,有些崩溃地对他道:"不过区区一桩小事,顾城主这也太破费了。"

他第一次笑得满面春风:"吾妻称帝,吾甚欢喜,这点贺礼算什么?待我下回来提亲时,再让你看看……"

我赶忙捂住他的嘴止住他的话:"你胡说八道什么呢,这么大声被人听见像什么样子?"

他仍然在笑,我疑惑道:"不对不对,我称帝就把你高兴成这样?我才不信呢!你到底为何笑得这么欢?"

他挑挑眉毛:"师尊让我娶贵国慧文公主,我正愁如何拒绝,如今你找回了自己的身份,我便可以跟师尊讲,娶你才是最正确的决定,你说我怎能不笑得欢呢?"

我咋舌,以前顾星辰总是一副冷酷无情又严肃刻板的模样,突然变成这么个欢脱的风格我还真是有点不适应。

"你是不是早就知道我的身世了?"

"嗯。"他古井无波地点头。

"什么时候知道的?"

"你十岁那年被我从河里救起时,我看到你颈后的胎记,便知道你是我的妻子了。"

我睁大眼睛道:"我还没过门呢,你这一口一个妻子的倒是喊得顺口。"

他颇为得意地笑道:"那当然了,我自小就知道,我的小妻子是星云公主,生下来颈后便有个四角星形的胎记,这在当时可是世人皆知的啊!"

他停了停,转过来看着我问道:"如今,你终于恢复了记忆,找回了真正属于自己的身份,是不是也该考虑考虑履行婚约的事了?"

我叹了叹:"我还有好多事情要做呢,你的大仇也还未报,我们哪里有时间考虑嫁娶?"

他撇撇嘴道:"事情多些又有何妨?一件件办了便是。此次我来,也有别的事情要办。"

"还是关于圣血堂的事吗?"

他点点头:"正是。"

我忙道:"说起圣血堂,我这次在雪国有重大发现。"

他奇道:"你发现什么了?"

"青龙、白虎、朱雀、玄武四名护法我全见到了,就连他们的圣主我也亲眼见到其人了。"

顾星辰闻言惊讶不已:"圣血堂一直十分隐秘谨慎,断不会一下暴露这么多关键人物,这么短的时日内,你能见到四大护法和那圣主,看来他们最近是开始新的行动了。"

我点头道:"很有可能,圣血堂近来活动确实十分频繁。"

他又问道:"你是在哪儿见到他们的?"

"在雪国的一处山谷中,有圣血堂的一个洞府,我此次是在山间偶遇了圣血堂的人,便跟踪他们到了那洞府,然后乔装成他们的门徒溜了进去,我就是在那儿见到了朱雀和青龙,那朱雀炼了圣血后,带着几个门徒送给那圣主,我刚好被朱雀带了去,这才见到了那个圣主。"

顾星辰皱眉道:"你如此行事太危险了,你可知光是那四名护法的道行就已十分高深,至于那位圣主,怕是更加深不可测,你一人只身混入圣血堂,万一被发现了断难全身而退,以后绝对不可再像这般鲁莽了!"

我咧嘴笑道:"没事没事,我很小心的,不过……"

"不过什么?"

"不过最后那圣主把我带回山谷中时,离开之前曾对我说,他知道我是谁。"

顾星辰倒吸一口凉气:"他是这么说的?"

我点头:"可我想不明白他的意思是知道我是混进去的外人呢,还是知道了我的真实身份。"

他有些恨铁不成钢地敲着我的脑门:"你啊你啊,真是个傻孩子!你觉得他的意思仅仅是知道你是混进去的吗?如果真是那样,你觉得他还会留你的性命吗?"

我愣住,突然感到后背一阵冷意:"那么……他知道我的真实身份?这怎么可能?我以前从没见过此人,他是如何知道我的?"

顾星辰沉思了片刻道:"圣血堂的圣主并非等闲之辈,知道你的真实身份也不足为奇,只是,他既然知道了,却没有杀你,这倒是有些奇怪。"

我也感到纳闷，不由得叹道："也许他只是一时兴起，说不定下次再见到我时，就不会手下留情了。"

顾星辰道："你还能找到那处吗？带我去看看。"

我当即与他一同骑了马来到那山谷之中，只是之前那个圣血堂的洞府实在是难找，加之到处都是白茫茫的积雪，我带着他转了好久也没能找到，最后只找到了堆得像小山一样的尸体。

我看着面前的尸山，沉重地道："这里堆的都是雪国子民的尸骨，这圣血堂杀人无数，就是为了炼那什么圣血丹，他们将圣血丹发给篡位的凉王，还有他们安排到汤王身边的那个王后，好像都是为了让他们寻找《四境星经》。而且，那圣主还有个奇怪之处。"

"什么奇怪之处？"

"我曾两次被他带到一个冰封的山洞中，第一次我冒充圣血堂的门徒，他让我蒙上眼睛，叫我给一个尸体换衣服；第二次就是在尸山这里，我和四庄主偶遇了那圣主，却敌不过他，因而我又被他抓到那个冰洞之中，这一次他竟然用我的凤骨笛吹了首曲子，就是我之前经常吹给你听的那首。"

"竟有此事？"顾星辰在雪中缓缓踱着步子，"那首曲子是你师父教你的，此人竟然会吹此曲，莫非他与九天门有什么渊源？"

我摇头道："我已绞尽脑汁分析了不下百遍，此人断无可能与九天门有瓜葛，我也从未听师父提起过。"

顾星辰思索片刻，道："你还能找到那冰洞吗？"

我迷茫地望着眼前白茫茫的一片冰天雪地道："四位庄主已经带人在这附近搜寻好几遍了，都没有找到，我更是一点头绪也没有。"

顾星辰抽出离殇，在雪地上以剑代笔画了起来，曲曲弯弯不知画的是些什么，他画完之后问我："你可看得出这是什么？"

我仔细辨认了半天，问道："一头牛？"

他摇头。

我睁大眼睛仔细再看,又道:"一头猪?"

他又摇头。

我恍然大悟道:"老母鸡?"

他扶着额角崩溃地道:"你脑子里就只有些家禽家畜吗?"

我愁道:"不是我脑子里只有这些,你这画得本来就像是些禽畜啊!"

他叹道:"好吧,怪我水平拙劣,画得不好。这个呢,其实是四方大陆的地形图。"

我仔细地看了又看,不由得由衷赞叹道:"你也太厉害了,竟能随手就将四方大陆的地形图画了出来。"

"我这只是画了个大致的地形走向。你看,这里是汤国,这里是雪国,这是大漠,这是遗玉。"

我看着这个虽然拙劣却十分精要的地形图,脑海中渐渐浮现出四方大陆的格局。

"我们现在大约在这里。"他指着地形图上的某处道,"这个位置很微妙,虽是在雪国境内,其实离汤国也不远,且四周大大小小的山脉很多,是个得天独厚的藏身之处,那圣主若有什么秘密隐藏于此间,确实很难寻找。"

我看了看,又道:"据我上次的巧遇来看,圣血堂的洞府和那圣主放尸体的冰洞相距甚远,那日朱雀炼成圣血丹后,只是在洞府附近的一处山涧中交给那圣主的,且那圣主第一次带我去时还将我的眼睛蒙了起来,看来圣血堂的徒众们也不知道那个冰洞。"

顾星辰沉吟道:"对那圣主而言,你所说的冰洞应当才是最重要的地方。你看这大大小小的山脉,横贯汤、雪、遗玉、大漠,从他带你来回的时间判断,那冰洞离此处应当不会太远,还是在汤国或者雪国的可能性最大。"

我看着雪地中的地形图,努力回忆着那圣主带我所行的大致方向。就在这时,郑光从不远处疾步而来,拜道:"陛下,顾城主。"

我将他扶起道:"郑将军无须多礼。有什么事吗?"

他微笑道:"难得顾城主再次大驾光临昭灵宫,不过此次国号更迭,陛下即位,东道主可是不一样了,宫中已安排了薄宴欢迎顾城主到来,臣特地来请陛下与顾城主同往。"

眼看着天色渐晚,我们便回了昭灵宫。四位将军深谙我的脾性,并没有弄出一场如篡位老儿那般奢靡张扬的宴席来,只在后宫的清雅小筑之中,布了些清淡精致的糕点菜肴,列席之人也很简单,我,顾星辰和肖羽、东屏、西林两位亲王以及风、雨、雷、电四位将军。

众人喝得正酣,门口忽然传来一阵嘈杂声,一个年轻女子的尖声嚷叫听着令人很是烦躁。不一会儿,守门的侍卫进来通报道:"庶人慧文非要进来,说是有话要对陛下说。"

我对此等女子撒泼耍赖很是反感,但念及这小丫头突然遭逢变故有些可怜,于是便对那侍卫道:"放她进来吧。"

两个侍卫将慧文押了进来。她的父亲篡位老儿被剿灭之后,她本当被株连斩首的,但我觉得这一切的错误算不到她的头上,于是心一软只给了个贬为庶人的惩罚,又怕她去了市井之中无法生存,加之政事太多也没顾得上考虑这事,便没有急着将她赶出宫外,哪里想到这小丫头竟然还有胆量来闹。

没有那些金珠碧玉和锦衣华服的衬托,她看上去跟一个寻常女子并无二致,一进到殿中看到我时,她便来到我面前双膝跪下拜了,说:"陛下。"

我淡淡道:"不用多礼了,你有什么事便说吧。"

她没有站起来,仍然跪在地上挺直了腰杆说道:"陛下,请容我叫

第三章 雪帝　527

您一声堂姐!"

我惊讶道:"你这是……"

她红着双眼道:"起初,宫中刚刚发生变故的时候,我是恨过您的。那时候我万念俱灰,父王死了,我想嫁的人也嫁不成了,当时,我是想要自尽的,但是后来,我听说了这件事情的前因后果,才知道您并没有做错,是我的父亲谋朝篡位,害了堂姐一家,落得如此下场全是他咎由自取。"

她一边说着一边落下泪来:"这些日子以来,我一直在思考,我作为篡位者的女儿,本当被株连斩首的,但是您没有杀我,还将我收容在宫中,但我不能不知廉耻地在这儿继续待下去,我准备离开。这些天我想了很多,虽然我的父王罪无可赦,但他毕竟是您父亲的兄弟,是有血缘关系的,也就是说,我同您也是有血缘关系的,所以我斗胆前来,想在走前拜谢您的不杀之恩,更重要的是,现在您是我在这世上唯一的亲人了,我想在走前来看一看您,想要叫您一声姐姐。"

她说得声泪俱下,这声姐姐更是唤得我心中绞痛起来,想当年我的王姐若岚还在世时,我也是天天唤着姐姐姐姐,那个时候,姐姐也是我在世上唯一的亲人,是我情感的全部寄托,我何尝不知道对于一个孤苦无依的女孩来说,姐姐是多么温暖的一个角色啊。

我走过去将她扶起来,替她擦拭着脸上的泪水,叹道:"慧文,你是个善良又明事理的好姑娘,你没有做错什么,只是错生在了这个家庭中。你说你要离开,你想好去哪里了吗?"

她摇摇头道:"我不知道该去哪儿,我自小就在宫中长大,连宫门都没有出过几次,外面的世界什么样,我一点也不清楚,如果离开昭灵宫了,或许就只能四处飘零,活到哪天算哪天了。"

我听她这样打算,实在于心不忍,于是转向东屏王和西林王问道:"她与孤有些血缘关系,可否恢复公主身份继续留在昭灵宫?"

两位亲王迟疑道:"这……"

我见他们似乎不太赞同,于是又道:"二位亲王想想,慧文一个久居深宫的年轻女子,就这么孤苦伶仃地被赶出去,她该如何生存?万一遇到恶人,她又该如何?不管怎么说,她身上流着一半的王族血液,如果就这么赶到外面任人欺凌糟蹋,也是王族的一大憾事啊!"

他们二人相视着思索了片刻,道:"陛下说得也有道理,其实能否给她恢复公主身份,并无什么特别的律法约束,主要还是看陛下您的意思。"

我闻言至此,当即决定道:"那就这样吧,便以孤堂妹的名义,恢复慧文的公主身份,令她继续在昭灵宫生活,孤也算是有了个妹妹。"

慧文不敢置信地望着我:"姐姐,这是真的吗?您不追究我的罪责了吗?"

我握住她的手道:"傻妹妹,你有什么罪呢?不要把自己当成一个罪人,你才二十出头,还很年轻,今后还有美好的人生之路要走,你不要去想以前的事情,好好地过未来的日子便是了。"

她泪流满面地向我深深跪拜道:"慧文前世不知修了什么福德,身为大逆不道的罪臣之女,竟能得到姐姐的宽恕和垂怜,慧文不知何以为报,我愿永远侍奉和追随姐姐,直到我死。"

我将她拉了起来:"今天是个高兴的日子,别说什么死不死的,既然来了,就入席同我们一起吃吧。"

我令人加了桌椅酒食,让慧文坐入席中和我们同饮,她起初还有些拘谨,好在这一室都是些温文亲善的人,没有一人为难于她,大家许是都有些怜悯她一个孤女,因此都格外留心地寻机劝慰和安抚她。她喝了几杯之后,也不再像之前那么拘束,端着酒杯将厅中众人一一敬过。

敬到顾星辰面前时,她有些不能自持地落下泪来,颤声道:"顾城主,慧文生辰那日第一次见到您时,便对您一见倾心,只是不知您的身

第三章 雪帝

份。后来我父亲说要我嫁给一位城主,我心中十分抗拒,只因心中再容不下他人,但老天怜悯,我怎么也没想到,父亲为我择的夫婿竟然就是我的心上之人,只是,可惜慧文福薄……"

她说得声泪俱下,泣不成声,顾星辰端着酒杯僵在那儿,半个字也吐不出来,想当初第一次见到慧文时,他就是冷漠地不愿搭理,如今这女孩儿遭遇如此大不幸,还能强忍着悲痛在众人面前向他吐露心迹,这需要多大的勇气。

我有些看不下去,着实心疼这个傻乎乎的慧文,于是使劲朝顾星辰挤眉弄眼,示意他说两句宽慰话,他却像个木头一般茫然不知所谓,我只得过去拍了拍慧文道:"你别难过,像你这么好的姑娘,一定会遇到一位如意郎君的。来,我们今天不要总是哭,都开开心心地把这顿给顾城主接风的饭好好吃了吧。"

她使劲点头,擦了眼泪道:"姐姐说得对,今天这是顾城主的接风洗尘宴,慧文断不该哭哭啼啼扫了大家的兴,我自罚三杯谢罪。"说完她真的给自己连倒三杯一饮而尽。

待她将这一圈宾客敬完便坐回自己位上安静地吃饭去了,我望着她,不由得想起儿时孤苦伶仃的自己,心中感慨万千。此次席间,我心情五味杂陈,按理说我的身世之谜终于解开,我也已手刃仇人,又得了个乖巧懂事的妹妹,该当心情大爽才是,可我心中始终摆脱不掉一种莫名的忧伤和背负了多年的负罪感,师父至今下落不明,也不知他老人家现在何处,可还安好。

念及于此,我一杯接着一杯地自斟自饮起来,席间众人谈些什么我也没在意,直到开始觉得头晕时,一只修长大手按住我的杯子:"还喝?再喝要醉倒了。"

我眯着眼看了看这手的主人道:"醉倒又有何妨?我折腾了这么大一圈,师父还是没有找到,九天门还是未能重振,如我这样的无用之人,便是喝死也无妨。"

顾星辰将我牵了起来,我踉跄道:"去哪?"

他转脸朝我一笑:"去了便知。"

明月的映照下,夜色并不昏暗。我被顾星辰牵着,在昭灵宫中飞奔,在墙角屋檐上飞奔,在白茫茫的雪地里飞奔,不知跑了多远,竟来到了寒水河畔,此时河面已结了一层厚厚的冰,他带我在岸边停下,我一边大口喘着气一边四处张望,冰面上有许多人,有的在滑冰,有的在玩耍,有的在漫步,还有的在放烟花。看着那些烟花,我忽然想起些童年往事,不禁有些惆怅。

我望着那些人,羡慕地道:"快到年关了吧?都开始放烟花了呢。"

他转头问道:"你喜欢看烟花吗?"

我点点头:"幼年时,昭灵宫中也会放烟花,但烟花难制,小小的一点很快就放完了,我总觉不够尽兴。再后来,昭灵宫兵变,我和岚姐姐被送到乡下之后,便再也没玩过烟花了。"

他笑了笑,神秘地道:"在这里等我。"言罢便独自跑到河中心去了。

我隔着半条河的距离望着他,面前的世界被夜空和冰面分成了黑白两半,他站在那黑白交界处朝我微笑,随后取出火石点着了一小簇火来,我的醉意被冰面上的冷风吹散,爽快得很,不知他点这么个火苗是要做什么,便朝着他使劲地招了招手。

突然间,他的衣摆逆着风向空中翻飞飘荡起来,他手中的火苗如闪电般蹿上半空,一阵热浪随之轰然而至,紧接着天地间猛然亮如白昼,我抬头望去,深蓝色的夜空中亮起了无数明亮耀眼的烟火,数不清的点点烟花遮天蔽日,不仅照亮了夜空,也照亮了寒水河上的冰。

天地之间一片璀璨辉煌,我震惊得说不出话来。这时,顾星辰从冰面上向我走来,他身后的漫天烟火将他映衬得犹如一个半魔半仙的妖

第三章 雪帝

孽,他走到我面前时,双手轻轻捧起我的脸。

"生辰快乐!"

我的眼睛突然之间模糊了,脑海中浮现出两岁生辰时,宫人们小心翼翼地点燃了别国进献的可怜巴巴的一点烟花,然后父王母后还有岚姐姐一齐对我说道:"生辰快乐!"

这么多年来,我怎么也想不到,这世上还有个人记得我的生辰,会在这一天送我一场最美的烟花。

周围的人都被这场盛大烟花惊呆了,一阵极度的安静之后,孩童们发出一阵阵兴奋到极点的尖叫声,大人们纷纷赞叹不止,他们不知道这场烟花是如何发生的,只是纷纷赞叹着说定是雪国女帝登基带来的祥瑞之兆。

成为女帝之后,时间便不再由自己支配,顾星辰送我的烟花刚刚看罢,便有宫中侍卫驾马前来,奏报说是汤国使臣连夜拜会,恐有急事。

出来时没有骑马,而是靠着两条腿跑了这么远,我只得霸占了侍卫的马儿,自己先行回昭灵宫去了。

等到得宫中,见到那使臣的背影,我不由得呆了一呆,那人听到脚步便转了身来,朝我叹道:"这么些年来,我一直如同个傻子一般,竟然半点不知你的真实身份,害得我苦等了这么多年。"

我不知说什么才好,只得干巴巴地哦了一声。

他忽然欢快地道:"我是专门来给陛下贺寿的,陛下惊喜不?"

我爽朗地干笑一声:"惊喜,惊喜,汤王亲自前来给我道贺,可真是令我受宠若惊。"

他抬起手臂,示意我看向一旁桌上的礼盒:"打开看看喜不喜欢。"

我过去打开那绣满金丝的华丽盒子,里面一团明亮而又柔和的光芒瞬间溢了出来,我惊叹道:"好大的一颗夜明珠!"

他走到桌旁,摸了摸那明晃晃的珠子,道:"此珠是我所能寻到的最大的夜明珠了,之前为你这生辰贺礼我可是绞尽脑汁,想了好久,后来最终定下以明珠为礼,取掌上明珠之意。"

我点头赞道:"甚妙甚妙,此礼不仅不失华丽贵重,且寓意美好,果然是别出心裁的馈赠佳品。"

他的笑容僵了一僵:"陛下的文采还是那么的……"

他话没说完便突然停住,我顿感他语气不善,扭过头去眯着眼瞧他,果然,他说完了最后两个十分不善的字:"一般。"

我抄起一旁的茶盏便向他砸去,他慌张地接了放下,连连说着告饶的话,我仍不解气,三下两下便将他赶了出去。

这一日很是困倦,我在寝殿一觉睡到天色大亮,还没洗漱停当便有侍卫送来一封密函,上书:有要事与陛下相谈,宫门外恭候大驾。崇南子。

我忙穿戴整齐出了宫去,宫门外不远处停着一辆黑色的马车,一旁站着两名侍从,我一见便认出是遗玉的侍卫,于是朝那马车走了过去,车帘被掀开一点,崇南子露出半张脸道:"委屈陛下上车一叙。"

我坐进车中,车里就我和崇南子二人,马车缓缓行进起来,崇南子向我作揖道:"老朽恭贺陛下荣登大宝。"

我向他回了礼,问道:"尊主突然驾临,一定是有要事相告吧?还请但说无妨。"

崇南子叹道:"那么,我便直说了。其实,还是关于上次说过的事。"

"尊主上次的话我都听明白了,也已经离开了顾星辰身边。"

"可是,辰儿自从醒来之后,便三番五次地来找陛下,又是送登基贺礼,又是陪过生辰,他的心,不但没有收回来,反而越发在陛下身上了。"

我沉默了片刻道:"上回听闻尊主意欲他与慧文公主联姻,主要是

第三章 雪帝

为了和靖凉结为盟友吧？如今，尊主可还需要雪国这位盟友吗？"

崇南子目光炯炯地看了看我，道："辰儿需要的是盟友，而非软肋，盟友对他来说，有也可，无亦可，但软肋，他绝不能有。"

我点了点头："我懂尊主的意思了。不过，我与顾星辰，不，我与白谦，本就是双方父王定下姻亲的，我们命中注定有此缘分，为何尊主一定要阻止呢？"

他凝重道："辰儿原本无论是修行还是武功，都卓然于世，远超常人，我苦心培养他这么多年，就是为了他有朝一日能一雪家仇国恨。他本来一直很争气，一切都进行得很顺利，可是，自从陛下出现之后，他如同变了个人，一次次因为陛下而失去理智，身陷危难，几次险些丧命，就连他的眼疾也复发得愈加频繁了。

"辰儿最大的弱点便是这双眼睛，一旦眼疾复发，他儿时的梦魇又会在他内心重现，令他神志不清，不堪一击。

"陛下可知，你生辰当晚的那场烟花，是辰儿冒着生命危险相送的？"

我惊讶道："冒着生命危险？怎么会这样呢？"

崇南子叹了口气道："你当他是怎样变出那样盛大的烟火来的呢？移山撼海，操控水火，这都是《四境星经》之中的秘术啊！老夫也不需再瞒着陛下，当年在玺华宫的大火之中，我拼死保下辰儿和《四境星经》上卷。辰儿，他正是修炼了星经上卷之人，也就是恶魔如风要找的人。

"他如今身体受到重创尚未恢复，冒险展露所修秘术，一旦被如风知道，便是杀身之祸。陛下若与他继续纠缠下去，难道非要等到某一日，他真为你丧了命，陛下才知后悔吗？"

崇南子的话字字句句扎得我心在滴血，他继续幽幽道："老夫知道，陛下并非不明事理任性妄为之人，只是同辰儿一样太重情义，但是，陛下其实也身负寻师重责,难道陛下不想知道尊师的下落了吗?"

我猛地抬眼道:"尊主此言何意?莫非你知道家师的下落?"

他抚了抚胡须,缓缓点了点头道:"陛下若是能够放过辰儿,老朽理当将尊师的下落如实相告。"

我脑中轰然一炸,一瞬间,两个不同的声音在我心中激烈对抗起来,一个声音说:"你不想离开顾星辰的,不能答应他!"另一个声音说:"你罪孽深重,无颜面对师门,好不容易能知道师父的下落了,你必须答应他的条件!"

我闭上双眼,内心激烈挣扎了片刻,再睁开眼时,我心中已做出了决断:"我答应你,还请尊主将家师的下落告知于我。"

从马车里出来时,我在心中将自己从头到脚骂了无数遍,寻遍千里,踏遍山河,怎么竟没有发觉自己其实早已与师父擦肩而过了呢?

我当即回到昭灵宫,召集东屏王和西林王,将政务暂时交付给他们处理,随即换上便装,骑了宫中最快的马儿,飞一般离开了昭灵宫。

快到黄昏时,我又一次到了那山崖边,但顾星辰不在,我不知如何才能引出那个巨大的结界,只能以内力使劲冲击着面前看似空无一物的山谷。不一会儿,那隐去的结界终于显现出来,苏寒面带惊讶地从吊桥上快步走了过来。

"云姑娘,哦不,陛下,你这是怎么了?"

我急切地道:"苏谷主,快请让我进去,我需要见一见地穴中的那位前辈。"

他愣了一愣,旋即点头道:"明白了,陛下请随我来。"

苏寒带着我在谷中疾步穿行,很快便到了我曾两次遇到那个神秘前辈的地方。苏寒看着隐在青草间的那个洞口道:"他就在这下面,陛下请自便。"

他说完便离开了。我望着那个深不见底的地洞,耳边又响起了我

第三章 雪帝 535

和崇南子早上的那番对话:"当年的伐魔大会上,尊师被那些别有用心之徒擒住,他们给尊师灌下了废去内力的药水,尊师反抗不得,只能任由他们宰割,老朽实在看不过去,于是乔装成蒙面人将尊师救走,尊师当时命在旦夕,这世上能救活他的唯有一处。"

我恍然大悟:"灵枢谷?"

他点头,我疑惑地道:"可我之前曾去过灵枢谷数次,并没有发现家师的踪迹啊。"

他又道:"现在的灵枢谷谷主苏寒当年还没有出世,我那时将尊师交给了苏寒的师父代为照料,后来,即便是苏寒三兄妹在灵枢谷当家这么多年,他们的师父也没有将这个秘密告诉他们。你若想找到你的师父,便要去问一问苏寒的师父。"

我又惊又喜,追问道:"苏谷主的师父现在仍在灵枢谷中吗?"

崇南子点头道:"听说他已隐于灵枢谷地穴之中。"

地穴……我忽然间明白了。

我收回思绪,纵身飞入面前的地洞之中,那洞内仍是漆黑一片,我再一次在黑暗寂静中重重叩拜道:"百里云声拜请前辈现身。"

片刻之后,那浑厚强大的气泽果然浮现出来,老人的声音再次响起:"小丫头又来了,这一次是为何而来啊?"

"恳请前辈告知家师下落。"

黑暗中沉寂了一会儿,忽然间四周亮了起来,我起身一看,这洞穴的石壁之上点着一盏盏油灯,我身侧方向有一进房间,那房中有一道四方形水帘从天而降,像个帐幔一般将盘坐在其中的人遮挡了起来,从外面只能看到一个盘膝而坐的人影,却看不清面容。房间另一处有个花白头发的老人,正目光和蔼地端详着我。

我向他们那边走了两步,问道:"您就是指点过我的那位前辈吗?"

他点了点头,然后转身朝着水帘之中那人道:"老弟,那你们谈谈吧。"

我疑惑地看向水帘中的人影,洞中安静了片刻,随后,水帘中人开口道:"云声。"

听到那声音,我瞬间僵在了原地,浑身血液仿佛凝固了一般,过了好一会儿我才反应过来,双膝不由得一弯,重重跪倒在地,颤声唤道:"师父!"

一百年了,我终于能再次唤一声师父,这声师父一喊出口,我忍不住号啕大哭起来,心中难过悔恨无法言说,只是不停地磕着头道:"徒儿不肖,徒儿不肖……"

"小云声,莫要哭了,为师无事,只是因身受重创一直昏迷不醒,幸而经过老友救治,近日方才苏醒,现在的我已无法再担起九天门的重责了,如今,该是你挑起重担的时候了。"

我急切地道:"师父,九天门离不开您啊!您不在的这么多年,九天门日益衰落,师叔师伯、师兄师姐、师弟师妹,每个人都盼着您回去呢!是徒儿罪该万死,连累师父受此重创,千错万错,都是徒儿的错!"

师父叹了叹:"此事并非你的错,你也是受害者。况且,你还肩负重责,九天门的将来,还要靠你挑起大梁。"

我摇头道:"师父,徒儿功力尚浅,又愚钝懵懂,哪里能担负得起如此大任呢?"

师父言道:"云声,为师既然在千万弟子中选了你成为我的关门弟子,就是因为认定你将是九天掌门的传人,你要对自己有信心,也要对为师的判断有信心啊!"

我不敢置信道:"师父收我为徒的时候就已决定将来要传位于我了吗?"

师父道:"正是如此。你可还记得当初的拜师考验?"

我点头道:"当然记得,当时九天门让我们一众孩子进入幻境接受

第三章 雪帝　　537

考验,我们一群傻乎乎的孩子还以为那里面的一切都是真的。"

"不错,在那幻境之中,最是考验人的心性,很多孩子在出现诱惑或者威胁的时候无法自持,'贪嗔痴'三字,在幻境之中体现得可谓淋漓尽致。当年,唯有云声你,在那场幻境考验中脱颖而出,你可知那环境测试的是什么吗?"

我摇头道:"弟子愚钝,想不出是什么。"

师父言道:"那一场幻境测试,其实考验的是你们是否具备进入忘我境界的慧根。人生在世,要遭遇各种各样的事情,有的人看似天天烧香拜佛,其实念叨的无非一己私念;有的人看似四处施舍,其实为的是更多的回报;有的人看似安于持家、本分度日,其实是因为自己没有更好的去处……"

师父的话深深震撼着我,他继续说着:"在这世上,很少有人能真正达到忘我之境,很多看似良善之举,其实暗藏的还是一颗自私自利的心,这样的人,没有真正的悟性,更不可能进入真境,不论修行什么术道都不会有大的建树,更没有资格承担带领九天的重任。九天门的幻境测试,就是要设置各种极端境况,测出每个参试者的本性。

"当年的云声,给为师的印象非常深刻,一个年仅十岁的孩童,竟能在各种考验中始终展现出一颗忘我之心。在测试中,所有人都拼了命地想往上爬,其实他们都不知道,登顶菩提院并非看谁爬得最高,敢于舍生取义,为救苍生甘于舍弃自我,才是登顶菩提院的唯一方法。

"多少年来,即便是其他一些比你年长的孩子,也是相差甚远。所以说,你有着修行之人所需的最难能可贵的品质,你这样的孩子,只要好好修炼,他日必成大器!"

我被师父的一席话说得云里雾里,有些发晕。这么多年来,所有的人包括我自己都想不通,师父当年为什么会在一众出类拔萃的少年中选了我这个弱不禁风的小丫头,作为自己的关门弟子教养了多年,时至今日，听到师父亲口所言，我才知道原来真正的原因竟是这样的。

他停了停，又道："掌门传承本就是天理伦常，有哪个门派是一个掌门当到头的呢？为师现在力不从心，你也经历了种种磨难，变得更加成熟，该是为师传承衣钵的时候了。从今日起，为师将九天掌门一职传于你，为师讲的话，你要仔细听好，牢记心中。

"一、通知师门，告知你的师兄师姐们，莫要再四处寻找我的下落了，至于我的行踪，事关灵枢谷的隐秘，你务必要对所有人保密。二、邪魔首领如风天下无敌，难以对付，唯有封天咒是他的克星，你务必潜心苦练，不久的将来势必还有一场与如风的恶战，你切莫败了，一定要消灭此人，守住正道。三、待一切平息之后，重整师门，重建九天。我已写好了传位的亲笔书信，还有掌门玉冠，今日便都交于你。"

一旁的老前辈向我递出一纸书信和一顶玉冠，我恭敬地接了过来，只听师父又道："云声，你受了种种磨难，也恢复了记忆，如今，为师有个重要的问题要问一问你。你认为，究竟何谓正道？"

我答言："徒儿以为，正道讲究一个'善'字，凡善者，为正。"

师父又问道："那么，慈悲和慈善，你觉得有何区别呢？"

我想了想，委实想不出来。师父说道："慈善，仅善而已，而慈悲，则需要理性，更要有能力，你的善良，要有慧眼，你的善良，还要有铠甲，既不能被奸人蒙蔽，亦不能被恶人欺凌。一个不够强大的人，只有懦弱。捍卫正道，不仅需要一颗善良的心，还需要斩杀一切邪魔外道的力量。"

师父一席话，如醍醐灌顶。他继续说道："若想要修成真正的封天神咒，你还须好好修炼忘我之境，真境一入，神咒自成。"

我不解地问道："那到底要如何才算入了真境呢？"

师父答道："世间无你，虚空亦无你，万物是你，虚空亦是你。"

我叩拜道："师父教诲，徒儿一定铭刻在心，永世不忘！"

再起身时，周围又恢复了黑暗寂静，我只听见师父最后道了句：

第三章 雪帝　539

"去吧。"

执着了一百年的大愿终于了了,我找到了我的师父,虽然他不能回去继续做九天掌门,但是看到他还安好,这比什么都重要。

我回到昭灵宫中,仔细收好了师父写的传位书信和掌门玉冠。九天掌门,这是何等沉甸甸的称号!在我心中,这个称号的分量甚至超过雪国女帝。这不仅是师父对我的殷殷期盼,更是四方苍生所信,天下正道所托。我决计尽快处理好眼前的各种杂事,先把局势稳定下来,接着我便要好好修炼,去做更重要的事。

次日一早我刚起来,白隽已在院中等我,我正想着要派人去九天门传话,也没空理他,同他匆匆打了个招呼便继续往前走去,他快步追了过来,问道:"这一大早,陛下风风火火的是干什么去?"

我边走边道:"我找到师父了,眼下要派人去一趟九天门,通知师兄师姐们不要再四处寻找了。"

他惊喜道:"你找到掌门师父了?在哪里找到的?"

"说了你也不知道。"

他一路跟着我到了大殿之中,我叫来士卒,将写好的书信交给他,叮嘱了几句便让他送信去了。白隽待在旁边,一直等那士卒走了,他凑过来问道:"上次我问你的事你考虑得如何了?"

我一听便知他又在说什么王后换人那档子事,于是叹了口气道:"我还在查圣血堂和我身世的关联,我之前只查到篡位者谋害我父母的证据,但是我的王姐也是被人谋害致死的,至于凶手到底是谁,我还没有查到。你再给我点时间,等我把这件事查清楚了,我自然会给你个答复。"

他支着脑袋道:"好吧,你说怎样就怎样吧。不过,玺华宫里那个女人,你上回说不是你真正的岚姐姐,又不让我惩治她,那现在怎么办呢?我还是继续装作什么都不知道吗?"

我点点头:"你先不要打草惊蛇,不然我不好查下去了。"

他叹道:"那女人也不知怎么跟泷州叛党扯上了关系,她暗中协助他们偷运粮草一事,我本该重罚的,但是你让我不要轻举妄动,我到现在都还没有追究呢。"

我撇撇嘴道:"她之所以会跟泷州叛党扯上关系,也是圣血堂要她做的,这个女人很听圣血堂的话。"

白隽蹙眉道:"她竟然和圣血堂这样的邪魔教派勾结,让这样的人在玺华宫里当了这么多年的王后,我这个大王当得可真是昏庸愚钝啊!"

我心中对他的这番自我批判深表赞同,因此也没有说什么违心的恭维话。

这时,探子来报说发现了圣血堂四大护法的行踪。

四大护法同时去往一处,这可是很罕见的,看来圣血堂是要有什么重大行动了,我当即决定亲自追踪,白隽一听也吵着要跟我一道去,我只好带着他还有他来雪国时随行的一小队人马一起出动了。

此时已入深冬,我们一路北上,吹在脸上的风越来越冰冷刺骨,地上的积雪也越来越厚,马儿在山路上的速度渐渐慢了下来,天色越发昏暗,路旁的林子中时不时传出阴森的怪异声响,马儿似乎有些害怕,纷纷乱了步子不愿再往前行。

忽然间,走在队首那将军的马儿向天长嘶一声,掉过头来就要往回跑,众马见状,慌乱地挤作一团,这时一旁的林子中传来一阵瘆人的声响,一群黑色大鸟呼啦啦地飞掠出来,也不怕人,直朝着队伍俯冲过来。

众人忙举剑挥砍,怎奈马儿全都乱了阵脚,我们只得下了马与那群大鸟相斗。那群鸟儿十分灵活,极难对付,还长着锋利的喙,一啄上人身,便是一个血淋淋的大洞,许多兵卒被伤得鲜血淋漓,惨不忍睹。

我余光瞥到空中有一片黑影,朝那处一望,昏暗的天空中,停着一

第三章 雪帝

个苗条的身影,那人在身后祭出了一团烈焰,犹如火鸟之状,那火鸟释放出阵阵隐隐的声波,驱使着这群黑色大鸟不断地灵活攻击。

我不禁脱口而出道:"是朱雀!"

白隽闻言,忙转向这边,从袖中祭出昆仑圈来,金色的光环越旋越大,越升越高,直至停在了朱雀上方,她和那火鸟顿时如同被禁锢了一般再难动弹,白隽飞上前去举剑刺出,眼看着就要刺中,那火鸟却猛然吐出一大团火焰,将白隽从半空击落到了地上,昆仑圈也跟着掉了下来,骨碌碌地滚到了白隽身旁。

我当即飞上半空,抽出腰间的凤骨笛来,巨大的仙符在我身后瞬间成形,将面前昏暗的半空映照得犹如白昼,朱雀满是戾气的眉眼被白光刺得越发凌厉,我心念一动,无数白芒寒光由身后疾射而出,朱雀祭出的火鸟长啸一声,扑扇着巨大的翅膀迎上前来,与凤骨笛的白芒轰隆一声撞上。相峙片刻之后,朱雀突然哇地吐了一口血来,火鸟也随之失了光芒,迅速消失在半空之中。

我收起笛子,抽出未央向摔在地上的朱雀斜刺过去,眼见将要刺中她时,忽有一道强劲的剑气从旁袭来,我的剑锋被撞到一旁,那剑气并不停下,又在空中疾速转动,向我密密刺来。

这怪异的招式只见剑气不见其剑,更不知操纵剑气的人在何处,我只得将真气逼上未央锋刃,狠狠向那来势汹汹的剑气斩去,那剑气十分强大而又敏捷,未央与之较量了半天也未能占到上风。

心急之下,我的剑招现出一个疏漏,对方剑气敏锐地捕捉到这一机会,我被打得后退了一丈有余。还没待举剑再战,又一个人影从旁掠过,一把抓起朱雀的胳膊,一边挖苦她麻烦、讨厌、无用、可怜,一边将她带入黑暗之中飞远,再望不到。

白隽过来扶起我道:"没事吧?这两个是何人,竟如此厉害?"

我望着深不见底的黑暗道:"他们就是朱雀和青龙。"

白隽皱眉道:"原来是他俩,圣血堂护法果然道行很深啊,这才两个就这样难以对付,四人合力怕是更难敌了。"

我忧心地道:"但是,即便是这四人合力,怕是也不及那圣主的半分力量啊。"

这一场打斗终于告一段落,但是伤了许多士卒,马儿也都受惊跑开了,将军带了些人,费了好一番工夫才把马儿寻了回来,众人骑上马继续前行,一直追到第二天天亮也没有再见到四个护法的影子,只是跟着他们留下的马蹄印一路追到了汤国。

白隽坐在马上若有所思道:"这四人竟同时来到汤国,难不成圣血堂要在汤国搞什么大行动?"

我忽然惊觉道:"沧州叛党!"

等我们赶回都城时,城门外已是尸横遍野,驻军将领浑身是血,正在带人搬运受伤的士卒,他远远见到我们便跑上前来,惶恐地在白隽面前跪下。白隽望着眼前血淋淋的惨烈场面,问他发生了何事,那将军颤声奏报道:"禀大王,就在今天下午,沧州叛党突袭城门驻军,他们今日不知请来了何方高手,竟会妖法奇术,臣等带兵不力,不敌叛党强攻,以致驻军死伤惨重,请大王降罪!"

白隽闭了闭眼,深吸了口气道:"起来吧,你们能守住都城城门,也是军功一件。此次妖人施法作乱,确是难以对付,我明日会请些高人前来助战。你速去收治伤兵,让未受伤的将士们务必打起十二分精神来,叛党很有可能卷土重来,切莫大意!"

地上的士兵死状极为惨烈,我不由得忧虑道:"圣血堂一旦插手,便很难对付了。当年的靖凉兵变,那老儿之所以能顺利地弑君篡位,便是依靠了圣血堂的帮助。"

这时又有士卒来禀了些事情,白隽便让我在原处等他,他自己则跟着那将军和士兵钻进城楼里去了。

第三章 雪帝

不一会儿,远处传来几声缥缈的怪笑,我朝笑声传来的方向望去,只见四个人影正在半空之中,恰好是三高一矮的三男一女。

圣血堂四大护法!

眼见着那四人身影正往远处飘去,我来不及去通知白隽,当下便追了过去。

那四人几个起落间向远方跑去,我追了一阵,渐渐离都城越发远了,荒郊野外有些阴森,我放慢脚步,把未央提在手中继续往前搜寻,身旁忽然掠来一个人影,我忙将未央刺出,不想却被此人以两指凭空拦住。

"你这是谋杀亲夫吗?"顾星辰长长的手指夹着我的剑锋,眯着眼笑问道。

"你怎么也在这里?快别闹了,圣血堂四大护法就在前面,我正在追他们呢!"

他拉住我道:"我知道,我也是追踪他们到这里的,但他们明显是在诱敌,前方一定有诈,现在就我们两人,还是不要傻乎乎地去追了。"

我不甘道:"好不容易遇到这四人同在一处,你若是怕有危险就不要去,我自己去追便是。"

我说罢便跑,顾星辰追过来,无奈道:"你怎么这样想我?你如果要去,我怎么可能丢下你自己跑了?"

他话音刚落,脚下的地面忽然陷落,我们一下子掉进了一个极深的陷阱中。

我猝不及防地这么一摔,左腿竟被摔得一时不能动弹了。他过来把我的伤处仔细检查一遍之后,不悦地责备道:"你啊,非要不听我的话,这下好了。"

我无奈道:"好好好,是我决策失误,你快看看有没有办法出去。"

他试了又试,到处光溜溜的,无处施力,折腾了半天也没能出去。

我忽然想起当初在遗玉西郊那个坑里,他便是几番试跳都上不去,看来出坑乃顾星辰的致命短板。

我只好认命地跟他并排在黑暗中傻傻坐着,他感慨道:"这陷阱厉害啊,一下子就把雪国女帝和遗玉城主同时困进来了,怕是史上最牛的陷阱了吧?"

我无语道:"这时候你还有心情开玩笑。"

他耸耸肩:"我说的是实话啊。"

反复纠结了好一会儿,我问道:"该怎么出去呢?"

"这问题你已经问了一百多遍了。"

"但是不问不行啊,我们不能就在这儿坐以待毙吧?再好好想想,该怎么出去呢?"

又是一阵沉默。过了一会儿,他向我凑了过来,我忙往旁边挪了挪:"你要干吗?"

他没有回答,忽然倾身过来,鼻尖凑上了我。

我的心脏怦怦狂跳起来,十分地紧张。

他轻声道:"我在想,若是就这么死了,能和你死在一处,其实很好。"

他这话说得我心中很是感动,甚至在这一瞬间,我心里也极为赞成他这话,但是为了让他能好好的,不再因我而陷入危险之中,我答应过尊主,不会再和他亲近下去了。

于是我一把将他推开,故作生气道:"什么死不死的,你能不能不要乌鸦嘴?"

他在旁边轻笑了一声,随后伸过手臂将我揽住,我被迫倒进了他的怀里。

"你为何突然对我如此生分?"他郁闷地问道。

我叹了口气,因为什么我不能说啊。

大约是连夜追踪四大护法的缘故,不知不觉间,我竟然累得睡着了,在睡梦中,我觉得有人轻轻抚摸我的脸颊,痒痒的,很是舒服,于是我抓住了那只手,把脸埋在里面睡得越发不想醒来了。

昏天黑地地不知睡了多久,我总算是迷迷糊糊地睁开了眼,凭良心说,这一觉睡得着实舒适,真的很想就这么一直睡下去算了,但我很快清醒过来,我还有很多事情要做,必须尽快离开这里。

"醒了?"他在我头顶上方轻声问道。

我起身朝上方望去,外面天还没亮,我发愁道:"这可怎么办呢?再这么困下去的话,我们迟早要饿死在这里了。"

"你饿了吗?"

"饿倒不是很饿,但觉得口渴了。"

一根手指轻抚上我渴得干裂的嘴唇。

"你确实该喝水了。"他叹了叹,"来,抱紧我,我带你出去。"

我惊讶道:"你之前自己一个人都出不去,怎么突然又能带着我出去了?"

他摸摸我的脑袋:"我那是骗你的,我只是想和你在一起多待一会儿。"

最后,在我嘀嘀咕咕的抱怨声中,他真的几番腾挪之后就带我出了陷阱,可我尝试一番,发现左腿还不能走,于是不好意思地对他开口道:"你能不能再帮个忙,把我送到玺华宫去?"

他双眉一蹙:"你想干什么?让我送你去玺华宫?你觉得我的脑子摔坏了吗?"

我无语地道:"你这说的是什么话?我去玺华宫是为了调查谋杀我王姐的真凶是谁,现在的汤后非常可疑,你如果不送我,我就算是爬也要爬去的,我必须要为我的姐姐报仇!"

他最终无奈地把我背回了玺华宫,又再三叮咛嘱咐了一番才离去,也不知为什么,我看着他的背影,心里很不好受,只得长长地叹了一叹。

我叫来宫人弄了顶轿辇,他们把我抬到留云苑时,白隽正皱着眉头端坐在迎门最显眼的一把椅子上,见我要人扶着才能勉强走路,他便要差人去请御医,我阻止道:"不必了,只是扭到了筋,我自己调息一下便好。"他过来搀住我,不悦地问道:"让你在城门等我,怎么一会儿就跑得影子都不见了?"

我疲惫地在椅子上坐下,给自己连倒了三杯水一饮而尽,这才答道:"我看见那四个护法,追他们去了。"

"你一个人去追四个护法?这腿又是怎么受伤的?"

"不小心摔的。"

"所以最后追上没有?"

"没有。"

他双眉一挑:"你这么跑来跑去白忙活一场,倒不如我在这宫里,还发现了些有关你那假岚姐姐的事。"

我忙道:"你发现什么了?快快说来。"

他瞧了瞧我的腿:"这得带你去看看,不过你这样子根本去不了。"

"我这样怎么就去不了了?"

"需要翻墙跃院,你先好好休养一下,等你的腿好点,我寻个机会带你去。"

为了能尽快前去探查小玉的事,接下来的一天一夜,我一心一意地在留云苑中打坐调息,到了次日一早,我自觉腿伤好了很多,已不影响行动,便去找了白隽,他于是差人去给假若岚派了桩任务,说汤国最近祸事多多,叫她去太庙祈福,白隽美其名曰调虎离山之计,然后便带着我来到了王后寝宫的后院墙外。

我望了望空无一人的院墙,疑惑地道:"如今这儿怎么一个人都没有了?之前我看这王后寝宫的四周可是有许多士卒值守的。"

第三章 雪帝

他哼了声道:"那还不是因为你。"

"因为我?"

"是谁十五岁时就在学堂上言之凿凿地说,王子不给家眷人身自由的?"

他捏着嗓子,学着我的声音道:"我定要给他点颜色瞧瞧。"

他眯眼瞧着我:"我后来为了引你出来,特意派人把你那岚姐姐圈禁起来,哼,白等了一百年也没见你来教训我呀。"

我被噎得说不出话来,他撇了撇嘴,先行跃上墙头,四下里观察一番之后比画着让我跟上,我便跟着攀了上去,又跳进了王后寝宫的后院。这后院中有许多花花草草,我跟着他在花花草草之间扒拉了好一会儿,他示意我看向地上,那一块光溜溜的并没什么特别,他蹲下身去在一块方形石板上敲了敲,我才听出这压根不是石头,而是块木板,那板嵌在地中,被刷成了与石头相同的色,不仔细看的话,还当这一片都是石板铺的地面,我惊讶道:"这难道是个地道的入口?"

他点了点头,从腰间掏出一把小小的钥匙,插进那木板一角旋了几下,便将木板拉了开来,我又一次惊讶道:"你怎么还有钥匙?"

他把食指放在唇上示意我小声些,接着轻声答道:"上次我发现这个地道后,就偷偷配了一把钥匙。"

我不由得伸出大拇指表示赞许,他让我走下那个入口,然后他又进来,把木板重新盖了起来。

板一盖上,眼前便一片漆黑,白隼掏出火折子点了,带着我往深处走去。越向里走越发清晰地闻到一股难以形容的怪异气味,又似焦煳又似腐烂,我不禁掩了口鼻,但还是觉得阵阵反胃。正想问一问他这是什么味道,他已在前边停下脚步,说了声:"到了。"

我走上前去看了看,这是间地下密室,正中是个几寸高的圆形小平台,再往里的墙角处堆了一些东西,黑乎乎的,看不清是什么。

白隽举着火折子带我凑近去看,墙角处堆放的东西直看得我差点呕吐出来。

那是几具尸体,尸身均是一半黑焦一半腐烂,十分瘆人可怖,看得我连连干呕。

我捏着鼻子问道:"这里怎么会有这么奇怪的尸体?她在这儿都做了些什么?"

"她好像是在学着圣血堂练那什么妖法,我发现她定期总要运送个大箱子,从宫内到宫外往返,我悄悄跟踪了一次,发现她运的是人。"

我突然想起以前私自来玺华宫那回,确实看到过两个大箱子被运到王后寝宫,箱子里还盖了些绫罗绸缎作为遮掩,其实下面装的是会动的活物,只是当时我怎么也没想到竟会是个大活人。

我走近那些尸体察看,这些并不像圣血堂炼出的那种干瘪的黑尸,看来她尚未掌握要领,也不知她是用何种方法将人弄成这样,实在是残忍至极。

脚下忽然踩到一物,我抬脚一看,是一个水青色的香囊,我忽然想起这是在桃林中被抓的那个男子身上的,我那日被玄武支开,没能救下此人,没想到他竟在这里遇害了。

我心情十分沉重,白隽催促着我赶紧走,这地下密室空空荡荡没个遮掩,一旦假若岚回来必定撞个正着。我们沿原路返回到入口处时,白隽忽然在前方示意我停下不要出声,紧接着就听到头顶上方传来了脚步声。

我忙暗暗运了口气,预备着应付突然而至的打斗。然而等了一会儿之后,头顶上方的木板却并没有被掀开,不远处传来另一人的脚步声,一直走到上方的木板附近。

小玉的声音响起:"见过青龙大人。您怎么亲自来了?"

我有些吃惊,没料到这一次来和小玉接头的竟是四大护法之一的

第三章 雪帝

青龙，只听他道："嗯，这不是圣主他老人家催得越发紧了吗，我便自己过来看看。最近我们协助那泷州叛匪，给小汤王弄了不少麻烦出来，可是给你制造了很多机会啊，你有什么新的发现吗？"

小玉有些紧张地答道："我多次偷偷溜到汤王的寝殿、书房、议政大殿等处，还是没有任何发现。"

青龙不满地道："你也太无能了，我们圣血堂从你少年时便开始栽培你，当初该坐上这王后宝座的本是那真的百里若岚，你既与她长得有几分相像，又信誓旦旦愿帮圣血堂做事，我们便给了你机会，教授你法术，你这才能神不知鬼不觉地亲手将真的百里若岚推入河中，还给她的妹妹下毒，致其变成个失忆的傻子，否则的话，你怎可能以百里若岚的身份嫁到汤国为后？若不是我们圣血堂，你早就是那穷乡僻壤的一堆白骨了。"

听到青龙这番话，我恨恨地闭了闭眼，原来如此！

一道冲天白光由地下爆起，暗道入口的木板被击得粉碎，轰然而出的巨大真气将上方二人震得重重摔了出去。

我落在他们面前，凤骨笛在我身前疾速旋转，身后爆出的清寒白芒刺得摔在地上的二人有些睁不开眼，青龙迅即起身，一道剑气霎时间向我刺来，白隼从旁拦过，青龙见状，转而向白隼飞掠过去。

小玉扶着墙站了起来，又惊又怒地问道："是你？你怎么会在这里？你究竟是何人？"

我冷冷看着她："玉姐姐，别来无恙。"

她愣了一愣，随之脸上的表情可谓瞬息万状。愣了许久之后，她才不敢置信地喃喃道："你，你是云声？怎么会？这怎么可能？怎么可能？"

我逼视着她，道："当初，真正的百里若岚待你情同亲姐妹，为了救你，不惜身陷豺狼之手，而你为了自保，狠心丢下她在小树林中任人欺凌糟蹋,后来,你为了一己私欲,竟又狠下毒手将她杀害,自己却装模作样地冒名顶替,嫁作汤后。"

她的脸色白了又红,红了又白,变了又变。

"小玉,你原本的名字叫什么,怕是自己都不记得了吧？你这一生,可懂半分廉耻？可有半点良心？"

她忽然周身黑气爆出,祭出一个浓黑的骷髅头来,我冷笑道:"邪魔外道,污浊小技！"

凤骨笛的白芒如道道利箭一般朝那骷髅密密疾射而去,空中的一团黑色刹那间烟消云散。

她吐出一口血,忽然有些得意地笑了起来:"你现在知道真相又能如何？一切都太晚了,我嫁给了我爱的人！这么多年来,他的妻子是我,既不是你那个死鬼岚姐姐,也不是你这个健忘的傻妹妹！"

她见我的动作停了下来,又继续说道:"既然你都知道了,那我全都说出来算了。当年我本想将你和你的岚姐姐一起推落水中淹死的,没想到你命大,竟活了下来,还有个英俊少年将你送回了我家,就因为那家伙一直盯着,我没敢再下手杀你,只好骗你服了圣血堂给的毒药,让你失去记忆,变成个傻子,再把你送到千里之外的昆仑山上去当个道姑。

"没想到,把你送了那么远,你竟还是在我的生活中阴魂不散,又跟大王互生情愫！当年让你入住东宫,你以为我是真心相迎吗？我只是为了制造机会让大王讨厌你罢了！哦对了,你怕是还不知道吧,那孩子,根本不是他的！他被他父王逼着娶我,却从来不肯同我亲近,为了得到他的心,我只好随便找了个男人怀上孩子,然后骗他说是他醉酒后做下的。我受了这么大屈辱,都是因为你！"

我只觉好笑:"因为我？ 你自己利欲熏心,无所不为,还怪到我头上来了？"

她哼了一声,又道:"还有呢,母妃和白秀落水、五大派道长遇害、我的孩子遇刺断臂,还有你在西方森林中毒针,都是我为你设下的圈套!我所做的这一切,都是为了让大王厌恶你,哈哈哈……"

白光之中,滔天的怒气如狂风般骤起,我猩红着双眼道:"原来这些都是你干的!九天门惨遭灭顶之灾,九天弟子死伤无数,我的师父失踪百年,身受重创,原来都是拜你所赐!你为了一己私念,不惜助纣为虐,挑动天下大乱,令苍生受苦,生灵涂炭!"

她见我如此,更加得意地露出挑衅的神情。

一声尖锐的呼啸声戛然而止,本该一刺贯穿她咽喉的白芒在她颈前一寸停住,我挑眉看着她,点头道:"也是,让你这般痛快地死了,确是太便宜你了。"

她疑惑道:"你想干什么?"

"你说你嫁给了你爱的人,我觉得很可笑。你懂什么是爱吗?据为己有,让他难过,这就是你所谓的爱?为了满足你自己的私欲,让他痛苦这么多年,这就是你所谓的爱?"

她浑身战栗着无言以对。

我忽然灵光一现,笑道:"既然你这么在意汤后这个位子,那么,我就做一件你最不喜欢的事吧。"

这时,一旁的打斗停了下来,青龙同白隼缠斗了一会儿便飞上半空逃走了,白隼跑到这边来,上下看了看我,问道:"云声,你没事吧?"

我朝他转过身去,极尽温柔地看着他,我已经很久很久没有这样看过他了,即使在少年情意最浓之时,怕是也没有这般看过。

见我神情反常,他有些呆了,我柔声开口道:"你不是说汤后该换人了吗?你三番五次地向我求亲,让你久等了,现在我便给你答复,我愿意。"

白隼闻言,先愣了愣,随后一把扔了手中的剑,紧紧拥抱住我,听不出是在哭还是在笑,只是不住地道:"真的吗?这是真的吗?我不是在做梦吧?"

小玉拾起那剑,横在自己的颈前对着白隼哭喊道:"你怎么可以这样?你不能这样对我!你若是娶她,我便死在你的面前!"

白隼松开我,转过身去对她说道:"以前,我以为你是云声的姐姐,所以,看在她的面上,我才对你一忍再忍,却没想到,你根本不是她的姐姐,而是杀害她姐姐若岚公主的凶手!仅凭你这杀人和假冒和亲的大罪,便该被五马分尸。即便你不自行了断,难道你以为我还会留你的命吗?"

小玉听了,愈加哭喊着要割自己的脖子。

我在白隼耳畔轻声道:"她现在还不能死,我还要让她见证我们的婚事呢。"

昆仑圈不动声色地从白隼袖中飘出,悄无声息地停在小玉的头顶上方,将她牢牢定住,一动也动不得。

我双手攀上他的脖颈,下巴枕在他的肩上,余光瞥了眼墙角那个面目扭曲尖声怒骂的毒妇,我微微笑着,让自己尽量露出愉悦的表情,可是脸上却不知为何流下了两行温热的眼泪。

我看着灰蓝色的天空,心中喃喃地道:"岚姐姐,我终于找到杀害你的凶手了,我恨她!她贪婪自私,造孽无数,我一定要让她尝到痛苦的滋味!就像当年我失去姐姐一样的痛!"

我的眼前越来越模糊,我向着天空问道:"姐姐,我要嫁人了,我做得对吗?我做得对吧?"

大婚那日,是个千挑万选的良辰吉日,但是天色有些昏暗,不过从汤国到雪国却是处处欢天喜地,锣鼓喧天,雪国女帝嫁给汤国大王,这是普天之下最受世人瞩目的一场嫁娶。

天还没亮我便被宫女们唤醒,坐在昭灵宫的寝殿中,任她们为我梳

第三章 雪帝

妆打扮,不知折腾了多久终于停当,一面镜子被奉到我的面前请我观看仪容,我瞧了眼镜中人,她盛装耀眼,宛若天人,却面无表情,双眼通红,大约是昨晚失眠了一夜的缘故,但今天是报仇雪恨的日子,我不能再哭。

雪国朝臣们都在昭灵宫应付繁文缛节去了,我将宫女们都遣散了,独自一人静静坐在床上,不知呆呆地坐了多久,门忽然被推开,一个熟悉的身影掠了进来。

门在顾星辰身后哗啦一声合上,他双眼布满血丝,双手握成拳头在身侧颤抖。

我一言不发地望了他良久,他紧紧蹙着眉,一个字也没说,忽然两步跨到我面前,拉起我的手转身就走,眼见将要到门口时,我用力拉住他停了下来:"你要干什么?"

他没有回头,声音低沉却十分笃定地道:"带你走。"

这一瞬间我心中其实是欢喜的,我甚至微微笑了,但是我没有忘记尊主告诫我的话,我没有忘记自己好不容易下定的决心,我不能和他走,我绝对不可以再害他了,为了他能好好的,我必须离开他,而今日,便是让他死心的绝好机会。

于是我狠狠甩开他的手,冷冷道:"你也不问问我愿不愿意,就要带我走?"

他身体一顿,转过身来难以置信地看着我。

"你说什么?你怎么了?"

我转过身不去看他,尽可能冷淡地说道:"今日是我的大婚之喜,顾城主如果愿意,我和我的夫君非常欢迎你留下来喝杯喜酒。"

我不知自己是怎么说出这句话的,只觉得胸口窒闷,快要不能呼吸。片刻,身后传来他哽咽的声音:"云儿……"

"顾城主还有何事?"

"难道你不知道,你是我的妻?"

"我知道,但那都是小时候父母定下的,现在我长大了,我想嫁的人不是你。"

他在我身后没动,我听着不太对劲,忍不住回过身去看,他竟已泪流满面。

"早知如此,那日不如就在陷阱中不出来的好。"他喃喃道。

"你十岁到焱山时,我看到你颈后的胎记就认出了是你,当时觉得老天对我还是慈悲的,虽然让我幼年失去亲人,但是赐给我一个这么可爱的妻子,我很开心。

"把你送回凉国那个农舍后,我一直没走,直至亲眼看到你被送入九天门我才离开,我每年都会瞒着师父溜去九天门,偷偷看看你过得好不好。

"看到你一年一年快乐地长大,我很高兴,直到你十五岁时,我看到你和他相识,你十八岁时,我看到你同他情深义重……

"当年他差点死在南蛮铁骑刀下的时候,我就在不远处看着他,师父本意让他战死,我顺势收回汤国,但我怕你伤心,所以还是救了他,之后没多久,我看到你被他带来的迎亲队伍接走,从那时起,我彻底绝望了,每当眼疾发作时便开始酗酒。

"自从你被他带走以后,为了不毁掉你幸福的生活,我放弃了收复汤国的行动,在师尊面前假装自己功力不济,消沉了很久。直到许多年后,你来到遗玉求药,虽然你的样貌变了很多,但我还是认出了你,我心里很激动,但是师父为了让我一心复仇,从不允许我有儿女私情,所以,为了不让他察觉,避免他对你有不利之举,我只能对你故作冷漠,没想到却把你越推越远。如今……

"你不再需要我了,是吗?"他突然问道。

听他说了这么多年的事之后,我终于明白了一切,以前一直以为自

第三章　雪帝

已是孤身一人,孤苦伶仃,无人关心,无人挂怀,原来我一直都错了,原来在我看不见的地方,他一直在默默守护着我。

可是,这些年来,我又做了些什么? 我只是犯了大错,闯了大祸,更是从来不曾为他做过任何事,还一直拖累他。

所以,尽管此时我很想跟他走,但我不能再害他了,所以我忍着胸口的绞痛,狠下心来说道:"是,我不需要你了。"

沉默片刻后,他定定地看了我一眼,然后便转身开门离去了。

我见他有些不对劲,当即便追了出去,只见他的身影从宫墙之上一闪而过,我忙飞身追上,也顾不得还穿着一身大红的嫁衣。身后传来郑光和施炎讶异的声音:"陛下您这是去哪?"

我没有工夫理会身后之人,只是拼了命地追着前面走得飞快的顾星辰,就这样一直追一直追,最后见他的前方已是山崖,他的脚步却并未停下,我心中一沉,忙拼尽全力向他掠去,他却已经冲出崖边,直直坠了下去。

虽是修行之人,但如他这般不御一番真气便直接往山崖下跳的,是必死无疑,我脑中轰然一炸,也跟着跳了下去。

这个山崖很高,深不见底,眼前只见顾星辰的身影在缥缥缈缈的云雾之中下坠,我拼命地向他伸出手去,却怎么也够不到他。又下落了片刻之后,山崖下面现出如镜一般的湖面,水面上倒映出一黑一红两个身影,他从湖面的倒影中看到我,随即转过身来,在将要落入水中的一刹那抱住了我。

这山崖太高了,轰隆一声入水的声音十分炸耳,顾星辰的后脑重重砸在水面上,摔得他顿时晕了过去,他在水中紧紧蹙着眉眼一动不动,我焦急中又开始呛水,既不能让自己浮上去,更没办法把他推出水面。挣扎了一会儿将要失去知觉之际,忽然有人一把将我拉出了水面,我大口咳着水,这才看清是郑光和施炎,我忙对他们说道:"快,顾城主在水里晕过去了,快去救他。"

郑光很快把我弄到了岸上,施炎一个猛子扎进湖里,不一会儿,顾星辰也被拖上岸来,但仍是昏迷不醒。郑光抹了把脸上的水,喘着气问道:"陛下,今天可是您的大婚之日,您和顾城主这是在作甚?你们一前一后地往悬崖下跳是不要命了吗?"

郑光的话惊醒了我,我扶着晕晕乎乎的脑袋起身道:"你说得对,今天是我大婚之日,我还要回去报仇。郑将军,施将军,顾城主就拜托你们了。"

等我像个落汤鸡一般回到寝殿时,一众宫女都惊呆了,我疲惫地令她们给我重新沐浴更衣,还没等捯饬停当,外面的侍从便提醒吉时已到,我令她们停了手中活计,起身便向外走,宫女们在后面唤道:"陛下等一等,您的盖头还没来得及披上呢。"

"不用了。"我一步不停地径直打开殿门走了出去,心中没有半点成亲的娇羞喜悦,只想着能快点去报了那心头的大仇便好,什么盖头不盖头的,统统见鬼去吧。

盛大的迎亲队伍像一条长龙,浩浩荡荡地从雪国的昭灵宫一直排到汤国的玺华宫。我不知道自己是如何麻木地应付完烦冗复杂的成亲大典的,只记得大典结束,我到冷宫去看那个叫小玉的废后时,只见到她是如何歇斯底里地怒骂,很显然,她无可救药,永远只会指责和怨恨别人,却从来不懂得忏悔和成全。

第四章　决战

不出我所料，就在当日洞房花烛夜时，圣血堂非常不失时机地给我和白隽的新婚送上了一份大礼——协助泷州叛党对汤都发起猛攻。

早在几日前，我便料定会有此劫，于是早早同白隽提了建议，让他提前请来了五大派掌门，并调拨了重兵严守都城，果然就在大婚当晚，城防驻军传来急报，泷州叛党伙同妖人大举进攻，妖人已进入城中，与叛党形成内外夹攻之势。

我顾不得换掉嫁衣，只脱了外面碍事的宽大罩衫便去了城中。汤都的街道上方，一只只吐着火星子的黑色大鸟在夜空中盘旋，街道之中不时蹿出黑烟，城中各处的兵将被这些大鸟和黑烟攻击得惨叫不断，伤亡不停。

我刚把一个被火灼伤的士兵拖到路边的屋檐下，又是一片火星子从上空洒落下来，几名火莲洞的弟子冲了过来，祭出几道剑气朝向空中一阵劈砍，黑色大鸟怪叫着疯狂扇动翅膀，更多的火星子向他们洒了下来，几个火莲洞弟子连忙后退着四散开来，黑色大鸟扑腾着翅膀，呼地向下俯冲过来，所过之处地面一片焦黑。

眼见那只大鸟正向火莲洞弟子冲去，未央从我手中急急刺出，一剑穿透那黑鸟的脖颈，它瞬间化作一阵黑烟，在空中散了开来。

又一阵急促的刀剑之声由不远处靠近,不一会儿,从两侧屋顶上跳下十几个举着长刀的圣血堂门徒,以及数十名五大派弟子,一群人在街道之中混战成一团,忽然间,不远处飞来数枚像钉子一样的细小暗器,未央当即从我手中飞出,一番急转将那些暗器当空拦住,叮叮当当地将其尽数挥扫到一旁。

不出所料,紧接着地面之下由远及近地传来一阵闷响,我腾起空中,脚下刚站过的地方有一股黑烟瞬间猛冲而出,黑烟之后蹿出来个青黑眼圈的小矮人,正是玄武。

玄武手中黑烟向上直逼我身前,我挥出未央剑,剑气猛地向那黑烟劈去,将那如同利爪的黑烟劈作两半,锐利剑气不停,继续向下疾刺,眼见将要刺到那矮人时,他忽然向后着地一滚,骨碌碌地滚开老远,随后爬起来便向远处跑去。

我忙紧紧追上,他在巷道之中七拐八弯地到处乱钻,追着追着,我进入了一条小巷,巷中空无一人,安静异常,月光将我的影子长长地投射到地上,显得越发寂静了。

我小心地留意着地下的动静,然而并没有半点异常,我继续往前缓缓走着,渐渐听到前方传来滴滴答答的轻微声响,那声音从巷子深处传来,我便循着那声音一直走,直到来到小巷的尽头,那儿果然是滴答声的来源处,在一片阴影之中很是昏暗,并不能看得清楚,我蹲下来用手摸了一下滴在地上的液体,不像是水,我又将手伸到月光下一看,不禁心中一沉,是血!

我忙回身向上看去,小巷尽头的房顶上,垂着一个年轻士兵的脑袋,他的脖颈处正向下滴着鲜血!

我连忙飞上那屋顶,眼前的景象令我不寒而栗。

屋顶之上,密密麻麻地躺着数十具尸体!有汤都士兵,也有五大派弟子。

第四章 决战

站在高处,我方才看到,这城里到处都是水深火热的战场,远远近近到处都是火光、刀光、惨叫,四面八方的墙垣上到处倒映着打斗杀戮的影子。

我挥着未央四处斩杀那些吐着火星的黑色大鸟,四处同圣血堂的无数徒众搏杀,可是,黑鸟太多,圣血堂的徒众更多,一直杀到我快要力竭时,白隽带着一队士兵找到了我,我们二人都还穿着新婚的大红礼服,满身的血迹并不那么明显,但他碎发凌乱,气喘不止,剑上还有未干的血迹,显然是经历了激烈的搏杀,他跑到我身边问了句:"你还好吧?"

我点点头,正要问他如何,斜刺里一道剑气忽然不动声色地劈了过来,跟着白隽的一队士兵纷纷举刀去挡,但那剑气速度太快,片刻之间便将这一群士兵尽数扫倒在地,鲜血四溅。

周遭安静异常,却危机四伏,我和白隽举剑警惕地观察着周围,那剑气突然向白隽的后背刺来,他猛然转身挥剑去挡,砰的一声双方剑气相撞,将这一条街中堆放的物件全部震翻。

那道神秘的剑气出招十分诡异,白隽与其缠斗了一番,却始终找不到剑气的操控者,我想要帮助也无从下手,最终在白隽一不留神时,那剑气狡猾地从旁击出,将他打得飞了出去,撞在路边的柱子上。

白隽一时难以起身,我上前扶着他在一旁靠好,举剑扫视着街道两头,四处无人,那剑气却若有似无地在周遭虎视眈眈。又是青龙!

这时一旁奔来好几个年轻人,是土行宗的弟子,其中一个高个子一边走着一边说道:"看今晚这局势,恐是无法收场了,掌门已经受了重伤,我们再留在此处的话,只怕是凶多吉少。"

另外几人一听都慌了起来:"那师兄你说该怎么办?"

高个子停下脚步,道:"要我说,还不如逃命算了。咱们来这土行宗本是为了拜师学艺,希望能有一技傍身,又不是为了来送命的,如今也算学了点本事,即便自立门户也不是活不下去……"

另外几个年轻人正云里雾里地听着他发表这一番无耻之言,未央剑尖已点上他的胸口,我皱眉道:"枉你身为五大派弟子,蒙受师门教诲学了一身本领,如今倒是见风使舵,见乱就逃,还在这里教唆师弟,'无耻'两个字你知道怎么写吗?"

我的突然出现将他吓得脸色大变,他结结巴巴地道:"不要,不要杀我,我只是太害怕了。"

这时,一旁屋檐上又传来一阵叮叮当当的打斗声,我转脸一看,几个身穿白衣的少女正与圣血堂的数名大汉打在一处,其中一个少女还寻机朝我打招呼道:"月瑾见过师叔!"

我向她道了声:"去吧!小心些!"她点了点头,便继续同几个师姐妹一起,朝着那几个圣血堂大汉奔逃的方向追去。

我撤下手中的剑,左手指着屋脊上的几个白衣身影,对着面前这个吓破了胆的年轻人道:"你看到没有,这些比你还要年轻的少女尚且不怕,都在拼力与恶人厮杀,你堂堂七尺男儿,竟在这里战战兢兢,琢磨着如何逃命。

"你看看周围,狂徒恶人那么多,正道弟子每多一人就多一份力量,捍卫正道不是靠几个掌门就可以做到的,你们每一个人都很重要!如果一个个都如你这般退却的话,不是叫那些邪道之人看笑话吗?"

他的面上渐渐变色,先前的怯懦逐渐变作了羞愧,他缓缓垂下了脑袋,我继续道:"人生在世,至多不过一死,人人皆逃不过,但既然生而为人,便要活得有价值、有意义,不是吗?难道非要苟延残喘到白发苍苍,再来悔恨一生浑浑噩噩?到那时什么都晚了!"

一旁他的几个师弟纷纷点头道:"这位前辈说得对!我们不能这么懦弱!师兄,我们一起去战斗吧!"

高个子年轻人抬起头来,面带愧色道:"前辈教训得是,刚才是我

第四章 决战 561

一时糊涂了。师弟们,我们走,今晚就跟这些邪魔外道的人拼了!"

他们几个举起剑,向刚才屋脊上那群圣血堂之人追去。白隽这时在旁唤我,我忙跑过去看他,他说道:"云声,今夜汤都怕是要被攻陷了。"

我忙道:"不会的,你别气馁,五大派的人都来助阵了,我们一定不会败的!"

他摇头道:"你不知道,我刚从另一处过来,那边,五大派掌门已经全部受伤,如今城防驻军跟泷州叛党打得难解难分,五大派又不敌圣血堂的妖人,今晚,都城也许保不住了,你听我的,你先走,我留下来应付他们。"

我正要反对,他阻止我道:"我知道你想说什么,我知道你不愿在这个时候离开,但是到目前为止,那个圣血堂的圣主还没有出现,就已是如此局面。况且你记得吗,还有个无脸人,如果这两个人中有一个在今晚现身的话,我可能真的没有办法护你周全了,今日是我们大婚之喜,我不愿你在这一天遭遇危险……"

他话还没说完,我忽然感到身后一阵剑气的寒芒,那寒芒来势太快太猛,我已来不及转身回击了,但我如若就此闪开的话,我面前的白隽则必死无疑,我闭上眼睛正准备受了这一道剑气,忽然从旁传来一道更为强大的真气,轰隆一声将那剑气击了个粉碎。

我忙举剑转过身去,一个高大颀长的身影正从半空跃下,一道暗黑色剑芒随着他一同向前飞掠过去,如闪电般快速地刺入黑暗的角落里。

暗处响起一声惨叫,紧接着一个人从那角落里摔了出来,是青龙,他被打得仰面倒在地上,拼力向后挪动着想要逃开。

刚才那个高大的身影也从暗处走了出来,是顾星辰,他的面色是我从未见过的冰冷颓然,青龙尚在说着等一等、不能杀我云云,顾星辰却恍若未闻,只是冷酷地举剑便砍,仿佛是在发泄。

他并没有一剑夺命,而是挥剑狠狠砍上青龙的右肩,青龙肩上鲜血迸出,他发出吃痛的惨叫,顾星辰手中剑芒再次闪过,又是一剑砍在青龙的左肩,一剑又一剑,很快,青龙的两只手臂已是血肉模糊。

鲜血溅在青龙周身,他恨恨地叫了起来:"你,你这个疯子!不若一剑杀了我便罢!如此折磨我有何好处?"

顾星辰冷冷道:"我就是故意留下你的狗命,让你去通知你那什么圣主,叫他不要再躲躲藏藏,早些滚出来见我。"

他说完抬脚便踹,青龙忙起身跌跌撞撞地逃开了,我看着站在路中央仿佛变了个人一般的顾星辰,愣愣的不知如何是好。顾星辰看着青龙逃得再不见了,转脸向这边看了过来,一双眼中是无边无际的阴郁和冰冷。

我这时正举剑挡在白隽身前,忽然见他这样,手上顿时没了力气,未央哐当一声掉落在地,我刚要开口,他已将视线移开,前方一队快马疾驰而来,是肖羽带着一小队人马冲了过来。

到了近前,肖羽跳下马来,拎着一个人头向顾星辰禀道:"城主,叛党匪首已被斩杀,圣血堂徒众正在撤退。"

顾星辰嗯了一声,便让肖羽他们走了,他转过身来,对白隽冷冷说道:"今日,汤都我帮你保下了,他日,不该属于你的,我会从你手上收回来。"

他说完转身便走,白隽叫住他问道:"你到底是何人?"

"白谦。"

他丢下这两个字,便大步流星地消失在前方。白隽在旁退了一步,站立不住地扶住一旁的柱子,不敢置信地注视着顾星辰消失的方向。

顾星辰带的人马又一次犹如神兵天降,他们来过之后,汤都渐渐趋于平静,随着泷王被斩,泷州叛党顿时犹如一盘散沙,很快尽数被俘;青龙负伤逃去之后,圣血堂徒众亦迅速退了,剩下死伤满地的城防军和五

第四章 决战　563

大派之士。

我扶着白隽走在回宫的路上,远远地看到玺华宫上空爆出一阵又一阵奇异的光亮,等我们疾奔回到宫院中时,只见不远处的大殿中,正爆出阵阵火光般的盛芒,那盛芒仿佛带着极大的怒气,呼啦啦地将屋顶掀开个大大的裂口,朝着空中直冲出来。

白隽正要进入殿中察看,忽然有个人影从盛芒之中飞跃上半空,一眨眼间又蹿入近旁另一间偏殿之中,紧接着那一间殿宇之内又爆出极诡异的光亮。

我们追在那人后面,他的动作十分迅速而又诡谲,我们追了半天始终抓不住他。那人一路在各殿中疯狂掠过,直至他从最后一间殿宇中跃出时,我方才看清停在半空中的,竟然是那个一身赤红的圣血堂圣主!

他冷眼俯视着我和白隽,片刻之后,猛然间他周身爆出一波巨浪,四周宫殿被震得发出一阵碎裂之声,我和白隽被双双冲击得向后飞出,摔在宫院的台阶之上。

那红衣圣主有些歇斯底里地朝白隽怒吼着发问道:"说!《四境星经》究竟在何处?"

白隽苦笑道:"《四境星经》?为何问我?我像是有《四境星经》的人吗?"

"当年《四境星经》最后一次现世,便是在这玺华宫中!你身为汤王,会不知道?"

白隽哼了一声:"我若有那星经,何至于在这里听你废话?"

那红衣圣主眯着眼睛盯着白隽看了片刻,忽然间猛一抬手,我只觉身体一轻,被他一把吸了过去,捏到了他的手中。

那只苍白冰凉的大手紧紧攥着我的脖颈,我几乎透不过气来,手的主人近在咫尺,一张苍白得过分的脸和一双漆黑如鬼魅般的眼,这本就十分恐怖了,再加上那黑如浓墨的长发,还有在半空之中疯狂飘动着的赤红如焰的衣衫,这一切就在我的眼前,实在太过阴邪,我感觉自己仿佛正被一个千年厉鬼抓在空中。

身后,白隼飞身朝这边过来,红衣圣主另一只手一挥,白隼被打落回去,他又一次起身飞来,又被打落回去,我不忍心地大喊道:"你别管我了,快走吧,你打不过他的。"

红衣圣主朝我转过脸来,像个妖冶的厉鬼一般开口道:"嘘,别吵,别逼我杀了你……"

他话音未落,我身畔忽然袭来一阵疾风,速度快得连我和红衣圣主都没能反应过来,我只觉自己在半空中被揽住飞出去老远,等回过神来时,我正身在宫院一角,一个熟悉的身影已松开我,朝着红衣圣主的方向推出一道强大内力。

原来是那红衣圣主的戾气已至,若非我面前的顾星辰刚才以巨大的内力将其挡住,只怕我现在已是脏腑俱碎、七窍流血了。

夜色,从来没有这样令我忧虑过,此时此刻的夜色,在我眼中是这般危险和令人心悸。

红衣圣主和顾星辰在半空中又一次爆出真气相峙,周遭所有宫殿屋顶上的琉璃瓦片尽数飞上半空,继而哗啦啦突然爆裂,从空中向四面八方激射而出,直将四面八方的宫殿砸得七零八落。

红衣圣主手中又猛然推出一波气浪,余波冲击到我和白隼头顶上方的大殿顶上,震得宫殿顶端的一个巨大青石龙头掉了下来。

已经快要脱力的我用尽全力将白隼推开,龙头在我身后轰然坠地,其上摔断的巨大龙角不偏不倚正砸在我的后背上。

我猛地吐出一大口鲜血,晕了过去。

晕晕乎乎之际,好像有人在喊我。

我听到了白隼在撕心裂肺地喊着云声,还听到了不远处的顾星辰声音颤抖地唤着云儿。

我努力地睁开眼睛,看到白隼正拼力推着我身上压着的龙角,顾星辰正踉跄着向这边奔来。

他们二人一齐将那龙角移了开去,我却仍然不能起身,眼睛也不太睁得开来,只觉得五脏六腑剧痛不已,口中不住地吐出温热的液体。

顾星辰在我面前跪了下来,他在哭,他小心翼翼地想要捧起我的脸,却又不敢动我,他的双手一触到我脸上,就猛地缩了回去。

随后,他大吼一声,双手抱住自己的头,身体紧紧蜷缩成了一团,不住地战栗着。

糟了。

他的眼疾又犯了。

我抬眼看了看半空之中的红衣圣主,他好像看戏一般,饶有趣味地望着我们三人,甚至还漫不经心地在空中轻轻摇晃着脑袋,好像在享受着夜风吹拂他的长发。

我忽然又想起了尊主说过的话,我不能成为顾星辰的软肋,是啊,尊主说得对,自从遇到我以后,顾星辰便一次次地被我拖累,屡屡身陷危难,这一次,我又像个灾星一样害了他,在面对这样可怕的敌人时,我竟害得他眼疾复发,失去对抗强敌的能力。

本来,我和白隼是打不过这个红衣魔鬼的,只有顾星辰有希望与之抗衡,可是现在他眼疾发作,心魔又将他变成了一个手无缚鸡之力的人,这个时候,我们三人能否活命,全在那红衣圣主一念之间了吧。

果然,红衣圣主双手猛然向顾星辰推出一股戾气,顾星辰被冲击得狠狠撞在一旁的柱子上,三人合抱才能围起的粗大石柱瞬间断裂,顶上落下一块块屋檐石板,重重砸在顾星辰的身上。

红衣圣主却仍不过瘾,又抬起大手,一把将顾星辰吸到了半空,两股浓黑烟雾从红衣圣主身侧蹿出,如两个巨大的黑色拳头一般,一下一下地击打在顾星辰身上,将他打得不断吐出血来。

我难过得再看不下去,却一点也动弹不了,连哭的力气都没有,只是看着眼前的一切,不停地流出泪来。

红衣圣主似是打得累了,那两个巨大的黑色拳头终于停了下来,顾星辰顿时像个散架的木偶一般摔落在地上,浑身颤抖着不能起身。

我心中仿佛有个声音在对自己说,你不能害死他,不可以这样!于是我艰难地开口,如往常那般唤他道:"主人……"

我能发出的声音很微弱,但他总算听见了,他趴在地上抬起头,朝我这边摸索过来,他看不见了,他甚至连超人的听声辨位之力也丧失了,他只是在地上、在空中到处摸索着想要找到我。

我努力地伸出一只手去拉住他的手,他连忙用两只手一起反握住我的手,但是他的双眼目光空洞地四处搜索,却不知该看向何处。

"云儿,云儿……"他轻轻唤着我,眼角流下两行血来。

我心如刀绞,但此刻的我什么也做不了,只得尽可能平静地对他说道:"振作起来,不然,我们今天都要死在这里了。"

他垂下头战栗着,过了一会儿,他松开我的手,深吸了口气之后,缓缓起身。

他拿出青绫遮住双眼,在脑后缚了起来。

红衣圣主在空中哼了两声道:"这是怎么回事?见到心爱之人将死,把眼睛都哭瞎了?"

回应他的只有夜空中的风声。

红衣圣主又狞笑道:"我看你们三个有趣得很,女娃娃受了重伤怕是活不成了,我便送你们两个毛头小子一起上黄泉路去陪她吧。"

寒凉的阴风吹起,穿过顾星辰在风中飘动的长发和系在脑后的青绫,那风拂到我脸上,仿佛死亡一般阴森的气息。

顾星辰忽然开口对白隽说道:"我把她交给你了,好好照顾她。"

第四章 决战　567

白隽愣住,还没等他反应过来,红衣圣主的又一波灭世般的戾气已然袭来,铺天盖地的黑色浓烟夹带着犹如鬼哭狼嚎的呜咽,令整个玺华宫仿佛都变成了地狱。

顾星辰的衣摆在空中骤然爆起,真气如一道巨大的屏障一般,瞬间在他身前结成,将冲向我们的黑烟戾气尽数挡住。

眼疾复发的时候,是顾星辰最恐惧、最无助的时候,是他被心魔吞噬意志的时候,但这一次,他亲手为自己缚上青绫,即便看不见,即便要忍受内心最大的惶恐,他终是全都扛住了。

红衣圣主大怒,猛然俯身朝顾星辰冲了过来,顾星辰推动着身前的真气向他对冲过去,双方在空中相持不下,四面八方的所有宫殿楼宇尽数墙倒屋塌,四下里大地震颤犹如地裂。

我的头越来越昏沉,用了很大力气我才睁开眼睛,只看见顾星辰正拼着全身之力抵挡着身前滔天的杀气,他在半空中艰难地开口道:"快带她走。"

白隽焦虑地看着他,似是仍在犹豫,顾星辰又大喝一声:"走!"

白隽咬了咬牙,终是俯身将我打横抱起,我一点力气也没有了,连意识也快要消失了,我拼了全力想向顾星辰伸出手,却怎么也抬不起手来。

白隽哽咽地道了声:"王兄,保重!"

夜色下,白隽将我带离了那正在震裂的宫院,晕厥前的最后一瞬,我见到一片耀眼的白光从玺华宫中爆出,将眼前的世界映照得如同白昼,玺华宫被淹没在这一片盛芒之中,再看不见。

    那是多少年前,
    你画眉我铺卷,
    碧树芳菲星无边,

从不问寒水连天。

若光阴斗转,一切都不变。

又怎会有清风吹散缱绻?

当星光将泪风干在双眼,

此夜江山皆云烟。

无尽的虚空之中,什么都没有,只有这首熟悉的旋律翻来覆去地回响着。

一年后。

"启禀掌门,收到汤国飞鸽传书。"

我在菩提院中静静地收了周身真气,平复了呼吸,缓缓睁开眼来,面前的少年手捧一张小小纸条,恭敬地呈奉在我面前。

我取过那纸条,让他退了,垂首看了眼纸条上的字。

"已知白谦下落,红衣圣主情况尚不知晓。甚念,盼归。"

落款是白隽。

一瞬间,我只觉心中犹如春暖花开,好像有什么在心中迅速地枝繁叶茂起来。

自从在玺华宫被砸至重伤之后,我便再也没有见过顾星辰。那夜,晕厥的我被白隽带走,御医诊断我由于受到重击以致脏腑破裂,喝了一段时间的汤药之后,我回到九天门闭关静修,雪国的政务交由东屏王代为打理。

这段时间,除了安排处理些九天门的事务之外,我便不问世事,圣血堂的红衣圣主还有那个一身白袍的无脸人随时可能再度出现,我的头等大事便是提高修为,以备面对随时可能爆发的大战。

一年了,我终于等到了有关顾星辰的消息。

临行前,我将云芽和云远召集到九天大殿。

"云芽师姐，云远师兄，如今你们二人是寂静院和威仪院的首座，九天门就暂时交由你们打理了。我有重要的事情，要下山一趟。"

云芽师姐道："掌门，您闭关修炼的这段时日，虽然功力大进，但圣血堂的圣主和魔教首领如风仍然没死，您还是要务必小心。"

云远师兄也道："是啊掌门，一年前在汤都那晚，顾星辰与那圣血堂圣主一同消失不见，也不知这二人现今如何，如若圣血堂的圣主或者如风突然再次出现，那又将是一场人间浩劫啊！您独自下山可千万要注意安全。"

我点了点头："师姐师兄说得是，正道与魔道之间势必还有一场大战，此战不会来得太晚，我们时刻不能放松警惕，我不在的日子，还要麻烦你们二位督促弟子们勤加修炼。"

同他们交代完一些门中之事后，我来到九天大殿前面的前庭广场，自从回到九天门继任掌门以来，之前归家的弟子们重新返回门中，再加上近些年新拜入的年轻人，如今九天门可谓达到了空前鼎盛之状。

这些日子以来，我一直要求所有弟子勤学苦练，以准备应付随时可能到来的正邪大战。此时正值寒冬，昆仑山上一片冰天雪地，九天门却是一副生机勃勃之相，数千名弟子正在前庭广场上练功习武，一眼望去尽是意气风发、朝气蓬勃之态。

我望了望少数夹在众人当中偷懒耍滑的少年，对着面前的弟子们大声喊话：

"大家先停一停！我有话想问问你们。"

少年们纷纷停下站好，仰着一张张年轻的面孔看着我。

"你们修炼习武的目的是什么？"

下面有弟子大声回答：

"为了捍卫正道！"

"为了惩恶扬善！"

"为了保护弱者!"

……

我点了点头:"你们说得都很对!捍卫正道,惩恶扬善,保护弱者,这些听起来很了不起,但是,你们知道怎样才能实现吗?"

我起身飞到一个之前练功十分疏懒的弟子身旁,他正慌慌张张地往怀里塞着什么,我瞥了瞥他的前襟,一把将其囊中之物吸到了我的手中。

那是一只圆滚滚的小仓鼠。

"很可爱。"我捏着它,赞道。

弟子非常紧张,红着脸检讨道:"掌门师叔,弟子知错了,弟子不该在练功的时候贪玩。"

"嗯。"我若有所思地将那小东西举起,做出欲要摔它之状。

"掌门师叔不要啊!"弟子慌张地跪了下来,连连告饶道,"这是弟子最好的朋友,掌门师叔怎么罚我都行,只求您千万不要伤害它!"

我微笑道:"你无须求我,只要你能从我手中把它抢回去,它便安全了。"

弟子一听,急得哭了起来:"掌门师叔说哪里话,弟子怎么可能打得过您?便是再修炼个五百年也不行啊!"

我再次举起仓鼠:"要救它,就过来跟我打。"

他抹了抹眼泪,总算是鼓起勇气冲了过来。这孩子确是平日疏于练功,动作十分笨拙迟钝,是以我只略微动动手脚,便数次将他碰翻在地。

过了十几招后,他趴在地上呜呜大哭,不再起身。

我对他道:"刚才大家都在修习武功时,你却在偷懒贪玩,如果此时抓住这仓鼠的不是我,而是真正的恶人,那么今日你只能眼睁睁地看着它死在你面前。"

他一边抽泣一边望着我,我继续说道:"曾经有一个人对我说,这世上最可怕的,便是当恶人行凶时,你只能眼睁睁地看着,却什么也做不了。"

"平日里,该努力的时候不努力,等到真的遇到强敌时,你就只能眼睁睁地看着你的亲人、朋友或是爱人,死在你的面前。"

弟子停止了抽泣,重重跪拜道:"掌门师叔,弟子懂了。"

众弟子看到这一幕,面色都凝重起来。

我把仓鼠还给那个弟子,走在这些少年中间,对他们说道:"如今正值乱世,生于乱世中的你们,究竟是为了什么而活?"

我朝男弟子们问道:"为了吃饱喝足,吹吹牛,发发牢骚吗?"

他们纷纷摇头。

我又朝向女弟子们:"为了花枝招展,比比美,争争风头吗?"

她们一齐摇头。

"曾经,我是跟你们一样懵懂的少年,经过了很多磨难之后,方才大彻大悟。我不希望你们像我一样,等经过了种种痛苦悔恨之后才知醒悟。

"人活一世,未必都能名留青史,万古流芳,但是我希望,若干年后,在你们过完这一生的时候,当你们将与这个人间辞别的时候,你们至少能微笑着对自己说,这一生,我不后悔!"

众弟子面色肃然,有的紧紧抿起双唇,有的眼中泛起盈盈泪光。

"还记得你们的入门誓言吗?"

八千弟子齐声道出:

> 九天弟子,
> 修仙炼道,
> 不求长生,

但度苍生，
上无愧于天地，
下无愧于万民，
传浩然正气于世，
存天地大道于心。

我点头："大战将至，你们的亲人、朋友、爱人，还有这天下的苍生，都需要你们去守护，你们每一天多一份努力，到时便可能多救下一条生命。"

"守护正道，保护苍生，不仅需要心有正念，还要具备斩杀邪魔的能力，如果没有足够强大的能力，一切都是空谈！"

我走到他们面前，看了眼之前偷懒的那些弟子，现在都已把剑牢牢握在手中了。

于是我道："入门十年以上的弟子，站到广场南侧。入门三年以下的弟子，站到广场北侧。其余弟子一律站在中央。"

不一会儿，他们按照要求分成三个方阵站好，一眼望去，南侧以及中央的弟子居多，北侧入门三年以下的弟子人数最少。

我对云芽师姐和云远师兄说道："从今日起，弟子们的操练要按照不同的修为等级分开进行，修为高的弟子作为战斗主力，着重训练进攻刺杀技能；修为一般的弟子多多训练二人及多人对战，以最快速度提升战斗力；入门三年以下的弟子重点修习防御，一旦大战来临，旁人无法顾及他们，要让他们有保护自己的能力。"

云芽和云远齐齐点头应下，我示意他们望向昆仑山，再对他们说道："千年之前的上一次正邪大战主战场就在昆仑山。你们看，这山脉蜿蜒起伏，高低错落，其实若是早做准备，当敌人前来攻山之时，是可取地利之优势的。"

于是，我就该如何依据山脉地形安排攻防一事，又对他们具体交代了一番，经过我们三人的商讨，将应战方案差不多安排妥当之后，我便去了汤国都城，径直来到玺华宫。

经过上一次顾星辰同红衣圣主的大战之后，玺华宫已是处处残垣断壁，七零八落，虽然经过了这段时日的修葺，也只是大致恢复个框架，内里许多破损仍未修复完善，等来到了留云苑中，我看也就此处算是修整得好些，里里外外与我离开之前并无什么不同。

我叹道："其实你何必修修补补，说不定到时候红衣圣主和无脸人再来翻找，又弄得一团糟。"

他也叹了叹，摇头道："说到翻找，我在这玺华宫中已经上上下下、里里外外翻了个底朝天了，哪里有什么《四境星经》的影子。"

我说道："先别说这个了，你说有了顾星辰的下落，快快与我道来。"

他看着我不说话，那表情十分微妙，我催促道："你为何犹犹豫豫？有什么直说便是。"

他从身上掏出一张大红色的请柬递到我面前。

我打开一看，是遗玉城主顾星辰的大婚请柬，新娘是雪国慧文公主。

纵然是我闭关一年，修炼得自以为十分沉稳淡定，这一刻还是顿生五雷轰顶之感。

尊主，你真是好谋略，普天之下，唯有娶了这慧文公主，方可永绝后患，令顾星辰再不可能与我百里云声扯上瓜葛。

娶了妹妹，便再不能对姐姐存有什么念想。

白隽有些担忧地看着我问道："云声，你还好吧？"

我放下请柬："我没事。别担心我，你继续追查红衣圣主和无脸人的下落吧。"说完我便走出留云苑，走出玺华宫，像个没了灵魂的空壳一般,骑上马向着遗玉之城奔去。

到达遗玉的时候,天已擦黑,从雪国远道而来的慧文公主已经到达泯华庄,我飘上一株千年老树的枝干,静静地看着眼前的一切。

大红色。

目所能及之处,全被披挂上了各式各样的大红色装饰,一条长长的大红地毯从院门前一直铺向内室。

肃穆庄严的泯华庄,与玺华宫和昭灵宫的大小并无二致,这般满院的红,还真是喜庆得刺眼。

我这一年的闭关修行功效甚佳,如今轻功绝世,在这偌大的庄园中飞来飞去,果然无一人察觉,于是便更加魔怔了一般,四处飘来荡去地看了个清清楚楚。

这场联姻的仪式很是简洁,没什么铺垫和前奏,很快便进入了拜堂程序。

我站在高处,看着房中那一对新人,忽然觉得心口一阵绞痛,不由得吐出一口血来。

这一番动静好像惊动了新郎官,我再不看下面一眼,转身便离开了泯华庄。

此时此刻,我忽然明白了我和白隽大婚那日,顾星辰为什么会去跳崖了,但我此时只觉得,便是肉身死了又能如何?

灵魂尚在,记忆未失,一切痛苦仍在反复蹂躏摧残我的神识,那该是多么痛苦和绝望?

可是,这世上没有什么跳下去就能灰飞烟灭的诛仙台,也没有什么喝了就能忘却过往的汤药,即便是曾令我失去记忆的圣血堂邪毒,也是可以解的,痛苦的回忆,随时可能排山倒海而来,再次将我吞噬。

没有想到任何解脱的办法,没有想到任何可去的地方,我骑在马上,一路不停地哭。

马儿没有方向地飞奔了一路,不知道跑了多远,周遭的空气变得冰冷刺骨,四周也渐渐变得荒芜,前方出现了一片巨大的水面,马儿停了下来,不愿继续再跑。

我下了马来,走到岸边。这是一个巨大的湖,湖面光亮如镜,平滑光洁得如水晶一般,其上泛着幽幽五彩暗芒,在水下不停变幻着。

岸边有一块椭圆形的石头,上面写着两个字:镜潭。

镜潭,孽镜剑的出处,乃世间极阴极寒之地。

阴差阳错,没想到这马儿在黑夜中没有方向地乱跑一阵,竟将我带到了传说中的镜潭。

我大脑一片混沌,脚下一直慢慢在走,不知何时竟已置身镜潭的水面之上。然而,我却并没有沉入潭中,而是仿佛站在了水晶镜面上一般,只是脚下冷得刺骨,有些站立不住。

一个声音忽然不知从何方飘来:"此处乃镜潭,潭中之水至阴至寒,入入其中,必死无疑,你来此处,是想要怎样?"

两行微凉的眼泪从我脸颊上滑下,落在镜潭的冰面上,发出轻轻的啪嗒声。

"我只想灰飞烟灭,灵魂永失。"

那声音顿了顿,叹道:"你竟这般痛苦决绝,连我当年那样绝望之下,也未想过要自己灰飞烟灭。可惜啊可惜,这镜潭如今结了极厚的冰,无法让你如愿了。"

原来脚下是冰,只是因为这潭中之水太过透亮,是以冰面仍然像是水面一般。

一时之间,我不知该如何是好,只是站在原处,望着冰面出神。

远处的冰面上忽然现出一点点红色,我呆呆地眨了眨眼,而后幡然惊觉,抬眼向对岸看去,一个赤红色身影正立在飒飒寒风之中。

我瞳眸一紧,很好,红衣圣主,等你一年了!

一刹那间，我大脑清醒了过来，我在心中对自己斥道："百里云声，莫忘了你当初离开百里崖时是如何起誓的，即便痛苦到生无可恋之境，你也不该去做蠢事。便是要死，也要死得其所，对得起你头上的掌门玉冠！"

未央瞬间悬到我身侧，随我一同从冰上向对面疾速掠去，剑锋刺破呜呜的寒风，直指对岸的红衣人。

方掠到潭中央，红衣圣主已如移形换影一般等在了那里，我脚下停住，未央速度不减，朝他胸口破空而去。

红衣圣主双手挥出真气阻挡，而我早已不是一年前那个百里云声，这一剑也不再是一年前的力道，他的真气被未央剑气顶破，空中发出一丝长鸣，未央刺破面前屏障，直插向他的心口。

红衣圣主猛一侧身，险险避过。他顺势向后跃开，在半空中停住，我收回未央在身前，心念一转，剑锋急转直上，复向他刺去。

他闪避的动作极快，我的剑招亦紧追不放，未央不断挥刺，将那赤红身影逼得不住后退。

红衣圣主在空中被逼退几丈远后，身前猛然爆出黑烟，将未央团团裹在其间，我与之又是一番内力较量。

然而，许是因为之前在泯华庄吐了那一口血，我的真气开始不支，胸口泛起一阵刺痛，眼看就要抵挡不住。

换作他人，该当立刻撤下或者变招，但此时我已抱定玉石俱焚之心，所以我既不变招也不避让，只是毫不顾及地从体内逼出所有内力。

气血在我经脉中迅速滚动，蒸腾得我周身发烫，我嘴角开始流出温热的液体，红衣圣主眯起眼，面带疑惑地瞧着我，我冷冷一笑，一边吐着腥甜的鲜血，一边继续朝他强攻过去。

红衣圣主挑眉道："女娃娃，不要命了啊？"

这时一阵狂风骤起，从四面八方的冰面上席卷而来，搅过镜潭千里

第四章 决战 577

冰层,厚重的冰面之下由远及近地传来隆隆闷响,犹如地震,在周遭不住地震颤晃动中,冰面轰然炸裂,碎裂的巨大冰层飞上几丈高空,直逼得红衣圣主退到了对岸那头。

一股巨大的内力从后袭来,我被拉回到身后的岸上,顾星辰一边扶住我,一边扯掉自己身上的新郎礼服扔在一边。

对岸的红衣圣主开口道:"终于又等到你现身了。顾城主,新婚之夜你不陪着新娘子,跑到这里来做什么?"

顾星辰冷冷道:"今夜专为引你出现,要陪的就是你。"

对岸冷笑几声,黑烟从岸边滚滚而出,顷刻间覆盖了整个冰面,向我们汹涌而来。

顾星辰面前,潭中之水从四分五裂的冰层下冲天而起,掀起几丈高的水墙,挡住了铺天盖地袭来的黑烟。

片刻之后,黑烟和水幕一齐消散,对岸空空如也,红衣圣主早已消失不见。

一个声音从空中不知何方传来:

"三日之后,决战昆仑!"

待那声音也飘忽远去了,岸上只剩下我和顾星辰并肩而立,都静静地站着没有说话。

冰面上吹来的风从我们俩中间不停地穿过,发出的声音如同悲戚的呜咽。

不知道过了多久,身后传来一阵马蹄声,肖羽唤道:"城主,尊主叫您快些回去,慧文公主还在等着您。"

我胸中又是一股腥甜猛地翻上来,但我硬生生将它咽了下去,我不想让顾星辰看到,我想看到的是他真正的想法,他究竟是走还是留,我希望由他内心而定,而非受到其他原因的干扰。

然后,他转过身去,离开了。

刺骨的寒风中,他的脚步声在我身后渐行渐远,直到再听不见。

我第一次觉得冬天原来是这样的冷,冷得我浑身都在发抖,冷得我胸中生出剜心般的疼痛。我捂着心口回过身去找我的马儿,马儿离得不远,我却走得十分费力,好像怎么也走不到它的面前,忽然之间眼前一黑,我摔倒在地上。

晕晕沉沉之中,耳边有人在对我说着什么,我渐渐清醒过来,听到那人正说着三个字:"赎罪者……"

我挣扎着坐了起来,四周是一片死寂的旷野,还有月光下泛着银光的镜潭,却见不到一个人影,可是无脸人的声音分明在夜空中回荡着。

"赎罪者……赎罪者……还有三日,好戏要上演了……"

我握紧拳头,咬着牙站了起来,情伤很深,痛入骨髓,痛不欲生,但我还有重要的使命,待我先担起大任,之后若还有命,再来伤春悲秋吧。

我骑上马儿飞奔回到九天门中。三日之内,有很多事情要做,无脸人一千年前掀起的血雨腥风已令正道各派死伤无数,这一回,多了个圣血堂,还多了个红衣圣主,并且正道之士再没有了如月真人的庇佑。

这一战,要靠我们自己。

我派出人手分三路出去报信。

第一路,去大漠,通知鹿华和紫烟早做准备,虽然主战场位于昆仑山,但是如风一千年前的灭世之力便曾经波及大漠,因此还是要防患于未然。

第二路,去汤国,将三日之后大战的消息告知白隽,召集五大派以及所有正道之士届时齐聚昆仑山。

第三路,去雪国,通知四旗庄庄主,三日之后赶赴昆仑助战。

时间一分一秒流逝,很快便到了第三日。

这日一早,所有弟子齐集在前庭广场之上,天空中流动着一道道莫名的幻色,四周的苍天古柏在风中发出窸窣声,广场上数千道白色身影静静地持剑而立。

大地下,一阵微不可察的闷响从远处隐约传来,天空中,一群鸟儿毫无章法地四处乱飞,空气之中暗流涌动,我看了一眼半昏半明的天光,向着面前的几千名九天弟子喊话:

"正邪大战,千年一遇!此战只能胜,不能败!败了,这世间便再没有九天门,再没有正道。你们愿意看着正道就此毁灭吗?"

弟子们齐声呐喊道:"不愿意!"

"现在,拿好你们的剑,所有人将你们的入门誓言再念一遍!"

八千名少年的声音震彻天地:

九天弟子,
修仙炼道,
不求长生,
但度苍生,
上无愧于天地,
下无愧于万民,
传浩然正气于世,
存天地大道于心。

这些孩子的神情都十分肃穆,大约今日,他们真正领悟到了这八句话的含义。

我看了看渐渐压向昆仑山的滚滚黑云,大声道:"九天弟子听令!"

数千道剑光整齐地亮起。

"斩尽妖魔,不尽不归!"

弟子们在各自师父的带领下,按照我之前同他们商议好的战略,在昆仑山上依据地形排好阵势。不一会儿,五大派的掌门带着各自门派的弟子,又是近万人的浩荡队伍也赶到了昆仑山。

众人正在布阵,头顶上忽然撒下点点火星,天空中飞来一群黑色大鸟,一靠近昆仑山就开始疯狂俯冲,朝着人群发起攻击。

五大派众人纷纷举剑砍杀,但由于人数太多,且毫无章法地搅在一块,十分拥挤且容易受伤。

我忙高声喊道:"快散开,不要聚在一处!"

这时,从不远处射出一支支利箭,将空中的黑色大鸟射杀不少,是白隽带的兵马到了。一排排的士兵用箭阵逼退了朱雀召来的黑鸟,朱雀随即祭出火鸟,喷出一道道的火焰,将下方众人驱赶得四处躲闪,许多人被火焰灼伤。

圣血堂的徒众成群结队地朝着昆仑山攻来,九天门弟子早已有一批埋伏在山脚的隐蔽处,待妖人们走进无处可躲的山谷中时,他们由两侧高处推下巨石,砸得妖人们倒了一片。

第一拨妖人被困住之后,又一拨邪众拥上山来,是一群被驭魂术操控的人,这些人成千上万,连同圣血堂的徒众一起,黑压压的一大片拥来,犹如大兵压境。

脚下的大地发出震颤,如风果然也在这一天来到昆仑山,被驭魂术操控的人密密麻麻,片刻间便将山脚直至半山腰尽数淹没,正道中人始料未及,没想到妖魔邪众的人数竟会如此之多。

一千年前,如风尚未得到《四境星经》,还不会驭魂术时,便能召集到那么多的邪道之人,如今他修习了星经下卷,利用驭魂术召来了更多的妖人,这一战,看来是更加艰难了。

正道众人和妖人们杀作一片,沉寂了一千年的昆仑山,又一次迎来了惊天动地之战。

我一边在人群中斩杀妖人,一边四处寻找红衣圣主和如风的踪迹,然而从山脚下一直杀到半山腰也没能见到这二人的踪影,倒是圣血堂的那四个护法,又是喷火又是使暗器,又是放黑烟又是挥双刀,伤了许多正道弟子。

火莲洞洞主向另几个掌门高声道:"这几个护法十分难斗,看来要用天罡五行阵了!"

余者几人于是从一片混战中杀到了一处,五位道长飞上一块平坦的巨石之上,五人同时作法,空中乌云忽然张开一条巨大的裂口,一道五色之光从云上直射而下,那光柱在空中渐行渐收,最终化为一道巨大的五彩剑气,由天际直指昆仑。

昆仑山上的所有人,圣血堂徒众、被驭魂术驱使之人、五大派弟子以及九天门弟子,都被这擎天巨剑惊呆了,所有人都忘了打斗,只有那四个护法,龇牙咧嘴地相视嘀咕了一番之后,一齐朝着那五彩剑气腾空飞去,欲与之决一雌雄。

那巨大的天罡五行剑转了方向,朝四个护法扫荡过来,那四人在半空中翻滚退让一齐避开,剑气浩荡余威扫过之处,所有人全被掀到半空,摔了老远,山石碎裂,地陷巨坑。

邪道众人有的面露惊惶之色,四下里逃窜着寻找躲避之处,胆大的则骂骂咧咧,指着五行巨剑,直道这五大派的妖剑好生厉害。正道弟子们则士气大振,纷纷呐喊着,更加热血沸腾地斩杀着四下逃窜的妖众。

眼见那四个护法蹿到了一处,白隽找准时机祭出昆仑圈,巨大的金色光环罩在了那四个妖人上方,将他们定在原处无法挪动分毫。

五大派掌门相视点头,一齐发力令天罡巨剑掉转方向,朝那四人斩去。

眼见巨大的五彩锋芒就要击中四个护法之时,那巨剑之中忽然跳出一道金光,紧接着剑身剧烈震颤起来,其他四色瞬间飞散开来,再无法聚到一处。

众人正在疑惑惊诧中尚未回过神来,于五位掌门站立之处忽又闪出一道金光，狠狠劈到猝不及防的水、木、火、土四大派掌门身上，将他们劈得纷纷吐血，倒在地上。

金音阁掌门厉雷冲停在半空之中，收回那道金光，看着倒下的另外四位掌门，露出了无情的狞笑。

四位掌门惊骇道："你，你竟临阵倒戈，无耻叛变！"

厉雷冲哈哈笑道："什么临阵倒戈，我早就慧眼识珠，看准了圣血堂能成大事，早在一百年前，我坐上这掌门之位时，便已经是他们的人了！"

其余四位掌门又惊又怒，然而御使天罡五行阵需要五行共生，缺一不可，如今金音阁成为敌方爪牙，天罡五行阵再无可能被祭出应战，对正道之士来说如同断臂之缺。

一时间，妖众那方见天罡五行阵失势，顿时士气大振，举着各自兵器将一众蒙了的五大派弟子杀了一个措手不及。

我此时恍然大悟，怪不得小玉修行一直选在金音阁中，原来那里根本就是顶着五大派名号的幌子，其实早已是圣血堂的据点了。

半空中忽然爆出一股气浪，那气浪之中隐隐凝结着一道凌厉的剑气，周遭山石上的白雪被卷在半空，随着那剑气向前疾旋，狂风四射，将近旁一众正忙着打斗的各派弟子冲击得纷纷散开。

愈旋愈猛的气浪之中，忽有道寒光一闪，一位白须老者由那气流之中举剑飞出，滚滚旋动的气浪扑簌簌疾速收紧，直至裹挟到老者手中之剑锋，那剑顿时仿佛聚集了钻山之力。

剑未到，气已至，前方一路或人或物俱被搅动得四下飞散，只余那一剑之锋芒，如闪电般向厉雷冲刺去。

这位白须老者正是新任土行宗掌门，前任土行宗掌门在羽山上寻找《四境星经》时已经身亡，不想新上任的这位掌门竟比前任掌门看着年岁更大些，却也更加正气凛然。

第四章 决战　583

厉雷冲身上金光乍现,手中忽然多出两把金铜大锤,发出令人头晕目眩的嗡嗡震颤之声,霎时间,天光色变,道道金色电光由空中直通那两把铜锤,在厉雷冲手中吱吱作响。

眼见土行宗掌门的剑气将至,厉雷冲挥舞着手中大锤向他冲去,四周山石被那两把锤子的金色电光触及之处,俱是爆裂成为碎块,炸伤周围一众人等。

空中爆出刺耳的哐当之声,土行宗掌门之剑猛刺上金音阁厉雷冲的金铜大锤,一道道金色电光从那两把大锤上激射而出,沿着那剑向土行宗掌门爆开,他忙撤剑后退,却只见一道金光直刺他的心口,他忙举剑拦住,那金光击中剑身,一瞬间光芒大盛,将土行宗掌门整个人都淹没在一片金光之中。

厉雷冲举着大锤向前再次一击,那金光又是一闪,土行宗掌门猛然从一片光芒中摔了出来,落在地上,吐出一大口鲜血。

厉雷冲停在不远处,不屑地嘲讽道:"就凭你土行宗的那点雕虫小技,岂有资格与我金音阁并称什么五大派?我看不过是虚有其名,不堪一击之辈。"

他话音刚落,周遭忽然红光乍现,上空发出一阵轰隆隆的巨响,霎时间,红云聚顶,热浪翻腾,一道又一道红色光芒撕破红云,半空中如裂开了一道道血红色的裂口。

彤云之下,一道火红之气忽然爆出,是一条几丈长的火龙。

火龙向着厉雷冲猛地蹿去,周围众人见状纷纷尖叫着惊惶逃开,那火龙过处,一片噼啪作响,四周犹如被烈焰焚烧一般,尽都通红通红。

火莲洞掌门一边推动着那火龙前攻,一边向厉雷冲道:"你莫要嚣张,别以为你那金音阁有多么了不起,我们四派还未必得上你!"

厉雷冲将两把大锤交叉挡在身前,那火龙来势汹汹,猛地冲到两把金铜大锤之上,将厉雷冲撞得连人带锤向后倒栽出去,一直撞到山石之上。

厉雷冲稳了稳身形,朝着火莲洞掌门狞笑一声,手中大锤猛然间金光大涨,盛芒之间不时爆出道道电光,犹如一面屏障,牢牢挡在他的身前。

火莲洞掌门面颊憋得越发通红,他拼力祭出真气,催动着那火龙去撞击厉雷冲面前的金光,厉雷冲面目狰狞地推动手中大锤,将金光猛力推出,金光好似一面几丈高的铜锣一般,向火龙冲去。

一声巨响之下,那火龙被轰然冲散,一片火光向四下飞溅开来,烧得四处冒起浓烟。火莲洞掌门捂着心口连退数丈,倒在地上再不能起身。

厉雷冲前襟和衣袖俱被烧焦,面颊亦被灼烧得黑里透红,他正气恼地骂骂咧咧,木空山掌门和水川岛两位岛主一同举剑向他杀去。

半空中,三位道长同厉雷冲战作一团,周遭地动山摇,狂风大作,其上乌云滚滚,惊雷阵阵。

过了半晌,厉雷冲从一片混沌之气中跃了出来,落在不远的半山腰处,他将手中一只大锤猛然抛出,那锤子卷着一片闪电狂风,翻滚着冲向三位掌门。

空中炸起巨响,锤子与一股强烈的气浪在半空之中相撞,是水木两派的三位道长以内力挡住了厉雷冲的金铜大锤。

霎时地动山摇,邪魔徒众和正道弟子纷纷摔倒在地,有些甚至惊叫着骨碌碌地朝山下滚去。

三位道长周身光芒大涨,一齐向厉雷冲逼近,将他的锤子推得越发倒退回去。

厉雷冲龇牙咧嘴地抵抗着,他的发髻已经在激战中散了开来,一头乱发在气浪中狂舞,显得越发疯狂狰狞。

双方相峙许久,厉雷冲有些抵挡不住,脚下步伐开始倒退,三位道

第四章 决战

长乘胜追击,将厉雷冲逼得一直退到山崖边沿,眼见着再无处可退。

这时,厉雷冲又抛出另一只大锤,霎时间,两只大锤结在一处,爆出盛大金光,猛地将三位道长的气浪冲开,直撞到他们身前。

三位道长被一双铜锤之力击中,纷纷倒飞出去,落在几丈开外。厉雷冲将锤子收回手中,发出狂妄的大笑。

我冲开挡在身前的密密麻麻的邪教徒众,一片人仰马翻中,未央爆出凌厉的剑气,向半空疾刺而去,厉雷冲见状,忙举起两把金铜大锤迎上前来。

未央剑气极快,同那两个大锤在空中缠斗片刻,便将它们一剑挥扫出去,不知摔到了何处,厉雷冲大惊失色,转身便逃,我举剑追上,很快便追到他的身后。未央向他后背刺出,剑尖将要没入他身体之时,忽有两道黑芒从旁射出,哐当两声撞上未央剑尖,令我手中之剑颤了一颤。

这一剑因而未能刺中厉雷冲心口,斜向他右肩下穿身而过。

他捂着伤口摔倒在地,我正要将他就地斩杀,却总有黑芒不时从旁袭来,我不得不举剑挡开那些阴森的杀气,就在这片刻之间,厉雷冲趁机爬了起来,溜得不见踪影。

觉察到近旁暗藏杀机,我立刻收回手中之剑反手挥出,雪白剑气向一旁猛扫出去。射出黑芒的那人正是白虎,他举起手中的黑色双刀去接未央剑气,却被打得猛然向后飞出,重重撞在山石之上。

白虎到底是令人闻名丧胆的圣血堂四大护法之一,受我未央这一道剑气之后,并没有倒地不起,而是迅即又站了起来,他舞动着黑色双刀再次迎上前来,周身爆出数十丈黑芒,整个半山腰都被笼罩在一片阴森的黑烟之中。

四周被黑烟击到的正道弟子们倒了一片,我忙唤他们退开,四下里,只余下我和犹如鬼怪的白虎对峙。

他丑陋的面上浮现出狞笑,周身黑芒迅速聚向他手中的双刀之上,片刻间,两条锋刃愈加浓黑,裹挟着腾腾黑烟,像魔鬼的兵器一般夺命而来。

未央雪白的剑气闪过,白虎连人带刀被打退回去,那黑色双刀在空中疾速旋了几圈,叮的一声插入他头颅两侧的山石之中。

他大骇,一时间呆呆愣在原处,我手中剑芒再闪,一道白光直刺白虎心口,他想要躲避,却被脑袋两侧自己的双刀挡住,没能闪得开来,瞬间被未央一剑穿胸。

我收回未央,正欲转战别处,白虎却忽然抬起手来,将双肩上方的两把长刀拔出,想要再向我发起攻击。

我将剑再次送出,一片剑光中,忽然飞来许多小小的暗器,朝我密密射来,我忙向一旁急旋开来,一簇簇钉子般的暗器从我身旁呼呼掠过,被我险险避开。

一丝暗流在地下疾奔,我当即以剑气劈了过去,那处登时地裂,一个矮人怪叫着从地下蹿了出来。

这矮人正是玄武,他被我刚才的剑气所伤,已是一身鲜血,跟跄着想要逃走,我飞身追上,剑气再出时,他又向后射来一片暗器,我仰身避过之后,他却跑出了老远,不见踪影。

我顺着地上的血迹一路跟去,那血滴消失在一片枯树林中,这一片由于枯木丛生,大战众人都没有来到此处,四周很是安静。

我举着未央,仔细查看着周遭情形,玄武擅遁地之术,他忽然消失,多半是又躲入了地下,我小心地查看四周地面,想要寻找出他的踪迹。

四周地面很是安静,看不出一点异样,我慢慢走到一棵树前,忽然,从树上落下一滴液体。

我一眼瞥去,红色的液体。

我猛然抬头,玄武正像一个发狂的怪物一样,由树上向我俯冲下来。他龇牙咧嘴地祭出如同两只大手一般的黑烟,我猝不及防间被掐

第四章 决战 587

住了脖颈。

玄武在树梢得意地狞笑道:"哈哈……没想到啊没想到,九天掌门今日要死在我玄武手上啦!"

我瞧着他狂妄的模样,心中觉得好笑,这一双黑烟凝成的大手固然可怕,但是,如若这样就能把我掐死,那我还有何资格坐上这九天掌门之位?

我丹田一动,周身真气爆出,瞬间将那双大爪震开,玄武被震得从树梢跌落下来,摔在我面前狂吐鲜血,再也无法起身。

他不敢置信地吐出几个字:"你……你……"

我听到不远处传来云芽师姐的声音,于是转身向那处走去,不料身后疾风袭来,又是一片钉子,我头也不回地将未央向后挥去,剑气扫过,那一片暗器被尽数打到一旁树上,玄武也终于没了气息。

我奔出这片枯树林时,只见一个白衣女子正与青龙激战,那女子果然是云芽师姐,她将手中仙剑祭到身前,剑身滋滋作响,剑芒如水波流动,周遭气浪翻腾,一片盛光之中,一道剑气忽然疾射而出,正是云芽师姐的绝学——露水神光。

青龙操控着他那诡异的剑招去挡,云芽师姐的剑气与之在半空撞上,发出一阵尖锐的嗡鸣之音。

青龙的内力很是强大,云芽师姐拼尽全力也未能突破他的抵抗。这时,忽然又一道剑气从青龙袖中刺出,猛然间击中云芽师姐的胸口,将她打飞了出去。

青龙飞身而起,欲再次攻击云芽师姐,一片幻影般的剑光忽然从旁急旋而来,那剑光闪动极快,只见剑影不见剑形,道道强劲的杀气将青龙逼退了回去。

一个白色身影随着这番剑光从天而降,是大师兄云远。青龙被这一番疾攻打得后退老远,他稳了稳步伐,斜眼瞧着云远师兄道:"九天一哥?"

大师兄在他对面站定,反问道:"你就是青龙?"

"是我。对于你九天一哥,我可是早有耳闻,外界传言你的剑影飞霜如何如何了不得,今日我便要领教领教,到底是你那承影剑厉害,还是我的青龙剑法更高明。"

他话音刚落,两道诡异的剑气已从他双袖中飞出,眼前不见剑身,只有一道道凌厉的杀气飞速划过,渐渐地,空中阴沉下来,青龙周身诡谲的青光之中,密密地发出细微呼啸之声,是一道道杀人于无形的剑气。

大师兄手中的承影剑与这一片青光中的杀机缠斗在一起,半空之中不见剑形,只见一片剑光变换交错,其间不时爆出凌厉的杀气,在周遭四处乱窜,如鬼影一般将多人劈得或死或伤。

忽然间,一阵狂风由云端涌起,大片犹如霜雪般的白光从云上急旋而下,一直旋到大师兄手中的承影剑锋之上,半空中猛然气动山摇,承影剑忽然化作一片光影,向青龙身前的一片青光袭去。

这正是大师兄的绝技——剑影飞霜。

那一片青光瞬间散乱开来,承影剑光影不停,继续搅动着那一片凌厉的剑气向前冲击,青龙连忙向后疾退,直至退到山前,他双脚蹬上崖壁,身影忽然在空中飞旋了几圈,两道剑气也随之旋动起来,将承影剑的光影牢牢挡住。

双方相持了一阵之后,青龙的剑气忽然消失,青龙也同时突然隐匿不见,大师兄忙收回承影剑,向四周寻找青龙的藏身之处。

然而周遭除了混战的众人之外,并没有半点青龙的影子,大师兄见状,便欲转战别处,这时,一道剑气突然不知从何方刺出,直击向大师兄的心口,他忙举剑挡住。就在这一瞬,又一道诡异的剑气袭来,大师兄猝不及防被刺中了后背。

不远处山石的暗影中,青龙走了出来,他狂傲地大笑道:"九天门的剑法不过如此,什么仙门大宗,我看不过是一群无能之辈。"

我飞奔过去扶起大师兄,他吐着鲜血,急促地喘息着不能起身,这时,身后又是一道凌厉的剑气袭来,我持着未央反挥过去,将偷袭过来的剑气挡开,然后扶着大师兄在旁靠好,这才站起来转过身去。

青龙正警惕地盯着我,我忽觉他眼角的两道红色看着很是碍眼。

"你,别以为你当了九天掌门,我就会怕你!我的青龙剑法可不是浪得虚名的!"青龙朝着我喊道。

我冷哼了声:"你那点把戏,鬼鬼祟祟见不得光,也能称得上什么剑法?"

他闻言甚怒,双臂一展,两只袖中同时送出剑招,两道怪异的剑气顿时交错着朝我疾刺而来。

我一边后退着躲闪这两道剑气,一边在心中思索着如何将他眼角那两道碍眼的红色给抹掉。

忽然我脑中灵光一现,手中未央随着我的心念在身前几番旋动,当当两声之中,将青龙的两道剑气弹了回去。

那两道剑气不偏不倚地擦着他双侧太阳穴,向他身后弹刺过去,他惊骇地呆在原地一动也不敢动,我又看了看他的眼角两侧,之前有两道红色的位置已被削去薄薄一层表皮,再不见了那碍眼的红色。

他不知所谓地摸了摸自己的太阳穴,大约是掉了层皮有些疼痛,他不禁哑了一声。

这一摸令他怒火中烧,当即大喊大叫着再度送出两道剑气,招招毙命地向我刺来。

未央一番拆招,那两道剑气被打得散不成形,我趁势握住剑柄,在一片凌乱的剑气之间向前疾速掠去,还没待青龙反应过来,剑尖便向他心口刺下。

这时,上空中忽然袭来一道银白之气,猛然挡住了未央的锋芒。

这一道银白之力甚强,我连人带剑被弹退到数丈开外,抬头向上一看,空中停着一个身穿白袍之人,一副惨白的面具之后,只露出一双极黑的眼睛注视着我。

无脸人,如风,你终于现身了!

未央从我手中疾出,雪白剑芒如电掣般向他刺去。

他挥出一柄银色长剑,正是孽镜,那剑的剑身极为透亮光洁,犹如镜潭水面一般,剑锋当空一拦,竟将未央攻势牢牢挡住,未央铮铮震颤了半天也未能突破。

我与如风斗上高空,未央与孽镜在空中疾速拼斗,两柄古剑威势浩大,剑风过处,下方众人不时东倒西歪,站立不住。

瞬间我同他斗上了昆仑山巅。白雪皑皑的山顶之上,是极冷极寒的云霄,如风将手中长剑当空一指,孽镜形成一道巨大的银白剑气,恍如之前的天罡五行剑般大小,从山巅直插云端。

我正要加注所有内力于未央锋刃,却在此时响起一声惊雷,一道耀眼的蓝光从天际直射而下,又是一道擎天巨剑现身,我抬头望去,顾星辰正停在半空之中,一身墨蓝长衫在风中猎猎飘动。离殇在他的催动之下与蓝色巨剑合为一体,直向孽镜压去。

两柄巨剑在昆仑山巅轰然相撞,整个山体都随之震颤起来,山上山下众人纷纷摔倒,山上厚厚的冰雪也乍然爆开,引发了一场雪崩。

白雪犹如巨浪波涛一般朝下狂奔,瞬间将众人淹没了一大片,我忙飞下山去,和其他人一起奋力搭救被雪掩埋的人,所幸都是些修行习武之人,大部分人并无大碍,很快正邪双方又打成了一片。

我回到山顶上时,顾星辰正对如风说着:"我六岁那年,你为夺《四境星经》,火烧玺华宫,杀我全家,今日,我便与你做个了断!"

如风长长地咦了一声:"我道你这大名鼎鼎的遗玉城主是何神秘

第四章 决战　591

的来历呢,原来竟是那老汤王的儿子!你不是在那场大火中被烧死了吗?怎么如今又活过来了?"

顾星辰冷冷道:"当年,我的师父为了保我性命,牺牲了他自己的儿子,让你以为已经斩草除根,其实,师父拼死也要保住我和星经上卷,就是为了让我报这血海深仇!"

如风冷笑道:"你老爹小气吝啬,他不是修行之人,霸着那星经有何用?而我,需要《四境星经》来救我爱人的性命!那时,他可曾对别人的生命有过半分怜悯?"

顾星辰不屑道:"你的爱人?你这样杀人不眨眼的恶魔,有什么资格谈爱?"

他言毕又是一剑斩下,巨大的蓝色剑气恍如天神之器,似乎一剑下去便能劈断青山,斩碎苍穹。

银色巨剑孽镜嗡鸣着横倒,被如风推动着当空迎了上去,二剑再次相撞,剑气冲上云霄,在天际发出隆隆闷响,云巅映射出不停变幻之色,将整个天空映成了一片银光幽蓝。

昆仑山巅,两道巨大剑气结作一个贯穿天地的十字,云层之上,一阵又一阵的激芒闪耀,云层之下,一道又一道的电光爆出,昆仑山上哗啦啦地裂开一道又一道地缝,轰隆隆的巨响震彻天际,众人不得不停下打斗,捂着耳朵四处寻找躲避之处。

离殇和孽镜的巨大剑形在半空之中紧紧相抵,二剑一同缓缓旋动起来,天际云层和周遭万物一同随之扭曲变形,山巅的巨石和一些正在打斗的人纷纷被吸附上去,在惨叫和剧烈的震颤之中消失不见。

众人见状,纷纷惊慌失措地朝山下狂奔逃命,整座昆仑主峰却仍在颤动着,人们站立不住,大片大片地向山脚滚落。

忽然间,两道巨剑一齐消散,顾星辰和如风对立于山巅,风呜呜地从二人身畔吹过,恍如在为这一场惊世之战呐喊悲鸣。

如风身上忽然爆出气浪,他身上的白袍和面具随之炸裂成了碎片,现出里面的真人来,我登时呆住。

那人一身赤红长衫,衬得长发黑似浓墨,虽然面容极为俊美,神情却阴冷无比,明眸如似利刃,皮肤苍白似雪,犹如一个艳绝的鬼魅。

原来圣血堂的圣主,就是如风。

红衣圣主和无脸人,竟是一人。

我尚在惊骇之中没有回过神来,他手中孽镜已疾刺而出,山巅一道幽蓝剑气和一道银色剑光撞击不停,绞缠不断。

我见离殇渐落下风,心中焦急万分,于是提起未央也杀了过去,离殇与未央一齐向孽镜进攻,无奈我们两剑合璧,却也未能将孽镜降服。

忽然之间,我连人带剑被打飞了出来,紧接着一股黑色浓烟从那赤红身影中爆出,一刹那便将他们二人吞噬。一阵急促的当当之声后,黑烟消散,顾星辰手中离殇支地,单膝跪在地上,不断地吐出血来。

孽镜剑尖指向顾星辰的胸口,如风朝着他逼问道:"《四境星经》上卷在哪?"

顾星辰吐了口血道:"早已被我烧了。"

如风闻言甚怒,一声震彻天地的怒吼之后,从他周身爆起一阵狂风直冲云霄,整个山巅的冰雪石块俱是四下迸出。

"那里面的起死回生之法是怎么写的?一句一句背给我听,漏一个字,我让你生不如死!"如风的剑尖抵上顾星辰的咽喉,咬牙切齿道。

顾星辰好笑地道:"《四境星经》中哪里有什么起死回生之法?若真有之,我早用它来复活我死去的亲人了。"

如风闻言,身体猛地晃了几晃,喃喃道:"怎么可能……怎么可能……"

他在那儿自语了片刻之后,忽然一手爆出黑烟击向顾星辰,我飞去想要阻拦却已来不及,只能眼睁睁地看着那黑烟从我面前掠过,将顾星辰打晕过去。

这时，突然从旁冲出一人，举着把剑向着如风疾奔过去，如风持着孽镜那手动也未动，只是猛一转脸，真气震荡便将来人打翻在地。

我忙跑去扶起那人道："慧文，你怎么会来这里？"

她对着我道："姐姐生死之战，慧文怎能放心？我想要帮姐姐。"

我心中一暖，叹道："这不是你该来的地方，这里都不是寻常人，你赶紧下山，去找四位将军，让他们护送你离开。"

她坚持道："我不走，我要陪着姐姐！"

如风在旁冷笑道："这唱的是哪一出，这么个手无缚鸡之力的小丫头，竟然也来凑热闹？"

慧文斥道："任凭你如何瞧不起我，我也不会让你伤害我的姐姐！"

说完她举剑便刺，然而——

那一剑并未刺向如风，而是剑尖骤转，刺向了我。

我一点也没有料想到她竟会如此，虽然向后闪身去避，却没能完全逃开，猝不及防地被剑尖刺中了肋间。

我又惊又怒，情急之下疾退半步将身体从她剑上挪开，挥出未央将她打飞到一旁。

我捂着剧痛的伤口，难以置信地问她："慧文，我将你当作亲妹妹一般，你为何如此对我？"

她抹了抹嘴角的鲜血，狞笑道："妹妹？我才不想当你的什么狗屁妹妹！我当初认你作姐，只是为了恢复我的公主身份，好有机会嫁给顾城主而已！可恨，他的心里只有你，对我从来连正眼都不看一眼，根本不将我当回事，对于你，我只想你死！"

我自嘲地笑了笑，原来她打的是这样的算盘，枉我还为她动了真心，一心想要让她在王宫里继续做她的公主。

如风在旁啧啧道："女娃娃，你看到了吧？这就是世道，这就是人心,都是一群自私自利的家伙,这些人,全都该死!"

我见他举剑又要向慧文刺去,心中一沉,忙举起未央冲了过去,如风甚至都没有向这边转身,只是抬手将剑朝我一挥,我手中未央竟不受控制地被孽镜剑气扫飞了出去,落在山下。

我心中大骇,看来之前的数次交手中,如风根本没有对我发力,原来他真正的道行竟达如此高深之境,怪不得连顾星辰都无法与之抗衡,怪不得早在一千年前他就差点将这个世界毁灭。

未央不敌孽镜,其实早是我意料之中的事,我只是没想到竟到了如此不堪一击的地步,心中不禁涌上一阵恐慌。我竭尽全力让自己镇定下来,对自己说着,不要绝望,还有风骨笛,那是传说中唯一能够制服如风之器。只是我心中知道,修炼了这么多年,我仍然未能领悟到真正的封天之术,在如风面前,我不过是个虚有其表的无用小传人而已。

但我不能放弃,打不过,也要打,于是我深吸口气,将凤骨笛祭到身前,正要发动真气,如风忽然将孽镜负在身后,不屑地开口道:"女娃娃,莫要做徒劳无用的挣扎了,你那点封天咒的小把戏,能奈我何?"

我胸中气血翻涌,一来气他的嚣张跋扈,二来气自己的愚笨无能,此时尽管身上伤口痛得我直冒冷汗,我仍咬牙道:"即便打不过你,我也不能任由你胡作非为,再祸害苍生!哪怕拼上我的性命,我也不会放弃!"

他邪魅地微微一笑,忽然就向后疾速退去,我忙飞身追上,他一直退一直退,我便一直追一直追,不一会儿,他进入一个山洞之中,我跟着飞了进去,四周明晃晃的光亮刺得我一瞬间不能睁开眼睛。

待双眼适应了之后,我再一看,这便是他之前抓我来过的那个冰洞!

他一闪身进了洞内深处,我忙追了进去。

一个宽大的房间中央,放着一个冰床,冰床之上躺着一个人,不,是

第四章 决战　　595

一具尸体。我忽然明白过来,那便是我之前被他带来此处时,为其换了衣服的那具女尸。

那女子静静地躺在冰床之上,面容清秀绝美,穿着一身白衣,只是面上苍白如纸,没有一丝一毫的血色,尸身已经开始腐烂,发出阵阵尸臭。

我看了片刻,忽然又是一阵惊悸。

因为那女子身上穿的,分明同我身上的一模一样,正是九天掌门的服饰!

我惊骇地瞪大双眼看着那女子,又看了看站在冰床边,正以无限爱恋的目光看着那女子的如风,问道:"她,她是何人?"

如风闻言转过脸来,眉眼冷肃地对我道:"见了你九天门创派师祖,为何还不下跪?"

一阵热血猛地冲上我脑中。

原来躺在这里的这个女子,便是传说中以一支凤骨笛祭出封天神咒,斩杀千万邪众,守护了正道苍生的九天门创派师祖——如月真人!

如风、如月,我这愚笨的脑袋瓜子怎么早没有想到,原来如风一直所说的想要救活的那人,竟是如月!

之前我怎么也想不出的冰洞位置,原来就在昆仑山上,就在九天门的后山,因为冰洞中的这个女子,就是九天门的创派师祖!

之前如风用凤骨笛吹奏《星云笺》时,我始终想不通他与九天门究竟有何渊源,万没料到竟会是如此。

我不由自主地双膝一弯,跪在那宽大的冰床前,无语凝噎。

如风缓缓地绕冰床踱着步,幽幽开口道:"女娃娃,你知道我为什么一直留着你的命,没有杀你吗?那是因为,在七钩塔顶层初次见到你时,你说你不是为了求取《四境星经》,而是为了赎罪。

"赎罪,这一千年来,你是唯一一个说出这两个字的人。

"这世上,该赎罪的人千千万万,他们却从未有过半分赎罪之心,倒是你一个小女娃娃,竟能有这般觉悟!

"那些自诩正道大仙的人,自以为善感天地,无愧苍生,可是怎么,我如风便算不得这苍生中的一员?"

我疑惑地看着他,不知他所指何意。

他继续言道:"一千年前,在那场惊世大战中,如月为了阻止我,不惜以命祭出封天咒来,以致我们二人双双身受重伤,如月当时完全能够以封天咒将我杀死,她在最后关头却没有忍心,留了我一口气,自己却因此耗尽所有真气,命悬一线。

"我们二人当时重伤之下,从天际掉落在大漠的鱼谣古城之中,我听闻那古城城主有什么长生不老之药,便去向他求取,只为了能救活如月,可是那老头子只想着要让自己延年益寿,断然拒绝,哼,所以我当时便将他杀了,后来他被葬入王陵,我又去王陵搜寻,也未能找到那长生不老的药。

"所以,我一怒之下,在他的棺盖上剑书八字:风月无命,孽镜无情。

"我对那棺材中的老头说,若是如月死了,我便要你满城之人为她陪葬!后来,如月真的死了,所以,我便将那鱼谣古城杀了个干净。"

他口中道出的这些千年往事实在令人震惊,我听得脑中嗡嗡作响。

"我不相信如月会死,我想把她救活,所以,我把她带到了这里,用寒冰一直封存着她的身体,又苦思冥想出了提炼阳血的法子,搞出了圣血堂来,可是,这法子只能养着如月的肉身,却不能令她起死回生。

"一百年前,我听闻《四境星经》中著有起死回生之法,于是去向那汤王求取,结果又遭到了拒绝,于是我便火烧玺华宫,准备直接拿走,不想却只得到下卷,上卷被别人掳了去。"

"如月为了保护这些所谓的正道人士,连自己的性命都不要,可是这些忘恩负义之徒呢?却一个个自私吝啬,霸着星经,连一个让我救活如月的机会都不给！"说到此处,他怒意大发,乌黑的双眼中爆出血丝,咬牙切齿地说道,"不管那星经中到底有没有起死回生之法,这些所谓的狗屁正道人士都该死！全都该死！"

我忙起身道："千年之前,若不是你胡作非为,如月真人又何必为了阻止你而以身献祭？这么多年了,你怎么还不明白,她想要让你好好做人,而不是祸害苍生啊！你再去滥杀无辜,她的死又有何意义呢？"

他冷哼一声道："说这些大道理都为时已晚了。救不活如月,我便要这整个天下为她陪葬！"

他说完便爆起一阵搅天动地的真气来,整个冰洞被轰然炸开,不,是这整座山峰都被炸了个粉碎,脚下地面轰隆隆裂开,如月真人的尸体随着冰床的坠落向下坠去,如风恍若未见,像是疯了一般嘶吼着,又直飞昆仑主峰而去。

我忙紧紧追上,正邪大战的众人都在昆仑山主峰,如果如风在那里大开杀戒的话,正道怕是真要就此全军覆没了。

然而他的速度远快于我,等我追到之时,昆仑山已是一片恐怖的浓黑,所有人被笼罩在毁天灭地一般的黑烟之中,连天空也被染成了阴霾的黑色。

我心中焦急得快要滴出血来,到底要怎样才能达到真境？到底要怎样才能祭出真正的封天神咒？

我一遍遍琢磨着师父的话："世间无你,虚空亦无你；万物是你,虚空亦是你。"

到底怎样才能达到他所说的那种境界呢？我一边心急如焚地思索,一边焦急地朝四下望着在黑烟中痛苦挣扎的众人。

天地间弥散着死亡之气,如风停在半空,阴森森的黑风将他赤红的衣摆和浓黑的长发吹得朝向天空飘起,犹如一个比厉鬼可怖千万倍的妖魔。

他对我狞笑道:"现在,我还有最后一个心愿,那就是弄清你到底是个怎样的人,竟然最强烈的执念是想要赎罪。

"赎罪者,现在的你,看着你想要守护的正道苍生正在走向灭亡,当是你最绝望痛苦的时候了吧,所以,现在送给你最好的礼物,不是我的任何功法,而是……

"驭魂术。"

他说完最后一个字,便忽然在我面前消失。我看向四周,昆仑山、黑烟、正邪各派众人,竟然全都消失不见,天地之间一片清明净朗,恍如混沌初开,苍穹初现。

我忽然听见有人唤我,转头一看,三岁的自己正在那年的昭灵宫中,我从上方俯视着四位将军带着我和岚姐姐杀出宫外,而母后却在大殿之中被冲进来的叛军一剑刺死。我的眼泪顿时滚滚涌出,口中却无法发出任何声音,身体也是一动也不能动弹,只能眼睁睁地在上空看着母后的血越流越多,直到她再也不能动。

面前的一切飞速流转,我又来到了靖凉乡下的小树林中,我在那茂密树林的上方,听见岚姐姐撕心裂肺的哭喊,还有一个男人猥琐的笑声。我知道下面正发生着什么,我疯了一样地想要冲下去救她,却无论如何拼命也无法移动半分,只能听着那些可怕的声音不停回旋。

树梢的一片浓绿又变了颜色,一条大河出现在我的眼前,那是寒水河畔的歪柳树旁,我看到小玉在不远处推出一股阴风,随后我和岚姐姐落入水中,我被岚姐姐推了上来,她自己却沉入水中。这一次,我清晰地看到她在水中最后的样子,原来是死不瞑目的。我哭得发不出声音,可还是无能为力,只能眼睁睁地看着她一直沉到水底。

画面唰地一下转到了百里崖上,太虚洞外,又是师父与那十几个恶人展开的血战,我从上空看到师父被他们用铁索拽下崖去,被强迫着灌下毁废内力的药水,还被他们凶残地折断了双臂和双腿。血雾时间冲

第四章 决战

上我的脑门,我恨不得将那一众恶人剥皮抽筋、挫骨扬灰,可是我仍然不能动,不能发出半点声音,我只能流着泪看着师父被他们五花大绑,拖去参加伐魔大会。

最后一个景象是泯华庄,满耳的喜乐是那么刺耳,满眼的大红是那么刺眼,我看到顾星辰穿着新郎礼服,将一个不是我的女子当作他的新娘迎入了房中。我知道他们接下来要做些什么,但我没有勇气再看,我的心痛得犹如遭到凌迟,只得闭上眼睛,祈求上天赐我灰飞烟灭,却无法阻止一个声音钻入耳中:一叩首……

我这一生,就这么飞快地在自己眼前重演一遍,我浑身剧颤,所有的一切我都无能为力,无力改写,所有的一切都是那么的残忍无情,不能回头。

所有的心酸、悔恨、痛苦、心碎,像是啃食神识的魔鬼,将我的灵魂撕扯得鲜血淋漓,支离破碎。

面前忽然出现了铺天盖地的浓黑,我又回到了昆仑主峰,面前还是一片在黑烟中挣扎的正邪众生。

一道擎天光柱从天而降,是孽镜剑祭出的剑气,那巨大的银色剑身缓缓卧倒,直至剑柄停在我右手之中。

一个声音在我耳畔低声道:"你的一生经过了这么多的苦楚,你后悔吗?"

"后悔。"

"你恨吗?"

"恨。"

"你痛苦吗?"

"痛苦。"

"你想要结束这一切吗?"

"想!"

那声音温和地道:"这一切都不是你的错,只是因为这万恶的世道,这些人太坏,无可救药。现在,所有伤害过你的人都在你的面前,你只要将你手中孽镜挥下,便能消灭这混沌无道的人间,你所有的痛苦便化为乌有,烟消云散……"

我脑中一片空白,除了被一生痛楚凌虐得扭曲渗血的神识之外,一无所有。我缓缓抬起右手,面前银色的千里长剑也随之缓缓上扬。

我只要挥一挥手,这一切就会全部烟消云散。

我闭上眼睛,面前出现父王、母后、岚姐姐、师父、顾星辰,很快他们的身影也消失不见,面前只有一片虚空。

我到底要干什么呢?为了我的痛苦和仇恨,就亲手毁了这个世界吗?

难道这一剑挥下去,就真的能化解所有的怨念吗?

杀戮、毁灭,难道就能让这个世道变得美好吗?

我睁开双眼,如风正停在我的面前,一双黑漆漆的眼睛深深注视着我。

我对他开口道:"能改变这一切的不是毁灭,而是慈悲;不是强求,而是放手。"

他脸上浮现出极度失望之色,却说不出一句反驳的话来,忽然间,天地当中极光一闪,我手中的孽镜又到了他的手中,他向后退开数丈,将巨大的孽镜剑尖转向下方,银色的剑气由天际直指其下的芸芸众生。

我对他说道:"收手吧!"

他摇头:"太晚了,一切都来不及了。"

我不再说话,凤骨笛停在我胸前三寸疾速旋转,我身后爆出贯穿天地的白芒,千丈极光将昆仑山连同天上地下都映照得雪亮。

如风笑道:"你长进了,但是你可知道,祭出真正的封天咒,需要付出怎样的代价?"

第四章 决战 601

他眯着妖孽般的眉眼说:"那便是祭出自己的生命!"

此刻的我其实已经了然于心,我轻轻点头道:"我都知道了,无妨。"

为何九天掌门传人选拔时,需要用极端幻境来测试弟子们的心性?

为何一连数百年过去,师父方在众多出类拔萃的少年中,选了我这个弱不禁风的小丫头作为他的关门弟子、衣钵传人?

为何师父说祭出真正的封天神咒必须要达到无为忘我的境界?

当如风将能够一剑灭世的孽镜交到我手中时,我忽然明白了,其实就是因为,拥有执掌众生生死之力的人,必须能够在任何极端情况下,不受任何私心怨念的干扰,拥有真正慈悲的胸怀。

唯有如此,正道可信,苍生可托。

无为忘我,心念方能到达真境。

心入真境,真气方能一瞬间遍布五湖四海,宇宙苍穹。

我最后一次开口问道:"如风,你停手吗?"

他的黑发在阴风之中扭曲地狂舞着,他咬牙切齿地道:"不!"

孽镜剑气启动的一刹那,我闭上眼睛,心念与凤骨笛完全融为一体,身后的白芒随同我的心念一道,瞬间行遍千里河山,万里虚空。

天地之间黑芒消散,一片柔和安宁。

从此心中不再有悔,从此心中不再有恨,从此世间再无百里云声。

从此,山河是我,日月是我,星云也是我。

尾章　九天

九天之上,是为天河。

不远处的天河河畔,立着两个修长的人影。

"师祖,师祖伯!"

"怎么又是什么师祖伯,难听死了!"高一些的那个人回过身来抱怨道。

我瞪了一眼那个一身红衣、长得很美的老男人,朝他身旁的美丽女子噘嘴道:"师祖,我太难了,你是我的师祖,他是你的师兄,我不叫他师祖伯,还能叫啥?"

那女子掩着嘴笑得眉眼弯弯:"你们两个总是见面就吵,好吧,都怪我,是我没想好这个称呼。"

我和那老男人各自哼了一声,不再啰唆。

美丽的师祖过来牵起我的手,朝着天河岸边走去,她边走边说着:"云声,你来到虚空之境虽没有多少时日,但是,天上一日,地下一年,难道你没有思念的人了吗?"

我叹了叹:"有啊,可是思念又能怎样?我如今回不到人间,我思念的人也已经成了别人的夫君,我便是思念,又能如何?"

她伸出纤纤素指,示意我看向河中。

"从这里可以看到下界你想看到的人,你只需先静静在心中默想那个人,再睁眼看向河中,便能看到他身处何方,正做什么。"

我愣愣地站在天河岸边,望着河中缓缓流动的碧绿天水,却怎么也不敢闭上眼睛去想那人。

我害怕,万一我睁开眼睛,看到他和别的女子相亲相爱,我是该笑还是该哭?

所以,我一转身,跑了。

身后,妖艳的师祖伯发出鄙夷之声:"喊,你看看这女娃娃,没出息啊……"

我闷闷不乐地独自在一块光溜溜的大石头上坐了很久。这块大石头的形状很像九天门山门前的那块石头,我曾在那块石头上或蹲或坐或躺或趴,用尽了各种姿势,等过那个假的岚姐姐,还等过白隽。

但是我偏偏就不知道,当我在大石头上傻乎乎地盼着那两人的时候,有一个人就在不远处默默地看着我。

其实他才是我真正该等的人。

只可惜,当我懂得这一切的时候,他已经和别人成亲了。

我又叹了一叹,望着远处你侬我侬的那一对璧人,心中好生羡慕。

当年昆仑山一战,我祭出真正的封天神咒,将如风的灭世戾气尽数摧毁,我的元神在从现实迈向虚空的一刹那,我看到了如风的元神,他在流泪。

"你也对我手下留情了。"他说。

"你祭出自己的元神,留下了我的。"他的声音在虚空与现实间飘荡。

我点头:"没错,我说了,能改变这一切的不是毁灭,而是慈悲。你的肉身已死,无法再危害人间,但是你的元神尚有一丝善念,那就是你对如月真人的爱,所以,我不想毁灭你的元神。

"我希望你经历这一千年的生死契阔、爱恨情仇之后,能大彻大悟,放下心中的恨。伤害过你的只是个别人,不是整个世道,如果你觉得没有人对你慈悲,我便让你知道,有。"

真正的封天咒,需要献祭的何止一个肉身,它更需要的是一个强大的元神,在我心念进入真境之时,我便决定,用我的元神献祭,让如风的元神留下。

"现在你元神尚在,可以继续入六道轮回去了。"我对他说。

他摇摇头,飘上来跟着我一起入了虚空之境。

"我再也不想报复了,我不再恨任何人,现在我哪里也不想去,我只想找到如月。"

然后,如月真人的元神果然在虚空之境等着他,他们便有情人终成眷属了。

而我呢,成了这虚空之境、天河岸边最大最亮眼的一颗"电灯泡"。

"小娃娃,你过来!"

有一日,我又一次在大石头上睡得昏天黑地之时,被师祖伯的一声呼喝唤醒。

"干吗吵我睡觉?陪我师祖好好散散步谈谈心不行吗?"我大声抗议道。

"嘿,你个小东西,这么大脾气,你师祖休息去了,你快点过来!"

"不去。"

"如月怎么会有你这么个懒惰又没出息的小传人?我再说一遍,过来!"他恨铁不成钢地骂道。

"你再不过来,我把你那宝贝大石头给炸了。"

片刻之后,我乖乖地站在天河岸边,一边打着哈欠一边不耐烦地道:"有话快讲,讲完我还要去睡呢。"

"可以,你先看一看你想念的那个人,再去做你的春秋大梦。"师祖伯摇头晃脑地道。

"我不看。"我没好气地丢下这句,转身就走。

他一把将我拉了回去,再次苦口婆心地劝道:"不是我非要你看,实在是……哎呀你不看会后悔的。"

我呆呆地望着他:"我会后悔?"

他焦急地催促道:"快点吧,你犹豫这么一会儿工夫,人间又要过去半天了。我好不容易掐算的时间,就是现在,你现在就看,快!"

我只好闭上眼睛,在心中默默想了想顾星辰,然后再睁开眼睛向天河中望去,碧绿色的水面上,现出巨大的光景,那是一条河。

寒水河。

人间又是冬日,夜幕下的寒水河上结了厚厚的冰,冰上站着一个人,高大颀长的身影是那么熟悉,却又那么孤单落寞。

我的心忽然揪了起来,这个身影我在梦里见过很多次,突然在清醒的时候见到,果然还是那么的不能平静。

冰面上的顾星辰手中托起一小簇火苗,那火苗蹿上高空,空中瞬间亮起漫天的烟花,整个天际一片辉煌耀眼,连天河都被映照得如同镏金一般。

我竟然连他说话的声音也能听到,我听见他喃喃地对着天空道:"云儿,生辰快乐!"

我的眼前一片模糊,师祖伯在旁边唠叨着:"你看你看,我掐算的时间是不是刚刚好?你以前老是不肯来看,这烟花我和你师祖都欣赏过好几回了,这一次我就说无论如何要叫你自己……"

"哎,你这小娃娃,怎么又跑了?"

我使劲地跑啊跑,一直跑了很远,终于找到了师祖,她正在一株大树下盘坐调息,我停在她面前,扑通一声跪了下去。

她睁开眼睛,温柔地看着我道:"云声,这是怎么了?"

我使劲眨了眨眼睛，挤掉眼中的泪水，向她道："请师祖教云声还魂之法！"

　　她微笑道："你终于决定要回去找他了？"

　　我用力点头，我决定了，不管回去之后是什么情况，我都要去。

　　师祖和师祖伯陪我站在天河岸边，河水中现出我的肉身，当年昆仑山决战之后，顾星辰将我的肉身冰封了起来，如今正置于一个冰棺之中。

　　师祖望着下界，若有所思道："冥冥之中自有天意，因果循环，善恶有报，若不是云声你当年饶过如风，没有毁灭他的元神，今日便断无可能再令你的元神返回肉身了。"

　　如风点头道："不错，真没想到若要元神返回肉身，还需要另外两个元神的加持助力呢！"

　　我向他俩拜谢告别之后，便纵身跳入了天河。

　　天河之中的水并不是真的水，而是流动的三界之气，甫一进入，我便被那呼啸奔腾的气浑冲得晕头转向，眼前发黑。这时，两道强大的真气向我扑来，一道真气稳稳扶住了我，令我不再被冲击得四处乱窜，另一道真气在我面前开出一条道来，我便顺着这条道的方向飘了过去，很快便晕晕乎乎地入了一片黑暗之中。

　　不知在黑暗中停留了多久，久到我都快要忘记自己是谁了，突然之间，我又有了意识，只觉得浑身冷飕飕的，冻得我起了一身鸡皮疙瘩，我吸了吸鼻子，忍不住打了个大大的喷嚏。

　　我睁开眼睛，周身冰凉彻骨，我调息片刻，终于感觉手脚能动弹了，便赶紧从冰棺中爬了出来，从天河中看，这冰棺就在遗玉城中，离泯华庄不远。

　　我的脚步有些不稳，跟跟跄跄地奔到泯华庄寻了一圈，他却不在。

　　他会在哪儿呢？我跑了许多地方，都没有找到他。

尾章　九天

最后来到焱山,我找到了那块布满拳掌坑印的巨石。

巨石上,当年他刻下的两个小人依旧清晰可辨,我伸手在那两个小人的刀痕上轻抚着。

我离开天河时,师祖对我说,还魂苏醒需要时间,也许几天,也许几年,也许百年千年,这期间,我要找的人却并不知道我要回来了,他只会继续他的生活,而我,除了在黑暗寂静中等待,别无他法。

我究竟用多久才回来呢?如今,他还在不在?即便他在,他还是从前的他吗?

一阵风吹来,夹杂着星辰花的淡淡香气。我跃到半空,从腰间抽出未央,以剑为笔在巨石上端的空白处刻下一句话:

满目星辰君何在?

我退后两步,仍在那石头前,呆呆望着。

忽然,身后一阵清风袭来,一个高大颀长的身影从我身旁掠过,那人一手执剑,在我刻的那句话旁,加上了下半句:

只上九天揽星云。

番　外

天河之上，如月看着天河水中的一幕，笑道："云声这个傻丫头，还一直以为顾星辰真的娶了慧文公主。"

正蹲在岸边嗑着瓜子的如风一边吐着瓜子壳，一边惊讶道："什么叫以为？他本来就娶了啊。"

如月叹道："当初，云声看到他们即将拜堂，伤心之下转身离去，却没有看到后面一幕，顾星辰根本没有拜堂，而且他发现了云声，当时就追了出来，所谓的成亲，其实只是个幌子，虽然他的师父是真的想让他娶那个慧文公主，但是顾星辰并不想真的娶她，他折腾这番动静，实则是为了……"

"引我出来？"如风挑眉道。

如月点点头："正是。"

"这个小王八羔子！原来他说专为引我出现是真的！中计了中计了！"如风气得跳了起来，把手中瓜子狠狠掼在地上。

如月掩嘴笑看着眼前人的一番拍腿击胸。

"我本来在镜潭暗中修炼，正练到关键处，这顾星辰突然就冒了出来，害得我着急忙慌地也蹦了出来，就在那时，碰巧看到了女娃娃伤心欲绝要跳镜潭呢！

"我本来压根没准备好,就因为那一晚被这两个小娃娃激得,脑子一热来了句三日之后决战昆仑。"如风伤感地又在岸边蹲了下来。

"这不是很好吗?早一点被云声打败,早一点上虚空跟我团聚啊!"如月柔声笑道。

碧绿的天河水中映出两张绝美的容颜,笑靥如花。